DROEMER

John Katzenbach

Der Verfolger

Psychothriller

Aus dem Amerikanischen von
Anke und Eberhard Kreutzer

DROEMER

Besuchen Sie uns im Internet:
www.droemer.de

FSC
www.fsc.org
MIX
Papier aus verantwortungsvollen Quellen
FSC® C083411

Deutsche Erstausgabe Dezember 2018
Droemer Taschenbuch

Redaktion: Eberhard Kreutzer
Covergestaltung: ZERO Werbeagentur, München
Coverabbildung: FinePic / Shutterstock
Satz: Adobe InDesign im Verlag
Druck und Bindung: CPI books GmbH, Leck
ISBN 978-3-426-30666-6

4 5 3

PROLOG

SO IST ES NICHT GEWESEN

Es war immer derselbe Traum – eine verdrehte, vom Schlaf verzerrte Spiegelung der Realität. Jedes Mal, wenn er ihn erneut durchlebte, war es eine einzige Qual: Im Traum kauerte er in seinem Versteck unter der zerfetzten Plane, nicht weit von den verkohlten Überresten seines Ferienhauses auf Cape Cod, und wartete auf den Mörder, der ihm schon seit Wochen auf den Fersen war. Aus der ursprünglichen Drohung – entweder du bringst dich um, oder ein Unschuldiger stirbt – war eine tödliche Wahl geworden: er oder ich. Aus der Mündung der halbautomatischen Pistole in seiner Hand stieg ein dünner Rauchfaden auf. Im Traum sah er von seinem Versteck aus, wie der Mörder in der nächtlichen Dunkelheit näher kam – genau so wie fünf Jahre zuvor im realen Leben. Der Killer kehrte ihm, die eigene Waffe im Anschlag, den Rücken zu. Doch als der Mörder herumwirbelte und die Pistole auf ihn richtete, verwandelte sich der Traum urplötzlich in ein schreckliches Zerrbild von Wahrem und Gewesenem. Denn anders als damals beschlug plötzlich seine Brille, sodass die Gestalt seines Widersachers mit der nächtlichen Umgebung verschwamm. Und dann klemmte seine Pistole. Es war, als wäre sein Finger am blockierten Abzug festgefroren, und egal, wie verzweifelt er abzudrücken versuchte, die Waffe verweigerte ihren Dienst, bis sie mit einem Mal in seiner Hand zerbrach und in nutzlosen Einzelteilen zu Boden fiel. Im Traum konnte er sehen, wie der Mörder auf ihn zielte, und dann schrie er: *Das stimmt nicht! So ist es nicht gewesen!* Doch seine Schreie wurden vom Knall aus der Pistole des Mörders übertönt, und es war, als stehe er neben sich und sehe zu, wie ihm die Kugel ins Herz dringt und sich das Blut seines verebbenden Lebens auf dem Boden ausbreitet.

An dem Punkt wachte er immer auf. Er blieb auf dem schweißnassen Bettlaken liegen, begann sofort zu grübeln, was genau er im Lauf des Tages gehört und gesehen oder woran er sich erinnert hatte und was

davon der Auslöser für diesen Albtraum gewesen sein könnte. An Schlaf war danach kaum noch zu denken.
Er erkannte, dass sich im Traum das Einfache und das Komplexe in einem emotionalen Morast vermengten. So ungern er es sich eingestand, begriff er im Prinzip, was sich da in seinem Unterbewusstsein abspielte. Seit er sich in jener Nacht unter der Plane unsichtbar gemacht hatte, stand für ihn das Verborgene für seine Verwundbarkeit. In Wahrheit hatte damals Ricky, dem Mörder immer einen winzigen Schritt voraus, den Schuss abgefeuert, während er im Traum, in dem er immer einen kleinen Schritt zurücklag, zum Opfer wurde. Und so blieb selbst ihm, dem Psychoanalytiker, die wahre Bedeutung dieses wiederkehrenden Szenarios verschlossen – zum Greifen nahe und doch nicht zu packen.

FÜNF JAHRE DANACH

Er hasste Turbulenzen.
Das Problem war relativ neu, diese Angst hatte sich ohne ersichtlichen Grund im Lauf der letzten Monate bei ihm eingeschlichen. Auf einer Flughöhe von fünfunddreißigtausend Fuß spürte Ricky Starks, wie bei jedem heftigen Rütteln der Maschine sein Stresspegel stieg. Ihm zog sich der Magen zusammen. Er bekam schweißnasse Hände. Der Widerspruch zwischen den ihm wohlbekannten Fakten – dass das gelegentliche Absacken und Schaukeln ganz normal und kein Grund zu übertriebener Sorge war – und seinen Zwangsvorstellungen von Piloten, die bei jeder Turbulenz verzweifelt um die Kontrolle der Maschine kämpften, war nicht aufzulösen. Er machte sich dann in seinem Erste-Klasse-Sitz ganz klein und harrte schicksalergeben aus. Natürlich wusste er, dass es zahlreiche Medikamente gegen diese plötzlichen Panikattacken gab. Oft genug hatte er sie seinen Patienten verschrieben, doch nie sich selbst. Ebenso wenig hatte er jemals dieses fragwürdige Tapferkeitsideal kritisch beleuchtet, sondern sich allenfalls von Zeit zu Zeit gefragt, woher es rühren mochte, sich aber nie um eine ernsthafte Antwort bemüht.

Er flog nach Washington, wo er bei einem Forschungsseminar des National Institute of Health zum Thema posttraumatische Belastungsstörungen in seinem Vortrag von jungen Überlebenden der Hurrikan- und Hochwasserkatastrophe Katrina in New Orleans berichten sollte. Die Foto- und Filmaufnahmen von Menschen, die sich an Hausdächer klammerten, von überschwemmten Straßen und verzweifelten Obdachlosen in der Notunterkunft des Superdome hatten ihn wie magisch angezogen. Als der Sturm die Stadt heimsuchte, war Ricky gerade erst wieder in sein altes Leben zurückgekehrt: Seine falsche Identität als *Richard Lively,* die ihm nach der Konfrontation mit einer mörderischen Familie das Leben gerettet hatte, lag hinter ihm, und er knüpfte zaghaft wieder an das an, was er davor gewesen war: Dr. Frederick Starks; Witwer; Eigenbrötler; einstmals gut situierter Psychoanalytiker und aufsteigender Stern am Firmament der New Yorker Therapeuten.
Die Welt der Upper-Class-Psychiatrie in Manhattan allerdings war für ihn nur noch eine schöne Erinnerung. Praxis, Ruf, Finanzen, sogar sein Haus – das alles hatten ihm diese Menschen, die auf seinen Tod versessen waren, ruiniert. Im letzten halben Jahr hatte er in New Orleans schwer traumatisierte Kinder behandelt. Der Hurrikan hatte bei ihnen tiefe Spuren hinterlassen: Bettnässen. *Pavor nocturnus.* Unkontrollierbares Zittern. Stottern. Die Unfähigkeit, sich auch nur auf die einfachsten Aufgaben zu konzentrieren. Plötzliche Anfälle abgrundtiefer Depression. Und aggressives Verhalten: Ungehorsam. Feindseligkeit. Ein sprunghaftes Wiederaufleben von Banden selbst bei Jugendlichen unter zwölf Jahren, die vor der Katastrophe noch Kinderfilme geschaut hatten. Ein Anstieg von Drogenmissbrauch. Ein Anstieg von sinnloser Gewalt.
Immer wieder hatte er zu hören bekommen:
Ich will eine Waffe.
Man kann eine Windstärke zwölf nicht erschießen.
Ich will mich wehren.
Man kann sich einer Flutwelle, die über einen Deich hereinbricht, nicht wehrhaft entgegenstellen.
Ich will töten.

Man kann die Natur nicht töten.
Die Situation war wie auf ihn zugeschnitten – verwaiste, im Stich gelassene Menschen. Sein Lieblingspatient war ein verstörter dreizehnjähriger Junge namens Tarik, der vierundzwanzig Stunden neben der Leiche seines ertrunkenen Onkels auf einem Dachboden ausgeharrt hatte. Er wollte nicht sprechen, da er jedes Mal, wenn er es versuchte, nur hilflos ins Stottern kam. Ricky hatte sich eine Strategie für ihn ausgedacht – sie spielten Dame. Jedes Mal, wenn Tarik Ricky einen Spielstein abnahm oder wenn er zur Dame befördert wurde, gab es eine Pause, und Tarik musste Ricky etwas aus der Erinnerung an die Stunden auf dem Dachboden erzählen. Je länger sie spielten, desto mehr von der Geschichte kam ans Licht.
Dienstags und donnerstags von sechzehn bis siebzehn Uhr. Zunächst ging es nur langsam voran – weil Tarik versuchte, Ricky keine Steine abzunehmen, indem er entweder absichtlich verlor oder zuweilen sogar vor Frustration das Brett zu Boden schleuderte –, doch nach und nach gewann Tarik immer öfter und rückte mit seiner Geschichte heraus. Dabei ging zu Rickys Freude das Stottern mit jedem Sieg auf dem Brett ein klein wenig zurück. Und in dem Maße, wie er das Stottern überwand, gelang es dem Jungen, sich zu verzeihen, dass er überlebt hatte, während sein geliebter Onkel gestorben war.
Nur dass er eines Dienstagnachmittags nicht zum verabredeten Termin in Rickys Praxis erschien und auch seine Mutter nicht anrief, um sein Fehlen zu erklären.
Am Abend desselben Tages hatte Ricky in seiner kleinen Mietwohnung in einer Nebenstraße der Magazine Street im Garden District die Nachrichten eingeschaltet. Atemlos verkündete der Sprecher: »Ein weiterer Ausbruch von Straßengewalt nach Katrina im südlichen Teil des neunten Stadtbezirks forderte das Leben eines dreizehnjährigen Jungen ...«
Tarik war von einer rivalisierenden Bande angeschossen und auf der Straße liegen gelassen worden. Der Schütze hatte ihn mit seinem ein Jahr älteren Bruder verwechselt. Ricky rief bei der Polizei an, um Nä-

heres zu erfahren, doch auf der Wache hielten sie sich bedeckt. In einem Telefonat mit dem Bezirksgerichtsmediziner erfuhr er dann, dass es ein langsamer, einsamer Tod um Mitternacht gewesen war. Der Schock über den Mord hatte Ricky wie gelähmt zurückgelassen und das Gefühl absoluter Hilflosigkeit nur noch verschlimmert, als zu dem Termin, der normalerweise für Tarik reserviert war, die Mutter des toten Jungen zu ihm in die Praxis kam.

Das Gespräch blieb ihm Wort für Wort ins Gedächtnis eingebrannt:

»Doktor, ich muss etwas wissen, und niemand will es mir sagen.«

»Was denn? Wenn ich Ihnen helfen …«

»Fast zwei Stunden kam der Krankenwagen nicht. Die hatten Angst, so spät in der Nacht. Ich muss es wissen: Hatte mein Junge Schmerzen? Musste er leiden, bevor Jesus ihn zu sich holte? Ich muss es wissen. Es macht mein Herz kaputt, ich muss es wissen.«

Sie sah ihn mit einer Ehrfurcht gebietenden Mischung aus Geduld und Schicksalergebenheit an.

Und so log er: *»Ich glaube nicht, Mrs Johnson. Höchstwahrscheinlich war Tarik bewusstlos und im Schockzustand, vermutlich hat er von seiner Umgebung und von dem, was mit ihm geschah, nichts mehr mitbekommen.«*

Das war erstunken und erlogen, und er hasste sich für jedes unwahre Wort. In Wirklichkeit musste es ein grauenvoller Tod gewesen sein; mit offenen Augen dazuliegen und bei vollem Bewusstsein röchelnd langsam auszubluten – unfähig, um Hilfe zu rufen, nicht mehr in der Lage, wegzukriechen und auf sich aufmerksam zu machen, bis irgendwann der Tod und der Krankenwagen zu gleicher Zeit eintrafen. Ricky wusste, dass Tarik bei zügiger Notversorgung möglicherweise hätte gerettet werden können.

Die Mutter hatte heftig den Kopf geschüttelt, immer wieder.

»Sie wollen nur, dass ich mich besser fühle, tue ich aber nicht von dem, was Sie sagen.« Darauf hatte er keine Antwort gewusst – genau die Reaktion, die sie gefürchtet hatte. Doch erhobenen Hauptes, auch wenn ihr die Tränen herunterliefen, stand sie auf und verabschiedete sich mit einem festen Handschlag. *»Ich möchte Ihnen danken, für alles, was Sie für meinen kleinen Jungen getan haben. Er ist gerne her-*

gekommen. Sagte immer, das wären für ihn die besten Tage in der Woche.« Dann war sie ohne ein weiteres Wort zur Tür hinaus.

Auf seinem Terminkalender hatte er Tariks Stunden nicht neu vergeben. Er wusste selbst nicht genau, wieso – es wäre nur logisch gewesen. Und dann war, eine Woche später, zu Tariks Termin, sein älterer Bruder bei ihm aufgetaucht. Zehn Minuten lang hockte der junge Mann auf demselben Stuhl wie zuvor Tarik und dann seine Mutter. Er zappelte nicht nervös herum. Vielmehr saß er wie versteinert da. Schließlich fand er Worte.

»Es war meine Schuld, dass er erschossen wurde. Das war alles meine Schuld. Von vorne bis hinten. Und es wird für immer meine Schuld bleiben.«

Während Ricky zusah, wie dem älteren Bruder langsam die Tränen in die Augen stiegen, beschloss er von einem Moment auf den anderen, aus New Orleans wegzugehen.

Ricky hatte begriffen: Ein Orkan hatte Tarik verstört. Danach hatte ein zweiter Orkan die Mutter und ihr einziges verbliebenes Kind ereilt. Es war wie ein Perpetuum mobile.

Er dachte gerade an diese Mutter, hatte ihre beiden Söhne vor Augen und fragte sich, was wohl aus den Überlebenden geworden war, als das Flugzeug ein wenig taumelte und er unwillkürlich nach den Armlehnen griff. Tarik stand im Zentrum des Vortrags, den er halten würde – einer von vielen Schritten auf dem langsamen, doch steten Weg zu seiner Rehabilitation und seinem beruflichen Wiederaufstieg. Er beabsichtigte, die Wirksamkeit funktioneller Behandlungsstrategien bei schweren Trauma-Störungen darzulegen und theoretisch zu untermauern. *Dame,* dachte er. *Dasselbe Risiko, dieselbe Belohnung: Man muss jeden Stein überspringen, jede Hürde überwinden. Nur so kann man Zug um Zug gewinnen. Natürlich geht man auch das Risiko ein zu verlieren. Bei dem Spiel geht es um Vorausschau, um Zermürbungstaktik, ums Überleben.*

Doch zugleich hatte er begriffen: *In einer Welt voller Raserei greift keine Strategie, wenn man zu spät nachts um die falsche Straßenecke läuft.*

Zum zweiten Mal sackte der Flieger ab. Fast im selben Moment er-

tönte drei Mal in dichter Folge das Signal, das einer Ansage an die Fluggäste in der Kabine vorausgeht.
Als er aufblickte, sah er eine der Flugbegleiterinnen mit äußerst besorgter Miene den Gang entlang nach hinten eilen.
Bis zur Lautsprecherdurchsage verging keine Minute:
»Ist ein Arzt an Bord?«
In der Hoffnung, dass sich irgendwo ein Internist, Orthopäde oder Kardiologe erhob, rappelte sich Ricky von seinem Sitz hoch. Er konnte niemand anderen entdecken.
Von Rücklehne zu Rücklehne hangelte er sich in der ruckelnden Kabine zu den hinteren Reihen durch, wo zwei Flugbegleiterinnen über eine im Gang liegende Gestalt gebeugt auf Hilfe warteten und zwei weitere von hinten dazukamen. Die Passagiere auf den angrenzenden Sitzen hatten sich halb erhoben und starrten auf die Szene. Ihnen stand eine Mischung aus Neugier und Schock ins Gesicht geschrieben.
Eine der Flugbegleiterinnen drehte sich zu Ricky um.
»Sind Sie …«, fing sie an.
»Ich bin Arzt«, sagte Ricky, »allerdings …«
Er führte den Satz nicht zu Ende, sondern wandte sich der Person auf dem Kabinenboden zu. Es handelte sich um einen Berg von einem Mann, mindestens anderthalb Zentner schwer, in dunkelblauem Sporthemd und kakifarbenen Shorts. Im Gesicht hatte er rötliche Flecken auf gespenstisch bleicher Haut. Mit den dicken Fingern griff er sich an die Brust und zerrte am Stoff seines Hemds. Die Augen hatte er vor Schmerz zusammengekniffen, sein Atem ging röchelnd und flach. Dann durchlief ihn – wie ein Erdbeben – ein gewaltiger Schauder, und er stöhnte laut.
»Haben Sie einen Defibrillator an Bord?«, fragte Ricky.
Die Flugbegleiterin schüttelte den Kopf.
Ricky zögerte. Plötzlich spürte er, dass hinter ihm jemand stand. Als er sich umdrehte, sah er eine eindrucksvolle junge Frau, schlank, mit roten Haaren, Mitte zwanzig. »Ich bin zwar nur Medizinstudentin«, sagte sie, »aber ausgebildete Rettungssanitäterin. Kann ich helfen?«

Ricky deutete auf den sterbenden Mann und trat zur Seite, um sie vorbeizulassen.
Er sah zu, wie die junge Frau nach dem Handgelenk des Mannes griff, um seinen Puls zu nehmen, doch im selben Moment bebte der Koloss zum zweiten Mal vom Kopf bis zu den Zehen, als hätte dieselbe Turbulenz, die das Flugzeug schüttelte, seinen ganzen Körper erfasst. Seine Glieder wurden steif, die roten Flecken an seinen Wangen schlagartig blass, er schnappte zwei Mal nach Luft und stöhnte; für einen Moment öffnete er zuckend die Augen, bevor sie sich unter einem letzten Röcheln nach oben drehten. Dann setzte die Atmung aus.
»Mein Gott«, sagte Ricky.
Die Medizinstudentin beugte sich augenblicklich zu dem Mann vor, zog ihm energisch den Unterkiefer herunter und begann mit einer Mund-zu-Mund-Beatmung. Mit der freien Hand deutete sie auf die Brust des Opfers und murmelte Ricky zwischen ihren Atemstößen zu: »Beginnen Sie mit Kompressionen!«
Ricky legte beide Hände auf die große Fläche des Hemdes und drückte rhythmisch mit aller Kraft. Er bezweifelte, dass er damit durch die dicken Fettschichten bis zum Herzen des Mannes durchdrang.
»Eins, zwei, drei«, flüsterte er.
Ein letztes Beben vom Scheitel bis zur Sohle, dann schien der Mann plötzlich zu vereisen.
Er ist tot, dachte Ricky. *Einfach so.*
»Nicht aufhören«, ächzte die Studentin.
Als Ricky kurz aufblickte, sah er hinter ihr einen der Piloten stehen. Er schien sich in Sekundenschnelle ein Bild von der Situation zu machen und kehrte im Eiltempo den Gang entlang wieder zum Cockpit zurück.
»Vier, fünf«, zählte Ricky und pumpte weiter.
Kurz darauf hörte er eine zweite Durchsage.
»Verehrte Fluggäste, wir haben einen medizinischen Notfall an Bord. Wir werden den nächsten Flughafen anfliegen. Bitte kehren Sie zu Ihren Sitzen zurück, und legen Sie die Gurte an.«

Sofort spürte Ricky, wie sie in den Sinkflug gingen – nicht sachte und allmählich wie vor einer normalen Landung, sondern ziemlich steil abwärts, um so schnell wie möglich an Höhe zu verlieren.
»Sechs, sieben, acht, neun …«, machte er weiter. Als er bei *zehn* war, fing er von vorne an. Plötzlich kehrte in das Gesicht des Mannes mit dem Herzinfarkt wieder ein Hauch Farbe zurück.
»Ich habe einen Puls«, sagte die Studentin und stand auf. Sie wandte sich an eine der Flugbegleiterinnen. »Haben Sie ein tragbares Sauerstoffgerät?«
Diesmal nickte die Frau.
»Bringen Sie es, sofort«, sagte die Studentin militärisch knapp. »Sie können aufhören«, fügte sie, an Ricky gewandt, hinzu.
Flatternd öffnete der Mann die Lider. Ricky sah die Panik in seinem Blick. Er bekam noch ein wenig mehr Farbe. »Eine Aspirin oder ein anderer Blutverdünner wäre gut«, sagte die junge Frau, während sie dem Mann eine gelbe Atemmaske aufsetzte und die grüne Flasche mit dem Sauerstoff aufdrehte. Sie wandte sich wieder an die Flugbegleiterin. »Sagen Sie dem Piloten, er soll uns so schnell wie möglich zu einem Krankenwagen bringen.« So jung sie war, hatte sie offenbar keine Probleme damit, kurz und bündig Anweisungen zu erteilen. Unterdessen sah Ricky, wie sich bei dem Mann erneut die Augen verdrehten und zum zweiten Mal schlossen. Offenbar war er nicht mehr bei Bewusstsein. Die Flugbegleiterin ging zum Bordtelefon und sprach hastig hinein. Sie wartete, hörte zu und kehrte zu den zwei Helfern im Gang zurück.
»Siebzehn Minuten«, sagte sie.
Die Medizinstudentin schüttelte den Kopf. »Zu lang«, flüsterte sie und beobachtete, wie sich die Brust des Mannes hob und senkte. Nach Rickys Eindruck war der Atemrhythmus synkopisch und unregelmäßig. Die Studentin legte dem Mann die Finger an die Halsschlagader. Wieder schüttelte sie den Kopf. »Wird immer schwächer«, sagte sie. »Was für eine Fachrichtung sind Sie, Doktor?«
»Psychoanalytiker«, erwiderte Ricky im Flüsterton.
Sie verzog den Mund zu einem schiefen Lächeln. »Also nicht so ganz Ihr typischer Notfall«, sagte sie.

»Nein«, erwiderte Ricky. *Halluzinationen. Psychose. Nervenzusammenbrüche. Suizidversuche. Das sind meine Notfälle.*

»Aber Sie haben ihn gerettet.«

Die Medizinstudentin betrachtete den Kranken am Boden. »Ich glaube nicht«, antwortete sie leise.

Sie blieben bei dem Mann, während sich das Flugzeug durch die schwarze Nacht manövrierte. Jede Minute erschien ihm gleichzeitig kurz und viel zu lang, wie ein Aussetzer in der Zeit. Der Atem des Mannes kam jetzt schwer und röchelnd – auch seine Lebenskraft war im Sinkflug. Dann hörte Ricky, wie die Räder ausgefahren wurden.

»Sie müssen sich setzen«, sagte die Flugbegleiterin. »Wir landen.«

Die Medizinstudentin schüttelte den Kopf. »Nee«, sagte sie. Mit einer Hand griff sie nach einer Armlehne, mit der anderen hielt sie weiter das Handgelenk des Opfers, wie um ihm Trost zu spenden. Auch Ricky blieb und hielt sich einfach nur fest.

Kaum am Gate, eilten schon die Sanitäter des bereitstehenden Krankenwagens durch den Mittelgang des Flugzeugs. Alle blieben sitzen, während die Männer den schweren Mann auf eine Trage wuchteten und ihn über den vorderen Ausgang hinausschoben. Ricky hörte, wie eine Frau ihre beiden neugierigen Kinder zur Ruhe mahnte. Sämtliche Passagiere starrten dem Rettungstrupp hinterher, die meisten mit einem Ausdruck im Gesicht, der sagte: *Gottlob ist mir das nicht passiert.*

»Gehen Sie mit?«, fragte die Medizinstudentin Ricky.

»Nein. Aber Sie vielleicht?«

Sie zögerte, dann erwiderte sie: »Ich glaube nicht.« Aus jedem ihrer Worte sprach der Zwiespalt: Hoffnung wider besseres Wissen. Sie klang erschöpft, und Ricky merkte erst jetzt, dass es ihm nicht anders erging.

Es sollte eine Stunde dauern, bis der Flieger wieder abhob. Die Studentin kehrte zu ihrem Sitz in der Touristenklasse zurück, Ricky in den privilegierten vorderen Abschnitt der Kabine. Während sie auf die Freigabe vom Tower warteten und auf der Rollbahn standen, ohne dass sich etwas tat, hielt Ricky die Armlehnen umklammert. Die Flugbegleiterin bot ihm einen Drink an, doch er lehnte dankend ab. Als sie nach dem Start ihre Reiseflughöhe wieder erreicht hatten, kam der Pilot aus dem Cockpit. Er kam erst zu Ricky. »Danke für Ihre Hilfe«, sagte der altgediente Flugkapitän in der unverkennbaren gedehnten Sprechweise des mittleren Westens. »Wir wissen das wirklich zu schätzen.«

»Haben Sie schon was über den Patienten …«, fing Ricky an.

Dem Piloten lag die Antwort auf der Zunge, doch dann besann er sich, kam näher heran und antwortete im Flüsterton. »Er hat leider Pech gehabt«, sagte er. »Der Mann ist im Krankenwagen verstorben, und sie konnten ihn kein zweites Mal wiederbeleben.«

Der Pilot richtete sich wieder auf. »Ich gebe dann mal auch der anderen Ärztin auf Sitz vierundzwanzig E Bescheid«, erklärte er.

Erst jetzt wurde Ricky bewusst, dass er nicht einmal den Namen des Toten kannte. Er wusste nicht, wer oder was er war oder woher er stammte, oder sonst irgendetwas über ihn – außer dass er groß und sehr schwer war, Cargoshorts trug und jetzt tot war. Familie. Freunde. Beruf. Laufbahn. Verheiratet. Geschieden. Ehrenamtlicher Trainer bei der Baseballliga für Kinder. Golfspieler. Nikolaus bei den Weihnachtsfeiern im Büro. Republikaner. Demokrat. Was auch immer er gewesen sein mochte, hatte im Mittelgang des Flugzeugs sein Ende gefunden.

Als der Pilot die erste Klasse verließ, lehnte sich Ricky zurück.

Was haben wir ihm gegeben? Eine Lebensverlängerung von zwanzig Minuten? Dreißig?

Wieder ruckelte die Maschine.

Was kann man mit zwanzig Minuten anfangen? Er dachte nach. *Seinen Frieden machen? Abschied nehmen? Sein Schicksal verfluchen oder beten? Seine Irrtümer und Sünden bereuen? Reicht es für irgendetwas anderes als Angst und Schmerz, während einem die Lebensgeister schwinden?*

Zum zweiten Mal wurde der Flieger heftig hin und her gerüttelt. In die Bilder von dem sterbenden Mann im Gang drängten sich Erinnerungsfetzen an den Albtraum auf Cape Cod, bei dem er vor fünf Jahren nur knapp dem Tod entronnen war, und von Tarik, der allein an einer Straßenecke verblutet war – ein beklemmendes, wirres Durcheinander. Sosehr er versuchte, diese Gedanken auseinanderzuhalten, gingen sie doch nahtlos ineinander über. Vor ihm leuchtete mit einem Signalton das rote Anschnallzeichen wieder auf, als der Flug in eine weitere unvorhergesehene Turbulenz geriet.

TEIL I

DER UNGEBETENE GAST

»You can climb a mountain,
You can swim the sea.
You can jump into the fire,
But you'll never be free …«

Harry Nilsson, »Jump Into The Fire«, 1971

»Eingekeilt leben wir, zwischen der zerwühlten
und durchforschten Vergangenheit und einer Zukunft,
die auf unsere Arbeit wartet.«

Anna Freud, »Maulwürfe sind wir«, 1920

1

An dem Tag, an dem sich sein Tod als Dr. Frederick Starks und seine Wiedergeburt unter falschem Namen zum fünften Mal jährte, hörte sich Ricky den ganzen Vormittag lang nur kaum gezügelte Rage und spontanes Schluchzen an, blickte in verhärtete oder tränennasse Gesichter.

Die Wut nahm die unterschiedlichsten Formen an.

Obszönitäten: *Schwanzlutscher. Wichser. Gottverdammte Arschlöcher.* Jedes Mal ein Schwall gallebitterer Worte in zunehmend frustriertem Ton. Manchmal geflüstert, dann wieder geschrien und in der Enge seiner Praxis hinausgebrüllt. Laut. Leise. Unversöhnlich. Traurig. In einem Moment feuerten die Patienten ihre Worte wie Geschosse ab, im nächsten verschanzten sie sich wie in einem Schützengraben. In fast allen Fällen bezogen sich die Worte auf Mütter, Väter, Geschwister, Chefs, untreue Lebenspartner, verlogene Freunde, unaufrichtige Kollegen und einmal sogar, ausgerechnet seitens der manierlichen Mrs Heath, auf ihre himmelschreiend undankbaren Kinder. Diese schienen über alle Maßen unzufrieden mit den Verfügungen der letzten Fassung ihres Testaments zu sein – insbesondere mit dem großen Betrag, der an »Ärzte ohne Grenzen« gehen sollte. Keine einzige der Obszönitäten, mit denen die Patienten den ganzen Vormittag hindurch um sich warfen, richtete sich an die eigene Adresse. »*Wie konnte ich nur so dämlich sein?*« Derlei selbstkritische Fragen bekam er von niemandem zu hören.

Und dann die Variationen im Gesichtsausdruck: verzerrt, gerötet. Gespitzte Lippen. Zusammengepresste Lippen oder Zähneknirschen. Augen so fest zugekniffen, als versuchten sie, die Wut im Dunkel dahinter festzuhalten. Mehr als einmal bekam er zu hören, dass man dem Betreffenden den Tod wünschte, ihn eigenhändig erwürgen könnte.

Leicht gedacht.
Leicht gesagt.
Schwer getan.
Das wusste er aus persönlicher Erfahrung.
Die Patienten heulten wegen Krankheiten, sie heulten über den Tod. Sie heulten über vertane Gelegenheiten und unerfüllte Hoffnungen. Sie heulten über ihre Vergangenheit. Sie heulten verzweifelt über mangelnde Zukunftsperspektiven. Sie heulten, weil sie sich schuldig fühlten. Sie heulten, weil sie sich nicht schuldig fühlten. Sie schluchzten wegen erlittener Grausamkeiten und solcher, die sie selbst gedankenlos anderen zugefügt hatten.
Krokodilstränen. Echte Tränen. Und natürlich Tränen, hinter denen sich komplexe Probleme verbargen. Nicht zuletzt auch Tränen vergossen wegen einfacher Fehler.
Rosebud, verlorene Kindheit, enttäuschte Hoffnungen, dieses Thema zog sich wie ein roter Faden durch all diese Dramen.
Und in den meisten Fällen schlugen an diesem typischen Vormittag die Schluchzer plötzlich in Wut um, oder die Wut löste sich in Schluchzen auf, beides spiegelbildliche Reaktionen. Nach seiner Überzeugung konnte man die Psychiatrie nicht selten mit einem Blick in den Spiegel vergleichen, bei dem man dann einen weiteren Spiegel hochhält, um ein Bild im Bild im Bild zu sehen, doch, wie winzig auch immer, es bleibt unausweichlich dieselbe Spiegelung.
Mrs Heath, seine letzte Patientin an diesem Vormittag, blickte ihn über den Schreibtisch hinweg an und sagte in einer Hilflosigkeit, die nicht zu der sonstigen Robustheit der Siebenundachtzigjährigen passen wollte: »Weshalb kann ich nicht einfach so sterben, wie ich möchte?«
In der Hoffnung, sie würde den Gedanken vielleicht vertiefen, schwieg Ricky eine Weile, bevor er erwiderte: »Glauben Sie, dass sich auch nur einer von uns aussuchen kann, wie er stirbt?«
Habe ich einmal, schoss es ihm plötzlich durch den Kopf. *Vor einer Ewigkeit, in einer anderen Welt habe ich mein Leben gerettet, indem ich meinen eigenen Tod inszenierte*. Er sprach den Gedanken nicht aus, obwohl er wusste, warum seine Erinnerungen an diesem Tag, an

dem sich jene Ereignisse jährten, unablässig über alles legten, was er von seinen Patienten hörte.

»Wenn man im Leben so viel gehabt hat, weshalb sollte es beim Sterben anders sein?«, fuhr Mrs Heath in ihren Überlegungen fort. »Weshalb sollte es plötzlich egoistisch oder verwerflich sein, auf eine bestimmte Art und Weise sterben zu wollen?«

»Und wie würden Sie gerne sterben, Mrs Heath?«

Sie brach in schallendes Gelächter aus.

»Ach, Ricky, vielleicht im Sattel bei einem Viehtrieb durch Wyoming. Oder auch hinterm Lenkrad eines Ferraris mit hundertneunzig Sachen durch den *Bois de Boulogne* in Paris. Oder auch mit einem zweihundert Kilo schweren Marlin am Haken draußen im Golfstrom ...«

Sie war die einzige Patientin, die einen so familiären Ton anschlug. Die übrigen zogen die Anrede *Dr. Starks* vor, als wollten sie sich damit selbst davon überzeugen, dass jede therapeutische Sitzung in ritualisierter Form der Behandlung einer leicht zu diagnostizierenden Krankheit diente – als handele es sich bei den Problemen, mit denen sie in seine Praxis kamen, um nichts Komplizierteres als einen abgebrochenen Fingernagel oder eine einfache Erkältung.

Mrs Heath lachte noch einmal kurz auf. Sie trug ihre erstaunlich dichte, wohlfrisierte Silbermähne ungefärbt. Zwar war ihre Haut mit den Jahren erschlafft, ihre Falten jedoch nicht so tief, dass sie ihr Gesicht wie die Narben des Alters zerfurchten, sondern eher ihre Würde und Autorität unterstrichen. Mrs Heath trug wenig Make-up und bevorzugte modische Designer-Kleidung in leuchtenden Farben, in denen sie oft wie ein auffällig eleganter Papagei erschien. Sie hatte lebhafte blaue Augen mit einem scharfen Blick fürs Amüsante. Sie lächelte viel, lachte freundlich. Eine Frau, die einmal so schön gewesen war, dass sie nur einen Raum zu betreten brauchte, um die Aufmerksamkeit auf sich zu ziehen, sich nun aber wegen der Erosion ihres Äußeren nicht allzu sehr grämte. Für eine Frau, die sich so gründlich mit dem Vorgang des Sterbens befasste, machte Mrs Heath einen überwiegend heiteren, gesunden Eindruck. Sie hatte die bemerkenswerte Fähigkeit, ihre Herzinsuffizienz zu überspielen und physische Schmerzen nicht allzu ernst zu nehmen. Ihre derzeitigen Beschwernisse rührten, soweit Ricky es beurteilen konnte, nicht aus ihrer Vergangenheit, sondern waren erst im Lauf der letzten Monate per Sonderzustellung von den Schwadronen ihrer Angehörigen eingegangen, die sie mit begehrlich ausgestreckten Händen belagerten.

Oh, Tantchen, du bist krank? Das ist ja furchtbar. Einfach furchtbar. Das tut mir so unendlich leid. Aber was ist mit meinen Treuhandfonds?

Die Nötigung, vor Antritt ihrer letzten Reise ihr umfangreiches Lebensgepäck zu sondieren, brachte sie vor einem halben Jahr in seine Praxis. Zuerst hatte er gezögert, sie als Patientin anzunehmen – *bin ich vielleicht ein Analytiker des Todes?* –, doch das hatte sich schnell geändert, und inzwischen freute er sich auf jede Sitzung.

Mrs Heath schwieg einen Moment, dachte über ihre Worte nach und grinste. »Also, kann durchaus sein, dass es mir vollkommen schnurz ist, ob mich irgendjemand in meiner Familie je versteht oder nicht.« Sie legte sich die Hand vor den Mund, um ihr Lachen zu verbergen.

»Macht mich das zu einem schrecklichen Menschen, Ricky?«

»Nein«, antwortete er.

»Vielleicht nur ein kleines bisschen schrecklich?«, hakte sie in belustigtem Ton nach. »Es macht mir nämlich überhaupt nichts aus, ein bisschen schrecklich zu sein. Es könnte mir sogar gefallen.«

»Ich glaube nicht«, antwortete er.

Sie warf den Kopf zurück. »Ricky, Ricky ... wir sind alle manchmal ein bisschen schrecklich.« Wie hätte ich ihr darin widersprechen können.

»Wenn man – nach siebenundachtzig Jahren – im Tod nicht einen großen kosmischen Jux sieht, nun ja, dann muss er einen wohl mit Angst und Schrecken erfüllen«, erklärte sie beherzt.

»Sie sind eine Philosophin«, antwortete Ricky und gab damit deutlicher als gewöhnlich eine persönliche Meinung preis.

Wieder grinste sie. »Da haben Sie vermutlich recht«, sagte sie. »Eine Erbin und Philosophin«, fügte sie hinzu, überlegte einen Moment, zuckte die Achseln und fuhr fort: »Eine sterbende Erbin und Philosophin. Wie aus einem Roman von Charles Dickens entsprungen, finden Sie nicht? Wilde Moorlandschafts-Romantik.«

Ricky nickte.

»Ist nicht mehr viel Romantik übrig in meinem Leben«, fuhr sie fort. »Das ist betrüblich. Was gäbe ich nicht darum, diese Uhr um ein paar Jahrzehnte zurückzustellen und noch mal für einen Moment die Liebe zu erleben. Das wäre nett. Es war einmal, Ricky … nun ja, ich könnte Ihnen ein paar Geschichten erzählen. Schockierende Geschichten.« Dabei betonte sie das Wort *schockierend,* als sei es eine Einladung.

Er bezweifelte, dass ihn irgendetwas, das sie in ihrem Leben getan hatte, schockieren könnte.

»Ich war früher einmal ganz schön verwegen«, sagte sie mit einer wegwerfenden Handbewegung. »Rebellisch. Gefährlich. Auch wenn Sie mir nicht glauben.«

Sie sah auf die Uhr.

»Schätze, das war's für heute«, sagte sie. »Ich fühle mich entschieden besser. Danke, Ricky, dass Sie mir zugehört haben.«

»Dann bis zum nächsten Mal«, erwiderte er.

»Falls ich dann noch da bin«, sagte sie mit einem schelmischen Lächeln, als knüpfe sie an ihre Witzeleien an. Sie erhob sich aus dem breiten Ledersessel, in dem ihm seine Patienten gegenübersaßen. Sie nahm ihren teuren handgeschnitzten schottischen Schlehendornstock vom Garderobenständer, klopfte damit ein paar Mal auf den Teppich und verkündete: »Den brauche ich nicht wirklich, aber ich finde, er verleiht mir Klasse.« Lachend verließ sie, an der langen Couch vorbei, die kaum einmal zum Einsatz kam, den Raum. Die Menschen, die sich einer klassischen freudianischen Analyse unterzogen, wurden rar. Die alte Schule, vier bis fünf Tage die Woche, in denen man Jahr um Jahr in seinen Erinnerungen und Erfahrungen forschte, um sich am Ende besser zu verstehen, gehörte weitestgehend der Vergangenheit an. Heute suchten die meisten das Gespräch von Angesicht zu Angesicht, zügig und effizient, um mit klugen Ratschlägen und Rezepten für Pillen nach Hause zu gehen.

Und falls sie sich zu Kompromissen genötigt sahen, strichen sie das Gespräch und den Rat, nie jedoch die Pillen.
Ich bin ein Dinosaurier, der durch eine Welt der Raketenautos trampelt. Zweifellos vom Aussterben bedroht, dachte Ricky.
Er blickte Mrs Heath hinterher. Draußen würde ihr Fahrer neben ihrer Limousine stehen und geduldig auf sie warten. In all ihren Sitzungen hatte sie kein einziges Mal über ihren bevorstehenden Tod geweint. Und er war sich ziemlich sicher, dass sie das auch künftig unterlassen würde.

Die Mittagspause verbrachte er mit einer einzigen Abweichung von seiner sonstigen Routine. Gewöhnlich schlüpfte er in Shorts und Joggingschuhe und legte ein paar Meilen durch den Kennedy Park hin, dicht am Ufer der Bucht entlang. Draußen war es mild, die Sonne legte eine Pause ein und knallte ausnahmsweise einmal nicht wie sonst glühend heiß auf die Tropen nieder. Doch bevor er sich auf den Weg machte, setzte er sich hinter seinen Schreibtisch. Zuerst öffnete er die oberste Schublade und holte ein gerahmtes Foto von seiner Frau heraus. Auf dem Bild gärtnerte sie draußen vor ihrem einstigen Ferienhaus auf Cape Cod – ebenjenem Haus, das er, um der mörderischen Familie zu entkommen, eigenhändig abgefackelt hatte. Auf dem Bild hatte sie ein reizendes verhaltenes Lächeln, als wollte sie sagen, *wieso fotografierst du mich, wenn ich verschwitzt und verdreckt bin.* Er hatte dieses Foto immer geliebt. Es sprach Bände davon, wie glücklich sie gewesen waren, und verriet nichts von dem Krebs, an dem sie starb. Er sah es lange an, dann legte er es zurück und holte sein Scheckbuch heraus.
Sorgfältig stellte er Schecks mit kleineren Spendenbeträgen an den *Jimmy Found* in Boston für dessen Kampf gegen Krebs bei Kindern und die *Florida Wildlife Federation* für ihre Bemühungen um den gefährdeten Florida-Puma aus, dann an mehrere akademische Forschungsprogramme zu neuen Behandlungsansätzen bei psychischen Erkrankungen und als Letztes an *Puppies Behind Bars,* eine Organisation, bei der Gefängnisinsassen Hunde zugeteilt bekommen, die sie zu Assistenzhunden für Kriegsinvaliden ausbilden. Sämtliche

Spenden – außer der letzten – nahm er im Namen seiner verstorbenen Frau vor.

Den Scheck für die Welpen im Gefängnis stellte er im Namen von *Tyson* aus – als Erinnerung an die Familie, die vor einem halben Jahrzehnt versucht hatte, ihm das Leben zu nehmen. *Von Virgil, Merlin und Mr R* unterschrieb er.

Diese Spenden nahm er zwei Mal im Jahr vor: zum einen am Todestag seiner Frau; zum anderen an dem Tag, an dem er den Mordanschlag der drei Geschwister überlebt hatte. Schauspielerin, Rechtsanwalt, Profikiller.

Anschließend steckte Ricky jeden Scheck in vorgestempelte Briefumschläge. Zufrieden stand er von seinem Schreibtisch auf und lief durch sein Haus. Für ihn war es die Miami-Version dessen, was er einmal in Manhattan besessen hatte. Dort war es eine Welt aus Zement und Beton, mit belebten Bürgersteigen und einem endlosen Hupkonzert, gewesen, das er in seiner Praxis mit einer *White Noise Machine,* künstlich erzeugtem weißem Rauschen, übertönte. In Miami sorgte eine opulente, tropische Welt mit Palmen und Farnen für Ruhe, ein Puffer gegen den Lärm der nahen Küste. Ein kleiner Schotterplatz bot Abstellplätze für zwei Fahrzeuge – für einen eintreffenden Patienten und einen, der wieder ging. Von seinem Platz aus konnte er das Knirschen der Reifen auf dem Splitt hören. Statt einer Klingel- und Türöffner-Anlage in seiner Wohnung und Praxis in der Upper East Side in New York hatte er hier eine Sicherheitsanlage installiert, bei der seine Patienten mithilfe eines Keypad per Codetaste das verschlossene Tor öffnen konnten. Bei der Vergabe des ersten Termins bekamen sie den vierstelligen Zahlencode, mit dem sie auch die Haustür öffnen konnten. Seine Praxis ging von der Eingangsdiele ab, in der er einen kleinen Wartebereich eingerichtet hatte.

Der Park, in dem er gewöhnlich joggen ging, war nur zehn Häuserblocks entfernt – ein Höllentrip auf dem Fahrrad. Nichts für schwache Nerven. Die Autofahrer in Miami hatten sich den Ruf erworben, Radler von der Straße zu fegen. Oder schlimmer.

So schwer er mit Turbulenzen in einem Flugzeug zurechtkam, wo er einfach nur starr und hilflos dasitzen konnte, so gut kam er damit zurecht, sich mit seinem Rad auf der Strecke von seinem Haus bis zum nahe gelegenen Park durch Skylla-und-Charybdis-Gelände auf den stark befahrenen Straßen hindurchzuschlängeln. Sicher, er konnte dabei draufgehen oder schwer verletzt werden – doch wenigstens lag es in seiner freien Entscheidung, das Risiko auf sich zu nehmen.

An diesem Mittag war der Verkehr zum Glück nicht besonders stark. Er wich der letzten schwarzen Mercedes-Limousine mit getönten Scheiben aus und fuhr mit seinem teuren Geländerad auf den Parkplatz. Er kettete es an einen Metallständer und ging zu der Kunststofflaufbahn hinüber, die sich durch den Park wand. Zuletzt steckte er sich Ohrhörer ein und klemmte sich ein altmodisches iPod an die Shorts. Er hörte gerne Rock aus den Sechziger- und Siebzigerjahren: Bruce Springsteen und die E Street Band, Jefferson Airplane, John Mellencamp und Creedence Clearwater. Er legte den Kopf in den Nacken und blickte zu den ersten Akkorden von *Rosalita* in die Weite des hellblauen Himmels, spürte, wie mit jeder Minute die Luftfeuchtigkeit zunahm, und schätzte, dass es im Lauf des Tages noch Gewitter geben würde.

Ricky holte tief Luft und joggte los.

Die Tage des *Laufens* sind vorbei, dachte er. Obgleich er noch schlank und fit war, ging er es inzwischen gemächlicher an. In Miamis heißem Klima brach ihm schnell der Schweiß aus und brannte ihm in den Augen.

Das grelle Licht, das sich im leuchtend blauen Wasser der Biscayne Bay spiegelte, blendete ihn, während er seinen gewundenen Pfad durch den Park nahm. Palmwedel raschelten in einer leichten Brise. In der Bucht konnte er Boote sehen, und obwohl etwas vom Straßenlärm durch die Musik in seinen Ohren drang, fühlte er sich allein.

Langsam, aber sicher fand er zu seinem Rhythmus. Er war mit seinem neuen Leben wirklich zufrieden, stellte er fest. In einer Metropole, in der die Menschen Berührung suchten, war er entschlossen, zurückgezogen zu leben. Er war ein Flüchtling; deshalb hatte er Miami gegenüber Boston, San Francisco oder Chicago – oder all den anderen Großstädten, die er im Lauf der letzten Jahre besucht hatte – den Vorzug gegeben. Miami hieß die Heimatlosen willkommen. Er hielt seine Praxis bewusst klein und nahm nur wohlhabende Patienten an, um Zeit für seine Arbeit in der psychiatrischen Abteilung zu erübrigen. Er hatte ein ausgeprägtes Interesse an posttraumatischen Belastungsstörungen entwickelt und daher zeitweilig an Orten gelebt, an denen sich entsprechende Fälle häuften: New Orleans nach der Überschwemmung. Haiti nach dem Erdbeben. Red Lake nach dem Schulmassaker. Er sah sich als eine Art Wanderpsychiater, so wenig sesshaft, wie er es nur einrichten konnte, auch wenn dies dem Wesen seines Berufs widersprach. Es gab nur noch wenig, was ihn mit seiner Vergangenheit verband: seine Erinnerungen und ein .357 Magnum-Revolver, den er voll geladen in der Schublade seines Nachttischs aufbewahrte.

Seine Schritte machten klatschende Geräusche auf dem Laufweg.

In den Lauf einer Pistole zu blicken, das vergisst man nicht.

Dem Tod ins Auge zu sehen, das vergisst man nicht.

Seine Gedanken hatten sein Lauftempo stärker beschleunigt als beabsichtigt. Ricky musste sich zwingen, einen Gang herunterzuschalten.

Keuchend und schweißtriefend legte er die letzten fünfzig Meter zum Parkplatz in gemächlichem Laufschritt zurück. Zwei junge Frauen flitzten auf Inlineskates an ihm vorbei. Sie trugen eng anliegende Shorts und Tanktops in Leuchtfarben und waren, wie er nur vermuten konnte, beide schön – entsprechend dem modischen Ideal straffer, muskulöser Körperformen, dem Miami übertrieben zu huldigen schien –, doch sie waren so schnell an ihm vorbeigesaust, dass er ihre Gesichter nicht zu sehen bekommen hatte, sondern nur noch die langen Beine und das wippende blonde Haar. Er sah ihnen einen Moment hinterher. Dann schwenkte sein Blick zum Parkplatz hinüber.

Sein Fahrrad war weg.

Die Kette, mit der er es gesichert hatte, lag auf dem schwarzen Asphalt, mit einem Bolzenschneider sauber durchtrennt.

»Verdammt«, murmelte er. Er hastete drei Schritte darauf zu und hob frustriert die Hände. Dann blieb er abrupt stehen.
Er sah sich um. Sein Instinkt sagte ihm, dass vielleicht irgendwo ein Polizist in der Nähe war oder zumindest jemand, der den Diebstahl mitbekommen und sich vielleicht ein Kennzeichen gemerkt hatte, doch es war weit und breit niemand zu sehen.
In seinen Ohren sang Grace Slick: *»Don't you want somebody to love? Don't you need somebody to love?«* Er riss sich die Ohrhörer heraus, doch durch das iPod spielte die Musik weiter, nur plötzlich blechern und wie von ferne.
»Verdammt«, wiederholte er.
Er ging hinüber und hob die kaputte Kette auf. Hilflos starrte er darauf.
»Verdammt.«
Viel mehr gibt es dazu nicht zu sagen, dachte er. *Oder zu tun.* Er wusste, dass er bei der nächsten Polizeiwache anrufen, den Diebstahl anzeigen und seinen Namen in die deprimierende Statistik einreihen konnte. Der diensthabende Polizist würde es zwar nicht aussprechen, doch sein Ton würde ihn verraten: *keine Chance, dass Sie dieses Fahrrad je wiedersehen, Kumpel.* Dann würden sie ihm noch raten, in seiner Hausratsversicherung nachzusehen, ob sein Verlust abgedeckt war. Langweilig. Routine. Papierkram.
Er ließ die Kette wieder auf den Parkplatz fallen und trat das nutzlose Stück in den Rinnstein. Dann machte er sich zu Fuß auf den Heimweg. *Kauf dir ein neues Rad,* sagte er sich. *Aber besorg dir diesmal eins von diesen Carbonstahl-Schlössern mit einer nicht knackbaren Kombination, verflucht noch mal.* Plötzlich kam ihm die Sonne, die ihm auf den Kopf knallte, viel heißer vor. In seinen verschwitzten Sportsachen fühlte er sich nackt und lächerlich.
Plötzlich fühlte er sich alt.

Stille.
Ein grimmiger Blick über die linke Schulter, ein stechender Blick auf eine leere weiße Wand. Ricky fragte sich, wieso das große Krankenhaus, in dem er eine Teilzeitstelle angenommen hatte, in der ge-

schlossenen Abteilung auf diesen gähnend leeren Flächen bestand. Er hegte keinen Zweifel daran, dass der junge Mann, der ihm gegenübersaß, emsig dabei war, die Leere mit allen möglichen wilden, zweifellos furchterregenden Visionen zu füllen. Das Funkeln in seinen Augen war zweifellos ein Selbstschutzmechanismus, als könne er, indem er seine Visionen so offenkundig zeigte, überspielen, welche Angst sie ihm machten, und von seiner zittrigen Stimme oder dem Schweißfilm auf der Stirn ablenken. In dieser Hinsicht, ging es Ricky durch den Sinn, gab sich eine bipolare Störung den Anschein geistiger Gesundheit.

»Charlie«, sagte er leise, »was siehst du?«

Er erwartete keine Antwort auf seine Frage und bekam auch keine.

»Nichts.«

Der starre Blick bohrte sich immer tiefer in die Wand. Jede Sekunde, die so verging, verstärkte bei Ricky den Wunsch, dem Jungen zu helfen, und rückte seine Möglichkeiten zugleich in weitere Ferne.

»Spricht jemand mit dir? Außer mir …«

»Nein.«

Zwei Unwahrheiten. Ricky versuchte es andersherum.

»Würdest du es mir sagen, wenn es doch so wäre?«

Widerstrebend riss sich Charlie von der Wand und dem, was er darauf sah, los und wandte sich Ricky zu. Er stand auf, ging ein paar Schritte nach rechts, dann nach links und sackte wieder auf seinen Sitz.

»Selbstverständlich, Dr. Starks.«

»Nimmst du deine Medikamente regelmäßig?«

»Ja, selbstverständlich.«

Charlie hatte es noch nicht ausgesprochen, als er sich erneut zur Wand umdrehte, als suche er dort eine Bestätigung seiner Gewissenhaftigkeit. Ricky hegte wenig Zweifel daran, dass der Junge mitnichten seine verschriebenen Medikamente regelmäßig eingenommen hatte – der Grund für seine erneuten Visionen und die eine oder andere auditorische Halluzination und dafür, dass er wieder in der Geschlossenen gelandet war. Befehlshalluzinationen – Visionen und Stimmen, die Charlie *befahlen,* was er machen sollte – das aller-

gefährlichste Szenario. Charlie war gerade einmal dreiundzwanzig Jahre alt und ein bisschen ausgemergelt, da er immer, wenn er einen Krankheitsschub hatte, dazu neigte, seine Ernährung zu vernachlässigen. Sein wildes, verfilztes braunes Haar schien sich jedem Versuch zu widersetzen, es mit einem Kamm zu zähmen und zu richten. Ricky hatte eine ungefähre Vorstellung davon, wie enorm schwierig es sein musste, den Forderungen seiner Halluzinationen nachzukommen und zugleich die Vorschriften seiner Ärzte zu befolgen. Charlie saß in der Falle: Die Halluzinationen wollten, dass er verrückt blieb und sich ihnen fügte; die Ärzte wollten, dass er seine antipsychotischen Medikamente schluckte und ihnen ihre Arbeit erleichterte. Keine Seite wollte die andere verstehen, und in diesem Dilemma war Charlie der Dumme. Ricky hörte sich aufmerksam alles an, was Charlie ihm mitteilte. Dabei bezweifelte er, dass die Einbildungen, die Charlie an der leeren Krankenhauswand sah und hörte, sonderlich scharf darauf waren, dass Charlie seinem Arzt wichtige Einzelheiten preisgab.
»Eine Frage, Charlie«, fing er langsam an, immer noch um einen behutsamen Ton bemüht. »Wenn du Dinge siehst oder hörst, die andere vielleicht nicht wahrnehmen können – macht dir das Angst?«
Charlie drehte sich ein wenig auf seinem Sitz zu ihm um. Sie befanden sich in einem kleinen Praxisraum ohne jeglichen Komfort – nichts weiter als ein Tisch und zwei Stahlrohrstühle. Rickys Frage provozierte einen weiteren abrupten Blick zur leeren Wand, bevor die Antwort kam. Der junge Mann beugte sich, beinahe verschwörerisch, zu ihm vor und senkte die Stimme.
»Alles macht mir Angst, Doktor.« Er holte einmal tief Luft. »Ich versuche nur, es nicht zu zeigen.«
»Das ist wichtig, nicht wahr?«
Der junge Mann schnaubte verächtlich. »Ist es ja wohl für jeden«, sagte er. »Ob Sie nun krank sind oder nicht.«
Eine kluge Beobachtung, dachte Ricky. Er merkte sich vor, Charlies Medikamente ein wenig nachzujustieren. Eine angemessene Dosierung sollte theoretisch dabei helfen, ihn zu stabilisieren. Ob er dem Jungen letztlich helfen konnte, stand in den Sternen. Er wünschte es

sich sehnlichst, doch in der psychiatrischen Abteilung lagen zwischen Wunsch und Wirklichkeit Welten.

»Vielleicht können wir zusammen, du und ich, die Situation verbessern«, sagte Ricky.

»Das wäre schön. Bis jetzt hat mir noch keiner geholfen«, erwiderte Charlie.

Ricky sah ihm ins Gesicht und hoffte, er würde weitersprechen. Charlie wirkte nachdenklich, als seien die Stimmen für einen Moment verstummt. »Wissen Sie, Dr. Starks, was ich hier drinnen so hasse?«

»Was denn, Charlie?«

»Hier drinnen bin ich nicht ich. Jedenfalls nicht richtig. Ich bin Symptome. Ich bin eine Diagnose. Ich bin Zahlen in einem diagnostischen und statistischen Handbuch. Zweihundertsechsundneunzig, dreiundvierzig, wenn Sie es genau wissen wollen. Ich bin einfach nur eine Krankheit. Nehmen Sie dies, nehmen Sie das. Es geht Ihnen besser. Es geht Ihnen schlechter. Draußen bin ich wenigstens ein Mensch. Vielleicht kein guter, aber immerhin ein Mensch. Ich bin sozusagen unsichtbar.«

»Wenn du hier entlassen wirst, möchte ich, dass du zu mir in die Praxis kommst«, sagte Ricky. »Regelmäßige Termine. Anfänglich mindestens zweimal die Woche.«

»Sie meinen, *falls* ich je entlassen werde«, antwortete Charlie mit einem Grinsen. Gleichzeitig nickte er – wie Ricky vermutete, nachdem er die halluzinatorische Erlaubnis eingeholt hatte.

Als Ricky das Krankenhaus verließ und nach Hause fuhr, hatte schon die Abenddämmerung eingesetzt. Der Himmel hatte sich verdunkelt, Schatten krochen durch die Häuserschluchten der Stadt, schon am frühen Abend sah es wie Mitternacht aus, und die Gewitter, mit denen Ricky gerechnet hatte, brauten sich am Horizont zusammen. In der Ferne, irgendwo draußen über den Everglades, grollte der erste Donner. Die übrige Sitzung mit Charlie war besser gelaufen als erhofft. Charlie hatte sich entspannt, sein Misstrauen war ein wenig von ihm abgefallen. Ricky war verhalten optimistisch. Er blieb – direkt vor seinem Tor mit dem Eingangscode – noch einen Moment im Wagen sitzen und dachte an die letzten Worte, die der junge Mann ihm zum Abschied mitgegeben hatte:

»Viel Glück, Doktor.« Er gab den Zugangscode auf dem Keypad ein und wünschte sich, es wäre ebenso einfach, den jungen Anstaltspatienten aufzuschließen wie mit vier Tasten sein Eingangstor.

Als er in sein Haus trat, ging er immer noch der Frage nach, was er tun könne, damit sich Charlie ihm weiter öffnete. Drinnen war es stockdunkel, und die kühle Luft von der surrenden Klimaanlage strich ihm über die Haut wie ein feuchtes Tuch, mit dem man Worte von einer Wandtafel wischt. Er tastete nach dem Lichtschalter in der Diele und musste plötzlich an Mrs Heath denken und daran, wie verschieden die Bedürfnisse eines im Stich gelassenen, bipolaren Kindes gegenüber dem Schwall an Forderungen war, die ihre Familie an sie richtete. Eins hatten die sterbende alte Frau und der junge Mann gemein, dachte er. Beide rebellierten, jeder auf seine Art.

In diese Überlegungen vertieft, knipste er in der Diele die Lichter an und begab sich in sein Sprechzimmer.

In einer fließenden Bewegung öffnete er die Tür und griff nach dem nächsten Lichtschalter an der Wand.

Der Raum erstrahlte in grellem Licht.

»Gott!«, brachte Ricky heraus. Angst und Schrecken fuhren ihm in die Glieder.

Auf der Psychotherapie-Couch lag ein Mann und richtete eine halbautomatische Pistole direkt auf Rickys Gesicht.

»Hallo, Ricky«, sagte der Mann.

Ricky taumelte, wie vom Schlag gerührt, zurück. Sein Atem kam in kurzen, keuchenden Zügen. Er erstarrte wie in einem Eisblock.

»Nicht zurückgehen Doktor«, sagte der Mann. Mit dem Daumen zog er den Hahn seiner Waffe zurück. »Kommen Sie rein.«

Er wusste genau, wen er vor sich hatte:

Die Gestalt aus seinem wiederkehrenden Albtraum. Die Figur aus seiner realen Erinnerung. Die Person, auf die er geschossen, die er verwundet, aber möglicherweise nicht tödlich getroffen hatte.

Er wollte weglaufen. Sich verstecken. Schreien.
»Sie haben vermutlich nicht damit gerechnet, mich je wiederzusehen«, sagte der Mann.
Er wollte *Nein!* fauchen, doch dafür atmete er zu schnell. Er hyperventilierte. Ihm pochte der Puls in den Schläfen, ihm war ein wenig schwindelig und abwechselnd heiß und kalt. Er hatte das Gefühl, auf dünnem Eis zu stehen, das jeden Moment unter seinen Füßen einbrechen konnte, oder aber an einem heißen Tag auf schmelzendem Asphalt.
»Sie erinnern sich, was für einen Tag wir heute haben?«, fuhr der Mann fort.
Das Schweigen legte sich wie eine tödliche Krankheit über den Raum. Ricky wusste, dass er etwas sagen musste, sah sich jedoch außerstande. Es hatte ihm die Kehle zugeschnürt. Vor Angst schienen ihm die Lippen aufgeschwollen und fest verschlossen.
»Unser Jahrestag«, sagte der Mann. »Ihrer und meiner.«
Wieder trat Schweigen ein. Ricky hatte das Gefühl, dass sich ihm die Wand in den Rücken drückte, als ob alle Wände zusammenrückten.
»Das ist der Tag, an dem Sie mich zum Sterben liegen gelassen haben.«
Jetzt ging von dem Schweigen eine Eiseskälte aus.
»Sie haben mich getötet oder glaubten zumindest, mich *genug* getötet zu haben. Und Sie meinten, Sie könnten danach ewig so weiterleben?«
Der Mann, den Ricky einmal in drei verschiedenen Inkarnationen gekannt hatte: *Rumpelstilzchen,* die höhnische Person, die von ihm verlangt hatte, dass er sich das Leben nimmt; *Zimmerman,* der falsche Analysepatient, der ihn, während er ihm seine Lügen auftischte, von der Couch aus erforschte, und *Mr R,* der Profikiller, der ihn nur knapp verfehlt hatte. Jetzt wies er Ricky mit dem Lauf der Pistole an, auf seinem angestammten Stuhl Platz zu nehmen. Dabei schwang er die Waffe wie ein Dirigent den Stab, wenn er kurz vor dem Einsatz das Orchester zur Ordnung ruft.
»Sie haben sich in Sicherheit gewogen, nicht wahr?«

Ricky antwortete nicht.

»Da haben Sie sich jedenfalls getäuscht. In Wahrheit ist niemand sicher – egal, wie sehr man es sich einzureden versucht.«

Die Mündung der Pistole erschien Ricky wie ein weit geöffneter Schlund, ein Strudel inmitten des Ozeans. Er spürte, wie ihn langsam, aber unaufhaltsam der Sog erfasste und in die Tiefe zerrte. Er glaubte zu ertrinken.

2

Ricky sah sich verzweifelt nach einem Gegenstand um, den er als Waffe benutzen konnte. *Eine Lampe? Einen Stuhl zum Werfen? Was könnten schon meine Fäuste gegen eine Pistole ausrichten?* Eine Woge der Panik brandete heran und riss ihn mit. Wunschvorstellung: W*egrennen. Verstecken. Flüchten.* Er holte tief Luft, um wieder klar zu denken. Die Wirklichkeit: *Einer Kugel kann man nicht davonlaufen. Das hast du von Tarik gelernt.* Es kostete ihn eine gewaltige Willensanstrengung, seine Angst in den Griff zu bekommen, einigermaßen Haltung zu bewahren, langsam zu seinem Schreibtisch hinüberzugehen und sich dahinter auf seinen Stuhl zu setzen.

Er wollte sich zur Wehr setzen. Auch wenn er nicht recht wusste, wie. Mr R hatte offenbar solche Überlegungen bei Ricky einkalkuliert.

»Ich vermute mal, Sie denken gerade an diesen Revolver, den Sie – recht vorhersehbar – in Ihrem Nachttisch aufbewahren«, sagte er in beiläufigem, fast amüsiertem Ton. »Und Sie wünschen sich, er könnte jetzt auf wundersame Weise plötzlich in der obersten Schublade Ihres Schreibtischs liegen, sodass Sie heimlich danach greifen können. Aber leider befindet sich Ihre Waffe in keiner der beiden Schubladen. Sie ist nämlich hier, bei mir.«

Der Mörder hielt die linke Hand hoch. Ricky stellte fest, dass er OP-Handschuhe trug. An seinem ausgestreckten Finger baumelte seine Waffe. »Sehen Sie?«

Mit einer geübten Bewegung schnippte Mr R die Trommel von Rickys Waffe auf und ließ alle sechs Kugeln zu Boden fallen. Auf dem dicken Orientteppich machten sie kaum ein Geräusch. Dann bückte er sich und hob eine Kugel wieder auf. Er schob sie in den 357er, ließ mit einer lässigen Bewegung aus dem Handgelenk heraus die Trommel wieder zuschnappen und drehte die Trommel. »Wie wär's mit einem kleinen Spiel, Doktor. Zum Beispiel Russisch Roulette? Sie und ich?« Mit dem Daumen zog er den Hahn zurück und richtete die Waffe auf Ricky.

»Sollte ich schießen? Wie optimistisch sind Sie, Doktor?«

Ricky blieb wie erstarrt sitzen.

Der Killer grinste. »Ist nicht das ganze Leben ein einziges Russisches Roulette?«

Mr R warf die Waffe achtlos weg und legte beide Hände um seine halbautomatische Pistole, die er jetzt direkt auf Rickys Brust richtete.

»Sie meinen, wenn Sie mich jetzt töten, wären wir quitt, ja?«, platzte Ricky heraus. Während er auf die Pistole starrte, rief er sich ins Gedächtnis, dass er sich schon einmal einer solchen Waffe gegenübergesehen hatte, in denselben Händen, und dass er bei jener Konfrontation mit dem Leben davongekommen war.

»Sie haben mich einmal zum Sterben liegen gelassen«, sagte der Mörder. Er erhob sich von der Therapiecouch und wechselte zu dem Ledersessel, der Rickys Schreibtisch gegenüberstand. Ricky bemerkte, dass Mr R zwar nicht direkt humpelte, sein Gang jedoch ein wenig an einen Betrunkenen erinnerte.

Ricky fand zum geübten Tonfall des Psychoanalytikers zurück. Gleichmütig. Unerschrocken. Unmissverständlich. Sachlich. Als hätte er ihn unter einem Stein entdeckt und einfach zugegriffen.

»Ich denke, Sie sollten schon bei den Fakten bleiben«, sagte er. »Ich habe damals einen Krankenwagen gerufen, Ihre Verletzungen präzise beschrieben, genau erklärt, wo Sie zu finden seien, und Sie, da ich nichts mehr für Sie tun konnte, mit einer realistischen Überlebenschance zurückgelassen. Eine Chance, die Sie offensichtlich ergriffen haben.«

Mr R schüttelte den Kopf. »Geringe Chance«, stellte er klar.

Ricky holte Luft und konterte: »Aber offenbar groß genug.«

Mr R lachte laut auf. »Na schön. Zugegeben«, sagte er.

»Ich dachte, wir seien fertig miteinander«, fuhr Ricky fort. »Das war die Vereinbarung. Sie haben versucht, mich zu töten. Ich habe versucht, Sie zu töten. Sie verdanken es mir, dass Sie überlebt haben. Auch Ihr Bruder und Ihre Schwester sind am Leben geblieben. Das scheint mir doch eine ausgeglichene Situation zu sein. Gute Voraussetzungen, um die Resettaste zu drücken. Ich konnte meinen Beruf wieder ausüben. Sie konnten weiter Leute ermorden oder was auch immer Sie mit Ihrer Zeit anzufangen gedachten. Sie gingen Ihres Weges, ich meines Weges. Damit war unsere gemeinsame Vergangenheit ausgeglichen.«

»Das sehe ich anders, Ricky«, antwortete Mr R und wechselte plötzlich in eine schroffe Tonlage. »Bei unserer letzten Begegnung sind wir beide gestorben. Nur dass es Ihnen nicht klar war.«

Ist da was dran? Was der Mörder da sagte, traf bei ihm einen Nerv. Im Schnelldurchlauf führte er sich vor Augen, was für ein zurückgezogenes Leben er führte. Einsam. Auf sich gestellt. *Habe ich mich die ganze Zeit versteckt? Ja.* Mr Rs Bemerkung drang so lebensgefährlich in ihn ein wie eine Kugel. *Aber das war mein altes Ich. Nicht mein neues. Das neue Ich verdient es zu leben,* hätte er am liebsten gebrüllt. Doch er steckte zwischen dem, was *war,* und dem, was hätte *sein können,* fest.

Ricky saß still, ohne auch nur einen Finger zu rühren. Dabei spürte er, wie sich jeder Muskel in seinem Körper verspannte. Er konnte nur hoffen, dass er im Gesicht nicht blass geworden war und ihm die Hände nicht zitterten. So starrte er den Mörder an. Mr R schien um mehr als nur fünf Jahre gealtert zu sein; am Haaransatz war er ergraut, um die Augen hatte sich ein Faltenkranz gelegt, und er bewegte sich zögerlich, wie ein alter Mann mit permanenten Schmerzen. Mr R erinnerte Ricky an einen Mann, der viel zu viele Jahre körperlich hart gearbeitet hatte, tief unter der Erde in einer Kohlenmine, die Spitzhacke in der Hand, vorgebeugt. Fehlte nur noch der verräterische Staublungen-Husten.

Er hielt nach Ärger, Wut Ausschau. Er forschte in jeder Falte, in jeder Regung des Gesichts nach mörderischer Entschlossenheit. Er hoffte, etwas anderes darin zu entdecken, etwas, das ihm einen Hoffnungsschimmer ließ, doch seine Absichten blieben ihm verborgen.

»Ist das Ihre Absicht?«, fragte er kalt. »Glauben Sie im Ernst, Sie könnten mich erschießen und einfach so hier rausspazieren?«

»Ich bin schon oft so davonspaziert«, erwiderte Mr R. »Wieso also nicht auch jetzt?«

Weil Sie nicht wüssten – zumindest nicht sicher –, ob ich für einen Moment wie diesen eventuell Vorkehrungen getroffen habe«, erwiderte Ricky auf der verzweifelten Suche nach Argumenten. »Vielleicht habe ich ja jeden Tag damit gerechnet, dass Sie plötzlich wieder auftauchen. Was könnte ich für einen solchen Fall wohl unternommen haben? Zum Beispiel das Naheliegende: einen aktenkundigen Brief, bei einem Anwalt hinterlegt, mit dem Vermerk *im Falle meiner Ermordung*, mit Fotos und Dokumenten und allem, was nötig ist, um auf Sie, Ihren Bruder und Ihre Schwester zu verweisen. Vielleicht habe ich ja auch ein Überwachungssystem eingerichtet, das alles, was in diesem Raum passiert, festhält. Oder ich habe längst auf einen stummen Alarmknopf gedrückt, und die Polizei ist bereits unterwegs. Ist es Ihnen schon mal in den Sinn gekommen, dass ich in den letzten fünf Jahren an unterschiedlichsten Waffen schießen gelernt habe und – entgegen dem äußeren Anschein – ganz und gar auf ein solches Wiedersehen vorbereitet bin?«

»Zu viele *vielleicht* und *möglicherweise* in dem, was Sie da sagen, Ricky«, erwiderte der Mann ungerührt. »Nein, Doktor«, sagte Mr R mit einem Lächeln und Achselzucken. »Ich glaube, Sie haben nichts dergleichen getan. So klug das alles klingt, erscheint mir das unwahrscheinlich, und ich schätze, Sie haben sich nicht auf diesen Moment vorbereitet. Ich denke, bei unserer letzten Begegnung haben Sie sich als Gewinner gefühlt. Sie gingen als Sieger vom Feld. Und Sieger halten sich immer für unverwundbar, oder? Sie kommen nicht auf die Idee, dass das Spiel vielleicht noch nicht vorbei ist. Davon abgesehen, gehen solche Vorkehrungen einem Psychoanalytiker gegen den Strich, habe ich recht? Sie hören zu. Sie schätzen ein. Und dann ziehen Sie Ihre Schlüsse – aber einen detaillierten Plan zu entwerfen und sich daran zu halten, so wie *ich es täte?* Wohl eher nicht.«

»Ihr letzter Plan war Ihre Vorstellung als Mr Zimmerman, als der Sie sich bei mir eingeschlichen haben, während der wahre Zimmerman längst tot war. Mein Pseudo-Patient, der mir jede Menge Lügen aufgetischt hat«, fiel Ricky ihm ins Wort. Eine gewisse Bitterkeit in seinem Ton konnte er nicht unterdrücken.

»Sie sagen es. Aber ist es nicht so, dass ein Patient im Lauf einer Behandlung den therapeutischen Prozess fast so gut versteht wie der Analytiker?«

Obwohl der Mörder am Lauf seiner Waffe entlang das Ziel anvisierte, wirkte sein Blick zugleich ein wenig versonnen.

»Und stimmen Sie mir nicht darin zu, dass manche Verbitterung ewig weiterschwelt? Sie brodelt unter der Oberfläche, Tag für Tag, Jahr um Jahr«, sagte Mr R.

Ricky antwortete nicht.

»Aber ich schweife ab. Kurz gesagt, Doktor, niemand von Ihrem Schlag trifft Vorkehrungen, um seinen eigenen Tod zu verhindern. Verhindern ist hier das entscheidende Wort. Sicher, wir kaufen uns vielleicht eine Waffe, die wir irgendwo griffbereit aufbewahren, und halten sie für eine Art Lebensversicherung. Allzu vorhersehbar. Und dabei verstecken Sie das Ding auch noch am offensichtlichsten Ort. Oder Sie installieren irgend so eine neumodische Überwachungsanlage, wie Sie es gerade beschrieben haben. Aber das würden Sie nicht tun, denn das würde die Privatsphäre Ihrer Patienten verletzen.«

Er schüttelte kaum merklich den Kopf.

»Und, Ricky, unter gar keinen Umständen wollen Sie sich paranoid vorkommen …«

Ricky hasste, was der Killer sagte, denn jedes Wort traf zu.

»… während Ihnen ein bisschen Paranoia vielleicht ganz gutgetan hätte.«

Mr R wartete vergeblich auf eine Reaktion.

»Darauf wissen Sie nichts zu sagen, Doktor? Nun, dann sage ich Ihnen etwas auf den Kopf zu: Das alles sind dürftige Vorkehrungen, um am Leben zu bleiben. Wie Rettungsboote auf einem Kreuzfahrtschiff. Mit ein bisschen Glück könnten sie bei einem Unwetter helfen, oder aber sie erweisen sich im Ernstfall als vollkommen unzulänglich, wie beim Untergang der Titanic. Und davon abgesehen, fragt es sich doch wohl, ob die Gefahr nicht ganz woanders lauert? Vielleicht in Form einer ansteckenden Krankheit, die sich rasant unter den Passagieren ausbreitet? Oder vielleicht mehr im Stil von Hollywood: ein Serienmörder, der an Bord arbeitet. Dafür gibt es kein Rettungsboot. Aber egal, das wird hier heute Abend nicht passieren.«

Er verstummte und musterte Rickys Gesicht.
»Jedenfalls nicht genau das, was hier heute Abend passiert.«
Ricky wechselte die Stellung.
»Und was, bitte schön, soll hier heute Abend passieren?«
»Sehen Sie, was an diese Waffe angeschraubt ist, Ricky?«
Schwer zu übersehen. Ein schwarzes Verlängerungsrohr am Lauf. Jedem vertraut, der sich schon einmal Krimis im Kino oder im Fernsehen angeschaut hat.
»Ein Schalldämpfer«, antwortete er.
Der Killer nickte. »Damit wird ein lautes *Peng!* zu einem dumpfen *Plopp!*«, sagte er. »Eine wunderbare Vorrichtung. Sie verhindert nicht die beabsichtigte Tötung mit dieser Waffe, doch für den Bruchteil einer Sekunde schafft es andere Gegebenheiten, erweitert die Möglichkeiten, indem sie die Lautstärke dämpft. Sie verringert für die eine Seite das Risiko, indem die andere Seite geräuschlos stirbt. Es ist illegal, wissen Sie, Ricky, so ein Ding an der Waffe zu verwenden. Ich fand das schon immer irgendwie irrational. Die Waffe, aus der der tödliche Schuss kommt, ist nicht unbedingt illegal. Ich meine, Sie können einfach in ein Waffengeschäft gehen, ein paar Formulare ausfüllen und mit einer tödlichen Waffe wieder hinausspazieren. Aber die Vorrichtung, die das Geräusch verändert, macht es zur Straftat. Ist das nicht eine Ironie?«
Ricky wollte etwas erwidern, hatte jedoch eine derart trockene Zunge, dass er nur stumm nickte.
Der Mörder wechselte die Haltung, ohne dass sich die Waffe in seiner Hand bewegte.
»Sie sollten den Schalldämpfer – und das, wozu er dient – im Kopf behalten.«
Ricky versuchte, alle Kräfte zusammenzunehmen, um sich in einem ebenso verzweifelten wie nutzlosen Aufbäumen über den Tisch zu werfen und dem Mörder die auf ihn gerichtete Waffe zu entreißen. Er wusste, dass es nicht gelingen konnte, doch er wollte seinen Tod nicht passiv und widerstandslos über sich ergehen lassen. Er schloss die Füße unter dem Tisch, um besser hochschnellen zu können. Spannte die Muskeln, versuchte, ihnen Befehle zu erteilen. Ohne

sich zu rühren, bereitete er sich innerlich vor: *Achtung, fertig …* bevor er *los!* denken konnte, meldete sich der Mörder zu Wort.

»Schalten Sie Ihren Computer ein«, sagte er kalt.

Ricky hielt inne.

»Was?«

»Sie sollen Ihren Computer einschalten. Den auf der Ecke Ihres Schreibtischs. Das kann doch nicht so schwierig sein, Ricky«, sagte Mr R in spöttischem Ton.

»Wieso?«

»Wollen Sie denn gar nicht wissen, weshalb ich heute Abend hier bin?«, konterte der Killer mit einem trockenen Lachen.

Ricky schaltete den Computer ein. Der schwarze Bildschirm nahm Farbe an: ein vorhersehbarer Schoner mit der Skyline von Miami.

»Und jetzt spielen Sie die hier ab«, sagte Mr R ruhig. Er zog eine CD aus der Jackentasche und warf sie auf den Tisch. Ricky griff so vorsichtig danach, als sei sie radioaktiv, und schob sie in den Einschubschlitz an der Seite.

In der Mitte des Bildschirms erschien ein Pfeil.

»Gehen Sie da drauf«, befahl Mr R und wedelte mit der Waffe.

Bevor etwas zu sehen war, ertönte Musik:

Streicher, die sich zu einem komplexen Höhepunkt eines vage vertraut klingenden klassischen Stücks aufschwangen.

Zehn Sekunden, nicht mehr.

Abrupt hörte die Musik auf.

Dann erschien ein etwas unscharfes Bild auf seinem Monitor. Am unteren Bildschirmrand war die vertraute Symbolleiste – mit dem *Play*-Befehl auf der linken Seite. Auf dem Standbild konnte Ricky etwa in der Mitte zwei Personen ausmachen, überlagert von einer Botschaft in roten Druckbuchstaben:

16. September
21.37
Das 13th Street Repertory Theater
70 West 13th Street New York City
Zweite Probe/ohne Skript

Das Datum lag sechs Tage zurück. Ricky sah eine kleine dunkle Bühne mit einer verblassten roten Ziegelwand auf einer Seite und einem schwarzen Vorhang als Hintergrundkulisse. In der Mitte der Bühne stand nichts weiter als ein Holzstuhl.

Darauf saß ein Mann. Er hielt die Hände so zusammen, als seien sie gefesselt. Ricky kannte den Schauspieler nicht. Dem Mann gegenüber stand, nur ein, zwei Meter entfernt, eine Schauspielerin.

Die Frau erkannte Ricky auf Anhieb wieder.

Die jüngere Schwester des Mörders. Die Frau, die er als Virgil gekannt hatte.

Sie hielt eine Revolverattrappe in der rechten Hand – zumindest nahm er an, dass es sich um keine echte Waffe handelt. Sie war so schön wie an dem Tag, als er ihr zum ersten Mal begegnet war und sie ihm die erste Drohung überbracht hatte. Der Auftakt zu einer Situation, in der ihm alles, was er einmal für sein Leben gehalten hatte, auf den Kopf gestellt und zunichtegemacht wurde. Bei ihrem Anblick auf dem Bildschirm bestürmten ihn Erinnerungen und Emotionen. Seltsamerweise gab er für das, was an diesem Abend vermutlich geschehen würde, seinen Tod von der Hand ihres älteren Bruders, Virgil die Schuld. Dabei packte ihn eine so widersinnige, irrationale Wut, dass er sie am liebsten durch den Computerbildschirm an der Kehle gepackt hätte, um Gott weiß was mit ihr zu tun.

Ricky sah zu Mr R auf. »Fehlt nur noch Ihr Bruder, der Anwalt, der sich Merlin nannte.«

»Richtig«, sagte der Killer. »Aber wir sind noch nicht fertig. Spielen Sie die Szene ab.«

Ricky klickte *Play* an.

Die Handlung erwachte, fast mitten im Satz, zum Leben.

Virgil richtete die Revolverattrappe auf den sitzenden Mann. Ihr stand mühsam beherrschte Wut ins Gesicht geschrieben. Der Schauspieler auf dem Stuhl schien in einer Mischung aus Panik und Resignation, die im nächsten Moment zu Entschlossenheit verschmolzen, seinem Schicksal entgegenzusehen. Für den Bruchteil einer Sekunde war Ricky verwirrt. Er hatte augenblicklich angenommen, bei dem Mann auf dem Stuhl auf der Bühne handele es sich um ihn selbst, als mimte der Schauspieler seine eigenen Gefühlsreaktionen. Und dann kam ihm ein entsetzlicher Gedanke: *Das ist kein Stück. Das ist real.* Als Nächstes: *nein, natürlich nicht.* Schließlich tat Ricky diese Gedanken beiseite und sah sich die Handlung auf dem Computer aufmerksam an.

»Sie haben zehn Sekunden«, folgte Virgil dem Skript in von mörderischer Lust triefendem Ton. »Eins, zwei, drei, vier, fünf, sechs …«

Hinter der Bühne ertönte eine sonore Männerstimme: Unterstreichen Sie den Countdown mit der Waffe …«

Virgil nickte. Sie sammelte sich, schlüpfte erneut in ihre Rolle.

»Sie haben zehn Sekunden«, wiederholte sie im selben Ton, diesmal jedoch, indem sie die Waffe ausstreckte. »Eins, zwei, drei, vier, fünf, sechs …« Bei jeder Zahl zuckte sie mit dem Revolverlauf.

»Gut«, sagte die Stimme hinter der Bühne. »Genau so, wie ich es meinte.«

Virgil fuhr fort: »Die Zeit ist gleich um. Sieben! Spucken Sie's aus!«

Der Mann auf dem Stuhl schien Haltung anzunehmen, der Drohung zum Trotz. »Nein. Denn selbst wenn ich gestehe, geben Sie sich trotzdem nicht zufrieden!«

Virgil zögerte auf der Bühne. Ohne sich etwas anmerken zu lassen, flüsterte sie: »Text!«

Prompt soufflierte eine irgendwo im dunklen Theater verborgene Stimme laut und deutlich: »Töten Sie Ihren Bruder! Töten Sie ihn noch heute Nacht! Oder morgen! Das ist Ihre einzige Chance, Ihr eigenes Leben zu retten!«

Auf der Bühne hielten beide Schauspieler abrupt inne. Sie sahen sich verwirrt und verständnislos um. Aus dem Off war die verärgerte Frage des Regisseurs zu hören: »Wer hat das gesagt? Das ist der falsche Text, verflucht noch mal! Wer war das?«

Ricky sah, wie Virgil plötzlich ihre Revolverattrappe fallen ließ. Ihr stand die Angst ins Gesicht geschrieben. Dann wurde der Bildschirm schwarz. Nach mehreren Sekunden erschien wieder ein *Play*-Pfeil.

»Moment«, sagte Mr R gereizt. »Warten Sie eine Sekunde.«

Ricky war gerade dabei gewesen, die Computermaus auf diesen Pfeil zu steuern. Er blickte zu Mr R auf und sah, dass er die Lippen zusammenpresste.

»Wer …«, fing Ricky an.

»Ich weiß es nicht«, antwortete Mr R.

»Aber Sie müssen doch …«

»Nein. Als sie ein paar Minuten später die Lichter im Theater anknipsten, war niemand da, außer meiner Schwester, dem anderen Schauspieler, dem Regisseur, einem Inspizienten und dessen Freundin, die an diesem Abend aushalf. Derjenige, der diesen Text gesprochen hatte, war verschwunden.«

»Und was ist mit der Kamera, mit der diese Szene aufgenommen wurde?«, fragte Ricky, um sich auf das, was er gesehen hatte, einen Reim zu machen.

Ebenfalls verschwunden. Oder besser gesagt, sie wussten nicht, dass sie gefilmt wurden, bis sie am folgenden Tag diese CD mit der Post bekam.

Ricky forschte in Mr Rs Gesicht. Wie bei dem Schauspieler auf der Bühne konnte er in seinem Blick einen Zwiespalt erkennen.

»Sie rief mich direkt nach der Probe an und erzählte mir, was passiert war.«

»Und?«

»Ich habe es ihr nicht auf Anhieb geglaubt. Erst mal vermutet, dass sie etwas missverstanden haben könnte. Schließlich ist sie auf der Bühne hoch konzentriert. Ich ging also zunächst davon aus, dass sie in den Kulissen irgendwas vermasselt hatten. Etwas, worüber sie bei der Premiere lachen würden. Schon seltsam, meine Reaktion, nicht wahr, Ricky? Typischer Abwehrreflex? Verleugnung? Oder wie lautet der Fachbegriff dafür, dass man jemandem, dem man ein ganzes Leben lang vertraut hat, plötzlich nicht mehr glaubt? Noch dazu, wenn man gewohnt ist …«, er zögerte einen Moment und warf einen kurzen Blick auf die Waffe in seiner Hand, »… nun ja, wenn man mit der *Launenhaftigkeit* des Sterbens vertraut ist.«

»Ich vermeide solche Charakterisierungen …«, fing Ricky an.

Doch Mr R fiel ihm mit einem trotzigen Schnauben ins Wort. »Aber sicher. Ricky *hält* sich *raus*. Und jetzt klicken Sie schon diesen Play-Pfeil an.«

Auf dem Bildschirm erschien ein anderes Standbild, mit der dazugehörigen Symbolleiste am unteren Bildschirmrand. In diesem Fall handelte es sich um eine Szene in einer im Grünen gelegenen Wohngegend, genauer gesagt, einer seltsam vertraut erscheinenden, von dicht belaubten Bäumen gesäumten Straße. Im Hintergrund war ein kleiner, weißer, neunsitziger Van zu sehen. Obwohl auch dieses Standbild ein wenig verschwommen war, konnte Ricky den Namen einer Schule entziffern, der auf der Seite stand. Auch dieser Clip war mit derselben roten Blockschrift überblendet:

16. September
7.17
247 Middle Street
Greenwich, Connecticut
Abholstrecke Nr. 4

»Also los, spielen Sie das Video ab«, sagte Mr R.

Ricky drückte die Maustaste. Auf dem Bildschirm erschien:

Ein Junge, vielleicht zehn Jahre oder etwas älter, in kakifarbener Hose und hellblauem Shirt, der aus der Haustür eines großen Hauses im Tudor-Stil inmitten überaus gepflegter Gartenanlagen stürmte, während genau im selben Moment auf der Straße der weiße Van hielt. Der Junge drehte sich noch einmal kurz um und winkte jemandem im Haus zu, dann rannte er aufgeregt zu dem wartenden Fahrzeug. Im selben Moment flog die Tür des Vans auf, für eine Sekunde konnte man drinnen einen Blick auf andere Kinder erhaschen, bevor der Junge auf einen freien Sitz schlüpfte und aus dem Blickfeld verschwand.

Überblendet wurde die Szene mit den Worten:

Marky junior
»Verpass den Bus nicht …«

Der Bildschirm wurde schwarz.
Aus den Computerlautsprechern war erneut Musik zu hören. Das Orchester strebte dem dramatischen Crescendo zu. Es war die Fortsetzung der Eingangssequenz. Die Musik schwoll an und setzte abrupt aus.
Zehn Sekunden, nicht mehr.
Und noch ein Standbild erschien auf dem Computer:
Die Eingangstür desselben Hauses.
Dieselbe rote Blockschrift:

16. September
7.22
247 Middle Street
Greenwich, Connecticut

Derselbe Play-Pfeil. Mr R wedelte mit seiner Pistole.
Die unsichtbare Kamera richtete sich für einen kurzen Moment auf die Tür. Gleich darauf erschien darin eine attraktive Frau – dunkelhaarig, Designerhose zur Seidenbluse –, trat mit einem Mädchen ins Freie, etwa gleich alt wie der Junge im letzten Video. Das Kind trug Jeans zu einem scharlachroten T-Shirt und hüpfte freudig durch den Garten Richtung Straße. Das Mädchen warf sich einen leuchtend pinkfarbenen Rucksack über die Schulter und stieg auf den Beifahrersitz eines teuren weißen Mercedes SUV. Die Kamera hielt die Abfahrt wie ein Augenpaar fest, bevor sie wieder zur Haustür schwenkte.
Diese Einstellung hielt sie für weitere dreißig Sekunden, so lange, dass man sich fragte, was das Ganze sollte. Dann öffnete sich die Tür, und der Mann, den Ricky einst als Merlin kannte, trat heraus. Er trug ein blaues Nadelstreifenjackett lose über der Schulter und in der anderen Hand einen Aktenkoffer aus glänzendem braunem Leder – der Inbegriff eines gut situierten Anwalts. Er schloss hinter sich ab, begab sich lässig zu einer silberfarbenen Mercedes-Limousine, setzte sich hinters Lenkrad und fuhr, genauso wie im vorherigen Video das andere Fahrzeug, die Einfahrt entlang zur Straße und verschwand aus dem Sichtfeld. Sowie der Mercedes weg war, blieb das Video stehen.

Ähnlich wie zuvor unter dem letzten Standbild ein Kommentar:

Molly und ihre Mutter Laura.
»Ab in die Schule, tra-la-la-la …«
Mark senior.
»Ab ins Büro. Packen wir's an …«

An dieser Stelle wurde der Bildschirm wieder schwarz. Drei Sekunden.
Dann erschien die rote Blockschrift.

Gleiches Datum.
Gleiche Adresse.
7.39.

Für einen Augenblick blieb der Schriftzug auf dem Bildschirm stehen, dann ging er ins Bild einer elektronischen Digitaluhr an der Vorderseite eines Herdes über, auf der dieselbe Zeit abzulesen war.
An dieser Stelle fuhr die Kamera zurück und schwenkte umher: Eine gut ausgestattete, hochwertige Küche. Brandneu, moderne Geräte in rostfreiem Stahl. Arbeitsflächen aus Granit. Maßgefertigte Schränke. Weinkühlschrank. Teure Hängelampen.
In ein und derselben Kameraeinstellung ging es weiter durch einen Essbereich mit einem großen Tisch aus spiegelblankem, dunklem Holz in ein großzügiges Wohnzimmer, das mit seinem in Weiß gehaltenen Mobiliar eine keimfreie Sauberkeit verströmte, dann in einen kleineren Raum mit vier schwarzen Liegesesseln vor einem Großbildfernseher an der Wand; von dort aus an gerahmten Familienfotos vorbei die Treppe ins Obergeschoss hinauf, zuerst in ein Elternschlafzimmer, in dem die Kamera verweilte, als könne sie sich von den in Wandschränken hängenden Kleidern, den Seidenkissen sowie einer Phalanx teurer Kosmetiktiegel und -döschen nicht losreißen, um als Nächstes zwei Räume aufzunehmen, die offensichtlich Kindern gehörten. In einem fielen Poster von Sportlern und von einem Disney-Film sowie einem hastig gemachten Bett mit Star-Wars-Wäsche auf. Im zweiten wimmelte es von

Popstars an den Wänden, während in einer Ecke ein handgeschnitztes Puppenhaus stand. Die Kamera hielt eine Reihe von Stofftieren fest – einen gelben Dinosaurier und einen grünen Alligator, mehrere, die an Katzen erinnerten, einen Hund mit Schlappohren und traurigem Blick sowie eine Raggedy-Andy-Puppe, und halb verdeckt war der Bär Paddington zu erkennen. An diesem Punkt erschien eine Hand mit schwarzem Handschuh im Bild. Zuerst schwebte sie über den Stofftieren, dann warf sie einige davon zur Seite und schwebte schließlich über Paddington. Sie packte das Spielzeug am Hals und verdrehte ihm den Kopf. Dabei löste sich die gelbe Mütze des Bären und fiel zu Boden. Das künstliche Fell riss auf, und an der Stelle quoll ein wenig von dem Füllmaterial heraus. Nun wurde der Hals des Bären so verdreht, dass das Tier den Kopf hängen ließ, als sei ihm das Genick gebrochen. Dann warf die schwarze Hand das beschädigte Spielzeug wieder aufs Bett – um nur einen Moment danach erneut aufzutauchen, diesmal, indem sie ein Filetiermesser schwang. Sie schlitzte den Bären auf und zog sich zurück. Mehrere Sekunden lang verweilte die Kamera reglos auf dem zugerichteten Paddington, bevor diese Einstellung in einem professionellen gleitenden Wechsel in eine Nahaufnahme von einem der an der Treppe hängenden Familienfotos überging: Merlin, seine Frau, seine zwei Kinder an einem Strand. Ein typischer Ferienschnappschuss fürs Familienalbum – grinsende, sandverschmierte Gesichter, Plastikeimerchen und Strandburg.

Wieder erschien die Hand. Diesmal hielt sie einen roten Marker, mit dem sie sorgfältig um jede Person auf dem Foto einen Kreis zog und sie anschließend mit einem X markierte. Für einen Moment verschwand die Hand mit dem Stift aus dem Bild.

Kurz darauf war sie wieder da und zerschmetterte mit einem einzigen heftigen, jedoch lautlosen Faustschlag den Glasrahmen.

Die Kamera verweilte auf den Scherben.

Der Aufnahmewinkel verschob sich ein wenig und fing dieselbe Hand wieder ein, die jetzt ein schlichtes braunes Kästchen hielt. Sie drehte das Kästchen um, und zehn, zwölf Holzstücke fielen heraus; ein handgefertigtes Puzzlespiel – aber keins von diesen komplizierten, riesigen Bildern mit über tausend Einzelteilen, mit denen man einen ganzen

Sommer zubringen konnte. Das hier war eher die Version für ein Kleinkind, mit einem einfachen, in wenige Stücke zersägten Bild, das auf einer Holzplatte zusammenzusetzen war. Was für ein Bild das Puzzle ergeben würde, blieb ungewiss. Die Kamera hielt nur die herausgefallenen Teile fest. Dann griff der schwarze Handschuh zwei davon heraus, hielt sie einen Moment lang hoch und setzte sie dann zusammen.
Nun erschien wieder die rote Blockschrift:

Erstes Puzzleteil. Zweites Puzzleteil. Fällt der Groschen?

Plötzlich wurde der Bildschirm wieder schwarz.
Es setzte laute Musik ein.
Zehn weitere Sekunden lang spielte ein Orchester …
… und endete abrupt auf einer künstlich widerhallenden Note. Ricky starrte auf den Bildschirm. »Kommt noch mehr?«, fragte er.
»Nein«, antwortete Mr R.
»Und welchen Reim soll ich mir darauf machen?«, fragte Ricky.
»Tod«, erwiderte Mr R. »Es geht um den kurz bevorstehenden Tod.«
Ricky wechselte auf seinem Stuhl die Stellung.
Ihm wurde heiß, als sei er in seinem Büro gerade unter ein Scheinwerferlicht getreten. Wie einen Schauspieler, der auf der Bühne ein Stück einübt, überwältigte ihn das Gefühl, mit jedem Gesichtsausdruck, dem Tonfall eines jeden Wortes, das er aussprach, auf dem Prüfstand zu stehen.
Mr R sah ihn mit eherner Miene an. Vollkommen ungerührt. Ricky flog der Gedanke an, ein solches Gesicht mache nur jemand, der jeden Moment abdrückt: eiskalt. Mit Haifischaugen, vor dem tödlichen Biss. Die Waffe in der Hand des Killers rührte sich nicht.
»Die Musik?«, fragte Mr R. »Erkennen Sie die?«
»Nein.«
»Schubert. Und diese Dialogfetzen aus dem Bühnenstück? Haben Sie die wiedererkannt? Oder das Bühnenbild vielleicht?«
»Etwas Modernes.«
»Ja. Und ziemlich berühmt. Ich gebe Ihnen einen Tipp: Rache.«
Mr R kniff die Augen zusammen.

»Da klaffen aber beträchtliche Bildungslücken, Ricky.«
Aus jedem anderen Mund hätte die Bemerkung wie der Auftakt zu einem Witz geklungen. Blitzschnell versuchte Ricky, sich im Kopf seine Überlebenschancen auszurechnen: *Auf der Haben-Seite lebe ich ... Auf der Soll-Seite sterbe ich ...* Der Mann ihm gegenüber war ein Killer, ein Soziopath, dem absolut zuzutrauen war, dass er Ricky eine ganze Theatervorstellung hindurch schmoren ließ, nur um seine Reaktion in der Sekunde abzuschätzen, in der er den Schuss abfeuerte. Mr R bedurfte keiner Erklärungen für das, was er tat. Mr R brauchte für sein Handeln kein Wofür und kein Warum. Er war ein Mann der Tat. Als Kind war er zu einer Tötungsmaschine abgerichtet worden, und zwar von einem Experten auf dem Gebiet – demselben Mann, der einmal Rickys Psychoanalytiker und sein Mentor gewesen war. Mr R hatte eine einzige Schwäche, er genoss die perverse Beziehung zwischen dem Todesbringer und dem Empfänger. Auf diesem Spezialgebiet konnte Mr R niemand das Wasser reichen.
Spinne. Fliege. Netz.
Ricky starrte Mr R an: *ein Mann, der Tod und Rache liebt.*
Ricky schnappte nach Luft.
Das stimmt nicht ganz, korrigierte er sich im Stillen. *Er liebt seine jüngeren Geschwister, seinen Bruder und seine Schwester, inniglich und würde absolut alles für sie tun. Sie sind das Einzige, was ihn mit der realen Welt verbindet – und sie verleihen in seinen Augen dem, was er tut, einen Sinn. Es gibt buchstäblich nichts, was er ihnen abschlagen würde. Er ist kein Roboter. Er ist ein Soziopath mit einem winzigen Quäntchen Menschlichkeit.*
Doch dieses Quäntchen ist in diesem Moment vielleicht wichtiger als alles andere an ihm.
»Also«, ergriff Mr R wieder das Wort. Immer noch kalt, registrierte Ricky, *aber Vorsicht!* – diese Kälte konnte jeden Moment in rot glühende Wut umschlagen, in Sekundenschnelle. »Also, Mr Psychoanalytiker. Was sagt Ihnen diese CD?«
»Was sie mir sagt?«
»Sie sollen sie mir deuten.«
»Ich soll ...«

»Ja.«
»Aus dem Stegreif?«
»Genau.«
Ricky überlegte einen Moment.
»Es war eine Drohung.«
»Ja, offensichtlich.«
»Jemand wünscht jemand anderem den Tod.«
»Ja, eindeutig.«
»Jemand ist auf der Jagd.«
»Ja. Auch das, Doktor, liegt auf der Hand.«
»Jemand möchte, dass Ihre Schwester Sie tötet.« Ricky hielt inne. Ihm kam eine andere Idee. »Oder derjenige will, dass Ihre Schwester Ihren Bruder umbringt. Bei dieser Theaterprobe sagt die Stimme nur: ›Töte deinen Bruder.‹ Das könnte also theoretisch jeden von Ihnen beiden betreffen.«
»Ja. Schon besser. Der Gedanke ist mir auch gekommen.«
»Ihr Bruder ist Anwalt. Er wird sich also ernste Feinde gemacht haben.«
»Ja, hat er.« Über Mr Rs frostige Miene zuckte ein Lächeln. »Ist das nicht von Shakespeare? ›*Das erste, was wir tun, laßt uns alle Anwälte töten!*‹«
»Vermutlich hängen sich viele Anwälte dieses Zitat selbstironisch an die Wand«, erwiderte Ricky.
Mr R lächelte wieder und zuckte die Achseln. »Fahren Sie fort«, sagte er.
»Diese zweite Sequenz auf der CD legt nahe, dass Ihr Bruder die Zielperson ist«, fuhr Ricky fort.
»Ja. Kam mir auch so vor. Aber ich war mir nicht sicher.«
»Wieso nicht?«, fragte Ricky.
»An diesem Punkt schwanke ich. Rein logisch gesehen, gibt es zwei passende Antworten auf die Frage, die dieses Video aufwirft. Der Einbruch in sein Haus, die Verletzung seiner Privatsphäre und die seiner Familie, sicher, das alles deutet stark auf ihn hin. Aber es gibt auch gewichtige Argumente dafür, dass ich gemeint bin.«
»Wie das?«, warf Ricky hastig ein.

»Weil ich eigentlich das Ziel sein *müsste*«, antwortete Mr R unterkühlt.

Der Killer zögerte einen Moment. »Sehen Sie's mal von der Seite: Vielleicht, weil ich bedeutend mehr auf dem Kerbholz habe. Schließlich bin ich, wie wir beide sehr wohl wissen, Doktor, der schlimme Finger in der Familie. Durch und durch. Er dagegen ist einfach nur Anwalt. Ich habe getötet, also habe ich vielleicht den Tod verdient. Andererseits hat er im Lauf seiner Karriere zweifellos einer Reihe von Menschen das Leben ruiniert. Er hat genug auf dem Kerbholz, Dinge, die Sie und ich *schrecklich* finden würden – wenn auch alles im gesetzlichen Rahmen –, und was jemandem, dem er empfindlich auf die Zehen getreten ist, so alles einfallen mag …« Der Mörder legte eine kurze Pause ein und fuhr dann lächelnd fort: »Nennen wir es einfach *eine Rache, wie sie nicht im Lehrbuch steht.*«

In einer Mischung aus Wut und Frustration schüttelte Mr R den Kopf.

»Aber *verdient* oder *unverdient* ist vielleicht nicht die richtige Fragestellung. Es könnte fatal sein, mich zu irren.«

Bei dieser Bemerkung sah er Ricky mit einem derart durchdringenden Blick an, dass er sofort wieder die Hitze des Scheinwerfers spürte. Einen Moment lang schwiegen beide Männer. Ricky dachte angestrengt nach – sowohl über das, was er auf der CD gesehen hatte, als auch über den Mann, den er vor sich hatte. Dabei bekam er eine staubtrockene Kehle. Was er als Nächstes sagen würde, fürchtete er, wäre so gefährlich wie ein Stromschlag von einem kaputten Kabel.

»Ich glaube, Sie überschätzen sich«, sagte er mit Bedacht.

Mr R schien verblüfft. Er strafte Ricky mit einem finsteren Blick, dann einem schiefen Grinsen.

»Was wollen Sie damit sagen?«

»Nur weil Sie sind, wer Sie eben sind, heißt das noch lange nicht, dass derjenige es auf Sie abgesehen hat. Auf dieser CD deutet jedenfalls alles darauf hin, dass Ihr Bruder und seine Familie in Gefahr sind. Woraus schließen Sie nur, dass derjenige, von dem dieses Video stammt, auch nur von Ihrer Existenz weiß? Ihr Beruf …«, führte Ri-

cky leise aus, »... erfordert ein hohes Maß an Geheimhaltung und Anonymität, nehme ich an.«
»Ja, das ist richtig.« Fast klang die Bemerkung apologetisch.
»*Töten Sie Ihren Bruder. Retten Sie Ihr eigenes Leben.* Ich denke, das ist eindeutig«, nahm Ricky seinen Faden wieder auf. Dann überlegte er und ließ sich die Drohung noch einmal durch den Kopf gehen.
Auch Mr R dachte offenbar eine Weile nach. »Ja, da haben Sie wohl recht. Ein Mörder neigt zu der Annahme, es drehe sich immer alles um ihn. Dabei fragt sich tatsächlich: Weiß derjenige, wozu ich fähig bin? Schließlich wissen das nicht viele, Doktor. Falls *ja* – haben wir ein Problem. Falls *nicht,* stellt sich das Problem etwas anders dar. Also, ich bin auf Ihre Antwort gespannt.«
»So weit sind wir noch nicht«, sagte Ricky. »Aber ich verstehe Ihr Dilemma.«
Mr R schüttelte scheinbar amüsiert den Kopf. »Dachte ich mir«, sagte er. »Tatsächlich fiel mir niemand sonst ein, der sich mit einem *Dilemma,* wie Sie es zu nennen belieben, so gut auskennen dürfte wie Sie.« Nach wie vor zeigte die Waffe genau auf Rickys Brust. »Was haben Sie noch auf der CD gesehen, Doktor?«
»Im zweiten Teil lassen sich sowohl ambivalente als auch offensichtliche Motive ausmachen«, sagte Ricky. Seine Wortwahl klang ein wenig gedrechselt, wie eine Vorlesung im Hörsaal. Ob er sich damit im Ton vergriff, konnte er nicht sagen. »Andererseits wird damit eindrucksvoll vor Augen geführt, wie gefährdet Ihr Bruder und seine Familie seitens der Person sind, die sie bedroht. Es demonstriert, dass diese Person am längeren Hebel sitzt.«
»Ja«, sagte Mr R und nickte. »Das ist beunruhigend. Aber fahren Sie fort.«
»Ich müsste es mir gründlicher ansehen, aber ...«, fing Ricky an.
»Doktor, bitte«, fiel ihm Mr R ins Wort und fuchtelte dazu mit der Waffe, um Ricky klarzumachen, dass er seine Verzögerungstaktik durchschaute.
»Der Bär, Paddington. Das Bild aus dem Familienurlaub«, warf Ricky hastig ein.
»Was sagt Ihnen das?«

»Die Frau und die Kinder – Zwillinge, nicht wahr? Nun, das macht deutlich, dass der Mörder es auch auf sie abgesehen hat, vermute ich jedenfalls. Das kommt mir widersprüchlich vor: Er sagt ›*Töten Sie Ihren Bruder*‹, aber wieso rückt er jedes Familienmitglied in den Fokus, wenn nur der Bruder gemeint ist? Sind sie alle gleichermaßen in Gefahr?«

»Ja, ich glaube schon«, sagte Mr R. »Sie sind der Schwachpunkt, die Achillesferse. Es ist schwer, unschuldige Kinder zu beschützen, nicht wahr?«

Nicht nur Kinder, musste Ricky unwillkürlich denken. *Die Risiken lauern überall. Zum Beispiel, wenn man spätnachts im neunten Bezirk von New Orleans auf der Straße unterwegs ist.*

»Was meinen Sie, Doktor, selbstverständlich aus psychiatrischer Sicht? Glauben Sie, ich könnte damit leben, dass meine Nichte oder mein Neffe umgebracht werden? Oder auch mein Bruder oder meine Schwester, ohne dass ich es – bei allem, wozu ich fähig bin – verhindern konnte?«

Ricky ließ sich mit der Antwort Zeit. Wenn auch vordergründig in Frageform gekleidet, war dies eine Feststellung, aus der eine gefährliche Mischung aus Zorn und Bitterkeit sprach. Dabei entging Ricky nicht, dass die Bedrohung mehr oder weniger der Situation entsprach, der er selbst sich vor fünf Jahren gegenübergesehen hatte. Er hielt es nicht für klug, den Mörder auf diese Ironie hinzuweisen.

»Die Uhr in der Küche. Die am Herd. Die hat er wohl gefilmt, um zu zeigen, wie leicht es für ihn ist, die moderne Alarmanlage auszuschalten, die Ihr Bruder in seinem Haus installiert hat.«

Der Killer nickte. »Liegt auf der Hand.«

»Und somit auch jedes andere elektronische System.«

»Ja, auch darin stimme ich Ihnen zu.«

»Die Filmsequenzen am Morgen ... die weisen eindeutig darauf hin, dass er den Tagesablauf der Familie kennt.«

»Doktor, versuchen Sie, mir etwas zu erklären, was ich noch nicht weiß!«

Ricky fühlte sich unter Druck gesetzt. Er suchte krampfhaft nach einem Geistesblitz, der ihm weiterhelfen würde. Der Experte in Sachen Mord suchte Antworten von einem Experten in Sachen Gefühle.

»Diese Kamerafahrt durch das Haus Ihres Bruders. Das vermittelte den Eindruck von Intimität, nicht wahr?«

»Auch darin stimme ich zu. Überaus persönlich, Doktor, nicht wahr?«

Ricky nickte. Er schärfte sich ein, seine Worte mit Bedacht zu wählen.

»Die Sache mit Paddington ging unter die Haut. Daraus sprach eine ernst zu nehmende, tief sitzende Wut. Nichts Spontanes. Eher etwas, das derjenige schon lange mit sich herumgetragen hat.«

»Ich kenne diese Art von Wut«, erwiderte Mr R schroff und nickte. »Richtig. Lassen Sie weiter hören.«

»Der Mann hinter der Kamera – er hätte das Zimmer kurz und klein schlagen können. Oder auch ein Messer in das Bett Ihres Bruders stoßen, vielleicht ein paar seiner Kleider zerfetzen können. Oder auf suggestive Weise die Unterwäsche seiner Frau streicheln, vielleicht sogar über ein paar Höschen masturbieren, was weiß ich. Um Sie hellhörig zu machen. Aber nichts dergleichen hat er getan. Stattdessen hat er das Stofftier des Kindes ausgeweidet. In gewisser Weise ist dies eine noch beängstigendere Wahl.«

»Vielleicht sogar eine Wut an der Grenze zur Psychose?«

»Möglich. Aber wohl eher nicht. Eine Psychose lässt keine so sorgfältige Planung zu«, erwiderte Ricky. »Allerdings gibt es zwei Momente, in denen diese Person die Beherrschung verloren hat. Der Moment mit Paddington und, offensichtlich, *nachdem* er die Gesichter Ihres Bruders und seiner Familie mit diesem Marker gekennzeichnet hat. Da konnte er nicht an sich halten. Und dann musste er auch noch das Glas zerschlagen. Das zeugt eindeutig von kaum gezügelter Wut.« Ricky sprach im Habitus einer großen Visite in einem Krankenhaus. Er zweifelte keine Sekunde daran, dass Mr R ihn sehr wohl verstand.

Ricky legte eine Pause ein. »Und noch etwas passt nicht zu einer Psychose. Das Bild der Uhr am Anfang …«

»Ja. Wieso nicht?«

»Nun, weil er am Ende nicht noch einmal zu dieser Uhr *zurückkehrt*. Wir wissen folglich nicht, wie lange sich diese Person im Haus Ihres Bruders aufgehalten hat. Oder ob er vorher schon einmal dort war und wusste, welche Bilder er vermitteln wollte. Das Video ist – von Anfang bis Ende – aus seiner Perspektive aufgenommen. Das ist bedeutsam. Mit anderen Worten kannte er sich entweder schon im Haus der Familie aus, oder er hat sich, bevor er das Video machte, die Zeit genommen, sich überall umzusehen.«

Mr R schien diesen Hinweis zu überdenken. »Interessant«, sagte er. »Ja. Das war mir entgangen.« Er lachte. »Bravo, Ricky. Das wäre bestimmt auch den meisten Bullen entgangen.«

Ricky schluckte schwer. »Was Sie mir gezeigt haben, spricht eher für eine Obsession im fortgeschrittenen Stadium.«

»Ja. Das kam mir auch in den Sinn. Aber worin könnte diese Obsession bestehen? Vor allem aber: Wo rührt sie her?«

»Ich weiß nicht, ob die Informationen, die wir haben, dafür …«, fing Ricky an, brach jedoch mitten im Satz ab, als er sah, wie sich das Gesicht des Killers verdüsterte. »Der Bär, Paddington – den sollten wir uns genauer ansehen«, sagte er hastig.

»Inwiefern?«, hakte Mr R nach.

»Ich meine, die Person hinter der Kamera hätte auch jedes andere Stofftier nehmen und zerreißen können. Aber offensichtlich hat es ihm Paddington besonders angetan. Auf dem Video musste er erst andere Tiere wegräumen, um an den Teddy zu kommen.«

»Machen Sie weiter«, forderte ihn der Killer auf. »Das habe ich übersehen.«

»In der Geschichte hatte sich, wenn ich mich recht entsinne, Paddington verirrt, bis ihn eine Familie adoptierte.«

Wieder lächelte Mr R. »So etwas fällt auch nur einem Psychiater auf.«

»Und dann das, was er damit macht – wie er das Stofftier aufreißt und erdrosselt. Auf es einsticht; es zerfetzt auf dem Bett des Kindes zurücklässt. Das ist eine deutliche Botschaft. So wie die Markierungen in den Gesichtern der Familie und das Glas über dem Foto. Er wollte damit unterstreichen, wie hilflos und ausgeliefert sie sind. Alles in allem ein und dieselbe Botschaft, würde ich sagen.«

Mr R nickte kaum merklich. »Die da wäre?«
»Habt Angst.«
»Ja. Und?«
»Der Mann, von dem diese CD kommt, ist sehr gefährlich.«
Der Killer schwieg.
»Ja«, antwortete er schließlich. »In der Tat. Mit anderen Worten, er ist in dieser Hinsicht wie ich.«
Einen Moment lang schwiegen sie beide, bis Ricky sagte: »Aber …«
»Natürlich, aber … dieses Holzpuzzle. Was fällt Ihnen dazu ein, Doktor?«
»Da erkennt man, wie das Darstellungsprinzip wechselt. Zuerst geht es in dem Video darum, was der Mann sieht. Dann geht es plötzlich darum, was Sie sehen sollen. Und er suggeriert, dass es um ein Spiel geht, bei dem man einzelne Teile zusammensetzen muss.«
Mr R sah Ricky an.
»Der Tod ist immer ein Spiel, Doktor.«
Ricky antwortete nicht.
»Ich habe es schon oft gespielt. Wie heißt es doch so schön? ›*Er oder sie hat dem Tod ein Schnippchen geschlagen …*‹, als sei Sterben eine Art Wettkampf. Aber *am Ende bleibt der Tod immer ungeschlagen.* Ab und zu scheint er allerdings eine Punktekarte zu benötigen. Ob Sie nun in eine geladene Neun-Millimeter starren, so wie die hier in meiner Hand, oder auch nur in der Mittagspause eine Spritztour mit dem Fahrrad durch die Straßen von Miami machen.«
Ricky saß reglos an seinem Platz.
»In meiner gesamten beruflichen Laufbahn hat mich bei diesem Spiel nur eine einzige Person je geschlagen«, sagte Mr R. Und nach einer kurzen Schweigepause: »Sie.« Er stieß mit dem Lauf seines Revolvers in Rickys Richtung. »Und ich hege nicht die Absicht, ein zweites Mal zu verlieren. Schon gar nicht diesmal.«
»Wenn das ein Spiel ist, was sind dann die Regeln?«
»Das wissen wir nicht. Eins allerdings schon. Nicht wahr, Ricky?«
Ricky überlegte. »Ja«, sagte er dann langsam. »Wir wissen beide, dass derjenige, der sich diese Mühe mit der CD gemacht hat, noch anderes im Köcher hat.«

Mr R grinste. »Das Puzzle hat noch keine Gestalt angenommen. Wollten Sie das damit sagen, Doktor?«

»Ja. Ich würde damit rechnen, dass er noch mit anderen Teilen herausrückt – dass er Ihnen noch andere Teile vorführen wird.«

»Auch darin stimme ich Ihnen zu«, erwiderte Mr R.

Erneut trat Schweigen im Zimmer ein, als brauchten beide Männer eine kurze Atempause. Schließlich ergriff Ricky wieder das Wort, und an diesem Punkt war seine Stimme so heiser, dass er seine Frage nur herauskrächzen konnte:

»Was wollen Sie von mir?«

»Nun, Doktor, ich will, was jeder, der hier bei Ihnen auf der Couch liegt oder im Sessel sitzt, von Ihnen will. Ich will Ihre Hilfe.«

Diesmal zog sich die darauf folgende Stille wie eine Schlinge um die beiden Männer zu.

»Was für eine Art Hilfe?«

»Schauen wir mal, welche Hilfe ich brauche«, antwortete Mr R vage.

Ricky deutete mit dem Kopf auf die Schusswaffe in der Hand des Killers.

»Nicht viele Leute bitten mich mit vorgehaltener Waffe um Hilfe«, wandte er ein.

Darüber musste Mr R aufrichtig lachen. »Sollten sie vielleicht«, sagte er.

»Und wenn ich«, sagte Ricky leise, »mich nun weigerte?«

»Das werden Sie nicht«, erwiderte Mr R. »Aus mehreren Gründen: Zum einen widerspricht es Ihrer Natur, eine ernsthafte Bitte um Hilfe abzuschlagen. Zum anderen ist Ihnen klar, dass Sie damit ein großes Risiko eingehen würden. Sagen Sie *Nein,* könnte ich sagen, *na schön,* und *peng!,* und unsere kleine Plauderstunde wäre vorbei. Dr. Starks' letzte Analyse. Oder aber eine dritte Möglichkeit: Ich spaziere zur Tür hinaus und bringe Sie um, wann und wie es mir passt. Morgen. Nächste Woche. In einem Monat. Ganz wie es mir beliebt. Sie werden nie wissen, wann ich aus meinem Versteck springe und *peng!* Von dem Moment an würden Sie auf Ihrem hinausgezögerten Weg ins Jenseits jeden Moment die Fragen plagen, *wenn er nun ...* und *wieso habe ich nicht ...*«

Mr R stand auf. Zum ersten Mal hatte er die Waffe gesenkt.
»Und aus noch einem Grund werden Sie mir helfen, Doktor.«
»Der wäre?«
»Wenn Sie das hier für mich tun, ist unsere Beziehung damit endgültig vorbei. Sie gehen Ihrer Wege, ich gehe meiner Wege. Und natürlich auch mein Bruder und meine Schwester. Wir sind alle miteinander endgültig quitt. Ein attraktives Angebot oder etwa nicht, Doktor? Sie brauchen sich nie wieder Gedanken darüber zu machen, wann ich mit bösen Absichten bei Ihnen auftauchen könnte.« Er starrte Ricky mit einem prüfenden Blick an.
»Das ist der Deal, Doktor. Es ist ein guter Deal. Sie sollten einschlagen. Freudig einschlagen.«
Ricky hatte das Gefühl, als sei er mit jedem Muskel an seinen Stuhl genagelt.
»Ich verstehe Ihr Schweigen als ein Ja«, fuhr der Killer fort. »Die lasse ich Ihnen da«, fügte er hinzu und deutete auf die CD. »Machen Sie Ihre Hausaufgaben. Ich melde mich«, sagte Mr R.
»Wann?«, würgte Ricky heraus.
»Wenn ich es für richtig halte.«
»Und wie?«
»Wie ich will. Ich ziehe es vor, meine Verabredungen selbst zu treffen«, sagte er lachend, als sei das ein Witz. »Nach meinem eigenen Terminkalender. Damit spreche ich allerdings nicht für meinen Bruder und meine Schwester. Die beiden rechnen mit Ihrem Anruf. Heute Abend. Sie haben Angst, auch wenn sie es nicht zugeben werden.« Er zog einen Zettel aus der Tasche. Darauf war eine Telefonnummer getippt. Er ließ das Blatt auf den Schreibtisch fallen.
Mit seiner Waffe deutete er auf Rickys .357 Magnum und die nutzlosen, über den Teppich verstreuten Patronen.
»Ich denke, bevor wir hier fertig sind, könnten Sie die vielleicht brauchen.«
Ricky zuckte mit keiner Wimper.
»Bei unserer letzten Begegnung sind Sie mit dem Leben davongekommen. Wie haben Sie das geschafft? Indem Sie ein bisschen so wie ich wurden. Diesmal müssen Sie das Leben anderer retten. Ich

will weiterleben, Ricky. Aber noch mehr will ich, dass mein Bruder und meine Schwester am Leben bleiben. Und in Sicherheit. Wie heißt es noch so schön am Ende eines Märchens?« Er lächelte. »Wie Ihnen jedes Rumpelstilzchen sagen könnte: *Und sie lebten glücklich bis ans Ende ihrer Tage.* Genau das möchte ich. Vielleicht werden Sie also meinen Geschwistern das Leben retten. Und, wer weiß, vielleicht uns allen.«

Er schwieg einen Moment. »Und diesmal könnten Sie tatsächlich auch Ihre eigene Haut retten, ein für alle Mal.«

Mr R machte eine Pause. »Und da wir gerade so volkstümlich unterwegs sind«, fügte er nach einer Weile hinzu, »die Rolle, die ich Ihnen bei der ganzen Sache zugedacht habe: Was meinen Sie? *Die Lady – oder der Tiger?*« Mr R verzog das Gesicht zu einem breiten Grinsen. »Ich finde selbst hinaus«, sagte er.

Mr R begab sich zur Tür. »Und ehe ich's vergesse, Ricky. Ich bin nie hier gewesen. Diese Unterhaltung zwischen uns hat nie stattgefunden. Worüber wir geredet haben, das existiert nur in einer anderen Welt. Meiner Welt. Fühlen Sie sich darin als mein Gast.«

Die Klinke in der Hand, drehte er sich noch einmal um:

»Sie waren ziemlich clever, Doktor. Vor fünf Jahren haben Sie mich um einen Tod gebracht. Nämlich Ihren. Sie schulden mir also einen. Mit dem Tod ist es genauso wie mit jeder anderen Schuld. Irgendwann wird sie fällig.«

3

Rickys erster Gedanke, als nach Mr Rs Abgang die Schockstarre ein wenig von ihm abfiel: *Hau ab.*

Sein zweiter Gedanke: *Die finden dich trotzdem und bringen dich um.*

Ein Strudel, in dem widersprüchliche Ideen und endlose Zweifel durcheinanderwirbelten – alle ebenso hilflos wie hoffnungslos –, drohte Ricky in die Tiefe zu ziehen. Heißer Schweiß unter den Achseln. Feuchtkalte Haut. Der Sog in die Tiefe ließ nicht nach. Einmal blickte er auf seine Fingernägel und hätte sich nicht gewundert, wenn sie von dem vergeblichen Versuch, sich an einer glitschigen und dennoch harten Klippe aus dunkelgrauem Granit festzuhalten, blutig und aufgerissen wären.

Dabei saß er immer noch reglos an seinem Schreibtisch und blickte sich in seinem Sprechzimmer nach irgendeinem Gegenstand um, der ihm Halt versprach. Die Einrichtung war so gut wie neu. An den Wänden hatte er – abgesehen von dem obligatorischen Foto des finster dreinblickenden Freud mit Zigarre, das in einem versteckten Winkel hing – andere Kunstwerke als seinerzeit in New York. Jetzt war der Raum mit abstrakter, moderner Kunst geschmückt, recht farbenfrohen Gemälden.

Er ließ den Kopf in die Hände sinken und sann darüber nach, ob er sich, so wie es die Psychoanalyse predigte, finden würde, indem er Licht in seine Vergangenheit brachte, oder ob er für die Zukunft auf eine Art Selbstfindung hoffen durfte, indem er Menschen, die ihm vor langer, langer Zeit auf sadistische Weise abverlangt hatten, sich umzubringen, half, und auch diesmal alles andere als freiwillig. Endlich stand er auf, ging zu der Stelle, an welcher der Mörder den Revolver fallen gelassen hatte, hob ihn und die Patronen vom Teppich auf und lud die Waffe. *Eins, zwei, drei, vier, fünf, sechs.* Sie lag ihm wie Blei in der Hand, es kostete ihn Mühe, sie zu halten. Nachdem er die Trommel hatte zuschnappen lassen, griff er nach seinem Telefon –

um den Anruf zu machen, den ihm der Killer aufgetragen hatte, auch wenn es ihm noch so sehr widerstrebte, die Nummer zu wählen. Dabei wurde ihm bewusst, dass er Virgil und Merlin nicht einmal telefonisch wiederbegegnen wollte, ohne eine Waffe in der Hand.
Ein kurzer Wortwechsel zu dritt, belanglos und vielsagend zugleich:
Drei Klingelzeichen. Dann wird abgehoben, ohne Worte.
Ricky: »Ihr Bruder hat mich gebeten, Sie anzurufen. Er will, dass ich Ihnen helfe.«
Merlin: »Eine ganz und gar dämliche Idee. Vollkommen nutzlos. Fahren Sie zur Hölle, Doktor.«
Ricky: »Dann wollen Sie meine Hilfe nicht?«
Merlin: »Einem Psychoanalytiker sollte es nicht schwerfallen, meine Antwort zu verstehen. Ob nach Freud, Jung, Adler oder wem auch immer. Ich denke, Ihre Frage ist damit beantwortet.«
Virgil: »Ich weiß nicht. Wenn er Ricky involvieren will, muss er seine Gründe haben.«
Merlin: »Ich werde das nicht am Telefon besprechen.«
Virgil: »Dann sollte Ricky herkommen und persönlich mit uns reden. Er weiß, wo er uns findet. Ich glaube, wir brauchen ihn. Nein, ich weiß, dass wir ihn brauchen.«
Ricky: »Haben Sie schon einmal daran gedacht, sich mit dieser Drohung an die Polizei zu wenden?«
Merlin: »Siehst du? Wie dämlich das ist? Nein, Dr. Starks, wir haben mitnichten daran gedacht, uns mit diesem Problem an die Polizei zu wenden.«
Virgil: »Ich denke, Ricky, wie Sie wohl wissen, verbietet sich das für uns von selbst. Heute, morgen und in alle Ewigkeit. Warten Sie, ich gebe Ihnen meine neue Adresse. Wann kommen Sie?«

Eine schlaflose Nacht.
Stunden, in denen er sich die CD anschaute, immer und immer wieder. In Zeitlupe. Im Schnelldurchlauf. Close-ups, um jede Einstellung nach neuen verräterischen Einzelheiten abzusuchen. Er machte sich jede Menge Notizen, auch wenn er sich absolut nicht sicher war, ob sie weiterhelfen konnten oder ob er sie mit seinen »Auftragge-

bern« teilen würde. Fast kam er sich wieder wie ein Medizinstudent vor, beim Büffeln für eine wichtige Prüfung.
Töten Sie Ihren Bruder. Retten Sie Ihr eigenes Leben.
Paddington.
Das zerbrochene Glas an einem Familienfoto.
Ein Puzzle.
Er zählte die selbst gebastelten Puzzleteile aus Holz, die er auf dem Bildschirm sehen konnte.
Dreizehn.
Unglückszahl.
Doch das Bild, zu dem sich die Teile zusammenfügen würden, blieb verborgen. Auf dem einen Teil, von dem er in der schwarzen Hand einen Blick erhaschen konnte, glaubte er, einen Streifen blauen Himmel über einem struppigen braunen Haaransatz zu erkennen, doch er hätte es nicht mit Sicherheit sagen können.
Er hörte sich erneut die klassische Musik an. Er fand den Titel heraus: Franz Schuberts *Der Tod und das Mädchen. 1817.*
Was ihn zu dem bekannten gleichnamigen Bühnenstück weiterführte.
Das Theaterstück des chilenischen Dramatikers Ariel Dorfman wurde 1991 uraufgeführt und später für die Leinwand adaptiert.

> *Ein Drama über die Abgründe der Rache, das sich um drei Figuren dreht: eine Frau, die unter einer gnadenlosen Diktatur Vergewaltigung, Folter und weiteres Unrecht erlitten hat; einen Ehemann, der vergessen und einen Schlussstrich ziehen will; den einstigen Vergewaltiger und Folterer, der unversehens zu einem wehrlosen Opfer geworden ist.*

Aber war sich derjenige, von dem die CD stammte, all dieser Zusammenhänge bewusst?
Oder war es reiner Zufall, eine glückliche Fügung, dass Virgil gerade dieses Stück probte, als sie von der anonymen Aufforderung unterbrochen wurde? Möglicherweise hätte der Unbekannte ihr dieselbe Botschaft bei einer Probe zu jedem x-beliebigen anderen Stück über-

bracht, einfach nur in dem Moment, in dem ihr der Text entfallen war. Und die Musik könnte er lediglich um der unheimlichen Wirkung willen, aus einer Laune heraus, nachträglich unterlegt haben. Fragen über Fragen, auf die er keine Antworten wusste, warfen ihn wie hohe Wellen bei Sturm hin und her, die bis tief in die Nacht hinein über die Küste hereinbrachen. Hin und wieder versuchte er, sich gut zuzureden: *Du bist schon einmal zu einem Detektiv der Vergangenheit geworden. Das schaffst du auch ein zweites Mal.* So beruhigend der Gedanke sein mochte, wagte er nicht, daran zu glauben.

* * *

Über der endlosen Wasserfläche zog langsam die Morgendämmerung herauf. Ricky stand am Rand des Parks, in dem er gerne joggen ging, und beobachtete, wie sich die Farben der Biscayne Bay von Minute zu Minute veränderten. Das Wasser wandelte sich von Schwarz zu Grau zu Dunkelblau und, je höher die Sonne stieg, zu dem vertrauten leuchtenden Azurblau, wie es die Reiseveranstalter, die ausländischen Urlauber und die Baulöwen liebten. Dabei kam es ihm so vor, als verblasse mit jeder Farbe eine Lüge, und für einen Moment scheine eine Wahrheit auf, wenn auch nur, um in die nächste Lüge überzugehen. Ricky starrte über die Bucht. Bei allem neonroten Glamour, trotz des azurblauen Meers und strahlenden Sonnenscheins, dachte er, ist Miami nicht das, was es scheint – wo viel Licht ist, da gibt es viel Schatten. Eigentlich hätte es für ihn der ideale Ort sein sollen, um sich zu verstecken und noch einmal neu anzufangen. Es ist eine Stadt, die Randständige mit offenen Armen empfängt. Vom Killer-Unternehmen eines Al Capone bis hin zu Scarface und den Cocaine Cowboys sowie dem aufrührerischen Mob in Problemvierteln der Stadt und – nicht zu vergessen – der Mariel-Bootskrise. Auf der einen Seite dem stinkenden Sumpf abgetrotzt und auf der anderen unablässig vom Ozean angenagt, noch dazu beständig von der Zerstörungskraft der Hurrikans bedroht, versteht es die Stadt, mit dem Unvereinbaren, den schrillen Gegensätzen zu leben; einem leuchtend gelben Ferrari an einem Gewässer geparkt, in dem ein von der Evolution seit Jahrhunderten unveränderter Alligator vorüberschwimmt. Ricky betrachtete sich nur in beschränktem Ausmaß als Kriminellen, womit er in Miami keine allzu große Mühe haben sollte, unerkannt zu bleiben. Wie Mr R ihn ausfindig gemacht hatte, konnte er nicht sagen, doch von nun an erübrigte sich die Frage. In dem Moment, als er naiv genug gewesen war, wieder seinen eigenen Namen zu gebrauchen und in seinen geliebten Beruf zurückzukehren, hatte er sich auch wieder als Zielscheibe angeboten. Er haderte mit sich. Wie hatte er nur so dumm sein können, sich in Sicherheit zu wiegen! Fünf unbehelligte Jahre hatten ihm eine Normalität vorgegaukelt, die sich jetzt als ein einziges Selbsttäuschungsmanöver erwiesen.

Jede Minute dieser fünf Jahre war eine Lüge, bis ein ganzes Kartenhaus aus Selbstbetrug entstand: mein neues Leben, dachte er. *Ich habe es für real gehalten, dabei kann es jeden Moment in sich zusammenfallen.*

Eines allerdings war unzweifelhaft real: *Jemand würde sterben.*

Zu seinen Füßen hatte er eine Reisetasche aus abgewetztem Leder, eilig vollgestopft mit frischer Kleidung für ein paar Tage.

Er redete sich ein, jede Menge Alternativen zu haben.

Und fürchtete zugleich, sich damit lediglich etwas vorzumachen.

Als er in den Sonnenaufgang blickte, fragte er sich, ob er gerade Abschied nahm. Oder ob es der Anfang vom Ende war.

In einem Wechselbad der Gefühle und Gedanken, warf Ricky seine Reisetasche auf den Rücksitz seines Wagens. Er fühlte sich wie auf Autopilot. *Nach rechts. Nach links. Schneller. Langsamer. Bremsen. Warten. Losfahren. Nicht denken.* Er nahm den Weg zum Flughafen. Entgegen Mr Rs Empfehlung ließ er seine Pistole zurück.

4

Alle anderen Fluggäste reckten sich nach den Fenstern, um einen Blick auf die berühmte Skyline von Manhattan zu erhaschen, sobald die Maschine unter die Wolkendecke tauchte und zum Landeanflug ansetzte. Ricky hatte während des Fluges das Stück gelesen, das Virgil gerade probte.

Eine Zeile las er immer wieder:

Jemand hat dir also schreckliche Dinge angetan, und jetzt willst du mir etwas Schreckliches antun, und morgen wird es jemand anders tun – und so weiter und so weiter.

Während des Sinkflugs klappte er seinen Laptop zu und schloss die Augen, bis er den dumpfen Aufprall der Räder auf dem Boden spürte und im selben Moment das Bremsmanöver des Piloten auf der Piste. Auf seinem Weg aus dem Terminal glaubte er, einen Unterschied in der Luft auf der Zunge zu schmecken. Der Lärm schien einen bitteren Geschmack zu hinterlassen, und jeder Atemzug war rau wie Schmirgelpapier. An der Bordsteinkante hatte er gezögert und war für einen Moment drauf und dran, sich wieder ins Terminal zu flüchten und mit dem nächstbesten Flieger zurückzukehren. Es kostete ihn einige Willenskraft, in den Shuttlebus vom Flughafen La Guardia nach Midtown zu steigen. Als er auf seinem Sitz in einer der hintersten Reihen aus dem Fenster starrte, war jeder Anblick zugleich vertraut und verstörend. Fahrbahnen. Brücken. Grüne Schilder zum Franklin D. Roosevelt East River Drive oder zum Cross Bronx Express Way, zur Interstate 95 Richtung Norden, nach New England. Gelbe Taxis, die sich endlos in den Verkehr ein- und ausfädelten. Die schwarzgraue Schleife des East River. Öde Wohnblocks, die sich in schlammfarbenem Einerlei aneinanderreihten, mit Klimageräten, die wie Schandflecke an den Fenstern klebten. Er hatte nicht damit gerechnet, jemals in die City zurückzukehren, in der er einst seine florierende Praxis betrieben und sein Leben geführt hatte. Die Stadt, in der er jede U-Bahn-

Linie kannte, in der er wusste, welche Straßen in den Stoßzeiten wahrscheinlich verstopft waren, wo man an der Upper East Side die besten Bagels bekam, all das erschien ihm jetzt wie ein längst vergangener Traum in weite Ferne entrückt. Ein wenig fühlte er sich wie ein ergrauter, alter Soldat, der Jahre später zu einem nunmehr friedlichen, in sattem Grün vor ihm liegenden Schlachtfeld zurückkehrt, auf dem er einst inmitten von Blut, Schlamm und willkürlichem Sterben seine Unschuld und seine Freunde verloren hat. *Oder aber,* dachte er, *es ist, als begegne man nach fünfundzwanzig Jahren dem Mädchen wieder, in das man sich am College verliebt hat. Vielleicht – vielleicht aber auch nicht – sieht man die Falten und die Hängebrüste.*

Der Shuttlebus brachte ihn bis zur Grand Central Station. Im Slalom bahnte er sich einen Weg durch die dichte Menschenmenge, in der jeder zügigen Schrittes mit zielstrebiger Miene durch die Straßen lief und jedem anderen signalisierte: *Ich habe einen dringenden Termin, muss einen Zug erwischen, werde bei einem Meeting erwartet.* Er lief einige Blocks nach Westen, zum berühmten Hotel Algonquin, in dessen prächtiger, ehrwürdiger Lobby man in den alten Sesseln versinkt und deren Bar in dunkler Eiche an den Glanz alter Zeiten erinnert. Er nahm sich eins der kleinsten Zimmer oben auf dem sechsten Stock. Die Tapete in den Fluren besteht aus Cartoons des *New Yorker Magazine:* satirische Zeichnungen, witzige Pointen in scheinbar endloser Wiederholung, lustig, als er sie das erste Mal las, mit jeder erneuten Lektüre ein wenig verbrauchter. Sein Zimmer verfügte über ein einziges Fenster mit einem klaustrophobischen Blick auf den schmalen Spalt zwischen zwei Gebäuden, eine Feuerleiter aus Eisen und eine Hauswand gegenüber, so nah, dass Ricky glaubte, die Leute, die er dort in ihren Büros bei der Arbeit sah, schon bald recht gut zu kennen.

Er ließ seine Reisetasche fallen. Er ging ins Badezimmer und beugte sich in einem plötzlichen Anfall von Übelkeit würgend über die Toilette. Dann riss er das Papier von einem Stück Seife ab und wusch sich die Hände mit derselben Sorgfalt und Geschwindigkeit unter brühend heißem Wasser wie ein Herzchirurg, kurz bevor er einem sterbenden Patienten die Brust aufschlitzt.

Immerhin konnte er am frühen Nachmittag, wenn auch unruhig, ein paar Stunden schlafen, bevor er Richtung Downtown aufbrach. Der Nachmittag war schon vorgerückt; es war einer jener Tage, an denen sich der Sommer noch an die frühen Abendstunden klammert und gegen den Wechsel der Jahreszeiten stemmt. Was von der Hitze übrig war, sank nieder und vereinte sich mit den Auspuffgasen auf der Straße. Ricky lief schnell und wich dabei geschickt den Menschen aus, die gerade ihre Büros verließen und nach Hause strebten. Einmal war er selbst in diesem Rhythmus aufgegangen – aus seiner heutigen Sicht in einem früheren Leben. Einen Augenblick lang hatte er das Gefühl, in eine andere Zeit versetzt zu sein.

Virgils Wohnung befand sich in einem alten, vierstöckigen Brownstone-Gebäude ohne Fahrstuhl, in einem ruhigeren Teil von Chelsea, der südlich ans West Village grenzt. Er entdeckte eine Klingel mit dem Namen *Tyson*.

Einen Moment lang blieb er, den Finger dicht am Klingelknopf, auf der obersten Stufe stehen. Von den drei Kindern der Frau, die er so fatal im Stich gelassen hatte, war Virgil das Einzige, das später den Nachnamen der ermordeten Mutter angenommen hatte. Längst war ihm die tragische Verkettung, die vor fünf Jahren sein Leben auf den Kopf gestellt hatte, klar: *Sein Fehler, der sich so fürchterlich rächen sollte, lag noch viel weiter zurück. Als junger, unerfahrener Therapeut,* gestand er sich längst ein, *habe ich die Frau und ihre drei kleinen Kinder schmählich verraten. Sie hätte mehr Hilfe gebraucht, als ich ihr geben konnte. Sie war verzweifelt, ich schwer von Begriff. Während meiner Dienstzeit wurde sie von dem gewalttätigen, drogenabhängigen Freund, vor dem ich sie hätte warnen sollen, ermordet. Ihre drei verwaisten Kinder wurden widerrechtlich von einem Mann adoptiert, bei dem Psychopathie und Psychoanalyse eine unheilvolle Mischung eingegangen waren. Und so braute sich schließlich viele Jahre später ein* Rachekomplott *zusammen, einfach, weil ich für ihre Schuldzuweisungen die einfachste Zielscheibe bot – alle für immer durch einen einzigen Fehler aneinandergekettet. Mein Fehler.* Er starrte auf seinen Zeigefinger an der Klingel.

Daniel vor der Höhle des Löwen.

Dann drückte er den Knopf.

Aus der Gegensprechanlage kam ein körperloses, roboterhaftes: »Wer ist da?«

»Dr. Starks.«

Der Türsummer ertönte, er trat ein. Ihn streifte ein seltsamer Gedanke: *Ob es an der Pforte zum Himmel oder an der zur Hölle auch einen Türsummer gibt?*

Auf dem Weg die Treppe hinauf zum zweiten Stock kämpfte er gegen das Gefühl an, in Wirklichkeit in etwas *hinabzusteigen*, als er Virgil vor ihrer Wohnungstür im Flur stehen sah.

Ihr Haar war anders. Statt der blonden Mähne, mit der er sie vor fünf Jahren kennengelernt hatte und die ihm aus der Szene mit der Theaterprobe auf der CD lebhaft in Erinnerung war, trug sie jetzt glattes, pechschwarzes Haar. Ihre durchdringenden, smaragdgrünen Augen dagegen waren unverändert.

Fünf Jahre sind verstrichen, und sie sieht noch genauso aus wie in dem Moment, als sie meine Praxis betrat und mein Leben aus den Angeln hob. Immer noch außergewöhnlich schön ...

... selbst mit dem angespannten, besorgten Ausdruck im Gesicht.

Ohne ein Wort führte sie ihn in die Wohnung.

Hinter einem teuren weißen Baumwollsofa hing ein gerahmtes Poster von dem Filmklassiker *Casablanca* an der Wand. Bogart und Bergman in einer zögernden Umarmung – zu viel Liebe hinter sich, zu wenig Hoffnung auf eine Zukunft. Virgil deutete auf einen niedrigen Sessel, während sie sich auf dem Sofa niederließ. Die Wohnung kündete von gediegenem Geschmack und Erfolg – trotz eines gewissen Minimalismus. Das spärliche Mobiliar war neu, das Design modern. Nahm sich das Gebäude von außen eher bescheiden aus, so sah man sich im Inneren in diesem ersten Eindruck getäuscht. Er erinnerte sich, dass es ihm in seinen New Yorker Tagen oft so ergangen war und die Wahrheit im Inneren die Fassade Lügen strafte. Natürlich gab es auch den umgekehrten Fall: ein prächtiger, luxuriöser Bau mit livriertem Türsteher unter einer ausladenden Markise, aufmerksamen Concierges am Empfangstisch in der Lobby, einem lächelnden Liftboy am Fahrstuhl, vergoldeten Wandlampen in den Fluren zu den unscheinbarsten Wohnungen, in denen sich die wenigen Quadratmeter übereinanderzustapeln schienen.

Ricky sah sich um und versuchte, sich in Bruchteilen einer Sekunde einen Eindruck von der Wohnung zu verschaffen.

»Ich habe nicht ernsthaft damit gerechnet, dass Sie kommen«, sagte Virgil.

Ricky antwortete nicht darauf.

»Ihr Bruder?«, fragte er.

»Hierher unterwegs. Wenn auch ungern. Er musste noch zu einem späten Termin.«

»Und Sie?«

»Die Probe ist erst heute Abend um neun.«

»Hat es seitens der Person, die Ihnen diese CD geschickt hat, noch weitere Kontaktaufnahmen gegeben?« Er klang nicht wie ein Psychoanalytiker, sondern eher wie ein Kriminologe bei der Zeugenbefragung.

»Bis jetzt noch nicht.«

Ricky überlegte. »Demnach führen Sie beide Ihr Leben wie gewohnt fort? Als sei nichts geschehen?«

Virgil nickte.

»Vorerst, ja. Was sollten wir auch sonst tun? Fragt sich nur, wie lange noch.« Sie klang resigniert. Er versuchte, die ungestüme Selbstsicherheit und Grausamkeit herauszuhören, die sie an den Tag gelegt hatte, als sie die Zügel in der Hand hielt und Stück für Stück sein Leben ruinierte. *Irgendwo gibt es diese Seite an ihr noch,* sagte ihm eine warnende Stimme. *Sie tritt nur gerade nicht zutage.*

Sie stand auf. »Wo bleiben meine Manieren? Kann ich Ihnen etwas anbieten? Vielleicht etwas Kaltes zu trinken?«

»Einen Kaffee«, antwortete er.

»Gerne. Sahne und Zucker?«

»Schwarz.«

Sie verschwand in der Küche in seinem Rücken, sodass er sie nicht im Auge behalten konnte. Er hörte nur die Geräusche einer Espressomaschine. Ricky versuchte, sich von ihr unbemerkt genauer in der

Wohnung umzusehen, nach irgendwelchen Hinweisen auf den Menschen, der Virgil einmal war, oder die Person, die sie jetzt sein wollte. Im Unterschied zu den Wänden im Haus ihres Rechtsanwaltsbruders suchte man hier vergeblich nach ungestellten Fotos von Familienferien. In diesem durchgestylten Apartment hing mehrfarbige Weberei an einer Wand, in einer Ecke stand eine Freeform-Skulptur. Bis auf ein halbes Dutzend gerahmter Covers des Broadway-Magazins *Playbill* an der hinteren Wand wirkte der Raum abweisend und kalt. Er vermutete, dass die Titelseiten an Aufführungen erinnerten, bei denen sie mitgewirkt hatte. Er hätte gern gewusst, ob auch Hauptrollen darunter waren. Und noch mehr hätte es ihn interessiert, ob sie jemals auf der Bühne zu solcher Hochform aufgelaufen war wie bei der Vorstellung, die sie vor fünf Jahren – nackt und provokativ – in seiner Praxis hingelegt hatte.

Keine Schauspielerin gibt gerne preis, wer sie wirklich ist, dachte er, *sie zeigen lieber, welches Potenzial in ihnen steckt. Selbst nackt ist das die entscheidende Botschaft.*

Ihm kam das Wort *Chamäleon* in den Sinn, doch bevor er dem Gedanken nachgehen konnte, hörte er aus der Küche zweimal hintereinander ein unterdrücktes Schluchzen. Er sagte nichts und wartete. Wenige Sekunden später kehrte Virgil ins Wohnzimmer zurück. Gefasst.

Sie trug zwei Tassen Kaffee herein und stellte eine vor ihn auf einen Tisch. Von der Gefühlsaufwallung war ihr nichts mehr anzumerken. Sie nahm wieder ihm gegenüber Platz, schlüpfte aus ihren Sandalen, hob die langen Beine aufs Sofa und kauerte sich darauf, während sie an ihrer Tasse nippte, als sei das hier ein entspanntes Treffen zwischen alten Freunden. Virgil agierte immer noch mit einer solchen Sinnlichkeit, dass jede Bewegung wie der Auftakt zu etwas Aufregendem, Schweißtreibendem und Sexuellem erschien. Selbst in ihrer verängstigten Stimmungslage hatte sie sich diese geheimnisvolle, suggestive Ausstrahlung bewahrt.

»Ich hätte nicht gedacht, Sie je wiederzusehen«, sagte sie.

Ricky nickte. »Ganz meinerseits.«

»Sie sehen älter aus, Ricky.«

»Ich bin älter.«
»Und auch entsprechend klüger?«
»Wird sich zeigen«, antwortete er. Mit der Frage hatte er nicht gerechnet.
»Sind Sie glücklich, Ricky?«
Auf diese Frage bekam sie keine Antwort.
Er schwieg und blickte ihr gerade ins Gesicht.
»Wie soll ich Sie nennen? Sie haben einen echten Namen. Ein echtes Leben.«
Da sie mit der Antwort zögerte, kam er ihr zuvor.
»Ich denke, ich halte mich an das, was ich passend finde. Und was mir vertraut ist. Virgil, so habe ich Sie kennengelernt. Wie sagten Sie noch vor fünf Jahren zu mir? ›*Jeder braucht auf dem Weg zur Hölle einen Führer*‹? Und Merlin, der juristische Zauberkünstler, der, wie Sie sagen, auf dem Weg hierher ist. Und, nicht zu vergessen, Ihr anderer Bruder, der mir schon einen Besuch abgestattet hat: Mr R.« Er verkniff sich den Zusatz: *der Mörder*. Oder: *ungebeten*.
Nach einer weiteren kurzen Pause:
»Erzählen Sie, Virgil, wie geht es mit Ihrer Karriere voran?«
Sie schüttelte den Kopf, sodass ihr das lange dunkle Haar um die Stirn flog. Sie sprach abgehackt und herrisch, doch zugleich mit rauchiger Stimme, wie eine Frau, die an einer schummrigen Bar neben dem Mann, den sie noch in dieser Nacht verführen wird, einen Cocktail bestellt. »Das Theater ist immer eine Achterbahnfahrt«, sagte sie. »Es hat seine überaus inspirierenden und befriedigenden Momente und seine unproduktiven Phasen. Aber damit sage ich Ihnen sicher nichts Neues. Ein Leben auf der Bühne oder auch vor der Kamera bringt keine Beständigkeit. Aber wenn alle Faktoren stimmen – die richtige Rolle, das richtige Ensemble, die richtige Regie –, kann man sich keinen besseren Beruf wünschen.«
»Und dieses letzte Stück? *Der Tod und das Mädchen?* Interessant?«
Virgil lächelte und nahm einen großen Schluck von ihrem Kaffee.
»Die Rolle ist mir auf den Leib geschrieben«, sagte sie. »Aber auch das haben Sie sich wahrscheinlich schon gedacht. Rache liegt mir im Blut.«

Er überhörte die Bemerkung und deutete auf ihr Haar. »Andere Farbe, andere Frisur?«

Sie zuckte nur leicht die Achseln. »Ricky entgeht auch nichts. Lateinamerikanisches Stück. Lateinamerikanischer Look.«

Ricky war drauf und dran, nachzuhaken, überlegte es sich aber anders. *Der Psychoanalytiker lernt schnell zu schweigen, wenn ohnehin schon jede Menge Fragen in der Luft liegen.* Er hob die Tasse an die Lippen. Der Kaffee kam ihm ungewöhnlich bitter vor. Es klingelte an der Tür.

»Das wird mein Bruder sein«, sagte sie.

Virgil sprang auf, durchquerte mit zwei, drei langen Schritten den Raum und beugte sich zur Sprechanlage vor.

»Ich bin's«, hörte er. »Ich bin da. Und Dr. Starks?«

»Er ist schon oben. Wartet auf dich.«

Sie drückte den Türöffner und ließ den Anwalt herein.

Merlin verzichtete auf einen Handschlag. Dunkler Nadelstreifenanzug. Aktenkoffer aus Leder, mit Monogramm. Teure, elegante Schuhe. Bauchansatz und schütteres Haar. Er war der Inbegriff eines selbstzufriedenen Mannes, der nach einem erfolgreichen, einträglichen Tag mit einem Pendlerzug in sein perfektes Vorstadtglück eilt – wäre da nicht diese düstere Miene. Er würdigte Ricky nur eines kurzen, finsteren Blickes und nahm ihm gegenüber Platz.

»Ich sehe nicht, inwieweit er helfen könnte«, sagte Merlin.

»Woher willst du das wissen?«, entgegnete Virgil.

»Ich *weiß* jedenfalls, dass ich seine Hilfe nicht will«, entgegnete Merlin. »Ich will mit Dr. Starks überhaupt nichts zu tun haben. Er ist Gift für uns. Wie eine ansteckende Krankheit. Er ist ein Drecksack und ein Loser, und er hat uns jede Menge Ärger gemacht. Er sollte tot sein. Ich wünschte, er *wäre* tot. Daher halte ich es für das Beste, einfach so zu tun, als *sei* er tot.« Merlin sprach in schroffem Ton, wie ein Anwalt vor Gericht; während seine Worte an seine Schwester gerichtet waren, starrte er Ricky an. »Glaub mir, ohne ihn sind wir besser dran.«

Es war surreal, wie Merlin, abweichend von seiner Blickrichtung, mit seiner Schwester sprach, als sei Ricky Luft. Wahrscheinlich knüpfte

er an den Schlagabtausch bei ihrem Telefonat gestern Abend an. Sie erwiderte nichts, und nach ein paar Sekunden wandte sich der Anwalt an ihn.
»Mal ehrlich, Doktor, wieso verlassen Sie nicht auf der Stelle diese Wohnung? Starks geht ab. Links der Bühne.«
Dies war ein in Frageform gekleideter Befehl.
Ricky schwieg. Jede Tonlage, jede Satzmelodie, jede Silbe, ebenso wie die abwehrende Körpersprache zeugte von Verachtung. Am liebsten wäre Ricky tatsächlich aufgestanden und zur Tür hinausspaziert. Doch er wusste nur zu gut, dass er, falls er den Bruder und die Schwester ihrem Schicksal überließ, mit einer Reaktion von Mr R zu rechnen hatte und es nicht riskieren konnte, sich dieser Ungewissheit auszusetzen.
Die Lady oder der Tiger?
Ihm blieb nur eins – sich von diesen Leuten nicht in die Karten schauen zu lassen.
»Vielleicht haben wir ja Glück«, fuhr Merlin sarkastisch fort, »und der gute Doktor kommt auf dem Weg in sein Hotel, oder wo immer er sein Quartier aufgeschlagen hat, unters Auto.«
Der Anwalt überlegte. »Nein, ganz sicher ein Hotel. In den hiesigen Psychoanalytiker-Kreisen hat Ricky keine Freunde mehr. Ricky hatte nie andere Freunde, jedenfalls nicht so enge Freunde, dass sie ihn spontan und ohne eine Erklärung bei sich aufnehmen würden. Und Ricky hat hier auch kein Zuhause mehr. Wenn Ricky also nicht auf der Straße schläft, ist er in einem Hotel, nicht wahr?«
»Das liegt wohl auf der Hand«, erwiderte Ricky.
»Einem schönen Hotel, wenn auch nicht dem Ritz.«
»Im Algonquin«, nahm ihm Ricky weiteres Raten ab.
Merlin nickte. »Berühmt. Pseudokünstlerszene. Die Algonquin Round Table; jede Menge intellektuelles Gefasel und künstlerische Selbstherrlichkeit in den wilden Zwanzigern. Wie wär's, wenn Sie gleich jetzt dahin zurückkehren würden«, suggerierte Merlin unverblümt.
»Wenn ich jetzt gehe, sehen Sie mich nie wieder …«, fing Ricky an, auch wenn er nicht die leiseste Ahnung hatte, ob dies der Wahrheit entsprach. Ihm fiel nur auf Anhieb keine bessere Drohung ein.

»... Genau darum geht es ja«, fiel ihm Merlin ins Wort.
»Und der Mann, der im Zimmer Ihres Kindes diesen Paddington auseinandergenommen hat, wird Ihnen weiter auf den Fersen bleiben, und einer von Ihnen wird sterben«, sagte Ricky. Er zeigte zuerst auf Merlin, dann auf Virgil. »Wollen Sie das Risiko eingehen?«
Keine Antworten.
»Ich meinerseits riskiere, den Zorn Ihres Bruders auf mich zu ziehen. Wenn's geht, möchte ich das vermeiden.«
»Kann ich mir denken«, murmelte Merlin.
Beide Geschwister verfielen in Schweigen. Ricky merkte plötzlich, wie er fröstelte, als ginge von den beiden Menschen, die ihn einmal in den Ruin und an den Rand des Selbstmords getrieben hatten, eine Eiseskälte aus, die bei ihm jede Regung der Empathie einfror.
»Sind Sie bereit, Ihren Bruder zu töten, um am Leben zu bleiben?«, fragte Ricky Virgil unvermittelt und zeigte dabei mit dem Finger auf Merlin. »Denn ich glaube, dazu wurden Sie aufgefordert.«
Sie antwortete nicht, sondern schüttelte nur den Kopf.
Er wandte sich an den Anwalt.
»Wer könnte Sie töten wollen?«
Merlin lehnte sich zurück und verschränkte die Arme vor der Brust. Er kniff die Lippen zusammen.
»Wer hätte ein Interesse daran, Sie beide zu quälen?«
Beharrliches Schweigen.
»Wer könnte eine unerfüllbare Forderung stellen? Im Medizinstudium nannten wir das eine Rettungsboot-Frage: *Im Rettungsboot ist nur für einen von Ihnen Platz. Einer überlebt. Einer stirbt. Treffen Sie eine Wahl.*«
Finster blickte Merlin auf und sagte: »Im Jurastudium haben wir dieselbe Frage gestellt.«
»Das Einzige, was Ihnen in dieser Situation einen Vorteil verschafft, ist Ihr Bruder«, führte Ricky seinen Gedanken fort. »Dem daran gelegen ist, dass Sie beide unversehrt und am Leben bleiben. Gut möglich, dass der Mann, der Sie bedroht, nichts von Ihrem Bruder weiß. Oder zumindest nicht, wozu er fähig ist. Und Ihr Bruder verfügt über die nötigen Fähigkeiten, um Sie zu schützen – aber nur, wenn er

weiß, wer es auf Sie abgesehen hat. Können Sie lange genug am Leben bleiben, um ihm diese Information zu beschaffen?«

»Keine Ahnung«, sagte Virgil.

»Nun«, fuhr Ricky fort, »Dieser Mann, der Ihnen den Tod an den Hals wünscht – ist sich zumindest einer Sache sicher. Offenbar weiß er, dass Sie nicht zur Polizei gehen werden. Es erscheint mir wichtig, dass Sie in Erfahrung bringen, wie er zu diesem Schluss gekommen ist.«

»Dafür könnte es mehrere Gründe geben«, antwortete Merlin, ohne seine Bemerkung weiter auszuführen. »Der nächstliegende Grund ist Ihnen ja bekannt. Menschen mit einem Bruder in seiner Tätigkeit schalten unter gar keinen Umständen die Behörden ein. Da liegen Sie richtig«, räumte er widerstrebend und in offiziösem, selbstgefälligem Anwaltston ein.

Ricky zögerte. »Es gibt bei dieser Drohung offenbar eine tickende Uhr. Haben Sie eine Ahnung, wie viel Zeit Ihnen bleibt? Tage? Stunden? Wochen oder Monate? Oder etwa nur Minuten?« Er beobachtete den Anwalt. »Schon möglich, dass ich auf meinem Weg zurück nach Midtown genau so, wie Sie es gerade beschrieben haben, von einem Lkw erfasst werde. Viel wahrscheinlicher ist es jedoch, dass dieser Mann, der Sie tot sehen will, Ihnen draußen auflauert und Sie derjenige sind, der diesen Abend nicht überlebt. Ich denke, Sie schweben in weitaus größerer Gefahr als ich.«

»Ach, kommen Sie, ich kann selbst auf mich aufpassen«, polterte Merlin.

»Das wage ich zu bezweifeln«, entgegnete Ricky.

An diesem Punkt befand er sich auf vertrautem psychologischem Terrain. Der Patient, der mit einem Problem zu ihm kam und bestritt, dass er ein Problem hatte. Oder es kleinredete – obwohl ihm sein Unterbewusstsein sagte, dass es groß genug war, um ihn in die Praxis zu bringen. Nicht selten fühlte sich Ricky wie ein von oben bis unten mit Öl verschmierter Automechaniker: Der Patient glaubt, er brauche nur einen kleinen Tuning-Job, wo in Wahrheit eine Generalüberholung fällig ist.

Er wandte sich an Virgil.

»Sie müssen Folgendes begreifen: Diese Person wusste natürlich, dass niemand, der bei Sinnen ist, dem Befehl: *Töten Sie Ihren Bruder. Retten Sie Ihr eigenes Leben,* blind gehorcht, ohne zu wissen, was dahintersteckt. Bevor Sie handeln, wollen Sie sich natürlich von der tatsächlichen Bedrohung ein Bild machen. Werden Sie beide gleichermaßen bedroht? *Retten Sie Ihr eigenes Leben,* ist eine interessante Wortwahl. Sie lässt unterschiedliche Interpretationen zu. Daher sollten Sie sich wahrscheinlich darauf einstellen, dass er Ihnen eine weitere Botschaft zukommen lässt – eine überzeugende Botschaft, zumindest in seinen Augen –, damit Sie verstehen, was auf dem Spiel steht. Für ihn ist es wohl so etwas wie eine Waage mit Gewichten: Eine Seite geht nach unten, oder eben hoch. Ein Gleichgewicht ist nicht vorgesehen.«

»Das klingt plausibel«, erwiderte Virgil.

»Also«, sagte Merlin, »wie wollen Sie uns helfen?«

Sein versöhnlicher Tonfall klang unaufrichtig.

Ricky betrachtete Bruder und Schwester auf der anderen Seite des Tischs. Er versuchte, auf einer Skala zu bestimmen, wie gut er sie kannte. *Wie Angehörige?* Nein. *Wie enge Freunde?* Nein. *Wie ein unberechenbarer, gefährlicher Feind?* Schon möglich.

Ricky ließ sich mit der Antwort Zeit. »Vielleicht wird es eine weitere CD geben – in jedem Fall eine Art von Kommunikation, die er gründlich geplant hat, lange, bevor er sie übermittelt. Er wird ein weiteres Puzzleteil präsentieren wollen. Und wahrscheinlich früher oder später noch eins. Ich sage Ihnen, was Sie tun müssen: Sie müssen herausbekommen, wer Sie da bedroht, bevor er das Puzzle vollständig zusammengesetzt hat. Dann wenn es erst einmal vollständig ist und ein klares Bild ergibt, ist es zu spät. Und Ihnen dabei zu helfen, ich denke, darum hat mich Ihr Bruder gebeten.«

Merlin schnaubte. Sein Ton war verächtlich. »Klingt ja fast so, als wollten Sie uns ein unausgegorenes Psychogramm auftischen.«

»Nun ja«, antwortete Ricky gleichmütig, »unausgegoren oder nicht, woher auch immer diese Drohung kommt, um das herauszufinden, müssen Sie mit Sicherheit in Ihrer Vergangenheit kramen.«

Er sah dem Anwalt ins Gesicht.

»Also noch einmal die Frage: Wer will Sie umbringen?«
Diese Worte schienen bei Merlin ein gewisses Unbehagen auszulösen. Seine Großspurigkeit hatte einen Dämpfer bekommen. Dennoch erwiderte er: »Ich werde der Sache nachgehen.«
Förmlich und steif.
»Gut«, antwortete Ricky. »Aber während Sie *der Sache nachgehen,* sollten Sie etwas anderes nicht außer Acht lassen«, fuhr Ricky fort. »Denn nach allem, was wir auf dieser ersten CD gesehen haben, zu urteilen, würde ich sagen, dass Jack the Paddington Ripper nicht eine Sekunde zögern würde, eins Ihrer Kinder zu töten oder auch Ihre Frau, gewissermaßen als akzeptable Alternative zu Ihrem Tod. Und damit wiederum kann Ihr Bruder nicht leben, hat er mir zumindest selbst gesagt, und ich wage zu bezweifeln, dass Sie es können.«
Der Anwalt wechselte auf dem Sofa die Stellung.
»Natürlich nicht«, sagte er. Kalt. Als streiche plötzlich ein winterlicher Wind durch den Raum.
Ricky nickte. »Dann würde ich sagen, wir sollten auf meine Frage eine Antwort finden, bevor sie sich von selbst beantwortet hat. Wer will Sie töten?«
»Natürlich habe ich darüber nachgedacht«, erwiderte Merlin zögernd. »Mir sind eine Reihe von Möglichkeiten in den Sinn gekommen.«
Ricky gab dem Anwalt Gelegenheit, seinen Gedanken weiter zu erläutern, doch als der schwieg, wandte er sich unvermittelt an Virgil. »Natürlich gibt es noch eine andere Alternative. Wieso töten Sie ihn nicht gleich hier und jetzt?«, sagte er zur Schwester und deutete dabei auf ihren Bruder. »Damit wäre das Problem augenblicklich gelöst. Bestimmt haben Sie irgendeine Waffe zur Hand. Eine Pistole vielleicht? Wohl eher nicht, bei den strengen Waffengesetzen hier in New York. Aber vielleicht was anderes. Zum Beispiel eine Axt oder ein Klappmesser? Vielleicht täte es aber auch ein gewöhnliches Küchenmesser. Sie könnten sich, da er Ihnen vertraut, von hinten anschleichen und ihm die Kehle aufschlitzen ...«, schlug Ricky vor und unterstrich seine Worte mit einer übertriebenen schauspielerischen Gestik. »... Und schon ist das Problem aus der Welt. Oder vielleicht

doch eher Schlaftabletten? Sie könnten ihm ein gutes Dutzend in seinen Kaffee schütten. Es kommt zum Herzstillstand, und Sie würden nicht einmal Ihre Probe verpassen.«
Er bezog eine kindische Befriedigung aus seiner sarkastischen Grausamkeit. Und er beschloss, indem er sich an Merlin wandte, noch einen draufzusatteln.
»Oder aber Sie machen es den anderen leicht und begehen Selbstmord. Gleich hier und jetzt. Um das Problem sozusagen im Keim zu ersticken. Ein bisschen Selbstüberwindung, ein heroischer Entschluss. Wenn ich mich recht entsinne, haben Sie, als wir schon einmal miteinander zu tun hatten, etwas Derartiges suggeriert. Wäre das nicht das Beste? In dem Fall würde ich gleich morgen den ersten Flieger nach Hause nehmen.«
Es war eine rhetorische Frage, er rechnete mit keiner Antwort.
Fest stand: *Genau das war die Wahl, vor die sie mich damals gestellt haben. Schön zu sehen, wie sich das Blatt gewendet hat.*
Ein paar Sekunden lang legte sich Schweigen über den Raum.
»Also, gibt es irgendwo auf diesem Planeten außer mir irgendjemanden, der geneigt wäre, Ihnen zu helfen?«
»Sie kennen die Antwort«, antwortete Virgil.
»Richtig«, sagte Ricky eiskalt, doch innerlich befriedigt. »So sehe ich das auch.«

5

Er sah zu, wie ein missmutiger Merlin ein Taxi heranwinkte und Richtung Stadtzentrum davonfuhr. Bevor er die Taxitür hinter sich zuzog, sagte er noch: »Also, Doktor. Morgen um zehn Uhr. Wir treffen uns in der Lobby zum Yale Club. Dann machen wir uns daran, herauszufinden, wer so darauf erpicht ist, mich tot zu sehen.«

»Ich werde da sein«, erwiderte Ricky, auch wenn er nicht sicher war, ob ihn Merlin hörte. Einen Augenblick lang blieb er noch an der Straßenecke stehen und sah Merlins Taxi hinterher, bis es von den blitzenden Neonlichtern und der hereinbrechenden Dunkelheit verschluckt wurde.

Ricky hob schon den Arm, um sich selbst ein Taxi heranzuwinken, überlegte es sich jedoch anders und entschied sich für die U-Bahn. Zügig lief er die Treppe zur Station an der 23rd Street hinunter und fühlte sich wieder ein bisschen wie der selbstbewusste New Yorker, der er einmal gewesen war. Die Kakofonie unter der Straße war ihm vertraut – das Kreischen und Rattern, wenn die Züge herandonnerten. Auch die dicht gedrängte Menschenmenge auf dem Bahnsteig fühlte sich wieder normal an. Fast kam es ihm so vor, als sei es nur ein paar Tage her, seit er das letzte Mal auf einem Bahnsteig gewartet hatte, und nicht fünf Jahre. Er blickte auf und sah eine Frau in Schwesterntracht, die sich an einen Stahlpfeiler lehnte und ein Taschenbuch mit grellbuntem Umschlag las. Noch zwei weitere Passanten lasen: Mr Businessman, ins *Wall Street Journal* vertieft; Ms Collegestudentin, über ein Chemie-Lehrbuch gebeugt, während sie sich die Kopfhörer zurechtrückte. Nicht weit von ihnen ein Pärchen, das selbstvergessen knutschte, als sei es allein und ungestört. Er wandte sich von den beiden jungen Leuten ab, und sein Blick fiel auf einen angegrauten, dreckverschmierten, bärtigen Mann im Mantel – für den warmen Abend viel zu dick und schwer –, der vor sich hinmurmelte. Ricky erhaschte die Worte

Weltraum und *CIA*, bevor der Mann ein paar Meter weiterschlurfte. Er halluziniert, dachte Ricky. In der Ferne kündigte das unverkennbare jaulende Geräusch einen einfahrenden Zug an, und urplötzlich sah er wieder lebhaft vor sich, wie der echte Mr Zimmerman vor fünf Jahren den Tod fand, als ihn Mr R vor einen heranrasenden Expresszug stieß.

Nervös trat er von der Bahnsteigkante zurück, fast, als spürte er plötzlich eine Hand in seinem Rücken. Er fuhr nach links und rechts herum und stellte fest, dass er allein war – zumindest für großstädtische Verhältnisse. Niemand stand näher als ein, zwei Meter von ihm entfernt. Dennoch hatte er unwillkürlich alle Muskeln angespannt, um sich gegen einen Angreifer zu wehren, der ihn jeden Moment auf die Gleise stoßen könnte. Als der Zug in die Station brauste, hatte er das deutliche Gefühl, dass er beobachtet würde.

Der einfahrende Zug kam mit Quietschen und Ruckeln zum Stehen. Die Türen gingen auf. Leute strömten heraus. Leute strömten hinein.

Ricky stieg in einen Waggon ein und hielt sich an einer der Metallstangen fest. Die Schwester mit dem knallbunten Taschenbuch schlüpfte, immer noch von ihrer Lektüre gebannt, auf einen Sitz in der Nähe. Ohne sich auch nur einen Moment von den Seiten zu lösen, so schien es, fand sie dennoch den einzigen freien Sitzplatz.

Bei der blechernen Durchsage, von den sich schließenden Türen zurückzutreten, zuckte er zusammen. Als der Zug anfuhr und augenblicklich beschleunigte, schien er sich zur Seite zu neigen. Für einen Moment fürchtete er, das Gleichgewicht zu verlieren, und kämpfte gegen das überwältigende Gefühl an, bei jeder Fahrt mit einer U-Bahn durch die unterirdischen Tunnel die Kontrolle über sich zu verlieren.

Zurück in seinem Hotelzimmer, zog sich Ricky aus und trat unter die Dusche. Er stellte sich eine Weile unter den kräftigen, dampfend heißen Strahl, bevor er sich mit geradezu aggressiver Gründlichkeit von oben bis unten einseifte. Hatte er sich nach seiner Ankunft im Hotel die Hände wie ein Chirurg im OP gewaschen, so wusch er jetzt seinen Körper wie ein Bestatter eine Leiche vor der Aufbahrung.

Das Zimmertelefon hörte er erst klingeln, als er aus der Dusche trat. Tropfend, hastig ein Handtuch um die Taille gewickelt, eilte Ricky aus dem Bad zum Bett und griff genau in dem Moment zum Hörer, als das Klingeln aufhörte.
Er hielt sich den Hörer ans Ohr.
»Hallo?«
Nichts.
»Hallo? Hallo?«
Sinnlos.
Er legte auf und trat zurück.
Plötzlich fing das rote Licht an zu blinken, das Zeichen, dass eine Nachricht auf den Anrufbeantworter gesprochen worden war. Nur drei Menschen wussten, dass er sich in New York befand, und zwei davon hatte er gerade eben verlassen. Mr R sah es nicht ähnlich, anzurufen und sich bei ihm zu erkundigen, wie das Treffen mit seinem Bruder und seiner Schwester gelaufen sei, dennoch fiel Ricky keine andere Erklärung für den Anruf ein. Sein Beschützerinstinkt. Fast wie eine Glucke. Einerseits charakteristisch – der ältere Bruder, der seine schützende Hand über die jüngeren Geschwister hält, andererseits gänzlich gegen seine Natur – *Fürsorge* bei einem soziopathischen Profikiller. Er drückte die Anrufbeantworter-Taste, griff erneut zum Hörer und wartete auf Mr Rs Stimme. Doch wenig später ertönte eine andere Stimme, die er nicht auf Anhieb erkannte.
Leise. Heiser. Angespannt. Verstörend. Doch mit einem unüberhörbaren neugierigen Unterton:
»Hallo, Dr. Starks. Wer sind Sie eigentlich? Und wie kommt jemand, wenn er halbwegs bei Sinnen ist, dazu, sich freiwillig in die Schusslinie zwischen Jäger und Beute zu begeben? Ich denke, wir sollten uns möglichst bald einmal über Ihr mangelndes Urteilsvermögen, das daraus spricht, unterhalten. Nehmen Sie das hier als Ihre erste Warnung.«
Mehr nicht, die Leitung war tot.
Die Stille schlug ihm von den Wänden entgegen.
Wie erstarrt stand Ricky, den Hörer in der Hand, neben dem Bett.

Wie schon eine Weile zuvor in der U-Bahn-Station hatte er auch jetzt plötzlich das Gefühl, wie von einer unsichtbaren Hand in seinem Rücken das Gleichgewicht zu verlieren. Mit steifen Gliedern trat er an das einzige Fenster in seinem Zimmer und ließ, nach einem Blick auf die verlassenen, dunklen Büros in den angrenzenden Gebäuden, krachend die Jalousie herunter.
Obwohl er immer noch von der Dusche nass war, ging er zur Zimmertür hinüber und vergewisserte sich, dass sie abgeschlossen war. Er kehrte zum Bett zurück, griff noch einmal zum Hörer und horchte, bevor er sich abtrocknete.
Jäger und Beute.
Wer sind Sie? Er zog sich Hose und T-Shirt an und sackte auf die Bettkante nieder.
Wer?
Er wusste die Antwort: *Jack the Paddington Ripper.*
Das kleine Zimmer erschien ihm plötzlich erdrückend eng, als ziehe es sich langsam um ihn zusammen. Ihm brannte die Kehle, er hatte Mühe zu schlucken. Ricky nahm den Hörer zur Hand und wählte die Rezeption an. »Dr. Starks in Zimmer 602«, bekam er mühsam heraus, sosehr er versuchte, ruhig und normal zu klingen. »Ich habe gerade eine wichtige Nachricht auf meinem Anrufbeantworter bekommen, aber derjenige hat versehentlich seine Nummer nicht hinterlassen, und ich kann nicht zurückrufen. Möglicherweise handelt es sich um einen medizinischen Notfall«, log er. »Ich muss Sie daher bitten, unverzüglich Ihre eingehenden Gesprächsdaten zu überprüfen.«
»Selbstverständlich, Doktor«, erwiderte die Dame am Empfang. »Ich spreche augenblicklich mit der Hoteltelefonistin.«
Ricky wartete, bis die Angestellte sich nach einer Weile wieder meldete.
»Tut mir leid, Doktor. Zu einem eingehenden Anruf haben wir keine Nummer auf der Liste.«
»Das kann nicht sein, der Anruf ist ja auf mein Zimmer durchgestellt worden.«
»Es sei denn, der Anruf wäre hier von unserem Haustelefon erfolgt.

Vielleicht wartet ja die Person, die Sie erreichen müssen, unten in der Lobby auf Sie?«

»Ja. Wäre möglich«, log Ricky erneut. Ob es wirklich eine Lüge war, konnte er nicht beschwören. Er legte auf.

Ist mir jemand mit der U-Bahn gefolgt?

War ich im Fahrstuhl allein?

Nein. Er stand in einer Menschentraube. *Wer?* Er hatte nicht darauf geachtet.

Ist jemand mit mir auf diesem Stockwerk ausgestiegen, sodass derjenige meine Zimmernummer sehen konnte?

Er erinnerte sich nicht.

Und das machte ihn wütend. Er wusste: *Das hier ist ein Spiel auf Leben und Tod. Du musst besser spielen.* In die Wut mischte sich ein gehöriges Maß an Nervosität. Noch konnte er nicht sagen, ob ihm die Sache Angst machen sollte oder nicht, fest stand nur, dass es ein Gebot der Klugheit war, äußerste Vorsicht walten zu lassen. Er hoffte, so vernünftig zu sein.

Ricky griff nach Schuhen, Socken und Hemd und zog sich hastig an. Er fuhr sich mit dem Kamm kurz durchs Haar, fand seine Zimmerschlüssel und verließ, erneut mit dem Gefühl, zu dicht an einem einfahrenden Zug zu stehen, sein Zimmer und fuhr mit dem Lift zur Lobby hinunter.

Die Lobby des Algonquin war ein überaus weitläufiger, großzügiger Raum, der zu zwanglosen Begegnungen einlud. Die behaglichen, alten Sessel waren in kleinen Gruppen für Paare oder vier und mehr Personen um kleine Tische verteilt, an denen die Gäste in dem gedämpften, holzvertäfelten Ambiente bei diskreter Wahrung der Privatsphäre verkehren konnten, während sie sich von schwarz livrierten Kellnern, die ebenso unaufdringlich wie aufmerksam von Tisch zu Tisch schwebten, teure Cocktails servieren ließen. Es war ein beliebter Treffpunkt literarischer Romantiker in New York, die es in der Stadt in Scharen gibt, und traditionell der Treffpunkt der berühmten Mitarbeiter des *New Yorker*. An diesem Abend war die Lobby nur zur Hälfte besetzt. Ricky ließ den Blick über die Sitzgruppen schweifen. Überall schienen die in Gespräche vertieften Gäste die Umgebung zu vergessen. Ein paar lebhafte Gespräche. Ein paar vertraute Gespräche. In der ganzen Halle sah er nur zwei Männer ohne Begleitung. Einer von ihnen blickte ungeduldig auf die Armbanduhr und wartete offensichtlich auf jemanden, der zur Eingangstür hereinkommen würde. Der andere nippte an einem Martini und las in einem Stoß juristisch aussehender Dokumente. Keiner von beiden blickte in seine Richtung. Keiner von beiden wirkte verdächtig.

Die Rezeption befand sich an einer Seite der Lobby. Ricky begab sich hinüber.

»Guten Abend, Sir«, begrüßte ihn die Angestellte.

»Danke. Ich bin Dr. Starks, Zimmer 602. Ich habe eben angerufen …«

»Richtig. Wegen der Nachricht auf dem Anrufbeantworter. Ich habe Ihren Anruf entgegengenommen.« Die junge Frau sprach mit tiefer Stimme und im geübten Ton professioneller Hilfsbereitschaft. Sie trug ein adrettes, eng geschnittenes graues Kostüm, das zugleich ihre jugendlichen Kurven und die sachliche Note ihres Berufs betonte.

»Falls dieser Anruf vom Haustelefon kam …«

»Ja. Dort drüben«, sagte sie und deutete zu einer Garderobe an der Seite, an der niemand zu sehen war. Neben dieser Tür befand sich ein Holzsims mit einem altmodischen schwarzen Telefon.

»Haben Sie zufällig gesehen …«, setzte Ricky zu der naheliegenden Frage an.

»Tut mir leid, Doktor, nein. Manchmal kommen Gäste herüber und fragen, wo sich das Haustelefon befindet, oder auch zuerst nach einer Direktwahl zu einem Zimmer, aber ich kann mich an niemanden erinnern, der nach Ihnen gefragt hat, und ich habe hier seit einigen Stunden Dienst.«

Ricky überlegte für einen Moment und fragte dann: »Hat das Hotel Überwachungskameras, die vielleicht aufgenommen haben, wer …«

Die Angestellte schüttelte den Kopf.

»Vielleicht in den neueren Hotels, wie dem Novotel oder einem Holiday Inn. Aber hier im Algonquin? Wir sind nicht so modern – auch wenn ich schon gehört habe, dass eine solche Anlage geplant ist. Tut mir leid, Doktor.«

Ricky rang sich ein Lächeln ab.

»Na ja, vielleicht ruft derjenige ja noch mal an«, sagte er, eine etwas banale Bemerkung, die nicht gerade nach einem ernst zu nehmenden Notfall klang.

Er drehte sich noch einmal zu den Menschen an den Tischen der Lobby um.

Sowohl der Martini-Trinker als auch der Mann mit dem ungeduldigen Blick auf die Uhr waren verschwunden.

6

Ricky fand sich bewusst ein wenig früher im Yale Club ein, stellte jedoch bei seiner Ankunft fest, dass Merlin bereits an der Tür auf ihn wartete. Der Anwalt bequemte sich zu keiner Begrüßung, sondern deutete nur mit dem Kopf zum Eingang und bestätigte das Offenkundige: »Sie kommen pünktlich.«

Sein brüskes Auftreten bestärkte Ricky in seinem Entschluss, die Telefonnachricht vom Abend nicht zu erwähnen. Ricky folgte ihm unter einer amerikanischen sowie einer dunkelblau-weißen Flagge des Yale Club hindurch in das prächtige alte Gebäude. Merlin deutete auf die Rezeption und machte Zeichen, dass Ricky sein Gast sei. *Ein Gast, den du schon mal umbringen wolltest,* dachte Ricky unwillkürlich. Sie kamen an einem kleinen Hinweisschild vorbei, das sie davon in Kenntnis setzte, nach sechzehn Uhr seien Jackett und Schlips erforderlich. Merlin war angezogen, als sei er auf dem Weg zu einem Gerichtstermin, Ricky hingegen trug verwaschene alte Jeans, Laufschuhe und einen in die Jahre gekommenen blauen Blazer. Mit seinem legeren Kleidungsstil fing er sich mehr als einen missbilligenden Blick von älteren grauhaarigen Mitgliedern mit auf Hochglanz polierten teuren Schuhen ein, Männern, die es so viele Jahre nach ihrer Studentenzeit wahrscheinlich immer noch nicht fassen konnten, dass dem lateinischen Motto ihres Universitätswappens, *Lux et Veritas,* eine hebräische Übersetzung hinzugefügt worden war. Sie begaben sich nach oben in einen großen Lesesaal – mit Bücherregalen voller alter in Leder gebundener Texte an der Wand und verstreuten Sitzecken, in denen man vertraulich lukrative Deals aushandeln konnte, ohne dass Unbefugte verräterische Einzelheiten aufschnappen und – unter Umgehung entsprechender Regulierungen der Börsenaufsicht – das Gehörte zu ihrem eigenen Profit nutzen konnten. Merlin geleitete Ricky in den hintersten Teil des Raums. Dort ließ er sich schwer in einem braunen Ledersessel nieder. Er nahm seinen Aktenkoffer auf den Schoß und holte ein paar braune Umschläge heraus. Er zog einen teuren schwarzen Mont-Blanc-Füllfederhalter aus der Innentasche seines Jacketts und tippte damit auf die Umschläge in der anderen Hand.

»Das hier sind die Fälle, die sich am ehesten nahelegen«, sagte er steif. »Drei Fälle, die … nun ja, für eine Partei schlecht ausgegangen sind. Nicht so schlecht für die andere Seite.«

»*Die andere* heißt, …«

»Für mich und meinen Mandanten«, bestätigte Merlin. »Ich neige dazu zu gewinnen. Oft. Und teuer für die Gegenseite.«

»Eine Sammelklage wegen Umweltverschmutzung, ein Versicherungsbetrug und ein strafrechtliches Verfahren wegen eines Vergewaltigungs- und Tötungsdelikts. An sich arbeitet meine Kanzlei in erster Linie für bedeutende Unternehmen – aber es gehört zum guten Ton, hin und wieder auch Fälle *pro bono* zu übernehmen. Der letzte dieser drei Fälle gehört in diese Kategorie. Kein Geld. Man geht davon aus, dass es uns Befriedigung verschafft, für mittellose Mandanten etwas herauszuschlagen. So hoffen Anwälte, in den Himmel zu kommen. Bei der ersten Akte habe ich Firmeninteressen vertreten; bei der zweiten Betrugsopfer. Nicht auszuschließen, dass die Idioten, die verloren haben, sich meinen Tod wünschen. Sagen Sie's mir. Meine anderen Fälle – nun ja, ich wage doch sehr zu bezweifeln, dass eine große Firma wegen eines Vertragsstreits Mordgelüste gegen mich verspürt. Mich vor einem Bundesrichter mit obskuren juristischen Winkelzügen zu Tode zu foltern, das schon. Das bringt der Beruf mit sich. Aber mir heimlich aufzulauern, um mich zu ermorden oder gar eins meiner Kinder abzuschlachten oder meine Schwester aufzufordern, mich abzumurksen, um die eigene Haut zu retten? Höchst unwahrscheinlich.«

Er schob Ricky die Akten hin.

»Für diese Fälle wurde ich gut bezahlt«, fügte er hinzu. »Der andere war, wie gesagt, *pro bono*. Aber kann ja sein, dass jetzt dafür eine Zahlung fällig wird, nur eben in anderer Münze.«

»Sie meinen, dass es Ihnen jemand *heimzahlen* will?«, hakte Ricky nach.

»Genau.« Merlin schien die Vorstellung amüsant zu finden.

Ricky griff nicht sofort zu den drei Akten.

»Warum überlassen Sie diese Fallakten nicht Ihrem Bruder anstatt mir, wenn Sie glauben, einer Ihrer Verfahrensgegner wünsche Ihnen den Tod an den Hals?«, sagte er. »Lassen Sie ihn tun, was er für richtig hält, lassen Sie mich aus dem Spiel.«

Dafür erntete er von Merlin einen strengen, unversöhnlichen Blick, vermutlich denselben Blick, den Zeugen der Gegenseite im Kreuzverhör von ihm zu spüren bekamen.

»Erstens, weil sich seine – nennen wir es – *Nachforschungen* in der Regel auf eine einzige Person beschränken. Zum anderen, weil er es bei den reichen Mandanten in diesen Akten vielleicht für vertane Zeit hält, jeden Einzelnen davon genau unter die Lupe zu nehmen, um herauszufinden, wer von ihnen es tatsächlich auf mich abgesehen hat, sodass er, um auf Nummer sicher zu gehen, vielleicht gleich alle liquidiert«, sagte er in sarkastischem Ton, »um jeden Irrtum auszuschließen. Und dann würde selbst ein Ermittler von mäßigem Talent schnell herausfinden, dass ihre gegnerische juristische Beziehung zu mir die einzige Gemeinsamkeit zwischen ihnen ist. Folglich würden sie mein Leben unter die Lupe nehmen, und wohin das führen würde, brauche ich Ihnen ja nicht zu sagen«, fügte er mit einem bitteren Unterton hinzu.

»Nein«, bestätigte Ricky.

»Es ist wichtig, dass die Anonymität meines Bruders gewahrt bleibt.« Merlin schüttelte den Kopf.

»Bevor meine Schwester und ich auf seine besonderen Talente zurückgreifen, müssen wir uns absolut sicher sein, dass wir den Richtigen ausfindig gemacht haben.«

»Absolut sicher?«, hakte Ricky nach.

Merlin verzog den Mund zu einem hässlichen Lächeln. »Sagen wir, einigermaßen sicher«, stellte er klar.

Dann beugte er sich vor. »Ich habe nicht das geringste Problem damit, mich einer Person zu entledigen, die mich und meine Familie bedroht«, sagte er. »*Entledigen.* Ein höfliches Wort für das Metier meines Bruders. Das bereitet mir nicht die geringsten Schuldgefühle.

Nicht mehr, als wenn ich nach einer Mücke schlage, die mir in den Arm sticht. Ich glaube, das würden die meisten Menschen nicht viel anders sehen. Aber es kann sehr gut sein, dass in diesen Akten nur die Namen von Leuten stehen, die das Pech hatten, vor Gericht zu verlieren, ansonsten aber, wenn auch nicht klug, so doch unschuldig sind, und ich werde mich nicht an einer Sache beteiligen ... ja, wie würden Sie das nennen, Doktor?«

Er antwortete nicht, auch wenn ihm das Wort *Hinrichtung* auf der Zunge lag.

Doch der Anwalt beantwortete seine eigene Frage selbst: »Ein Missgeschick, eine unglückliche Fügung, mit tödlichem Ausgang.«

Bei Ricky überschlugen sich die Gedanken. Er konnte nachvollziehen, wie wichtig es war, gewisse Brandmauern aufrechtzuerhalten – erst recht für den Anwalt. Er spürte, wie ihn die tückischen Strudel mörderischer Absichten in entgegengesetzte Richtungen zogen. *Verabredung* zu einem Verbrechen war das Wort, bei dem er wie vor glühenden Kohlen zurückwich, und dann bei dem ebenso beängstigenden Stichwort *Beihilfe* zu einer kriminellen Handlung. Und er war mittendrin. »Was soll ich dann mit diesen Akten machen?«, fragte er und deutete mit dem Kopf auf die braunen Umschläge.

»Sie sich ansehen. Mit Ihrer psychologischen Expertise lesen. Und mir dann sagen, wer Ihnen in einer dieser Akten dazu fähig erscheint, ein solches Puzzle zusammenzusetzen. Wer ist der wahrscheinlichste Kandidat für jemanden, der ein Stofftier zerreißt und eine Theaterprobe unterbricht? Finden Sie das heraus, Doktor. Wer lechzt nach Rache? Haben wir das erst einmal herausgefunden, sind wir alle in Sicherheit. Bis ans Ende unserer Tage.«

Ricky starrte auf die Umschläge. *Wenn ich die an mich nehme, begehe ich bereits eine Straftat,* dachte er.

Besser gesagt: *begehe ich die erste Straftat.*

Möglicherweise nur die erste von vielen.

Doch bevor er seinen Protest ventilieren konnte, stand Merlin auf. »Unsere erste Sitzung ist zu Ende«, erklärte er. Er beugte sich vor und tippte mit dem Finger auf die Akten. »Zeit fürs Schriftenstudium«, fügte er hinzu, bevor er abrupt auf dem Absatz kehrtmachte, sich sein Lederköfferchen schnappte und aufbrach. Er ließ Ricky in seinem Sessel zurück, marschierte mit gesenktem Kopf zügig durch den Raum und verschwand im Eilschritt zur Flügeltür hinaus, ohne sich ein einziges Mal zu ihm umzudrehen.

Ricky lehnte sich zurück und sondierte seine Möglichkeiten. Es gab nicht viele. Am liebsten hätte er die drei Umschläge mit ihrem juristischen Inhalt in den nächstbesten Papierkorb geworfen. Er wusste, das konnte er nicht. Stattdessen geriet er sehenden Auges immer tiefer in einen Sumpf, wie in den Everglades. Jeder Schritt durch den Dschungel konnte tödlich für ihn enden. Würde er in einem Erdloch ertrinken oder in Treibsand geraten? Würde er von einem Krokodil gefressen oder von einem Panther zerfetzt? Würde er am Hitzschlag sterben oder am Biss einer giftigen Schlange?

Er nahm die Akten zur Hand, sie fühlten sich an, als stünden sie unter Strom. Er wollte gerade den obersten Umschlag öffnen, als ihn plötzlich das gespenstische Gefühl beschlich, Merlin sei heimlich zurückgekehrt und blicke ihm unsichtbar über die Schulter, um ihn beim Sichten der Dokumente zu überwachen. Er schüttelte das Gefühl ab und machte sich bewusst, dass seine Rennpferd-Nervosität in Bruchteilen von Sekunden von null auf hundert hochgeschnellt war. Beschleunigter Puls. Vielleicht ein Schweißfilm auf der Stirn. Trockene Kehle. All die kleinen Zeichen einer Angstattacke.

Es war genau wie das Gefühl bei einer Turbulenz auf einem Flug. Er konnte die Luftschichten, die das Flugzeug durchrüttelten, nicht sehen. Doch das machte sie nicht weniger real.

Mit steifen Gliedern stand Ricky auf und verließ den Club.

Das Gebäude war nur etwa drei Blocks von seinem Hotel entfernt. Er lief schnell, ging mit eingezogenem Kopf am Türsteher vorbei und strebte zum Fahrstuhl, als er seinen Namen hörte.

Am Empfangstresen stand dieselbe junge Frau und rief nach ihm.

»Oh, Dr. Starks, bitte entschuldigen Sie.«

Er blieb stehen und ging zu ihr hinüber.

»Für Sie wurde ein Päckchen hinterlegt.«

»Ein Päckchen?«

»Ja«, sagte sie. »Hier.«
Sie bückte sich und hatte einen wattierten Umschlag in der Hand.
»Wie wurde der geliefert?«, fragte er.
»Per Kurier.«
Er sah sich den Umschlag an. Äußerlich gab er nichts weiter zu erkennen, es standen lediglich sein Name und seine Zimmernummer groß und deutlich über dem Namen des Hotels.
Er überlegte einen Moment und fragte eindringlich: »Haben Sie sich gemerkt, von welchem Kurierdienst er gebracht wurde?«
Sie überlegte. »Tut mir leid. Der Mann hat ihn einfach auf den Tisch gelegt und war sofort wieder zur Tür hinaus.«
»Macht nichts«, sagte er ohne Überzeugung.
In seinem Zimmer legte er Merlins potenzielle Fälle aufs Bett und öffnete den Umschlag. Darin steckten ein kleines Wegwerf-Handy und ein weißes Blatt Schreibpapier mit der gedruckten Nachricht:
12 Uhr.
Heute.
Wer sind Sie, Doktor? In das Handy ist die richtige Nummer eingespeichert.

7

Fünf Minuten vor zwölf fühlte sich Ricky einem Telefonat mit dem Mann, der den Tod eines Menschen plante, gewachsen. Er wusste, dass der Anruf dem mordgierigen Unbekannten dazu diente, etwas über ihn in Erfahrung zu bringen. Dabei war sich Ricky instinktiv darüber im Klaren, dass er die Fragen des Mannes nur zum Schein beantworten sollte, ohne viel preiszugeben, während er selbst deutlich mehr über den Mann am anderen Ende herausfand. Das war die Strategie. Er rief sich ins Gedächtnis, dass bei einer Psychoanalyse eine gestellte Frage oft genauso viel über den Betreffenden aussagt wie eine Antwort.

Mit dieser Maxime, *wenig zu geben und viel zu nehmen,* war er bestens vertraut. Wie oft hatten ihn Patienten, die auf der Therapiecouch lagen, ihn plötzlich mit Fragen gelöchert – um den Mann, der außer Sichtweite hinter ihrem Kopf saß, kennenzulernen. Dies gehörte unverzichtbar zum Übertragungsprozess, einem wesentlichen Bestandteil jeder Analyse. Je ausweichender seine Antworten wurden und je undurchsichtiger er für seinen Patienten blieb, desto eindringlicher richtete dieser seine Neugier auf sich selbst und begab sich auf den langen Weg zur Erkenntnis.

Ein Gedanke allerdings kam ihm wiederholt in die Quere: *Das einzige Mal, dass ein Mörder auf meiner Couch gelegen hat, war Mr R – und der hat mich von vorn bis hinten an der Nase herumgeführt.*

Er schielte zu den Akten hinüber, die Merlin ihm mitgegeben hatte. Sie lagen ungeöffnet auf seinem Bett ausgebreitet, wie eine verschmähte Geliebte, die ungeduldig auf seine Zuwendung wartete. Er hoffte, etwas, das er am Telefon hörte, mit Anhaltspunkten aus diesen Akten verbinden zu können. Irgendeine verräterische Formulierung, eine Wendung, die mehr herausließ als beabsichtigt, irgendeine winzige Information, die Jack the Paddington Ripper vielleicht herausrutschte und ihn mit irgendeinem Detail in einem der Dokumente in Verbindung brachte. Ort. Vorgeschichte. Wut. Motiv. Plan. Obsession. Es gab viele Möglichkeiten – nicht viel anders als bei dem Bild, zu dem die Puzzleteile gehörten: Finde jedes Teil und suche die Stelle, an der es ins Bild passt. Höre ein Wort oder eine Redewendung heraus, die dir dabei helfen, nach und nach ein Porträt des Mannes zu zeichnen. Hatte er erst mal die Verbindung zu den Akten hergestellt, wäre seine Aufgabe erledigt, und er wäre frei.

Indem er einen Mörder auf den anderen hetzte.

Diese Überlegung stieß ihm sauer auf.

Er starrte auf das Handy, das er auf einen Holztisch gelegt hatte. In den letzten Minuten, die verstrichen, bevor es Zeit für den Anruf wurde, schien sich das kleine Hotelzimmer zusammenzuziehen. Zugleich wurde es wärmer, es war viel zu heiß. Doch ein Blick auf den Wandthermostat sagte ihm, dass der Temperaturanstieg nichts mit dem Raum zu tun hatte, in dem er sich befand. Er bildete sich die Hitze ein. Von der Angst, der Ungewissheit wurde ihm heiß, von der Unausweichlichkeit der Konfrontation.

Er hatte sich einen Stift und einen Schreibblock bereitgelegt. Er sah immer wieder auf die Uhr.

Genau eine Minute vor zwölf griff er nach dem Handy.

Seine Finger schwebten wenige Zentimeter darüber, als es plötzlich wie wild zu klingeln begann. Erschrocken zuckte er zusammen, dann nahm er es vom Tisch. Zugleich hielt er in der anderen Hand den Stift über seinen Block. Er drückte die Sprechtaste an dem billigen Telefon.

Kein Small Talk. Sofort zur Sache.

»Hallo, Doktor. Wer sind Sie?«

Ricky holte tief Luft. »Wenn Sie fragen, *wer,* meinen Sie damit meinen Lebenslauf, meinen akademischen Werdegang?«

»Ganz und gar nicht. Wer sind Sie, Doktor? Sind Sie von der Polizei? Ein Ermittler? Sind Sie ein Söldner? Oder ein Bodyguard oder Berufskiller oder ein Privatdetektiv? Sind Sie ein Wichtigtuer, der nicht begreift, worauf er sich da einlässt? Sind Sie ein Freund? Ein Liebhaber? Oder sind Sie einfach nur ein fehlgeleiteter Dummkopf?«

Ricky versuchte angestrengt, einen Akzent herauszuhören.

Nichts. Lebhafte, beinahe neugierige und freundliche Sprechweise. Wie zwei langjährige Kollegen, die sich zufällig an einer Straßenecke über den Weg laufen und Höflichkeiten miteinander austauschen.
Er versuchte herauszuhören, was ihm die Wortwahl verriet.
Gebildet. Weiß. Mittleres Alter, jedenfalls nicht jung. Urban. Intellektuell. Vor allem aber: *kein bisschen ängstlich.*
»Nein«, sagte er. »Ich bin nichts von alledem.«
»Sind Sie sich da sicher, Doktor? Mit der letzten Kategorie? *Fehlgeleiteter Dummkopf*? Vielleicht denken Sie noch einmal darüber nach?«
Er stichelt, foppt. Ist sich sicher, alles unter Kontrolle zu haben. Selbstbewusst. Ein zweiter Rechtsanwalt? Jemand, der in einen Gerichtssaal stolziert, in dem Wissen, die Fakten, die Beweise und das Gesetz auf seiner Seite zu haben.
»Nein. Ich glaube, das trifft nicht auf mich zu«, erwiderte Ricky.
»Ein bisschen vorschnell, dieser Schluss, wenn Sie mich fragen, aber vielleicht spricht daraus ja nur die Arroganz Ihres Berufsstands. Dieses *D* und *R* vor Ihrem Namen bringt Sie einen riesigen Schritt näher zum lieben Gott, nicht war? Also noch mal, wer sind Sie, Doktor?«
Ricky spielte auf Risiko. »Ich denke, das wissen Sie bereits.«
Die Stimme am Telefon schien mit diesem nächsten Zug gerechnet zu haben.
»Vielleicht. Vielleicht auch nicht. Jedenfalls lässt meine Frage verschiedene Deutungsmöglichkeiten zu. Fragen wir uns nicht immer, *wer sind wir?* Oder besser gesagt, ist das die Frage, die wir uns stellen sollten, die wir aber aus Blindheit oder Dummheit oder Ichbezogenheit lieber umgehen. Diese Frage geht in die Tiefe, ist es nicht so?«
Ricky versuchte, Anzeichen für Geisteskrankheit herauszuhören. Psychose. Oder Obsession. Verhaltene Wut. Doch was er bis jetzt zu hören bekam, war eher philosophisch. Beinahe analytisch. Ihn flog der Gedanke an, dass er mit jemandem sprach, der einmal in derselben Bibliothek wie er gesessen und dieselben Texte durchgearbeitet hatte.
»Ja. Richtig.«
»Also, Dr. Starks, mit wem habe ich es zu tun?«
Nach kurzer Überlegung sagte Ricky: »Ich bin Dolmetscher.«
Er hörte ein kurzes unterdrücktes Prusten.

»Na schön, Dr. Starks. Das gefällt mir. Und was für ein Dolmetscher sind Sie? Aus welcher Sprache übersetzen Sie – Deutsch, Französisch, Arabisch? Können Sie die Sprache des Todes übersetzen?«

Bevor er antwortete, biss sich Ricky auf die Lippen.

»Ja.«

»Sicher?«, hakte der andere nach.

Ricky hatte sich die Antwort zurechtgelegt.

»Sie haben Menschen, die ich zufällig kenne, ein paar äußerst schwierige Fragen gestellt. Nicht ohne Grund haben diese Personen mich gebeten, ihnen bei der Suche nach den richtigen Antworten zu helfen.«

»Aber, Doktor, es gibt im Prinzip nur eine Antwort. Die richtige Antwort für mich, die falsche Antwort für diese Leute. Ihr Pech. Nicht leicht. Vielleicht haben Sie das nächste Mal mehr Glück. Nur dass es natürlich kein nächstes Mal gibt. Das wissen Sie so gut wie ich. Und ich vermute mal, diese Leute wissen es auch und wollen es nur nicht wahrhaben. Es fällt den Menschen nun mal schwer, sich ins Unvermeidliche zu fügen.«

»Vielleicht kann ich ihnen ja dabei helfen.«

Eine Pause.

»Wieso sollten Sie, Doktor? Werden Sie für Ihre Dienste hoffnungslos überbezahlt? Was für ein Honorar verlangt ein Dolmetscher wie Sie?«

Der spöttische Unterton war unüberhörbar.

»Nein. Ich werde überhaupt nicht bezahlt.«

»Das wage ich zu bezweifeln. Aber vielleicht in anderer Münze? Eine Art Zwangsverpflichtung? Haben die etwas gegen Sie in der Hand? Erpressung?«

Gut geraten, dachte Ricky. *Näher sollte er der Wahrheit nicht kommen.* Dabei wusste er, dass sein Zögern dem Mann am anderen Ende der Leitung bereits die Antwort gegeben hatte, die er brauchte.

»Wieso sollte ich ihnen nicht helfen?«, wich Ricky aus. *Schwach,* stellte er fest. Doch er blieb standhaft. »Gehört zu meiner Tätigkeit. Leuten zu helfen, die mich brauchen.« *Wischiwaschi und immer noch schwach.*

Wieder ein kurzes Lachen.

»Diese Frage habe ich Ihnen schon beantwortet, Doktor. Niemand sollte freiwillig zwischen einen Jäger und sein Opfer treten. Sind Sie bereit, für diese Leute Ihr Leben zu riskieren? Nein, lassen Sie es mich deutlicher sagen: Sind Sie bereit, für diese Leute Ihr Leben zu lassen?«

Eiskalt. Überaus selbstbewusst. Fühlt sich kein bisschen bedroht.

»Wie kommen Sie darauf, dass ich, als ich meine Hilfe zusagte, schon wusste, was auf dem Spiel steht? Vielleicht wird mir ja gerade eben erst klar, in was ich da hineingeraten bin.«

»Gute Frage, Doc«, erwiderte die Stimme und nahm sich unvermittelt einen vertraulicheren Ton heraus. »Aber bevor ich darauf antworte, lassen Sie mich umgekehrt etwas fragen: Werden Sie jetzt Ihre Koffer packen und verschwinden? Haben Sie schon an der Rezeption angerufen und um Ihre Rechnung gebeten?«

Ricky schwieg.

»Ich glaube, das haben Sie nicht. Sollten Sie aber. Falls Sie bisher nicht wussten, wie Sie sich verhalten sollen, dann wissen Sie es jetzt. Nehmen Sie besser einen Ratschlag von mir an, Doktor: Begeben Sie sich besser nicht zwischen die Fronten. Das verspricht nichts Gutes, das können Sie sich selbst ausrechnen. Gehen Sie. Nein. Rennen Sie. Und zwar jetzt. Bevor Sie in der Falle sitzen. Lassen Sie nicht zu, dass Sie zusammen mit diesem verfluchten Anwalt und seiner gottverdammten Schwester untergehen. Retten Sie Ihr eigenes Leben. Fliehen Sie. Und blicken Sie nicht zurück.«

Die ersten Anzeichen von Wut, notierte sich Ricky.

Wieder kehrte eine Pause ein.

Der Mann in der Leitung schien auf eine Antwort zu warten, doch Ricky blieb stumm.

»Na schön, Doktor. Nehmen wir mal an, Sie hätten die Materialien gesehen, die ich ...«

Ricky spürte förmlich, dass sich der Sprecher gründlich überlegte, wie er Virgil und Merlin nennen sollte.

»... dem in Bälde toten Bruder und seiner Schwester zukommen ließ. Oder besser gesagt: dem in Bälde toten einen oder anderen ...«

Retten Sie Ihr eigenes Leben ... oder sterben Sie, das war also gemeint,

machte sich Ricky klar, während der Mann in der Leitung weitersprach.
»... das sterbende Paar? Klingt ein bisschen romantisch. Nach Shakespeare. Nur dass sie nicht Romeo und Julia sind. Eher Othello und Desdemona ...«
Literarisch gebildet? Jack the Paddington Ripper klang verdammt nach Jack, dem Professor für englische Literatur.
»... Jeder, der gesehen hat, was ich ihnen zugestellt habe, sollte auf Anhieb wissen, was auf dem Spiel steht. Also bitte, Doktor, ersparen Sie mir allzu durchschaubare Lügen.«
»Wieso wollen Sie jemanden töten?«, fragte Ricky.
»Nun, vielleicht, weil ich alle anderen Möglichkeiten ausgeschöpft habe.«
»Schwer zu glauben. Es gibt immer Alternativen.«
»Nicht in diesem Fall. Tut mir leid. Hier bleibt nur noch der Tod. Was ich will, ist furchtbar einfach: einen gemeinen Tod. Einen üblen Tod. Einen schmerzhaften Tod. Einen plötzlichen Tod. Einen blutigen Tod. Suchen Sie sich's raus. Keine andere Möglichkeit.«
Ein Mann, der alle Rechtsmittel ausgeschöpft hatte?
»Haben Sie schon einmal getötet? Sind Sie dieser Herausforderung wirklich gewachsen? Gibt es denn keinen anderen Lösungsansatz für Ihr Problem? Wieso dieses Bedürfnis nach Rache? Was hat er Ihnen so Schreckliches angetan, dass er das Schlimmste verdient hätte? Was hat Sie dermaßen verletzt?« Ricky schoss diese Salve an Fragen wie mit einem Schnellfeuergewehr ab. Damit bezweckte er, den Mann am anderen Ende aus der Reserve zu locken und dazu zu bringen, über seine Wut zu sprechen. Aus diesem Grund wählte er mit Bedacht das Verb *verletzen*. Seiner Erfahrung nach konnte der Betroffene einer so provokanten Wortwahl nur schwer widerstehen. Daher rechnete er mit einer Antwort, die ihm zumindest einen Hinweis auf die Quelle seiner Mordlust lieferte.
Zu schön, um wahr zu sein.
Der Mann schwieg einen Moment, in dem Ricky, das Handy am Ohr, förmlich spürte, wie er mit sich rang, bevor er mit einer Gegenfrage das Gespräch in eine andere Richtung wendete.

»Ah, der Todesdolmetscher legt sich ins Zeug. Um Ihre Fragen zu beantworten: Einigen wir uns einfach darauf, dass auch ich mit dem Tod vertraut bin. Aber jetzt machen Sie mich wirklich neugierig. Raus damit, was für eine Art Doktor sind Sie, Dr. Starks?«

Er weiß es bereits, dachte Ricky.

»Psychoanalytiker.«

»Natürlich. Hätte ich mir denken können. Und wo kommen Sie her, Doktor?«

Auch das weiß er längst.

»Von auswärts.«

»Offensichtlich. Sie haben sich ein Hotelzimmer genommen. Aber von wo, Doktor?«

Ricky überlegte: *Lüge ihn an.*

Dann: *Nein. Auch das weiß er längst.*

»Miami.«

»Schöne Stadt. Warm. Hat viel zu bieten. Sandstrände mit gut gefüllten Bikinis und sauberes blaues Wasser«, sagte er, und Ricky hörte ein Grinsen am anderen Ende der Leitung heraus. »Dann sind Sie also weit weg von zu Hause. Und woher kennen Sie meine Beute, Doktor?«

Ricky zögerte. Dem Sprecher kam das Wort *Beute* im lässigen Ton einer Cocktailparty über die Lippen, so selbstverständlich wie das Wort *Freunde.* Jedes Wort, jede Betonung des Sprechers zeugte von einer stark und über Jahre ausgebildeten Obsession. Und Ricky dämmerte: Sein Gesprächspartner wusste jede Frage, die Ricky ihm stellte oder noch stellen würde, im Voraus, sogar die spontanen, als stünden sie in einem Skript, das er vor sich hatte. Und auch die Antworten schien er vorauszusehen. Somit diente die ganze Übung nur dem einen Zweck, herauszufinden, wie es Ricky ihm gegenüber mit der Wahrheit hielt. Ein alter Trick: *Frage den anderen etwas, das du schon weißt, und bewerte seine Antwort.* Diese Technik hatte er schon tausend Mal in tausend Therapien angewandt. In New Orleans bei Tarik, bei Charlie in der psychiatrischen Station und bei Mrs Heath in seiner Praxis. Und, nicht zu vergessen, bei Virgil, Merlin und Mr R.

»Arztgeheimnis. Tut mir leid, aber daran bin ich nun einmal gebunden, auch gegenüber jemandem, der Patienten von mir ermorden will.«

Das wird ihn fuchsen. Vielleicht zu einem Ausrutscher verleiten, hoffte er.

Vergeblich.

»Nach meiner Kenntnis wären Sie rechtlich dazu verpflichtet, einen Patienten, der zu Ihnen kommt und erklärt: ›*Ich werde jemanden erschießen*‹, der Polizei zu melden. Ist das hier nicht mehr oder weniger dasselbe?«

»Nein«, erwiderte Ricky.

»Doktor, ich bitte Sie. Jetzt beleidigen Sie *meine* Intelligenz.«

»Nein. Ich habe keine Polizei eingeschaltet und hege auch nicht die Absicht. Das ist nicht meine Aufgabe. Letztlich liegt das in der Verantwortung meiner Klienten.«

»Sie werden es nicht tun.« Aus seinen Worten sprach absolute Gewissheit.

Demnach weiß er von Mr R. Zumindest ein bisschen.

»Außerdem, an welche Behörden sollte ich mich damit wenden? Wer würde auf mich hören, wenn ich mit dieser Geschichte käme?«

»Guter Einwand. Und jetzt kann ich mir auch schon ein besseres Bild davon machen, wozu Sie hergekommen sind.«

»Wie meinen Sie das?«, hakte Ricky nach.

Jetzt kam noch mehr Leben in den Tonfall des Mannes.

»Sie sind hier, um ein Verbrechen aufzuklären, *bevor* es stattfindet. Da haben Sie sich ja ganz schön was vorgenommen, Doktor.« Auch die eiskalte Selbstsicherheit in seinem Ton trat noch deutlicher zutage.

Er glaubt, ich hätte keine Chance. Er ist zu gut versteckt. Oder es ist ihm einfach egal.

Diese Möglichkeit machte Ricky zu schaffen, und nervös wechselte er auf der Bettkante die Stellung. Für einen Moment waren beide Männer verstummt. Ricky brach das Schweigen. Dabei versuchte er, einen irritierenden medizinischen Besserwisser-Ton einzubringen.

»Hören Sie, jetzt wissen Sie, wer ich bin, Sie kennen meinen Namen, haben erfahren, wo ich herkomme und was ich beruflich mache. Nun aber mal im Gegenzug, wie nennen Sie sich eigentlich?«

Wieder dieses trockene Lachen.
»Na ja, wie haben Sie mich denn bisher genannt, Doktor?« Ricky holte Luft. *Gib Gas. Fordere ihn heraus. Egal, wie riskant das ist.*
»Im Stillen nenne ich Sie Jack the Paddington Ripper. Wegen Ihrer Wahl unter den Stofftieren im Haus. Aber vielleicht ...«
Der Anrufer fiel ihm ins Wort.
»Das gefällt mir«, sagte er beinahe eifrig. »Etwas umständlich, gewiss, aber durchaus treffend.«
Ricky prägte sich diese Reaktion ein.
»Wieso der Bär Paddington?«
Er spürte, wie der mörderische Unbekannte seine Antwort abwog.
»Eine wundervolle Geschichte, nicht wahr? Schon immer eine meiner Lieblingserzählungen. Aber um Ihre Frage zu beantworten: weil Paddington im Stich gelassen wurde. Und dann hat ihn jemand gefunden. Geht mir nicht anders. Ich wurde im Stich gelassen – dank Ihrer Klienten. Und jetzt wurde ich wiedergefunden – auch dies dank Ihrer Klienten. Oder besser gesagt: So ganz und gar werde ich wiedergefunden werden, wenn der Anwalt stirbt.«
Demnach kennt er die Handlung des Kinderbuchs. Das könnte entscheidend sein. Er hat sie nicht einfach nur selbst gelesen. Er hat sie einem Kind vorgelesen.
»Wieso ist es Ihnen so wichtig, ihn zu töten?«
»Also, es wäre einfach schön, ihn umzubringen. Eine Befriedigung. Eine verführerische Vorstellung, ihm die Hände um den Hals zu legen. Er hat es wirklich verdient zu sterben, aber ich vermute mal, das wissen Sie schon, Doktor. Wenn Sie schon mehr als einmal mit ihm geredet haben, dann kann Ihnen das nicht neu sein. Finden Sie nicht auch, dass er den Tod verdient? Er ist irritierend und arrogant, egoistisch, grausam und rücksichtslos ... die Liste ist lang. Aber das sind nur Eigenschaften, welche die Entscheidung zusätzlich leichter machen. Nein, er verdient den Tod für das, was er getan hat. Aber genauer gesagt, geht es hier darum, ihm das Leben zu ruinieren. Würde es ihm das Leben ruinieren, wenn er mit dem, was er getan hat, den Tod seiner Frau oder seiner Kinder besiegelt hat? Sie böten eine viel leichtere Zielscheibe, weil sie so ahnungslos sind und einfach

ihrem Alltag nachgehen, ohne auch nur einmal über die Schulter zu blicken und zu denken, ich könnte nur einen Schritt hinter ihnen sein. Und was ist mit der Schwester? Wenn er nun an ihrem Tod schuld wäre? Wie würde ihm das für den Rest seines elenden, einsamen Lebens jeden Moment bitter aufstoßen? Können Sie mir das beantworten, Mr Dolmetscher?«

Bei seinen letzten Ausführungen war Jack the Paddington Ripper derart in Fahrt gekommen, dass er sich vor geradezu kindlicher Begeisterung fast überschlug. Zum ersten Mal in dem Gespräch lief es Ricky kalt den Rücken herunter. Das hier erinnerte ihn an das Gefühl, das ihn beschlich, wenn er Mr R in die Augen sah. Dieser Tonfall am Telefon deckte sich mit dem Blick des Berufskillers wie die zwei Seiten derselben Münze. Er holte erneut tief Luft, wenn auch mit dem Gefühl, nicht genügend Sauerstoff in die Lungen zu bekommen. Hatte er auf irgendeine Antwort, eine Klärung gehofft, so sah er sich enttäuscht.

»Man kann einen Menschen auf vielfältige Art und Weise töten, nicht wahr, Doktor? Ich meine, nicht im strengen Sinne, wo derjenige die Augen nach oben verdreht, zu atmen aufhört, seinen Geist aufgibt, sich bekreuzigt – *requiescat in pace.* Ich meine, wo jemand im medizinischen Sinne am Leben bleibt, aber nichts mehr hat, wofür sich das Leben lohnt, wenn jeder Moment zur Qual wird. Wie wäre es damit, Doktor?«

Der Hass, der Ricky beinahe tirilierend ans Ohr schlug, war kaum zu ertragen. Er antwortete nicht, und während er fieberhaft nach einer passenden Reaktion suchte, wechselte der Sprecher unvermittelt den Ton: »Ich habe Sie etwas gefragt, Doktor.«

Was ihm bis jetzt als eine Mischung aus Eiseskälte, Zynismus, Spott und barscher Unverblümtheit entgegengeschlagen war, klang nun auf ein Mal nach blankem, unverhohlenem Zorn.

»Das wäre am schlimmsten«, antwortete Ricky.

»Ja. Am schlimmsten.« Und wie ausgewechselt fand Jack wieder zu seinem vorherigen Sprachduktus und Timbre zurück. »Da geht es für uns alle hin, Doktor. Hand in Hand tänzeln wir ins Verderben. Und ich bezweifle sehr, dass Sie die Weichen noch umstellen können. Der Zug ist abgefahren, Sie sollten lieber abspringen, bevor es zu spät ist. Das ist meine letzte Warnung. Ich glaube, ich habe mich klar und deutlich ausgedrückt.«

In diese letzte Ansage legte er seine ganze Verachtung.

Und Ricky überkam erneut dieses unheimliche Gefühl wie auf der U-Bahn-Plattform, dass er jeden Moment von hinten vor den Zug gestoßen werden könne. Unsicher auf den Beinen. In Panik.

»Am besten sagen Sie denen das. Sie können nichts daran ändern. Nein, stimmt auch wieder nicht ganz. Die Schwester sollte ihn töten. Den Job für mich erledigen, dann kann sie unbehelligt weiterleben. Oder aber er scheidet freiwillig aus dem Leben. Und erspart uns allen eine Menge Ärger. Die sollten handeln, bevor ich es tue. Wäre für alle Beteiligten leichter.«

Er schert sich nicht darum, ob er am Leben bleibt oder stirbt, wurde Ricky klar, *solange sich ihm zuerst noch sein glühender Wunsch erfüllt. Das macht ihn zum gefährlichsten Mördertypus überhaupt – weil er es nicht nötig hat zu überleben. Es vielleicht nicht einmal will.*

Plötzlich fing Jack the Paddington Ripper zu lachen an, doch diesmal klang es anders. Es klang eiskalt.

»Wissen Sie – wahrscheinlich ist Ihnen das nicht bewusst, aber möglicherweise, ja mit einiger Sicherheit werden Sie mir sogar dabei helfen, mein Ziel zu erreichen, Doktor. Da staunen Sie, was? Entbehrt natürlich nicht der Ironie. Das wäre wirklich ein schöner Dreh. Riskant, aber ein befriedigender Gedanke. Dolmetscher also. Manchmal brauchen wir alle einen, nicht wahr? Allerdings muss man dem Dolmetscher vertrauen können, nicht wahr? Wenn er sagt, *in der anderen Sprache bedeuten die und die Worte das und das,* dann muss man ihm blind vertrauen, richtig? Aber wenn er nun falschläge? Oder auch nur ein wenig daneben? *Liebe* mit *Hass* übersetzt oder *Leben* mit *Tod?* Ich kann nur hoffen, Sie können damit leben, Doktor. Ich hege da gewisse Zweifel.«

Ricky verfiel in Schweigen. Jack the Paddington Ripper verstummte ebenfalls.

In die Stille hinein sagte der Mann am anderen Ende schließlich: »Wissen Sie, das war wirklich aufschlussreich. Geradezu therapeutisch, im Sinne von zielführend. Unser kleiner Plausch war mir wirklich ein Vergnügen.«

Hastig warf Ricky seine nächste Frage ein: »Dieses Puzzle. Da kommen noch mehr Teile, nicht wahr?«

»Natürlich, Doktor. Das können Sie sich doch denken.«

Und dann war die Leitung plötzlich tot.

Ricky fixierte das Handy.

In der abrupten Stille hielt es ihn nicht länger auf seinem Platz. Er sprang auf, taumelte ein paar Schritte zurück, keuchte.

Im Zimmer war es noch ein paar Grad wärmer geworden. Um freier atmen zu können, riss er sich am Hemdkragen, obwohl der oberste Knopf bereits geöffnet war.

Er griff wieder zum Handy und betrachtete es wie ein Mechaniker ein unbekanntes Maschinenteil und suchte elektronisch nach der vorprogrammierten Nummer, so wie Jack es ihm mit dieser Notiz im Umschlag aufgetragen hatte. Er klickte auf *Kontakte* und *Favoriten*.

Beide Menüs waren leer.

Er klickte auf *letzte Kontakte*. Es erschien eine einzige Nummer. Er klickte die Wiederwahl an.

Und bekam ein elektronisches Kreischen zu hören.

Die Rückrufnummer existierte nicht mehr. Vergeblich klickte er noch mindestens fünf, sechs Mal die Wahlwiederholungstaste an. Es war, als habe sich Jack einfach in Luft aufgelöst.

8

Aus dem Zimmer. Durch den Flur. Mit dem Fahrstuhl nach unten. Wie bei einem Asthmaanfall schnürte es Ricky die Brust zu, während er mit gesenktem Kopf durch die Hotellobby und die Tür auf die Straße eilte. Kaum schlug ihm der diffuse Lärm des Straßenverkehrs, der Bauarbeiten und des ganzen unablässigen Großstadtgetriebes entgegen, wandte er sich nach rechts und eilte im Marschschritt den Bürgersteig entlang. Einen Block. Zwei. Drei. Er zählte nicht länger mit. Das Kinn an die Brust gedrückt, ohne einen einzigen Blick über die Schulter zu wagen, kaum fähig, geradeaus zu sehen, lief er mechanisch einfach weiter.

Irgendwann gelangte Ricky auf die Fifth Avenue und schlug die Richtung zum Central Park ein. Er schlängelte sich durch die unablässigen Menschenströme, den üblichen Querschnitt von Leuten, die Manhattans Straßenschluchten bevölkerten, vom Bettler an der Ecke bis zu den Wohlhabenden auf Shoppingtour. Von dreckverkrusteter Schäbigkeit bis zur Eleganz von feinem Zwirn und Seide. In diesem Moment war ihm alles fremd. Er fühlte sich wie ein Tourist in einem Disney-Themenpark über die *Welt des Mordens*. Nur dass er an der Eingangspforte nicht von einer als Schneewittchen oder als Goofy, Mickey Mouse oder Pluto verkleideten Schauspielerin begrüßt wurde, sondern von einem blutrünstigen Ted Bundy oder einem Charles Manson mit irrem Lächeln direkt zu einer Achterbahnfahrt durchgewunken wurde.

Dabei wurde ihm klar, welche ersten Schritte er jetzt unternehmen musste: Es galt, alles, was er gehört hatte, mit den Akten zu vergleichen, die Merlin ihm ausgehändigt hatte. Er hegte die Hoffnung, dort irgendwo eine Verbindung aufzudecken. Dabei hallten in seinem Kopf die ganze Zeit Jacks Worte nach.

Das Gespräch hatte auch bestätigt, dass er auf das nächste Puzzleteil warten musste.

Vor einer teuren Boutique blieb Ricky stehen und überprüfte in der Schaufensterscheibe sein Spiegelbild.

Er überlegte: *Mal ehrlich: Würde es mir wirklich etwas ausmachen, wenn Merlin umgebracht würde?*

Nicht wirklich. Seltsamerweise, räumte er innerlich ein, *liegt Jack the Paddington Ripper vollkommen richtig. Merlin wirkt genau so, wie der Mann ihn am Telefon beschrieben hat: ein widerwärtiger, grausamer Egoist.*

Ricky empfand nichts als Verachtung für den Anwalt. Sein Tod ließe ihn vollkommen kalt. In gewisser Weise wäre er vielleicht sogar erleichtert. Er hatte jeden Grund, Merlin zu hassen – genauso wie seine Schwester und seinen mörderischen Bruder. Die Vorstellung vom Tod dieser drei Menschen, egal, wen von ihnen es treffen würde, übte auf die dunkelste Seite in ihm einen unwiderstehlichen Reiz aus.

Als drückte man beim Krieg der Engel dem Teufel die Daumen.

Er holte Atem. Die warme Luft fühlte sich zähflüssig in den Lungen an.

Rette die Person, die nicht verdient, gerettet zu werden.

»Gott«, murmelte Ricky.

Das Wort ging in der Geräuschkulisse der Straße hinter ihm unter und wurde vom Hupen und zischenden Geräusch eines beschleunigenden Linienbusses verschluckt.

Ricky konnte nicht sagen, ob er nur fünf Sekunden oder fünf Minuten vor der Boutique stehen geblieben war und sein Spiegelbild angestarrt hatte. Jedenfalls trat er erst weg, als ihm von innen eine imposante, gebieterische Angestellte – groß wie ein Model und ebenso dünn, jedes Haar an seinem Platz – mit gestrenger Miene Zeichen machte. Ihre ausholende Handbewegung war unmissverständlich: *Mach, dass du wegkommst. Ein bisschen plötzlich.*

Er senkte wieder den Kopf, ging weiter und legte noch einmal vier Blocks zurück, bevor er sein Tempo drosselte.

Dann wandte er sich blitzschnell nach hinten – um einen eventuellen Verfolger auf frischer Tat zu ertappen. *Niemand.*

Oder: *niemand, den er sehen konnte.*

Die Großstadt hat diese Wirkung, dass man sich mitten in der Menschenmenge ganz allein oder aber allein von den Menschen ringsum bedrängt fühlen kann.

Die drei Akten auf seiner Tagesdecke schienen ihm zu sagen: *Hier bin ich. In einem Wust von Namen versteckt. Mal sehen, ob du mich findest.*

Fall Nr. 1
Merlin hatte einem Anwaltsteam angehört, das einen großen Chemiekonzern gegen eine Zivilklage verteidigte; es ging dabei um die Einleitung von giftigen Abfallprodukten in einen Flusslauf und die Verunreinigung des Grundwassers, von der im nordwestlichen Pennsylvania ein Dutzend Farmen in Familienbetrieb betroffen waren. Die Menschen, die auf den Gehöften lebten, hatten die unterschiedlichsten üblen Krankheiten entwickelt, von Krebs bis zu Nervenschädigungen. Juristisch erinnerte der Fall an »Love Canal«, den berühmten Giftmüllskandal in Niagara Falls im Bundesstaat New York und ähnliche Fälle von Industrie-Schweinereien, die auf Fahrlässigkeit und Gedankenlosigkeit zurückzuführen waren. Auf der Liste der Kläger waren Menschen, die Schreckliches erlitten hatten. Ricky überflog die Schriftsätze und kam zu einem kurzen Resümee: *Einige waren gestorben. Andere hatten schwere Schäden davongetragen. Manche waren verkrüppelt. Manche waren für den Rest ihres Lebens auf Pflege rund um die Uhr angewiesen. Multipliziere jeden Namen mit zwei, drei oder mehr – die Menschen im weiteren Umfeld, die mit den Folgen leben mussten; das Kind, das sich gezwungen sah, sich um einen bettlägerigen Vater zu kümmern; den Elternteil, dessen Kind mit einem inoperablen Hirntumor dahinsiechte; die frisch verheiratete Braut, die erfährt, dass sie keine Kinder bekommen kann.* Jede Menge Wut, erst recht, nachdem die Kläger die zwingende ursächliche Verbindung zwischen den Erkrankungen und den ins Grundwasser eingeleiteten Chemikalien nicht beweisen konnten. Drei Jahre lang hatten sich die Anwälte der Kläger in einem Kampf von David gegen Goliath darum bemüht, die Geschichten vor eine teilnahmsvolle

Jury zu bringen – wozu es jedoch nie kam. *Wahrscheinlich ist ihnen das Geld ausgegangen,* dachte Ricky, *dann konnten sie den Anwälten, Sachverständigen und Wissenschaftlern Lebewohl sagen und Zeugenaussagen von Experten vergessen. Der Chemiekonzern dagegen hatte natürlich keine solchen Probleme.* Er erkannte die Taktik: *die Kleinen mit den unerschöpflichen Ressourcen der Großen zermürben. Bis sie in einem juristischen Sumpf untergehen.*

Er überlegte: *Wenn ich mein Leben betrachtete und nur trübselige Jahre vor mir sähe, in denen ich mich um einen Elternteil mit einem schweren Nervenschaden oder ein ans Bett gefesseltes Kind kümmern müsste, das weder sehen noch hören und keinen Menschen wiedererkennen kann, wäre ich dann bereit, aus Rachsucht zu töten?*

Zweifellos.

Würde ich mich darum scheren, was mit mir geschieht, nachdem ich Rache geübt habe?

Nein.

Diese hypothetische Situation ging er mehrmals im Kopf durch.

Nicht ganz richtig. Wegen meiner entsetzlichen Verpflichtung dürfte es mir nicht egal sein.

Im Zweifel darüber, wie die richtige Antwort lautete, ging Ricky die Dokumente, die ihm Merlin zu dem Fall gegeben hatte, genauer durch. Er sah, dass der Anwalt nur einer von vielen gewesen war – und bei den meisten Beweisführungen nicht einmal der Hauptverteidiger. Seine Arbeit hatte sich zwischen Kanzleiwänden abgespielt, wo er Zeugen auf ihre Aussagen vorbereitet, Kreuzverhöre geplant oder Begründungsschriften verfasst hatte. Zwar war Merlin ein Rad in diesem Getriebe gewesen – aber war er auch der Mann, auf den sich ein betroffener Gegner fixieren würde? Schwer vorstellbar. Andere Anwälte hätten wohl eine bessere Zielscheibe geboten. *Aber war es grundsätzlich möglich?* Vielleicht. *Wahrscheinlich?* Er hegte seine Zweifel.

Außerdem war Jack eindeutig gebildet, ein Mann, der es genoss, mit der Sprache zu spielen. Er klang mehr nach Penthouse als nach Farmhaus, die Kläger hingegen eher nach dem Salz der Erde. Sie kannten sich mit Aussaat-Kalendern, Traktoren und anderen land-

wirtschaftlichen Geräten, mit Ernten und deren zügiger Vermarktung aus. Aber Shakespeares *Othello?*
Eher unwahrscheinlich.
Ricky legte diese Akte – nicht recht überzeugt – beiseite.

Fall Nr. 2
Hier ging es um Versicherungsbetrug, eine Schadenssumme von mehreren Millionen Dollar – Verluste von Millionären, die gehofft hatten, noch mehr Millionen zu scheffeln, und auf das Versprechen, leichtes Geld zu machen, hereingefallen waren. Es war zu einer übereilten Strafverfolgung gekommen, die in einem juristischen Deal geendet und kurzzeitig für Schlagzeilen gesorgt hatte. Merlin hatte im Gefolge der strafrechtlichen Urteile an einer entsprechenden Zivilklage mitgewirkt, bei der die Geschädigten versuchten, sich bei der Familie des Mannes, der den Schwindel ausgeheckt hatte und schon mit einem Bein im Knast war, schadlos zu halten. In diesen juristischen Papieren schlugen sich Verlust und Zorn nieder, und Ricky musste sich durch ein Gewirr von Klagen und Gegenklagen kämpfen. Bei den beteiligten Parteien handelte es sich um Menschen mit tiefen Taschen, die übel hereingelegt worden waren. Ricky konnte sich gut vorstellen, dass dieser Skandal bei mehr als einer Dinnerparty in den Luxuswohnungen von New York für Gesprächsstoff gesorgt hatte. Merlins Klienten hatten viel verloren und wenig zurückbekommen. Lumpige Cents im Vergleich zu den Dollarbündeln, die den Bach runtergegangen waren. Bei der Lektüre der Dokumente fiel es ihm nicht schwer, die Wut der Reichen zu sehen. Und Merlin war als juristischer Rottweiler angeheuert worden. Er spielte eine unverzichtbare Rolle dabei, die Familie des Schwindlers zu ruinieren. Vor Gericht hatte er gnadenlos jeden denkbaren Vermögenswert auf der Seite der Angeklagten ausgegraben, selbst die verstecktesten Notreserven aufgestöbert und dafür gesorgt, dass die Angehörigen des Betrügers auch noch ihre letzten Kröten verloren.
Ricky dachte: *bettelarm, aber verdientermaßen.*
Wenn einem alles genommen wurde, was hat man da noch zu verlieren?

Andererseits erschienen ihm Jacks Triebkräfte komplexer als Rache für erlittenen Geldverlust.

Wenn jemand willens ist, mit der Ermordung eines unschuldigen Kindes zu drohen, um Vergeltung zu üben, betritt er eine Arena, die nichts mehr mit einem Bankkonto zu tun hat. Ricky führte sich noch einmal vor Augen, wie dieser Jack auf der CD den Stoffbären aufgeschlitzt hatte.

Er führte sich vor Augen, wie das Familienfoto zerbrochen wurde.

Er schüttelte den Kopf. Auch wenn er es nicht gänzlich ausschließen konnte, so wollte er nicht recht an einen Zusammenhang mit dieser Gerichtsakte glauben.

Er fügte die Dokumente wieder zusammen und legte sie weg, bevor er nach dem letzten der dicken Ordner griff.

Der letzte Fall in Merlins Trio unterschied sich grundlegend von den beiden anderen.

Fall Nr. 3

Pro bono

Unentgeltlich: für einen guten Zweck.

Im Zuge der Imagepflege seiner Kanzlei hatte Merlin vor etwa zwei Jahren drei Monate in Dothan, Alabama, verbracht, um dem dortigen Pflichtverteidiger bei einem Fall unter die Arme zu greifen, auf den bei Verurteilung des Angeklagten die Todesstrafe stand. Zu Rickys Überraschung hatte Merlin bei dem Prozess, der sich um Vergewaltigung und Mord drehte, aufseiten der Verteidigung gestanden. Die zu verhandelnde Tat hatte sich draußen auf dem Lande, unweit der Grenze von Florida zugetragen. In dieser gottverlassenen Gegend grüßen sich die Leute mit: »Wie geht's uns denn so?«, reden sie Frauen grundsätzlich mit *Ma'am* an, garnieren sie ihre Sätze mit jeder Menge *yes, Sir, no, Sir* und kompensieren sie Armut, Gewalt und Resignation mit sonntäglichen Gottesdiensten in der Baptistenkirche. Dazu gehört der inbrünstige Glaube, dass entweder Jesus oder Gott selbst mit absoluter Sicherheit einen wohlüberlegten Plan für einen jeden von ihnen hat, den er demjenigen auch verrät, wenn er nur aufmerksam hinhört. Ein Pick-up ist das bevorzugte Transportmittel, noch besser ein Pick-up, an dem ein Aufkleber mit der Südstaatenflagge prangt.

Das ländliche Südstaaten-Amerika eben.

Eine dunkle, einsame Straße. Dort wurde eine dreizehnjährige Schülerin mit Zahnspange nach dem Babysitten angeblich vor ihrem Elternhaus abgesetzt – schaffte es jedoch nie bis zur Tür ihres gerade einmal dreißig Meter entfernt liegenden Hauses. Ihre Leiche wurde drei Wochen nach ihrem Verschwinden von einem Trupp Boyscouts bei einem Zelt-Abenteuer, halb in brackiges Wasser getaucht, unter eingesunkenen Bäumen in einem nahe gelegenen Sumpfgebiet gefunden. Einer der Scouts hatte dicht unter der Oberfläche der Bracke etwas Buntes entdeckt, als er beim Angeln nach Forellenbarschen einen Köder auswarf. Der Köder verhakte sich in den Arm des Mädchens, der – unter dem fassungslosen Blick des Jungen – aus dem Wasser auftauchte. Hatte er zuerst gehofft, einen fetten Fisch an der Angel zu haben, dann vermutet, dass sich die Schnur an einem Ast verheddert habe, so erkannte er schließlich schlagartig, was er am Ende der Angelschnur hatte, und stieß einen Schrei aus. Das Gelb, das er für einen Moment gesehen hatte, erwies sich als das T-Shirt des Mädchens, das es bei der Entführung getragen hatte. Es war das einzige Kleidungsstück, das die Tote noch am Leib trug.

Ricky ging die Dokumente Seite für Seite sorgfältig durch. Viel war ihnen nicht zu entnehmen – nur ein knapper, bürokratisch gehaltener Bericht dessen, was in einer Nacht des Schreckens vorgefallen war.

Bedauerlicherweise hatte das trübe Wasser das meiste forensische Spurenmaterial vernichtet.

Im Autopsiebericht wurden Würgemale am Hals aufgeführt – bevor die Leiche unter Wasser gedrückt worden war, hatte der Mörder das Mädchen erdrosselt. Außerdem wies die Tote Stichverletzungen in Brust und Bauch auf, nach Ansicht des Pathologen wahrscheinlich post mortem zugefügt – vermutlich ein Hinweis darauf, dass der Mörder nach einem wohl fehlgeschlagenen Vergewaltigungsversuch völlig außer Kontrolle geraten war. Auch die sexuelle Gewalttat, die Quetsch- und Rissverletzungen im Genitalbereich nahelegten, konnte aufgrund der fortgeschrittenen Verwesung nicht mehr zweifelsfrei nachgewiesen werden. Bei späteren Blutuntersuchungen hatten sich Spuren von Phenobarbital gefunden.

Ricky überlegte. *Hier, Schätzchen. Trink das. Mach dir nichts aus dem kalkigen Geschmack.*
Den eigentlichen Tatort hatte die Polizei nie ausfindig machen können. *Bewusstlos gemacht, vergewaltigt und getötet an ein und demselben Ort. In einem Auto? In einer verlassenen Scheune? Auf einer abgelegenen Wiese? Anschließend wie Abfall im Sumpf entsorgt. Leb wohl, Schätzchen. Vielleicht wird dich nie jemand finden.*
Dies war ein Verbrechen von beispielloser Grausamkeit. Zuerst war man davon ausgegangen, das Mädchen sei von zu Hause ausgerissen. Es gab Probleme im Elternhaus – der Vater hatte sich davongemacht, die Mutter war Alkoholikerin. Die Vermisste wurde zur Fahndung ausgeschrieben. Doch erst, als die entsetzten Scouts im Polizeipräsidium anriefen, kamen die Ermittlungen in Schwung.
Die örtliche Polizei hatte sich sofort auf den Mann eingeschworen, der sie an jenem Abend mit dem Auto abgesetzt hatte. Es handelte sich um den stellvertretenden Filialleiter eines örtlichen Drugstore, dessen Kinder das Opfer als Babysitter hütete, vier und fünf Jahre alt, ein Junge und ein Mädchen.
Sie brachten ihn aufs Revier und verhörten ihn elf Stunden lang.
Er gestand nichts. Weder durch Drohungen oder Erschöpfung und Zermürbung noch durch Wortverdrehungen konnten sie ihm ein Geständnis abtrotzen. Selbst als sie ihm frei erfundene Beweise unter die Nase rieben und ihm mit der Lüge kamen, er stecke bis zum Hals in Schwierigkeiten, weshalb er der Todesstrafe nur entgehen könne, wenn er reinen Tisch mache und kooperiere, hatte er beharrlich den Kopf geschüttelt. Selbst mit der Masche: *Denken Sie doch mal an Ihre Familie, wollen Sie denen nicht ein bisschen Frieden geben?,* waren sie nicht weitergekommen.
Er blieb konsequent bei seiner Geschichte: *Ich hab sie draußen abgesetzt. Ihr zehn Dollar gezahlt. Hab sie gefragt, ob ich sie noch bis zur Tür begleiten soll, doch sie hat lachend abgelehnt. Hat mir auf dem Nachhauseweg noch einmal zugewunken. Hab nicht mehr gesehen, wie sie ins Haus gegangen ist. Das ist alles. Ich hab keine Ahnung, was zwischen der Auto- und der Eingangstür passiert ist.*
Immer und immer wieder beteuert.

Keine Ahnung. Keine Ahnung. Ich kann Ihnen nicht helfen, Detectives.
Die Polizei war schonungslos. Der Drogist unerschütterlich.
Und als sie ihm erklärten, sie würden ihn trotzdem in Haft nehmen, hatte er um einen Anwalt gebeten und eine Stunde später das Polizeirevier verlassen.
Ricky las weiter. Der stellvertretende Drugstore-Filialleiter befand sich mitten in einem Scheidungskrieg. Wieso er in jener Nacht die zwei Kinder bei sich hatte und wieso er jemanden zum Babysitten brauchte, war unklar. Seine künftige Ex-Ehefrau hatte bei der Polizei Folgendes zu Protokoll gegeben: Sie hatte ihn drei Monate zuvor verlassen, nachdem er ihr einen Kinnhaken versetzt hatte, und zwar bei einem so heftigen und lauten Streit, dass sie die Nachbarn gegenüber hören konnten. Sie war zu Boden gegangen, und er hatte mehrmals nachgetreten. Noch in derselben Nacht war sie in der Notaufnahme gelandet und hatte trotz eingeschlagener Zähne, gebrochener Rippen und eines blauen Auges einen tätlichen Angriff geleugnet, während jene neugierigen Nachbarn den Ermittlern etwas anderes erzählten. Als die Polizei zu ihr ging und ihr erklärte, ihr baldiger Ex-Ehemann sei ein Vergewaltiger und Mörder, hatte sie beharrlich darauf bestanden, er sei *ein gottesfürchtiger Mann und zu diesen schrecklichen Dingen niemals fähig.*
Besitzt er ein Messer?, hatte ein Detective gefragt. *Na ja, er jagt gerne Hochwild, dann muss er wohl eins haben,* hatte sie geantwortet.
Mit einem entsprechenden Durchsuchungsbeschluss hatten die Detectives das Haus des Drugstore-Mannes auf der Suche nach der Klinge, mit der dem Opfer die Wunden zugefügt worden waren, auseinandergenommen.
Sie waren nicht fündig geworden. Sie fanden lediglich eine leere Scheide, die zu einem großen Bowie-Messer gepasst hätte. Der Drugstore-Mann erklärte der Polizei, er habe das dazugehörige Messer bei seinem letzten Jagdausflug im Wald verloren.
Verständlicherweise hatten die Cops ihm kein Wort geglaubt.
Sie gingen zur Ex-Ehefrau zurück. *Sagen Sie uns die Wahrheit. Er bekam im Bett keinen hoch, nicht wahr?*
Nun, er ist der Daddy unserer Kinder. Beantwortet das nicht Ihre Frage?

Tat es natürlich nicht, dachte Ricky, und er hatte eine leise Ahnung davon, wie wütend diese Detectives gewesen sein mussten, als ihnen die Ex diese naive Begründung auftischte.

Als die Polizei das Auto des Tatverdächtigen beschlagnahmte, um es auf Spuren des Verbrechens zu untersuchen – vielleicht Blut des Opfers im Kofferraum oder am Rücksitz –, stellten sie fest, dass es erst kurz zuvor mit Sprays auf Ammoniak-Basis gereinigt worden war.

Dafür fanden sie ein paar Haare des Mädchens rings um den Beifahrersitz.

»Ich glaube, sie hat sich auf der Fahrt das Haar gebürstet«, hatte der Drogist erklärt.

Danach hatte ein cleverer Detective im Drugstore des Mannes eine mühselige Durchsuchung vornehmen lassen. Zu seiner großen Befriedigung hatte sie erbracht, dass dort bei den Beständen an anästhetischem Ketamin sechs Pillen fehlten. Dem Cop war klar, dass dieses Narkotikum manchmal als Date-Rape-Droge verwendet wurde und dass es sehr schnell wirkte. Die Diskrepanz zwischen dem Inventarverzeichnis und dem tatsächlichen Bestand sowie die Feststellung im Bericht des Gerichtsmediziners, die im Drugstore fehlenden Pillen stimmten chemisch mit den Rückständen im Opfer überein, genügten für die Verhaftung und die Anklage.

Dies war, wie Ricky schnell begriff, Dreh- und Angelpunkt des Prozesses.

Allerdings, wie er vermutete, ein eher dürftiges Beweismittel. Schließlich war der Angeklagte nicht die einzige Person mit Zugang zu den Betäubungsmitteln – ein Punkt, auf dem die Verteidigung entsprechend herumritt. Andererseits waren hier im Süden Freisprüche bei Kapitalverbrechen eher eine Seltenheit.

Und hier handelte es sich um einen solchen seltenen Fall.

Kein Geständnis. Keine unmittelbaren Beweise. Keine Überführung durch DNA.

Die Jury beriet sich zwei Tage, je sechzehn Stunden lang. Einem Pressebericht zufolge, den Merlin der Akte beigefügt hatte, kehrten die Geschworenen in den Gerichtssaal zurück und erklärten, sie seien festgefahren. Ein aufgebrachter Richter schickte sie daraufhin zur erneuten Beratung zurück. Eine Stunde später erschienen sie zum zweiten Mal.

Nicht schuldig.

Der Zeitungsartikel brachte ein Foto von der Mutter und dem Großvater des Opfers, wie sie in Begleitung anderer Angehöriger und Freunde den Gerichtssaal verließen. Die Mutter hatte ihr Gesicht mit den Händen bedeckt, um den Reportern auszuweichen. Der Großvater blickte wütend und gramgebeugt in die Kameras. Im Hintergrund erkannte Ricky Merlin in Begleitung eines Mannes, in dem er den örtlichen Verteidiger vermutete, und dazwischen den grinsenden stellvertretenden Drugstore-Filialleiter, der die zur Siegesfaust geballte Hand in die Höhe reckte.

Also, bei diesem Grinsen, überlegte Ricky, *könnte jemand Lust verspüren, den Typen umzubringen. Würde ein Betroffener dieses Gesicht je vergessen?*

Nein.

Aber wieso dem Anwalt an die Gurgel springen? Der Drogist müsste hier die Zielperson sein.

Messer. Schlitzen. Paddington. Im Stich gelassen und gefunden.

Ist Jack hier zu finden?, überlegte er.

Ihn überkam ein beklommenes Gefühl.

Und als beim unentwegten Blick auf das körnige Zeitungsfoto in seinem Kopf Verdachtsmomente Gestalt annahmen, klingelte das Hoteltelefon. Erschrocken, mit klopfendem Herzen, saß er senkrecht. Zögernd griff er nach dem Hörer – und sagte nichts, bis er die Stimme am anderen Ende der Leitung hörte:

»Ricky?«

Es war Virgil.

»Ja.«

»Das Puzzle. Ich habe ein weiteres Teil bekommen.«

»Haben Sie es sich angeschaut?«

»Ja.«

»Was ist darauf zu sehen?«, platzte er heraus.

Statt seine Frage zu beantworten, sagte sie nur: »Ich habe Angst.«

9

Sie wollte sich an einem öffentlichen Ort mit ihm treffen.

Das überraschte Ricky. Er hätte gedacht, Virgil würde einem ruhigen Treffpunkt, an dem sie relativ ungestört wären, den Vorzug geben, wie zum Beispiel erneut ihrer Wohnung, ging es doch darum, ihm zu zeigen, was ihr zugespielt worden war und wie er dies bewerten würde. Doch ohne eine weitere Erklärung bestellte sie ihn zum Informationsstand in der Grand Central Station, nur wenige Blocks von seinem Hotel entfernt. Er beschloss, ihr vierzig Minuten zu geben – genug Zeit, schätzte er, für die U-Bahn-Fahrt von Downtown.

Für ihn war es genug Zeit, um die pflichtgemäßen Anrufe zu tätigen: *»Tut mir leid. Ich musste wegen eines familiären Notfalls kurzfristig verreisen und melde mich bei Ihnen, sobald ich wieder da bin, um einen neuen Termin zu vereinbaren.«*

Die typischen Patientenreaktionen: *Sieht ihm ähnlich. Notfall, klar doch.*

Etwas Ärger.

Etwas Frustration.

Etwas Resignation.

Und hier und da die ein wenig egoistische Frage: *Und was ist mit mir?*

Der einzige Anruf, aus dem Sorge um ihn mitschwang, kam natürlich von Mrs Heath: »Also, Ricky, das ist wirklich misslich. Unsere Sitzung wird mir fehlen, aber ich komm schon klar. Und ich hoffe, auch bei Ihnen ist alles …«

»Das hoffe ich auch.«

»Kann ich Ihnen irgendwie behilflich sein?«

»Nein, aber danke.«

»Sie haben mir sehr geholfen. Ich würde mich sehr gern revanchieren. Zögern Sie also nicht, mich zu fragen, wenn ich irgendetwas für Sie tun kann.«

»Das ist sehr liebenswürdig von Ihnen, Mrs Heath, danke.«

»Ich mein's ernst, Ricky. Was auch immer.«
»Ich behalte Ihr Angebot im Hinterkopf und nochmals, danke.«
Er legte auf. Er merkte, dass ihm das Gespräch mit der älteren, kranken Erbin schwerer fiel als erwartet. Er mahnte sich, die nötige Distanz zwischen Arzt und Patient aufrechtzuerhalten. Immer noch in Gedanken bei Mrs Heath, machte Ricky seinen wichtigsten Anruf. Diesen hatte er bis zuletzt aufgeschoben, weil er nicht sagen konnte, wie sich jedwede Unterbrechung der Therapie auf den labilen Gemütszustand seines Patienten auswirken würde. Die Stationsschwester meldete sich mit einem knappen: »Geschlossene Abteilung.«
»Dr. Starks am Apparat. Ich werde nicht zu meiner regelmäßigen Sitzung mit Charlie kommen können. Bitte vereinbaren Sie für ihn einen Termin bei Dr. Kessel, und bitten Sie den Kollegen, die Wirkung des umgestellten Medikamentenplans eingehend zu überprüfen.«
»Ja, Doktor. Wird erledigt.«
»Und bitten Sie den Arzt doch noch darum, Charlie zusätzlich ein wenig Gesprächszeit zu widmen. Ich glaube, er hat sie dringend nötig.«
»Ich habe mir eine entsprechende Notiz für Dr. Kessel gemacht.«
»Gut. Ist Charlie gerade im Tagesraum?«
»Ich glaube, ja.«
»Dann stellen Sie mich bitte zu ihm durch.«
Es dauerte ein paar Minuten, die er zum Teil in der Warteschleife mit schmalziger Berieselungsmusik in einer Konservenversion irgendwelcher kaum wiederzuerkennender Beatles-Hits verbrachte, dann mit einer anderen Schwester, die sich von der Bitte, Charlie ans Telefon zu holen, offenbar überfordert sah, bis er endlich die unsichere Stimme seines jungen, bipolaren Patienten in der Leitung hörte.
»Ja? Dr. Starks?«
»Hallo, Charlie. Wie fühlst du dich heute?«
»Geht so.«
»Wie kommst du mit dem neuen Medikamentenplan zurecht?«
»Geht so.«
»Stellst du irgendwelche Veränderungen fest?«

»Ich glaube schon.«
Ricky sah den jungen Mann im Geist vor sich, wie er zur leeren Krankenhauswand hinüberstarrte, um zu sehen, ob die lebhaften Halluzinationen da waren oder nicht. Ricky glaubte, eher nicht. Die höheren Dosierungen unterdrückten sie vermutlich erfolgreich. Wenn auch vielleicht nicht zu hundert Prozent. Er versuchte, etwas aus Charlies Stimme herauszuhören.
»Ich kann leider nicht zu unserem nächsten Termin kommen. Aber ich habe dafür gesorgt, dass du dich mit einem anderen Arzt triffst.«
»Wieso können Sie nicht zu dem Termin kommen? Ich habe darauf gezählt.«
»Ich musste wegen eines Notfalls in der Familie verreisen. Es war unvermeidbar.«
Charlie schwieg eine Weile, als überlege er, was für eine Art Notfall nicht verschoben werden konnte, und platzte schließlich mit der Frage heraus: »Geht es um jemanden, der vielleicht stirbt?«
»Ich weiß nicht, Charlie. Noch nicht. Ich hoffe nicht, aber …«
Er verstummte. Was er sagte, entsprach nicht der Wahrheit. Er war sich ziemlich sicher, dass jemand sterben würde. Und wenn er ehrlich war, wusste er kaum, was er hoffte oder auch nicht.
»Das ist traurig«, sagte Charlie. Ricky spürte förmlich, wie es in dem jungen Mann arbeitete.
»Wissen Sie, Doktor, ich denke viel über den Tod nach. Können wir vielleicht darüber reden, wenn Sie zurück sind und ich hier rauskomme?«
»Natürlich«, antwortete Ricky, wahrscheinlich etwas zu hastig. »Du wirst nicht mehr lange auf der Station sein. Ich denke, wir nehmen uns das Thema vor, wenn wir uns das nächste Mal persönlich sehen.«
»Das wäre schön«, antwortete Charlie in beinahe fröhlichem Ton. Dann fügte er hinzu: »Ich hoffe, es wird alles gut, Doktor.«
Das hoffe ich auch, dachte Ricky und legte auf. Dabei beschlich ihn das bedrückende Gefühl, Menschen im Stich zu lassen, die auf ihn zählten und die er wirklich mochte, um Leuten zu helfen, für die er nicht die geringste Sympathie empfand. Ein schlechter Deal.

Er sah auf die Uhr. Ihm blieben noch zwanzig Minuten, dann musste er aus dem Haus. Er blickte zu den Akten auf seinem Bett hinüber: ein Mord im halb ländlichen Alabama, Chemikalien im Grundwasser von Pennsylvania und Finanzbetrug auf hohem Niveau in New York. *Bringt Mord weitere Morde hervor?,* fragte er sich. *Sehr gut möglich.* Kaum trat er aus der Hoteltür, verfolgte ihn dieses Frage-und-Antwort-Spiel wie beißender Giftmüllgestank.

Er wartete am runden Informationsstand im Zentrum des weitläufigen, höhlenartigen Bahnhofs, inmitten der wogenden Menschenmassen. Es war ein bisschen so, als stünde er reglos am Meeresstrand, während die Wellen unablässig an die Küste schlugen. Als Virgil wie eine Geistererscheinung aus einem der Bahntunnel trat, arbeitete sie sich im Zickzack voran, wie ein Kampfpilot auf der Flucht vor einem feindlichen Flieger. Nachdem sie sich ihm auf etwa vier, fünf Meter genähert hatte, deutete sie mit einer stummen Kopfbewegung auf einen großen Wartesaal mit harten, dunklen Holzstühlen und Bänken.

Er folgte ihr unauffällig und wartete, bis sie sich auf eine fast leere Bank fallen ließ. Am einen Ende brabbelte ein verwahrloster Mann in einer Endlosschleife wirres Zeug aus Halluzinationen und Phobien vor sich hin, so ähnlich wie derjenige, den er in der U-Bahn beobachtet hatte. Er ruhte sich aus, bis ein Bahnpolizist erschien und ihn und seine Wahnvorstellungen aufforderte weiterzuziehen. Am anderen Ende saß ein Geschäftsmann in einem billigen grauen Anzug und starrte in das Menschengewühl. Sein glasiger Blick ließ an einen Menschen denken, der gerade den Job verloren hatte, in dem er dreißig Jahre lang tagein, tagaus in derselben Arbeitsnische eines Großraumbüros denselben Papierkram erledigt hatte. Ricky nahm neben Virgil Platz. Bevor er sie fragen konnte: »Was haben Sie von Jack bekommen?«, ergriff Virgil in gedämpftem Ton das Wort:

»Hören Sie, ich bin mir ziemlich sicher, dass mir jemand gefolgt ist.«

Während sie sprach, sah sie nicht Ricky an, sondern ließ den Blick nach links und rechts schweifen.

»Woher wollen Sie das wissen?«, fragte er. Von dem Telefonat mit

Jack sagte er nichts – auch nicht von seinem eigenen Gefühl, dass ihm danach jemand gefolgt war.
Sie schüttelte den Kopf, als erübrige sich eine Antwort.
Er sah zu, wie sie unablässig die Menschenströme in der riesigen Bahnhofshalle im Blick behielt. Er folgte ihrem Beispiel, als hätten sie zusammen bessere Chancen, die Person, die sie beschattete, in der Menge auszumachen: *Der Mann da drüben im karierten Arbeitshemd und mit dem Schutzhelm auf dem Kopf, der so tut, als lese er die* New York Post*? Oder vielleicht der bärtige Typ mit dem Rucksack, der sich allem Anschein nach in den Fahrplan der Metro North vertieft?*
Virgil wirkte blass, aufgewühlt, ihre natürliche Schönheit ein wenig ausgelaugt. Sie zappelte unbehaglich auf ihrem Platz herum. Ihre ersten Worte hatten angespannt geklungen. Doch als sie dann im Flüsterton weiterredete, hatte er bemerkt, wie sie ihre Angst unter Kontrolle bekam und in eine Vorsichtsmaßnahme ummünzte; dabei kam zumindest für einen Augenblick etwas von der selbstbewussten, arroganten, manipulativen Frau, die weiß, was sie will, zum Vorschein, wie er sie fünf Jahre zuvor kennengelernt hatte.
»Okay, Doktor, Sie tun jetzt bitte Folgendes«, sagte sie mit einer rauchigen, gedämpften Stimme, die bei einer Geliebten im zerwühlten Bett sexy geklungen hätte. »Zuerst bleiben Sie, nachdem ich gegangen bin, noch fünf Minuten hier sitzen, dann begeben Sie sich ins Untergeschoss und verbringen nochmals drei Minuten in der Herrentoilette. Sie waschen sich die Hände, gehen raus, bleiben eine Weile, kehren zurück und waschen sich noch einmal die Hände. Dabei sehen Sie in sämtliche Spiegel. Beobachten Sie, ob Ihnen jemand hinein folgt und wieder mit Ihnen rauskommt. Bleiben Sie nach dem Verlassen abrupt stehen, und verweilen Sie ein paar Minuten an dem Imbiss direkt neben der Toilette. Besorgen Sie sich einen Kaffee. Stellen Sie fest, ob mit Ihnen jemand aus der Herrentoilette gekommen ist, oder treten Sie ein Stück zurück. Begeben Sie sich anschließend zum U-Bahn-Geschoss, und nehmen Sie den Zug Nummer vier Richtung Norden. Fahren Sie eine Station. Steigen Sie aus, gehen Sie zum Gleis gegenüber, und fahren Sie mit der nächsten Vier Richtung Süden zurück. Wenn er wieder hier in der Grand Central einfährt,

steigen Sie aus, warten einen Moment und steigen wieder ein. Fahren Sie dann bis zum Washington Square, das heißt zur Haltestelle Astor Place …«

»Ich weiß«, sagte Ricky. Ihre Anweisungen erinnerten ihn an den Film *French Connection,* in dem Gene Hackman Detective Popeye Doyle spielt und versucht, den französischen Heroinschmuggler *Frog One* zu verfolgen, jedoch mit genau dieser raffinierten Taktik ausgetrickst wird. Er hätte gern gewusst, ob Virgil diesen Film je gesehen hatte.

»Klar kennen Sie sich da aus«, fuhr sie fort, »okay, dann verlassen Sie die Station über den Ausgang Ost, laufen in dieser Richtung ungefähr einen Block, machen irgendwo auf halbem Block eine richtig schnelle Kehrtwende und laufen weiter nach Westen. Gehen Sie unterwegs in irgendeinen Laden. Bleiben Sie ein paar Minuten, ohne etwas zu kaufen. Lebensmittelgeschäfte eignen sich gut – da sehen Sie, wer Ihnen in Ihren Gang folgt. Auch Bekleidungsgeschäfte sind gut, da können Sie sich hinter den Ständern verstecken. Kommen Sie anschließend raus, und treffen Sie sich mit mir im Park unter dem Triumphbogen. Dabei sollten Sie die ganze Zeit auf die Gesichter der Leute in Ihrer Umgebung achten. Seien Sie wachsam. Jeden Moment.«

»Ziemlich umständlich, von hinten durch die Brust ins Auge. Wie bei Spionen. Und Sie werden …«

Sie fiel ihm ins Wort. »Ich mache mehr oder weniger dasselbe, nur in entgegengesetzter Richtung, aber am Ende treffe ich Sie an der ausgemachten Stelle. Dann können wir reden.«

»Wenn mir nun tatsächlich jemand folgt und ich denjenigen bemerke …«

»Dann schütteln Sie den Kopf, und ich schere aus. Dann rufe ich später in Ihrem Hotel an und mache mit Ihnen einen neuen Treffpunkt aus.«

»In Ordnung, aber …«

»Sehen Sie auf die Uhr. Wir kommen in ungefähr siebenundsechzig Minuten wieder zusammen. Im Park.«

»Ist das nicht ein bisschen …«

»Übertrieben? Ja, ich weiß, wie das wirkt, Ricky. Aber Sie wurden ja auch nicht aufgefordert, jemanden umzubringen. Noch dazu den eigenen Bruder – auch wenn ich natürlich weiß, dass Sie niemanden haben, den Sie umbringen könnten. Seien Sie also nachsichtig mit mir.«

Ihr Ton hatte gewechselt; sie sprach hastig, als stünde sie unter Strom.

Er schwieg einen Moment.

»Ein Profi, könnte ich mir vorstellen …«

»Was denn sonst«, fiel sie ihm, ein wenig gereizt, wieder ins Wort. »Liegt auf der Hand. Jemand, der in Überwachungsmethoden geschult ist und es schafft, an einem dranzubleiben, egal, wie viele Haken man schlägt. Trotzdem, für einen Beschatter ist es nicht leicht, unbemerkt zu bleiben, wenn Sie als Verfolgter die ganze Zeit wachsam sind. Sollten es allerdings mehrere sein, die Ihnen und mir folgen, dann können die natürlich beliebig hin- und herwechseln. Das weiß ich. Aber was meinen Sie? Verfügt dieser Kerl, der will, dass ich meinen Bruder töte, über derlei Raffinesse?«

»Kann ich nicht sagen. Vielleicht. Vielleicht auch nicht.«

»Glauben Sie, er arbeitet mit Komplizen?«

»Auch das weiß ich nicht. Aber ich wage es sehr zu bezweifeln.«

»Na ja, vielleicht verschaffen wir uns darüber ja Klarheit, jedenfalls kann er uns nicht beiden gleichzeitig folgen. Und falls doch, sagt uns das etwas über ihn, nicht wahr?«

Ricky wollte gerade etwas erwidern, doch auch diesmal kam ihm Virgil zuvor.

»Es würde heißen, dass er Wunder vollbringen kann.« Mit dieser zynischen Bemerkung, auf die sie offenbar keine Antwort erwartete, stand Virgil auf, sah sich einen Moment um, inspizierte jedes Gesicht in der Menge nach irgendeinem verräterischen Anzeichen dafür, dass der Betreffende mörderische Absichten hegte, und marschierte dann, kerzengerade aufgerichtet, statt mit verführerischem Hüftschwung, davon. Binnen weniger Sekunden verlor sie Ricky auf ihrem Zickzackkurs durch die Menschenmenge im Bahnhof aus den Augen.

Sie warten fünf Minuten, hatte sie gesagt.

Danach richtete sich Ricky. Aber das war der einzige Teil ihres labyrinthischen Plans, dem er zu folgen beabsichtigte. Sollte ihn tatsächlich jemand beschatten, so hielt er es für wenig sinnvoll, denjenigen *abzuschütteln.* Viel nützlicher wäre es, ihn zu Gesicht zu bekommen. Also wartete Ricky noch eine Weile. Eigentlich wäre er selbst Virgil gerne heimlich gefolgt.

Die angewiesenen fünf Minuten waren verstrichen, ebenfalls die Zeit, die für die Herrentoilette und die Kaffeepause sowie die Fahrt – einen Streckenabschnitt nach Norden, zwei nach Süden – mit der U-Bahn vorgesehen war. Er blieb einfach auf der Bank sitzen und blickte sich unter den Passanten nach jemandem um, der eine ähnliche Geduld an den Tag legte, kein leichtes Unterfangen in einem Bahnhof, in dem die eine Hälfte wartete und die andere auf dem Sprung war. *Hier gibt es mindestens hundert Menschen, die mich beobachten könnten. Kein Einziger beobachtet mich.* Er spürte, wie er unwillkürlich sämtliche Muskeln anspannte. Am anderen Ende der Bank stand endlich der traurige graue Anzug auf und trottete in Richtung der Pendlerzüge davon. Wenige Minuten später sah Ricky, dass der Mann mit den Wahnvorstellungen bemerkt hatte, wie ein gelangweilt dreinschauender Bahnpolizist in seine Richtung kam. Also rappelte auch er sich auf und schlurfte zum Straßenausgang. Der Mann ging wie ein Containerschiff mit Schlagseite, stark nach rechts geneigt. Ricky sah auf die große Uhr in der Mitte der Bahnhofshalle: Es waren über dreißig Minuten vergangen. Also folgte er dem halluzinierenden Mann durch die Schwingtüren nach draußen zu einem Taxistand und stieg in den vordersten Wagen ein.

»Washington Square«, sagte er. »Aber setzen Sie mich in der Nähe ab.«

Der Fahrer, mit dichtem schwarzem Bart und violettem Turban, nickte. Er bediente den Hebel am Tachometer und drehte die Musik im Radio auf.

Von einer Art pakistanisch-indischem Softrock, mit hohen Stimmen und jeder Menge scheppernder Schlaginstrumente begleitet, fuhr Ricky nach Süden. Der Fahrer schlug mit der Hand den Takt der Musik auf dem Lenkrad und haute nur ab und zu kräftig auf die Hupe. Am liebsten hätte Ricky aus der Heckscheibe geblickt, um festzustellen, ob ihm jemand folgte, doch er wusste, wie aussichtslos das war. Wahrscheinlich flitzten dort ein Dutzend gelbe Taxis und wechselten zwischen den Spuren hin und her. Ihm schwebte etwas anderes vor.

Mehrere Blocks vom Platz entfernt beugte er sich nach vorne und sagte zu dem Fahrer: »Das genügt.« Der Fahrer fuhr rechts an den Rinnstein, Ricky bezahlte rasch und stieg aus.

Für einen Moment blieb er stehen, dann eilte er in das Gebäude an der Ecke. Es gehörte zur New School for Social Research, einer New Yorker Lehranstalt, mit der er flüchtig vertraut war. Das hier war das Verwaltungsgebäude, in dem auch die finanzielle Unterstützung der Studierenden abgewickelt wurde, und drinnen wimmelte es von Studenten. Ricky konnte eine Weile im Eingangsbereich verweilen, um zu sehen, wer hinter ihm zur Tür hereinkam – und um nach jemandem Ausschau zu halten, der vielleicht nicht ganz hierhergehörte.

Er wartete.

Niemand. Das heißt: niemand, der nicht zu wissen schien, wo er hinwollte. Oder: niemand, der bei Rickys Anblick in der Ecke den Kopf einzog oder ihm den Rücken kehrte.

Er wartete noch eine Weile.

Dabei kam er sich vor wie jemand, der vor einer Explosion die Sekunden abzählt.

Nachdem er sich schließlich davon überzeugt hatte, dass ihm niemand ins Gebäude gefolgt war, schlüpfte Ricky in einen angrenzenden Flur. Dort gab es einen weiteren Ausgang zu einer Nebenstraße. Er beugte den Kopf und marschierte zügig durch die breite Flügeltür, an der er zwei Studenten ausweichen musste, die mit Büchern beladen und in eine Diskussion vertieft von draußen kamen.

Ricky zögerte keinen Moment. Er fegte einfach die Straße hinunter. An der nächsten Ecke hätte er zum Washington Square nach links gemusst, doch stattdessen lief er nach rechts, um den gesamten Häuserblock herum. Als er wieder kurz vor der Fifth Avenue, nur wenige Meter von der Stelle entfernt, an der er aus dem Taxi gestiegen war, ankam, blieb er stehen und sah sich jeden an, der auf der Straße hinter ihm in seine Richtung lief, dann sämtliche Gesichter auf dem Bürgersteig gegenüber. Erst jetzt trat er vor, ging um die Ecke, blieb stehen und nahm vor dem Bauwerk dieselbe Inspektion vor. Als besitze er – simsalabim – plötzlich das perfekte Gedächtnis für Gesichter, ließ er den Blick auch über die Menschen auf der Straßenseite gegenüber schweifen.

Als er schließlich zu dem Schluss kam, dass er niemanden gesehen hatte, der als Jack the Paddington Ripper infrage kam, beziehungsweise, dass sich hypothetisch hinter jedem Passanten Jack befinden konnte, begab er sich zum Platz. Dabei rief er sich einmal mehr ins Gedächtnis, dass er schließlich in der Vergangenheit gelernt hatte, *ein Krimineller zu sein.*

Vielleicht kein besonders gewiefter; halbwegs passabel aber allemal.

Er hörte sie, bevor er sie sah.

»Ricky!«

Sie hielt sich seitlich, nicht weit vom Triumphbogen am Eingang zum Platz. Inzwischen trug sie eine dunkle Sonnenbrille und eine abgewetzte Baseballkappe der *New York Yankees* tief in die Stirn gezogen. Nicht weit von ihr spielte ein drahtiger Mann auf einem kleinen Klapptisch *Three-card Monte* und wurde dabei von einer kleinen Menschentraube umringt. Sein melodiöser Sprechgesang passte sich dem Tempo an, mit dem er die Karten flippte. Es kamen junge Leute vorbei, manche von ihnen lässig Arm in Arm, andere offensichtlich in Eile, die typischen Studenten der New York University, die zu spät zu ihren Seminaren hetzten. Das Sonnenlicht, das durch die Baumkronen flackerte, warf in einem lauen Lüftchen diffuse Schatten. Hundeausführer, ein paar Frauen mit Kleinkindern in ihren Buggys, ein Möchtegern-Folksänger mit Gitarre und wilden Haaren. Nur dreißig Meter entfernt schmetterte ein anderer Mann, so laut er konnte, *La Donna e mobile* aus Verdis *Rigoletto*. Dabei breitete er schwungvoll die Arme aus, als wolle er den Himmel umarmen. Eher war er wohl schizophren, mit einer verschwommenen Erinne-

rung an eine klassische Musikausbildung. Ricky riss sich von der Szenerie los und blickte Virgil entgegen. Sie kam rasch auf ihn zu.
»Gab's irgendwelche Probleme?«, fragte sie.
»Nein.«
»Sicher?«
Er antwortete nicht.
»Nichts Außergewöhnliches beobachtet?«
Eine seltsame Frage in dieser Umgebung, doch er wusste, was sie meinte – gewiss nicht den Opernsänger oder den Spieler mit dem Klapptisch, sondern: *Haben Sie jemanden gesehen, der Jack sein könnte?*
»Nein.«
Ähnlich wie er auf seinem Weg hierher folgte auch sie dem Zwang, in sämtliche Gesichter zu blicken, als würde ihnen Jack the Paddington Ripper den Gefallen tun und in ihrer Nähe in Stellung gehen, mit einem Schild um den Hals: *Ich will töten.*
Mit einem letzten Schwenk von rechts nach links verschaffte sich Virgil einen Überblick über den Park. Erst dann streckte sie ihm ein kleines Päckchen hin.
»Das wurde im Theater für mich hinterlegt.«
»Hinterlegt? Von wem?«
»Einem Lieferservice. Keine Ahnung, von welchem. Wahrscheinlich von einem Fahrradkurier. Niemand hat danach gefragt. Niemand hat darauf geachtet. Typisch. So ist das beim Theater. Jeder glaubt, seine Rolle sei wichtiger als alle anderen, und *in dem Moment* solle man ihm ja nicht mit Alltagsbanalitäten kommen. Der Angestellte am Eingang hat einfach abgezeichnet und die Sendung auf einem Tisch in der Garderobe gelassen. Da lag es dann, als ich hereinkam.«
Genau so, wie er an sein Wegwerf-Handy gekommen war. Doch davon sagte er ihr nichts.
»Haben Sie es sich angesehen?«, fragte er.
Sie zog ihre Sonnenbrille ein Stück herunter und beantwortete seine Frage mit einem vernichtenden Blick.
»Was dachten Sie denn?«
»Und?«

»Sehen Sie es sich an, und sagen Sie mir dann, was ich machen soll.« Damit drückte ihm Virgil einen kleinen, gefütterten braunen Umschlag in die Hand. Er fühlte die CD darin.

Sie trat einen Schritt zurück.

»Sehen Sie da rüber, nach links«, sagte sie langsam und deutete mit dem Kopf in die Richtung. »Da sind ungefähr ein Dutzend Betontische mit Schachbrettern aufgestellt. An einem schönen Nachmittag wie heute setzen sich die Leute gern zu einem Spiel hin.«

Er folgte ihrer Kopfbewegung.

»Tisch Nummer sieben«, sagte sie.

Ohne ein weiteres Wort wirbelte sie herum und stürmte wie zuvor in der Grand Central Station davon, so schnell, dass sie drei Tauben aufscheuchte, die hinter ihr auf dem Bürgersteig an Brotkrumen pickten. Für einen Moment blieb Ricky verdutzt stehen und sah ihr hinterher, bis sie in dem Menschenstrom verschwand.

Ricky folgte ihr auf dem schwarzen Asphaltweg zu den Tischen. Er zählte sie ab. Als er zum siebten in der Reihe kam, erhob sich ein übergewichtiger, stämmiger Mann in alten Jeans und einem verfleckten, zu engen weißen T-Shirt von seinem Sitz und versperrte Ricky die Sicht. »Gutes Spiel«, hörte er. »Das Endspiel Dame gegen Turm habe ich nicht vorausgesehen. Vielleicht auf ein andermal, okay?« Ohne eine Antwort abzuwarten, ging der Mann in die entgegengesetzte Richtung fort, und Ricky sah, wie Mr R gemächlich auf einem Brett Schachfiguren aufstellte.

Der Mörder blickte zu ihm hoch.

»Hallo, Doktor«, sagte er. »Zeit für ein Spiel? Weiß oder Schwarz?«

10

Narrenmatt: zwei Züge bis Schachmatt.
Schäfermatt: vier Züge bis Schachmatt.
Typische Anfängerfehler.
Sizilianische Verteidigung. Bei vielen großen Schachmeistern beliebt.
Ricky überlegte einen Moment und sagte: »Schwarz.«
Er nahm gegenüber dem Mörder Platz.
Mr R. war mit dem Aufstellen fertig und sah zu ihm auf.
»Wie zwei alte Freunde, die sich zu einem Spielchen treffen, nicht wahr, Doktor?«
»Nein.«
»Sagen Sie, Doktor, fühlen Sie sich sicher?«
»Nein.«
»Glauben Sie, mein Bruder oder meine Schwester fühlen sich sicher?«
»Nein.«
»Ich eröffne«, sagte Mr R. Er stellte eine hölzerne Uhr mit Zeitanzeigern, die beide auf null standen, neben das Brett. Nach einem kurzen Blick auf das Spiel zog er einen weißen Bauern vor und berührte seinen Zeiger. Ricky folgte seinem Beispiel und zog seinerseits einen Bauern so, dass er geschlagen werden konnte, und berührte den Zeitanzeiger. Es war ein vorhersehbarer Schlagabtausch. Bei seinem nächsten Zug bot Ricky eine offene Flanke. Mr R zog sofort diagonal mit seiner Dame in die Bresche, und Ricky hatte keine Zugoption. Sein König saß fest. Genau so, wie Ricky es geplant hatte. Das Spiel war in weniger als einer Minute vorbei.
Der Killer-Bruder starrte auf das Brett, sah Ricky ins Gesicht und lächelte.
»Schachmatt«, sagte er. »Entweder können Sie nicht spielen, oder Sie haben das mit Absicht gemacht.«
»Nicht so mein Ding«, antwortete Ricky, was gelogen war. Wenn-

gleich ein wenig aus der Übung, war er im Studium im Schachklub der Beste gewesen.

»Sie ziehen andere Spiele vor?«, fragte Mr R. »Poker mit hohem Einsatz? Cribbage? Canasta? Mah-jongg mit den Damen?«

Ricky schwieg beharrlich.

»Wie wär's mit einer Runde Mord?«

Ohne Vorwarnung griff Mr R mit einer ausladenden Handbewegung über das Brett und wischte sämtliche Spielfiguren in einen Pappkarton. Klappernd fielen sie über die Tischkante in die Schachtel.

»Meine Schwester hat Ihnen das letzte Geschenk der Person von besonderem Interesse übergeben?«

»Ja, gerade eben.«

»Ist schon ziemlich raffiniert. Fast bewundernswert …«

Ricky fiel ihm ins Wort. »Bewundernswert?«

»Der Mann versteht es, seine Opfer bis ins Mark zu treffen. Sie werden ja selber sehen. Unter Mörderkollegen ist das etwas, das einem Respekt abringt.« Er lächelte, dasselbe schiefe Grinsen, derselbe ironische Unterton wie bei ihrem ersten Wiedersehen in Miami. »Bewunderung von Profi zu Profi.«

Zur Antwort schüttelte Ricky den Kopf, lehnte sich zurück, beugte sich dann wieder vor. Eine bequeme Position konnte er vergessen.

»Ich hätte da eine wichtige Frage für Sie, Doktor: Haben Sie die drei Rechtsfälle studiert, die Ihnen mein Bruder übergeben hat?«

»Ja. Vielleicht noch nicht so gründlich, wie ich es gerne täte, aber ich habe sie mir angeschaut.«

»Und sehen Sie schon eine Antwort auf unser Problem?«

»Bis jetzt noch nicht«, erwiderte Ricky.

»Ich denke, uns läuft die Zeit davon«, bemerkte Mr R. »Beeilen Sie sich, Ricky. Wir müssen handeln, bevor es unsere Zielperson tut.«

Der Mörder mit einer Mission, aber ohne Zielperson. Der Mann der Tat, dem die Hände gebunden sind. So cool, wie er sich gibt, muss er doch innerlich kochen, analysierte Ricky Mr Rs Situation. An diesem Punkt rief er sich allerdings zur Ordnung. Es war ein Fehler, dem Mörder zuzuhören wie einem Patienten.

»Aber, Doktor, vielleicht ist ja bei dieser letzten Lieferung etwas dabei, das Ihnen die Richtung weist. Darauf zähle ich.«

»Ich ...«, fing Ricky an, doch Mr R gebot ihm mit erhobener Hand Einhalt.

»Das ist Ihre Aufgabe bei der ganzen Sache. Ihre einzige Aufgabe. Entscheidende Aufgabe. Vergeigen Sie es nicht. Retten Sie meine Geschwister. Retten Sie Ihr eigenes Leben. Eigentlich nicht weiter kompliziert.« Diese Worte gingen wie eine Maschinengewehrsalve auf Ricky nieder.

Dabei starrte der Mörder ihn so eindringlich an, als lese er in seinem Gesicht, dass er ihm etwas vorenthielt. Mr R beugte sich über den Tisch. »Was können Sie mir über den Mann sagen? Was haben Sie bis jetzt über ihn gelernt?«

»Ich glaube, er ist ein detailversessener Typ, ein vorsichtiger Planer, und er arbeitet schon sehr lange an diesem Projekt«, erwiderte Ricky viel zu schnell.

»Natürlich.« Mr R schien einen Moment lang zu überlegen. »Dann ist er kurz vor dem Ziel?«

»Ja.«

»Und hält Wacht?«

»Sieht ganz so aus.«

»Gut, Doktor. Scharfsinnige Beobachtung. Allmählich gefällt mir Ihre Denkweise. Ganz nach meinem Geschmack.«

Ricky hasste die Vorstellung.

»Ausgezeichnet«, fuhr Mr R fort, »sagen Sie, Doktor, machen Sie sich eigentlich Notizen, so wie nach einer Sitzung in Ihrer Praxis?«

»Nein«, gab Ricky zu. »Sollte ich?«

Mr R strafte ihn mit einem finsteren Blick.

»Nein, nein, gut so. In meinem Beruf hassen wir es, Fährten zu hinterlassen.«

Mr R legte eine kurze Pause ein, dann fuhr er fort: »Ein Psychoanalytiker führt Erinnerungsbrocken mit den entsprechenden Emotionen zusammen, schließt daraus auf Art und Heftigkeit der Reaktion und macht sich ein Bild. Genau das erwarte ich von Ihnen. Genauer gesagt, brauche ich von Ihnen einen Namen und eine Adresse. Aber das ist noch nicht alles. Ich muss auch die Fähigkeiten des Mannes, mit dem ich zu tun habe, richtig einschätzen können. Sind wir uns ebenbürtig? Ist er ein verkorkster Psychopath oder nur jemand, der vor Wut schäumt? Verfügt er über eine einschlägige Ausbildung, oder ist er Amateur? War er beim Militär? Bei der Polizei? Haben wir es mit einem Ex-CIA-Mann oder jemandem von der Drogenfahndung zu tun? Ist er Autodidakt? Unbeholfen oder clever? Wie steht's mit jemandem, der einfach nur zu viele billige Thriller liest und sich plötzlich einbildet, er wüsste, wie man einen Mord begeht? Wie lässt sich der Mann charakterisieren? Wie kann ich seine Fähigkeiten besser einschätzen und meine eigenen am besten ins Spiel bringen? Operiert er lieber mit einem Messer oder einer Schusswaffe? In dem Fall, welches Kaliber? Fragen über Fragen, Doktor. Erinnern Sie sich an das Kinderspiel Cluedo? Oberst von Gatow mit dem Kerzenleuchter in der Bibliothek. Ich brauche Antworten. Helfen Sie mir weiter! Verschaffen Sie mir Informationen! Sehen Sie seine nächsten Züge voraus! Wir zählen alle auf Sie.«

»Ich bin noch dabei, ein Profil von ihm zu erstellen.«

»Ja. Ein Profil. Ausgezeichnet. Das ist hilfreich. Genau das, was ich brauche. Sie müssen ihm hinter die Schliche kommen«, sagte Mr R. »Das Video sollte Ihnen dabei helfen. Sie müssen ihn so durchschauen, dass wir zweifelsfrei wissen, mit wem wir es zu tun haben, *was* er vorhat und *wann* er es vorhat. Und wenn wir das erst wissen, können wir entsprechend reagieren.«

»Ich tue mein Bestes.«

»Strengen Sie sich mehr an.«

Mr R lehnte sich zurück und taxierte Ricky mit einem eingehenden Blick.

Dann wandte er sich plötzlich ab und griff nach unten. Ricky erstarrte für einen Moment, weil er fürchtete, er zücke eine Waffe – auch wenn der Gedanke in einem belebten Park am helllichten Tage, inmitten einer Menschenmenge unsinnig war. Stattdessen hielt Mr R die schwarze Dame aus seinem Schachspiel hoch. »Interessant, nicht wahr, Doktor, dass die fähigste Figur auf dem Brett, nämlich diejenige, die fast in alle Richtungen manövrieren kann und sich so als die gefährlichste und wertvollste erweist, weiblich ist?«

Ricky fiel auf Anhieb keine passende Antwort ein.

Einen Augenblick lang tätschelte Mr R die schwarze Dame. Dann nahm er sie plötzlich wie eine Pistole in die Hand, die er auf Ricky richtete. Ricky musste sich zusammenreißen, um nicht zurückzuzucken.

Nach einer gefühlten Ewigkeit steckte Mr R die Figur wieder in seine Schachtel.

»Haben Sie auch manchmal das Gefühl, dass etwas – oder jemand – fast zum Greifen nahe ist und alles plötzlich klar würde, wenn Sie nur irgendwie ein winziges Stückchen weiterkämen?«, fragte der Killer. Ohne eine Antwort abzuwarten, lachte Mr R. »Ich bin ein Experte darin, nach diesem letzten Strohhalm zu greifen. Und nach unseren früheren Angelegenheiten miteinander zu urteilen, sind Sie das auch, Doktor.« Er deutete auf den Umschlag mit der CD. »Ohne eine klare Zielvorgabe kann ich nicht viel tun. Aber ich muss etwas unternehmen.«

Ricky antwortete nicht. Er wusste genau, *was* er zu unternehmen gedachte.

»Halten Sie uns nicht hin, Doktor. Jede Minute, in der wir der Sache nicht auf den Grund kommen, setzt uns wachsenden Gefahren aus. Mit jeder Sekunde, die vergeht, steigt unser Risiko. Tick-tack. Die Uhr läuft. Also beeilen Sie sich. Aber mit Sinn und Verstand. Sagen Sie mir, was ich wissen muss, damit wir uns alle wieder dem widmen können, worin wir jeweils am besten sind.« An dieser Stelle sprach Mr R sehr leise und monoton. »Der Tod, Doktor, bedeutet Freiheit.«

Es war, als träten in diesem Moment die Geräusche der Stadt, der warme Nachmittag, die entspannte, harmlose Atmosphäre des Parks in den Hintergrund, während in Rickys Kopf nur noch die Worte des Mörders nachhallten. Fast rechnete er damit, dass Mr R und er selbst, wenn sie sich jetzt erheben würden, Blut an ihren Händen sähen.

Das Schweigen zwischen ihnen war beredt. Beinahe schrill.

Mr R verharrte noch einen Moment, dann stand er ruckartig auf. Die Schachtel mit den Schachfiguren klemmte er sich unter den Arm. Der Mörder lächelte kalt, nickte stumm und machte sich energisch, beinahe schwungvoll auf den Weg, auch wenn Ricky – wie schon zuvor in seiner Praxis – nicht entging, dass Mr R nicht gleichmäßig lief, sondern sich wie ein Fußballspieler, der einen mächtigen Tritt abbekommen hat, aber die Zähne zusammenbeißt und den Schmerz nicht zeigt, sichtlich mühsam fortbewegt. Ricky sah ihm hinterher, wie er den Park durchquerte, in entgegengesetzter Richtung wie kurz zuvor Virgil. Er sah, dass sich der Mörder nicht einmal nach ihm umblickte, um festzustellen, ob auch er den Platz verließ. Ricky blieb, bis Mr R in der Menschenmenge, in der Nachmittagssonne, im Stoßverkehr und im unablässigen Hintergrundrauschen der City verschwand. Erst jetzt schien die Geräuschkulisse rings um ihn her wieder auf normale Lautstärke aufzudrehen, trotzdem rührte er sich immer noch nicht vom Fleck.

Er musste wohl, wie er so reglos am Tisch saß, geistesabwesend gewirkt haben, bis er plötzlich aufblickte und sah, wie ein Mann mittleren Alters in einem modischen blauen Seersucker-Anzug und Krawatte, mit großer Fliegersonnenbrille und einem kostbaren handgeschnitzten Holzkästchen unter dem Arm, auf ihn zukam.
»Hey, Mann, Lust auf ein Spiel?«, fragte er ihn. Dabei wirkte er fast so eifrig wie ein aufdringlicher Typ, der versucht, an einer Bar ein Mädchen aufzureißen.
»Nein«, antwortete Ricky. Er sah sich noch einmal nach Mr R um. Weit und breit keine Spur von ihm. Er hätte nicht sagen können, ob er noch vor fünf Sekunden oder vor fünf Minuten dem Mörder gegenübergesessen hatte oder ob seitdem noch mehr Zeit verstrichen war. *Mörderische Zeiten sind dehnbar,* dachte Ricky. »Hab bis gerade eben gespielt.«
Der Mann blickte auf den Tisch, sah aber keine Schachfiguren.
»Ein unsichtbares Spiel«, stellte er fest. »Sie haben im Kopf gespielt? Also, wenn Sie fertig sind, kann ich dann diesen Tisch haben?«
Typisch New York: *Ich will ja auf keinen Fall unhöflich sein, aber du*

kannst mich mal. Ricky wollte sich gerade erheben, überlegte es sich aber plötzlich anders und sagte: »Vielleicht doch, aber nur ein Spiel.«
Der Mann grinste und nahm Platz. Er hielt sich nicht damit auf, sich vorzustellen. Aus seinem Kasten zauberte er schöne, große Figuren hervor, jede so kunstvoll handgearbeitet wie ihr Behälter. Der Springer stolzierte. Der Turm glich einer Trutzburg. Der Läufer elegant. König und Dame waren majestätisch herausgeputzt. Auch er stellte so wie zuvor Mr R eine Zeituhr auf.
»Fangen Sie an«, forderte der Mann ihn auf und deutete auf das Brett.
Ricky setzte einen Bauern und klickte den Timer an. Er war schnell wieder in Form.
Schachmatt in vierzig Zügen.
Der Mann im Anzug blickte missmutig drein. »Damit habe ich nicht gerechnet. Sie sind ziemlich gut«, räumte er widerwillig ein. »Noch eins? Geben Sie mir eine zweite Chance? Eine Revanche?«
»Nein«, sagte Ricky und griff nach dem Umschlag mit der CD. »Ich komme zu spät zu einem Termin.«

11

Schwarzer Bildschirm.
Einblendung: rote Blockbuchstaben. *Wie gehabt.*

> Eigens für Sie aufgenommen.
> Datum überflüssig.
> Uhrzeit überflüssig.
> Ort: viel näher, als Sie denken.

In der Mitte erschien ein Play-Pfeil. Ricky scrollte darüber und drückte seine Maustaste.

Zuerst war ein diffuses, kratzendes Geräusch zu hören, danach eine summende Stimme, wohl die eines Mannes. Es klang wie etwas, das in einer Echokammer aufgenommen worden war und wie aus weiter Ferne kam, blechern und anfänglich schwer auszumachen. Das Summen hörte auf, für einen Moment trat Stille ein, dann war ein einziger Ton zu hören, auf einer Gitarrensaite gezupft.

Er hallte nach.

Es folgte ein zweiter, ein dritter, ein vierter, ein fünfter Ton.

Sie wurden langsam gespielt. Keine Akkorde, nur Einzeltöne.

Aneinandergereiht ergaben sie jedoch einen deutlichen Rhythmus und eine Melodie, für jeden, der in den Siebzigerjahren ein Radio besessen oder die Golden Oldies der Popmusik gehört hatte, eine leicht wiederzuerkennende Melodie. Ricky ging näher an den Computerbildschirm heran und stellte den Ton auf volle Lautstärke.

Ein paar Sekunden lang blieb es bei den Gitarrentönen, die allmählich lauter wurden, als käme die Person, welche die Saiten zupfte, näher heran. Dann hörte die Musik plötzlich auf. *Einen Takt. Zwei Takte. Drei.* Und dann hörte er eine sehr junge Stimme den seinerzeit sehr vertrauten Text zu dem Song singen, die den ersten Taktschlag der nunmehr verstummten Gitarre nachahmten.

»Bye bye Miss American Pie …«

Eine Pause. Dann sang sie in beschleunigtem Tempo weiter:

»Drove my Chevy to the Levee,
But the Levee was dry …
And them good ole boys were drinking
Whiskey and rye …«

Wieder eine Pause. Jetzt sehr lebhaft:

»Singin' this'll be the day that you die.
This'll be the day that you die …«

Der Gesang verhallte langsam zu einem schwachen Echo. Etwas an dem, was er gehört hatte, machte ihm zu schaffen, doch bevor er diesem Gefühl nachgehen konnte, erschien ein Bild auf dem Computer:

Eine kurze Reihe granitgrauer Grabsteine auf einem verlassenen Friedhof.

Die Videokamera verweilte bei den unterschiedlichen Grabstätten. Dabei handelte es sich nicht um Soldatengräber mit weißen Kreuzen oder Davidsternen in schnurgeraden Reihen wie auf dem Nationalfriedhof Arlington in Washington. Diese letzte Ruhestätte wirkte planloser und ungepflegter. Das Gras war braun und vertrocknet, von Unkraut durchsetzt. Die meisten Grabsteine waren an den Kanten abgewetzt. Manche zerbröselten schon, andere standen schief. Nur wenige waren mit Engeln und Putten geschmückt, mit eingemeißelten Schriftrollen und tröstlichen Botschaften für die Hinterbliebenen, wie *Geliebte Mutter* oder *Treu sorgender Vater*. Bei manchen steckten auch kleine, zerfetzte amerikanische Fähnchen in der Erde. Bei anderen waren die Blumenarrangements vertrocknet und tot wie die Menschen in den Gräbern, die sie markierten. Einer war mit zwei zerquetschten *Bud Light*-Bierdosen geschmückt. Ein anderer mit einem gesprühten Hakenkreuz verunstaltet. Die Kamera fuhr langsam die Reihe entlang, und Ricky sah:

Ein junges Mädchen – vielleicht fünfzehn Jahre alt, das im Schneidersitz auf dem Boden saß. Sie hatte der Kamera den Rücken zugekehrt. Sie trug ein zu enges, pinkfarbenes T-Shirt und schwarze Sportschuhe; sie hielt zwei Gegenstände in den Händen. Die Kamera fuhr noch näher heran, über ihre rechte Schulter, sodass zuerst zu sehen war, was sie in der Hand hatte, dann das, was sich neben ihr befand:

Ein frisch ausgehobenes, flaches Grab.

Die Kamera ging näher heran, und das Mädchen fing an, dieselbe eingängige Melodie von Don McLean zu singen. Diesmal übersprang sie Zeilen, um die Worte zu wiederholen:

»... This'll be the day that you die.«

Ricky ging näher an den Bildschirm heran, um die Details besser zu sehen:

In der rechten Hand hielt das Mädchen ein Foto von Merlin, in der linken eins von Virgil in derselben Größe. Die Kamera ging näher heran, bis beide Bilder in Nahaufnahme erschienen. Der Anwalt verließ auf dem Foto an einem schönen, sonnigen Tag lächelnd ein x-beliebiges Gerichtsgebäude. Die Schauspielerin war bei einem Bühnenauftritt zu sehen. Sei trug ein historisches Kostüm aus der Zeit Ende des 19. Jahrhunderts, mit hochgeschlossener Bluse und breitkrempigem Hut. Beide Aufnahmen waren in Farbe. Es entstand der Eindruck, als singe das Mädchen den Bildern etwas vor. Dabei hatte die Sängerin für beide ein und dieselbe Botschaft:

»This'll be the day that you die ...« – das wird der Tag sein, an dem du stirbst.

Das Mädchen, die junge Frau – immer noch von hinten gefilmt, sodass ihr Gesicht nicht zu sehen war – hielt zuerst das eine, dann das andere Foto über das offene Grab, als versuche sie, sich zwischen beiden zu entscheiden. Das ging mehrmals hin und her, als solle ihre Unentschlossenheit betont werden; dabei hielt sie jede Aufnahme eine Weile hoch, um zu sehen, welche davon sie in die Gruft fallen lassen sollte. Scheinbar ratlos schüttelte sie den Kopf, sodass ihr das lockige dunkle Haar um die Schultern flog.
Rechte Hand: *Sie streckte das Foto von Merlin über das Grab.*
Und nun erschien dieselbe leuchtend rote Blockschrift am unteren Bildschirmrand:

»Einspruch, Euer Ehren. Erst die Strafe, dann das Urteil.«

Das Mädchen stieß ein trockenes Lachen aus.
Linke Hand: *Sie hielt Virgils Foto in die Höhe.*
Es folgten weitere Worte, in derselben Schrift.

»Klug allzu bald, sagt man, wird nimmer alt.«

Ricky waren beide Zitate vertraut. Das erste stammte aus Lewis Carrolls *Alice im Wunderland,* gesprochen von der Königin. Beim zweiten plant Shakespeares Richard der Dritte in einem Moment, in dem er sein abgründig psychopathisches Wesen offenbart, die Ermordung seiner unschuldigen Neffen im Tower von London.
Auf dem Bildschirm sackten dem Mädchen die Schultern ein wenig ein, als fühle es sich von der Entscheidung überfordert. Noch einmal hob es jedes Foto hoch. Als es sich gerade anzuschicken schien, eins von beiden fallen zu lassen, schwenkte die Kamera an der Unbekannten vorbei und ruhte auf dem Loch in der Erde. Für einen Moment hielt sie die Leere fest. Ricky rechnete fest damit, dass im

nächsten Augenblick beide Fotos ins Grab segeln würden. Damit lag er richtig und falsch zugleich. Tatsächlich flatterten die Bilder nieder. Dann jedoch:

Eine unsichtbare Hand warf etwas Längliches, Dünnes und Dunkles ins Grab, das auf den Fotos landete ...
Es war eine Schlange.

Ricky sah, wie die Viper im Video erst in die eine, dann die andere Richtung kroch, als versetze sie die neue, ungewohnte Umgebung in Panik. Da die Grabwände ihr ein schnelles Entkommen verwehrten, rollte sie sich in Verteidigungsstellung ein und öffnete das Maul, um ihre bedrohlichen Fänge zu zeigen. Die Kamera verharrte bei dem Bild von dem braunen, eingekringelten Reptil mit der unregelmäßigen diamantförmigen Zeichnung und dem kantigen Kopf. Je enger sich das Tier einrollte, desto zorniger schien es zu sein.

Dann erschien – ebenso schnell, wie zuvor die Schlange in die Grube geworfen worden war – eine lange Bambusstange, an deren Ende mit Isolierband ein großes Klappmesser befestigt war. Die Spitze der Klinge stupste die Schlange, die sich daraufhin wand und versuchte, das Messer zu erwischen. Eine plötzliche Bewegung, und die Klinge drückte dem Reptil den Kopf auf den Boden. Ein kurzes Zögern, dann stieß das Messer zu und trennte den Kopf vom Rumpf des Tiers. Die Kamera verweilte auf dem toten, zerstückelten Kadaver, den reflexartig zuckenden Muskeln und dem Blut, das sich über die beiden Fotos ergoss.

Für Ricky fühlte es sich so an, als würde ihm ein langsamer Tod vor Augen geführt. Doch ihm blieb nicht viel Zeit, diese Filmsequenz zu verarbeiten, denn nun erschien ein neues Motiv auf dem Bildschirm.

Ein grauer Grabstein.

Sofort sprang ihm der Unterschied ins Auge:

Da, wo ein Name hingehörte, war ein Streifen braune Pappe befestigt, mit den handgeschriebenen Worten darauf:
»Welchen Namen meißeln wir hier ein?«

Die Kamera schwenkte zu einem zweiten Pappstreifen darunter:

Geboren: Sie kennen die Daten.
Gestorben: Sehr bald

Und dann die letzte Botschaft auf Karton:

Exodus: 21.23.

Der Bildschirm wurde wieder schwarz. Ein, zwei Sekunden vergingen, dann erschien zum zweiten Mal der rote Play-Pfeil. Ricky klickte ihn an.

Eine Hand mit schwarzem Handschuh schwebte über den aus dem ersten Video bekannten Puzzleteilen. Auf drei Teilen war ein blauer Himmel zu sehen. Die schwarze Hand griff nach zwei weiteren Teilen, drehte sie um und fügte sie zusammen. Sie gehörten anzunehmenderweise ans untere Ende des Puzzles, denn es waren Hosenbeine zu erkennen. Dies zielte wohl auf die Wirkung ab, einen Teil des Bildes zu zeigen, nicht jedoch die entscheidenden Partien des Fotos, auf denen die Person zu erkennen war. Jung. Alt. Männlich. Weiblich. Unmöglich zu bestimmen.

Eine Weile verharrte die Kamera auf diesem Bild. Dann ein abrupter Schnitt, und Ricky hatte in Nahaufnahme eine große Uhr vor Augen, wie sie ein prächtiges Regierungsgebäude zieren mochte. Auch wenn Ricky die Uhr nicht zuordnen konnte, erinnerte sie an die des *Big Ben* oder diejenige auf dem Marktplatz in *Zurück in die Zukunft*. Auf dem Ziffernblatt war es fünf Minuten vor zwölf. Ihm fiel sofort ein, dass ihn Jack the Paddington Ripper eine Minute vor zwölf angerufen hatte, ein Motiv, das sich hier wiederholte. *Finde raus, was er damit sagen will,* schärfte er sich ein, während das Video weiterlief. Die Kamera ging ruckartig näher heran, und der Minutenzeiger klickte im selben Moment auf vier Minuten vor der vollen Stunde. Es war dunkel, somit wohl Mitternacht, vermutete Ricky.

Der Bildschirm wurde wieder schwarz.

Ricky erhob sich vom Computer und ging zum Nachttisch seines Hotelzimmers hinüber. In der zweiten Schublade fand er eine Gideon-Bibel. Er nahm sie heraus und schlug den Exodus-Vers nach:

> *»Entsteht ein dauernder Schaden, so sollst du geben Leben um Leben, Auge um Auge, Zahn um Zahn …«*

12

Herpetologe:
Kurze lexikalische Definition: ein Schlangenspezialist.
Sieh dir die Schlange an.

In seinem Hotelzimmer stellte sich Ricky laut die Frage: »Würde Jack jede x-beliebige Schlange nehmen, um seine Botschaft zu vermitteln?«

Er gab sich selbst die Antwort: »Nein, sicher nicht.«

Er ging wieder zu seinem Laptop und tippte *Bilder von Giftschlangen* ein. Er brauchte nicht lange, um die Art zu finden, die er auf der CD gesehen hatte. Er klickte sie an.

Östliche Wassermokassinotter (Agkistrodon Piscivorus): Diese äußerst giftige Schlange ist überall in den Südstaaten in sumpfigen Gebieten heimisch, wo sie sich vorwiegend von Fröschen und kleinen Nagetieren ernährt.

Zu dem Eintrag gehörte eine Landkarte in Schwarz-Weiß, auf der die Lebensräume dieser Art markiert waren. Außerdem stieß er auf einige Farbfotos von sumpfigen Gegenden – er dachte unwillkürlich an die Everglades –, die als bevorzugter Lebensraum aufgeführt waren.

Braun, dicker Leib, eng aufgerollt. Unregelmäßige diagonale Zeichnung. Kantiger Vipernkopf. Gelbe Augen, die Bewegung registrieren.

Ricky warf einen Blick auf die drei Akten von Merlin, die er auf seinem Bett ausgebreitet hatte: *nicht in New York City. Nicht im Kohlenbergbaugebiet von Pennsylvania.*

»Hallo, Jack«, flüsterte er.

Alabama, eine im Sumpf versteckte Leiche, der Mord an einem jungen Mädchen. Wo Schlangen und der Tod zu Hause waren.

Er rief an der Rezeption an. Es meldete sich dieselbe freundliche Frauenstimme wie zuvor.

»Wie kann ich Ihnen helfen, Doktor?«

»Haben Sie zufällig einen Dokumenten-Schredder?«

Vermutlich kein alltägliches Anliegen. Eher Seife oder frische Handtücher, ein Weckruf am frühen Morgen, Broadway-Theaterkarten für *Das Phantom der Oper,* solche dringenden Gästewünsche waren ihr täglich Brot.

Sie zögerte einen Moment. »Ja, wir haben einen«, sagte sie, »in unserem Backoffice.«

»Wunderbar«, antwortete Ricky. »Darf ich den wohl mal benutzen?«

»Ich denke schon«, erwiderte sie.

»Ich komme gleich runter.«

In seinem Zimmer blätterte er rasch die Fälle über illegale Giftmüllentsorgung in Pennsylvania sowie über den Versicherungsbetrug in New York durch. Diese Akten, davon ging er aus, nützten ihm nichts und belasteten ihn nur. *Weg damit.* Die gesamten Papiere aus Dothan, Alabama, über den Mord, die Verhaftung und den Prozess, der im Freispruch endete, blieb auf seinem Bett.

Kurz vor Mitternacht rief Ricky beim *Iroquois* an, einem Hotel knapp einen halben Häuserblock vom *Algonquin* entfernt.

»Hätten Sie ein Zimmer für eine Nacht? Tut mir leid, dass es so kurzfristig ist. So was wie ein Notfall.«

»Wir haben noch eins frei. Eine Junior-Suite für …«

»Nehme ich.«

»Wen darf ich vormerken, Sir?«

»Smith.«

»Okay. Ist notiert, Mr Smith.«

»Ich bin in einer halben Stunde da«, sagte Ricky und legte auf. Er wartete zehn Sekunden und drückte die Null für die Rezeption.

Dieselbe junge Frau fragte: »Ja?«

»Tut mir leid, Sie schon wieder in Anspruch zu nehmen, aber ich wurde gerade zu einem medizinischen Notfall gerufen. Könnten Sie bitte meine Rechnung fertig machen?«

Das Wort *medizinisch* verfehlte selten seine Wirkung.

»Sie wollen schon heute Abend auschecken?«

»Ja, genau. Ich bin in drei Minuten unten.«

Er legte auf, wartete nochmals zehn Sekunden, bevor er seinen letzten Anruf tätigte. Er nahm an, dass Virgil um diese Zeit von ihrer Probe zurück war. Sie meldete sich nach dem ersten Klingelton.

»Ricky?«
»Bitte geben Sie Ihrem Bruder Bescheid, dass ich ein Weilchen auswärts und nicht erreichbar bin.«
»Moment, Doktor …« Mit einem Mal wechselte sie zu einem kalten, förmlichen Ton. »Sie sollen uns helfen. Wenn nun Jack …«
Er fiel ihr ins Wort. »Ich melde mich. Sobald es die Situation erfordert.« Ihm entging nicht, dass er damit mehr oder weniger dasselbe Versprechen gab wie zuvor Mr R ihm.
»Und wo wollen Sie hin? Wir brauchen Sie hier. Und wir sind darauf angewiesen, Sie zu erreichen, wenn …«
»Ich rufe Sie an, sobald ich herausgefunden habe, was ich herausfinden will«, unterbrach er sie zum zweiten Mal.
»Aber wo wollen Sie hin?«, beharrte sie. Sie klang gereizt, ein Unterton, den er bei ihr kannte.
»Pennsylvania«, sagte er. »Giftmüll-Gebiet. Ich hätte gedacht, darauf wären nach der letzten CD auch Sie gekommen.«
Er knallte den Hörer auf. Diese glatte Lüge ging ihm wie Butter über die Lippen. Vor fünf Jahren hatte Virgil sein Leben aus den Angeln gehoben und ihn in Ungewissheit gestürzt. Den Spieß auch nur für einen Moment umzudrehen, bereitete ihm ein köstliches Gefühl. Er schnappte sich seine Reisetasche und stopfte die verbleibenden Anwaltspapiere sowie seinen Laptop in einen kleinen Rucksack.

Die Frau an der Rezeption wirkte zugleich neugierig und reserviert. »Tut mir leid, Doktor. Ich hoffe, alles läuft gut.«
»Bestimmt«, antwortete Ricky ohne Überzeugung. »Ach, noch etwas.«
»Gerne, Doktor.«
»Sollte jemand nach mir fragen oder sich nach meiner Abreise oder meinem Aufenthalt erkundigen, wahren Sie bitte Vertraulichkeit.«
Die Angestellte sah ihn erstaunt an, verbarg ihre spontane Reaktion jedoch sofort hinter der professionellen Fassade, als sei es vollkommen normal, dass Gäste unangekündigt mitten in der Nacht abreisen und um Geheimhaltung bitten.

»Selbstverständlich«, erwiderte sie, wenn auch zögerlich. »Was für eine Fachrichtung sind Sie, Doktor?«
»Spezialist für Verschwiegenheit«, sagte er.
Er steckte dem Nachtportier fünf Dollar zu und stieg in ein wartendes Taxi.
»Wo soll's hingehen in dieser wunderschönen Nacht, Sir?«, fragte der Fahrer. Der Afroamerikaner war stattlich gebaut, mit Drahtgestellbrille, einer farbenfrohen Strickmütze, unter der er die Rastalocken bändigte, und dem Singsang seiner Satzmelodie nach eindeutig von den karibischen Inseln.
Ricky zögerte nicht lange:
»Da um die Ecke. Dann sechs Blocks Richtung Norden. Rechts. Nach zwei Blocks wieder rechts und hierher zurück. Und …« Er warf einen Blick auf die Lizenz des Fahrers an der Rückseite des Beifahrersitzes, »Jean Louis …«
»Ja?«
»Wenn Sie es schaffen, wenigstens einmal bei Rot über die Ampel zu fahren, sind noch mal zwanzig Dollar für Sie drin.«
»Jemand hinter Ihnen her, Bro?«, fragte der Fahrer.
Die ehrliche Antwort auf die Frage lautete wohl *ja*. Doch er sagte: »Vielleicht. Vielleicht auch nicht. Ich weiß es nicht. Ich möchte einfach auf Nummer sicher gehen.«
»Schon verstanden, Mann. Vorsicht ist die Mutter der Porzellankiste, es sei denn, eine Dame wäre hinter Ihnen her. So was bringt immer Komplikationen.« Er lachte. »Keine Sorge, Mann. Nach dieser kleinen Spritztour ist niemand mehr hinter Ihnen her. Mein Wort drauf, Bro.«
Er trat mit solcher Verve aufs Gas, dass es Ricky in die Rücklehne drückte. Und so machte Ricky, die Finger fest um die Griffe seiner Reisetasche gekrallt, eine Fliege – vielleicht war es eine Flucht, vielleicht auch nur die Gelegenheit, einer Sache nachzugehen, ohne ständig über die Schulter blicken zu müssen, um sich zu vergewissern, dass er nicht verfolgt wurde.

13

Um unentdeckt zu bleiben, dachte er sich eine Route aus, die, wie er hoffte, jeder nachvollziehbaren Logik widersprach. *Vor allem der Logik eines Mörders.* Jedenfalls würde niemand, der noch ganz bei Trost war, einen so umständlichen Weg für sein Reiseziel wählen. Ihm war klar, dass sich zwei Mörder lebhaft für seine Pläne interessierten. Einen kannte er bereits. Einen würde er noch kennenlernen. Doch beide musste er abschütteln, um die Motive für das drohende Verbrechen zu ergründen, *eine Möglichkeit zu finden, wie es sich vereiteln ließ,* und dem Gegner immer einen Schritt voraus zu sein. Dabei war ihm klar, dass jedes seiner Manöver dem sprichwörtlichen Gang auf des Messers Schneide glich. Einem der beiden Mörder würde die Frage unter den Nägeln brennen, ob er bei der Identifizierung des anderen Fortschritte machte. Dieser andere wiederum könnte sich provoziert fühlen, in Aktion zu treten, wenn er merkte, dass ihm Ricky auf die Schliche kam. Beide würden ihm, sobald sie erfuhren, dass er von der Bildfläche verschwunden war, gefährlich werden. Unterm Strich bedeutete dies vor allem: *Mir bleibt nicht viel Zeit.*

Erster Schritt, am frühen Morgen: ein Taxi zur 79th Street. Dort angekommen, ging er einmal um den Block, dann denselben Weg zurück, bevor er sich in die U-Bahn-Station begab. Mit einem Umstieg gelangte er zur PATH-Station und von dort aus mit dem Nahverkehrszug zum Flughafen Newark.

Zweiter Schritt: Flug nach Atlanta.

Dritter Schritt: Flug mit einem kleinen Jet nach New Orleans. Holperig und unangenehm. Er fühlte sich den ganzen Flug hindurch unbehaglich und nervös.

Ein Mietauto. *»Für wie lange brauchen Sie das Fahrzeug?«*

Er überlegte: *Wie lange braucht man, um einen Mörder zu finden?* Er fuhr drei Stunden – an Pensacola und Fort Walton Beach im Nordwestzipfel von Florida vorbei, dann in etwas nördlicherer Richtung durch Pinienwälder und offene Wiesen. Er sah Baumwollanbau, hier und da Viehzucht, die ordentlichen grünen Reihen von Erdnussplantagen. Von Zeit zu Zeit tauchte auf seiner Route eins dieser modernen Getreidesilos auf, weitaus öfter jedoch eine verwitterte Scheune in einem versteckten Winkel einer weitläufigen, auf sanft gewelltem Gelände liegenden Farm. In den ausladenden, Schatten spendenden Bäumen mit knorrigen Ästen vermutete er Magnolien kurz vor der Blüte. Er kam an mehr als einer weiß gestrichenen Baptistenkirche aus Holzständerwerk vorbei. Sie waren dicht an die Straße gebaut und warben mit einem Willkommensschild am Eingang und einer religiösen Ermahnung, ohne sich mit Interpunktion aufzuhalten: *Jesus kommt BALD bist DU Bereit IHN willkommen zu heißen?* Er fühlte sich wie in eine andere Welt versetzt. Nach New York kam er sich hier vor wie ein Alien, den es vom Mars auf einen fremden Planeten verschlagen hatte. Kaum vorstellbar, dass die Gegend, durch die er fuhr, zum selben Land gehörte, aus dem er kam.

Am *Friendly Shores Motor Inn* bog er auf den Parkplatz ab und nahm sich ein billiges Zimmer, das mit kostenlosem HBO-Fernsehprogramm und *Wifi* warb. Barzahlung im Voraus. Hundertachtzig Dollar für drei Nächte. Der Mann am Tresen – den riesige Elvis-Koteletten und eine gewellte dunkle Mähne zierten – war beim Empfang des Geldes und Aushändigen eines Zimmerschlüssels überschwänglich höflich. Dabei ließ er sich in touristischer Vermarktungsstrategie darüber aus, wie ideal doch das ländliche Alabama sei, um dem Stress und der Hetze des modernen Lebens zu entfliehen. Dies, so vermutete Ricky, sollte dem Namen des Motels Rechnung tragen. Die nächstgelegene Küste jedoch war eine gute Autostunde entfernt am Golf von Mexiko. Ricky rechnete fast damit, dass der Angestellte, sozusagen auf Kosten des Hauses, einen Elvis-Song anstimmte. *Hound Dog* oder *Heartbreak Hotel.* Als Ricky den Tresen verließ, um sich zu seinem Zimmer zu begeben, musterte ihn Elvis von oben bis unten und fragte ihn, ob er vielleicht ein bisschen einsam sei und sich über ein bisschen Damenbesuch freuen würde. Rickys abschlä-

gige Antwort schien ihn nicht wenig zu erstaunen und zu enttäuschen.
»Sie sind nicht aus der Gegend, oder?«, fragte der Mann, als gehörten in der Gegend die Dienste einer Prostituierten und ein anschließender Besuch der spärlichen Sehenswürdigkeiten zum festen Programm.
»Nein.«
Der Angestellte nickte.
»Verstehe, Sir, dann sind Sie Handelsreisender?«
»Nein. Nicht im engeren Sinne.«
»Dann in einer anderen Branche?«
»Ja.«
»Sie klingen wie jemand aus der Großstadt.«
»Da liegen Sie richtig.«
»Ostküste, schätze ich mal.«
»Wieder richtig.«
»New York? Muss New York sein.«
»Früher einmal. Aber nicht mehr.«
Elvis schwieg, als warte er auf eine nähere Erklärung, die ihm Ricky jedoch schuldig blieb.
»Also, was führt dann einen Mann aus der Großstadt in unsere Gegend, wenn Sie uns nichts verkaufen wollen?«
»Recherchen. Eine Geschichte.«
»Dann sind Sie Reporter?« Der Mann verdrehte die Augen und sah misstrauisch drein. Ricky war sich bewusst, dass er nicht nach einem Journalisten aussah, auch wenn er keine klare Vorstellung von den Erkennungsmerkmalen eines Journalisten hatte.
»Ja, so was Ähnliches«, erwiderte Ricky. Er wusste nicht, wie viel er preisgeben wollte.
Der Angestellte schien sein Zögern richtig zu deuten und hakte nach: »Also, hinter was für einer Story sind Sie denn her, wenn ich fragen darf? Eigentlich passiert in dieser Gegend nicht allzu viel, was einen smarten Reporter von der Ostküste hierhertreiben könnte. In der Gegend hier schieben wir eine ruhige Kugel und bleiben mehr oder weniger unter uns. Gehen montags zur Arbeit, treffen uns samstags vor

dem Spiel des Tages mit den Nachbarn zum Grill. Sonntags in die Kirche, wo uns ein gottesfürchtiger Prediger die Hölle heißmacht, wenn wir nicht auf dem Pfad der Tugend bleiben, und am nächsten Morgen dann das Ganze wieder von vorne, Woche für Woche.« Der Hotelangestellte wirkte zu gleichen Teilen irritierend, neugierig und gab eine schillernde Figur ab. Da Ricky schließlich irgendwo anfangen musste, war er vielleicht bei Elvis gerade richtig.

»Und wenn nun samstags mal kein Spiel läuft, was dann?«, fragte er, bemüht, die Freundlichkeit mit gleicher Münze aufzuwiegen.

»Na ja, Sir, dann reden wir entweder über die Spiele davor oder die Spiele in den nächsten Wochen. Aber wie ein Sportreporter sehen Sie mir eigentlich nicht aus.«

»Nein«, räumte Ricky ein. »Ich bin wegen eines Mordfalls hier, der noch nicht allzu lange zurückliegt. Ein junges Mädchen. Babysitter bei einem örtlichen Drugstore-Mitarbeiter. Hat es an dem Abend nicht mehr nach Hause geschafft. Leiche im Sumpf. Aber der Mann, den sie dafür festgenommen haben, wurde bei seinem Prozess freigesprochen ...«

Der Angestellte hielt die Hand hoch. Er war klein und korpulent, mit Zwei-Tage-Stoppeln am Kinn zwischen den übertriebenen Koteletten, mit Wurstfingern und markantem Südstaaten-Akzent. Auf Ricky machte er ganz den Eindruck eines Mannes, der sagt: *bin hier geboren, wohne hier, möchte nirgendwo anders leben,* und der stolz darauf ist.

»Oha, Sir. Dieser Fall, Jimmy Conway und die kleine Julia. Wenn Sie deswegen kommen, stochern Sie in ein Hornissennest, Sir.«

»Wieso das?«, fragte Ricky.

»Weil die Leute hier nicht so leicht vergessen, was da passiert ist.«

»Sie meinen, der Fall hat bei den Leuten hier Spuren hinterlassen?«

»Ja. Können Sie laut sagen.« Elvis schüttelte den Kopf. »So was hat es in der Gegend nie zuvor und nie danach gegeben. Das heißt, danach war hier nichts mehr so wie davor. Sind noch seltsame Sachen passiert.« Der Mann wechselte unruhig die Stellung, als würde ihm bei der Erinnerung der Stuhl, auf dem er saß, zu heiß. »Manchmal«, setzte er noch einmal an. Dank seinem Südstaaten-Akzent zog er

jedes Wort gemächlich in die Länge, doch Ricky kam es so vor, als ob, was er sagte, von den vier Wänden widerhalle: »Gibt Verbrechen, die finden einfach kein Ende. Als ginge es einfach immer weiter. Eigentlich sollten sie irgendwann Geschichte sein, wissen Sie. Aber stattdessen werden sie immer weiter am Leben gehalten, selbst wenn die ursprünglichen Leute längst tot und unter der Erde sind, was sie aber ja nicht wirklich sind, weil das, was sie mal waren und was sie mal getan haben, allen frisch im Gedächtnis bleibt. Ist in der Großstadt, also in New York oder wo Sie herstammen, vielleicht ganz was anderes, ich meine, da sind Sie an Mord und solche Sachen gewöhnt, aber hier bei uns ... da herrscht von da an der Ausnahmezustand«, erklärte er mit einem scheuen Lächeln. »Eins müssen Sie nämlich wissen, das ist wichtig, wenn Sie verstehen wollen, wie das hier läuft: Wir lieben die Geister unserer Toten.«
Und dabei beließ er es. Als habe Ricky mit einer Bemerkung die beiden Zapfhähne der Neugier und der unerschütterlichen Südstaatler-Höflichkeit plötzlich zugedreht, wandte sich Elvis einfach ab.

Jack the Paddington Ripper hatte als Erstes gefragt: *Wer sind Sie?* Hier in der kleinen Stadt, in der Jack vielleicht zu dem Mann geworden war, mit dem er es jetzt zu tun hatte, fiel es Ricky schwer zu sagen, wer er war oder sein sollte.
Als er fünf Jahre zuvor, um sein Leben zu retten, zu den drei Menschen, denen er jetzt zu helfen versuchte, Nachforschungen anstellte, hatte er sich eine vollkommen neue Identität geschaffen – die von *Richard Lively*. Doch der falsche Führerschein, die gestohlene Sozialversicherungskarte, das Bankkonto, die Kreditkarten, der berufliche Werdegang und die kompromisslose Haltung dieses *Alter Ego* hatte er zusammen mit seinem .357 Magnum-Revolver in einer Schreibtischschublade in Miami zurückgelassen. Jetzt hatte er nicht die Zeit, diese Figur, die ihm damals so wertvolle Dienste geleistet hatte, wiederzuerwecken, geschweige denn, aus dem Stegreif eine neue zu erfinden. An Dr. Frederick Starks führte somit kein Weg vorbei. Natürlich hätte er, was seine Identität betraf, lügen können, doch der Schuss konnte allzu leicht nach hinten losgehen. Ihm war also klar,

dass er in diesem Fall nicht in die Haut eines anderen schlüpfen konnte. *Keine fiktive Person.* Nun würde aber ein Seelenklempner aus einem anderen Bundesstaat, der Fragen zu einem berühmten lokalen Mordfall stellte, nicht nur die Neugier des Hotelangestellten wecken. Demnach musste er sich wenigstens eine plausible Erklärung dafür ausdenken, was er hier zu suchen hatte.

Wer könnte noch als Fremder hier auf der Bildfläche erscheinen und Fragen stellen? Und Antworten bekommen?

Ricky ging die Möglichkeiten durch. Er trat ans Fenster seines Motelzimmers, zog die Gardinen zurück und ließ den Blick über den Parkplatz und die Umgebung schweifen. Auf der anderen Straßenseite befanden sich zwei niedrige Gebäude, eins davon ein Restaurant, das andere ein Laden für landwirtschaftliche Geräte. Wenn er sich ein Stück zur Seite drehte, bekam er die Leuchtreklame des Motels ins Blickfeld: *kostenloses HBO-TV und Wifi.*

Ihm kam eine Idee. Was einmal unter anderen Gegebenheiten vor fünf Jahren funktioniert hatte, könnte auch in diesem Fall klappen. Er wandte sich vom Fenster ab und entdeckte auf einer Wandablage ein altmodisches Telefonbuch. Er blätterte es rasch durch und fand, was er brauchte: einen Copy-Shop, der bis spätabends geöffnet hatte. Er schnappte sich die Schlüssel zu seinem Leihwagen und eilte aus der Tür.

»Ich wollte gerade schließen«, sagte die junge Frau hinter der Theke. Sonst war niemand im Laden, und sie gab sich keine Mühe, ihre Frustration zu verbergen, als Ricky zur Tür hereinkam.

»Das dauert nicht lange«, versuchte Ricky, sie augenblicklich zu beschwichtigen.

»Sagen sie alle«, antwortete sie.

»Ich muss Sie wirklich um einen Gefallen bitten.«

Sie schüttelte den Kopf, sagte jedoch: »Ich weiß nicht. Es ist Ladenschluss. Für Überstunden werde ich nicht bezahlt.«

Ricky holte seine Brieftasche heraus und blätterte fünf Zwanzig-Dollar-Scheine hin. »Das entschädigt Sie für die Überstunden, oder? Das hier ist echt dringend«, sagte er. »Helfen Sie mir aus einer Verlegenheit, und ich zahle Ihnen, was Sie für die Extrazeit haben wollen, selbstverständlich nebenbei.«

Die junge Frau trug Gothic-Schwarz. Sie hatte ein Nasenpiercing, an einem Ohr hingen mindestens sechs Ringe, das andere zierte ein einziges rundes Loch. Passend dazu war ihr AC/DC-T-Shirt an strategischen Stellen zerrissen und ihr Haar teils violett, teils rabenschwarz gefärbt. In einer Kleinstadt in Alabama, konnte Ricky nur vermuten, gab es sicher nicht viele junge Leute, die ihre Rebellion auf diese Weise zum Ausdruck brachten. Um *anders* zu sein, trugen manche junge Leute eine Uniform, fast so leicht zuzuordnen wie die eines Soldaten oder eines Polizisten. *Die Kunst, dazuzugehören und sich gleichzeitig abzugrenzen,* dachte er.

»Al-so«, sagte die junge Frau gedehnt. »Was genau brauchen Sie denn, Mister?«

»Wirklich nichts besonders Kompliziertes.«

»Das ist schon mal gut.«

»Folgendes Problem: Ich habe meine blöden Visitenkarten zu Hause auf meinem Schreibtisch liegen gelassen«, erklärte Ricky. Nicht weit hergeholt. »Und ich habe mehrere Interviews verabredet, bei denen ich den Leuten etwas in die Hand drücken muss, damit sie mich hinterher erreichen können, alles andere wäre unprofessionell. Deshalb muss ich mir umgehend zehn, zwanzig Visitenkarten machen lassen. Nichts Aufwendiges. Einfach nur ganz gewöhnliche Karten ohne irgendwelchen Schnickschnack.« Er wusste, dass er sich wiederholte, doch er wollte der jungen Frau klarmachen, wie einfach es war, sich diese hundert Dollar zu verdienen. »Ich weiß, dass Ihr Computer die hinbekommt.«

Sie nickte. »Normalerweise machen wir bei Visitenkarten zuerst das Design, und die Leute holen sie nach vierundzwanzig Stunden bei uns ab, in einer Stückzahl von einhundert aufwärts.«

Ricky tippte mit dem Finger neben den Geldscheinen auf das Glas der Theke.

»Wenn es nicht kompliziert ist«, sagte sie.

Er nahm sich ein Blatt Konzeptpapier und einen Stift von einem Ständer. Er zeichnete ein Rechteck in die Mitte, füllte es mit den nötigen Informationen aus und schob es der jungen Frau hin. Dabei fiel sein Blick auf ihren Handrücken, mit einem eintätowierten schwarzen Herzen und einem roten Pfeil sowie dem Namen *Steve*.

Ricky zeigte darauf. »Ihr Freund? Ihr Mann?«

»Sweetheart«, sagte sie mit einem zarten, traurigen Lächeln. »Dachte, es wäre was fürs Leben. Er hat genau dasselbe. Aber als er nach der Schule keinen Job bekam, hat er sich die Haare kurz geschoren und ist zur Army gegangen. Jetzt lernt er plötzlich, Hubschrauber zu fliegen, und hört nicht mehr Black Sabbath. Jetzt steht er nur noch auf Country und Western, *Stand by your man, I love my country's flag* und so 'n Scheiß. Ich muss mir das Tattoo ändern lassen, aber ich dachte mir, das hat Zeit, bis mir der nächste halbwegs ernsthafte Typ über den Weg läuft. Könnte ja immerhin sein, dass der auch Steve heißt, was die Sache um einiges leichter machen würde.«

Sie lachte, und Ricky fiel ein.

»Sehr pragmatisch gedacht«, sagte er.

Sie witzelte weiter. »Sie heißen nicht zufällig Steve, oder?«

»Schön wär's. Aber leider nein«, antwortete er.

Über den kleinen Flirt mussten sie beide grinsen.

»Okay«, sagte die junge Frau und nahm das Papier.

Sie sah sich an, was er mit der Hand in das Rechteck geschrieben hatte. »Das ist aber ein cooler Job«, kommentierte sie.

Er nickte. »Können Sie laut sagen. Selbst für einen alten Knaben wie mich.«

Sie zuckte die Achseln. »So alt kommen Sie mir gar nicht vor.«

»Riders on the storm«, sagte er im Singsangton. *»Into this house we're born. Into this world we're thrown …«* Er sah, wie sich ihr Gesicht zu einem strahlenden Grinsen verzog. »Nicht Black Sabbath, aber vielleicht die Jungs, ohne die es Ihre Musik heute nicht gäbe …«

»The Doors erkenne ich wieder«, sagte sie. »Ist zwar uralter Rock, aber auf den Underground-Radiosendern spielen sie den Song immer noch. Meistens vor Tornado-Warnungen im Wetterbericht. Aber das ist wirklich Musik von vorgestern. Ich meine, The Doors waren schon lange tot, bevor ich geboren wurde. Trotzdem richtig cool, nur dass man, wenn sie diesen Song bringen, immer weiß, dass es schlechtes Wetter gibt. Was führt Sie aus der Großstadt hierher in dieses gottverlassene Kaff?«

»Ein Mordfall, der ein paar Jahre zurückliegt.«

Sie nickte. »Das kann nur Jimmy sein«, erwiderte sie. »Stimmt's?«

In diesem Fall nickte er zur Bestätigung.

»Riders on the Storm«, wiederholte sie.

Er sah ihr dabei zu, wie sie seine falsche Visitenkarte zu einem Tisch mit einem großen Computerbildschirm nahm. »Stimmt«, sagte sie. »Das dauert nur ein paar Minuten. Das haben wir gleich.«

14

Die Bibliothekarin blickte über den Rand ihrer Lesebrille und kniff ein wenig die Augen zusammen, als seien die Worte auf Rickys Karte etwas verschwommen:

Dr. med. F. Starks
Co-Produzent
Paddington Films

Darunter stand Virgils Privatadresse in New York und die Telefonnummer des Einweg-Handys, das ihm Jack the Paddington Ripper zugesandt hatte. Intuitiv fand er, es könne ihm in den kommenden Tagen nützlich sein. Und es hatte seinen Reiz, in die Rolle eines »Produzenten« zu schlüpfen. Vor fünf Jahren hatte der Trick funktioniert und die Schauspielerin Virgil in die Enge getrieben.

Dieselbe Masche, nur vor anderem Publikum, dachte er.

»Dokumentarfilm?«, fragte sie. »Haben Sie vor, einen Dokumentarfilm zu drehen?« Die Bibliothekarin, im mittleren Alter, leicht übergewichtig, still und unaufdringlich, führte sich auf, als seien sämtliche Informationen, die sich im Gemäuer ihres kleinen Reichs befanden, ihr persönliches Eigentum, das sie, war es erst einmal dort zusammengetragen, nur widerstrebend mit anderen teilte. Ricky fragte sich, was aus der sprichwörtlichen Gastfreundschaft des Südens geworden war.

»Ja, Ma'am«, griff er eine dieser regionalen Höflichkeitsfloskeln auf, ohne seine Vertrautheit mit den Sitten des Südens allzu offensichtlich zu verraten.

»Fürs Kino?«

»Wohl eher fürs Fernsehen«, erwiderte er und schickte einen Wortschwall mit Produzenten-Jargon hinterher: »Reality-TV, wissen Sie; wir machen Formate, bei denen wir das Verbrechen rekonstruieren.

Meistens gewinnen wir für die nachgestellten Szenen Laiendarsteller vor Ort. Eine Menge Weichzeichner-Aufnahmen vom Tatort mit Obersicht-Filmmaterial aus der Gegend.« Dabei unterstrich er seine Worte, indem er mit den Fingern einen Rahmen formte. »Dann heuern wir einen ehrgeizigen Drehbuchautor an, der uns die Überleitungen zwischen den Filmsequenzen und den Interviews mit Polizei, Staatsanwälten, Verteidigern und anderen, die mit dem Fall zu tun hatten, schreibt. Diese Leute nennen wir *Talking Heads*. Für das dramatische Voiceover bekommen wir meist mühelos gegen eine bescheidene Gage einen halbwegs bekannten Schauspieler, und schon haben wir unsere Sendung im Kasten. Haben Sie bestimmt schon gesehen.«

»Sicher«, bestätigte sie. »Allerdings eher selten. Ich bin mehr für Comedy-Serien wie *Seinfeld*, auch wenn ich mich oft frage, was sich die Leute in diesen Serien dabei denken. Mein Mann dagegen steht auf echte Kriminalfälle«, fügte sie, um einiges freundlicher, hinzu. »Er ist Oberfeuerwehrmann. Kommen Sie mit.« Sie sprang auf und verschwand zwischen den Bücherregalen.

Ein unschuldiges Mädchen wurde getötet.

Der Mann, der sie umgebracht hatte, kam ungeschoren davon. Hatte sie einen älteren Bruder? Einen Vater? Einen wütenden Onkel oder einen triebhaften Cousin? Welcher Person in ihrem unmittelbaren Umfeld wäre es zuzutrauen, das, was sich in einem Gerichtssaal abgespielt hatte, mit seinen eigenen krankhaften Neigungen zu vermengen und Jack zu werden?

Solche Personen wären, daran hegte Ricky keinen Zweifel, die richtige Ausgangsbasis für seine Nachforschungen. Allerdings würde er sich davor hüten, in die Falle des *Offensichtlichen* zu tappen.

Er versuchte, sich in die verquere Denkweise von Jack the Paddington Ripper hineinzuversetzen. Daran, dass der Übeltäter noch frei herumlief, konnten viele Personen schuld sein. Doch wer am meisten?

Ricky trottete hinter der Bibliothekarin her, die ihn zwischen den langen Reihen der Bücherregale zu einem Raum an der Rückseite mit sechs Computerplätzen führte. »Ich denke, ich mache Ihnen erst mal die Archive der örtlichen Zeitungen zugänglich«, sagte sie. »Die meisten wichtigen Namen bei Ihrem Fall standen damals in der Zeitung. Es wurde sehr ausführlich darüber berichtet. Wir haben es in unserer Gegend nicht oft mit Mord zu tun, und wenn doch, sind es meist Fälle von häuslicher Gewalt. Sie wissen schon, zu viel Bier oder Roggen-Whiskey und ein Streit, *wieso kannst du nie pünktlich nach Hause kommen* oder so was in der Art, ein Streit, der in Handgreiflichkeiten ausartet, eine Ohrfeige, ein Faustschlag und dann eine Handfeuerwaffe, die zufällig herumliegt ...«

»Ja, hört man immer wieder«, pflichtete Ricky ihr bei.

Er dachte an den Richter und die Jury. So leicht, wie sie selbst zur Zielscheibe werden konnten, so bestand auch die umgekehrte Möglichkeit:

Hatte vielleicht einer von ihnen eine Obsession wegen des Freispruchs entwickelt und sich einfach nicht damit abfinden können, dass ein in seinen Augen eindeutig schuldiger Mann auf freien Fuß gesetzt wird? Hatte sich derjenige vielleicht berufen gefühlt, das Recht in die eigene Hand zu nehmen? War es möglich, dass der erstinstanzliche Richter das letztliche Urteil mit seinem Spruch beeinflusst hatte? Und falls ja, hatte er es später vielleicht bereut? Quälten ihn später Schuldgefühle, nachdem ein Mörder ungestraft davongekommen war? Und was war mit den Leuten bei der Polizei, die für eine wackelige Beweislage verantwortlich waren? War vielleicht einer darunter, der sich in besonderer Weise dazu berufen fühlte, ein bisschen Selbstjustiz zu üben?

Wer von ihnen war vielleicht ein Mörder?

Ricky schwirrte der Kopf. Er fühlte sich wie an Deck eines Schiffs, das auf den Wellen schaukelt. Die Bibliothekarin deutete auf einen Platz, und er war dankbar, sich setzen zu können. Sie beugte sich über seine Schulter und drückte ein paar Computertasten.

»Hier. Geben Sie mir Bescheid, wenn Sie noch etwas anderes brauchen.«

»Ich werde mir den Tatort ansehen müssen ...«

»Sie meinen, die Stelle, wo sie Julias Leiche gefunden haben. Wo genau sie ermordet wurde, haben sie nie herausgefunden.«

»Ja, richtig. Tut mir leid.«

»Ich kann Ihnen von der Landkarte der Gegend eine Kopie anfertigen. Ist nicht allzu weit von hier. In der Nähe eines Zeltplatzes, Sie parken, gehen ungefähr eine Meile zu Fuß, und schon sind Sie da.«

»Da, wo die Boyscouts damals gezeltet haben?«

»Genau. Auch wenn die ein bisschen weiter vom Wasser weg waren. Die Jungen wandern gerne.«

»Diese Karte wäre toll.«

»Das gehörte ja zu den Ungereimtheiten beim Prozess«, fügte sie hinzu.

»Inwiefern?«

Die Bibliothekarin schien sich zunehmend für ihn zu erwärmen. »Na ja, die Leiche des armen Mädchens steckte unter einem eingesunkenen Ast, etwa fünfzehn Meter vom Ufer entfernt. Es gibt keine Strömung oder sonst irgendwas, das sie so weit hätte rausspülen können, also hat sie der Mörder entweder mit einem Boot da rausgefahren, oder er ist mit der Leiche bis dahin geschwommen. Im Dunkeln. Überall Schlangen und Alligatoren. Zurück am Ufer, hätte er von sumpfigem Wasser getrieft und Blätter und Schlick oder sonst was an den Schuhen und im Fußraum seines Wagens gehabt. Aber weder an Jimmys Kleidung noch in seinem Fahrzeug haben sie so etwas gefunden, und dieser Staranwalt aus New York hat einen riesigen Wirbel darum gemacht.«

Jimmy war der Drugstore-Typ. *Der Staranwalt aus New York* war Merlin. *Und die Polizisten haben das Offensichtliche übersehen: Jimmy war splitternackt, als er mit der Leiche dort rausgeschwommen ist.*

»Das ist eine gute Beobachtung, Ma'am«, sagte Ricky. Vielleicht sah die Bibliothekarin doch mehr Krimis im Fernsehen, als sie zugab. »Sie scheinen eine Menge über den Fall zu wissen.«

»So wie alle anderen hier auch. Jedes Wort in der Zeitung gelesen. Gab tagelang kein anderes Thema mehr. Als ich mal nachmittags freihatte, bin ich zum Gericht gegangen, aber es gab keine Sitzplätze mehr. Ich war zu spät dran, und die Leute standen schon Schlange.« Sie zeigte auf den Computer.

»Ich mache Ihnen die Kopie von der Landkarte. Und Sie lesen unterdessen all die Artikel«, sagte sie, »bis zum Ende.« Ein Wink mit dem

Zaunpfahl. Ein vielsagendes Nicken. Ricky begriff, dass sie ihn auf etwas Wichtiges hinweisen wollte, doch sie drehte sich um und ging, ohne dass der Groschen bei ihm gefallen wäre. Er wandte sich dem Computer zu. Die Schlagzeile in der örtlichen Tageszeitung *Register-Eagle,* die er vor sich auf dem Bildschirm hatte, lautete: *Nach sechzehntägiger Suche Mädchenleiche im Sumpf gefunden.*

Bei der Lektüre hatte er das Gefühl, in denselben Sumpf zu waten.

Sie fanden die Leiche. Julia. Das brachte alles ins Rollen.

Ein Mann kommt auf freien Fuß. Jimmy. Doch damit ist die Geschichte noch nicht zu Ende.

Etwas Ähnliches konnte man auch über die Ereignisse sagen, die ihm vor fünf Jahren widerfahren waren.

Ricky beugte sich zum Bildschirm vor. Er hatte einen Schreibblock und einen Stift bereit, um sich Notizen zu machen und Namen aufzuschreiben. Er sah sich den ersten von vielen Artikeln auf dem Bildschirm an.

Dabei kam ihm der Gedanke: Die Psychoanalyse lehrt uns, dass jedes Geschehen Kräuselwellen – einen Ripple-Effekt – verursacht, und zwar noch auf Jahre. Genau danach muss ich hier suchen.

Er las jeden Artikel der Zeitung. Bei der letzten Überschrift blieb ihm die Luft weg, als hätte ihn jemand an der Gurgel gepackt:

»Im Mädchenmord-Prozess freigesprochener Drugstore-Mitarbeiter bei Autounfall tödlich verunglückt.«

Ricky machte sich mit den spärlichen Einzelheiten vertraut: spätnachts bei einem Unwetter unterwegs. Aquaplaning auf der Straße. Scharfe Kurve. Abgefahrene Reifen. Eine Menge Alkohol. Alte Eiche und steile Böschung. Kein Sitzgurt.

Betrunken. Kontrolle über das Fahrzeug verloren. Gegen Baum gefahren. Vom Aufprall herausgeschleudert.

Vielleicht nicht sofort tot – der Artikel schien darauf hinzudeuten –, aber schon bald. Schwere Aufprallverletzungen. Die Rettungskräfte versuchten einige Minuten lang, ihn wiederzubeleben, bevor sie ihn noch am Unfallort für tot erklärten.

Ricky versuchte, sich die Situation vor Augen zu führen.

Allein. Unfall ohne die Beteiligung eines anderen Fahrzeugs.

Keine Zeugen.

Er legte eine Pause ein und las jedes Wort noch einmal. Und bekam ein seltsames Gefühl.

Ein Gedanke setzte sich bei ihm fest: *Die Rettungskräfte versuchten, Erste Hilfe zu leisten ... vielleicht aber auch nicht. Vielleicht saßen sie ja, als sie erkannten, wer dort am Straßenrand lag, mit ein, zwei Polizisten einfach nur herum. Bei einer Zigarette. Erzählten sich Witze. Warteten ab, bis er starb.*

Er ging den Bericht ein drittes und letztes Mal durch und wippte dabei unwillkürlich auf seinem Bibliotheksstuhl vor und zurück, während ihm die Frage durch den Kopf ging: *Wer ist wohl bei seiner Beerdigung gewesen?* Viele Tränen werden über seinem Sarg wohl nicht geflossen sein. Ein Wort kam ihm wieder in den Sinn: *Hornissennest.* Er reckte sich vor. Und noch etwas wurde ihm bewusst:

Es ging von Anfang an um ein Verbrechen, auf das die Todesstrafe stand.

Und das bis auf den heutigen Tag.

15

Das Bestattungsinstitut Willoughby – *»seit fünfundzwanzig Jahren in Familienbesitz: ›Wir sind für Sie da, wenn Sie uns brauchen‹«* – in der Nähe des Highways am Rande einer kleinen Einkaufs-Mall, nicht weit vom Zentrum. Der Eingang lag im Schatten eines Magnolienbaums. Drinnen sorgte eine Klimaanlage für Kühlschranktemperaturen. Im Hintergrund ertönte aus dezent verkleideten Lautsprechern an der Decke leise, feierliche Musik. Eine Frau – noch fast ein Teenager, doch ihrer Jugend zum Trotz in marineblauem Straßenkostüm und strahlend weißer, geknöpfter Bluse – saß hinter einem breiten Empfangstresen aus dunklem Holz, als Ricky durch die Glastür hereintrat. Ihr Lächeln war geschult, die richtige Mischung aus Willkommensgruß und Beileid gegenüber einem Menschen, der in Trauer war. Oder auch nicht. Ihre Aufgabe glich der einer Sanitäterin auf einem Schlachtfeld: blitzschnell eine Einschätzung vornehmen und Maßnahmen ergreifen.

»Guten Morgen, Sir«, sagte sie. »Wie kann ich Ihnen helfen?«

Ricky ließ seine falsche Filmproduzenten-Visitenkarte stecken und log aus dem Stegreif: »Ein alter Freund von mir, nein, wohl eher Bekannter aus der Studienzeit, ist kürzlich verstorben«, sagte er stotternd und gab sich dabei betont ahnungslos. »Ich hab nur zufällig davon gehört. Nun bin ich gerade auf der Durchreise in der Stadt. Ich vermute, Sie haben die Beerdigung übernommen. Irgendwie kann mir niemand Näheres über seinen Tod sagen, und ich hatte gehofft, dass Sie mir vielleicht weiterhelfen können. Ich würde seiner Familie gerne einen Besuch abstatten. Hab meinen alten Kumpel seit vielen Jahren, seit einer Ewigkeit nicht mehr gesehen und, ehrlich gesagt, überhaupt keinen Kontakt mit ihm aufrechterhalten, aber ich wollte wenigstens meiner Christenpflicht nachkommen. Vielleicht Blumen auf sein Grab legen und ein Gebet sprechen.« Um seine edlen Absichten zu unterstreichen, legte er die Fingerspitzen über dem Herzen an die Brust.

Die junge Frau nickte. Sicher war sie mit derlei Frömmigkeit von Berufs wegen vertraut und ging auch bei ihm davon aus, dass sie echt war.
»Selbstverständlich, Sir. Man will ja das Richtige tun. Und wie lautet der Name des Verblichenen?«
»Jimmy Conway«, erwiderte Ricky im selben aalglatten Ton, wie ihn der Teufel wahrscheinlich an den Tag legt, wenn er mit einer auf Abwege geratenen Seele seinen Pakt schließt.
Die junge Frau schnappte hörbar nach Luft. Mit dem Namen hatte sie nicht gerechnet, und die Wirkung war wie eine Ohrfeige ins Gesicht. Ricky entging nicht, wie sie ein wenig rot wurde, sich jedoch augenblicklich wieder fasste. Wer in einem Bestattungsinstitut arbeitet, lernt, seine Gefühlsregungen zu beherrschen. In den meisten Situationen, egal, wie peinlich, hilft ein professioneller Ausdruck gespielter Anteilnahme.
»Ja. Mr Conway. Wirklich tragisch.« *Glatte Lüge,* dachte Ricky. *Aber nicht dicker aufgetragen als meine.* »Ich denke, über diesen Sterbefall sprechen Sie am besten mit Mr Willoughby persönlich«, sagte sie und griff hastig nach dem Haustelefon. »Vielleicht kann er Ihnen weiterhelfen.«

Uriah Heep, war Rickys spontaner Gedanke, als ihm Mr Willoughby einen Platz auf der anderen Seite seines Schreibtischs anbot. *Charles Dickens wäre stolz gewesen.* Der Leiter des Bestattungsinstituts war hochgewachsen, mit Trichterbrust, bis auf einen Kranz Silberhaar, das er sich hinter die Ohren gestrichen hatte, mit Glatze. Zum schwarzen Anzug, schlichten weißen Hemd und der schwarzen Krawatte trug er eine schwarz gerahmte Brille. Seine schwarzen Schuhe waren auf Hochglanz poliert. Seine langen, beinahe femininen Finger eigneten sich bestens dazu, in gespielter Bestürzung die Hände zu ringen.
»Mr Conway ist unter höchst ungewöhnlichen Umständen verschieden«, sagte er, während er sich setzte. »Mr …«
»Frederick, bitte«, sagte Ricky. Es kann von Vorteil sein, einen Vornamen zu haben, den man auch als Familiennamen verstehen kann.

»Höchst ungewöhnlich, Mr Frederick«, wiederholte der Leiter. Ricky korrigierte ihn nicht.

»Wie das?«

»Er war hier in der Gegend, ähm, nicht sonderlich beliebt.«

»Wieso nicht?«, erkundigte sich Ricky nach etwas, das er längst wusste.

»Nun ja, er war in einen hiesigen Mordfall verwickelt, der die Leute hier furchtbar mitgenommen hat.«

»Mein Gott«, gab sich Ricky schockiert. »Das klingt überhaupt nicht nach dem Kommilitonen, den ich beim Pharmazie-Studium in der Bibelstunde kennengelernt habe. Verwickelt? Inwiefern?«

»Angeklagt, vor Gericht gekommen, freigesprochen«, verkündete der Bestatter. »Das Opfer war eine junge Frau. Eine tragische Sache. Wie's aussieht, stand die Anklage der Staatsanwaltschaft auf wackligen Füßen.«

»Mein Gott«, wiederholte Ricky, um seine Bestürzung zu unterstreichen. »Ich hatte nicht die leiseste Ahnung. Das ist ja furchtbar. Aber Sie sagen, er war es nicht?«

»Nun ja«, erwiderte der Bestatter mit Bedacht, »*nicht schuldig* gesprochen zu werden ist nicht dasselbe, wie *unschuldig* zu sein, wenn ich so sagen darf.«

»Ja, natürlich«, pflichtete Ricky bei und bemühte sich um einen gewichtigen Ton. »Aber was ist dann mit Jimmy passiert?«

»Na ja, man könnte sagen, nach seinem Freispruch ist er in alle möglichen neuen Schwierigkeiten hineingestolpert. Die Leute redeten nicht mit ihm. Er verlor seinen Job bei einer Drugstorefiliale. Nicht weiter verwunderlich. Er fing an zu trinken. Auch das kam nicht überraschend. Wenn er erst einmal einen über den Durst getrunken hatte, brüstete er sich oft damit, dass ihn keiner mehr rankriegen könne, aber hakte dann jemand nach und fragte ihn, was er damit meine, lächelte er nur, murmelte vielleicht etwas von Doppelbestrafung und hielt ansonsten die Klappe. Das ging monatelang so, erst der Alkohol, dann das Maulaufreißen, als würde er sich in der Rolle des Bösewichts, der ungeschoren davongekommen ist, gefallen. Trieb die Detectives, die in dem Fall ermittelt hatten, in den

Wahnsinn. Die meisten hier vor Ort hätten gewettet, dass er es früher oder später leid ist, als Ausgestoßener herumzulaufen, und weiterzieht, in die Großstadt, vielleicht nach Mobile oder sogar nach New Orleans, um dort unterzutauchen und noch mal von vorne anzufangen, aber er dachte gar nicht daran. Und dass er einfach hierblieb, als wäre nichts geschehen, na ja, es gab eine Reihe von Leuten, die Anstoß daran nahmen. Viele Ortsansässige empfanden das wohl so, als wolle Jimmy sie mit seiner Anwesenheit verhöhnen.«

»Du meine Güte, ich hatte ja keine Ahnung ...«, brachte Ricky betroffen heraus, nachdem alles, was der Bestatter gesagt hatte, bestätigte, womit er gerechnet hatte.

»Trauriger Fall.«

»Ja. Aber dann ist er gestorben ...«

»Autounfall. Ich müsste lügen, wenn ich behaupten wollte, die Leute hier hätten um ihn getrauert.«

Ricky überlegte einen Moment, doch ihm fiel nichts ein, wie er das, was er wissen wollte, auf indirekte Weise fragen konnte, und so spuckte er es einfach aus. »Und ist es abgemacht, dass das ein Unfall war? Ich meine, so wie Sie die Situation beschreiben, hat sich hier mehr als einer gewünscht, dass Jimmy von dieser Erde verschwindet.«

»Ja, Sir. Das ist wohl wahr, das lässt sich nicht leugnen. Aber die hiesige Polizei hat ermittelt und bestätigt, dass es ein *Unfall* war, Punkt, Ende der Diskussion.«

Ricky nickte. »Und Sie meinen nicht, dass er sich das Leben genommen hat? Aus Schuldgefühl und so?«

»Nein, Sir«, entgegnete Mr Willoughby schroff. »Ganz sicher nicht.«

Sie schwiegen einen Moment.

»Die Beerdigung«, gab Ricky ein neues Stichwort. »Gut besucht?«

»Nein, Sir. Streng genommen gab es gar keine Trauerfeier, und die Beisetzung war, man könnte sagen, ungewöhnlich.«

»Inwiefern?«

»Es kam niemand, um die Freigabe seiner Leiche zu fordern, kein enger Angehöriger. Seine Eltern leben ein gutes Stück von hier entfernt und sind, soweit ich gehört habe, auch schon ziemlich betagt, aber er hatte einen Bruder in Atlanta, der einfach auflegte, als wir bei ihm anriefen, und nichts mit der ganzen Sache zu tun haben wollte. Dasselbe bei seiner geschiedenen Frau – inzwischen ist sie in den Norden zurückgezogen. Und keine Freunde, keine Nachbarn, keine Kollegen. Niemand fühlte sich zuständig. Das heißt, seine Beerdigung wäre zulasten des Steuerzahlers gegangen. Eine Menge Papierkram. Doch dann erhielten wir auf einmal einen anonymen Anruf – wir wissen bis heute nicht, mit wem wir es bei dem Mann zu tun haben –, jedenfalls erklärte sich derjenige bereit, die Kosten für eine einfache Einäscherung zu übernehmen, vorausgesetzt, wir erfüllten ihm eine ungewöhnliche Bitte. Normalerweise wäre so etwas unzulässig gewesen. Aber das waren, wie gesagt, außergewöhnliche Umstände. Und, na ja, die Behörden waren froh, dass sie die Rechnung nicht bezahlen mussten, und wuschen ihre Hände in Unschuld. Ich weiß noch, wie einer der Beamten meinem Assistenten sagte: ›Dieser verfluchte Jimmy Conway hat uns auch so schon mehr als genug gekostet.‹ Also ließen wir uns auf die Sache ein …«

»Was war das für eine Bitte?«

»Seine Asche sollte an einer bestimmten Örtlichkeit ausgestreut werden.«

»Und?«

»Na ja, nach der Einäscherung bin ich frühmorgens da rausgefahren, habe sie, so gut ich konnte, verstreut, und das war's.«

»Und sind Sie da auf irgendjemanden sonst gestoßen?«

»Nein, Sir. Ich war, soweit ich sehen konnte, mutterseelenallein.«

»Und wo war das?«

»Ich kann Ihnen eine Wegbeschreibung geben. Abseits der ausgetretenen Pfade, wie man so sagt, trotzdem nicht allzu schwer zu finden.«

»Und haben Sie eine Ahnung, wieso dieser Unbekannte sich diese Stelle ausgesucht hat?«, wollte Ricky wissen.

»Nein, Sir. Und ich habe mich auch vor Spekulationen gehütet. Keine Ahnung.« Der Bestatter war offensichtlich kein neugieriger Mensch.

»Und Sie haben auch keine Ahnung, wer als der Spender infrage kommt? Ich meine, Sie haben nicht einen Scheck oder eine Kreditkartennummer erhalten, die Sie zu jemandem zurückverfolgen konnten?«

»Nein, Sir. Wir bekamen einen Brief mit dem nötigen Bargeld per Post. Mit einem Stempel von hier. Keine Absenderadresse. Nur einen Zettel mit den Worten *für Jimmy, wie besprochen,* und ein Bündel neue Einhundert-Dollar-Noten. Keine Unterschrift.«

»Sein Bruder?«

»Nein, Sir.«

»Aber doch vielleicht die Ex oder ehemalige Kollegen von dem Drugstore?«

»Nein, Sir. Das habe ich nachgeprüft. Aber nein. Nach all den …«, er überlegte, »… nach all den Unannehmlichkeiten wollten sie wirklich nichts mehr mit Jimmy zu schaffen haben.«

»Aber vielleicht hat ja die Gemeinde seiner Kirche gedacht, dass dem Sünder ein bisschen Güte zusteht …«

»Nein, mit Sicherheit nicht. Seine Kirche war nämlich dieselbe, in der die kleine Julia im Chor gesungen hat. Die Leute haben Jimmy gehasst, verständlicherweise.«

»Vielleicht die Familie des Opfers …«, lenkte Ricky das Gespräch in die gewünschte Richtung.

»Oh nein, ich glaube kaum. Wieso sollten sie auch das geringste Interesse an einer würdigen Beisetzung von Jimmys sterblichen Überresten haben? Selbst wenn sie gläubige Christen gewesen wären und Vergebung geübt hätten – ich weiß nichts über sie, und da sie nicht mehr hier wohnen, kann man sie auch nicht fragen –, aber dass dieses Geld von denen kommt, halte ich für ausgeschlossen.« Dies erklärte er im Brustton der Überzeugung.

»Aber wer dann?«, fragte Ricky.

»Vielleicht irgendein alter Freund, so wie Sie, Sir, nur dass derjenige sozusagen das Licht der Öffentlichkeit scheut, da er natürlich mit diesem ungewöhnlichen Schritt, ähm, für einige Irritation gesorgt hat. Wir sind hier immer noch eine so kleine Stadt, dass man sich gut überlegt, ob man Gerede und böse Blicke von den Nachbarn auf sich ziehen möchte. Wenn Sie mich fragen, glaube ich daher, dass die Quelle des Geldes ein Geheimnis bleiben wird.«

Nein, wird es nicht, dachte Ricky. *Ich werde es lüften müssen.*

»Ist Ihnen so was in der Art je zuvor passiert …«, fing Ricky an. Doch der Bestatter schüttelte bereits energisch den Kopf.

»Nein, noch nie. In den über zwanzig Jahren, in denen ich jetzt schon tätig bin, habe ich noch nie eine solche Zahlung, geknüpft an eine solche Bitte wie bei Jimmy Conway, bekommen.«

Er hüstelte.

»Und ich rechne auch künftig nicht damit.«

Ricky zog die Landkarte heraus, die ihm die Bibliothekarin mitgegeben hatte. »Vielleicht können Sie mir darauf die Stelle zeigen«, sagte er.

»Sicher, gerne«, erwiderte der Bestatter und griff nach dem Blatt. »Wenn Sie vorhaben, Blumen niederzulegen und ein paar Worte zu sprechen, dann hier, an der Stelle«, sagte er. »Auch wenn ich mir nicht denken kann, dass noch so gut gemeinte Worte Jimmys Seele, dort, wo er wohl höchstwahrscheinlich hingekommen ist, irgendwelchen Trost spenden können.«

Ricky fuhr mit dem Mietwagen über Land, an dem einen oder anderen Haus oder Gehöft vorbei, von der bescheidenen urbanen Gegend rings um Dothan immer weiter in die Wildnis.

Nach rechts abbiegen. Nach links. Ein, zwei Meilen geradeaus. Ein altes verrostetes Gatter an einer von Schlaglöchern übersäten Einfahrt und weit und breit kein Anhaltspunkt dafür, dass es über Jahre jemanden hierhin verschlagen hatte.

Er wusste auf Anhieb, wo er sich befand. Es war drückend heiß und schwül. Vom klaren, blauen Himmel über ihm brannte ihm die Sonne auf den Schädel nieder. Auf dem letzten Stück zu Fuß brach bei ihm sofort Schweiß aus.

Wenn er mit seiner Vermutung richtiglag, folgte er gerade den Spuren von Jack the Paddington Ripper.

Der einzige Unterschied: keine junge Frau, die neben einem offenen Grab mit Fotos spielt, keine Videokamera in der Hand.

Doch die abgewetzten, verlassenen Grabsteine erkannte er von der CD wieder, die Virgil bekommen hatte. Das Unkraut, so schien es ihm, stand kaum höher.

Bis auf das gelegentliche heisere Krächzen einer Krähe, das sich im Dickicht der Bäume rings um den Friedhof verlor, war es still. Er trat ein loses Stück Zement aus dem löchrigen Weg, nur um ein Geräusch zu hören und sich nicht so allein zu fühlen. Es regte sich kein Lüftchen. Zuerst dachte er, dass ihn jemand beobachtete, doch dann wurde ihm klar, dass ihm nur die Toten, die hier begraben waren, dieses unheimliche Gefühl einjagten.

Er lief noch ein Stück weiter und versuchte, im Kopf seine Umgebung mit der Szenerie auf dem Video abzugleichen. Als er sicher war, dass er ziemlich genau da stand, wo Jack sich für die Aufnahmen postiert haben musste, hielt er an.

Ricky sah sich um und entdeckte am Boden eine Stelle mit frisch aufgeschütteter Erde.

»Da hast du die Gruft ausgegraben«, sagte Ricky laut. Der Klang seiner eigenen Stimme schien sich zwischen den Bäumen zu verflüchtigen.

Er betrachtete die Stelle. Er wusste, wenn er dort graben würde, fände sich unter der lockeren Erde eine geköpfte Wassermokassinotter.

»Aber wieso hier? Was ist an diesem Ort so Besonderes?«

Ricky kam ein Gedanke. Er lief zügig zurück zu seinem Wagen und holte seinen Rucksack mit dem Laptop und seinen Notizen heraus. Er fand die Kopie der Karte, die ihm die Bibliothekarin mitgegeben hatte.

Er hielt den Finger auf seine gegenwärtige Position. Dann griff er zu einem Bleistift und zog eine Linie bis zu dem Haus, in das Julia in der Nacht ihrer Ermordung nicht zurückgekehrt war.

Drei Meilen.

Nebenstraßen.

Er blickte sich noch einmal um. Die abgenutzte Einfahrt führte über eine kleine Erhebung, die Reihen der verfallenen Grabstätten dahinter fielen zu einer kleinen Vertiefung ab.

Wenn ich bei Nacht hierherkäme und die Scheinwerfer ausschalten würde, könnte mich kein Mensch sehen.

Ricky atmete tief ein, doch die Luft schien ihm plötzlich kochend heiß.
Ein perfekter Ort zum Töten.
Ein abgeschiedener Ort zum Morden.
Außer den Geräuschen des Sterbens weit und breit kein Laut zu hören. Selbst wenn sie geschrien hätte, was sie, als erst einmal die Date-Rape-Droge wirkte, nicht mehr konnte, hätte sie weit und breit niemand hören können.
Er blickte auf die Karte.
Er legte den Finger auf die Stelle, an der die Boyscouts gezeltet hatten und an der Julia schließlich gefunden worden war.
Weitere vier Meilen von hier.
Noch drei schmale Sträßchen.
»Du hast das alles ganz genau geplant, nicht wahr?«, fragte er, als könne ihm die Asche von Jimmy Conway, Drugstoreangestellter und Kindermörder, Antwort geben. »Wahrscheinlich hast du für jede Etappe die Zeit gestoppt. Und du wusstest, dass du hier ungestört sein würdest.«
Nur dass er nicht ganz alleine war. Er hatte das bewusstlose dreizehnjährige Mädchen neben sich.
Ricky wusste, dass er auch die letzte Wegstrecke der kleinen Julia vor ihrem Tod abfahren musste, um sich die Stelle anzusehen, an der ihr Mörder sie unter Wasser gedrückt hatte. Doch er zögerte, da ihm ein Gedanke zu schaffen machte.
Woher wusste Jack von diesem Ort? Wie konnte er wissen, dass Julia hier gestorben war, wie konnte er also wissen, wo Jimmys Asche auszustreuen war?
Sobald er die Antwort auf diese Frage hatte, wurde Ricky klar, wusste er auch, wer Jack war. Er gestattete sich weder Zuversicht noch Zweifel. Solche Gefühlsregungen konnte er sich nicht leisten. Und über noch etwas machte er sich keine Illusionen: Je dichter er dem Geheimnis des Rippers auf die Spur kam, desto tiefer geriet er in einen Abgrund des Mordens, bei dem ein Mord zur Androhung eines zweiten geführt hatte. So wie er es von zahlreichen Therapien gewohnt war, setzte er Erinnerungsfetzen zusammen, um vorauszuse-

hen, was sie für die Zukunft verhießen. *Du hast das schon einmal geschafft. Du kannst das wieder,* machte er sich Mut.
Ricky stapfte an den einsamen Gräbern vorbei zum Wagen zurück und setzte sich hinters Lenkrad. Ohne zu zögern, fuhr er zum nahen Sumpf. Dabei versuchte er, sich in die Gefühlslage des Mörders in jener verhängnisvollen Nacht, in der Julia den Tod gefunden hatte, hineinzuversetzen. Ihre reglose Gestalt saß entweder neben ihm oder lag unter einer Plane auf der Ladefläche des Trucks. So oder so war sie ihm ganz nah. Wahrscheinlich war er von Adrenalin vollgepumpt, brannte ihm der Schweiß in den Augen, krallte er die Finger ums Lenkrad, kam sein Atem, zwischen zusammengebissenen Zähnen, in kurzen, heftigen Zügen, musste er sich ständig ins Gedächtnis rufen, nicht zu schnell zu fahren und die Straße im Auge zu behalten. Die Mahnung, nicht in Panik zu geraten, vermischte sich mit dem anhaltenden Rausch der Tat und der dumpfen Leere danach. Ricky war klar, dass jedes Gefühl, das er nachzuempfinden versuchte, für Mr R Routine sein musste. Jimmy dagegen war ein Neuling in seinem mörderischen Fach und daher gezwungen, seinen ungezähmten Drang nach der Tat wieder unter Kontrolle zu bringen. Und irgendwo fügte sich zweifellos auch Jack in dieses Spektrum ein. Ricky sah nur noch nicht, wo. Doch mit jedem Schritt, den er sich dem Sumpf näherte, spürte er, dass die Lösung zum Greifen nahe kam.

Am Rande einer kleinen gerodeten Lichtung inmitten eines Wäldchens kam er an einem braunen, hölzernen Wegweiser vorbei: *Ellis Swamp 1,3 Meilen, Benfey-Zeltplatz 2,5 Meilen, Rathbun-Wanderweg 2,6 Meilen.*
»Ganz schön weit, um eine Leiche bis hierher zu tragen«, sagte Ricky laut, als liefe Jimmy, der Drugstore-Mann, an seiner Seite und hörte ihm zu.
Am Rand der Lichtung blieb er zögernd stehen. Er fand den Wanderweg, der in den Wald hineinführte. Die ersten fünfzig Meter – das Stück, das er sehen konnte, bevor der Pfad nach links abbog – waren flach und breit und gut in Schuss. Er drehte sich einmal um die eigene Achse und stellte fest, dass ein halb unter den Bäumen versteck-

tes Fahrzeug in einer Ecke der Lichtung hier ebenso wie am alten Friedhof von vorbeifahrenden Autos auf der Landstraße nicht bemerkt worden wäre. Er versuchte, im Kopf alle Faktoren des damaligen Mordgeschehens zusammenzufügen. Nacht. Stockdunkel. *Du brauchtest eine Taschenlampe, richtig?* Kurz danach gingen in der Gegend Unwetter nieder. *Glück für den Mörder. Auf diese Weise wurden die Spuren weggespült.* Ricky rief sich den Autopsiebericht ins Gedächtnis. Julia war klein und zart, kaum fünfzig Kilo. Jimmy war Stammkunde im Fitnesscenter, über eins achtzig groß, doppelt so schwer wie sie und daran gewöhnt, Gewichte zu heben. *Über die Schulter geworfen, im Rettungstragegriff. Trotzdem eine lange Wanderung. Doch je weiter du gehen konntest, desto geringer die Chance der Polizei, sie zu finden. Das trieb dich an, nicht wahr? Machte ihren Körper mit jedem Schritt leichter.*

Die Hitze nahm stetig zu. Ricky lockerte seinen Kragen und zog das Hemd aus der Hose. Er trug Sneaker, nicht ideal für einen Wanderweg, doch sie mussten genügen. Er ging in schnellen Laufschritt über.

Der Pfad war nicht schwer zu bewältigen. Ricky versuchte, ihn sich bei Nacht vorzustellen. Ein paar Biegungen nach rechts und nach links, hier und da eine holprige, steinige Stelle, doch überwiegend eine ebene, erdige Strecke durch einen Wald. Kurz nachdem er sich in Miami niedergelassen hatte, war er, so wie viele Touristen, auf dem Anhinga Trail durch die Everglades gewandert, und dieser Marsch erinnerte ihn daran. Auch diese Erkenntnis bezog er in seine Überlegungen ein. *Abgelegen, doch erreichbar. Du warst hier aufgewachsen, hieltst dich gerne unter freiem Himmel auf, du kanntest dich in der Gegend aus, nicht wahr, Jimmy?*

Zur Antwort hörte er ein gedehntes: *Kann man wohl sagen.*

Ricky fand den Rand des Sumpfs problemlos. Das Licht, das durch das Blätterdach fiel, wurde immer heller, bis er die Bäume hinter sich ließ und die Stelle erreichte, bis zu welcher der Mörder die Leiche des kleinen Mädchens getragen hatte. Am Ufer eines schwarzen, stehenden Gewässers befand sich ein Fleckchen nackte Erde. *Hätte ich eine Angelrute dabei, würde ich hier mein Glück versuchen,* stellte

er fest. Der Boyscout hatte wahrscheinlich dasselbe gedacht. *Weites Auswerfen ins Wasser, den Spinnköder möglichst viele Meter weit hinaus. Darunter gibt's Barsche.*
Er hielt nach Schlangen und Alligatoren Ausschau. Auch wenn er keine sah, hieß das noch lange nicht, dass es keine gab. Über dem Wasser schwebten elegant, beinahe majestätisch, zwei Weißbauchreiher – an einem Ort, an dem so viel Böses geschehen war, beinahe fehl am Platz. Er sah ihnen hinterher, bis sie am Horizont verschwanden. In der Ferne konnte er die andere Seite des Sumpfs an den knorrigen Ästen der Bäume ausmachen, die über das Wasser hingen, eine dichte Wand aus grünem Laub. Auf seiner Uferseite entdeckte Ricky einen toten Baumstumpf, der aus dem dunklen, brackigen Wasser ragte. Vermutlich hatte ein Unwetter den Baum gefällt. Doch die ausgedörrten Äste reckten sich wie knöcherne Finger in den Himmel.
Das ist es, begriff er auf Anhieb. *Nicht weit zu schwimmen, selbst wenn man ein ermordetes Mädchen durchs Wasser mitziehen muss.*
Er dachte an den Boyscout mit der Angel.
Gute Stelle für eine Leiche.
Gute Stelle für einen Barsch.
Ricky blieb einen Augenblick stehen und ließ den Blick über die Szene schweifen. Er führte sich vor Augen, was genau sich in jener Nacht hier abgespielt haben musste, und als er sich das Bild fest eingeprägt hatte, machte er kehrt und stapfte zurück. Die schwüle Hitze lastete ihm wie ein Gewicht auf dem Kopf. Er fühlte sich, als schwimme er gegen die Flut an. Als er vom Wanderweg wieder auf den Parkplatz kam, war er immer noch dabei, die Ereignisse jener Nacht zusammenzufügen, um sich von dem Mord ein klares Bild zu machen. Neben seinem Mietwagen parkte ein neues Modell einer unauffälligen Limousine. Zwei Männer in gestärktem weißem Hemd, mit Handfeuerwaffen am Gürtel warteten bereits auf ihn. Einer von ihnen zeigte ihm seine Marke.
»Na, Kumpel? Sie stellen eine Menge Fragen zu unserem guten alten Jimmy und dem Mädchen, das er ermordet hat, richtig?«, fragte der erste Detective. Der andere starrte Ricky nur kalt an.

16

Für ihn waren sie augenblicklich Smith und Jones. Oder auch Mutt und Jeff. Oder Estragon und Wladimir? Vielleicht sogar Butch und Sundance. Nachdem sie ihn abseits des Sumpfwegs überrumpelt hatten, waren ihm ihre tatsächlichen Namen augenblicklich entfallen. Die zwei Detectives gehörten zu einer kleinen Polizeistation in einem Kaff, das sich für eine Stadt hielt. Von dem starken Akzent der beiden Südstaaten-Polizisten, dem Verschleifen und Dehnen von Namen und Wörtern, den regionalen Eigentümlichkeiten, bei denen man sich an Filmklassiker wie *In der Hitze der Nacht* oder *Mississippi Burning – Die Wurzel des Hasses* erinnert fühlte, war Ricky, der Nordstaatler, peinlich berührt. Dabei begriff er natürlich, dass sich diese beiden wahrscheinlich vom Motel-Angestellten, der Bibliothekarin oder der jungen Frau im Copyshop, ja, selbst vom Inhaber des Bestattungsinstituts kaum unterschieden. Doch die nicht zu übersehenden Waffen und die schiefen Blicke, mit denen die Ordnungshüter ihn beäugten, machten ihn nervös. Der Inbegriff von Misstrauen schlug ihm da entgegen.

Er überlegte blitzschnell: *Nicht lügen! Das kriegen die sofort spitz.*

Er wusste, dass er vorsichtig manövrieren musste. Wenn ihm auch nur irgendeine Kleinigkeit über Mr R, Virgil und Merlin herausrutschte oder eine Frage über einen Mann, der hier aufgewachsen war und den er Jack the Paddington Ripper getauft hatte, riskierte er, seine Situation durch die Einmischung der Polizei zu erschweren, was nicht passieren durfte. Ein einziges unbedachtes Wort konnte fatale Folgen haben, eine weitere Ironie, die ihm zu schaffen machte: Da lehnte er nun an der Tür seines Mietwagens und hatte zwei Gesetzeshüter vor sich, die ihm auf vielfältige Weise behilflich sein konnten, wenn er sie nur darum bat – wenn er einfach nur sagte: *»Ich versuche, einen Mord zu verhindern«,* doch stattdessen musste er unter allen Umständen die Anonymität zweier Killer schützen. Er sah keine andere Möglichkeit, wenn er selbst am Leben bleiben wollte.

»Also, was genau führt Sie hierher? Weshalb erkundigen Sie sich überall nach Jimmy Conway? Was interessiert Sie an diesem Fall?«

Die Frage kam von Smith. Er war etwas über eins achtzig groß und untersetzt, mit kahl rasiertem Schädel und leuchtend rotem, am Hals gelockertem Schlips, was zu seiner etwas zerknitterten Erscheinung beitrug, hinter der sich, davon war Ricky augenblicklich überzeugt, eine Menge investigativer Scharfsinn verbarg. Er trug seine Dienstmarke an einem Trageband um den Hals und die Neun-Millimeter an der Hüfte. Ricky entging nicht, dass beide Männer von Zeit zu Zeit an den Griff ihrer Pistolen fassten, als wollten sie sich immer wieder versichern, dass sie noch in Reichweite waren. Er fühlte sich an die Ticks erinnert, die Medikamente gegen Psychose bei stark gefährdeten Patienten auslösten.

Jones war ein wenig jünger, ein wenig kleiner, beträchtlich schlanker, drahtig gebaut und mit einem Haarschnitt, der wahrscheinlich präzise militärischen Richtlinien entsprach. Ungeachtet seines starken Akzents, betonte er jedes Wort einzeln. Er trug immer noch eine Sonnenbrille, obwohl der Tag ringsum schnell zur Neige ging. Die Schatten schienen sich vom Wald her auszubreiten, als habe sie das schwarze Sumpfwasser in Rickys Rücken ausgebrütet.

»Wir haben hier draußen nur selten mit Verbrechenstouristen zu tun«, erklärte er in entschiedenem Ton.

»Ich bin kein Tourist«, antwortete Ricky. »Ich recherchiere nur zu diesem Fall.«

»Und zu welchem Zweck?«, konterte Jones.

»Ich habe viele Jahre als Arzt gearbeitet«, versuchte es Ricky mit einer Halbwahrheit, »aber vor einiger Zeit mein Interesse am Dokumentarfilm entdeckt, und ich möchte da ernsthaft einsteigen, sozusagen im Zweitberuf, und später im Ruhestand.«

»Ich sehe keine Kamera«, bemerkte Jones.

»Im Moment will ich mir erst einmal einen Eindruck von der Örtlichkeit und dem Verbrechen machen.«

Die beiden schwiegen einen Moment und warfen sich Blicke zu.

»Einen *Eindruck?* Was zum Teufel soll das nun wieder heißen?«, warf Smith ein.
Ricky antwortete nicht.
»Wäre es da nicht logisch gewesen, sich erst einmal bei uns zu melden?«, nahm Jones den Faden auf. »Der Anruf hätte Ihnen höchstwahrscheinlich Zeit und Geld gespart.«
»Sie stehen auf meiner Liste«, erwiderte Ricky.
»Was Sie nicht sagen«, erwiderte Smith und nickte übertrieben, um seinen Sarkasmus zu unterstreichen. »Sie erscheinen hier einfach auf der Bildfläche, ohne sich vorher mit irgendjemandem aus der Gegend in Verbindung zu setzen, fragen die Leute aus, fahren zu den Stätten des Verbrechens, behaupten, Sie arbeiteten an einem unausgegorenen Filmprojekt über den Mord, der unsere Stadt damals zerrissen hat, nur die zwei Detectives, die in dem Fall ermittelt haben, die lassen Sie außen vor?«
»Ich kann nicht sehen, dass ich mit meinen Erkundungen in irgendeiner Weise gegen das Gesetz verstoße«, erwiderte Ricky – vorschnell.
Damit erntete er einen vielsagenden Blickwechsel zwischen den Polizisten.
»Nun, das hängt natürlich davon ab, was genau Sie hier treiben«, sagte Smith.
»Und was Sie da behaupten«, fügte Jones hinzu, »klingt schlicht wenig überzeugend.«
»Ich versuche einfach nur zu verstehen, was in der Nacht, in der Julia getötet wurde, passiert ist, wirklich. Nichts weiter, Officers. Und dann natürlich auch, wie Jimmy damit durchkommen konnte. Und erst danach kann ich mir ein Bild davon machen, ob sich das Ganze für einen Dokumentarfilm lohnt.«
Ricky spielte eine ungewohnte Rolle und wusste nur zu gut, dass er sie überzeugend spielen musste. Er deutete auf den Sumpf hinter sich.
»Zum Beispiel: Das ist eine ganz schön lange Strecke, um eine Leiche zu tragen.«
Wieder nickte Smith.

»Nicht für Jimmy. Nicht in dieser Nacht.« An diesem Punkt lag die offensichtliche Frage nahe: *Wenn Sie sich so verdammt sicher sind, wie sich damals alles zugetragen hat, wieso haben Sie es dann nicht geschafft, ihn hinter Gitter zu bringen?* Doch er war klug genug, sich diese Frage zu verkneifen. Stattdessen nickte nun er.

»Dieser Autounfall, bei dem er gestorben ist. Sind Sie sicher …«, fing er an, und irgendwo in seiner Frage wäre ihm etwas wie *praktisch* oder *sehr gelegen* über die Lippen gekommen, hätten nicht Smith und Jones ihn mit erhobener Hand zum Schweigen gebracht.

»Ich glaube nicht, dass hier noch irgendjemand gerne darüber sprechen will. Das kam als Unfall zu den Akten, und dabei bleibt es. Es war der Schlussstrich unter ein tragisches Ereignis, das jeden hier in unserer Stadt aufgewühlt hat. Das Leben muss weitergehen. Die kleine Julia ist bei den Engeln, ihre Familie ist weggezogen, weil sie die schlimmen Erinnerungen hier verfolgt hätten, und Jimmy ist an dem Ort, den er verdient hat, bestimmt kein guter. Ende der Geschichte. Und hier ist bestimmt keiner scharf darauf, dass das alles wieder aufgerührt wird, schon gar nicht von einem Möchtegern-Filmregisseur. Das schreiben Sie sich besser hinter die Ohren. Am besten machen Sie mit Ihren Fragen Schluss und suchen sich einen anderen Ort und einen anderen Mord, in dem Sie herumstochern können.«

Jones hielt einen Moment inne, bevor er weitersprach.

»Wenn nach einer so schlimmen Sache endlich Ruhe eingekehrt ist und dann jemand auftaucht und die alten Wunden wieder aufreißt und die Leute an die Nacht erinnert, in der Jimmy die kleine Julia ermordet hat, na ja, das kann gewaltigen Ärger geben. Bringt die Menschen in Rage. Das kann wirklich gefährlich werden. Mit gefährlich meine ich zum Beispiel Langwaffenkaliber .12. Ich meine, es ist wirklich nicht vorherzusehen, wozu Menschen imstande sind, wenn man sie zwingt, sich etwas wieder vor Augen zu führen, das sie endgültig vergessen wollten. Sind Sie wirklich so risikofreudig? Ich denke nicht. Nein, Sir. Bestimmt nicht.«

»Ich denke, Sie packen am besten Ihre Sachen und reisen ab«, fügte Smith mit säuerlicher Miene hinzu.

Deutlicher konnte man kaum drohen, dachte Ricky, *selbst im Südstaaten-Singsang.* Doch bevor er das Wort ergreifen konnte, setzte Smith noch einen drauf. Er sprach leise, beugte sich zu ihm vor und verlieh jedem Wort beängstigendes Gewicht: »Das ist der beste Rat, den Sie kriegen können, Mr Filmdoktor. An Ihrer Stelle würde ich ihn beherzigen.«

Die Stille, die darauf folgte, war so beredt wie ihre Warnung.

»Woher wissen Sie überhaupt, dass ich hier bin?«, platzte Ricky heraus. Kaum hatte er die Frage über die Lippen gebracht, bereute er sie.

Jones schüttelte den Kopf. *»Forget the hearse 'cause I'll never die«,* sagte er mit einem gemeinen Grinsen.

»Was?«

»Das ist von AC/DC. *Back in Black.* Den Jungs aus Australien. Wie finden Sie das? Wissen Sie, die hört meine kleine Schwester so gern.«

Das Mädchen im Copyshop. Ricky konnte es ihr nicht verübeln.

»Stimmt aber nicht«, fuhr Jones fort. »Das lernt man im Morddezernat. Jeder kann sterben. Ist manchmal gar nicht zu schwer.«

Wieder trat für einen Moment Schweigen ein. Lange genug, um Rickys Puls hochzujagen.

»Ich würde ja gerne sagen: *›Man sieht sich, Mr Filmdoktor‹,* aber ich glaube nicht, dass Sie uns wiedersehen wollen«, verabschiedete sich Jones.

Damit drehten sich die beiden Cops um und gingen zu ihrem Streifenwagen zurück. Bevor sie einstiegen, warfen ihm beide Männer einen letzten unversöhnlichen Blick zu. *In Wirklichkeit war Jimmys Tod kein Unfall,* wurde Ricky schlagartig klar. *So haben sie ihn damals nur zu den Akten genommen. Ein bisschen Lynchjustiz fernab der ausgetretenen Pfade im ländlichen Alabama. Sieht zumindest ganz danach aus.* Die Polizisten warfen den Motor an, und mit durchdrehenden Rädern, die Dreck und Splitt in Rickys Richtung schleuderten, raste die Streife vom Parkplatz. In dem Lärm ging ein anderes Geräusch fast unter. Ricky brauchte ein paar Sekunden, um zu registrieren, dass sein Wegwerf-Handy in der Hosentasche klingelte.

Er zögerte. Er wusste, wer das war. Nachdem sein Puls bereits vom Gespräch mit den zwei Detectives raste, holte er ein, zwei Mal heftig Luft. Er rang um Fassung und ließ den Blick über den Parkplatz schweifen, als rechne er damit, dass sich der Mann am anderen Ende irgendwo im Gebüsch versteckte und ihn beobachtete – so absurd der Gedanke war. Er konnte offensichtlich nicht klar denken, fühlte sich schwach, als sauge ihm der Mord, der ihn hierhergeführt hatte, die letzte Kraft aus den Muskeln.

Endlich riss er sich zusammen und drückte auf den Antwortknopf.

Wie zuvor schenkte sich Jack jede Begrüßung und eröffnete das Gespräch stattdessen mit einer bedeutungsträchtigen Frage:

»Wo sind Sie, Doktor?«

Er musste sich zwingen, in unerschrockenem, gleichmütigem Ton zu antworten.

»Was kümmert Sie das?«

Ein kurzes Lachen.

»Ich dachte, wir hätten uns verstanden: Ein gewaltsamer Tod ist wie ein Schachspiel. Man muss jederzeit wissen, wo sich sämtliche Figuren auf dem Brett befinden.« Nach kurzem Schweigen fügte er hinzu: »Und wenn ich recht darüber nachdenke, ist es nicht nur wichtig zu wissen, wo Sie sich gerade befinden, sondern auch, wie Sie ziehen können. Der Springer kann sich nur auf eine Art fortbewegen, der Läufer auf eine andere. Und der König, die Trophäe in unserem Spiel, nun ja, dessen Manövrierfähigkeit ist nun mal äußerst begrenzt.«

Schach. Genau wie bei Mr R. Bei dieser Erkenntnis wurde Ricky eiskalt.

»Also, noch mal, wo stecken Sie, Doktor?«

Ricky konnte nicht sagen, ob Jack die Antwort auf seine Frage bereits wusste oder nicht. Beides schien – seinem Tonfall nach zu urteilen – denkbar. Und Ricky begriff, dass er das Kräftemessen bei diesem Telefonat augenblicklich zu seinen Gunsten entscheiden musste.

»Also, ich bin nicht länger in New York.«

»Verstehe.«

»Und ich bin auch nicht zu Hause.«

»Verstehe. Wo also dann, Doktor?«

Bei der dritten Wiederholung der Frage hörte Ricky einen gewissen Ärger heraus, gepaart mit Ungeduld und einer Spur Unsicherheit. *Mach dir das zunutze,* dachte er.
»Ich befinde mich an einem Ort, an dem ich, wie ich glaube, herausbekommen kann, wer Sie sind«, antwortete er.
Das Schweigen, das ihm daraufhin entgegenschlug, währte für zehn Sekunden. Zwanzig. Dreißig. Fast so lange, dass Ricky überlegte, ob Jack womöglich die Verbindung getrennt hatte.
»Interessant«, sagte der angehende Mörder schließlich.
Sein Tonfall verriet nichts als eisige Kälte und verhaltene Wut.
Ricky schwieg.
»Sie befinden sich in einer verzwickten Lage, Doktor.«
»Verzwickt?«
»Ja. Kriegen Sie raus, wer ich bin, wird jemand sterben. Kommen Sie mir nicht auf die Schliche, wird ebenfalls jemand sterben. Keine beneidenswerte Lage – auch wenn Sie in Ihrem Metier gelernt haben dürften, mit unwägbaren Situationen umzugehen. Genau damit haben wir es hier zu tun. Keine Gewissheit, nicht für Sie, nicht für mich. Nicht für den Anwalt und seine Schauspieler-Schwester. Ebenso wenig für die Familie des Anwalts. Nette kleine Kinder. Nettes kleines Frauchen. Nettes kleines Leben, das sie da haben … nur nicht mehr lange.«
»Sie haben eine falsche Auffassung von Rache«, erwiderte Ricky. Obwohl ihm wie beim ersten Telefonat wieder die Kehle ausgetrocknet war, krächzte er dennoch jedes Wort klar und verständlich heraus.
»Und genau da liegen Sie daneben, fürchte ich, Doktor. Ich würde sogar sagen, *fatal daneben.*«
Zum zweiten Mal irrte Rickys Blick wie wild durch das Gestrüpp und Unterholz rings um die Lichtung. Es wurde immer dunkler, und für einen Moment hatte er das überwältigende Gefühl, dass etwas völlig in Schieflage geraten war.
»Jack«, sagte er langsam und verwendete bewusst den Namen, auf den sie sich verständigt hatten, um zu suggerieren, dass sie sich gut kannten. Wie gegenüber einem langjährigen Patienten fuhr er fort: »Begreifen Sie nicht, in welcher Gefahr Sie möglicherweise schwe-

ben? Woher nehmen Sie den Optimismus zu glauben, ich sei die einzige Person, die versucht, Ihre Pläne zu durchkreuzen?«

»Und wie kommen Sie darauf, dass ich mir darüber keine Gedanken gemacht hätte?« Eine prompte Reaktion. Eine Gegenfrage.

Ricky erwiderte nichts, sondern horchte auf Jacks Atem.

Kurze Pause. Dann eine neuerliche Demonstration mühsam verhaltener Wut:

»Tick, tack. Die Uhr läuft. Das Spiel ist fast vorbei. Viel Spaß bei Ihrer Suche danach, wer ich bin, Doktor. Machen Sie weiter. Strengen Sie sich an. Stochern Sie überall herum, und fragen Sie jeden, den Sie in die Finger kriegen: *Ach, übrigens, Sie kennen nicht zufällig einen gewissen Jack?* Aber mal ehrlich, Doc, selbst für den unwahrscheinlichen Fall, Sie würden fündig: Beschleicht Sie nicht selbst die Angst, dass Sie mit Ihrer Erkenntnis Sekunden zu spät kommen, um damit noch etwas anzufangen? Wenn etwas *im allerletzten Moment* noch mal gut gegangen ist, reden die Leute endlos darüber. Die vielen Gelegenheiten, bei denen die Hilfe ein kleines bisschen zu spät kam, kehren sie lieber unter den Teppich.«

Auch diese Bemerkung quittierte Ricky mit Schweigen.

Offenbar fand Jack die ausbleibende Reaktion amüsant.

»Ziemlich heiß da unten, nicht wahr, Doktor?«

Die Verbindung war getrennt, und im selben Moment merkte Ricky, wie ihm im Nacken und am Hals der Schweiß ausbrach, als hätten sich ihm zwei Hände um die Kehle gelegt und drückten zu.

17

Das ist kein Spiel«, sagte Ricky laut vor sich hin – als könne Jack ihn hören.

Und ob es das ist.

Er schluckte schwer, schnappte nach der feuchtheißen Luft.

Die abendlichen Schatten vom Sumpf und vom Wald krochen näher und kreisten ihn ein, um ihn jeden Moment in völliges Dunkel zu hüllen. Doch für einen Augenblick blieb er reglos stehen. Er machte sich klar, dass er nicht länger Therapeut war. Erst recht kein Privatdetektiv. Ganz zu schweigen von einem Dokumentarfilmer. Er blickte in die einfallende Dämmerung und fragte sich, wozu er stattdessen geworden war, denn er konnte es mit keinem Wort benennen.

Er wusste nur, er wurde von allen Seiten bedroht, als sei er in Treibsand geraten und versinke langsam, aber unaufhaltsam in bodenlose Tiefen. Eine Mischung aus realen Bedrohungen und möglichen Gefahren; eingebildeten Gefahren. Mehr oder weniger deutlich ausgesprochenen Drohungen. Künftigen Risiken. Es wurde immer schwieriger, zwischen den Guten und den Bösen zu unterscheiden – ihn selber inbegriffen. *Vielleicht gibt es dieses Entweder-oder bei dieser Geschichte nicht und wird es auch nie geben,* überlegte er.

Wenigstens wusste er jetzt seinen nächsten Zug. Er würde nicht seine Sachen packen und die Flucht ergreifen, so überdeutlich ihm dies die beiden Detectives wie auch Jack the Paddington Ripper nahegelegt hatten. Vielmehr würde ihn sein nächster Schritt in die Vergangenheit führen.

Ausnahmsweise einmal hatte Ricky ein bisschen Glück: In der Anwaltskanzlei brannte noch Licht. Sie befand sich im Obergeschoss eines kleinen roten Klinkergebäudes in einer schmalen, stillen, von Bäumen gesäumten Seitenstraße. Das Gebäude beherbergte nur vier Geschäftsbetriebe: einen Immobilienmakler und einen Innenarchitekten im Erdgeschoss, einen Buchprüfer und einen Anwalt im Obergeschoss. Die Namen standen an einer Glastür. Der des Anwalts sprang ins Auge: *Dr. jur. Augustus Sharpe – Strafrecht, Testamentsvollstreckung, Vermögensverwaltung, Notariat und Verkehrsdelikte.* Der Mann, kam es Ricky unwillkürlich in den Sinn, deckte so ziemlich alle juristischen Bereiche ab, die in einer Kleinstadt so anfielen – offenbar lukrativ genug, um sich das neueste Modell eines Buick leisten zu können, auch wenn es für einen Mercedes nicht reichte.

Wenn irgendjemand in der Lage war, Merlin mit Jimmy, beide mit dem Freispruch und Jack mit Rache zu verknüpfen, dann, so Rickys Kalkül, der Mann, der neben dem Babysitter-Killer und dem Schickimicki-pro-bono-Anwalt aus New York gesessen hatte.

Er ging die Treppe hoch. Im Gebäude war es still. Er öffnete die Tür zur Kanzlei und hörte drinnen eine Eingangsklingel läuten. Er trat in einen bescheidenen Empfangsbereich: ein Schreibtisch für eine um diese Zeit nicht mehr anwesende Sekretärin, ein Bücherregal mit juristischen Texten, ein Sofa und ein Tisch mit alten Zeitschriften für wartende Mandanten. Bis auf den Lichtkegel von einer Schreibtischlampe, die noch brannte, lag der größte Teil des Raums im Dunkeln. Er sah eine zweite Tür, die vermutlich ins Büro des Anwalts führte.

»Mr Sharpe?«, rief er laut.

Kurze Pause. Dann: »Hier drinnen.«

Ricky ging zur Tür und machte auf.

Zuerst sah er nichts weiter als den Gewehrlauf, der in seine Richtung zielte.

»Eine falsche Bewegung, und ich schieße«, sagte der Anwalt. Schrill und verängstigt.

Er kauerte hinter seinem Schreibtisch wie hinter einem Schild. Nur die Stirn und Augen lugten über die Barriere aus schimmerndem Eichenholz hervor.

Ricky hob langsam die Hände.

»Runter auf die Knie. Weiter die Hände hoch.«

Ricky gehorchte.

»Ich bin nicht derjenige, für den Sie mich halten«, sagte er.

»Halt's Maul!«
»Ich komme nur, um mich mit Ihnen zu unterhalten.«
»Maul halten, habe ich gesagt.«
Das hier ist einfach nur irre. Ein Anwalt in so einem winzigen Kaff, dem ich noch nie begegnet bin und mit dem ich noch kein einziges Wort geredet habe, soll mich hier erschießen, bevor ich auch nur ein Wort sagen kann? Die Situation war derart absurd, dass sein Sarkasmus über den ersten Schrecken siegte.
»Begrüßen Sie Ihre Mandanten immer so?«
»Schnauze!«
»Sind hier in der Stadt alle so freundlich gegenüber Fremden?«
»Zum letzten Mal: Halten Sie den Mund!«
Das war wohl das Klügste. Der Anwalt zitterte am ganzen Leib. Sein Gesicht war vor Panik verzerrt, seine Finger bebten, und einen davon hatte er am Abzug seiner Flinte. *Stirb bitte nicht wegen einer sarkastischen Bemerkung,* schärfte sich Ricky ein.
Der Anwalt spähte Ricky über die Schulter, als rechne er jeden Moment damit, dass hinter ihm noch eine Person in der Tür erschien.
»Kommen Sie allein?«, fragte er.
»Ja.«
»Glaube ich Ihnen nicht. Bleiben Sie, wo Sie sind.«
»Wie Sie wünschen. Sie sind der Mann mit der Knarre.«
Der Anwalt kroch hinter seinem Tisch hervor. Er manövrierte sich an der Wand entlang Richtung Tür und richtete dabei das Gewehr zuerst auf Ricky, dann mit einem blitzschnellen Schwenk auf den Wartebereich vor seinem Büro. Er agierte wie ein Schauspieler, der in einer Fernsehproduktion den Helden mimt. Dabei wettete Ricky, dass der gute Mann in seinem ganzen Leben noch keine Schusswaffe abgefeuert hatte. Im schwachen Licht schimmerten der schwarze Lauf aus Stahl und der Holzschaft. Brandneu. Fehlte nur noch das Preisschild am Abzugsbügel.
Indem er langsam weiter vorrückte und sich dabei vergeblich bemühte, Ricky und den leeren Raum in seinem Rücken zugleich im Auge zu behalten, schwenkte der Anwalt mit der Waffe energisch nach links und nach rechts, um Rickys vermeintlichen Komplizen in

Empfang zu nehmen. Schließlich durchquerte er sein Wartezimmer, warf einen Blick zur Kanzleitür hinaus, sah im Treppenhaus nach, bevor er sich wieder zu Ricky umdrehte und auf seinen Kopf zielte. Für einen Moment fummelte er am Schloss zu seiner Kanzlei herum, dann wiederholte er seine Manöver in umgekehrter Richtung, bis er schließlich wieder vor Ricky stand – das Gewehr auf Rickys Kopf gerichtet.

»Also«, sagte er schließlich. »Wer zum Teufel sind Sie? Und tischen Sie mir keine Märchen auf, Arschloch, im Moment habe ich dafür nämlich null Toleranz.«

Um seine Worte zu unterstreichen, rückte er Ricky mit der Knarre dichter auf die Pelle.

Ricky überlegte einen Moment. Er zuckte die Achseln.

»Auf dem Schild an Ihrer Tür steht *Strafverteidigung*, demnach müssten Sie mit allen möglichen Märchen bestens vertraut sein. Es sei denn, Sie vertreten nur Menschen, die sich strikt an die Wahrheit halten, aber dann wären Sie bald arbeitslos. Ich würde mal vermuten, dass Fantasiegeschichten in Ihrem Metier ein notwendiges Übel sind.«

»Geben Sie hier nicht den Klugscheißer. Wer sind Sie?«

Ricky überhörte die Frage.

»Zu diesen Lügen zählt sicher auch etwas, das der verstorbene Jimmy Conway Ihnen erzählt hat. ›*Ich habe die kleine Julia nicht umgebracht. Nein, Sir. Nicht ich. Muss ein anderer gewesen sein.*‹ Können Sie sich an dieses spezielle Ammenmärchen erinnern, Mr Sharpe?«

»Hab ich's doch gewusst«, sagte der Anwalt. »Es geht um Jimmy. Wer hat Sie angeheuert, um mich zu töten? Was soll's, am besten erschieße ich Sie auf der Stelle.«

Dabei nahm er Ricky so ins Visier, als sei er wild entschlossen, Ernst zu machen – obwohl es sich aus dieser Nähe offensichtlich erübrigte, Ziel zu nehmen. Er brauchte einfach nur abzudrücken. Je brenzliger die Situation, desto gefasster nahm sie Ricky – zu seinem eigenen Erstaunen.

»Das wäre eine schlechte Entscheidung. Ein unbewaffneter Mann auf Knien mitten in Ihrem Büro, mit erhobenen Händen. Und Sie, der Strafverteidiger? Was meinen Sie wohl, wie da die Anklage lauten würde? Totschlag? Mord mit bedingtem Vorsatz? Oder aber vorsätzlicher Mord? Im Bundesstaat Alabama steht darauf die Todesstrafe. Wie nennen Sie das noch gleich im Todestrakt? Ein Rendezvous mit dem elektrischen Stuhl? Das wäre Ihnen nämlich sicher.«

Der Anwalt rückte ihm mit der angelegten Waffe näher auf den Pelz.

»Notwehr«, entgegnete er. »Triftiger Beweisgrund.«

»Wohl kaum. Das würden die Forensiker leicht als Lüge entlarven, selbst in einem Kaff wie diesem. Und davon abgesehen: Haben Sie noch eine handliche kleine Zweitwaffe, die Sie mir in die Finger drücken könnten, damit Ihre Masche zieht? Wage ich zu bezweifeln.«

Der Anwalt schwieg einen Moment.

Ricky nutzte seine Chance und sprach im selben kalten Ton weiter: »Und Sie haben eine Menge Freunde bei der hiesigen Polizei, nicht wahr? Die beiden Detectives – diejenigen, die Sie im Zeugenstand blamiert haben –, was meinen Sie? Würden die sich Ihre Version der Geschichte anhören und Ihnen glauben?«

Ricky hoffte, mit diesem Argument den Anwalt am Ego zu kitzeln: *Alle Strafverteidiger bilden sich ein, dass sie die gegnerische Partei blamieren.* Er sah, wie der Anwalt den Mund zu einem hässlichen Grinsen verzog.

Da es gerade so gut lief, machte Ricky munter weiter: »*Und diese Jury, alle von hier?* Glauben Sie im Ernst, die Leute aus der Gegend hegten für den Mann, der Jimmy Conway vom Haken gelassen hat und der jetzt selbst unter Mordanklage steht, die geringste Sympathie? Was meinen Sie? Kaufen diese Leute Ihnen Ihre Geschichte ab?«

Damit habe ich ihn, taxierte Ricky.

»Ich würde eine Änderung des Gerichtsstands durchsetzen«, antwortete der Anwalt steif.

»Ach ja?«

Er sah, wie der Gewehrlauf schwankte.

»Wer zum Teufel sind Sie?«

»Ich bin der Mann, der etwas über Ihre Verteidigung von Jimmy Conway wissen will.«

»Wieso?«
»Weil jemand, der mit diesem Fall in Verbindung steht, auf Rache sinnt, und ich herausbekommen muss, wer er ist.«
»Aber wer sind Sie, verdammt noch mal?«, fragte der Anwalt zum vierten Mal. Ricky überlegte für eine Sekunde. Dann fiel ihm sein Gespräch mit Jack wieder ein.
»Ich bin der Dolmetscher«, sagte er.

18

Der Anwalt saß hinter seinem Schreibtisch wie auf Kohlen und rutschte auf seinem Stuhl hin und her. Die Schusswaffe lag auf der Schreibtischplatte. Eine Hand hatte er stets in Reichweite, um Ricky seine Wehrhaftigkeit zu demonstrieren.

»Also, Dr. Starks – falls das Ihr richtiger Name ist, was ich doch zu bezweifeln wage. Ebenso, wie ich nicht eine Minute lang glaube, dass Sie ein idiotischer Dokumentarfilmer sind, der an einem Projekt über Jimmy Conways Freispruch arbeitet. Also, wen vertreten Sie hier, was führt Sie her, und was wollen Sie damit sagen, wenn Sie sich als *Dolmetscher* einführen?«

Der Anwalt war ein untersetzter, birnenförmiger Mann, der keinen Schimmer hätte, was er machen sollte, wenn man ihn auf ein Laufband stellte – der Typ, der an einem heißen Tag als Erster ins Schwitzen gerät und an einem kalten Tag keinen Mantel braucht. Er und Merlin sahen sich so ähnlich, dass sie als Tandem im Gerichtssaal wie Tweedledum und Tweedledee ausgesehen haben mussten. Sosehr sich der Mann bemühte, Ricky im Auge zu behalten, hatte er die Gewohnheit, zur Decke zu blicken, wenn er nach der richtigen Formulierung suchte. In seinem Metier waren Worte die Ziegelsteine, mit denen er eine solide Mauer baute. Ricky hatte einen Mann vor sich, der Ordnung liebte und Vorsicht übte und dessen gut organisiertes Leben mit einem Schlag aus dem Gleichgewicht geraten war. Wo normalerweise mit anwaltlicher Selbstsicherheit und Autorität zu rechnen war, sah Ricky jetzt nur Angst, die er hinter einer widersprüchlichen Fassade aus kernigen Sprüchen mit Holzfäller-Charme und staubtrockenem Juristenjargon verbarg.

»Wozu das Gewehr?«, fragte Ricky, indem er die absolut naheliegenden Fragen des Anwalts ignorierte.

»Zu meiner Sicherheit.«

»Das ist keine Antwort.«

»Na schön. Sagen wir einfach, ich bin von Natur aus ängstlich.«

»Das ist eine Diagnose, keine Erklärung.«

»Vielleicht ist das hier nach Einbruch der Dunkelheit eine Gegend mit einer hohen Kriminalitätsrate, und ich habe das Bedürfnis, mich zu schützen, wenn es abends mal ein bisschen später wird.«

Ricky schwieg, während er über diese weitere nichtssagende Antwort nachdachte.

»Also, noch mal von vorne«, sagte Ricky bedächtig, »wer hat Ihnen gedroht, Sie umzubringen?«

Der Anwalt fuhr erschrocken in seinem Sessel hoch. »Wie kommen Sie darauf?«

Ricky zeigte nur stumm auf die Waffe.

Der Anwalt zuckte die Achseln. »Morddrohungen gehören für einen Strafverteidiger zum Berufsrisiko ...«, fing er an, doch Ricky fiel ihm ins Wort.

»Alkohol am Steuer. Einbruch. Häusliche Gewalt: *Er hat gesagt. Sie hat gesagt.* Sind das nicht Ihre Routinejobs?«

Sharpe runzelte die Stirn.

»Ja, schon. Aber ...«

Erneut fiel ihm Ricky ins Wort.

»Aber einmal haben Sie einen Fall verhandelt, der großes öffentliches Aufsehen erregte.«

Sharpe wand sich weiter.

»Ja, das stimmt. Erfolgreich. Und meistens hassen es die Leute, wenn ein Schuldiger freigesprochen wird. Sie suchen nach einem Sündenbock, und in diesem Fall ist das eben *meine Wenigkeit.* Meistens hat man es bei diesen Drohungen nur mit irgendeinem Rüpel zu tun, der sich an einer Bar volllaufen lässt und so, dass es alle hören können, mächtig das Maul aufreißt, ohne dass er vorhat, Ernst zu machen. Nichts weiter.«

»Aber das hier ist was anderes?«

»Das habe ich nicht gesagt«, zierte sich der Anwalt weiter.

»Doch, das haben Sie«, erwiderte Ricky.

Nahezu geistesabwesend strich Sharpe mit dem Finger über den Lauf seiner Flinte. Dann beugte er sich vor und sah Ricky gerade ins

Gesicht. »Ich beende diese Unterhaltung, wenn Sie mir nicht erklären, wozu Sie hergekommen sind.«

Ricky überlegte und sagte: »Es saßen drei Personen an diesem Tisch. Sie, der Angeklagte und Ihr beigeordneter Anwalt aus New York …«

»Ja. Mark Thomas. Richtig guter Mann. Über die Maßen hilfreich. Verdammt guter Anwalt. Keine Allüren, hat nicht den New Yorker rausgekehrt, wissen Sie. Kam einfach her und legte sich ins Zeug. Wir waren Pflichtverteidiger, müssen Sie wissen. Jimmy besaß nämlich, wie sich zeigte, keinen Penny. Und da ich bei Kapitalverbrechen nicht besonders erfahren war, griff das Gericht eine Empfehlung aus einer Liste von Kanzleien heraus, die pro bono arbeiten. Ich hatte mit so einem eingebildeten Schnösel aus der City gerechnet, der mir nur signalisiert, dass ich ihm nicht ins Handwerk pfuschen soll. Aber Mark war von Anfang an ein richtig netter Kumpel. Ich war stolz, neben ihm auf der Bank zu sitzen …«

»Jemand, der mit Paragrafen und Fällen zaubern kann …«, sagte Ricky. Innerlich zog er *Merlin* dem echten Namen des Anwalts vor. Und aus eigener Anschauung konnte er Sharpes Charakterisierung von Merlin als richtig netten Kumpel nicht nachvollziehen.

»Ja, genau, der Mann zauberte so einiges aus dem Hut«, erwiderte Sharpe. »Aber ich hab natürlich auch ein paar Tricks auf Lager, wenn ich das so sagen darf.«

»Ein komplizierter Fall?«

»Jedenfalls nicht gerade leicht. Natürlich hatten wir einige Trümpfe auf unserer Seite – zum Beispiel das fehlende Geständnis –, andererseits hatten wir es hier mit einem ermordeten Kind zu tun und einem Mandanten, dem es geradezu ins Gesicht geschrieben stand, dass er ein unschuldiges Kind ermordet hatte … aber wieso fragen Sie?«

»Auch Ihr sagenhafter damaliger beigeordneter Anwaltskollege wurde bedroht. Und Ihr Mandant ist tot. Glauben Sie wirklich, das war ein Unfall? Und dann Ihre freundliche Begrüßung eben mit vorgehaltenem Gewehr … sehen Sie da vielleicht einen Zusammenhang, Mr Sharpe?«

Als Psychoanalytiker ließ sich Ricky nur selten zu einem solchen Kreuzverhör hinreißen. Doch in diesem Fall fühlte es sich gut an. Der Anwalt wand sich in offensichtlichem Unbehagen auf seinem Sessel.

»Mark wurde bedroht? Das hätte ich nicht gedacht. Ich meine, er ist ja nicht von hier. Ich habe den ganzen Fall für eine rein lokale Angelegenheit gehalten.«

»Wem galt dieses Gewehr, Mr Sharpe?«

»Auf welche Weise wurde Mark bedroht?«

»Mit wem haben Sie gerechnet, als ich hier zur Tür hereinkam?«

»Kann Mark sich schützen? Was unternimmt er, um sich …«

»Ich bin hier, um ihn zu schützen«, warf Ricky schnell ein, und bevor der Anwalt etwas einwerfen konnte, fragte er zum dritten Mal: »Wen hätten Sie heute Abend erschossen, Mr Sharpe?«

Der Anwalt hörte auf, herumzuzappeln. Er zuckte nur noch nervös die Achseln. »Wenn ich das wüsste«, sagte er. »Zumindest weiß ich es nicht genau. Sagen wir einfach mal, auch wenn ich, wie gesagt, zu Ängstlichkeit neige, zu *Unfällen* dagegen nicht, und meine Freundin hier, Kaliber zwölf, sollte dafür sorgen, dass es auch so bleibt.«

Er beäugte Ricky mit einem misstrauischen Blick. Dann griff er nach einem Schreibtischtelefon, nahm den Hörer in die Hand und drückte ein paar Ziffern. Bevor er die letzte Ziffer eingab, zögerte sein Finger für einen Moment über der Taste. »Ich rufe jetzt meinen damaligen Anwaltskollegen in New York an und lasse mir von ihm bestätigen, wer Sie sind und was Sie hier mit Ihren verdammten Fragen wollen.«

»Nur zu«, erwiderte Ricky. »Schließlich hat er mich hergeschickt.« Was nicht ganz der Wahrheit entsprach. Doch er wollte nicht, dass Sharpe die letzte Taste drückte, bevor sie mit ihrem Gespräch zu Ende waren. Er vermutete, dass Sharpe das Telefonat nachholen würde, sobald er wieder allein war, und hoffte, dass er Merlin, angesichts der vorgerückten Stunde, erst am nächsten Tag erreichen würde. Das Risiko musste er eingehen. In einer übertrieben lässigen Geste zog er daher die Schultern hoch. »Auch wenn er natürlich, sobald er erfährt, dass auch Sie bedroht worden sind, leicht in Panik geraten könnte. Möglicherweise auch untertaucht. Was mir meine Arbeit nicht gerade erleichtern würde. Aber vor allem wird er Ihnen sofort dieselben Fragen stellen wie ich.«

Der Anwalt legte wieder auf.

»Wieso hat er mich dann nicht angerufen und Sie mir angekündigt?«

»Halten Sie das in dieser Situation für eine so brillante Idee?« Indem er jede Frage im selben Besserwisserton und teils mit einer Gegenfrage beantwortete, würgte er sie, zumindest für den Augenblick, erfolgreich ab.

»Was für ein Doktor sind Sie eigentlich?«

Ricky durchbohrte sein Gegenüber mit stählernem Blick.

»Einer, zu dem Sie nie in die Praxis kämen«, erklärte er.

Er spielte seine Rolle doch recht gut, dachte Ricky zufrieden, indem er, wie er hoffte, als *Dr. Auftragskiller* rüberkam. Dabei war seine Auskunft nicht gänzlich daneben, zumal Augustus Sharpe wohl nicht der Typ war, der sich einer Psychotherapie unterziehen würde. Außerdem vermutete er, dass der gute Anwalt nicht viel Erfahrung mit Profikillern hatte und seine Vorstellung von diesem Berufszweig eher aus Hollywood oder dem Fernsehen bezog.

Sharpe schien fieberhaft nachzudenken. Eine Minute lang. Zwei.

Ricky setzte der Stille, die sich über den Raum gelegt hatte, ein Ende.

»Die Drohung, die Sie bekommen haben, erzählen Sie mir davon.«

»Und womit wird Mark bedroht?«

»In Form einer CD. Aufwendig vorbereitet.«

»Tatsächlich?«

»Tatsächlich.«

»Können Sie mir Näheres dazu sagen?«

Ricky schüttelte den Kopf. »Nein, dazu bin ich nicht befugt. Vertraulichkeit, Sie wissen schon.« Eine hübsche Lüge, über die er innerlich grinsen musste. Dem Anwalt leuchtete sie offenbar ein.

»Meine Bedrohung war sehr direkt und auf den Punkt gebracht.«

Sharpe bückte sich und öffnete eine Schreibtischschublade. Er zog einen braunen Briefumschlag heraus und warf ihn vor Ricky auf den Tisch. »Hier«, sagte er. »Sagen Sie mir, was ich davon halten soll.«

Ricky machte den Brief langsam auf, als sei darin mit einer giftigen Substanz zu rechnen.
Der Inhalt war eine Sammlung loser Blätter.
Beim ersten handelte es sich um gewöhnliches Schreibpapier, mit dem folgenden gedruckten Text:

30.03.06 @11.06
Der Staat gegen Augustus Sharpe
Anklage: Vorsätzlicher Mord

»Was …«, fing Ricky an. Der Anwalt fiel ihm ins Wort.
»Das ist das Datum der Urteilsverkündung im Mordprozess gegen Jimmy Conway, die präzise Uhrzeit, zu der in öffentlicher Sitzung sein Freispruch verlesen wurde. So ist es in den Prozessakten vermerkt.«
Ricky nickte. Er legte das Blatt weg und wandte sich dem nächsten zu. Die Überschrift lautete:

Gesetzliche Geschworenenabstimmung des Bundesstaates Alabama

Eine Zeile darunter:

Geschworener Nr. 1

Und darunter zwei Formularkästchen:

Angeklagter im Fall (Lücke) ist:

SCHULDIG
NICHT SCHULDIG

In dem Kästchen hinter *schuldig* stand ein großes, fettes **X.**
Ricky sah sich das nächste Blatt an. Es war mit dem vorherigen identisch, lediglich dem *Geschworenen Nr. 2* zugeschrieben. Insge-

samt gab es zwölf solche Blätter, alle mit einem einstimmigen *Schuldig*.

Wieder blickte er zu Sharpe auf.

»Es gibt in unserem Bundesstaat keine *Gesetzliche Geschworenenabstimmung*«, erklärte der Anwalt. »Ziemlich clevere Idee. Klare Ansage, auf einen Blick.«

Ricky legte die Blätter beiseite. Es steckte noch ein letztes Blatt im Umschlag, und Ricky zog es heraus. Wiederum handelte es sich um einen Bogen gewöhnliches Druckerpapier. Darauf stand in Fettbuchstaben:

Gesetzbuch Alabama – Titel 13A.
Strafgesetzbuch @ 13A-5-48

»Das ist das Strafgesetz von Alabama, das die Todesstrafe regelt. Darin sind verschiedene wichtige Gesichtspunkte aufgeführt, wie erschwerende oder mildernde Umstände, die bei einem Fall, auf den die Todesstrafe steht, von den Geschworenen berücksichtigt werden müssen; außerdem die Belehrung des Richters an die Jury. Das muss er ihnen erklären, bevor sie sich zur Beratung zurückziehen, all die Punkte, die sie leicht außer Acht lassen könnten«, sagte Sharpe in beißend zynischem Ton. »Wir sind in unserem Bundesstaat einfach so versessen darauf, Leute in den Todestrakt zu bringen.«

Einen Moment lang starrte Ricky auf die Seite.

»Das Ganze ist ziemlich eindeutig, finden Sie nicht, Mr Dolmetscher? Ich würde sagen, da hat mich jemand vor Gericht gestellt, schuldig gesprochen und dafür die Todesstrafe über mich verhängt.«

»Wie haben Sie diesen Brief bekommen?«

»Den hat jemand eines Nachts unter der Tür durchgeschoben. Die Sekretärin fand ihn am nächsten Morgen. Ex-Sekretärin, besser gesagt. Oder, um ganz präzise zu sein, neu angestellte Sekretärin, die, wenige Minuten, nachdem sie das hier und wenig später mein nagelneues Gewehr sah, das Weite suchte. Obwohl sie erst wenige Tage davor bei mir angefangen hatte, kündigte sie auf der Stelle. Dabei hätte ich sie liebend gerne behalten. Die hübscheste Sekretärin, die ich je angeheuert hatte. Seitdem, na ja, bin ich ein bisschen nervös und habe mich noch nicht dazu durchringen können, eine andere junge Frau einzustellen. Nicht gerade leicht, eine zu finden, die bereit ist, zwischen mir und demjenigen zu sitzen, der mit einem Maschinengewehr zur Tür hereinspaziert. Oder auch einer Flinte. Oder einer Pistole. Das sind ihnen die sechshundert Dollar netto, die sie wöchentlich heimbringen, dann doch nicht wert.«

Augustus Sharpe fing wieder an, sich auf seinem Stuhl hin- und herzudrehen. Ricky dachte an Tennessee Williams' Stück mit dem treffenden Titel *Die Katze auf dem heißen Blechdach.*

»Also«, fasste Sharpe zusammen, »ich bin schuldig. Jimmy ist tot. Und wie steht's mit Mark?«

»Haben Sie Familie, Mr Sharpe?«

»Nein, Sir. Eingefleischter Junggeselle. Ich bin's zufrieden. Von klein auf Einzelgänger. Aber Mark hat Frau und Kinder. Ich weiß noch, wie er in den kurzen Pausen bei unserer Arbeit an Jimmys Fall oft sagte, wie sie ihm fehlten. Richtet sich die Drohung auch ...« Der Anwalt brachte die Frage nicht zu Ende. Das übernahm Ricky für ihn.

»... auch gegen die Familie? Ja.«

»Verdammt. Das ist übel. In dem Fall möchte ich helfen, so gut ich kann.«

»Umso besser«, erwiderte Ricky. »Glauben Sie, dass dank Jimmy Conways Freispruch auch noch andere Morddrohungen erhalten haben?«

»Wie zum Beispiel?«

»Wie zum Beispiel der Richter. Oder auch die Geschworenen, die ihn freigesprochen haben? Die Polizisten oder Staatsanwälte, welche die Anklage vermasselt haben? Kommen Sie schon, Mr Sharpe, wer könnte sonst noch Drohungen erhalten haben?«

»Nein, ich glaube nicht.«

»Aber Sie wissen es nicht.«

»Das stimmt. Ich weiß es nicht. Aber ich denke, falls doch, hätte ich davon gehört.«

»Wie sieht es mit Jimmys Familie aus? Wurde die bedroht?«

»Nein. Wer denn auch? Seine geschiedene Frau, die mit den Kindern weggezogen ist? Jemand, der so richtig krank im Kopf ist und das mit dem *Auge um Auge, Zahn um Zahn* sehr ernst nimmt, sicher, der könnte es auch auf die Kleinen abgesehen haben. Aber sehr unwahrscheinlich, wenn Sie mich fragen. Und andere Angehörige, die auch nur das Geringste mit dem Verbrechen oder dem Prozess zu tun gehabt hätten, besaß Jimmy nicht.«

Ich muss diese geschiedene Frau und ihre Kinder ausfindig machen, dachte Ricky.

Der Anwalt schüttelte den Kopf. »Du liebe Zeit! Ich dachte, nur ich würde bedroht. Und natürlich Jimmy. War vermutlich nicht besonders schwer, ihn um die Ecke zu bringen. Der Bursche konnte es einfach nicht lassen, spätnachts, gut abgefüllt, auf diesen abgelegenen Straßen durch die Gegend zu rasen. Gefundenes Fressen für jemanden, der noch eine Rechnung mit ihm offen hatte.«

Er schien zu überlegen. »Eins ist mir allerdings schleierhaft: Nachdem Jimmy – ob es nun ein Unfall war oder ob jemand nachgeholfen hat, was macht das jetzt noch für einen Unterschied? –, nachdem Jimmy das Zeitliche gesegnet hatte, sollte man meinen, der Fall wäre damit ein für alle Male erledigt, oder? Ich meine, Julia ist tot und nun auch Jimmy. Selbst sein Haus, in dem Julia Babysitter war, ist mit Brettern zugenagelt und steht zum Verkauf, aber keiner will es haben. Zumindest niemand von hier, der die Geschichte kennt. Demnach wären alle quitt. Fragt sich also, wieso jemand hinter den Anwälten her ist. Was soll das? Verflucht noch mal, wir machen doch nur unseren Job, so wie jeder andere Strafverteidiger irgendwo sonst in den Staaten auch.«

Auf diese Frage wusste Ricky keine Antwort. Er deutete auf die Papiere.

»Haben Sie bei der Polizei angerufen?«

»Werd mich hüten. Ich kann nicht mal hundertprozentig ausschließen, dass der Mist von denen kommt.« Er wedelte mit einigen der Geschworenen-Stimmzettel in der Luft. »Auch wenn das bei näherer Betrachtung für deren schlichte Gemüter ein bisschen zu raffiniert erscheint. *Unterbelichtet* trifft es wohl besser. Jedenfalls kommt mir diese Morddrohung ziemlich ausgeklügelt vor.«

Ricky gab ihm recht.
»Stellt sich also die Frage«, sagte er, »wer erstens dieses intellektuelle Niveau besitzt, zweitens Grund hat, sich für Jimmys Tat zu rächen, und drittens Sie unterdessen ordentlich zappeln lassen will?«
»Tja, Sir«, sagte der Anwalt gewichtig, als sei jedes Wort, das er aussprach, eine kostspielige Sache, »ist das hier nicht die Millionen-Dollar-Frage?«
Er bückte sich erneut und zog eine andere Schreibtischschublade auf.
Ricky bemerkte nur: »Paddington.«
Der Anwalt hatte ein weiteres Papier in der Hand. Er sah Ricky verständnislos an.
»Was sagten Sie gerade, Mr Dolmetscher?«
»Paddington, der Bär. Klingelt da was bei Ihnen?«
Der Anwalt runzelte die Stirn. »Eine besondere Tiergattung? In dieser Gegend von Alabama haben wir keine Bären.«
»Vergessen Sie's«, antwortete Ricky.
»Ich habe eine Liste vorbereitet«, fuhr Sharpe fort. »Nicht lang. Ihre vorherige Frage betreffend, auf wen ich heute Abend schießen wollte. Nun ja, möglicherweise auf einen der naheliegenden Verdächtigen – zum Beispiel Julias Großvater oder ihre zwei Cousins, beide vorbestraft. Außerdem habe ich hier die Namen von ein paar Detectives bei der Polizei aufgeführt. Ihr Vater ist schon lange tot, aber ihr Onkel – er soll ein ziemlich scharfer Hund sein –, der kam damals jeden Tag zum Prozess und schien über den Verlauf nicht besonders glücklich zu sein. Außerdem gab es da noch ein paar Leute im weiteren Umfeld, die ein besonderes Interesse an den Tag legten. Zum Beispiel eine Frau, Soziologieprofessorin an der Universität, die sich bei einer führenden Frauen-Empowerment-Gruppe einen Namen gemacht hat, Anti-Vergewaltigungs-Aktivisten, wobei ich mich frage, wer wohl Pro-Vergewaltigung ist. Jedenfalls haben die jeden Tag einen Beobachter zum Prozess geschickt. Die Professorin hat ein paar ihrer Studentinnen abgestellt, die draußen vor dem Gericht Protestschilder hochhielten, Sie wissen schon, eine Art Demo, wenn sie mehr Leute gehabt und mehr Aufmerksamkeit erregt hätten. Ich

habe auch ein paar Leute aus Julias Kirche aufgeschrieben – deren Namen finden Sie weiter unten in der Liste. Diese braven Christen fanden damals gegenüber Mark oder mir kein einziges Wort des Verständnisses, nicht eins, Sir. Dann war auch noch Julias Lehrer häufig bei den Verhandlungen. Saß einfach nur mit finsterer, enttäuschter Miene da. Wissen Sie, Mr Dolmetscher, wenn Sie erst mal nach möglichen Mördern Ausschau halten, kommen Sie auf jede Menge Leute, die angepisst sind. Fragt sich nur, wer von denen bereit ist, einen Schritt weiterzugehen.«

Ricky erwiderte nichts. Er ließ sich die Bemerkung durch den Kopf gehen: *einen Schritt weiter.*

»Dreizehn Namen«, sagte Sharpe und schob Ricky das Blatt hin. »Behalten Sie's«, sagte er. »Aber ich werde Sie ganz bestimmt *nicht* fragen, was Sie damit machen wollen.«

Klar, dachte Ricky, *um auf eine entsprechende Frage, zum Beispiel von der Polizei oder dem FBI, jede Beteiligung abstreiten zu können. Die übliche Vorsichtsmaßnahme eines Juristen.*

»Wer auf dieser Liste …«, fing Ricky an, doch diesmal fiel ihm der Anwalt ins Wort.

»… Nein, nein, nein, ich habe keine engere Wahl. Ich ging nur davon aus, dass derjenige auf dieser Liste, der eines Tages oder eines Nachts in meiner Kanzlei oder bei mir zu Hause auftaucht, der Richtige ist. Ausschlussverfahren, wenn Sie so wollen, mit Kaliber .12 …« – er schielte auf sein Gewehr – »… kein Problem.«

Sharpe lehnte sich zurück.

»Das war ein Witz, Mr Dolmetscher. Und ich denke, das ist vielleicht das passende Schlusswort für diese Unterhaltung.«

Ricky ignorierte die Bemerkung.

»Während des Prozesses oder sogar schon davor oder auch danach, ist Ihnen da irgendetwas …«

»Nein. Keine besonderen Vorkommnisse. Die Leute haben auch wenig mit uns geredet. Selbst bei einem kurzen Gang ins Café um die Ecke konnte es passieren, dass die Bedienung nicht einmal das übliche *Guten Morgen* oder *Wie geht's, wie steht's?* über die Lippen brachte. Aber das war natürlich nicht anders zu erwarten, mitten in einem Mordprozess. Wir erledigten einfach nur unsere Arbeit. Nahmen Aussagen zu Protokoll. Stellten Anträge. Nahmen Zeugen ins Kreuzverhör. Aber ich würde mal sagen, die Hälfte der Leute hier sog gierig jede Kleinigkeit auf, während die andere Hälfte nichts damit zu schaffen haben wollte und einen großen Bogen um alles machte, was mit dem Mordfall zu tun hatte. So läuft das nun mal.«

Ricky überlegte einen Moment und blickte über die Schulter des Anwalts hinweg auf eine Reihe Aktenschränke.

»Ihr damaliger Anwaltskollege hat mir einige der Unterlagen zu dem Prozess ausgehändigt – Autopsie- und Polizeiberichte ...«

»Vermutlich die Dokumente aus der Beweiserhebungsphase. Die Staatsanwaltschaft ist verpflichtet, uns ihr gesamtes Beweismaterial zugänglich zu machen.«

»Könnte es vielleicht sein, dass dabei doch irgendetwas fehlte ...«

Augustus Sharpe schien zu überlegen. »Schätze, der gute alte Mark hat sich von sämtlichen Unterlagen Kopien gemacht ...«

Er hielt inne, verzog das Gesicht und runzelte die Stirn.

»Das heißt, nein«, sagte er schließlich. »Das stimmt nicht ganz. Ich war für das gesamte Fotomaterial zuständig, und ich glaube nicht, dass sich Mark davon irgendwelche Kopien gemacht hat. Ich meine, weshalb sollte er?«

»Fotos?«

»Ja. Die Polizei hat alles fotografiert. Von vorne bis hinten. Am Leichenfundort. Jimmys Haus, während sie es gefilzt haben. Einfach alles. Und sie haben uns alles übergeben. Sie haben wirklich jeden Stein umgedreht, um irgendwelche Indizien gegen Jimmy zu finden. Aber bis sie überhaupt so weit kamen ...«

... *War es schon zu spät.* Augustus Sharpe drehte sich auf seinem Bürostuhl herum und rollte zu einem seiner Aktenschränke. Er öffnete eine Schublade und zog binnen Sekunden einen großen Ziehharmonika-Ordner heraus.

»Wenn Sie die Fotos sehen wollen, hier.« Der prall gefüllte Ordner wurde von einem Gummiband zusammengehalten, damit nichts herausfiel. Ricky zog es ab und sah hinein. Wie er schnell feststellte, waren die Aufnahmen in vier Sektionen unterteilt: *Autopsie-Fotos; Fotos vom Leichenfundort; Beweismittel-Fotos; Fotos von der Hausdurchsuchung.* Das Fach *Autopsie* schenkte er sich. Beim Medizinstudium hatte er für den Rest seines Lebens genug an Leichen gearbeitet. Es hatte ihm damals widerstrebt, und daran hatte sich nichts geändert. Er warf einen Blick auf das Fach mit den Aufnahmen vom Leichenfundort – Fotos, die im Sumpf entstanden waren. Nahaufnahmen von Fußabdrücken im morastigen Boden. Selbst die Spinnangel, die der Boyscout benutzt hatte, war zu den Akten gekommen, und bei der Bergung von Julias Leiche hatte ein Taucher einige Unterwasser-Aufnahmen gemacht. Darauf war ihre Gestalt schemenhaft durch das brackige, dunkle Wasser zu erkennen. Das *Beweismittel*-Fach war dünn – immerhin fanden sich darunter ein paar Fotos von Jimmy Conway in der Polizeistation, darunter eine Handvoll, auf denen er in Vorder- und in Rückenansicht ohne Hemd zu sehen war. Der Bursche war schmal, aber drahtig, mit unbehaarter Brust und einer schlampig gemachten Tätowierung von einer Konföderiertenflagge an einem Arm. Auch davon gab es Nahaufnahmen. Augustus Sharpe entging es offenbar nicht, dass Ricky bei diesem Foto verweilte, denn er warf ein: »Ich denke, vor ungefähr fünfzig Jahren wäre der gute alte Jimmy beim Ku-Klux-Klan gewesen.« Ricky nickte. Diese halb nackten Fotos, nahm er an, dienten der Polizei als Beweis dafür, dass sie ihn nicht geschlagen hatten. Der letzte Stapel schließlich dokumentierte die *Suche.* Dieses Fach platzte fast aus den Nähten. »Da ist nicht allzu viel zu holen, auch wenn sie jede Menge Film verschossen haben. Oder hätten, nur dass es inzwischen alles digital ist«, sagte Sharpe.

Ricky ging den Stoß langsam durch. Er stieß auf drei Fotos von der leeren Messerscheide, welche die Polizisten gefunden hatten.

»Selbst das Zimmer, in dem Jimmys Kinder schliefen, haben sie fotografiert. Immerhin war Julia ihr Babysitter und hatte die beiden an dem Abend, bevor Jimmy nach Hause kam, wahrscheinlich ins Bett gebracht.«

Ricky sah sich diese Bilder genauer an: *typisches Kinderzimmer, vollgestopft mit Spielzeug. Bunte Poster an den Wänden. Ungemachte Bet-*

ten mit Findet Nemo- *und* Star Wars- *Bezügen. Alles in allem ein ziemliches Durcheinander.*

In einer Ecke stand ein kleiner Holztisch.

Darauf war eine Auswahl Bücher verstreut.

Das oberste hatte einen taubenblauen Schutzumschlag.

Darauf ein unverkennbares Bild:

Ein Braunbär. Mit breitem Grinsen.

Blauer Regenmantel.

Gelber Schlapphut.

Zerbeulter brauner Koffer.

Am Griff des Koffers hing ein Schildchen: *Bitte kümmern Sie sich um diesen Bären.*

Hallo, Paddington, lag es Ricky auf der Zunge.

Doch er behielt den Gruß für sich.

19

Finde Paddington, und du findest Jack.

Ricky verließ die Anwaltskanzlei mit der Erkenntnis, dass dieses Kinderbuch für den Mann, der aufs Töten versessen war, von ganz besonderer Bedeutung sein musste. Falls dieser Mann einen Fehler begangen hatte – wie gesagt, *falls*, denn nach allem, was Ricky wusste, wäre es sein erster –, dann bei der Szene, in der Jack das Stofftier von Merlins Tochter nimmt und mit einem Messer zerfetzt. Da hatte er die Selbstbeherrschung verloren und seine Wut nicht im Zaum gehalten. Dieser eine bedeutsame Moment verriet, wie bei Jack von einer Sekunde zur anderen die Rage aufbrodeln konnte. *Als er den Bären auf dem Bett entdeckte, weckte der Anblick bei ihm tief sitzende Emotionen und löste eine Reaktion aus, die nicht zu seinem sonstigen planvollen Vorgehen passte. Diese Kreuze, die Markierungen, über den Gesichtern und das geborstene Glas, das war Kalkül und zielte offensichtlich darauf ab, Angst zu verbreiten. Das hätte auch ich mir einfallen lassen können. Aber die Attacke auf den Bären?* Je länger Rickys Gedanken um dieses Problem kreisten, desto unabweisbarer dämmerte ihm die einzige mögliche Antwort: *Wohl doch nicht so unkontrolliert … denn als ich ihm frank und frei den Spitznamen nannte, den ich ihm gegeben hatte, reagierte er nicht wie jemand, der sich bei einem entlarvenden Fehler ertappt fühlt.* Vielmehr hatte Jack fast amüsiert gewirkt.

Diese Reaktion passte nicht in die Theorie von der Gemütsaufwallung. Sie passte nicht zu der Wut, mit der er dem Stofftier dieses Messer in den Bauch stieß.

»Wieso?«, fragte sich Ricky im Flüsterton.

Dafür musste er dringend eine Erklärung finden. In seinem Metier beantwortete das Warum häufig die Frage nach dem *Wer*. Wenn er seine Antwort nur nicht erst in dem Augenblick bekam, in dem sich Jack ihm zu erkennen gab – zu spät und damit genau so, wie es ihm Jack vorhergesagt hatte.

Und da war noch eine Merkwürdigkeit, die ihm zu schaffen machte.

Das Buch befand sich an der falschen Stelle.

»*Paddington Bär* hätte in Julias Zimmer sein müssen.« Das Wort *müssen* hallte im Wageninneren wider. »War es aber nicht. Es lag im Zimmer von Jimmys Kindern. Wie gelangte es dorthin? Und wer wusste, dass es sich dort befand?«

Fragen über Fragen.

Die Straße vor ihm zog sich in der dörflich ländlichen Gegend mit ihren spärlichen Lichtern und weiten Feldern zwischen dunklen, einsamen Wäldern hin. Auf der Suche nach dem *Friendly Shores* spähte er angestrengt durch die Windschutzscheibe. Er wusste, dass es in ein, zwei Meilen kommen musste.

Eines hatte Ricky begriffen: *Ihm blieb nicht viel Zeit.*

Ein Anwalt würde den anderen Anwalt anrufen, der wiederum seinen Bruder, den Profikiller, dieser seine Schwester, die Schauspielerin, und alle würden sie sich fragen: *Was hat Ricky in Alabama zu suchen, wo er doch angeblich nach Pennsylvania wollte?*

Vor allem aber: *Wieso hat er uns angelogen?*

Ricky lehnte sich auf dem Sitz zurück und krallte die Hände ums Lenkrad. Dabei fürchtete er nicht, dass ihn Mr R für seine Lügen und Halbwahrheiten auf der Stelle erschießen würde. Natürlich hatte er eine gehörige Wut auf ihn. Eine Mordswut? Wohl eher nicht. Jedenfalls nicht mehr als sonst. *Eine Lüge wird mich nicht gleich in Teufels Küche bringen,* hoffte er.

Seltsamerweise kam es ihm so vor, als seien all die Widersprüche, die ihm durch den Kopf gingen, weitere Puzzleteile. Auf dem Beifahrersitz lag die Liste von Sharpe:

Dreizehn Namen.

Vielleicht plant er, alle umzubringen.

Ein bisschen fühlte sich Ricky wie ein Mathematiker vor einer anspruchsvollen Rechenaufgabe. Er wusste, dass es mit der richtigen Anwendung von Quadratwurzeln, Cosinus, Parametern und Faktoren eine Lösung geben musste, die er nur noch nicht sah.

Jack hat mich gefragt: Wer sind Sie?

Ich werde immer mehr zum: Moderator des Todes.

Endlich entdeckte er die Leuchtschrift des Motels und bog auf den Parkplatz des *Friendly Shores* ab. Er schnappte sich die Namenliste von Augustus Sharpe. Er könnte jetzt einfach damit zu Mr R marschieren und sagen: *Hier. Hinter einem der Namen auf dieser Liste verbirgt sich Jack. Damit habe ich meine Schuldigkeit – falls davon überhaupt die Rede sein kann – getan. Wir sind quitt. Ich will Sie, Ihren Bruder und Ihre Schwester nie wiedersehen.* Draußen war es dunkel; nur die rote Neonreklame *Zimmer frei* am Motel sowie die gelegentlichen Scheinwerferkegel, die auf dem Highway vorüberglitten, leuchteten in der sternlosen, dunstigen Nacht.

Ricky starrte zur Windschutzscheibe hinaus. *Überall lauern Schatten.* Im Wagen staute sich die Hitze, doch er rührte sich immer noch nicht von seinem Sitz. *Rache,* dachte er, *kann so gut versteckt sein wie in der undurchsichtigen Nacht da draußen.*

In seiner Fantasie überschlugen sich die Assoziationen, die alle um eine einzige Nacht, eine einzige Fahrt nach dem Babysitten kreisten. Ein kurzer Weg von der Alltagsroutine ins pure Grauen:

Julia und Jimmy.

Er hielt immer noch die Liste des Anwalts in der Hand und überflog in der schwachen Innenbeleuchtung des Wagens die Namen. Menschen, die von dem Mord an dem Mädchen und dem Freispruch des Mannes, der sie auf dem Gewissen hatte, mehr oder weniger unmittelbar betroffen waren: Wut ohne Ende. Gnadenlose Traurigkeit. Jahre der Depression – eine Wunde, die nie verheilt. Jede Menge Hilflosigkeit und Frust; Allmachtsfantasien – *wenn ich den nur fünf Minuten zwischen die Finger bekäme.* Wunschdenken und ohnmächtiges Aufbegehren.

Der Stille unter ihnen ist Jack, überlegte er, *oder?*

Wie der Wildwuchs von Kudzuranken überwucherte der Zweifel sämtliche anderen Gedanken.

Gegen den Wirrwarr seiner Gedanken schüttelte er den Kopf, dann stieg er aus und trat ins Dunkel. Wie sollte man bei dieser hohen Luftfeuchtigkeit, wie sie nachts in Alabama herrschte, noch Sauerstoff in die Lungen bekommen! Langsam lief er, immer noch tief in Gedanken, zu seinem Zimmer. Das *Friendly Shores* war eine eher schlichte Bleibe – vielleicht zwanzig Zimmer in einem langen, schmalen, einstöckigen Bau mit einem Vordach aneinandergereiht. Der einzige Komfort, den es bot, war Sauberkeit. Ricky hatte die Nummer 107. Vor der dünnen Pressholztür blieb er stehen und merkte erst jetzt, dass sich an der Hauswand neben jeder Eingangstür ein Außenlicht befand, die Glühbirne zu seiner billigen Lampe jedoch offenbar kaputt war. Ricky trat ein Stück zurück und spähte die Reihe der anderen Zimmer entlang. Nur vor einer Handvoll davon parkten Autos. Am Ende des Gangs, unter dem Vordach, stellte er fest, waren noch drei andere Lampen defekt. Demnach wohl kein Grund zur Sorge. Einen Augenblick lang horchte er angestrengt. In das Sirren nächtlicher Insekten und das Zirpen der Zikaden mischten sich die Geräusche von der fernen Straße. Er fand seinen Zimmerschlüssel, schloss auf und tastete an der Wand neben der Tür nach einem Schalter.

Er knipste das Licht an.

Das Zimmer war auf den Kopf gestellt.

Wie benommen wankte er einen Schritt zurück.

Ohne einzutreten, starrte er auf das Chaos.

Als hoffe er, irgendwo draußen die Person zu entdecken, die sein Zimmer durchwühlt hatte, suchte er links und rechts die Reihe der Türen ab. Doch das Gelände des *Friendly Shores* war menschenleer, und Ricky kam es so vor, als seien die vertrauten nächtlichen Geräusche plötzlich verstummt.

Er wartete einen Moment, bis er den Schock einigermaßen überwunden hatte. *Was du hier siehst,* schärfte er sich ein, *sagt dir etwas über den Mann, nach dem du auf der Suche bist.*

Er trat ein, sah sich langsam um und strengte sich an, kein noch so unscheinbares Detail zu übersehen. Als Erstes überprüfte er das dürftige Türschloss. Nichts deutete darauf hin, dass es jemand aufgebrochen hatte. Das sagte ihm etwas. Dann blickte er sich um.

Das Bett war abgezogen und stand schief.

Jemand hat nachgesehen, ob ich etwas unter der Matratze versteckt habe.

An der billigen Kommode standen sämtliche Schubladen offen.

Vielleicht dachte der Einbrecher, ich hätte etwas an die Unterseite eines der Einsätze geklebt.
Sämtliche Möbelstücke waren von der Wand abgerückt.
Er wollte die Rückseiten sehen. Auch da ist er nicht fündig geworden.
Seine wenigen Kleidungsstücke lagen kreuz und quer im Zimmer, auch das Telefon vom Nachttisch.
Ricky machte sich daran, Bett, Matratze und Wäsche in Ordnung zu bringen. Er hob seine Kleider auf und schob die Schubladen in die Kommode. Es dauerte nicht lange, und alles war wieder an seinem Platz.
Wonach hat der Einbrecher gesucht?
Oder stellte sich die Frage anders? Ging es hier überhaupt um ihn? An diesem gottverlassenen Ort am Rande der Zivilisation konnte es sich natürlich einfach um einen ganz gewöhnlichen Einbruch handeln, und jemand war nur auf Drogen oder eine Waffe oder dergleichen aus. *Wäre sicher nicht das erste Mal.* Ricky ging im Kopf durch, was genau der Unbekannte, nachdem er sich Zutritt verschafft hatte, entdecken konnte. Ein benutztes Flugticket zerknüllt im Abfalleimer?
Nein, das war von Atlanta nach New Orleans. Das sagte ihm nicht viel.
Leihwagenvertrag mit seiner Führerschein- und Kreditkartennummer?
Nein, den habe ich draußen im Handschuhfach.
Hotelquittung aus New York?
Nein, die hatte ich zusammen mit sämtlichen Papieren, die mir Merlin gegeben hat, bei mir im Wagen.
So lief er weiter in dem kleinen Zimmer auf und ab und beantwortete sich die eigenen Fragen. Als er in das enge Badezimmer trat, hatte er sich schon fast davon überzeugt, dass er den Einbruch dem etwas dubiosen Etablissement, in dem er abgestiegen war, zu verdanken hatte.
»Verdammt«, entfuhr es ihm. Sein lederner Kulturbeutel war ins Waschbecken ausgeleert. Er ging die eher unverfänglichen Toilettenartikel durch: ein Döschen rezeptfreies Tylenol PM, Zahnbürste, -paste und -seide, Rasierklinge und -creme, Reise-Nähetui, Nagel-

knipser. Er nahm das kleine Necessaire und machte sich daran, alles wieder einzupacken.
»Verdammt«, wiederholte er, diesmal lauter.
Ein einziger Gegenstand fehlte:
Ein Plastikdöschen mit rezeptpflichtigen Heuschnupfen-Tabletten.
In Miami hatte fast jeder ein Antiallergikum zur Hand. In Florida muss man zu den unterschiedlichsten Jahreszeiten mit jeder Menge Pollen rechnen, und die meisten Menschen, die dort leben, sind mit Niesen, Fließschnupfen und roten Augen vertraut.
Ricky hatte derzeit keine Beschwerden.
Das Medikament war auch nicht dazu geeignet, egal in welcher Dosis, ob zerstoßen und geschnupft, in Wasser aufgelöst oder erhitzt und intravenös gespritzt oder in eine Zigarette gerollt und geraucht, davon high zu werden.
Das war nicht das Problem.
Das Problem war der Aufkleber an dem Döschen, mit Rickys Namen, seiner Adresse und der Verschreibungsnummer. Dieser Nummer war zu entnehmen, dass er sich die Verschreibung selbst ausgestellt hatte. Auch wenn er nicht sagen konnte, was der Dieb mit dieser Information anzufangen wusste, war nicht zu leugnen, dass derjenige jetzt seinen Namen und seine Anschrift kannte, Klarheit darüber hatte, womit er seinen Lebensunterhalt verdiente, wer er war und worüber er gelogen hatte. Alles durch einen einzigen Aufkleber an einem Fläschchen.
»Verdammt«, sagte er zum dritten Mal. Doch das Wort brachte nicht annäherungsweise zum Ausdruck, welche Panik ihn plötzlich befiel. Wie Stromschläge durchzuckte es ihn von oben bis unten. Er starrte in den Badezimmerspiegel und bildete sich ein, in den Falten seines Gesichts seine Verwundbarkeit zu sehen. Er rieb sich die Wangen, als könne er sich Entschlossenheit einmassieren.
Schließlich sammelte er die letzten Toilettenartikel ein und stopfte sie wieder in das Lederetui. Er ließ kaltes Wasser ins Becken laufen und spritzte es sich übers Gesicht. Schon besser.
Zumindest ein bisschen.

20

Der Concierge mit den Koteletten hinter dem Empfangstresen sah auf, als Ricky in das kleine Foyer trat.

»Hey, Mr Dokumentarfilm-Produzent, wie laufen denn die Recherchen so?« Ricky hörte einen leicht nervösen Unterton heraus. Die Frage sollte ihn von seinem eigentlichen Anliegen ablenken, nämlich verhindern, angeschnauzt und zusammengestaucht zu werden, eine logische Konsequenz aus dem Chaos, das Ricky in seinem Zimmer vorgefunden hatte, von dem der Angestellte des *Friendly Shores,* so ahnungslos er sich gab, ganz offensichtlich wusste. Ricky überlegte sich seine Antwort genau.

Nach einer wirkungsvollen Pause sagte er: »Großartig, faszinierende Geschichte. Ziemlich emotionsgeladen, wie Sie schon sagten. Ein Hornissennest.«

»Tatsächlich?«

»Tatsächlich. Löst heftige Reaktionen aus.«

Der Angestellte nickte. »Kann ich mir denken.«

Ricky senkte die Stimme und fuhr in schneidendem Ton fort: »So heftige Reaktionen, dass sich jemand bemüßigt fühlte, mein Zimmer zu durchsuchen.«

Der Angestellte zappelte nervös herum. Ricky war die Körpersprache bestens vertraut: *Er weiß, dass er lügen muss – er ist sich nur nicht sicher, ob das hier der richtige Moment ist.*

»Nein, was sagen Sie da?«

»Jemand hat in meinen Sachen gekramt.«

Wie aufs Stichwort setzte der Angestellte eine schmerzliche, mitfühlende Miene auf. Die ihm nicht stand.

»Wie furchtbar! Das ist wirklich schlimm. Wir sind sehr auf die Sicherheit unserer Gäste bedacht. Wir sind ein familienfreundliches Haus.«

»Ach ja? Familien? Wann hatten Sie denn das letzte Mal eine Familie zu Gast?«

Der Angestellte zog die Schultern hoch und grinste, als sei die Vorstellung, im *Friendly Shores* eine Familie zu beherbergen, ein schlechter Witz.

»Ich nehme mal an, Sie hatten hier auch schon den einen oder anderen Einbruch«, sagte Ricky ungerührt.

»Schon, ab und zu. Haben ein paar Gegenmaßnahmen ergriffen«, erwiderte der Concierge.

Zur Demonstration griff er unter den Tresen und zog eine Neun-Millimeter-Handfeuerwaffe aus schwarzem Stahl hervor. Während er sie langsam wieder an ihrem angestammten Platz versteckte, fragte er: »Wurde etwas gestohlen?«

Am liebsten hätte Ricky geantwortet: *»Eine Million Dollar in bar, zwei Kilo reines Heroin und ein vollautomatisches Uzi-Maschinengewehr.«* Doch er verkniff sich die Bemerkung und sagte nur: »Nein, offenbar sind sie mit leeren Händen wieder abgezogen.« Er hegte nicht die Absicht, etwas von dem Pillendöschen und der brisanten Information, die es enthielt, zu erwähnen.

Der Angestellte nickte. »Wenn Sie wollen, hole ich die Polizei. Die sind sofort da, und Sie können einen Diebstahl melden, selbst wenn nichts gestohlen wurde.«

»Würde Ihnen das hier im *Friendly Shores* keine Unannehmlichkeiten bereiten?«

»Ja, vermutlich schon.«

»Nun, ich würde Ihnen nur ungern Ärger machen ...«, sagte Ricky in versöhnlicherem Ton.

Der Angestellte wirkte erleichtert.

»Dann sagen Sie mir freundlicherweise, wem Sie das Passepartout gegeben haben.« Dies nunmehr wieder in unerwartet eisigem Ton.

»Passepartout?«

»Den Hauptschlüssel. Generalschlüssel. Wie auch immer Sie es nennen. Den Schlüssel, mit dem Sie sämtliche Türen öffnen können. Den Ihr Reinigungspersonal wahrscheinlich jeden Tag vor der Arbeit hinter dem Tresen hervorholt. Und zurücklegt, wenn die Zimmer gemacht sind.«

Ricky sah, dass er den richtigen Ton angeschlagen hatte. Was schau-

spielerische Fähigkeiten anging, konnte der Mann ihm nicht das Wasser reichen. »Ich würde …«, stammelte er.
Mit erhobener Hand gebot ihm Ricky Schweigen.
»Lügen Sie mich nicht an. Damit beleidigen Sie mich und machen keine gute Figur. Natürlich würden Sie. Vorausgesetzt, die richtige Person bittet Sie darum, nicht wahr?«
Der Angestellte hielt den Mund.
Also fuhr Ricky fort: »Und wer wäre wohl die richtige Person? Jemand, der, ohne dass Sie weiter nachfragen, um etwas bittet, wie zum Beispiel diesen Zimmerschlüssel, und es bekommt.« Die Frage war rein rhetorischer Art. Er wusste genau, wem der Angestellte widerspruchslos, wenn auch ungern gehorchen würde.
»Oder genauer gesagt, zwei Personen. In einer netten, unauffälligen Limousine neueren Modells – einem Fahrzeug, das nicht weiter auffällt, es sei denn, man würde nach einem unauffälligen Fahrzeug Ausschau halten. Genau so ein Auto bekommen je zwei Polizisten zur Morgenschicht zugewiesen, nicht wahr? Und Sie und ich, wir wissen beide, was für einen Wagen diese zwei Personen fuhren.«
Das Zucken im Gesicht des Angestellten sagte Ricky, dass er mit seiner Vermutung ins Schwarze getroffen hatte.
»Und die brauchten auch keinen Durchsuchungsbefehl, oder? Sie haben Sie nur um einen kleinen Gefallen gebeten.«
Der Angestellte suchte nach Worten, doch Ricky schüttelte in einer übertriebenen Geste den Kopf.
»Sehen Sie«, sagte er. »Ich bin müde. Ich hatte hier in Ihrer schönen Stadt einen langen Tag. Zu diesem langen Tag gehörte auch ein recht unfreundlicher Besuch von zwei Detectives. Passte nicht so recht zum Namen Ihres Motels – *Friendly Shores.* Diese zwei Herren, nun ja, dass sie keine Cineasten waren, haben sie unmissverständlich klargemacht. Filmkritiker trifft es wohl eher. Und wissen Sie was? Wenn diese zwei Bullen hier bei Ihnen vorbeigekommen sind, um sich widerrechtlich Zugang zu meinem Zimmer zu verschaffen und es ein wenig auseinanderzunehmen, dann sagen Sie weder *ja* noch *nein.* Sie greifen sich nur mit der Hand an den Kopf und kratzen sich ein wenig.«

»Was?«
»Sie haben schon richtig gehört. Jedenfalls, wenn die beiden Herrschaften dann morgen oder übermorgen oder wann auch immer mit weiteren Fragen bei Ihnen vorbeischauen, können Sie denen in aller Aufrichtigkeit sagen, dass Sie mir nichts verraten haben.«
Der Angestellte nickte, hob die Hand und kratzte sich kurz am Kopf. »Sehen Sie? War doch gar nicht so schwer. Und Sie haben nichts getan, was diese beiden Ordnungshüter verschnupfen könnte. Sie haben sich nur ein paar Schuppen heruntergekratzt.«
Der Angestellte verzog den Mund zu einem säuerlichen Lächeln. »Ich hab's eigentlich gar nicht so mit der Polizei«, sagte er. »Und ich liebe Filme.«
»Hatte ich nicht anders erwartet«, erwiderte Ricky. Nicht auszuschließen, dass er noch einmal auf die Hilfe dieses Mannes angewiesen war, und wenn er ihn jetzt glimpflich davonkommen ließ, hatte er ihn möglicherweise auf seiner Seite.

* * *

Kurz vor dem Morgengrauen, im Schutz der Dunkelheit schlich sich Ricky aus seinem Zimmer 107. Bis zum Viertel des toten Drugstore-Mannes brauchte er nicht lange.
Er fuhr auf einer dunklen Straße mit bescheidenen weißen Schindelhäusern, die ohne ersichtliches Ordnungsprinzip mitten in ehemaliges Farmland verstreut worden waren, alle zehn bis zwanzig Meter von der schmalen Landstraße zurückgesetzt. Ricky parkte unter einem Baum, etwa vierhundert Meter vom ehemaligen Haus des stellvertretenden Filialleiters entfernt.
Er holte tief Luft und lief im Schatten der Bäume zurück. Dabei war er sich bewusst, wie verdächtig er sich damit machte. In der Ferne bellte ein Hund. Im Laufschritt hörte er das leise Klatschen seiner Sohlen auf dem Schotter und der festgetretenen Erde.
Auf eins der Bretter, mit denen ein Fenster an der Vorderseite des Hauses zugenagelt war, hatte jemand in schwarzer Farbe das Wort *Mörder* gesprüht und jemand anders versucht, es weiß zu übertün-

chen, jedoch nach dem ersten Buchstaben aufgegeben, als habe er mit dem Tilgen des *M* seine Schuldigkeit getan.

Ricky zögerte keinen Moment. Leicht vornübergebeugt, um sich klein zu machen, und mit dem Rücken zur Wand schlich er sich zur Rückseite des Hauses. Vor allem galt es, kein Geräusch zu machen.

Wie gehofft, gab es hinten eine Gartentür. Bei der Verbretterung des Hauses hatte man sich hier deutlich weniger Mühe gemacht. *Allzu menschlich,* dachte Ricky. *Hofften auf die abschreckende Wirkung gegen Vandalismus oder Teenager auf der Suche nach einem sicheren Versteck, um ein bisschen Gras zu rauchen, wenn sie die Vorderseite verrammelten.*

Das Brett quer über die Gartentür war lose. Ricky schob die Hand hinter die dünne Sperrholzplatte, holte einmal tief Luft und zog mit einem kräftigen Ruck.

Mit einem einzigen kurzen reißenden Geräusch fiel das Brett herunter.

Es kostete ihn beträchtliche Überwindung, nicht sofort in das Haus einzudringen, doch er duckte sich nur mit dem Rücken gegen die Tür und wartete. In der ersten Dämmerung würde man von ihm nicht mehr als einen dunklen Fleck erkennen.

Er wartete. Fünf Minuten, schätzte er, vielleicht auch zehn. Ein Nachbar, der im Halbschlaf und im Morgenmantel mit einem leistungsstarken Jagdgewehr herüberkam, um zu sehen, was die seltsamen Geräusche zu bedeuten hatten, war das Letzte, was er gebrauchen konnte. Er atmete langsam, um seinen Puls zu entschleunigen, und wischte sich mehrmals die feuchten Hände an der Jeans ab. Die letzten Ausläufer der Nacht waren mit der Hand zu greifen und legten sich um ihn wie ein schützender Mantel, der ihn noch für kurze Zeit vor neugierigen Blicken bewahrte.

Als er sich einigermaßen sicher war, dass er mit dem ersten Geräusch seines Einbruchs niemanden aus dem Schlaf geholt hatte, stand er auf. Er griff zur Klinke, wünschte sich, er hätte eine Brechstange oder ein Stemmeisen dabeigehabt, hielt den Atem an und rammte die Schulter in die Tür. Sie öffnete sich einen Spalt.

Ricky schlüpfte ins Haus, in dem es noch dunkler war als draußen.

Er tastete sich an der Wand entlang und stellte fest, dass er sich in einer Küche befand – Spülbecken, Wasserhahn, Schränke waren wie Brailleschrift unter den Fingern eines Blinden. Er glitt daran herunter und setzte sich auf den schmutzigen Linoleumboden. Er schmeckte die muffige Luft und den Staub auf den Lippen, während er auf das morgendliche Dämmerlicht wartete. Es konnte nicht mehr lange dauern.
Das Licht am frühen Morgen ist subtil. Die Dinge nehmen Gestalt an. Es ist, als finde die Welt in den ersten zarten Grauschattierungen langsam zu ihrer gewohnten Ordnung.
Während Ricky sich auf leisen Sohlen behutsam durchs Haus manövrierte, versuchte er, die Räumlichkeiten mit denen abzugleichen, die er in Sharpes Kanzlei von den Polizeifotos in Erinnerung hatte. Die meisten Zimmer waren leer geräumt. Geblieben war ein ramponiertes Sofa in einem Zimmer, ein kaputtes Doppelbett mit Eisengestell in einem anderen. Zwei Sessel, deren Polsterung aus dem aufgerissenen, fadenscheinigen Bezugsstoff herausquoll, standen im Wohnzimmer an der Wand. Wo Deckenventilatoren aus dem Putz gerissen worden waren, hingen offene Elektrokabel. In einem Zimmer lehnte ein zusammengerollter, zerschlissener Teppich an einem verkratzten, wackeligen Schreibtisch.
Es war ein kleines Haus. Zwei Schlafzimmer, Wohn- und Esszimmer, Küche, Bad und Gäste-WC. Beide Duschvorhänge, vom kalkhaltigen Wasser verfleckt, waren geblieben; im Waschbecken lag eine Zahnbürste mit abgenutzten Borsten. Er brauchte nicht lange, um die Tür zum gemeinsamen Zimmer der beiden Kinder zu finden. Es war unschwer zu erkennen: An einer Wand klebte ein eingerissenes *Mein kleines Pony*-Poster.
Der Schreibtisch – und das Buch, nach dem er suchte – hingegen waren verschwunden.
»Verdammt«, flüsterte er.
Einerseits hatte er damit gerechnet, andererseits gehofft, es doch noch vorzufinden. Nur zu diesem Zweck war er überhaupt hergekommen und eingebrochen. Er kam sich ein wenig lächerlich vor und versuchte, sich für die beiden Polizisten, die unweigerlich früher oder später hier aufkreuzen würden, eine Geschichte auszudenken.

Wenigstens, tröstete er sich, *kenne ich einen Anwalt vor Ort, den ich nach meiner Verhaftung anrufen kann.*
Über den Zimmern lag ein schwaches, gelbliches Licht. Bei so viel Staub musste er ein Niesen unterdrücken.
Inzwischen war es hell genug, um sich mühelos durchs Haus zu bewegen. Er sah sich ein letztes Mal um, zuckte die Achseln und wollte gerade wieder gehen, als er auf dem Holzboden des Wohnzimmers ein Blatt Papier schimmern sah. Er hob es auf und stellte fest, dass es sich dabei um einen Aufkleber handelte, wie ihn Spediteure an Umzugskartons pappen.
Er las:

ALLIED MOVING AND STORAGE
LIEFERUNG AN:
Lisa Conway
103 Pleasant Street
Milford, Connecticut 06460

Endlich mal Glück, dachte Ricky. Er steckte den Aufkleber in die Tasche und versuchte, nachzuvollziehen, wie die geschiedene Frau des stellvertretenden Drugstore-Filialleiters auf die Idee verfallen war, sich nach Connecticut abzusetzen. *Eine vollkommen andere Welt,* vermutete er. *In die ich mich unauffällig einfügen kann.*

Als Ricky gerade auf der Einfahrt zum Haus des toten Drugstore-Mitarbeiters das Grundstück verließ, kam ein Mann mit seinem Deutschen Schäferhund vorbei. Der Hund hatte ihn gewittert, bevor Ricky ihn und seinen Besitzer sah – zwecklos, einer Konfrontation auszuweichen.
»Hey, schönes Tier«, sagte Ricky. »Passt bestimmt gut auf die Nachbarschaft auf. Kann ich ihn mal streicheln?«
Der Mann zögerte. Der Hund wedelte mit dem Schwanz. Der Mann zuckte die Achseln. »Klar. Auch wenn er so aussieht, als wollte er Sie zum Frühstück verspeisen, ist er in Wahrheit ein Schätzchen und auch nicht mehr der Jüngste.«

Ricky beugte sich vor und kraulte den Hund hinter den Ohren.

»Was machen Sie da im Conway-Haus?«, fragte der Mann.

»Ich bin Bauunternehmer«, erwiderte Ricky noch eine Spur freundlicher als bisher. »So ein Immobilienmakler möchte es kaufen, auf Vordermann bringen und wieder abstoßen, wissen Sie, schnelles Geld, und wir wollten uns hier vor Ort in aller Herrgottsfrühe treffen, aber er ist nicht aufgekreuzt. Ich muss zu meinem nächsten Termin, in …« Er warf demonstrativ einen Blick auf die Armbanduhr. »… oh, sofort. Hey, sind Sie mit Ihrem prächtigen Burschen noch eine Weile hier draußen?«

»Na ja«, antwortete der Hundebesitzer. »Zumindest, bis er sein Geschäft gemacht hat. Manchmal lässt sich der alte Knabe damit ganz schön Zeit.«

Ricky lachte. »Wem sagen Sie das. Geht uns wahrscheinlich eines Tages allen so.«

Der Hundebesitzer fiel in sein Lachen ein.

»Na, jedenfalls, sollten Sie den Makler sehen – er fährt einen schwarzen Cadillac-SUV, nicht zu verwechseln –, sagen Sie ihm doch bitte, der Mann, mit dem er verabredet war, sei schon gegangen. Das wäre wirklich nett.«

»Geht klar.«

Ricky beugte sich vor und streichelte den Hund unter der Schnauze. Das Tier, das seine Freundlichkeit offensichtlich genoss, reckte den Hals vor. »Sehr nachbarschaftlich von Ihnen«, sagte Ricky. Er hoffte, dass seine regionalen Sprachwendungen ihre Wirkung nicht verfehlten.

»Na ja, alle hier in der Gegend wären froh, wenn dieses Haus endlich hergerichtet und an eine nette junge Familie verkauft würde«, antwortete der Mann mit dem Hund.

»Genau das ist der Plan«, erwiderte Ricky. Mit einem freundlichen Nicken nahm er seinen Abschied und kehrte, ohne sich noch einmal umzudrehen, zu seinem Wagen zurück. Kaum ging die Sonne auf, verdunstete die restliche Luftfeuchtigkeit der Nacht, und es begann ein heißer langer Tag. Die Geschichte mit dem Makler gefiel ihm; er war zuversichtlich, dass sie von seiner Person ablenken und sich niemand mehr an ihn erinnern würde, wenn jemand die eingebrochene Küchentür an der Rückseite entdeckte. Womit so schnell nicht zu rechnen war.

* * *

Als er zum *Friendly Shores* zurückkehrte und ins Empfangsbüro trat, blickte der Angestellte auf und kratzte sich wie auf Kommando energisch am Kopf. »Sie haben nicht haltgemacht«, sagte er. »Sind nur sehr langsam vorbeigefahren.«

»Gut zu wissen, dass jemand auf einen achtgibt«, antwortete Ricky in vielsagendem Ton und mit gleichmütigem Achselzucken.

»Sicher, manchmal schon. Aber manchmal ist es auch nicht so schön. Wie in diesem Fall, denke ich«, sagte der Angestellte. »Sie reisen ab?«

»Ja«, antwortete Ricky.

»Dann haben Sie genügend Informationen für Ihren Film beisammen?«

»Möglicherweise. Schwer zu sagen. Muss mich erst mal mit meinen Partnern besprechen. Und womöglich den Kameramann herschicken, damit er sich einen Eindruck von der Optik verschafft. Jedes Projekt muss man zwischen der Story, dem Geld, das man dafür zusammenbekommt, und dem Endprodukt austarieren. Sehen, ob es unterm Strich funktioniert.«

»Sicher.«

»Aber vielleicht behalten Sie das für sich? Wäre mir sehr unangenehm, wenn der Kameramann – ist noch blutjung und würde sich bestimmt von zwei lokalen Bullen einschüchtern lassen –, wenn der in Schwierigkeiten käme, sobald ich ihn herschicke.«

Der Angestellte nickte. »Schon verstanden«, sagte er, »geht klar.«

»Ach, noch etwas«, sagte Ricky so beiläufig wie möglich.

»Gern«, erwiderte der Angestellte.

»Falls irgendjemand – egal, wer – hier zur Tür hereinspaziert und sich nach mir erkundigt. Seien es diese beiden Polizisten oder ein Fremder oder auch jemand, den Sie schon ein Leben lang kennen.

Ich wäre Ihnen sehr verbunden, wenn Sie denen nichts über mich verraten würden. Wäre mir nämlich gar nicht recht, wenn mir jemand nach New Orleans folgen würde, um mir dieses Projekt auszureden. Das ist das alte Problem mit Dokumentarfilmen«, fügte Ricky hinzu. »Meistens halten sich die Leute, die eine Dokumentation verhindern wollen, mit denen, die sie unbedingt auf der Leinwand oder der Mattscheibe sehen wollen, die Waage.«

»Alles klar«, sagte der Mann. »Ich halte den Mund.«

Ricky reichte ihm den Schlüssel zur 107 und einen Fünfzig-Dollar-Schein.

»Das wäre aber wirklich nicht ...«, fing der Angestellte an.

»Gönnen Sie sich ein schönes Steak«, sagte Ricky. »Oder auch ein Barbecue, wetten, Sie kennen in der Gegend hier die richtige Adresse dafür. Und ich werde dafür sorgen, dass jeder von der Film-Crew, der herkommt, hier bei Ihnen absteigt«, fügte Ricky hinzu. *Eine Hand wäscht die andere.*

»Das wäre toll. Wir haben meistens noch Zimmer frei.«

Sag bloß!, dachte Ricky. Dabei hegte er wenig Hoffnung, dass der gute Mann, wenn ihm diese beiden Detectives oder auch Mr R in die Mangel nahmen, tatsächlich wie versprochen die Klappe halten würde. Doch falls er redete, würde das Stichwort *New Orleans* fallen. Im Brustton der Überzeugung.

Eine plausible Lüge, dachte Ricky. *Die beste Lüge. Denn er würde nicht einmal wissen, dass es gelogen war.*

21

Auch wenn sein Reiseziel näher an New York lag, flog Ricky stattdessen nach Boston. Beim Landeanflug blickte er über die blaugrünen Wellen, die in der Bucht gegen die South Shore schlugen, und sah für einen Moment den berühmten weißen Öltank, jenes so unsagbar triviale Objekt, das die Pop-Künstlerin und katholische Nonne, Schwester Mary Corita, mit leuchtend bunten Farben zu einem Wahrzeichen gemacht hatte. Als das Flugzeug im Logan Airport auf die Piste aufsetzte, kamen ihm Erinnerungen hoch: *Vor fünf Jahren bin ich in diese Stadt geflüchtet und als Namen- und Obdachloser untergetaucht. Bis ich mich neu erfand. Bis ich schließlich Jahre später langsam, aber sicher in meine alte Identität zurückgekehrt bin.* Beim Anblick der Skyline stiegen in ihm gemischte Gefühle auf. *In dieser Stadt habe ich angefangen, mein Leben zu retten.* Er mietete sich einen weiteren Leihwagen und fuhr damit auf der Interstate 95 – der achtspurigen Autobahn, die sich fast den gesamten östlichen Küstenstreifen entlangzieht – Richtung Süden. Zwar war er, wenn er sich recht entsann, noch nie in Milford, Connecticut, gewesen, wusste jedoch, dass er x-mal mit dem Flugzeug darüber geflogen oder mit dem Zug oder dem Auto durch die Gegend gefahren war. Milford reiht sich in die vielen kleinen Städte an der Küste wie in ganz Neuengland ein, wo im Lauf des 17. Jahrhunderts sittenstrenge Pilger, tollkühne Abenteurer und Flüchtlinge ansässig wurden, die, wegen ihrer Religion oder aus anderen Gründen verfolgt, eine neue Heimat suchten. Irgendwo, schätzte er, fügte er sich in diese Kategorien ein.

Es war ein hübsches Fleckchen Erde: saftig grüner Anger im Zentrum, weiße Kirchen mit spitzen Türmen, einige alte Natursteingebäude aus den Gründerjahren, ein schmaler Fluss mitten hindurch und eine Bucht mit Sandstrand, die sich zum Long Island Sound öffnet. Milford war durchaus ähnlich wie die Stadt in Alabama, die er gerade hinter sich gelassen hatte – eine jener Ortschaften, die zwischen weitaus bekannteren Orten lagen, weder Vor- noch Pendlerstadt, geschweige denn betriebsame Metropole. In Alabama war er in wenigen Minuten aus Dothan in die Einsamkeit der ländlichen Umgebung gelangt. In Connecticut war der Übergang von pittoresker Kleinstadtidylle in die Natur vermutlich nicht minder abrupt. Milford wollte zugleich mehr und weniger sein und war am Ende keins von beidem. *Ein guter Ort, um abzutauchen und von der Bildfläche zu verschwinden, ein Ort, um anonym zu bleiben.*

Er hatte einen Namen. Eine Adresse.

Er ging eine Reihe möglicher Szenarien durch, die ihm vielleicht dabei helfen würden, die Witwe eines Mörders zur Zusammenarbeit mit ihm zu motivieren. Vor allem aber musste er verhindern, dass sie ihm die Tür vor der Nase zuschlug. *»Ich hätte da ein paar Fragen an Sie über Ihren Mädchenmörder-Ex-Ehemann, der Sie verprügelt hat, bevor er die Babysitterin vergewaltigte …«* Wenn er es so anstellte, durfte er sich natürlich nicht wundern, wenn er ein *»Du kannst mich mal, zieh Leine«* zur Antwort bekam.

Wie also bringt man jemanden, der zweifellos die Vergangenheit hinter sich lassen will, dazu, sie sich noch einmal in Erinnerung zu rufen?

Er konnte auch schlecht sagen: *»Sie wissen es zwar nicht, Mrs Conway, aber Sie kennen den Namen eines Mannes, der einen Mord begehen will.«*

Blieb folglich nur: *eine großzügige Auslegung der Wahrheit.*

Wie erwartet kam er zu einem recht bescheidenen Haus, ein beträchtliches Stück von der Küste entfernt, an der die millionenschweren Villen mit Blick über den Long Island Sound lagen. Lisa Conways Heim befand sich in einem Randbezirk von Milford in einem typischen Arbeiterviertel. Im Garten stand seitlich vom Haus eine Schaukel, im Vorgarten lagen ein paar knallbunte Kinderspielsachen verstreut. Die Häuser in ihrer Straße sahen alle zum Verwechseln ähnlich aus – viel Weiß, dunkel abgesetzt, ungemähte Rasenflächen, hier und da eine prächtige, alte Eichenkrone hoch über dem Dach, Kleinwagen in der Einfahrt –, die klassische Wohngegend

von Eltern, die beide hart arbeiteten, um zwei Einkommen heimzubringen. Ganz ähnlich wie im weit entfernten Dothan wurden auch in dieser Straße Zukunftsträume von der Wirklichkeit eingeholt. Arbeite hart. Mach was aus dir. Arbeite hart. Komm voran. Arbeite hart. Dann sackst du irgendwann die Lohnerhöhung ein. Arbeite hart. Ergattere den verantwortungsvolleren Posten im Betrieb. Dazu jeden Freitagabend das Lotterielos mit einer Gewinnchance von eins zu einer Billion. Connecticut gehört zu jenen Bundesstaaten der USA, in denen man nur wenige Meilen in die andere Richtung fahren muss, um die Gegensätze zwischen dem schnellen Geld, das Brokerunternehmen und Hedgefonds scheffeln und den hart erarbeiteten Kröten der weniger gesegneten Mehrheit der Bevölkerung mit Händen greifen zu können. Vom schwindelerregenden Überfluss zum mäßigen Wochenlohn ist es nur ein Katzensprung: die nächste rechts, die nächste links, drei Meilen geradeaus, und du bist am Ziel.
Er hielt vor dem Haus an und stellte den Motor ab.
Plötzlich kam Ricky eine Bemerkung von Jack wieder in den Sinn: »Dieses *D* und *R* vor Ihrem Namen bringt Sie einen riesigen Schritt näher zum lieben Gott, nicht wahr?«
Er stieg aus und ging zügig durch den Vorgarten zur Haustür, wobei er einen Bogen um ein liegen gelassenes Kinderfahrrad machte. Es hatte Stützräder und einen pinkfarbenen Rahmen. *Das erste Fahrrad,* dachte er. *Wahrscheinlich jede Menge erste Dinge in diesem Haus, in dem sie Alabama hinter sich lassen wollen.*
Kaum hatte er geklingelt, hörte er von drinnen jemanden rufen: »Ich geh schon.«
Als sich die Tür öffnete, straffte er die Schultern.
»Ja, bitte?«
Ricky hatte eine Frau Mitte dreißig vor sich, mit etwas zerzaustem, schulterlangem braunem Haar. Sie hatte lebhafte blaue Augen und war von stämmiger Statur. Sie trug Jeans und ein etwas zu enges, verwaschenes, rot-weiß-blaues T-Shirt.
»Mrs Conway?«, fragte Ricky.
»Ja.«
»Es tut mir schrecklich leid, Sie einfach so zu Hause zu behelligen,

aber mir wurde weder eine Telefonnummer noch eine E-Mail-Adresse mitgeteilt, unter der ich Sie hätte erreichen können, nur diese Anschrift …«

»Ja«, sagte sie zum dritten Mal. »Worum geht's?« Der Argwohn in ihrer Miene war nicht zu übersehen, das Zögern in ihrem Ton, mit dem leichten südlichen Zungenschlag, kaum zu überhören. Sie ging, die Klinke in der Hand, um ihm jederzeit die Tür vor der Nase zuzuschlagen, ein wenig auf Abstand. Er sah ihr an, wie sie fieberhaft überlegte, wo sie ihn unterbringen sollte: *Geldeintreiber? Jemand vom Jugendamt? Ein Zeuge Jehovas, der ihr eine Broschüre mit dem Versprechen ewiger Erlösung in die Hand drücken wollte?*

»Dr. Frederick Starks. Ich arbeite mit dem National Institute of Health zusammen. Wir betreiben ein Forschungsprojekt zu posttraumatischen Belastungsstörungen. Ich wollte Sie gerne fragen, ob Sie ein paar Minuten für mich erübrigen könnten.«

Bei großzügiger Auslegung war das nicht gelogen. Für die Frau kam es überraschend.

»Sie sind Arzt?«

»Ja«, sagte Ricky.

»Forschungsprojekt.«

»Richtig.«

»Aber wieso ich?«

»Vielleicht darf ich einen Moment reinkommen, und wir können reden?«

Sie war drauf und dran, ihm die Tür aufzuhalten, überlegte es sich jedoch anders.

»Erklären Sie mir zuerst, worum es dabei geht. Und ich möchte einen Ausweis sehen.«

Ricky griff zur Brieftasche und reichte ihr seine Ausweiskarte von der psychiatrischen Abteilung der Klinik, in der er Charlie behandelte.

»Miami?«

»Ja. Für unsere Datenerhebung liegt es nahe, von einer Lokalität aus zu arbeiten, wo gewaltbedingte Traumata gehäuft auftreten. Und Miami bietet sich da, wie Sie vermutlich wissen, leider Gottes an.«

»Aber was …«, fing sie an und hielt inne. »Was wollen Sie von mir?«
»Ein Schwerpunkt unserer Forschung ist die traumatische Wirkung spezifischer Arten von Gewalt auf kleine Kinder.« Für diese Erklärung erntete er betretenes Schweigen.
Im Rücken der Frau meldete sich eine andere Stimme zu Wort: »Wer ist da?«
Lisa Conway antwortete, ohne sich umzudrehen. »Ein Mann, der ein paar Fragen hat, Mom«, rief sie. »Nichts Besonderes.«
Da muss ich widersprechen, dachte Ricky, ohne sich etwas anmerken zu lassen.
»Ich weiß wirklich nicht, wie ich Ihnen da helfen kann …«, sagte sie.
Ricky fiel ihr ins Wort. »Wir führen Befragungen bei Familien durch, die Gewalt erfahren haben. Unsere Recherchen haben uns unter anderem ins kleinstädtisch bis ländliche Alabama geführt, und so sind wir auf Ihren Namen und die Ihrer Kinder gestoßen. Wie es der Zufall will, muss ich diese Woche geschäftlich nach New York, zu einem Vortrag am Weill Cornell Medical, einem medizinischen Institut. Zu Gesprächen mit Patienten in der Psychiatrie über Traumata und therapeutische Konzepte …« In der Absicht, ihr keine Zeit zum Nachdenken zu geben, rasselte Ricky seine detailreich aufgeblähten, mit Halbwahrheiten gespickten Auskünfte im Eiltempo herunter. »Und da ich nur Ihre Adresse hatte und ein bisschen freie Zeit, dachte ich mir, ich schaue mal, ob ich Sie finde. Manchmal sind die zufälligen, am wenigsten vorbereiteten Begegnungen bei einer solchen Studie am ergiebigsten. Und ich kann mit Stolz sagen, dass wir großen Wert darauf legen, sämtliche Befragungen persönlich durchzuführen. Deshalb, nochmals, entschuldigen Sie bitte diesen kleinen Überfall …« Er legte sein entwaffnendstes Lächeln auf. »Aber es wäre wirklich sehr freundlich von Ihnen, wenn Sie mir ein paar Minuten Ihrer Zeit widmen könnten. Es versteht sich von selbst, dass wir bei unseren Berichten weder echte Namen noch sonstige Charakterisierungen verwenden, welche die Anonymität der befragten Personen beeinträchtigen könnten. Aber aus wissenschaftlicher Sicht sind diese Einzelgespräche von unschätzbarem Wert.«
Auf das Wort *unschätzbar* legte er besonderes Gewicht.

»Wie sind Sie an meinen Namen gekommen?«
Diese Frage ließ nur eine glatte Lüge zu.
»Detectives von der Polizei in Dothan, die uns helfen, haben vorgeschlagen, dass sich jemand von unserem Team mit Ihnen unterhält.«
Er wusste, dass sie diese Behauptung nie überprüfen würde.
Sie schien zu schwanken, ob sie der Sache an diesem Punkt ein Ende setzen oder sich darauf einlassen sollte.
»Ich hätte nie dort hinziehen sollen«, sagte sie. »Ich hätte nie auf ein einziges Wort hören sollen, das dieser Mann zu mir gesagt hat. Wir haben uns in einer Bar kennengelernt, ist das zu fassen! Ich meine, was sollte da schon Gutes bei rauskommen? Ganz zu schweigen von alldem Gesülze *Ich liebe dich, und wir werden für immer zusammen sein, du bist meine Seelenverwandte* und was nicht sonst noch alles. Aber als wir uns kennenlernten, war ich blutjung und grenzenlos naiv. Die schlimmsten sechs Jahre meines Lebens. Das passiert mir nicht noch einmal. Aus Schaden wird man klug. Nicht mal sein Name kommt mir je wieder über die Lippen.«
Nur dass du immer noch seinen Nachnamen führst.
Er spürte, dass sie kurz davor war zu kneifen.
»Alles, was Sie gerade gesagt haben«, erwiderte Ricky in behutsamem Ton, »ist ganz typisch für Opfer wie Sie. Womit wir es hier zu tun haben, kann man schon als eine nationale Gesundheitskrise bezeichnen, und wir arbeiten fieberhaft daran, auf die Herausforderung Antworten zu finden. Was Sie uns zu sagen haben, könnte irgendwo anders im Land jemandem mit einem ähnlichen Schicksal helfen.«
Noch während er sprach, dachte er an Tarik, der im neunten Bezirk verblutet war, an seine Mutter und seinen Bruder. *Dame.* Bei der Erinnerung musste Ricky schlucken. Doch im selben Moment schlug die Traurigkeit in eine diffuse Wut um. Er hatte es geliebt, mit Tarik Dame zu spielen. Er hasste es, mit Mr R Schach zu spielen.
Lisa Conway war, so schien es, hin- und hergerissen. Offenbar hatte sie den Widerspruch nicht bemerkt: *Was denn nun? Miami oder Dothan?* Umso besser, denn auf Anhieb wäre ihm keine Erklärung eingefallen.

»Dauert auch nur ein paar Minuten«, sagte Ricky in betont sachlicher, verbindlicher Manier und mit dem freundlichen Lächeln eines Arztes. »Und wir sichern Ihnen absolute Vertraulichkeit zu.«
Wieder zögerte Lisa Conway.
In der kurzen Gesprächspause, die entstand, kam eine ältere Frau dazu und ging dicht hinter ihr in Stellung. Dasselbe braune Haar, wenn auch schütterer und mit grauen Strähnen. Dieselben blauen Augen, nur dass ihre angriffslustig funkelten. Ein wenig kleiner. Ein wenig untersetzter. Faltigere Haut. Altersflecken an den Händen. Aber aus demselben Holz geschnitzt.
Sie hielt sich nicht mit einer Begrüßung auf.
»Wer sind Sie?«, fragte sie gereizt.
»Mom, er ist Arzt, arbeitet für das Gesundheitsamt an einer Trauma-Studie.«
Ricky nickte der älteren Frau zu.
»Und was will er von dir?«
»Er hat nur ein paar Fragen über Alabama.« Die ältere Frau schnaubte verächtlich. »Alabama.« Sie spuckte den Namen des Bundesstaates aus wie eine Obszönität. Auch wenn sie Ricky anstarrte, galt ihre Antwort ihrer Tochter. »Du hättest dich nie auf diesen Mistkerl einlassen sollen. Ich hatte dich gewarnt. Jetzt versuchst du, noch mal von vorne anzufangen, und so ein wildfremder Mann will dich mit Fragen löchern …«
»Ich hatte dich gewarnt« hat noch nie etwas gebracht, dachte Ricky im Stillen.
»Dauert wirklich nicht lang«, wiederholte Ricky in liebenswürdigem Ton. »Und wir hoffen, mit unserer Studie anderen Menschen in einer ähnlichen Situation zu helfen.«
Worauf die ältere Frau erneut verächtlich schnaubte.
»Wüsste wirklich nicht, was es nützen sollte, die ganze schreckliche Geschichte wieder aufzurühren …«
Um den Hals trug die Frau ein silbernes Kruzifix. Während sie sprach, nestelte sie mit den Fingern daran.
»Das gehört übrigens zu den interessanten Reaktionen auf traumatische Erfahrungen«, sagte Ricky unbeirrt. »Wir haben festgestellt,

dass es dem Heilprozess sehr zuträglich ist, sich der Vergangenheit zu stellen.« Dabei deutete er mit dem Kopf auf das silberne Kreuz. »Zum Beispiel haben wir gesehen, dass Kirche und Gebet die Heilung deutlich beschleunigen können.«

Was an dieser Behauptung dran war, konnte er nicht sagen, sondern nur vermuten, dass sie die Mutter zugänglich stimmte.

»Gehen Sie regelmäßig in die Kirche?«, schob er wie beiläufig hinterher.

Beide Frauen nickten.

»Sehen Sie, das ist interessant, wirklich sehr interessant. Das ist ein Schwerpunkt unserer Studie, natürlich aus rein klinischer Sicht«, fügte er freundlich, wenn auch etwas gestelzt, hinzu. Dabei sah er Lisa Conway an und versuchte es mit einer Spekulation. »Katholiken haben es in Alabama nicht gerade leicht. Baptisten. Adventisten. Pfingstler. Was sag ich, sogar diese Leute, die mit Giftschlangen herumhantieren … aber nicht allzu viele Katholiken, denke ich. Und genauso wenig, die sich darum scheren, was der Papst zu sagen hat.«

Er beobachtete sie aufmerksam, um zu sehen, ob die Bemerkung mit den *Schlangen* bei ihr eine Reaktion auslöste.

»Das können Sie laut sagen«, erwiderte sie.

Es trat eine längere Pause ein, und plötzlich begriff er, dass sie ihm nach all dem zögerlichen Hin und Her nicht mehr die Tür vor der Nase zuschlagen würde.

»Fünf Minuten«, sagte Lisa Conway. »Nicht mehr.«

»Fünf Minuten«, bekräftigte die Mutter.

Solange es aufschlussreiche fünf Minuten sind, dachte Ricky, während er ins Haus trat.

Kaum war er zur Tür hinein, sah er in einer Ecke des Wohnzimmers einen Haufen Kindersachen, Spielzeug, Stofftiere, einen Karton mit Büchern. Ein Sideboard präsentierte, durch ein niedriges Holzgitter gesichert, eine Sammlung von Hummel-Figuren.

»Manchmal stürmen die Kinder einfach hier durch«, sagte Lisa Conway zur Erklärung, »Mom will nicht, dass sie ihre Porzellan-Figürchen herunterfegen.«

Die Symbolik sprang ins Auge. Die Großmutter will nicht, dass die Kinder des Mannes, den sie gehasst hat, *in irgendeinen Bereich ihres Lebens hereinfegen,* musste Ricky unwillkürlich denken. Er nahm den Nippes näher in Augenschein: Flöte spielende Putten und kleine pausbäckige Kinder in Lederhosen, die sich an den Händen hielten und die Köpfe in die Höhe reckten, als sängen sie ein Lied.

Dieses Haus war offensichtlich auf die alleinstehende Mutter zugeschnitten, und plötzlich waren ihre Enkel mit ihren Sachen in ihre Idylle eingefallen und hatten die Ordnung der alleinstehenden Frau empfindlich gestört. Jeder freie Platz war nun mit Spielzeug und anderem Krimskrams vollgestopft. Er vermutete, dass die Mutter über den Einzug ihrer Tochter mit den Kindern des toten Drugstore-Mannes zwiespältige Gefühle hegte, riefen sie ihr doch mit dem Chaos, das sie verbreiteten, ständig in Erinnerung, wie ihr Rat in den Wind geschlagen und eine Tragödie aus Gewalt und Mord daraus geworden war.

Ricky trat von den Porzellanfigürchen zurück und wandte sich der Spielecke für die Kinder zu.

»Wie gesagt«, verfiel er wieder in seinen ärztlichen Tonfall, »wir interessieren uns für die Reaktionen der Kinder. Ihre Kinder sind …«

»Inzwischen sechs und sieben«, gab Lisa Conway Auskunft und sah dabei ihre Mutter an.

»Und reden Sie mit ihnen über ihren Vater?«

»Nein«, warf die Mutter ein.

»Doch«, beantwortete die Tochter die Frage.

»Und könnten Sie mir sagen, wie Sie dabei verfahren?«, fragte er und sah dabei der jüngeren Frau ins Gesicht.

»Ich sage ihnen, ihr Daddy war kein schlechter Mensch. Er hat nur ein paar böse Dinge getan, vor allem, weil er traurig war und deshalb zu viel getrunken hat. Und dann ist er eben mit dem Auto verunglückt, gestorben und in den Himmel gekommen. Auch wenn ich da meine Zweifel hege, aber das brauchen sie ja nicht zu wissen. Werden sie eines Tages von selber begreifen. Jedenfalls habe ich es mehr oder weniger dabei bewenden lassen. Sie scheinen es zu akzeptieren. Vorerst jedenfalls.«

Ricky nickte. »Haben die Kinder, nachdem es passiert ist, Albträume gehabt, das Bett eingenässt, unerklärliche Angst oder Unruhe an den Tag gelegt? Sind sie in der Schule eher verschlossen? Gab es schon mal Probleme mit Gewalttätigkeit oder Wutanfällen auf dem Schulhof? Haben sie zum Beispiel ein anderes Kind geschlagen oder Prügeleien angezettelt? Wirken sie unzugänglich?«
Lisa Conway schüttelte den Kopf.
Ricky nahm ihr die Verneinung keine Sekunde lang ab.
»Machen Sie sich denn keine Notizen?«, fragte die Mutter misstrauisch.
Ricky sah sie mit einem beschwichtigenden Lächeln an. »Nein. Nicht bei einem Erstgespräch. Wir haben festgestellt, dass dies eher abschreckend wirkt. Beim zweiten Gespräch arbeiten wir eine ganze Frageliste ab und nehmen manchmal auch eine Sitzung auf Video auf.«
Dies alles war teils prinzipiell richtig, teils frei erfunden – in etwa sahen die Richtlinien bei einem echten Forschungsprojekt so aus.
Es gab ihm einen Stich, ein Opfer von häuslicher Gewalt zu belügen; es war moralisch verwerflich, aus vielerlei triftigen Gründen, und er fühlte sich entsprechend mies. Zugleich wusste er, dass er weitermachen musste.
»Haben Ihre Kinder irgendwelche Lieblingsspielsachen? Ich meine, gibt es etwas, das sie immer wieder spielen?«
Die beiden Frauen warfen sich einen stummen Blick zu.
Die Antwort lautet eindeutig ja, schloss Ricky daraus.
Sie ist clever, dachte er. *Sie richtet eine Barriere um diese zwei Kinder auf, so wie die Mutter um ihre zerbrechlichen Figürchen, und sie wird es für den Rest ihres Lebens tun, solange sie kann. Vielleicht hat sie Glück und bewahrt die Kinder tatsächlich davor, diesen kostbaren Besitz in einen Scherbenhaufen zu verwandeln. Doch da hege ich meine Zweifel.*
»Wie sieht's mit Büchern aus? Lesen Sie ihnen vor?«
Lisa Conway nickte.
»Haben sie irgendwelche Lieblingsbücher?«
Ihm entging nicht, dass die Mutter bei dieser Frage seltsam nervös wurde, von einem Bein aufs andere trat, die Hände vor dem Ober-

körper faltete und wieder löste. Lisa Conway schoss das Blut ins Gesicht, als treffe sie bei Rickys Frage eine alte Erinnerung wie ein elektrischer Schlag.

Sie nickte.

»Ja«, sagte sie zögerlich. »Ein Buch ... das haben sie in Alabama bekommen ... Sie wollen die Geschichte jeden Abend hören ...«

Sie verstummte, während ihr die Tränen in die Augen stiegen.

»Was ist das für ein Buch?«, fragte Ricky.

»Das Buch, das sie ...«, sie sprach nicht weiter.

Doch er wusste die Antwort. *Das Buch, das sie an dem Abend, an dem ihr Babysitter starb, geschenkt bekommen hatten.* Alle weiteren Fragen danach erübrigten sich.

Lisa antwortete nicht. Schweigend ging sie in die Spielecke der Kinder und griff nach dem obersten Buch in dem Karton. Als sie sich aufrichtete, erkannte er den Einband auf Anhieb wieder.

Hallo, Paddington, dachte er, als sie es ihm reichte.

»Weshalb ist ihnen dieses Buch so ...«, fing er an und verstummte. Es war zu grausam. Die beiden Kinder wollten immer wieder die Geschichte über den im Stich gelassenen Teddybären hören. *Und, Mrs Conway, Sie haben nicht den leisesten Schimmer davon, wie tief die Ereignisse in jener Nacht in Alabama diese Kinder getroffen haben. Ich wüsste gar zu gern, was sie gesehen und gehört haben, worüber sie nicht sprechen können.*

Lisa Conway war die Kehle wie zugeschnürt, und die Tränen liefen ihr die Wangen herunter. Ihre Mutter sprach aus, was er bereits wusste: »Dieses Buch haben sie in der Nacht bekommen, als ...«, auch sie kam nicht weiter.

Ricky schlug das Buch auf, es fühlte sich in seinen Händen an wie glühende Kohle. Er blätterte zur Titelseite. In der schnörkeligen Schreibschrift einer Schülerin fand sich dort eine Widmung:

Für Tom-Tom und Maikäfer:

Dieses Buch hat mir mein Lehrer geschenkt, als ich mit dem Lesenlernen Mühe hatte und es bei mir zu Hause ziemlich traurig war. Es hat mir wirklich beim Lernen geholfen und dabei, mit all den Problemen fertigzuwerden. Ich glaube, euch beiden hilft es auch.

Euer Lieblings-Babysitter, Küsschen, Julia

Lehrer, dachte Ricky. Auf der Liste, die ihm der Anwalt in Alabama ausgehändigt hatte, war auch einer von Julias Lehrern aufgeführt, der jeden Tag zum Prozess erschienen war. Jetzt hatte er einen Namen. Am liebsten wäre er auf der Stelle aus dem Haus gestürzt, um ein paar Mal tief durchzuatmen. Drinnen, im Wohnzimmer der Conways, lag so viel Verzweiflung in der Luft, dass es unerträglich stickig und heiß war. *Hallo, Jack,* sagte er in Gedanken. *Schätze, wir werden uns bald kennenlernen.*

22

Ricky verbrachte eine mehr oder weniger schlaflose Nacht in einem Hilton am Flugplatz.

Als er, etwa zwei Stunden, bevor er aufstehen musste, endlich einschlief, hatte er zwei Träume. Im ersten fand er sich als Kind auf einem Spielplatz auf einer Wippe wieder, die er nicht anhalten konnte. Sie ging einfach unablässig auf und nieder. Der zweite Traum war eher tröstlich. Darin sah er sich schlafend in seinem eigenen Bett, in seinem Heim in Miami liegen. Als er in der frühen Morgendämmerung in seinem Hotelzimmer erwachte, ging er erst einmal unter die Dusche und hoffte, mit heißem Wasser und viel Seife die offensichtliche Bedeutung beider Träume herunterzuspülen.

Er nahm einen frühen Flieger zurück in den Süden.

Einmal mehr flog er in seine einstige Wahlheimat New Orleans, einmal mehr ging es mit einem Leihwagen weiter. Ihm stand eine lange Fahrt nach Alabama bevor, doch er brauchte die Stunden, um sich seine nächsten Spielzüge sorgsam zu überlegen. Dabei flog ihn die Frage an, ob er am Ende Mr R für die auflaufenden Kosten die Rechnung präsentieren sollte und wie lange es dauern würde, bis seine Kreditkarte ausgeschöpft war. Er fuhr nach Dothan zurück und überquerte das Mississippi-Delta, wo der Strom in den Golf von Mexiko mündet. Dabei gab er sich redlich Mühe, die Erinnerungen an jene Monate auszublenden, die er in der Stadt verbracht hatte, und mit den Monaten die Probleme seiner Patienten. Der Widerschein der Sonne in der weitläufigen Wasserfläche blendete ihn. Für einen Moment tauchten die Beale Street, das French Quarter, *Jazzfest* und *Mardi Gras* in seinem Rückspiegel auf, bevor sie wieder entschwanden. New Orleans war für ihn die Stadt, in der es tagsüber zu heiß und nachts zu dunkel war. Gegen seinen Willen verdrängte Tarik und seine Ermordung auf den nächtlichen Straßen den Mord an Julia, der Babysitterin, und hinderte ihn daran, logisch und systematisch über den Fall und seine weitere Vorgehensweise nachzudenken. Während er Stunde um Stunde meilenweit fuhr, mahnte er sich immer wieder zu sondieren, was er bereits wusste, statt um seine eigene Vergangenheit zu kreisen, doch es fiel ihm schwer. Selbst das monotone Dröhnen des Motors und der Blick auf den erleuchteten Streifen des Highways durch die Windschutzscheibe zogen ihn wie magisch in die Vergangenheit, während ihn ein mulmiges Gefühl mahnte, endlich einen Plan zu machen.

Du musst zwei Mörder ausmanövrieren. Zwei Morde verhindern. Drei, falls er seinen eigenen möglichen Tod in die Gleichung mit einbezog. Wenn ihm das gelänge, wäre es für einen Psychoanalytiker eine beachtliche Leistung.

Nur schade, dass dies nicht der Stoff für einen akademischen Vortrag war, den er am National Institute of Health vor einer gebannten Zuhörerschaft von Kollegen halten konnte.

»Hey, Mr Dokumentarfilmer, so schnell wieder da?«

Der Elvis-Verschnitt im *Friendly Shores* blickte auf und lächelte Ricky, als er zur Tür hereinkam, entgegen.

»Sieht so aus.«

»So schnell habe ich Sie nicht zurückerwartet.«

»Ich auch nicht. Da sind wir schon zwei.«

»Und wie lange bleiben Sie diesmal?«

»Schätze mal, nur eine Nacht. Höchstens zwei.« Ricky bezahlte in bar.

»Wollen Sie dasselbe Zimmer?«

Ricky schüttelte den Kopf.

»Hätte mich auch gewundert.«

Der Angestellte reichte Ricky den Schlüssel zu 109.

»Ist zufällig jemand hier vorbeigekommen und hat nach mir …«, fing Ricky an. Als er sah, wie der Angestellte heftig nickte, hakte er sofort nach: »Und? Wer?«

»Also«, fing Elvis an und zog das Wort mächtig in die Länge. »Ein paar Leute.«

Er kratzte sich zwei Mal am Kopf.
»Ihre Kumpel. Wollten wissen, wann Sie abgereist seien, wo Sie hinwollten und so. Ich hab's ihnen nicht gesagt.«
»Verstehe«, sagte Ricky. »Hatte mit den beiden Polizisten gerechnet. Sonst noch jemand?«
»Eine Lady«, sagte der Angestellte. »Meinte, sie wär hier aus der Gegend und arbeitete bei einem Anwalt in Dothan, dabei hatte sie diesen speziellen Akzent, halb Cajun, halb tiefer Süden, wissen Sie, denke, sie stammt eher aus der Sumpfgegend von Louisiana oder gibt sich zumindest mächtig Mühe, so zu klingen. Wenn man erst lange genug hier lebt, hört man solche Feinheiten raus.«
»Wie sah sie denn aus?«
Der Angestellte zuckte die Achseln. »So wie ein Mädel, das an der Bar rumhängt, wenn die Musik spielt und die Leute auf die Tanzfläche strömen, aber keiner fordert sie auf, wenn Sie wissen, was ich meine. Schwarzes Haar. Ziemlich groß und dünn. Brille. Schlechte Zähne, die sie kaum zu einem Lächeln auseinanderbekommt.«
»Hat sie Ihnen einen Namen genannt oder sonst irgendwas? Eine Visitenkarte dagelassen?«
»Hab danach gefragt, können Sie mir glauben. Aber Fehlanzeige.«
»Haben Sie die Dame vorher schon mal irgendwo gesehen?«
Der Mann schüttelte energisch den Kopf.
»Nee. Nicht, dass ich mich erinnern könnte.«
»Was wollte sie denn wissen?«
»Na ja, das Naheliegende. Ob Sie noch da sind, ob Sie gesagt haben, wo Sie hinwollten, ob Sie diesen Film auch wirklich drehen würden … so was in der Art. Hab mich bedeckt gehalten. Schließlich war sie nicht von der Polizei.«
»Danke«, sagte Ricky, »weiß ich zu schätzen.« *Fünfzig gut investierte Dollar,* dachte er. »Sagen Sie, hätten Sie wohl ein Telefonbuch?«
»Sicher«, antwortete der Angestellte. Er griff unter die Theke, wo er die Neun-Millimeter versteckte, holte jedoch stattdessen ein altes, dickes Telefonbuch heraus und drückte es Ricky in die Hand. Binnen Sekunden hatte er die Adresse, die er brauchte.
»Nur noch eine Frage. Wo ist die hiesige Junior Highschool?«

Das heißt, dachte er im Stillen, *die Schule, an der Julia einen wohlgesinnten Lehrer hatte, der ihr helfen wollte, ihre Lesefähigkeit zu verbessern, und ihr in einer Situation, in der sich Julia wahrscheinlich wegen des Aufruhrs in ihrer Familie ziemlich allein gelassen fühlte, ein Kinderbuch über einen im Stich gelassenen Bären schenkte. Dabei ahnten weder der Lehrer noch die Schülerin, dass der letzte entsetzlichste Moment der Verlassenheit kurz bevorstand.*

23

Als er das *Friendly Shores* verließ, ging Ricky im Kopf eine Checkliste durch.

Lehrer.

Aber wie wird jemand vom Lehrer zum Mörder?

Südstaatler.

Aber wieso kennt er sich dann in New York so gut aus?

Gebildet. Intelligent. Kennt seinen Shakespeare und zitiert aus der Bibel.

Jack war einerseits sensibel und einfühlsam genug, um einer jungen Schülerin mit einem besonderen Geschenk über eine familiäre Umbruchphase und Lernschwierigkeiten im Lesen hinwegzuhelfen. Dieser Jemand klang für Ricky nach einem Menschen, an den man noch Jahre später dankbar zurückdenkt, dem man eine Abschiedsrede widmet, der bei einer festlichen Ehrung besondere Erwähnung findet – als Vorbild und Inspiration.

Andererseits ...

Dieser krasse Gegensatz: jemand, der Mordpläne schmiedet. Mit einer obsessiven Persönlichkeitsstörung. Ein Mann voller Wut. Ein Mann voller Rachegelüste. Ein außer Kontrolle geratener Mann. Eine Spielernatur. Überspannt. Nein – mörderisch überspannt.

Derselbe Jack war auch ein Paddington-Messerstecher.

Ein Henker, der Wassermokassinottern den Kopf abschlug.

Ricky kam zu dem Schluss, dass er dem ansonsten unausweichlichen Mord nur dann etwas entgegensetzen konnte, wenn er den gnadenlosen Winkelzügen von Jack und Mr R zuvorkam. Die Begegnung von Angesicht zu Angesicht würde in Jacks Fall genauso lebensgefährlich sein wie vor fünf Jahren die mit Mr R, nur dass er sich diesmal eine ausgefallenere Waffe einfallen lassen müsste als eine automatische Pistole. Er musste das Kunststück vollbringen, zugleich den Mann auszutricksen, der auf Mord versessen war, und ebenso Mr R, der nur darauf wartete, diesen Killer auszuschalten. Und dabei möglichst nicht selber draufzugehen.

Ricky hoffte, dass der Köder mit dem Dokumentarfilm an der Schule verfing. Zumindest sah er keine Alternative.

Vor der Highschool blieb er stehen. In der Tasche hatte er einen Zettel mit einer Adresse. Er zögerte lediglich, hineinzugehen; zuerst musste er noch etwas in Erfahrung bringen.

Wie viele Schulen landesweit – von Maine bis Florida, von Kalifornien bis zum Bundesstaat Washington im Westen – war auch dieser Bau offenbar von einem gelangweilten Architekten, wahrscheinlich mit jemandem von der Schulbehörde verschwägert, entworfen worden, der viel lieber die Pläne für ein Hochsicherheitsgefängnis vorgelegt hätte. Im Falle dieser spezifischen Mittelschule handelte es sich um einen einstöckigen trutzigen Klotz aus rotem Ziegel und grauem Schlackenstein, der sich an staubigen Sportplätzen entlang endlos hinzog und mitten in der Pampa lag. Vor dem Haupteingang mit zwei doppelt verglasten Flügeltüren diente eine halbkreisförmige Einfahrt, wie Ricky vermutete, dem reibungslosen Verkehr der Schulbusse, welche morgens und abends die Kinder hin und her karrten. An den Rändern der Einfahrt sprossen zottelige Grasbüschel aus der nackten Erde. Am Gebäude fiel der Blick auf das eine oder andere zerbrochene Fenster. Auf einem geschnitzten Wegweiser aus Holz stand etwas von *Wildwood School,* auch wenn man naturwüchsigen Wald weit und breit vergeblich suchte. Es war ein hässlicher Ort, von Verwitterung und Vernachlässigung gezeichnet.

Draußen vor dem Eingang herrschte Ruhe, was sich in ein, zwei Stunden nach Schulschluss sicherlich dramatisch ändern würde.

Er trat ein und setzte auf dem Weg durch die Halle und die Flure eine selbstbewusste, nonchalante Miene auf, unter der er seine zwiespältigen Gefühle versteckte. Jeder Schritt brachte ihn Jack und einer Antwort näher. Während des laufenden Unterrichts herrschte außerhalb der Klassenräume eine bedrückende Stille, mit gedämpften Stimmen aus dem einen oder anderen Klassenzimmer als Hintergrundgeräusch. Aus großer Ferne drang Gesang herüber – vielleicht eine Band oder ein kleiner Chor bei der Probe. Er hörte seine eigenen Schritte auf dem Linoleumboden. In einem Flur hingen große Transparente aus braunem Packpapier an der Decke, auf denen in leuchtendem Rot oder Pechschwarz markante Appelle standen, wie *Zeig's denen, Hawks!,* oder Plattitüden wie: *Macht das Heute zu einem denkwürdigen Tag!* Er lief unter den Bannern entlang, bis er eine Tür mit der Aufschrift *Schulleitung* sah.

Drinnen blickte eine junge Sekretärin von einem Computerbildschirm auf.

»Guten Tag, Sir. Wie kann ich Ihnen helfen?«

Er drückte ihr eine von seinen falschen Visitenkarten in die Hand und legte los.

»Ich versuche, mir ein Bild davon zu machen, ob wir unser Vorhaben einer Fernsehdokumentation über den Mord eines jungen Mädchens realisieren sollen, das hier zur Schule gegangen ist …«

»Oh, Sie meinen Julia …«, fiel ihm die Sekretärin ins Wort. »Schreckliche Geschichte. Sie war ein wunderbarer Mensch. Eine Tragödie.«

»Und ich wollte gerne mit jemandem vom Lehrkörper oder der Schulverwaltung sprechen, der sie gut gekannt hat.«

Plötzlich wirkte die junge Frau verschreckt.

»Tja, ich weiß nicht«, sagte sie, »da reden Sie besser mit Mrs Dandridge, der Direktorin.«

»Gern«, antwortete Ricky mit aufgesetztem Lächeln. »Und wo …«

»Ich rufe sie an.« Die Sekretärin griff zu einem Telefon, drückte eine hausinterne Taste und sagte: »Mrs Dandridge? Hier ist ein Herr, jemand vom Film, der sich nach Julia und dem Mord erkundigt. Er würde gerne mit …« An dieser Stelle stockte sie und hörte sich an, was die andere Seite zu sagen hatte. Sie nickte. Dann legte sie auf. »Sie wird jeden Moment hier sein.«

Ricky grinste noch ein wenig breiter und blickte zu der Tür, die sich jetzt zum Vorzimmer der Sekretärin öffnete. Er blickte einer in jeder Hinsicht stattlichen, Ehrfurcht gebietenden schwarzen Frau ins Auge, mindestens so groß wie er und um einiges schwerer. Sie trug ein scharlachrotes Kleid und eine Kette um den Hals, an der über der üppigen Brust eine Lesebrille hing. Das Wort formidabel schien für diese Frau wie geschaffen.

»Mr … ?«, fragte sie und hielt ihm zum Gruß eine große Hand entgegen.

»Eigentlich Dr.«, erwiderte Ricky, »Starks. Aber ich bin auch Filmproduzent.«

Die Sekretärin reichte ihr die falsche Visitenkarte. Mrs Dandridge warf einen Blick darauf. Dann sah sie Ricky an und deutete auf ihr Büro. »Vielleicht reden wir besser unter vier Augen«, sagte sie. »Ich habe zwar einen ziemlich dichten Terminkalender, aber ein paar Minuten kann ich schon erübrigen.«

»Danke«, sagte Ricky und folgte ihr nach drinnen.

Sie hielt ihm eine Tür auf und forderte ihn mit einer stummen Geste auf, im Sessel gegenüber ihrem Schreibtisch Platz zu nehmen. Er beeilte sich, ihrer Anweisung zu folgen. An der Wand hingen zwei gerahmte Diplome von der University of Alabama in Birmingham und von der Vanderbilt University in Nashville, zusammen mit einer Auszeichnung als *Lehrerin des Jahres*. Es gab auch ein paar typische Familienfotos, auf denen Mrs Dandridge etwas steif in Sonntagsstaat zwischen einem etwa achtjährigen Jungen und einem einige Jahre älteren Mädchen, beide mit gequältem Grinsen, und einem Mann in dunklem Anzug an ihrer Seite posierte. Sie musste Rickys Blick gefolgt sein, denn sie sagte: »Meine Familie« – nun, das war anzunehmen –, »mein Mann ist übrigens auch Arzt, Kieferorthopäde.«

»Und jede Menge ebenmäßige Zähne in Ihrer Familie«, versuchte Ricky zu scherzen, »eine stattliche Familie.«

»Danke«, sagte sie.

Sie zeigte mit dem Finger auf das junge Mädchen.

»Das ist Kaneesha. Sie ging mit Julia in eine Klasse.«

Sie zögerte einen Moment und fügte dann hinzu: »Sie – und alle anderen in ihrer Klasse – werden sich noch sehr lange an das, was damals passiert ist, erinnern.«

Das glaubte Ricky ihr aufs Wort. Er hatte zu viele Stunden vor Kindern gesessen, die Opfer der einen oder anderen Tragödie waren, um zu unterschätzen, welch tiefe Spuren der Tod von Julia bei diesen

Kindern hinterlassen haben musste. Überlebendensyndrom – die Schuldgefühle dafür, dass es jemand anderen erwischt hatte und man selbst noch am Leben war, Emotionen, die so tief gehen und so beängstigend sein können, dass sie denjenigen lähmen. Der Gedanke bereitete ihm Unbehagen. Er hasste es, in Bezug auf etwas derart Bedeutsames sein Garn abzuspulen.

Und wusste sich doch nicht anders zu helfen.

»Mit absoluter Sicherheit, Mrs Dandridge. Und genau dieser so nachhaltigen Wirkung, die ein Mord auf die Menschen im Umfeld des Opfers hat, möchten wir in unserem Film nachspüren.«

Die Direktorin nickte. Sie setzte sich an ihren angestammten Platz hinter dem Schreibtisch und wechselte augenblicklich in ihre offizielle Rolle und einen skeptischen Ton.

»Julia war ein reizendes Mädchen und allseits beliebt«, sagte sie. »Obwohl sie mit ziemlich zerrütteten Familienverhältnissen zu kämpfen hatte, wie Sie vermutlich schon wissen.«

»Ja.«

»Ich kann mir nicht denken, dass jemand hier an Ihrem Projekt mitwirken oder Ihnen auf irgendeine Weise dabei helfen möchte, solange wir keine genaue Vorstellung davon haben, was Sie planen«, sagte sie. »Manche Dokumentarfilme sind wirklich wertvoll und hilfreich für die Menschen. Andere dagegen, nun ja, eher reißerisch, ausbeuterisch.«

»Letzteres hoffe ich zu vermeiden«, sagte Ricky.

»Nun ja. Aber würde das nicht jeder Filmproduzent beteuern, Dr. Starks?«

Er versuchte es erneut mit einem Lächeln. Mrs Dandridge war eine kluge Frau und machte ihm die Sache schwerer als erwartet.

»Ja, vermutlich schon.«

»Ich will nicht unhöflich sein«, fuhr sie fort, während Ricky dachte, *genau das sagen Menschen, wenn sie etwas Unhöfliches zu sagen haben,* »aber vorerst kann ich nichts weiter für Sie tun, als dem Schulausschuss bei der nächsten Sitzung, das heißt, erst im nächsten Monat, ein schriftliches Ersuchen vorzulegen. Falls – und nur dann – falls der Ausschuss sich damit einverstanden erklärt, würde ich

Ihnen gestatten, der Gemeinde in einer öffentlichen Versammlung Ihr Projekt vorzustellen und zu sehen, ob sich der eine oder andere zu einem Interview bereitfindet. Darüber hinaus wüsste ich nicht, wie ich Ihnen helfen könnte.«

Nach Rickys Erfahrung wollten die Menschen immer reden. Auch wenn sie sich zunächst dagegen sperrten. Doch ganz offensichtlich verspürte Mrs Dandridge wenig Neigung, ihn zu unterstützen. Durch und durch Bürokratin.

So versuchte es Ricky mit einem Überraschungscoup. »Wie ich höre, hatte Julia einen Lieblingslehrer.«

Mrs Dandridge nickte.

»Ja. Mr Allison ...«

Lawrence Allison. Der Name auf der Liste von Anwalt Sharpe. Ein Name, der schon sehr bald auf einer Liste von Mördern stehen könnte.

»... Klassenlehrer der Siebten, unterrichtete Geschichte und Gemeinschaftskunde. Larry mochte sie sehr – seine eigene Tochter ging zusammen mit Kaneesha und Julia in dieselbe Klasse. Die drei waren so etwas wie *Die drei Musketiere* der Sieben. Larry bemühte sich nach Kräften darum, Julias Noten zu verbessern. Setzte extra Zeit, extra Mühe ein. Und es zahlte sich aus. Julia war dabei, das Steuer herumzureißen, vielleicht sogar ihr ganzes Leben umzukrempeln. Alles dank Larry. Wie viele von uns war er, als sie ermordet wurde, am Boden zerstört. Ließ es sich ganz besonders zu Herzen gehen. Als ob mit ihr ein Teil von ihm ermordet worden wäre. Ging jeden Tag zu Conways Prozess. Und war natürlich, wie wir alle, erbost über den Freispruch. Er schien uns allen schlicht absurd. Nur dass die Gerechtigkeit zuweilen doch noch einen Weg findet, nicht wahr, Doktor?«

Oh ja, dachte er. *Spätnachts. Verlassene Straße. Zu viel getrunken. Tempolimit überschritten und vielleicht eine kleine Intervention von zwei Detectives, die es nicht hinnehmen wollten, dass ein schuldiger Mann ungeschoren davonkommt, und beschlossen, dagegen etwas zu unternehmen.*

Ricky beugte sich vor.

»Mr Allison ...«

»Einer unserer beliebtesten Lehrer. Fachlich und pädagogisch überragend. Gibt nicht viele Highschoollehrer von seinem Format. Ein alter Freund. Wir arbeiten schon seit vielen Jahren zusammen.«
»Was man über Mr Allison hört, klingt alles nach einem sehr engagierten Pädagogen.«
Was Sie nur nicht wissen, Mrs Dandridge, ist die Tatsache, dass der gute Mr Allison auch ein höchst engagierter potenzieller Mörder ist.
»War er auch. Ich meine, ist er.«
»Sie sagten, von seinem Format …«
»Wir bekommen nicht viele Lehrer mit einem Abschluss von der Columbia. Aber es steht mir nicht zu, damit zu prahlen.«
Columbia University. Die Elite-Uni an der Upper West Side von New York. Das also erklärt, wieso Jack die Stadt wie seine Westentasche kennt.
Mit jeder neuen Wendung des Gesprächs schien die Direktorin auf ein Ende zu drängen.
»Es muss wirklich sehr schwer sein, eine Schülerin auf diese Weise zu verlieren …«
»Sie machen sich keine Vorstellung davon, Dr. Starks. Ganz besonders für Larry, nachdem er vor ein paar Jahren seine Frau verloren hatte und seine Tochter alleine großziehen musste … und dann auf einmal erfuhr, dass deren Freundin und Klassenkameradin brutal ermordet wurde … Sie machen sich wirklich keine Vorstellung«, wiederholte sie.
Und ob, dachte er im Stillen. Er hatte sogar eine sehr präzise Vorstellung davon, wie ein Todesfall im gleitenden Übergang zu Depressionen und Depressionen zu unterdrückter Wut führen können. Das hätte er ihr gerne gesagt, verkniff sich die Bemerkung jedoch.
»Vielleicht könnte ich mit Mr Allison sprechen. Offenbar wäre er besser als jeder andere in der Lage, mir mehr über …« Ricky machte sich keine Hoffnung, dass dieser Vorstoß bei der Direktorin auf Gegenliebe stoßen würde.
Wie erwartet schüttelte Mrs Dandridge energisch den Kopf und fiel ihm ins Wort.
»Nein. Tut mir leid. Er ist nicht hier. Er ist …« Ricky rechnete damit,

dass sie *zu Hause* oder *im Urlaub* sagen würde. Er hatte die Adresse, die er im *Friendly Shores* herausgesucht hatte, dabei. Er griff sich unwillkürlich von außen an die Hosentasche, nur um sich zu versichern, dass sie noch da war.
Die Direktorin zögerte. Sie lehnte sich zurück, biss sich auf die Lippe. Er sah ihr an, wie sie sich genau überlegte, was sie als Nächstes sagen würde. »... Er hat sich beurlauben lassen. Ganz plötzlich.«
Plötzlich trifft es zweifellos, dachte Ricky. *Plötzlich, weil er, um seine mörderischen Pläne umzusetzen, nach New York aufbrechen musste.*
Wieder lächelte er.
»Beurlauben?«
Also gut, dachte Ricky. *Er macht sozusagen Urlaub in New York, wo er natürlich das Empire State Building und den Central Park besuchen und sich vielleicht ein Stück auf dem Broadway ansehen und – vielleicht nach einem Fünf-Gänge-Menü – Merlin töten konnte.*
»Ja.«
»Und für wie lange?«
»Wir rechnen nicht damit, dass er zurückkommt«, würgte die Direktorin heraus, als sei jedes Wort wie Stacheldraht.
Diese Auskunft verblüffte ihn.
»Dann hat er gekündigt?«
»Das hat er nicht gesagt.«
»Also, in dem Fall ...«
Er sah ihr an, wie sie immer zugeknöpfter wurde.
»Ich habe Ihnen schon zu viel gesagt. Personalangelegenheiten sind vertraulich. Tut mir leid.«
Damit hatte sie Ricky in seine Schranken verwiesen. Während er schwieg und sich eine weitere Frage überlegte, erhob sich die Direktorin von ihrem Platz.
»Ich denke, Doktor, bis Sie mir etwas Schriftliches unterbreiten, das ich meinen Vorgesetzten einschließlich dem Schulinspektor vorlegen kann, sollten wir dieses Gespräch beenden.«

24

Je mehr er darüber nachdachte, desto mehr machte ihm die *Tochter* zu schaffen. Sie schien nicht recht ins Bild zu passen.

Eckiger Pflock. Rundes Loch.

Ricky harrte auf der verlassenen Straße unweit von Mr Allisons Domizil aus und wartete nur darauf, dass der Nachmittag dem Abend wich und die Welt in den dichten, schwülen Schleiern der Dunkelheit versank. Obwohl er sich gut zuredete, geduldig zu sein, stand er unter Strom, atmete flach und hatte feuchte Hände. Hätte er etwas sagen müssen, hätte er wahrscheinlich gestammelt. Er redete sich gut zu: *Du siehst dich nicht zum ersten Mal Mördern gegenüber. Darin hast du Erfahrung. Das einzige Problem: Bis jetzt hattest du es noch nie mit einem Vater als Täter oder potenziellem Täter zu tun.* Ihm war klar, dass ein Kind die Sache komplizierter machte, er wusste nur noch nicht, auf welche Weise.

In der Dämmerung spähte er die Straße entlang zum Haus des Lehrers. Allison, so stand zu vermuten, war derzeit in New York, mit dem Finger am Abzug. *Falsch geraten!* Denn in diesem Moment gingen im Haus die Lichter an.

Hallo, Jack.

Ihm kam eine Zeile aus einem Song der Rolling Stones in den Sinn: *A man of wealth and taste.* Den Song hatte er auf dem iPod, den er zum Joggen im Park benutzte. Mick und Keith brachten ihn immer gut auf Trab. *»Please allow me to introduce myself …«*

Ricky ließ den Blick in beide Richtungen über die Häuserzeilen schweifen und verschaffte sich einen Eindruck von der Gegend.

Nun ja, vielleicht nur ein Mann mit Geschmack. Viel Wohlstand häuft man wohl nicht an, wenn man im ländlichen Alabama ein siebtes Schuljahr unterrichtet. Das sagt wohl etwas über Jacks Engagement. Ist schon ein weiter Weg von der Elite-Uni in eine Welt mit vom Staat subventionierten Schulmahlzeiten, Lebensmittelmarken und drohender Armut.

Wohl kein Südstaatenakzent? Jack ist nicht von hier. Lediglich vor ein paar Jahren hier gelandet.

Genügend Motivation für einen Mord? Und ob! Er hat geradezu obsessiv jede Sitzung des Mordprozesses besucht – Tag für Tag auf einem harten Sitz im Gerichtssaal ausgeharrt, Stunde um Stunde wütender darüber, in welche Richtung das Drama ging. Schuldig *setzt einen Schlusspunkt.* Nicht schuldig *ist ungewiss und ein solcher Schwebezustand wiederum der Nährboden für zwanghafte Ideen. Der Mann hat sich hingebungsvoll für seine Schülerin Julia eingesetzt – die Klassenkameradin seiner eigenen Tochter. Sexuelle Anziehungskraft? Eine Art Lolita-Obsession? Vielleicht eine Übertragung seiner tabuisierten Gefühle gegenüber der eigenen Tochter?* Ricky konnte nur spekulieren, doch die Möglichkeit lag nahe.

Mehr als nahe.

Unterschätze nie das Böse, sagte er sich.

Er versuchte, sich Jack vorzustellen. Er sah schütteres Haar, vielleicht eine Brille mit Drahtgestell; nicht groß, von seiner Tätigkeit im Klassenzimmer tagein, tagaus eher dünn, etwas fadenscheinige kakifarbene Hose, hellblaues Button-down-Hemd zur fleckigen Krawatte, marineblauer Blazer aus den Studienjahren, der schon allzu oft in der Reinigung gewesen war, aber, wenn auch ein wenig eng, immer noch passte. Klug und gebildet genug, um zu begreifen, dass der Freispruch für Jimmy, den Drugstore-Mörder, nicht der Jury und nicht dem Richter, auch nicht den Polizisten und ihrer dürftigen Beweisführung anzulasten war.

Er zählte zwei und zwei zusammen: *genug, um die Schwelle zum Mord zu überschreiten?*

Ja.

Und dann die Sache mit Paddington.

Der im Stich gelassene Bär. *Vielleicht sind wir ja alle im Stich gelassene Paddington-Bären,* dachte Ricky.

Ein Buch, das ein erstes Mal und dann ein zweites Mal zum Geschenk gemacht wurde.

Ricky trat von einem Bein aufs andere.

Und ein drittes Mal. Das stand außer Frage. *In Jacks Kindheit? Höchst-*

wahrscheinlich. War Jack wie der Bär ein Waisenkind? Auf jeden Fall war diese Geschichte für ihn von ganz besonderer Bedeutung. Deshalb hatte er sie mit dem Mädchen teilen wollen, auf das er fixiert war. Eine Kindergeschichte, die in seinem Kopf außer Kontrolle geriet. Als Jack auf dem Bett in Merlins Haus das Stofftier sah – die Plüsch-Version aus dem Buch, das sowohl Julia als auch Jack so viel bedeutete –, löste das bei ihm, wahrscheinlich zu seinem eigenen Staunen, einen unkontrollierbaren Wutanfall aus. Es traf bei ihm einen Nerv, rührte an allzu tief sitzende Traumata. Er musste den Bären aufschlitzen und zerstückeln. Das war der wahre Jack.

So fuhr Ricky in seinem Leihwagen durch die einsetzende Dunkelheit, fügte Erkenntnisse zusammen, zog seine Schlüsse daraus, zeichnete ein Profil seines Gegners und versuchte abzuschätzen, was von ihm zu erwarten war. In diesem Moment sah er sich als forensischen Psychiater, als Profiler, der Hinweise auf einen bevorstehenden Mord zusammenklaubt. Er ließ den Blick erneut zum Haus des Lehrers schweifen. Das schwache Licht reichte bis zum Rand der ruhigen, von Bäumen gesäumten Straße. Bescheidenes Haus. Gepflegter Rasen. Preiswerter, sechs Jahre alter Toyota in der Einfahrt. Ein Bild der Normalität, hinter dem sich ein Mann verbarg, der aufs Töten versessen war. *Mörder haben es gerne ruhig und geordnet,* stellte er fest. *Sie verstecken sich hinter der Normalität. Sie gibt ihnen Sicherheit. Nichts bietet eine so perfekte Fassade für das Böse wie biedere Unauffälligkeit.* Alles, was er zu seinem Psychogramm des potenziellen Mörders zusammengetragen hatte, war stimmig – mit einer Ausnahme allerdings: was er von dem Mann wusste, war eine explosive Gefühlslage, die sich in unbändiger Wut Luft machen würde, in Rage, Raserei, blindwütiger Besessenheit. Doch es musste noch etwas geben, das Ricky bis jetzt entgangen war, etwas, das den Lehrer dazu brachte, ein kontrolliertes, kompliziertes Todesspiel derart akribisch zu planen. Dieser Mord wurde teils als Puzzle, teils als perfides Spiel mit der Angst seiner Opfer und einem gehörigen Schuss Sadismus zelebriert. Hier ging es nicht nur ums Töten. Es ging um die Drohgebärde und um Angst.
Dreizehn Teile eines Puzzles. Er spekulierte: Es wird sich zu Julia zusammenfügen. *Bei ihrem Tod war sie gerade dreizehn geworden.*

Alle anderen Antworten, die er noch brauchte, vermutete er hinter der Tür zu diesem Haus. Und er wusste auch, was zu tun war.
So simpel sein Plan, so vielschichtig die voraussichtliche Wirkung.
Laut anklopfen. Denjenigen, der aufmacht, konfrontieren.
Klare Ansage:
Hallo. Ich bin Dr. Starks. Vor ein paar Tagen habe ich mit Mr Allison telefoniert, und er fragte mich, wer ich sei. Hier ist meine Antwort, ich bin gekommen, um sie ihm persönlich zu geben. Aber abgesehen davon, dass er wissen will, wer ich bin, weiß ich, wer Mr Allison ist und was er sein will.
Lehrer. Vater. Künftiger Mörder.
Und dann halte ich ihm den Köder hin. Das Lockmittel. Meinen einzigen Ausweg:
Sie sind dabei, einen Fehler zu begehen. Sie sind dabei, einen derart fatalen Fehler zu begehen, dass es Sie alles kosten wird.
Wie würde er wohl reagieren? *Was soll das heißen? Alles?*
Bei dieser Frage bestürmten Ricky die Erinnerungen an die Ereignisse vor fünf Jahren, alles, was ihm widerfahren war, als er die Bekanntschaft von Mr R, Virgil und Merlin machte. Und so würde er mit der Antwort nicht zögern.
Genau das. Alles, bis Ihnen nichts mehr bleibt.
Selbst wenn Jack in diesem Moment meilenweit entfernt den Finger um einen Abzug krümmt, selbst wenn er gerade sein Ziel ins Visier nimmt, selbst wenn er gerade dabei ist, in seinem Spiel die letzte Figur zu ziehen, würde er bei der Nachricht, dass Ricky vor seiner Haustür steht, innehalten.
Sollte gar Jack persönlich aufmachen – nun, umso besser. In diesem Fall konnte er sich ein paar Winkelzüge sparen. *Hallo, Jack. Ich bin hier, um Ihnen die Haut zu retten. Und mir.*
Ricky holte tief Luft. Ihn überkam eine seltsame Zuversicht.
Wäre da nicht der unberechenbare Faktor in seinem Szenario – die Tochter.
Ricky schüttelte den Kopf. Wieder richtete er den Blick hinüber zum Haus des Lehrers und starrte es an.
Er ließ seinen Leihwagen stehen und ging das kurze Stück zum Haus

zu Fuß. Stille, bis auf das Sirren der nächtlichen Insekten. Bei jedem Schritt tauchte er tiefer in die schwüle Hitze des Südens ein, doch innerlich fühlte er sich ruhig und kühl, als blase ihm ein angenehm frischer Wind ins Gesicht.

Die Außenlampe neben der Eingangstür hüllte ihn in mattes Licht. Er sah die Klingel, atmete einmal tief durch und drückte. Drinnen hörte er es läuten. Ricky trat zurück und wartete.
Binnen Sekunden hörte er Schritte nahen.
Dann flog die Tür auf.
Ricky sah einem jungen Mädchen in die Augen.
Sie hatte dunkles Haar, das ihr in unfrisierten Locken ins Gesicht fiel. Sie trug eine verwaschene Jeans, ein weißes T-Shirt in Übergröße und wirkte auf jene besondere Weise verletzlich, wie man sie bei Menschen antrifft, die das Leben gezwungen hat, vorzeitig erwachsen zu werden. Ricky wusste augenblicklich, wen er vor sich hatte: *das Mädchen aus dem Video, das Bye-Bye Miss American Pie sang. Die Klassenkameradin der Ermordeten. Julias Freundin. Jacks Tochter.*
»Ja, bitte?«, fragte sie.
»Hallo«, antwortete Ricky steif, beinahe förmlich. Er hielt sich einen Moment zurück, um dem Mädchen Gelegenheit zu geben, ihn in Augenschein zu nehmen, bevor er weitersprach. Tatsächlich musterte ihn die Tochter mit einem so durchdringenden Blick, dass er darunter fast zurückwich.
»Ja?«, wiederholte sie, doch diesmal fast im Flüsterton.
»Ich bin Dr. Frederick Starks«, machte Ricky einen entschlossenen Anlauf. »Ich bin …«
Sie hielt ihm die Tür auf.
»Ich weiß, wer Sie sind«, sagte sie in bitterem Ton. »Wir haben Sie erwartet.«

25

Er folgte dem jungen Mädchen ins Haus.

Die abgestandene Luft drinnen war mindestens so drückend wie die nächtliche Schwüle draußen; es brannten nur wenige Lichter, die ihre Schatten in die Ecken warfen, sodass jedes Zimmer düster, grau und abgeschottet wirkte. Über manche Lampen waren sogar zum Dimmen Geschirrtücher oder Lappen gehängt. Es war kühl, beinahe frostig – irgendwo außer Sichtweite summte unaufhörlich ein Klimagerät –, dennoch stieg bei Ricky eine diffuse Hitze auf, gegen die er machtlos war. Das Mädchen ging ihm ein paar Schritte voraus.

»Hast du auch einen Namen?«, fragte er.

»Ja«, antwortete sie.

Er wartete, doch sie beließ es dabei.

Er versuchte, sich mit wenigen Blicken in Jacks Haus einen Eindruck zu verschaffen. Es wirkte ein wenig chaotisch – in der Küche kam er an einem Stapel leerer Pizzaschachteln und schmutzigem Geschirr im Spülbecken vorbei. Ein farbenfrohes Gemälde an einer Wohnzimmerwand hing schief. Direkt neben dem Bild war ein Loch in der Rigips-Verkleidung – als habe jemand in Rage mit der Faust dagegen geschlagen. Das Loch wiederum befand sich nicht weit von mehreren Regalen, die von Büchern überquollen. Eine etwas überladene Wand war von vorne bis hinten mit Kinderzeichnungen und -malereien behängt, die in einer bunten Collage, ohne erkennbares Ordnungsprinzip, mit Tesafilm befestigt waren. Ricky konnte nur vermuten, dass es sich dabei um einen Querschnitt durch das künstlerische Schaffen der Tochter handelte, von ihren ersten Buntstiftkritzeleien mit drei Jahren bis in die Gegenwart. Zwischen den Kinderbildern erhaschte er einen Blick auf einige Schülerarbeiten – handgeschriebene Aufsätze in Gemeinschaftskunde –, allesamt mit Einsen, die eine oder andere mit einem *Ausgezeichnet!* oder *Herausragende Arbeit!* in roter Tinte und mehreren Ausrufungszeichen kommentiert. Im Wohnzimmer befand sich eine Sitzecke mit zwei einander zugewandten, abgenutzten Sofas und einem fadenscheinigen Orientteppich dazwischen; auf einem Couchtisch lagen ältere Zeitschriftenausgaben – *The New Yorker, The Economist, The Atlantic Monthly, National Geographic* –, wohl nicht die übliche leichte Kost in Alabama, außer in akademischen Kreisen. Fast jede Zeitschrift hatte Kaffeetassenringe irgendwo auf dem Deckblatt, und mitten dazwischen standen mindestens vier halb leere Henkelbecher. Nach Rickys flüchtigem Eindruck hatte sich eine dicke Staubschicht über das Ganze gelegt. Alles zeugte von Vernachlässigung. Es gab ihm das Gefühl, in eine Höhle tief im Dschungel zu treten, eine Behausung für Tiere, nicht für Menschen. Nichts ließ auf einen Mann von Präzision und Organisation schließen, einen akribischen Planer, der einen Mord in Hunderten Meilen Entfernung vorbereitet – auch wenn er auf einer Wandkonsole neben dem gerahmten Foto von einer lächelnden, attraktiven Frau – *Opfer eines tödlichen Unfalls* – eine Videokamera entdeckte.

»Nach oben«, sagte das Mädchen und deutete eine schmale Treppe hinauf. »Folgen Sie mir.«

Die Stufen knarrten leicht unter seinen Schritten.

Oben angekommen, erhaschte Ricky einen Blick in ein kleines Zimmer – den Teenie-Traum-Postern und dem überall herumliegenden Krimskrams sowie der schmutzigen Wäsche auf dem Boden nach zu urteilen, das Zimmer der Tochter. Auf dem Bett stand inmitten von Schulbüchern sowie einem Band von Judith Guests Roman *Eine ganz normale Familie* ein aufgeklappter Laptop. Für eine Sekunde konnte er den Bildschirmschoner erkennen: *drei Mädchen, schätzungsweise im Alter von neun, Arm in Arm. Zwei weiß. Eines schwarz.*

Es folgte ein Badezimmer und dann noch ein weiteres Schlafzimmer am Ende des schmalen Flurs. Diese Tür war geschlossen. Ricky stieg ein antiseptischer Geruch in die Nase. Je weiter er ging, desto beißender der Geruch – auch wenn er sich jetzt mit dem einschlägigen Duft von Marihuana vermischte.

»Hier rein, bitte«, sagte das junge Mädchen. »Wir hatten früher mit Ihnen gerechnet.«

Sie hielt Ricky die Tür weit auf.

Er kam sich vor wie beim Betreten eines Krankenhauszimmers.
Die Wände waren in schmucklosem Weiß gehalten.
In einer Ecke stand ein Schreibtisch aus Holz.
Das einzige Licht kam von einer schwachen Nachttischlampe.
Ricky konnte darin unter einem groben weißen Laken auf einem schmalen Lager die Gestalt eines Mannes ausmachen – links vom Bett einen Infusionsständer mit Tropf, auf dem Nachttisch gegenüber einen Haufen Tablettendöschen neben einer abgegriffenen Bibel und einer Ausgabe von John Fowles' *Der Magus.* Der Mann blickte mit wässrigen Augen zu ihm auf. Er war blass. Sein ungewaschenes dunkles Haar hing ihm in Strähnen über die Ohren. Dreitagebart. Ein noch recht junger Mann, der alt aussah, mehr Haut und Knochen als Fleisch und Blut. Schlaffe, kraftlose Arme. Ein leichtes Zittern in den Händen. Spröde, ausgedörrte Lippen. Er hatte eine Hornbrille auf. Über den Rand hinweg spähte er Ricky ins Gesicht.
»Hallo, Doktor«, krächzte der Mann und brachte dabei ein Lächeln zustande. »Ein Glück, dass Sie uns endlich gefunden haben. Uns bleibt nicht mehr viel Zeit.«
Er drehte sich ein wenig zu dem jungen Mädchen um. Jede Bewegung – sogar diese winzige Wendung des Kopfes – schien ihm höllische Schmerzen zu bereiten.
»Sie haben sich mit meiner Tochter bekannt gemacht? Roxy, bitte hole Dr. Starks einen Stuhl, damit er sich setzen kann.«
Die Tochter nickte, ging zu einem Wandschrank, holte einen Stahlrohr-Klappstuhl heraus und stellte ihn dicht neben das Bett. Der Mann lud Ricky mit einer stummen Geste ein, Platz zu nehmen. »Keine Sorge, Doktor. Ist nicht ansteckend, was ich habe.«
Unwillkürlich warf Ricky einen verstohlenen Blick auf die Medikamente neben dem Bett.
»Die bringen mir nicht mehr viel«, sagte der Mann, »auch wenn die morphiumhaltigen Schmerzmittel eine Versuchung sind. Ein bisschen Gras zu rauchen, hilft ab und zu.«
Jedes Wort bereitete ihm offenkundig Schmerzen. Er rang sich ein gequältes Grinsen ab. Alles, was er sagte, zeugte in gleichem Maße von Selbstbewusstsein wie von Siechtum.

»Kommen Sie schon, Doc. Sicher nicht das erste Mal, dass Sie einen Sterbenden vor sich haben?«

Ricky nickte. Er erinnerte sich an die letzten Tage seiner Frau. *Andere Krebsart, dasselbe Ergebnis,* dachte er. Dieser Raum hatte die unverwechselbaren Merkmale des Zimmers, in dem sie geendet hatte – abzüglich der Apparaturen, mit denen sie ihren Puls, ihr Herz und ihr Sauerstoffniveau überwacht hatten, und des emsigen Kommens und Gehens von Ärzten und Schwestern in Weiß, die alle auf das Unvermeidliche warteten. Dieses Zimmer hier war abgedunkelt und antiseptisch. Ricky betrachtete die geröteten Augen und die gelblich verfärbte Haut des Lehrers. *Prostata,* spekulierte er. *Vielleicht Leberkrebs. Oder Magen. Metastasen. Haben sich in seinem ganzen Körper breitgemacht. Bis in die Lunge? Mit Sicherheit in die Knochen. Davon kommen die Schmerzen. Sie sind qualvoll und hören nie auf.*

»Wir wurden uns zwar noch nicht vorgestellt, Doktor, aber ich habe fast das Gefühl, Sie bereits zu kennen ...«

»Mr Allison ...«, warf Ricky ein, doch der Mann im Bett ignorierte ihn.

»... Und auf gewisse Weise bin ich Ihnen auch kein Unbekannter mehr.«

»Jack«, sagte Ricky – ein Name, Feststellung und Frage in einem.

Der Lehrer lächelte. »Ich hab mir sagen lassen, dass Sie mich so nennen würden, wenn wir uns persönlich begegnen«, erwiderte er, eine Reaktion, mit der Ricky nicht gerechnet hatte. »Es hat mich viel Energie gekostet, für dieses Treffen am Leben zu bleiben, und wie Ihnen Roxanne bestätigen kann, sind meine Reserven ziemlich erschöpft.« Er blickte zu seiner Tochter hinüber, die an der Wand lehnte und jede Regung aufmerksam beobachtete. »Roxanne. Mein wunderbares Mädchen. Mein unvergleichliches Mädchen. Das Beste, was ich in meinem ganzen Leben zustande gebracht habe.«

Ricky sah, wie dem Teenager Tränen in die Augen schossen. Ihr zitterte die Oberlippe. Sie nickte ihrem Vater zu.

»Ein hübscher Name«, sagte Ricky.

Wieder verzog der Lehrer den Mund zu einem schwachen Lächeln.

»Auf dem Weg zur Entbindungsstation brachten sie den Song von Sting mit The Police gerade im Autoradio. War wie ein Omen.« Mit dünner, beinahe schriller Stimme versuchte er, die entsprechende Textzeile des Songs nachzusingen. »Roxanne … you don't have to put on the red light …«

So unpassend das Lied in der stickigen Enge des Krankenzimmers wirkte, entlockte seine schwache Stimme der Tochter ein scheues Lächeln, das jedoch sofort wieder dem beunruhigten, fast panikartigen Gesichtsausdruck wich. Ricky konnte nur vermuten, dass Allison ihr den Song in glücklicheren Momenten immer wieder vorgesungen hatte und dass er bei ihr an schöne Erinnerungen rührte, die zur furchterregenden Realität in krassem Widerspruch standen.

Ricky blickte sich um. Ein spartanischer Raum. Ein dahinsiechender Mann. Ein mürrisches, verschlossenes junges Mädchen. In seinem Kopf wollte das alles nicht zusammenpassen. Der todkranke Mann gehörte in ein Krankenhaus; wenigstens aber sollten sich hier Hospiz-Pfleger darum bemühen, ihm die Schmerzen mit Subkutan-Spritzen erträglicher zu machen. Ein sterbender Mann und ein junges Mädchen, die in einem einsamen Haus nur darauf warteten, dass Ricky an die Tür klopfte, widersprachen jeder Logik. Jack war in New York. Jack war ein entschlossener, energiegeladener Killer, der nur darauf lauerte, den nächsten ausgeklügelten Zug zu machen. Jack konnte unmöglich ein ans Bett gefesselter schwer kranker Mann sein, der höchstens noch Monate, vielleicht auch nur Wochen oder gar Tage zu leben hatte. Der Schatten eines Menschen, der dort im Bett lag, hatte nichts mit dem arroganten Jack am Telefon zu tun. Ricky schwirrte der Kopf. Er konnte die Dinge nicht mehr zusammenbringen, fast wurde ihm schwindlig davon, als sei er urplötzlich in elftausend Metern Höhe in schwere Turbulenzen und Luftlöcher geraten.

Der Lehrer schien Rickys Gedanken zu erraten.

»Finden Sie, dass das hier ein schrecklicher Ort zum Sterben ist?«, fragte er.

Ricky nickte, ohne nachzudenken.

»Nein, da liegen Sie falsch.« Mit schmerzverzerrter Miene hob der Lehrer die Hand zu einer ausholenden Bewegung. »Was Sie hier sehen, ist hässlich. Aber was ich sehe, Doktor, ist überaus schön. Geradezu verklärt. So weit das Auge reicht, sanft gewellte grüne Felder und Wiesen. Sonnenschein. Eine leichte Brise. Kein Wölkchen am strahlend blauen Himmel. Wärme und Hoffnung.«

Die Wände im Zimmer schienen auf Ricky zuzurücken.

»Hoffnung …«, stammelte er.

»Ja«, fiel ihm Allison ins Wort. »Die beste Art von Hoffnung. Endlose, grenzenlose, wundersame Hoffnung. Wie himmlische Sphären. Zukunftshoffnung. Eine ganze Welt unbegrenzter Möglichkeiten, zum Greifen nahe.«

Von einem sterbenden Mann hätte Ricky nicht unbedingt Hymnen auf die Zukunft erwartet. Alles, was er sah und roch und was er über das Sterben wusste, sprach seinen Höhenflügen Hohn. Für einen Moment kam ihm Mrs Heath aus Miami in den Sinn; jede Wette, dass ihre letzten Tage anders aussehen würden als die Trostlosigkeit, die ihm hier entgegenschlug.

»Bitte kümmern Sie sich um diesen Bären«, sagte Allison leise.

Die Bemerkung riss Ricky schlagartig aus seinen Gedanken, und er sah den Lehrer eindringlich an.

Paddington. Diese Adresse stand auf dem Anhänger am Koffer des Bären, als er in der Paddington Station in London im Stich gelassen wurde. Das ganze Kinderbuch kreiste darum.

»Eine wunderbare, zeitlose Geschichte«, fuhr Allison fort. »Als Roxy klein war, habe ich sie ihr immer wieder vorgelesen. Und als Julia Hilfe brauchte, habe ich ihr das Buch geschenkt. Ich glaube, sie hat es weiterverschenkt.«

In Rickys Kopf arbeitete es fieberhaft. Die wildesten Ideen bestürmten ihn wie die aufgepeitschte See ein Schiff.

»Das Video … die Drohungen … die Anwälte, die ermordet werden sollten … das waren nicht Sie«, stammelte Ricky.

Wieder lächelte der Lehrer. »Davon weiß ich herzlich wenig. Von dem Video schon. Aber keine Ahnung, was Sie mit Drohungen meinen. Auch egal. Jedenfalls habe ich diesen Moment herbeigesehnt, Dr. Starks. Ich hatte nur noch zwei Dinge vor mir: das Treffen mit Ihnen und Sterben. Beides geht Hand in Hand. Tut mir leid.«

»Das waren nicht Sie«, wiederholte Ricky immer noch fassungslos.
»Doch, natürlich«, beharrte der Lehrer.
»Nein …«
»Andererseits auch wieder nicht.«
Ricky schwieg und biss sich auf der Suche nach der richtigen Frage auf die Lippen.
»Das ist unmöglich«, sagte er – nicht wirklich eine Frage, sondern eher eine Überleitung.
»Aber Sie irren«, sagte Allison, bevor er einen heftigen Hustenanfall bekam, unter dem sich fast zwanzig Sekunden lang seine Brust hob, als ob es ihm die Lungen sprengte – die trockenen Verkrustungen einer schäumenden inneren Wut. Er hielt die freie Hand hoch, um Ricky in seine Schranken zu verweisen. Ricky sah, wie der Lehrer seinen plötzlichen Ausbruch mit umso größerer Erschöpfung bezahlte. Die Tochter löste sich von der Wand, trat an die Bettkante und richtete ihren Vater auf dem Kissen ein wenig auf, um ihm das Atmen zu erleichtern. Kurz darauf hielt sie ihm ein Glas eisgekühltes Wasser an die trockenen Lippen. Er nahm einige Schlucke und nickte ihr zu. Sie stellte das Glas wieder auf dem Nachttisch ab, beugte sich über ihren Vater und drückte ihm die Hand. Der Lehrer wandte den Blick von Ricky ab und sah seine Tochter an.
»Dad«, sagte sie mit wackeliger Stimme, »lass mich die Schwestern holen. Oder einen Krankenwagen rufen. Geh ins Krankenhaus zurück. Bitte.«
Er schüttelte den Kopf. »Roxy, wir wussten, was uns bevorsteht. Wir haben uns darauf eingestellt. Und es kommt genau so wie vorausgesehen. Kein Grund zur Panik.«
»Ich bin nicht in Panik«, erwiderte sie trotzig. Ihre Stimme verriet etwas anderes.
Ein Blick auf das Mädchen genügte. *Sie ist außer sich vor Angst,* stellte Ricky fest.
»Gut«, antwortete der Vater. »Das ist mein Mädchen. Kennt keine Angst.«
»Ich will nicht«, sagte sie. »Daddy, bitte …«
»Wir müssen, Liebling. Uns bleibt keine andere Wahl.«

Und wieder musste er husten. Der Anfall schien ihm einen beträchtlichen Teil der letzten kümmerlichen Reste an Lebenskraft zu rauben. Behutsam half sie ihm, sich an den Stapel Kissen in seinem Rücken zu lehnen, und bezog wieder links von Ricky Stellung an der Wand. Er hörte ihren gequälten Atem am Rande der Hysterie. Auch sie litt Höllenqualen.

»Und jetzt strengen Sie Ihre Fantasie ein wenig an, Doktor, die Zukunft, die ich für Roxy sehe, das Einzige, was für mich noch zählt«, sagte Allison. »Ein Jahr muss sie hier noch ausharren, das wird ein schwieriges Jahr für sie, mit all den Veränderungen, mit denen sie nach meinem Tod fertigwerden muss. Aber sie ist darauf eingestellt. Hat ihre Hausaufgaben gemacht. Ist in den Startlöchern, sozusagen. Danach ein paar Jahre in Exeter oder Andover oder einer anderen angesagten Privatschule im Nordosten. Erheblicher Kostenfaktor, versteht sich. Aber das soll nicht ihre Sorge sein. Sie wird es sich aussuchen können. Dort wird sie dieselben Bestnoten einfahren, verlassen Sie sich drauf. Und was dann? Harvard oder Yale. Meinetwegen auch Princeton oder Stanford. Anschließend ein Jurastudium? Oder auch einen MBA an der Wharton School, damit sie mal als Managerin reich wird? Oder ein Medizinstudium, so wie Sie, Dr. Starks? Jedenfalls ist sie zu Höherem berufen. Vielleicht findet sie ja ein Heilmittel gegen das, was mich gerade umbringt. Für mich kommt das natürlich viel zu spät, aber für andere nicht.«

Ricky warf einen Blick auf das Mädchen. Abgesehen von ihrer zitternden Oberlippe und den Tränen, die ihr die Wangen herunterliefen, zeigte Roxy keine Regung.

»Fragt sich nur, wie das alles realisiert werden soll, wenn man als alleinerziehender Vater mitten im gottverlassenen Nirgendwo im Sterben liegt, nicht wahr?«

Ricky nickte.

»Keine Krankenversicherung. Keine Ersparnisse. Keine Erbschaft. Kümmerliche Pension. Ein Haufen Schulden. Ärzte. Medikamente, Sie wissen schon. Keine Angehörigen, die einspringen könnten. Normalerweise heißt das alles unterm Strich: Chancenlosigkeit, richtig, Doktor? Sie wird in mehr als einer Hinsicht ohne alles dastehen.«

Auf die Frage wurde keine Antwort erwartet.
»Aber ich habe aus all diesen Problemen einen Ausweg gefunden.«
»Wie …« Ricky versagte die Stimme.
»Oder genauer gesagt, dieser Ausweg bot sich mir ohne mein Zutun an. Glückliche Fügung, könnte man sagen.«
»Ich kann Ihnen nicht folgen.«
»Das werden Sie gleich. Roxy, vielleicht gibst du Dr. Starks jetzt sein erstes Geschenk. Wir haben nämlich einige Geschenke für Sie, Doktor.«
»Jetzt, Dad?«
»Ja. Und vergiss nicht …«
»Ich weiß, was ich zu tun habe«, fiel sie ihm mit zitternder Stimme ins Wort. Ricky beobachtete, wie sie in eine Tasche ihrer Jeans griff und ein Paar weiße Latexhandschuhe herauszog, die sie sich, einen nach dem anderen, überstreifte. Kaum hatte sie die Handschuhe an, ging sie zum Schreibtisch, öffnete die oberste Schublade und zog einen großen braunen Umschlag heraus. Die Schublade ließ sie geöffnet. Den Umschlag händigte sie ihrem Vater aus.
»Nein«, sagte er. »Der gehört Dr. Starks.« Er hielt ihn Ricky hin.
»Und er wird ihn«, fügte Allison hinzu, »habe ich mir sagen lassen, wiedererkennen.«
Der Umschlag war Ricky nicht vertraut. Er blickte zu dem Mann im Bett auf.
»Nur zu«, sagte er und nickte. »Machen Sie ihn auf.«
Ricky riss den Brief an der oberen Lasche auf. Er ertastete ein paar kleinere Gegenstände darin. Er griff hinein und holte einen heraus.
In derselben Sekunde geriet er ins Trudeln und stürzte in einen dunklen Abgrund, ein gähnendes schwarzes Loch, als habe ihn jemand im Auge eines Tornados von einer Klippe gestoßen. Hatte ihn schon der ganze Besuch verwirrt, so packte ihn jetzt eine bodenlose Panik.
Was er in Händen hielt, war ein gefälschter Führerschein.
Mit seinem Foto darauf, vor fünf Jahren entstanden.
Ausgestellt war das Dokument auf den Namen *Richard Lively*, mit der Anschrift in Durham, New Hampshire, die er sich zusammen mit

seiner falschen Identität gegeben hatte, um Zeit zu gewinnen, bis sich ihm die Gelegenheit bot, die Wahrheit über Mr R, Virgil und Merlin herauszufinden und gegen seine Verfolger den Spieß umzudrehen.

Sein Atem ging plötzlich flach und angespannt. Er blickte in den Umschlag, auch wenn er sich denken konnte, was dort sonst noch zu finden war. Eine gefälschte Sozialversicherungskarte. Eine gefälschte Kreditkarte. Und noch einige andere gefälschte Dokumente, mit deren Hilfe er sich, um zu überleben, seine damalige Scheinidentität geschaffen hatte. Nie hätte er, nachdem er endlich den Mut gefunden hatte, wieder seinen eigenen Namen Dr. Frederick Starks anzunehmen und sich seine alte Existenz zurückzuerobern, gedacht, dies alles einmal wiederzusehen. Diese handgreiflichen Beweise für sein Inkognito von einst hatte er in seiner neuen Praxis in seinem neuen Domizil in Miami fest unter Verschluss gehalten, um nie wieder einen Blick darauf zu werfen und sie wie einen schlechten Traum oder eine ferne Erinnerung, die ihn persönlich nicht berührte, zu vergessen. *Mein Gespenst,* dachte er. *Im denkbar falschen Moment wieder zum Leben erweckt.*

»Wie …«, krächzte er.

»Ist streng genommen kein Geschenk, wenn man etwas bekommt, das einem schon gehört«, sagte der Lehrer.

»Ich …«, brachte Ricky heraus und verstummte.

Er begriff, dass sich die Frage, wie diese Dinge in eine Schreibtischschublade im Schlafzimmer eines sterbenden Mannes irgendwo im ländlichen Alabama gekommen waren, von selbst erledigte. Und plötzlich wollte er *gar keine* Antworten mehr hören. Er wollte nur noch weg.

Die Panik stand ihm wohl ins Gesicht geschrieben.

Als er zu dem sterbenden Lehrer hinsah, blickte er plötzlich in den Lauf einer kleinen halbautomatischen Pistole, die mit zittriger Hand auf Rickys Brust gerichtet war. Woher der Lehrer die Kraft genommen hatte, sie unter dem Laken hervorzuholen und zu halten, war ihm ein Rätsel – wie viele andere Fragen in diesem Moment allerdings von keinerlei Belang.

»Roxy, bitte zeig dem Doktor sein anderes Geschenk.«
»Daddy, bitte ...«
»Das andere Geschenk, Roxy.« Die Wiederholung seiner Anweisung schien nochmals an seiner Lebenskraft zu zehren. Unter einer Woge von Schmerzen schloss er einen Moment die Augen.
Ricky sah, wie es das Mädchen innerlich zerriss. Doch sie gehorchte und ging zum zweiten Mal zu seinem Schreibtisch. Ricky drehte sich halb zu ihr um. Für einen Moment kehrte sie ihm den Rücken zu, doch als sie sich wieder umwandte, sah er, was sie in der Hand hielt. Einen Revolver.
Genau den Colt Python .357 Magnum, den ihm Mr R nahegelegt hatte.
Seine eigene Waffe hatte er in Miami zurückgelassen – in derselben Schreibtischschublade wie die gefälschten Dokumente zu seinem einstigen Alter Ego. Doch jetzt war sie plötzlich nicht mehr in Miami, sondern hier in diesem Krankenzimmer.
Ricky krampften sich sämtliche Muskeln zusammen. Er konnte sich keinen Zentimeter rühren, als stecke er in einem Block Zement. Jeden Moment würde etwas passieren, auch wenn er nicht sagen konnte, was.
Er wusste nur, dass in diesem Raum der Tod auf sein Stichwort für seinen großen Auftritt wartete.
Krankheit. Zwei Waffen. Seine Vergangenheit. Zu viel auf einmal zu schlucken. Der Brocken blieb ihm im Halse stecken. Eine Sekunde lang hatte er das seltsame Gefühl, als stünden Mr R, Virgil und Merlin mit im Raum und lachten ihn aus.
In seiner Schockstarre sah Ricky zu, wie das Mädchen zurückkehrte und die Waffe behutsam auf die Bettkante legte. Ein Satz nach vorn, und er wäre dran – auch wenn er nicht wusste, ob sie geladen war. Doch angesichts der Halbautomatik in der Hand des Lehrers verbot sich jede unbedachte Bewegung. Dabei war Allison kaum noch in der Lage, die Pistole hochzuhalten. Der Lauf zitterte wie die flirrende Luft über dem Asphalt an einem sengend heißen Nachmittag. Beinahe wie eine Halluzination.
Zum ersten Mal legte sich die Panik so weit, dass Ricky wieder klar

denken konnte, und er registrierte, dass dem Mädchen Tränen in den Augen standen. Trotz des schwachen Lichts sah er, dass sie sehr bleich geworden war, und ihm dämmerte, dass sie vielleicht nicht weniger Angst hatte als er selbst. Der Wechsel von lähmender Angst zu einer Flut gemischter Emotionen war abrupt und brutal. Ganz offensichtlich focht Roxanne innere Kämpfe mit sich aus und wurde im Strudel der Gefühle wie von einem tückischen Sog hilflos vom sicheren Strand ins Meer hinausgerissen.

»Dad«, stammelte sie, »ich … ich will nicht, dass du stirbst. Ich will nicht, dass hier überhaupt jemand stirbt.«

Mit beinahe wehmütiger Miene sah sie der Lehrer an. »Du weißt, dass wir nichts dagegen machen können, Liebling. Bis auf das hier.«

»Aber ich will dich nicht erschießen«, sagte sie fast im Flüsterton.

»Das tust du doch auch nicht, mein kleines Mädchen. Der Krebs bringt mich um. Die Schmerzen bringen mich um. Du erlöst mich nur davon. Auf meinen ausdrücklichen Wunsch. Und weil du mich nicht länger leiden sehen willst, mein Schatz. Das weißt du doch. Vergiss nur nicht, dass mich Dr. Starks heute Abend töten wird.« Keuchend legte er eine Pause ein.

»Das wirst du der Polizei sagen, wenn sie kommt. Und genau das werden sie glauben.« Seine Stimme bebte nicht minder als die Waffe in seiner Hand. Er wandte sich wieder an Ricky. »Eine höchst einfache Geschichte, Doktor, jedenfalls für Detectives, die es klar und einfach mögen. Nach Folgendem wird es aussehen: Sie haben die Waffe gezogen. Ich habe in Notwehr gehandelt. Dabei sind wir beide draufgegangen.«

Ricky schnürte es so fest die Kehle zu, dass ihm das Sprechen nicht leichter fiel als dem todkranken Lehrer. »Aber aus welchem Grund sollte ich …«

Mit erhobener Hand gebot Allison ihm Schweigen.

»Da muss ich leider passen, Doktor. Mir wurde lediglich versichert, Ihr Motiv würden Leute hieb- und stichfest klären, die darin Experten sind.«

Kannst du laut sagen, dachte Ricky. *Diese verfluchten Mistkerle. Bloß raus hier! Nichts wie weg!*

Doch er blieb wie angewurzelt stehen.
»Roxy«, fuhr der Lehrer fort, wegen der Kraft, die es ihn kostete, nunmehr sehr leise. »Du hast von den Schmerzen gewusst. Du wusstest, dass dieser Tag unweigerlich kommen würde. Du bist stark, Liebling. Viel stärker, als du denkst. Und du wirst noch um einiges stärker sein müssen. Wir haben das alles unzählige Male durchgesprochen. Es ist wirklich deine einzige Hoffnung, glaube mir.«
Bei diesen Worten zitterte das Mädchen am ganzen Leib und ließ seinen Tränen freien Lauf. Dennoch nickte es.
»Geht schon, Dad. Ich schaff das schon.«
»Ja, ich weiß.«
»Ich werde stark sein, versprochen.«
»Ich weiß. Und ich werde immer bei dir sein. Nicht hier, aber ich bin für dich da. Das weißt du.«
»Ich weiß.«
Sie war am Rande eines Nervenzusammenbruchs. Ihre Schultern bebten, ihre Stimme kam gebrochen. Der Damm ihrer Selbstbeherrschung schien unter dem Druck ihrer Gefühle nachzugeben. Der sterbende Lehrer wandte sich wieder Ricky zu.
»Heute Abend werden zwei Menschen sterben, Doktor. Sie, der Mann, der hier plötzlich aufgetaucht ist und eine Spur von Lug und Trug hinter sich herzieht, und ich, der hochgeachtete Lehrer, der Mann, den sie in dieser Stadt alle lieben. Der Mann, der ohne jede Überlebenschance so oder so dem Tod geweiht ist.«
Ricky hatte einen staubtrockenen Mund. Er traute seiner Stimme nicht mehr.
»Und wissen Sie, was passieren wird, wenn wir beide sterben?«, fragte Allison.
Ricky schüttelte den Kopf.
»Die Zukunft meiner Tochter ist gesichert.«
»Wie …«, stammelte er.
»Genau wie Paddington. Ein Waisenkind, für das trotzdem gesorgt ist.«
In einem ungeheuren Willensakt kratzte der Lehrer seine letzten Reserven zusammen. Seine Worte zeugten von einer abgrundtiefen

Traurigkeit. Roxanne hatte ihren Widerstand längst aufgegeben und schluchzte leise vor sich hin. Ricky sah, wie der Lehrer die Zähne zusammenbiss und seine Tochter ansah. »Roxy«, flüsterte er. »Nimm Dr. Starks' Waffe.«

Sie trat vor und gehorchte. Dabei zitterte sie so heftig, dass sie den Revolver kaum halten konnte.

»Dad, bitte. Ich will das nicht … ich kann das nicht …«

Sie brachte kein Wort mehr heraus. Ricky wusste nicht, wie er sich ihr Schweigen deuten sollte, ob sie bei ihrer Weigerung bleiben würde.

»Sei stark, Liebes«, redete ihr der Lehrer gut zu. »Sei stärker, als du es je gewesen bist.«

Er riss sich von seiner Tochter los und richtete den Blick auf Ricky. »Tut mir wirklich leid, Doktor. Ich habe keine Wahl.« Inzwischen brachte er nur noch ein Flüstern heraus. »Ich habe eine Übereinkunft getroffen – einen Pakt mit dem Teufel geschlossen, könnte man sagen. Ich weiß nur, dass es so weit ist, wenn Sie hier bei mir aufkreuzen. Dann soll ich Sie erschießen, und die Leute, die Ihren Tod wünschen, sind damit zufriedengestellt. Anschließend, so die Abmachung, erschießt mich Roxy mit Ihrer Waffe, ich komme an den Ort, der mir bestimmt ist, und weiß, dass sie wie Paddington, der Bär, ausgesorgt hat. Ich könnte nicht sterben, ohne zu wissen, dass sie abgesichert ist. Und sagen Sie selbst: Niemand käme auch nur im Traum auf den Gedanken, sie könnte geschossen haben. Mit Ihrer Waffe. Die Sie immer bei sich zu Hause aufbewahren. Es wird für jeden auf der Hand liegen, dass Sie mich auf dem Gewissen haben. Obwohl Sie es nicht waren.«

Ricky war wie vor den Kopf geschlagen und dachte gleichzeitig fieberhaft nach.

»Die lügen«, erwiderte er. »Die lügen von vorne bis hinten. Sie werden sich mit Sicherheit nicht an die Verabredung halten.« Auch wenn er nicht wusste, ob es stimmte, war dies sein einziger Strohhalm. Dabei dachte er: *Sie erreichen also doch ihr Ziel. Sie haben es doch noch geschafft. So wie sie es schon vor fünf Jahren vorhatten. Merlin und Virgil und Mr R, sie bringen mich um, ohne sich selbst die Finger schmutzig zu machen.*

»Tut mir leid«, wisperte der Lehrer. »Ich weiß, Sie haben mir nichts getan, um das hier zu verdienen. Eigentlich bin ich kein Mörder, wie's aussieht, aber dann wohl doch. Wenn auch nur notgedrungen. Die Wahrheit liegt wohl irgendwo in der Mitte.«
Ricky sah, dass dem Lehrer die Kräfte schwanden. Er sah, wie er die Waffe hob. Sie zitterte heftig in seiner geschwächten Hand. Geradezu hypnotisch pendelte die Mündung, in die Ricky blickte, hin und her. Der nächste Gedanke, der durch seine Schockstarre drang, war ebenso klar wie niederschmetternd:
Ich lag auf der ganzen Linie vollkommen daneben.
Es war alles von vorn bis hinten erstunken und erlogen.
Und ich habe ihrem bösen Spiel auch noch Vorschub geleistet. Meine Lügen laufen zusammen mit ihren Lügen auf eine einzige Tatsache hinaus: Ich werde sterben.
»Wie gesagt, keine böse Absicht, Doktor. Jeder von uns tut schon mal aus Liebe schreckliche Dinge, nicht wahr? Ich muss das hier tun, damit meine Tochter die Zukunft bekommt, die ich ihr wünsche.« Einen Augenblick lang wirkte sein Bedauern echt.
»In gewissem Sinne bin ich dann wohl Jack.«
»Vielleicht«, fügte er hinzu, »sind wir das irgendwie auch alle.«
Er schüttelte kaum merklich den Kopf.
»Aber letztlich gibt es keinen Jack«, brachte er flüsternd über die Lippen und kniff, von Schmerzen überwältigt, die Augen zu.
Und dann drückte er ab.

TEIL II

DIE WILLKOMMENEN BESUCHER

»T'was in another lifetime,
One of toil and blood,
When blackness was a virtue,
The road was full of mud,
I came in from the wilderness,
A creature void of form.
Come in, she said,
I'll give you shelter from the storm.«

Bob Dylan: »Shelter From the Storm«, 1975

Verbal Kint: *»Der größte Trick, den der Teufel je gebracht hat, war, die Welt glauben zu lassen, es gebe ihn gar nicht.«*

Die üblichen Verdächtigen, 1995

26

Alles in Ricky schrie: *Tu was!*

Er rührte sich nicht.

Er hat mich getroffen.

Ich sterbe.

Ich bin schon tot.

Er war nichts dergleichen, was ihn nur noch mehr verwirrte.

Wo bleiben die Schmerzen?

Wo bleibt das Blut?

Einen Moment lang hatte Ricky das Gefühl, seinen Körper zu verlassen und von irgendwo oben zuzusehen, wie sein tödlich verwundeter Doppelgänger in Zeitlupe zu Boden sackte, mit zerfetztem Herzen nach Luft schnappte und sich vergeblich ans Leben klammerte. Und dann kehrte er unter einem kratzenden Geräusch – wie von einer Nadel, die über eine alte Schallplatte ratscht – in seinen Körper zurück und begriff, dass er immer noch Leben in sich hatte. Es kam ihm vor, als würde er heiße Asche einatmen. Seine Muskeln zuckten krampfartig, dennoch wich er keinen Millimeter zurück. Es toste ihm in den Ohren, als stünde er neben einem Düsentriebwerk. *Ich bin noch am Leben.*

Aber vielleicht nicht mehr lange.

Dann ging alles ganz schnell. Ein Durcheinander aus Geräuschen, Verwirrung, Aufruhr in dem Zimmer, nachdem der Schuss verhallt war.

Die Tochter stieß einen Laut aus – halb Schrei, halb Schluchzen, ohne den Versuch, Worte zu artikulieren, spontaner Ausdruck der Konfusion. Der todkranke Lehrer sank noch tiefer in seine Kissen, als habe das Betätigen des Abzugs wie das Heben von Hanteln jeden seiner Muskeln überspannt. Er schnappte nach Luft, dann fiel die Hand mit der Waffe schlaff herab. Und endlich sprang Ricky auf, mit einem so heftigen Ruck, dass er den Stahlrohrstuhl scheppernd umwarf. Auch er stieß einen kehligen Schrei aus, wie ein von dem plötzlichen Knall zu Tode erschrecktes Tier. Doch als er sich zur Tür wandte, um die Flucht zu ergreifen, wurde es merklich still. Die Logik warnte ihn, dass der sterbende Lehrer möglicherweise noch einen Funken Leben in sich fand, um mit seiner Pistole einen zweiten Schuss abzufeuern, diesmal tödlich für ihn. *Zwei Mal wird er nicht danebenschießen,* dachte Ricky, während ihm im selben Moment die Frage kam: *Wie konnte er mich beim ersten Mal verfehlen?*

Unsicherheit. Krankheit. Mangelnde Erfahrung.

Also: *Wehr dich!*

Im Geiste sah er, wie er sich auf den Lehrer stürzte und ihm die Waffe entriss. Dabei musste er jede Sekunde damit rechnen, dass die Tochter, um ihren Vater zu verteidigen, den .357er heben und ihm damit in den Rücken schießen würde. Er hatte einen verzweifelten Kampf vor Augen, zwischen dem vom Krebs gemarterten Lehrer, dem in Panik geratenen Mädchen und sich selbst – ein Wirrwarr aus Kreischen, Handgemenge, Schlägen und Schüssen, bei dem der Tod geduldig zusieht, vielleicht auch eine Wette eingeht, wer am Ende übrig bleibt.

Doch so kam es nicht.

Er blieb. Es kostete ihn die letzten Reserven an Entschlusskraft und Vernunft, abzuwarten, statt wegzurennen. Die Panik, die ihn in ihrem Sog mitzuzerren drohte, schrie danach, etwas zu unternehmen. Er wehrte sie mit kühl kalkulierender Überlegung ab. In diesem prekären Widerstreit der Gefühle verharrte er einen Moment.

Und in derselben Sekunde schrie die Tochter: »Nein, Dad, nicht!«

In dem kleinen Raum kam plötzlich alles zum Stillstand.

Dann fügte sie, unter einem weiteren Weinkrampf, hinzu: »Ich kann nicht, Dad. Ich kann nicht.« Und leiser: »Wir können das nicht.«

Und schließlich: »Das dürfen wir nicht.«

Ricky hörte ein Poltern, das er zuerst nicht einordnen konnte, bis ihm klar wurde, dass sie den schweren Revolver auf den Fußboden hatte fallen lassen.

Er sah, wie sich der Blick des sterbenden Lehrers auf seine Tochter richtete, voller Trauer und Verzweiflung.

»Du musst. Wir müssen das tun. Es ist unsere einzige Hoffnung. Bitte, Roxy. Heb die Waffe auf.« Es war, als sei Ricky gar nicht mehr im Zimmer.

Vielleicht bin ich in Wahrheit schon tot. Vielleicht sehe ich ja nur aus einer Art Zwischenwelt zu, weder ganz am Leben noch endgültig tot.

Doch dann hörte er sich selber in ruhigem Ton sagen: »Es gibt eine andere Möglichkeit.«

Im Ernst? Er hegte seine Zweifel.

Als seine Stimme durch den Raum hallte, änderte der Blick des Lehrers seine Richtung. Erst jetzt schien er sich wieder bewusst zu werden, dass Ricky immer noch vor ihm stand.

Und Ricky sah seinerseits, wie der halb tote Mann im Bett die Pistole hob. Sie schien sich langsam und zäh zu bewegen, wie durch Lehm oder Leim. Obwohl jede Faser in ihm schrie, *duck dich weg, wirf dich zu Boden, renne zur Tür und bring dich in Sicherheit,* rührte er sich nicht vom Fleck. Doch während er wie angewurzelt dastand, schien nunmehr Roxanne wie aus einer Trance zu erwachen, und als wüchsen ihr plötzlich ungeahnte Kräfte zu, wirbelte sie – wie eine Balletttänzerin in leichtfüßigen Pirouetten – herum und landete mit einem anmutigen Sprung an Ricky vorbei neben dem Bett ihres Vaters, legte ihm energisch die Rechte auf seine Waffenhand und drückte ihm die Pistole sanft auf die Decke herunter.

»Nein«, flüsterte sie, »hör auf. Lass es sein. Das können wir nicht. Ist mir egal, was aus meiner Zukunft wird. Alles, was du eben gesagt hast, ist mir egal. Ich will nur dich, Dad. Bitte.«

Ricky sah in den Augen des Lehrers, dass er sich geschlagen gab. Von der Krankheit aufgezehrt. Unfähig, den tödlichen Schuss abzugeben. Verzweifelt, ohne jede Hoffnung. Und in diesem Moment meldete sich der Ricky, der ihn, wie es schien, die ganze Zeit im Stich gelassen hatte, zurück: die widerstandsfähige, störrische Seite in ihm, der Mann, der selbst in der schlimmsten Krise den Kopf oben behielt und klar denken konnte, der Mann, der schon einmal den Tod besiegt hatte, und er sagte in ruhigem, vernünftigem Ton: »Lassen Sie mich Ihnen einen einfachen Sachverhalt erklären, Mr Allison.«

Wie ein Schauspieler, der sich sammelt, bevor er zum *Sein oder Nichtsein*-Monolog anhebt, legte er eine wirkungsvolle Pause ein.

»Wir werden heute Nacht alle sterben. Sie. Ich. Und Roxanne.« Es war, als habe es den Schuss, der ihm knapp am Ohr vorbeigegangen war, nie gegeben.

Im Raum trat eisige Stille ein.

In diesem kurzen Moment dämmerte Ricky, in was für eine Falle er getappt war. Es hatte alles damit angefangen, dass plötzlich in Miami Mr R auf seiner Psychoanalytiker-Couch lag und auf ihn wartete.

Die erste Lüge: Niemand ist auf einen Mörder gefasst.

Woher wollte Mr R das wissen?

Zumindest konnte er sich nicht sicher sein. Er konnte nicht wirklich wissen, was ich für den Fall, dass er je bei mir zur Tür hereinspaziert, an Vorkehrungen getroffen hatte, oder auch nicht. Aus diesem Grunde war es ihm an jenem Abend vollkommen unmöglich, abzudrücken.

Folglich musste er jemand anderen finden, um es für ihn zu tun. Keinen anderen Killer. Vielmehr jemanden, dem das Gesetz nichts mehr anhaben konnte. Nur so ging er kein Risiko ein, aufzufliegen, und nicht nur er, sondern auch seine Geschwister.

Und ich wäre tot, so, als habe er mich bereits vor fünf Jahren umgebracht ... oder an jenem ersten Abend ... oder irgendwann danach ... woraus sich die zweite Lüge ergab:

Ich brauche Ihre Hilfe, Doktor ...

Das war die Falle, die sich Ricky – teilweise zumindest – selbst gestellt hatte. *Die drei haben mich richtig eingeschätzt. Sie wussten, dass ich mir die Grube, in die ich fallen sollte, selber graben würde.* Und ihm wurde schlagartig klar, dass er quasi in einer Reuse steckte, einem Fischernetz, das sich von seiner Befestigung gelöst hatte und mit der Strömung durch den Ozean schwamm. Was ihm auf seinem Weg zu nahe kam, würde sich darin verheddern und mit ihm untergehen.

Die Gefahr war keineswegs gebannt, im Gegenteil: Alarmstufe Rot.

Fast verschlug es ihm die Sprache.

»Uns bleiben nur Sekunden«, brachte er heraus, »allenfalls Minuten, aber nicht viel länger.«

Roxanne löste behutsam die Finger ihres Vaters von der Waffe, und plötzlich hatte sie die Halbautomatik in der Hand.
Gesenkt, mit der Mündung zum Boden.
Ihr Vater drehte den Kopf zu Ricky um.
»Ich verstehe nicht«, krächzte er.
Doch für Ricky spielte sich jetzt alles so deutlich wie auf einer Kinoleinwand ab.
Und ihn erfasste eine neue Woge der Panik. Fast wie ein Hellseher hatte er die unmittelbare Zukunft vor Augen.
»Jeden Moment«, sagte er langsam und in eiskaltem Ton, der seine wachsende Angst Lügen strafte, »wird Ihre Haustür aufgehen. Es wird ein Mann mit einer Waffe hereinkommen. Der Mann, mit dem Sie glaubten, eine Übereinkunft zu haben. Hatten Sie nicht. Von Anfang an nicht, egal, was er Ihnen vorgegaukelt haben mag. Er wird hier hereinkommen und damit rechnen, Folgendes zu sehen: Mich tot. Sie tot. Ihre Tochter als einzige Überlebende neben uns – vorausgesetzt, sie ist tapfer genug, die Instruktionen genauestens zu befolgen. Doch selbst wenn sie es doch nicht über sich bringt und Sie noch am Leben sind, läuft es für ihn auf dasselbe hinaus. Es ist ihm einerlei. Und er wird Folgendes tun: Er wird zu dieser Waffe greifen – meiner Waffe – und dann Roxanne und anschließend Sie erschießen. Danach drückt er mir die Pistole in die Hand. Und dann verlässt er das Haus. Einfach so. Als sei er nie da gewesen.«
Ricky hielt inne.
»Und wissen Sie was?«, fügte er hinzu.
Weder Vater noch Tochter fragten *was?*. »Er *war* nie hier. Denn er kann, wenn ihm danach ist, als Gespenst auftreten.«
Wie eine ansteckende Krankheit lag Schweigen in der Luft.
»Sind Sie Mr R eigentlich jemals persönlich begegnet?«, fragte Ricky.
Der Lehrer schüttelte den Kopf.
»Wer ist Mr R?«, würgte er heraus. »Wir haben uns mit einer Frau getroffen …«
»Sehr schön?«
Roxanne nickte.
Virgil.

»Und sie hat gesagt: *Wenn Sie das tun, sobald Dr. Starks hier eintrifft …*«

Ricky brauchte nicht weiterzusprechen. Das *Ja* auf die Frage konnte er den beiden vom Gesicht ablesen – dem Lehrer an der Schwelle des Todes, dem Mädchen an der Schwelle zum Waisenkind.

»Aber sie musste Ihnen trotzdem gut zureden …«

»Sie hat gesagt, Sie seien ein Mörder. Sie seien bösartig. Sie sagte, Sie seien mit der Ermordung ihres Adoptivvaters ungestraft davongekommen, so wie Jimmy Conway mit dem Mord an Julia. Sie hat viele Dinge gesagt, die ich hören wollte. Ich habe nicht groß nachgefragt, ich wollte gar nicht so genau wissen, was davon wahr und was vielleicht gelogen war. Sie wirkte sehr überzeugend. Und ich …« Er ließ den Satz in der Schwebe, und Ricky führte ihn in Gedanken zu Ende: *… ich war verzweifelt und lag im Sterben.* Unschwer nachzuvollziehen.

»Das Geld – welche Garantie hat sie Ihnen gegeben …«

»Ein Bankkonto. Ein Treuhandkonto. Mit einem Guthaben von einer Million Dollar. Auf Roxys Namen.«

Eine Million Dollar, dachte Ricky, *all diese Nullen waren nichts weiter als ein Köder. Ebenso gut hätte sie ihnen eine Milliarde oder eine Billion vorgaukeln können. Luftschlösser, nichts weiter.* »Das existiert nicht mehr. In Wahrheit hat es nie existiert.«

»Aber da war dieser Anwalt …«, warf Roxanne ein. »Er hatte Papiere dabei, die Dad unterschrieben hat. Er sollte mein Vormund sein.«

»Mr Sharpe in Dothan?«

Wieder nickte sie.

Merlins Beitrag zu dem Komplott. Ich denke, ich sollte ihm einen zweiten Besuch abstatten, dachte Ricky mit einer Aufwallung von Zorn. Doch das behielt er für sich.

»Teil des betrügerischen Plans, denke ich. Die Papiere waren mit Sicherheit gefälscht. Und Mr Sharpe, nun ja, ich wage zu bezweifeln, dass er je die Absicht hegte, die Versprechen dieser Frau zu erfüllen, und Sie …« Ricky sah den Vater an. »Sie wären nicht mehr da, um gegen ihn vorzugehen. Niemand hätte ihm etwas anhaben können.«

Die Tochter hatte sich wieder ein wenig gefangen. Ricky sah, wie sie sich die Tränen aus den Augen wischte. »Dad, was machen wir jetzt? Plötzlich ist alles ganz anders. Lass uns die Polizei rufen. Hab ich dir schon vorher gesagt. Aber lass es uns wenigstens jetzt tun, bevor es zu spät ist.«

Alles ganz anders traf den Nagel auf den Kopf.

»Die Polizei wird Ihnen auch nicht helfen«, sagte Ricky in einem Ton, der keinen Zweifel aufkommen ließ. Er malte sich aus, wie Smith und Jones, die beiden Detectives, den Versuch unternahmen, das Lügengespinst von Virgil, Merlin und Mr R zu durchschauen. *Nie im Leben. Schon gar nicht, wenn man bedenkt, dass diese ganze Intrige zu einem toten Drugstore-Mann zurückreicht, der möglicherweise ermordet wurde, nachdem die beiden daran gescheitert waren, ihm den Mord an Julia nachzuweisen.* »Die können Ihnen nicht helfen. Überlegen Sie mal: Können Sie für Ihre Abmachung irgendeinen Beweis erbringen? Keine Chance. Die Polizei – wenn's hochkommt, können die heute Nacht für Ihre Sicherheit sorgen. Vielleicht auch noch für den morgigen Tag. Aber danach? In einer Woche? In einem halben Jahr?« Im Stillen fügte er hinzu: *oder auch in fünf Jahren? So lange haben sie sich damit Zeit gelassen, mich zu liquidieren.* »Nein, ich kenne diese Leute, sie sind gnadenlos, Zeit spielt für sie keine Rolle«, kam er mit seinem Versuch, der sinnlosen Situation eine Logik abzutrotzen, zu Ende.

Er blickte zwischen Lehrer und Tochter hin und her. »Sie sind alle Mörder. Einer von ihnen mehr als die anderen beiden. Er ist Profikiller. Ein Psychopath. Sie sind Geschwister und wollen – nein, sind *versessen* auf meinen Tod. Sie hegen einen obsessiven Hass gegen mich. Sie haben schon einmal versucht, mich umzubringen. Ob bei diesem Vorhaben andere draufgehen, ist ihnen völlig egal – wenn sie nur kriegen, was sie wollen. Und sie kommen damit ungeschoren davon.«

»Aber weshalb hassen die Sie so?«, fragte Roxanne.

»Gute Frage, Roxanne«, sagte er und drehte sich zu ihr um. »Zum Teil, weil ich vor sehr vielen Jahren gegenüber ihrer Mutter versagt habe und es sie das Leben gekostet hat. Das werden sie mir nie ver-

gessen. Außerdem hat es sie damals zu Waisen gemacht, und sie wurden von jemandem aufgezogen, der bei ihnen systematisch Rachegelüste gegen mich schürte …« Bei dem Gedanken an seinen einstigen Lehrer, Dr. Lewis, stockte er. »Sie werden niemals Ruhe geben. Das war mir nicht von Anfang an klar, jetzt schon.«
Ricky sah, wie sich der sterbende Lehrer auf die spröde Lippe biss, und las ihm vom Gesicht ab, dass Allison selbst durch den Nebel aus Schmerzen und Angst hindurch eine entscheidende Tatsache begriff: wie verführbar er gewesen war. *Du wendest dich an einen verzweifelten Mann und weckst bei ihm einen Hoffnungsschimmer. Der Mann braucht dabei nichts weiter zu tun, als einen anderen Menschen mit in den Tod zu reißen. Nicht schwer, ein solches Täuschungsmanöver auszuhecken. Bitte kümmern Sie sich um diesen Bären. Nur, dass es hier nicht um den Paddington ging, sondern um Roxanne, die dabei war, zur Waise zu werden. Und der sterbende Lehrer erledigt für dich, was ihr schon seit fünf Jahren vorhattet, Rache. Mord – einen Mord, mit dem euch niemand in Verbindung bringen kann, weil ihr jede Verbindung damit vertuschen könnt. Dazu brauchtet ihr nichts weiter zu tun, als mich mit einem sterbenden Mann in ein und dasselbe Zimmer zu bringen, nachdem er euch das falsche Versprechen abgekauft hat. Der ideale stellvertretende Auftragskiller.* Ricky hatte das dumpfe Gefühl, den perfiden Plan selbst noch nicht ganz zu begreifen. Doch er nahm Konturen an.
In Rickys Kopf überschlugen sich die Gedanken, äußerlich bewahrte er jedoch Haltung. »Ich kann Ihnen beiden nur versichern, dass ich nicht der Mensch bin, als den mich die Frau beschrieben hat. Und diese drei haben Ihnen etwas vorgegaukelt, was sie nicht sind.«
Er sah, wie sich unter jedem seiner Worte das Gesicht des Lehrers verdüsterte.
»Mr Allison«, fügte Ricky in beinahe beschwörendem Ton hinzu. »Sie, ich und auch Roxanne – wir sind in größter Gefahr.«
Erneut legte sich bedrückendes Schweigen über den Raum.
»Hören Sie, Mr Allison, Roxanne … wenn Sie immer noch glauben, dass diese drei Ihnen die Wahrheit gesagt haben und ich Sie belüge … nur zu, erschießen Sie mich. Aber schießen Sie diesmal nicht

daneben. Wenn Sie das nicht wollen, müssen wir etwas unternehmen, und zwar schnell.«

Ricky war bewusst, dass er die beiden in eine schreckliche Zwickmühle brachte und ihnen nichts Geringeres abverlangte als die Kehrtwende vom Mordkomplott zu bedingungslosem Vertrauen. Er wusste nicht, ob er dafür genügend Überzeugungsarbeit geleistet hatte, doch während er den Lehrer eindringlich betrachtete, bemerkte er, wie er den Kopf zurücklehnte, zur Decke blickte und sich wieder nach vorne wandte. Schließlich sah er seine Tochter in einer Mischung aus Forderung und Hingabe an.

»So oder so bin ich bald tot, Roxy«, sagte Allison zu ihr, »sehr bald. Das ist dir klar. Aber möglicherweise hat der Doktor recht, und du musst hier verschwinden. Und zwar auf der Stelle. Selbst wenn er sich irrt, dürfen wir kein Risiko eingehen. Jedenfalls kann ich nicht sterben, ohne zu wissen, dass du in Sicherheit bist.«

»Aber wo soll ich denn hin?«, fragte sie gequält.

Und in ebendieser Sekunde spürte Ricky bis ins Mark, wie seine Welt aus den Angeln gehoben wurde, als drehe sie sich plötzlich in die entgegengesetzte Richtung, unaufhaltsam, schneller und immer schneller.

»Am besten kommt sie mit mir«, sagte er ruhig.

»Ich gehe hier nicht weg«, entgegnete das Mädchen schroff und unterstrich sein Widerstreben mit seiner ganzen Körperhaltung. »Ich lasse meinen Dad nicht allein hier zurück. Das ist unser Zuhause.« Aus jedem ihrer Worte sprach offene Rebellion.

»Jetzt nicht mehr«, platzte Ricky etwas zu schnell heraus. Was er verschwieg: *Sie werden dich umbringen, weil du von ihnen weißt.* Mit absoluter Sicherheit. *Fünfzehn Jahre alt, und du wirst deinen sechzehnten Geburtstag nicht erleben.*

Wieder trat in der Enge des Krankenzimmers angespanntes Schweigen ein und knisterte eine Weile lang. Ricky schien es eine Ewigkeit. Er sah den Lehrer an.

»Mr Allison …«, wagte er einen Vorstoß.

»Ich glaube, ich habe verstanden«, antwortete Allison. »Wir brauchten Zeit, aber Zeit ist genau das, was wir nicht haben.«

Demnach hatte der Vater begriffen. Keine Zeit für Pläne, für das Abwägen von Tod oder Leben. Er nickte.
»Dann werden Sie sich um sie kümmern?«, fragte der Lehrer in flehentlichem Ton.
»Ich lasse dich nicht hier zurück, Dad!«
»Ich werde mein Bestes tun«, überging Ricky die Weigerung der Tochter. Er konnte selbst nicht fassen, was er da sagte, doch zugleich wurde ihm unabweislich klar, dass ihm keine andere Wahl blieb.
»Wie kann ich Ihnen vertrauen? Nachdem ich gerade versucht habe, Sie zu erschießen?«
Ricky überlegte sich seine Antwort gut. »Weil Sie niemand anderen haben, dem Sie vertrauen könnten. Und weil uns die Zeit davonläuft.«
»Ich gehe nicht weg«, beharrte Roxanne. Frustriert und so trotzig, als wolle sie jeden Moment wie ein Kleinkind mit dem Fuß aufstampfen. »Hast du gehört? Ich verlasse dich nicht, Dad. Vergiss es.«
»Ich fürchte, Ihnen bleibt keine andere Wahl, Mr Allison. Sie müssen sich jetzt entscheiden.« Ricky fixierte den Lehrer, dabei war es das Mädchen, das sich widersetzte.
»Ich bleibe hier«, sagte sie, »wenn dieser Mann zur Tür hereinkommt, erschieße ich ihn. Ich werde ihn töten, Dad. Verlass dich drauf.«
Der Lehrer sah sie an und schüttelte den Kopf.
»Nein, das wirst du nicht. Ich würde dir erlauben, mich zu töten, Roxy, Liebling. Weil du mich damit nur von meinen Schmerzen erlösen und später einmal begreifen würdest, welchen Dienst du mir damit erwiesen hast. Aber nicht diese Leute, die Dr. Starks da beschreibt. Außerdem kann ich nicht zulassen, dass du das Risiko eingehst.«
»Im Übrigen hättest du nicht die geringste Chance«, fügte Ricky ruhig und eindringlich hinzu. »Der Mann ist ein Profikiller.«
»Ich versuche es zumindest«, erwiderte Roxanne trotzig.
»Ich weiß, Schatz, du würdest es versuchen, aber es wäre ein verhängnisvoller Fehler«, hielt der Vater dagegen. *Wie wahr,* dachte Ricky. *Ein tödlicher Fehler.*

»Bitte«, sagte er. »Entscheide dich. Die Zeit drängt.«
»Versprechen Sie es mir«, flüsterte der Lehrer und sah dabei Ricky an.
Jetzt schien es plötzlich, als sei Roxanne nicht mehr im Raum.
»Ich werde mein Bestes tun«, antwortete Ricky erneut. »Ich weiß, das ist kein Versprechen. Es ist das Einzige, was ich Ihnen geben kann.«
Allzu oft kommt ein Versprechen der Lüge näher als der Wahrheit, dachte Ricky im Stillen. Was er dem Vater zusicherte, hatte daher mehr Gewicht.
Der Lehrer schien intensiv nachzudenken, als halte er verzweifelt am Leben und seinen letzten Kraftreserven fest, um eine ungeheuer schwere Entscheidung zu treffen.
Unterdessen wurde Roxannes Weigerung immer heftiger. »Ich denk nicht dran, ich denk nicht dran, ich geh hier nicht weg«, wiederholte sie mit zittriger Stimme, während ihr erneut die Tränen herunterliefen.
»Dir bleibt nichts anderes übrig«, sagte ihr Vater schließlich leise zu ihr. »Tu's für mich, Roxy. Das ist meine allerletzte Bitte an dich.«
Unter Schluchzen warf sich Roxanne auf die ausgemergelte Gestalt ihres Vaters. »Nein, bitte, Dad, das kann ich nicht, das kannst du nicht von mir verlangen, bitte ...« Mit jedem Wort steigerte sich ihre Qual.
»Bitte«, drängte nun auch Ricky, »der Mann, der uns töten will, könnte jeden Moment hier sein.« Ob es tatsächlich so war, konnte Ricky nicht beschwören, doch alles sprach dafür. Im Geiste sah er Mr R schon an der Haustür stehen. Mit der Waffe in der Hand. »Wir müssen los«, fügte er hinzu.
Außer sich vor Empörung, wirbelte das Mädchen zu ihm herum. »Er kann sich nicht bewegen. Er kann das Bett nicht verlassen.«
Sie will nicht begreifen, dachte Ricky. *Dass er nicht mitkommt.* Er warf dem Vater, dem die Tränen herunterliefen, einen vielsagenden Blick zu, den dieser verstand.
»Sie haben recht«, sagte er zu Ricky. »Roxy, ich bleibe hier.«
Er lächelte. »Unten, im Bücherregal, findest du Hemingways *Wem*

die Stunde schlägt. Der Band stammt noch aus meinen Studentenjahren. Lies es, und wenn du zum Ende kommst, wirst du verstehen, wie ich mich im Moment fühle. Und jetzt geh, pack ein paar Sachen zusammen und verlasse mit dem Doktor das Haus.«

Der Lehrer der siebten Klasse, dachte Ricky im Stillen, *ist dann doch der Romantiker, für den man ihn halten konnte!* Und plötzlich kam ihm eine Idee: *Wären wir uns unter anderen Umständen begegnet, hätten wir vielleicht Freunde werden können.*

Das waren seltsame Gedanken über einen Mann, der eben erst versucht hatte, ihn umzubringen, und den Ricky eben noch fälschlicherweise verdächtigt hatte, eine perverse Lolita-Obsession gegenüber der Schulfreundin seiner Tochter zu hegen.

»Vergiss es«, beharrte Roxanne trotzig.

»Doch, du musst. Und, Roxy, so ist es das Beste.«

Dabei kehrte sein Blick zu Ricky zurück, und Ricky verstand, was er sagen wollte. *Sie wird ihn als Todkranken in Erinnerung behalten – aber nicht als Leichnam, eine etwas tröstlichere Erinnerung an den eigenen Vater.*

»Roxy!«, sagte er so energisch, wie es ihm seine geschwächte Stimme erlaubte. »Pack deinen Rucksack. Etwas zum Anziehen für ein, zwei Tage. Schnapp dir einfach nur, was du für die nächsten Tage brauchst. Alles andere lass da.«

Sie kämpfte mit sich, doch zu Rickys Erstaunen nickte sie schließlich. Sie legte die Halbautomatik auf der Bettkante ab, als sei die Waffe nicht mehr von Belang, und eilte an Ricky vorbei aus dem Zimmer.

»Ein paar Minuten«, mahnte Ricky. »Nicht mehr. Vielleicht nicht einmal das.«

Er hörte Roxannes hastige Schritte durch den Flur in ihr Zimmer, dann das Öffnen von Schubladen und zuletzt das Zuknallen einer Schranktür.

Er wandte sich noch einmal zu dem sterbenden Lehrer um.

»Sie müssen meine Tochter zwingen, mitzukommen«, sagte Allison. »Sie wird sich gegen Sie wehren, denke ich. Sie kann stur sein.«

»Ich werde mein Bestes tun.«

Ricky hob den .357er vom Boden auf. Dann steckte er den Umschlag mit seiner einstigen falschen Identität als *Richard Lively* ein. Der Lehrer deutete mit dem Kopf auf die Halbautomatik. »Die könnte ich vielleicht brauchen«, sagte er leise. Ricky überlegte einen Moment, dann drückte er die Waffe dem Lehrer in die Hand.

»Wahrscheinlich von keinem großen Nutzen für mich«, sagte der Lehrer, »aber es wird wohl leichter sein, mir selber die Kugel zu geben. Da kann ich zumindest nicht danebenschießen, schätze ich mal.« Es klang beinahe wie der Witz eines Toten.

Ricky ließ die Bemerkung unkommentiert. »Sobald wir hier weg sind, werde ich einen Krankenwagen rufen, der Sie abholt. Und ich werde Ihre Tochter in das entsprechende Krankenhaus bringen, damit Sie sich wiedersehen können. Dann sind Sie beide außer Gefahr …«

»Für mich ist es nur der Tausch einer Todesart gegen eine andere. Aber nur zu. Sie können es ja versuchen. Jedenfalls wird sich Roxy dann besser fühlen. Für mich kann niemand mehr viel tun.«

Ricky entging nicht, dass der Lehrer viel Einfühlungsvermögen für sein Kind aufbrachte. *Wenn sie sich mit dem Versuch, für ihn Hilfe zu holen, trösten kann, gewinnen wir Zeit.* Und mit einem Mal wurde ihm bewusst, dass er selber fünf Jahre zuvor einen Krankenwagen gerufen hatte, auch damals für einen Mann, der es auf sein Leben abgesehen hatte. Welche Ironie!

»Versprechen Sie es mir«, sagte der Lehrer abermals, und Ricky wusste, was er meinte.

»Ich werde ihr jede Chance geben, soweit es in meiner Macht steht«, antwortete er. »Ich werde sie beschützen.« Auch wenn er nicht wusste, wie weit er dazu in der Lage sein würde, musste er dem Lehrer sein Wort geben. Nur eins stand für ihn fest: Er konnte sie nicht zurücklassen und Mr R ausliefern.

»Das genügt mir«, sagte Allison. Er holte tief Luft.

Ricky kam der Gedanke, ob die Atemzüge, die dem Mann in seinem Leben blieben, zu zählen waren. »Sie ist das Einzige auf dieser Welt, das mir noch am Herzen liegt.«

»Ich weiß.«

Hinter ihnen erschien die Tochter in der Tür. Sie hatte sich einen prall gefüllten Rucksack über die Schulter gehängt.
Der Lehrer streckte die Hand aus, mit wenigen Sätzen war sie bei ihm und ergriff sie. Sie drückte sich seine Hand an die Wange, sodass ihm ihre Tränen über die Finger liefen.
»Also, folgender Plan, Liebling. Du gehst mit dem Doktor. Wenn ihr so weit weg seid, dass er es für sicher hält, ruft er mir einen Krankenwagen. Vielleicht auch die Polizei zu meinem Schutz. Er wird wissen, in welches Krankenhaus sie mich bringen. Da findest du mich.«
Sie nickte, unter einem weiteren Tränenschwall.
Alles eine Notlüge, dachte Ricky. *Das war klug; er spricht von* Plan, *wo es in Wahrheit keinen Plan gibt. Bis auf eins:* nichts wie raus hier. Irgendwo untertauchen. Und zwar jetzt. *Kluger Mann.* Beim Anblick von Vater und Tochter versuchte sich Ricky auszumalen, welche Qualen die beiden gerade durchlitten, schlimmer noch als sein qualvolles Sterben, eine Verlustangst, die Menschen zu Verzweiflungstaten treiben kann.
»Also, Roxy, bitte. Umarme mich noch einmal. Bis später. Aber jetzt musst du weg, auf der Stelle. Beeilt euch. Geh mit dem Doktor und blicke keinen Moment zurück.«
Als sie ein letztes Mal die Arme um ihn schlang, fragte sich Ricky, ob sie dabei spürte, dass er sie belogen hatte. Er wusste, dass sie, wenn er ihr Zeit zum Nachdenken ließ, ihr Spiel durchschauen würde. Doch sie war sehr jung und von ihren Emotionen derart überwältigt, dass sie keinen klaren Gedanken fassen konnte. Es würde Stunden dauern, bis ihr die Widersprüche und Ungereimtheiten zu Bewusstsein kämen. Vielleicht auch Tage. Vielleicht würde das Mädchen sie nie durchschauen. Schließlich richtete sie sich auf und nickte. Sie drehte sich zu Ricky um und sagte: »Gut. Wir können los.«
»Mir nach«, sagte Ricky. »Immer dicht hinter mir.«
Er legte die Finger um seinen .357er und hielt ihn schussbereit. Er hoffte inständig, dass Roxanne sich nicht noch einmal umsah, denn das hätte nur ihren Entschluss ins Wanken gebracht. Sie machten

sich auf den Weg zur Treppe, an der Wand mit dem Loch vorbei, wo der Fehlschuss des Lehrers eingeschlagen war.
Mit jedem Schritt, den Ricky Richtung Haustür machte, verstärkte sich sein Gefühl, dem Feind direkt in die Arme zu laufen. Er konnte seine Nähe förmlich spüren und hätte nicht darauf gewettet, wie lange er noch zu leben hatte. Dasselbe galt natürlich für das Mädchen in seinem Rücken und mit Gewissheit für den Vater, der oben allein in seinem Bett zurückblieb.

27

An der Haustür ging Ricky in die Hocke, bis er fast mit dem Knie den Boden berührte. Er hatte den Knauf fest in der Hand, um mit einem Ruck die Tür aufzureißen.

Die Wahrscheinlichkeit war hoch, dass Mr R irgendwo dort draußen im Schutz der Dunkelheit lauerte und Ricky nur zwei, drei Schritt weit kam, bevor er tödlich getroffen wurde. Doch vielleicht auch nicht – vielleicht konnte er einfach hinausspazieren, als wollte er an diesem angenehm lauen Abend nur noch einmal vor dem Schlafengehen an die Luft und eine Runde drehen. Es gab, stellte er fest, nur eine Möglichkeit, es herauszufinden – nämlich diese Tür zu öffnen, hindurchzutreten und zu sehen, was geschah. Der Feigling in ihm hätte am liebsten ewig so im Flur gehockt und wie ein Jäger in einem Hinterhalt einfach darauf gehofft, dass ihm früher oder später ein Reh oder eine Ente oder sonst irgendeine unschuldige Jagdbeute, auf die er es abgesehen hatte, vor die Flinte lief. Der Soldat in ihm drängte darauf, mit schussbereiter Waffe aus dem Haus zu stürmen und, sobald sich irgendetwas in seinem Sichtfeld bewegte, zu feuern, weil dort draußen nur der Feind lauern konnte. Der Psychoanalytiker, der er nun mal war, sagte ihm, dass er sich in eine unbekannte Gefahr begab. Ricky begann, den Knauf zu drehen– als er plötzlich merkte, dass Roxanne nicht mehr an seiner Seite war, sondern im Wohnzimmer vor einem Bücherregal stand und mit dem Zeigefinger über die Buchrücken strich. Er wollte etwas sagen, schluckte es jedoch herunter. Er wusste, wonach sie suchte. Während er ihr stumm zusah und innerlich dachte, *mach schon, bitte, beeil dich!,* griff sie nach einem Taschenbuch und stopfte es hastig in ihren Rucksack. Sie zögerte einen Moment, schnappte sich ein gerahmtes Foto und schob es ebenfalls hinein. Als suche sie nach einem weiteren Buch, ließ sie den Blick noch einmal schnell über die Regale schweifen, dann huschte sie zurück an seine Seite.

»Sollten wir nicht los?«, flüsterte sie. »Dad hat gesagt, sofort.«

Ricky holte tief Luft.

»Auf geht's«, sagte er.

Er wünschte, ihm wäre etwas Klügeres oder Mutigeres oder auch nur Vernünftigeres eingefallen. Er hätte ihr vielleicht einen Rat oder eine Anweisung geben und entschlossen das Kinn vorschieben sollen, doch er tat nichts dergleichen. Er brachte lediglich heraus: »Halte dich immer dicht hinter mir. Wir müssen uns beeilen. Mein Wagen steht ein Stück die Straße runter. Auf der linken Seite.«

Damit hob er die Waffenhand, und während er mit der anderen, diesmal entschlossener, den Knauf drehte, merkte er, wie feucht sie war, wie keuchend sein Atem ging und wie ihm der Schweiß auf der Stirn jeden Moment in die Augen laufen und seine Brille beschlagen würde. Zum Ausgleich hatte er einen staubtrockenen Mund. Die physischen Nebenwirkungen einer mörderischen Bedrohung. Er zog die Tür auf.

Augenblicklich drang die Nacht herein. Die typische Schwüle von Alabama traf auf die kalte Luft im Haus. Für einen Moment raubte sie ihm den Atem.

Mit wenigen Schritten huschte er aus dem Lichtkegel rings um den Eingang. Entweder verbarg die Dunkelheit den Mörder vor ihnen, oder sie legte sich schützend über sie beide. Entweder-oder. Es war ein riskantes Spiel. Sieben. Elf. Einerpasch. Während er halb in den Laufschritt überging, schwenkte er die Pistole unentwegt von rechts nach links und zurück. Es juckte ihm in den Fingern, auf jeden Schatten zu schießen. Er spürte Roxanne einen Schritt hinter sich.

»Welcher Wagen?«, fragte sie.

Mit dem Lauf des Revolvers deutete er darauf.

Dreißig Meter.

Er bildete sich ein, im Rücken einen Druck zu spüren, als würde ihm jeden Moment eine Kugel die Wirbelsäule zerschmettern. Er glaubte, direkt hinter seinem Ohr ein Geräusch zu hören, als lade jemand seine Waffe durch, und mehr als einmal hörte er in seiner überspannten Fantasie einen Knall wie von einem Schuss. Er hatte das Bedürfnis, in einen Sprint zu wechseln und geduckt in einem Zickzack-Kurs nach links und rechts auszuscheren, um dem Mörder keine Zielscheibe zu bieten.

Zwanzig Meter.

Wie würde sich der Tod wohl anfühlen: Würde ihm schlagartig rot hinter den Augen? Wäre der Schmerz sofort zu spüren? Oder würde sich einfach nur eine Dunkelheit, weiter und größer als die Nacht, die sie umfing, über ihn ausbreiten? Er lief zügig voran, griff hinter sich und packte Roxanne am Arm, während er ihr zuflüsterte: »Schneller! Schneller!«

Zehn Meter.

Er rechnete jede Sekunde damit, dass der Leihwagen in einem gewaltigen Feuerball explodierte. Die letzten paar Meter rannten Ricky und das junge Mädchen. In Rickys Ohren hörte sich das Klatschen ihrer Sohlen auf dem Asphalt wie ein Trommelwirbel an, laut genug, um die ganze Straße aufzuwecken.

»Schnell, rein!«

Roxanne hechtete förmlich auf den Beifahrersitz und duckte sich in ein und derselben Bewegung tief nach unten.

Sobald Ricky hinterm Lenkrad saß, stocherte er mit zitternder Hand im Zündschloss herum und fluchte, bis er den Schlüssel eingesteckt und den Motor angeworfen hatte. Mit einem heftigen Ruck legte er den Schalthebel in den Vorwärtsgang und gab Vollgas. Der kleine Wagen machte einen Satz und schlingerte mit durchdrehenden Hinterreifen nach vorn. Er beschleunigte und fuhr, so schnell er konnte. Im Rückspiegel sah er nichts weiter als Schatten in der Dunkelheit. Er fürchtete immer noch, Mr R könnte plötzlich auf die Straße treten, zielen und feuern. Die Heckscheibe würde bersten, und er wäre tot. Dann wieder hatte er Angst, nicht rechtzeitig zu sehen, wie Mr R plötzlich vor ihnen aus dem Dunkel trat. Dasselbe Szenario, nur dass in diesem Fall das Verbundglas der Windschutzscheibe sich durch den Schuss in ein gläsernes Spinnennetz verwandeln würde. Auch in diesem Fall wäre er tot. Für eine Sekunde begriff er, wie furchterregend Halluzinationen sein konnten, was also Charlie tagtäglich durchlitt.

Als er um die Ecke raste, merkte er, wie ihn der Geschwindigkeitsrausch packte. Am liebsten wäre er nicht achtzig, sondern hundert, nein, hundertzwanzig Stundenmeilen oder mehr gefahren. Am liebsten hätte er einen einzigen großen Satz gemacht oder wäre so rasant wie sein Puls gejagt, nur um wegzukommen. Die Straße bis zur nächsten Kreuzung, dann um die nächste Ecke. Mit quietschenden Reifen. Mit Vollgas flog er durch die Nacht. Neben ihm griff Roxanne hastig nach dem Sicherheitsgurt und schnallte sich an. Dann hielt sie sich an der Armlehne fest und stöhnte, als es schlitternd um eine weitere Kurve ging. Es würde ein paar Minuten dauern, bis er seinen Puls beruhigen und das Tempo drosseln konnte.

Sie hatten ein paar Meilen zurückgelegt – Ricky wusste kaum zu sagen, in welche Richtung –, als er auf einer einsamen Landstraße, inmitten von Wiesen und Feldern, endlich am Seitenstreifen anhielt. Seine Scheinwerfer waren das einzige Licht in der Dunkelheit. Für einen Moment lehnte er den Kopf zurück, schloss die Augen und versuchte, abzuschätzen, wie knapp er dem Tod entronnen war. *Haarscharf,* schätzte er. *Hat mich diese Kugel um dreißig Zentimeter oder um Millimeter verfehlt?*

War das noch wichtig?

Und während ein Albtraum verblasste, holte ihn ein neuer ein, die nächste, vorerst noch vage Bedrohung.

Ricky versuchte, einen klaren Kopf zu bekommen und die Situation abzuschätzen. Er spähte zu Roxanne hinüber. *Ihrer beider Situation.* Sie starrte ihn an. Sie steckten beide in erheblichen Schwierigkeiten.

»Wo fahren wir hin?«, fragte sie.

»Hast du irgendwelche Freunde oder Verwandte oder sonst jemanden, egal wo, der dich beschützen kann und bei dem du in Sicherheit bist?«, fragte er sie.

Das junge Mädchen schüttelte heftig den Kopf.

»Es muss doch irgendjemanden geben ...«

Roxanne fing zu weinen an.

»Bis auf meinen Vater bin ich ganz allein.«

Auch wenn ihm der Verstand sagte, dass dies praktisch unmöglich war, schrieb er es ihrer Jugend, ihrem Stress und einer Verzweiflung zu, die auf keinerlei Hilfe von außen hoffen konnte. Zu lange hatte sie Tag für Tag mit angesehen, wie ihr Vater von der Krankheit ausgezehrt

wurde, bis er nur noch ein Schatten seiner selbst war. Und so hielt Ricky es für zwecklos, Roxanne in diesem Moment zu widersprechen. Sie gegen sich aufzubringen, war das Letzte, was er riskieren wollte.
Sie keuchte hörbar neben ihm.
»Da ist niemand«, wiederholte sie. »Ich möchte jetzt gerne nach Hause zurück. Ist mir egal, ob da ein Verbrecher kommt und mich abknallt. Ich will einfach nur nach Hause. Ich will bei meinem Dad sein. Er braucht mich. Bitte, Dr. Starks. Bitte. Fahren wir zurück.«
»Roxy«, sagte er ruhig, »ich darf dich doch Roxy nennen?«
Sie nickte.
»Und du kannst Ricky zu mir sagen. So nennen mich meine Freunde. Roxy und Ricky. Klingt wie ein Zeichentrickfilm, oder?«
Damit entlockte er dem jungen Mädchen ein scheues Lächeln und ein Nicken.
»Ich denke, wenigstens für diese Nacht muss ich für deine Sicherheit sorgen, so wie ich es deinem Vater versprochen habe. Was man versprochen hat, muss man halten, Roxy, das weißt du so gut wie ich …«
Wieder nickte sie.
»Und morgen früh überlegen wir uns dann, wie es weitergehen soll. Vielleicht ist es das Beste, dich wieder nach Hause zu bringen …«, eine glatte Lüge, »… wir werden sehen. Bei Tage stellen sich die Dinge oft ganz anders dar. Aber für den Augenblick, wie gesagt, sehen wir zu, dass dir heute Nacht nichts passiert. Und halten wir uns an das, was wir verabredet haben.«
Er griff in seine Tasche und reichte ihr das Handy, das er von Jack bekommen hatte.
»Hier«, sagte er. »Während ich fahre, rufst du einen Krankenwagen zu deinem Dad. So wie wir es mit ihm besprochen haben.«
»Okay«, sagte sie.
»Sobald sie den Krankenwagen losgeschickt haben, fahren wir zum Krankenhaus und treffen uns dort mit ihm. Dort bist du dann auch in Sicherheit.«
Eine vage Hoffnung, mehr nicht.
»Okay«, wiederholte sie.
Während er auf die Straße zurückfuhr, klappte Roxanne das Handy

auf. Aus dem Augenwinkel heraus sah er, wie sie Tasten drückte. Einmal. Zweimal. Ein drittes Mal. Dann seufzte sie. »Es funktioniert nicht«, sagte sie, und er hörte ihre Panik heraus. »Es ist tot.«
»Sicher? Bis jetzt hat es …« Er sprach nicht weiter.
Natürlich ist das Handy tot, wurde Ricky schlagartig klar. *Weil* ich *um diese Zeit tot sein sollte.*
Er warf Roxanne einen kurzen Blick zu, bevor er sich wieder auf die Straße konzentrierte. Er sah ihr an, wie sie zwischen dem Wunsch, wieder Kind zu sein, und der Notwendigkeit, sich erwachsen zu verhalten, hin- und hergerissen war. Außerdem begriff er, dass er sich zumindest den Anschein geben musste, als habe er die Situation im Griff, auch wenn dem nicht so war.
»Tut mir leid«, sagte er. »Offenbar ist die Batterie leer.« Er überlegte. »Hör mal, wir halten am nächstbesten Minimarkt oder einer Tankstelle mit einem Münztelefon und machen den Anruf eben von dort. Bringen einen Krankenwagen auf Trab, vielleicht auch die Polizei. Es ist wichtig, deinen Dad nicht zu lange allein zu lassen, okay?«
Was er sagte, war so verlogen, dass es Ricky selbst anwiderte. Es verletzte seine fundamentalen ethischen Prinzipien als Arzt und Psychoanalytiker. Er war in einem Metier zu Hause, in dem man in die Tiefe geht und Dinge ans Licht bringt, statt zu lügen und irrezuführen. Vielleicht lag diese Welt im Moment für ihn außer Reichweite. Bei dem Gedanken wurde ihm schlecht. Andererseits sah er, wie das Mädchen eifrig nickte.
»Dann fahren Sie bitte schnell«, sagte sie.
Er fuhr zum *Friendly Shores.* Vermutlich nicht die klügste Idee, doch etwas anderes fiel ihm nicht ein. Nicht weit vom Motel entfernt lag an derselben Straße ein Laden, der mit Sicherheit eine Telefonzelle hatte. Wenn Roxanne einfach nur wie versprochen diesen Anruf machen konnte, würde es ihr helfen, die nächsten Stunden zu überstehen.
Wenn nicht Tage.
Oder Jahre.
Ricky hatte keine Ahnung, in welchen Zeiträumen er denken sollte. Er konnte nur hoffen, dass es nicht um *Minuten* oder gar *Sekunden* ging.

28

Wie vermutet fand sich draußen vor dem Minimarkt eine halbe Meile vom *Friendly Shores* entfernt ein Münztelefon, das Roxy, als sie abbogen, sofort entdeckte. Sie zeigte wild gestikulierend mit dem Finger darauf. Er sah ihr an, dass sie in einer aufgewühlten Verfassung war, in der sich Ungeduld, Angst und Ungewissheit mit Wunschvorstellungen zu einer gefährlichen Mischung zusammenbrauten. Er stellte sich bei ihr in Situationen, in denen rationales Abwägen und Besonnenheit gefragt waren, auf panische Kurzschlusshandlungen ein. Wenn sie blitzschnell reagieren mussten, war damit zu rechnen, dass sie in Schockstarre verfiel, oder wenn sie sich verstecken und still verhalten mussten, die Nerven verlor und fluchtartig aus der Deckung kam. Das Einzige, worauf er sich verlassen konnte, dachte er, als er auf den Laden zuhielt, war ihre Unberechenbarkeit. Er konnte nur hoffen, dass es ihm nicht genauso ergehen würde. Er traute sich selbst nur ein wenig mehr als dem jungen Mädchen über den Weg, von dem er sich nach den bisherigen Eindrücken an diesem Abend ein erstes Bild zu machen versuchte, nur dass er es von Berufs wegen gewohnt war, seine Einschätzungen von Menschen auf stundenlange, emotional kontrollierte Gespräche in seiner Praxis zu stützen, eine Situation, in der sich beide Seiten sicher fühlen konnten. In dieser Nacht hingegen hatten sich die Ereignisse überschlagen. *Was hatte er dabei über den Menschen Roxanne erfahren?* Und es lag auf der Hand, dass sie sich dieselbe Frage über ihn stellte: *Wer ist Dr. Starks?* Er wusste nicht, ob er sie befriedigend beantworten konnte. Sie trieben beide ohne Kompass fernab der Küste irgendwo auf dem Ozean, und er konnte nicht einmal mit Sicherheit sagen, ob sie im selben Rettungsboot saßen.

»Okay, Roxy, jetzt solltest du diesen Anruf machen und deinem Dad den Krankenwagen schicken«, sagte er und wog dabei jedes Wort ab. *Ob er noch am Leben ist?*

Wenn ich das wüsste!

Ist Mr R inzwischen schon am Haus erschienen, so wie ich vermutet habe?

Wenn ich das wüsste!

Verdammt, dachte Ricky frustriert, *ich weiß rein gar nichts. Absolut nichts.*

Ricky fand eine Parklücke neben dem Münztelefon außen an der Wand des Ladens, der innen in hellem Neonlicht erstrahlte. In einem Kühlregal gab es Bier, im anderen alkoholfreie Getränke. Und mehrere Regale mit Süßigkeiten, Chips und Gebäck, jeder Gang heller erleuchtet als der nächste. Ihm wurde bewusst, dass sie im Dunkeln sicherer waren.

Als Roxanne nach der Türklinke griff, sagte er: »Hör mal, Roxy, gib ihnen die Adresse. Wenn sie nach deinem Namen fragen, kannst du ihn ruhig nennen, aber sag ihnen nicht, du wärst selber nicht zu Hause. Das kriegen sie auch so mit, weil ihr Telefonsystem ihnen anzeigt, woher der Anruf kommt. Möglicherweise fragen sie nach einem anderen Erwachsenen …«

»Meine Mom ist vor fünf Jahren gestorben«, flüsterte sie.

»… Wenn sie danach fragen, wiederhole einfach die Adresse und stell sicher, dass sie alles richtig verstanden haben. Wiederhole, dass es sich um einen Notfall handelt, und sag ihnen, die Haustür sei nicht abgeschlossen, und sie sollten sich beeilen. Sonst sagst du nichts. Leg einfach auf. Okay?«

Sie nickte.

»Bitte wiederhole das Wesentliche von dem, was ich gesagt habe.«

Sie schüttelte nur ein wenig den Kopf. »Ich weiß, was Sie mir sagen wollen«, antwortete sie. »Ich soll ihnen so wenig wie möglich verraten.«

Er sah, dass ihr die Frage auf der Zunge lag, wieso sie sich so bedeckt halten sollte, doch dann überlegte sie es sich anders.

Ohne ein weiteres Wort stieg sie aus. Eine Sekunde lang hatte er Angst, sie könnte zur Straße zurückrennen, um vor ihm wegzulaufen, und ihm dämmerte, dass er in dieser Nacht wenig getan hatte, um sich ihr Vertrauen zu erwerben. In ihrer Lage fühlte sie sich zweifellos von allen Seiten bedroht, und er hätte ihr gerne etwas gesagt, um das Kind in ihr zu beruhigen, ohne den Teenager zu beleidigen, doch aus dem Stegreif fiel ihm nichts Passendes ein. Er war noch nie jemandem begegnet, dem es vor Augen stand, zum Waisenkind zu werden, noch dazu in einem so verletzlichen Alter, und alle klinischen Aspekte dieser Situation, die er blitzschnell im Kopf durchging, liefen auf die unwissenschaftliche Erkenntnis hinaus: Nichts ist verlässlich, nichts vorhersehbar.

Ricky sah ihr hinterher, als sie eilig zu dem Münztelefon ging und den Hörer abnahm. Er kurbelte die Scheibe herunter, um mitzubekommen, was sie sagte, erhaschte jedoch nur einzelne Worte. Er hörte, wie sie die Adresse nannte, anschließend etwas von *krank* und *im Sterben* und *Beeilung* sagte, mindestens drei Mal. Dann legte sie auf.

Er sah, wie sie sich gegen die Wand lehnte und, von der Selbstüberwindung erschöpft, wie ein alter Mensch nach Luft rang, bevor sie sich umdrehte und zum Wagen zurückkam. Sie setzte sich wieder neben ihm und legte den Gurt an.

»Sie sind unterwegs«, sagte sie. »Ich weiß, dass sie ihn ins Memorial Hospital bringen. Da fahren sie jeden hin. Einmal habe ich mir draußen beim Spielen den Arm gebrochen, wir haben den Krankenwagen gerufen, und da kam ich hin. Dort hat er auch seine Chemos bekommen …«

Sie zögerte. »… die …«, setzte sie ein zweites Mal an, ohne den Satz zu Ende zu bringen, doch Ricky verstand auch so: … *die nicht angeschlagen haben.*

»Da wurde auch meine Mom nach dem Autounfall eingeliefert.«

Sie drehte sich zu Ricky um, und er sah, dass ihr erneut Tränen in die Augen traten. *Behandlung. Unfall.* Sie biss sich auf die Lippe, bevor sie sagte: »Wir sollten hinfahren und ihn dort aufsuchen.«

»Gut«, sagte er.

Sie blickte aus dem Autofenster, zuerst auf die Lichter drinnen im Laden, dann darüber hinaus in die Weite der Nacht. »Ich möchte nach Hause«, wiederholte sie.

»Erst, wenn wir wissen, dass es nicht mehr gefährlich ist«, sagte er, ein wenig erleichtert, dass ihm eine Antwort eingefallen war.

»Und wie wollen Sie das wissen?«

»Im Moment muss ich passen. Aber wir werden es in Erfahrung bringen.«

Natürlich war ihm klar, dass die Jugendliche die ausweichende Reaktion durchschaute. Doch er hütete sich davor, sie so zu verschrecken, dass sie in einer Kurzschlussreaktion doch noch weglief. Zugleich waren ihm, solange er sie an seiner Seite hatte, die Hände gebunden, um sie nicht mehr als nötig in Gefahr zu bringen.

Plötzlich drängte sich ihm wieder die schreckliche Erinnerung an die Begegnung mit Mr R in New York auf, als der Killer im Washington Square Park nach der Schachfigur griff und sagte: »Schachmatt.«

Ich hatte bereits verloren, dachte er, *ich hatte es nur noch nicht gemerkt. In dem Moment, als ich anfing, ihm zu helfen, hatte er mich in der Ecke, in der er mich haben wollte.* Doch laut konnte er das nicht sagen. Er wusste, dass er Kompetenz und Zuversicht verströmen musste, keine leichte Aufgabe, wie ihm schwante.

Er ließ den Motor wieder an.

»Wir fahren kurz bei meinem Motel vorbei und holen meine Sachen«, sagte er. Kein besonders kluger Schachzug, fürchtete er, doch etwas Besseres fiel ihm nicht ein. Ihm stand nur allzu deutlich vor Augen, dass jeder falsche Schritt fatale Folgen haben konnte, andererseits aber nicht in berechenbarer Weise. Das junge Mädchen neben ihm sollte jedenfalls von seinen Zweifeln nichts mitbekommen. Er wollte sie keinem noch größeren Risiko aussetzen. Er wollte sie nicht im Stich lassen. Er wollte nicht, dass sie als sogenannter *Kollateralschaden* endete. Für eine Sekunde drängte sich ihm eine entsetzliche Vorstellung auf: Mensch, das *tut mir jetzt wirklich furchtbar leid, Roxy, aber du wirst sterben, weil du gerade neben mir stehst und ich gleich erschossen werde.* Andererseits konnte er sie nicht einfach sich selbst überlassen. Fieberhaft ging er mögliche Alternativen durch, doch nichts davon erschien ihm auch nur halbwegs akzeptabel. Vielleicht wäre sie von Hilfe, vielleicht auch nicht. Vielleicht kam sie mit dem Leben davon, vielleicht auch nicht. Dieselben Alternativen galten auch für ihn.

Beim Schach verliert man leicht, wenn man allzu defensiv spielt.

Manchmal führt allerdings eine strategische Defensive langsam, aber sicher zum Sieg.
Wenn er nur den besten nächsten Zug gewusst hätte!
Falls ihm überhaupt noch einer blieb.
Die *Zimmer frei*-Reklame am Eingang zum Motel leuchtete ihnen schon von Weitem rot entgegen. Drinnen am Empfang brannte eine einzige schwache Lampe. Ricky parkte direkt an der Tür. Er baute darauf, dass der Angestellte sich auch diesmal als hilfreich erweisen würde, vorausgesetzt, er schob ihm einen weiteren Fünfzig-Dollar-Schein hin. Er wollte nämlich nicht einfach so sein Zimmer aufsuchen und womöglich unversehens dem hinterhältigen Mr R gegenüberstehen.
»Duck dich ein Stück runter«, wies er Roxanne an, »aber halt die Augen offen, nach jedem – und damit meine ich wirklich jeden –, der aus einem der Zimmer kommt, und gegebenenfalls hupe ein Mal. Ich lass den Motor laufen. Ich bin in ein paar Minuten wieder da. Anschließend fahren wir zum Krankenhaus.«
Sie nickte und machte sich auf ihrem Sitz klein.
»Was haben Sie vor?«, fragte sie.
»Nur ein paar kurze Fragen. Nur um sicherzugehen, dass in der Zwischenzeit niemand hier war, um nach uns Ausschau zu halten.«
Er sagte *uns* und meinte in Wahrheit *mir*.
Roxanne nickte wieder.
Er ließ den Blick langsam über den Motel-Parkplatz schweifen. Ein paar Lichter. Ein paar Fahrzeuge. Viel Dunkel, viele tote Winkel. Er wünschte, er hätte durch Wände und um Ecken sehen können. Die Ruhe und Normalität erschienen ihm nicht weniger beängstigend als ein jaulendes Rudel Wölfe oder blutrünstige Zombies, die plötzlich über den Platz gerannt kämen.
»Ich mach schnell«, sagte er.
Er stieg aus, und für einen Moment ging im Wageninneren das Licht an und aus. Das Scheinwerferlicht wies ihm den Weg zur Empfangstür.
Auf Anhieb konnte er den dienstbeflissenen Angestellten nirgends sehen. »Hallo«, rief er. »Hallo?«

Er suchte ihn hinter der Rezeption. Auf dem Tresen war ein Ständer mit bunten Werbebroschüren zu Touristenattraktionen in der weiteren Umgebung umgestoßen, und die Flyer lagen auf der Theke verstreut.
Er trat noch einen Schritt näher.
»Hallo«, versuchte er es zum dritten Mal.
Keine Antwort. Plötzlich wirkte die Stille in dem kleinen Empfangsraum erdrückend.
»Jemand da?«
Alles, was er laut aussprach, klang in seinen eigenen Ohren vorhersehbar und dumm. Mit zögernden Schritten war er da und legte einen Arm auf die Theke.
Als er dahinter die Leiche des Angestellten entdeckte, schnappte er wie unter einem Magentiefschlag nach Luft.
Der Mann lag ausgestreckt auf dem Rücken. Unter seinem Kopf gerann eine Lache Blut, auf seinem gelben Bowling-Hemd mit seinem eingestickten Namen auf der Brusttasche war ein zweiter rotbrauner Fleck. Sein Gesicht war schwer entstellt – mit einem klaffenden schwarzen Einschussloch in der Stirn und über und über mit Blut bespritzt. Seine Augen waren in ungläubigem Staunen weit aufgerissen. Einen Moment lang blieb Rickys Blick an den Elvis-Koteletten des Mannes haften, die blutverklebt waren. Seine Arme lagen ausgestreckt auf dem Boden, und nicht weit von seiner rechten Hand entfernt entdeckte Ricky eine kleine Pistole, als habe der Angestellte gerade noch danach greifen können, bevor er erschossen wurde. Die tödlichen Schüsse hatten ihn eindeutig im Sitzen getroffen – ein hinter ihm umgefallener Stuhl ließ darauf schließen, dass die Wucht der Kugeln den Mann nach hinten an die Wand geschleudert hatte, bevor er auf den Boden sackte. Ricky riss sich von dem fürchterlichen Anblick los. Unwillkürlich wollte er nach dem .357er greifen, den er – sperrig und schwer – immer noch in der Tasche bei sich hatte. Er tat dies reflexhaft, als könne der Mörder jeden Moment aus der Ecke treten. Doch er hatte steife Finger, seine Hände waren plötzlich wie gelähmt, unfähig, einen Kolben zu halten. Er bemerkte, dass die Schublade mit dem Geld weit offen stand und leer war. Auf dem Boden sah er einige Münzen.

Er hatte das Gefühl, mit den Füßen im Schlamm festzustecken.
Die Stille dröhnte ihm in den Ohren.
Ricky fuhr zuerst nach rechts herum, machte jedoch, statt zu flüchten, nur einen Schritt zurück. Seine Muskeln spannten sich an – sprungbereit. Er drehte sich nach links. Eigentlich wollte er kehrtmachen und das Weite suchen, doch stattdessen starrte er weiter wie gebannt auf die Leiche.
Alles in ihm schrie: *Bloß weg hier! Worauf wartest du? Nichts wie in den Wagen! Gib Vollgas und sieh zu, dass du wegkommst!*
Er brachte jedoch seinen inneren Aufruhr unter Kontrolle.
Er horchte auf seinen eigenen Atem: *keuchend und viel zu schnell.*
Er zwang sich, einen genaueren Blick auf den Toten zu werfen und sich im Empfangsbereich umzusehen.
Er spürte den unwiderstehlichen Drang, den Angestellten zu fragen: *Was ist passiert? Wer hat Ihnen das angetan?* Fast konnte er den zuvorkommenden Singsang des Mannes hören: *Na ja, Mr Dokumentarfilm-Regisseur, ich saß hier einfach auf meinem Stuhl, da kommt ...*
Ricky sah es deutlich vor sich:
Mr R: Wo ist Dr. Starks?
Der Angestellte mit Elvis-Koteletten: Tut mir leid, das kann ich Ihnen nicht sagen. Der Mann hat mir fünfzig Mäuse gegeben, damit ich den Mund halte, also halte ich den Mund.
Die Waffe vor dem Gesicht.
Wo ist Dr. Starks?
Jetzt kam er um eine Antwort nicht mehr herum. Gleichzeitig wird er mit den Fingern nach der eigenen Pistole getastet haben. Ein Fehler.
Er wollte wissen, wo die Schule ist.
Mr R: Danke.
Und das war's.
Der schallgedämpfte Schuss hatte das Übrige getan.
Ricky schnürte sich die Kehle zusammen.
Er hätte schreien können.
Er zwang sich zur Ruhe. *Wenn du jetzt in Panik gerätst oder auch*

später, heute Abend oder morgen oder nächste Woche oder nächstes Jahr oder sonst irgendwann, wenn du in Panik gerätst, bist du so gut wie tot.

Er holte tief Luft.

Es ist nicht das erste Mal, dass du einen Toten siehst.

Du hast einen Mann sterben gesehen, vor fünf Jahren, als sich dein Mentor Dr. Lewis vor deinen Augen die Kugel gab, nachdem er dir eröffnet hatte, dass der Mann, der hinter dir her ist, und seine beiden Geschwister von dem Wunsch besessen seien, dich tot zu sehen.

Er versuchte, den Tatort mit den Augen eines Detective zu sehen, und prägte sich einige Einzelheiten ein: ein zu Boden geschleudertes Telefon, ein halb leerer Pappbecher mit Kaffee auf der Theke, ein Gästebuch, auf der Seite mit dem aktuellen Datum aufgeschlagen, doch ohne Einträge darunter. Er warf einen Blick auf die Wand hinter dem Tresen, an der die Zimmerschlüssel hingen, und stellte fest, dass vier davon fehlten: die derzeitigen Gäste des *Friendly Shores,* darunter auch er. Er war drauf und dran, sich über die Theke zu beugen und darunter nach dem Hauptschlüssel zu suchen, begriff jedoch, dass er dabei auf der Holzplatte Fingerabdrücke hinterlassen würde. Was daran so schlimm sein sollte, an einem Ort, an dem seine Anwesenheit vollkommen plausibel war, konnte er nicht recht sagen. Ihm schwirrte der Kopf, er kämpfte mit einem Ansturm widerstreitender Impulse.

Er trat einen Schritt zurück.

Schiefgelaufener Raubüberfall.

Das ist mit Sicherheit der erste Gedanke der Polizei.

Aber ich weiß, was in Wirklichkeit passiert ist.

Mr R war hier.

Wieso allerdings bringt Mr R den Hotelangestellten um?

Wieso nicht?

Schwachsinn! Er kann nicht jeden umbringen.

Oder?

Er trat noch einen Schritt zurück. Von dem Mord schien eine entsetzliche Stille auszugehen, die sich über den Raum legte und ihn fast erdrückte. Er stand immer noch wie erstarrt da, als er hinter sich ein leises, schabendes Geräusch hörte. Alarmiert wirbelte er herum und sah Roxy in der Eingangstür stehen.

»Ich habe …« *Angst bekommen* sprach sie nicht aus. »Ich dachte, ich seh mal besser nach, was los ist«, sagte sie stattdessen.

»Bleib stehen!«, antwortete er hastig. Er sah die Angst in ihrem Gesicht.

Sie zögerte. »Was ist los?«, flüsterte sie.

»Roxy«, sagte er einfühlsam, »ich fürchte, du musst jetzt sehr tapfer sein.«

Sie blieb stocksteif stehen. Doch ihr Blick beharrte auf ihrer Frage.

Er konnte nicht sagen, ob das, was er jetzt tun würde, ganz und gar richtig oder ganz und gar falsch war. Hinter ihm, auf dem Boden ausgestreckt, war eine Realität, die er ihr ersparen wollte; unwillkürlich musste er daran denken, was Mr R vor wenigen Tagen zu ihm gesagt hatte: Willkommen in meiner Welt. *Er solle sich in seiner Welt als Gast fühlen.* Diese Welt hatten sie in der Rezeption des *Friendly Shores* vor Augen. Er starrte Roxy an. Mit fünfzehn Jahren war sie an dieser Schwelle, vom Kind zur Erwachsenen. Sollten sie beide diese Nacht überleben, wurde ihm in diesem Moment schlagartig klar, musste sie im Eiltempo mehr als erwachsen werden. Er war im Lauf dieser Nacht einige Risiken eingegangen, das hier war wohl bis jetzt das größte.

»Hier ist genau das los, Roxy, womit wir es zu tun haben.«

Sie antwortete nicht, schien jedoch ein wenig zurückzuschrecken. Eine gute Reaktion, wie er fand.

»Bist du hart im Nehmen?«

Ein zaghaftes Nicken.

»Wenn du ein paar Schritte näher kommst, hast du einen toten Mann vor dir«, sagte er. »Hast du schon mal einen Toten gesehen?«, fragte er.

Sie schüttelte den Kopf. »Meine Mum, in ihrem Sarg, aber sie sah nicht …« Wieder suchte sie nach Worten. »Ich meine, es war meine Mum, aber irgendwie auch wieder nicht«, brachte sie den Satz zu Ende.

»Das hier ist etwas anderes«, sagte Ricky.

Er beobachtete, wie sie einen Moment lang zitterte. Ob sie auch blass wurde, konnte er im funzeligen Licht des Eingangsbereichs, in dem sie stand, nicht sagen. Nur dieser gefrorene Blick in ihren Augen war nicht zu übersehen.

So ruhig und leise, wie er konnte, fuhr er fort: »Aber du musst nicht näher kommen, du kannst dir den Anblick ersparen. Glaub mir einfach.«

Dabei hielt er warnend die Hand hoch.

Sie nickte. »Ist es …«, fing sie an.

»Ja«, fiel ihr Ricky ins Wort. »Blutig. Furchterregend. Schrecklich. Ein Albtraum. Das musst du dir nicht antun, so was brennt sich ein. Das wirst du nicht so schnell vergessen, einen solchen Anblick, nein. Andererseits zeigt das hier die ganze Brutalität dessen, womit wir es zu tun haben, und manchmal kommt man besser damit klar, sich einer noch so schrecklichen Wahrheit zu stellen. Also, du kannst entweder kehrtmachen und rausgehen oder herkommen und es dir ansehen. Das musst du selbst entscheiden.«

Er sah, wie sie mit sich kämpfte.

»Mein Dad hat mir gesagt, ich sollte mich vor nichts fürchten«, brachte sie im Flüsterton heraus. »Ich fürchte mich nicht.«

Was er zu bezweifeln wagte.

»Ich denke, ich sollte es sehen«, sagte sie.

Ihre Entschlossenheit bestärkte ihn nur in seinen Zweifeln.

»Keiner kann dich zwingen«, wiederholte er.

»Ich will es sehen«, bekräftigte sie.

So schlimm es war, hielt es Ricky letztlich für möglich, dass sie die richtige Entscheidung traf. Sonst hätte sie sich vielleicht in ihrer Fantasie Bilder ausgemalt, die das hier noch übertrafen, und solche Zwangsvorstellungen hatten nicht selten eine verheerendere Wirkung als reale Bilder. So oder so konnte der psychische Schaden beträchtlich sein.

»Stecke die Hände in die Hosentaschen«, sagte er. »Nichts berühren.« Er ging zu ihr hinüber und fasste sie leicht am Ellbogen.

Ob Dame oder Schach, sie war jetzt eine Figur auf dem Spielbrett, und er hatte die Pflicht, ihr das klarzumachen. »Nicht schreien. Kei-

nen Mucks. Nichts anfassen«, schärfte er ihr ein. »Nur einen kurzen Blick, und dann verschwinden wir von hier.«
Roxy schüttelte in einer fließenden Bewegung zuerst den Kopf und nickte. Dann trat sie vor.
»Hinter dem Empfangstresen«, sagte er. Sie schien nicht zu merken, dass er sie am Arm hielt. Mit stockenden Schritten durchquerte sie den Raum und beugte sich schließlich vor, um dahinter zu blicken.
Er hörte, wie sie nach Luft schnappte, spürte, wie sie unter seinem Griff schwankte.
Doch sie sagte nichts.
Er sah, wie sich ihr Blick in den Toten bohrte, wie sie den Anblick auf sich wirken ließ. *Das hier ist nicht wie im Fernsehen. Oder wie im Kino,* dachte er. *Das hier ist die brutale Realität.* Ihr zitterte das Kinn. Doch sie schwieg. Zehn Sekunden. Zwanzig Sekunden. Obwohl die Zeit drängte, schien sie außer Kraft gesetzt.
»Können wir jetzt gehen?«, brachte sie schließlich heraus. Für einen Moment neigte sie den Kopf, als wolle sie ihn an seine Brust legen und alles dort begraben, was sie gesehen hatte. Dann straffte sie die Schultern. »Okay«, flüsterte sie.
Ricky war von ihrer unbeugsamen Entschlossenheit beeindruckt. Ein einziges Wort sprach Bände. *Das hätte ich ihr nicht zugetraut,* dachte er, korrigierte sich jedoch sofort: *doch, und ob!*
Ohne die Hand von ihrem Ellbogen zu nehmen, stieß er die Tür mit der Schulter auf, und zusammen traten sie den Rückzug von der Mordszene an. Kaum waren sie draußen, sog Roxy gierig die Nachtluft ein.
Er geleitete sie zum Beifahrersitz zurück, ging langsam vorne um den Wagen herum und setzte sich ans Lenkrad.
»Wir sollten jemanden anrufen«, flüsterte sie.
»Ja.«
»Wir müssen hier weg.«
»Ja.«
»Können wir bitte sofort hier weg?«
»Ja.«

Er legte den Gang ein.
»Holen wir vorher noch Ihre Sachen?«, fragte sie.
»Ja«, antwortete er.
Dabei wusste er nicht, ob er die Tür zu seinem Zimmer öffnen konnte, ohne den Tod zu finden. Er wusste nicht, was ihn in seinem Motelzimmer erwartete. Er wusste nur, dass der Tod in dieser Nacht *irgendwo da draußen* auf ihn lauerte.

29

Jetzt«, sagte Ricky langsam, »machen wir etwas Gefährliches.«

Er schaltete die Scheinwerfer aus, machte eine volle Kehrtwende und fuhr rückwärts in eine Lücke, zwei Plätze von seinem Zimmer entfernt. Wie beim ersten Mal ließ er den Leihwagen im Leerlauf.

»Wir sollten keine Minute länger als nötig hier bleiben«, sagte Roxy leise.

»Da liegst du absolut richtig«, antwortete Ricky. »Und es dauert auch nur eine Minute.«

Immer vorausgesetzt, ich überlebe diese Minute.

»Wir sollten sofort fahren«, beharrte das junge Mädchen.

Er konnte ihr nicht widersprechen. Und doch sagte ihm sein Gefühl, dass sie damit falschlag. Es war wie alles in dieser langen Nacht: Richtig und Falsch waren so miteinander verwoben, dass man sie kaum voneinander unterscheiden konnte.

Er hatte seinen Revolver in der Hand. Ihm lag schon ein Ratschlag auf der Zunge, wie *Kopf runter* oder *pass auf, ob jemand kommt,* doch vermutlich wusste sie inzwischen selbst, was zu tun war. Roxys Highschoolunterricht war, schätzte Ricky, im Lauf dieser Nacht um Erkenntnisse ergänzt worden, von denen sich keiner ihrer Lehrer eine Vorstellung machte.

Ricky wusste nur eins: Er konnte nicht einfach losfahren und etwas zurücklassen, das seinen Aufenthalt im *Friendly Shores* bewies, denn sonst würden Smith und Jones oder welche Detectives auch immer im Motel erscheinen, um den mysteriösen Mord an einem Empfangsangestellten aufzuklären, einen Gast, der ohne seine Kleider, seinen Kulturbeutel und ein paar Papiere über den Mord an einem Babysitter abgereist war, sofort verdächtigen; kein Leichtes, sich da herauszureden.

»Bitte«, sagte Roxy. »Bitte beeilen Sie sich. Ich will hier weg. Ich will zu meinem Dad.«

»Sechzig Sekunden«, versprach ihr Ricky und stieg aus. Er klappte leise die Tür zu. Dann atmete er einmal durch und schlich vorsichtig, die Waffe in der einen, die Zimmerschlüssel in der anderen Hand, mit dem Rücken die Motelwand entlang bis zur Nummer 109. Er konnte selbst nicht fassen, was er da gerade tat. Es kam ihm verrückt vor und doch unerlässlich. Hätte er sich nur klein oder unsichtbar machen können! Nie im Leben, dachte er, würde er je wieder in einer einzigen Nacht so viel Angst ausstehen. Er tastete sich behutsam vor. So geräuschlos wie möglich drückte er die Klinke herunter, um zu sehen, ob abgeschlossen war. Die Tür blieb zu. Er versuchte, sich alles in Erinnerung zu rufen, was er über Hinterhalt und Mord wusste, eine Mischung aus seinen eigenen Erfahrungen vor fünf Jahren, allzu vielen Krimis im Kino, im Fernsehen oder im Taschenbuchformat. Während möglicherweise gerade ein Killer aus Fleisch und Blut dort drinnen auf ihn wartete, kam er sich vor wie in einer fiktionalen Welt. Und fühlte sich der Bedrohung in keiner Weise gewachsen. Er schloss auf und fragte sich, ob er gerade sehenden Auges in den Tod lief. Und damit auch Roxys Schicksal besiegelte.

Während er sich seitlich hielt, stieß er mit ausgestrecktem Arm die Tür auf. Die Waffe in Schussposition, wirbelte er herum und stürzte in den Raum.

Er rechnete damit, in eine Mündung zu starren.

Er rechnete mit dem Tod.

Ihm schlug nichts als Stille entgegen.

Es war niemand im Zimmer.

Seine kleine Reisetasche stand noch genau so, wie er sie zurückgelassen hatte, auf dem Bett. Nicht weit davon lagen einige Papiere ausgebreitet.

Mit einem kurzen Blick, auch ins Bad, überzeugte er sich davon, dass niemand da war.

Alles wirkte so wie bei seiner Abfahrt. Diesmal deutete nichts darauf hin, dass jemand hier eingedrungen war. Das Bett war gemacht. Die alten Holzmöbel standen an ihrem Fleck. Ein steriler, spartanischer Raum, billig und austauschbar.

Er knipste das Deckenlicht an.

Auch jetzt sprang ihm nichts Ungewöhnliches ins Auge. Nichts deutete darauf hin, dass außer ihm selbst an diesem Morgen und dem Reinigungspersonal, das irgendwann danach auf seiner Runde das Bett gemacht und die in Plastik verpackten Trinkbecher auf der Kommode ausgetauscht hatte, jemand in diesem Zimmer gewesen war.

Ricky trat in Aktion. Er schnappte sich seinen Kulturbeutel von der Waschbeckenablage im Bad, sah in der Dusche nach, ob er ein offenes Stück Seife hinterlassen hatte, legte seine Waffe auf dem Waschbeckenrand ab und nahm sich einen Moment, das Toilettenpapier – so, wie er es bei seiner Ankunft vorgefunden hatte – am Ende zu einem Dreieck zu falten. Nachdem das Bad aussah, als warte es nur auf den nächsten Gast, trat er wieder ins Zimmer. In Windeseile holte er seine paar Sachen hervor, warf sie in die Tasche und zog den Reißverschluss zu. Wieder ließ er den Blick durch den Raum schweifen, um sich zu vergewissern, dass er den Eindruck vermittelte, als habe ihn in der letzten Nacht niemand bewohnt. Zuletzt trat er an den Schreibtisch und zog jede Schublade auf. Leer. Er sah unter dem Bett nach. Nichts. Er ging zur Tür und blieb ein letztes Mal stehen.

Vielleicht sah es allzu sauber aus.

Irgendetwas habe ich übersehen.

Er ist hier gewesen. Ich schwör's.

Ricky holte Luft und sah sich nochmals im Zeitlupentempo um. Diesmal bemerkte er eine kleine Unebenheit auf dem Bett, zwischen den beiden Kissen.

Er beugte sich darüber und tastete die Stelle ab.

Unter seiner Berührung bewegte sich ein kleiner, rundlicher Gegenstand.

Vorsichtig, um nichts durcheinanderzubringen, griff er unter die Tagesdecke.

Mit den Fingern der rechten Hand stieß er gegen etwas Hartes. Er zog es heraus.

Es war eine scharfe Patrone.

Er hielt sie in der offenen Hand. Neun Millimeter. Kein Kaliber, das zu seinem .357er passte. Dafür genau das Kaliber der Waffe, die Mr R auf ihn gerichtet hatte. Die Stille im Motelzimmer raubte ihm den Atem. Er wollte nur noch raus.

Er sah es vor sich:

Mord im Empfang.

Eine Neun-Millimeter.

Kein offensichtlicher Tatverdächtiger. Nichts.

Es würde Zeit vergehen. Sie würden den Teppich vom Blut reinigen. Einen neuen Empfangschef einstellen, ohne Elvis-Koteletten. Das Motel würde wieder eröffnen. Und der nächste Gast in Zimmer 109 würde in seinem Bett eine scharfe Patrone finden – und erneut die Polizei auf den Plan rufen. Die Beamten würden feststellen, dass dieses Kaliber zu der Waffe passte, mit welcher der Angestellte ermordet worden war.

Und dann würden sie fragen: »Wer hat hier vor dem Mord gewohnt?«

Die Antwort würde lauten: »Der Mann, der sich als Dokumentarfilm-Produzent ausgegeben hat.«

Natürlich mochte sich Ricky mit diesem Szenario irren, doch es lag nahe.

Er strich das Bett wieder glatt.

Er sah noch einmal auf dem Fußboden nach. Nichts. Keine Ahnung, ob sich in dem Zimmer irgendwo noch ein anderes verräterisches Indiz verbarg. Er hoffte nicht. Doch er konnte nur hoffen.

Bei seinem nächsten Gedanken zog es ihm den Magen zusammen: *Wetten, dass sich diese Waffe – diejenige, mit welcher der Empfangschef ermordet wurde – irgendwo in meinem Haus in Miami befindet? Und zwar an einer Stelle versteckt, an der ich nie nachsehen würde, an der sie hingegen selbst der inkompetenteste Detective findet.*

Ich bekäme nur eine einzige Frage zu hören: »Wieso haben Sie ihn umgebracht?« Und wenn ich dann protestiere: »Aber das habe ich nicht …«

… würden sie mir nicht glauben.

Ricky steckte die verräterische Patrone ein und griff nach seiner Reisetasche. Er sah sich ein letztes Mal um. Beruhigt und beunruhigt, wütend und ängstlich zugleich, knipste er das Licht aus und schlüpfte wieder nach draußen. Er schloss die Tür hinter sich ab und kehrte zum Wagen zurück, wo er seine Tasche auf den Rücksitz warf. Roxy sah ihn mit einem erwartungsvollen Blick an.

»Können wir jetzt endlich weg von hier?«, wiederholte sie.
»Noch eine letzte Kleinigkeit. Warte hier einen Moment.«
Er warf die Tür wieder zu. Er spürte ihren Blick im Rücken. Er gab sich Mühe, selbstsicher und zügig zu laufen, bezweifelte jedoch, dass es ihm gelang. Er überquerte den Parkplatz und kehrte noch einmal zur Rezeption zurück. Fast kam es ihm so vor, als stünde er neben sich und sähe sich von außen zu. Ihn flog der seltsame Gedanke an, dass sich sein Patient Charlie so fühlen musste, wenn er seine Medikamente nicht nahm. Es war, als empfange er von echohaften Stimmen Befehle, und als sei es nur eine Frage der Zeit, dass sie den Ton änderten und ihn aufforderten, sich umzubringen.
Er trat in die Rezeption.
Alles war genau so wie zuvor.
Kurze Unterbrechung.
Tod.
Darauf bedacht, ja nichts zu berühren, manövrierte sich Ricky um die Empfangstheke herum. Dabei mied er den Anblick des Toten. Er wusste, dass er, wenn er ihn ansah, von Schuldgefühlen überwältigt würde, und lähmende Gefühle konnte er sich nicht leisten. Er musste so eiskalt agieren wie derjenige, der die Schüsse abgefeuert hatte. Was ihn noch einmal hergeführt hatte, war schnell erledigt. Er hängte den Schlüssel zur 109 an die entsprechende Stelle am Schlüsselbrett des *Friendly Shores* zurück, so als sei er schon vor der Ermordung des Angestellten abgereist.
Und dann ließ er den Tatort hinter sich – obwohl er fürchtete, sich unbeholfen zu bewegen und womöglich über die Leiche zu stolpern, agierte er in Wahrheit mit der Präzision eines Olympioniken. Er sah sich kein einziges Mal um. Draußen vor der Tür sog er sich gierig die Lungen voll, als könne er so den bitteren Geschmack auf der Zunge loswerden. Der blutige Tod hatte einen Nachgeschmack wie ein Schluck von einem Glas verdorbener Milch. Ein einziges Mal drehte er sich um und warf einen letzten Blick durch die Glastür. Auch wenn er die Leiche von dieser Warte aus nicht sehen konnte, redete er mit dem Toten: »Es tut mir leid«, murmelte er, »du hast es nicht verdient zu sterben. Ich wünschte, ich hätte …« Hier stockte er. Ihm

fielen keine passenden Worte ein. Wenn er dem überwältigenden Schuldgefühl jetzt nachgab, warnte ihn eine innere Stimme, würde ihn das ebenso lähmen wie den Soldaten auf dem Schlachtfeld der Tod eines Freundes, der auf seinen Befehl hin feindlichem Feuer zum Opfer gefallen ist.

Wie ein Gespenst eilte er über den Platz zum Wagen zurück.

Wieder hinterm Lenkrad, fühlte er sich wie in einer Welt voller Kollisionen.

»Können wir jetzt *endlich* los?«, fragte das junge Mädchen zum dritten Mal.

»Ja.«

Er warf den Gang ein und fuhr langsam, als sei alles ganz normal, vom Gelände des Motels.

»Ich will zu meinem Dad«, murmelte Roxy unter Tränen, als sie das *Friendly Shores* und damit einen Toten hinter sich ließen. Ricky wusste, dass sie zu keinem anderen Gedanken fähig war. Fragen wie *Wo kann ich hin?* oder *Was machen wir jetzt?* oder *Was wird mit mir passieren?* kamen ihr nicht in den Sinn. Aus ihren wenigen Worten sprachen Trauer und Erschöpfung. Am liebsten hätte er den Highway angesteuert, egal welchen, bloß weg vom Motel. Doch stattdessen nahm er die Straße zurück zur Stadt.

30

Sie tauchten in die Nacht wie in eine zähe, schwarze Flüssigkeit ein. Es fühlte sich so an, als klebten die Reifen an der Straßendecke fest. Auf dem Weg zum Krankenhaus, in das ihr Vater nach Roxys Anruf gebracht werden sollte, kämpfte Ricky gegen den Fluchtinstinkt an.

Die Chancen stehen eins zu eins, dachte er im Stillen, *dass er stattdessen im Leichenschauhaus gelandet ist.*

Doch Roxy ließ ihm keine Wahl.

Er warf einen verstohlenen Blick in ihre Richtung. Sie spähte geradeaus durch die Windschutzscheibe. Sie hatte die Lippen zusammengepresst. Ihr Blick war starr, wie auf einen Gegenstand fixiert, auch wenn er bezweifelte, dass sie irgendetwas sah. *Vom Schock wie blind, reglos wie eine Marmorstatue.* Ricky ahnte, dass sie innerlich versuchte, mit dem Anblick des Toten fertigzuwerden. Vielleicht war sie desorientiert. Nur zu verständlich in einer Nacht, in der sie fortgesetzt mit Mord konfrontiert gewesen war. *Blutverschmierte Koteletten.* Er führte sich Tarik vor Augen, wie er ihm in seiner Praxis in New Orleans gegenübergesessen hatte. Er musste daran denken, wie sehr es ihn jedes Mal gefreut hatte, wenn der junge Mann etwas sagte, ohne zu stottern. Er blickte noch einmal zu Roxy hinüber. *Sie stottert nicht, wenn sie spricht,* stellte er fest, *nur abgehackt. Mühsam beherrscht.* Ihm war bekannt, dass Kinder in ihrem Alter in Notsituationen eine unglaubliche emotionale Widerstandsfähigkeit an den Tag legen können. Auch das hatte er von Tarik gelernt. Er konnte nur hoffen, dass Roxy in dieser Nacht über sich hinauswuchs.

Doch womit sie fertigwerden musste, hätte die Kräfte der meisten Menschen überstiegen. Ihre Psyche stand unter Dauerbeschuss.

Eine Träne hätte ihm vielleicht Aufschluss gegeben, ein Wort, ein Laut. Doch Roxy war verstummt, verharrte in eisernem Schweigen.

Er ging davon aus, dass das Mädchen, bis sich das Schicksal ihres Vaters geklärt hatte, nichts unternehmen würde, doch er fürchtete auch, dass die Tochter angesichts seines bevorstehenden Todes hinter ihrem Panzer nicht mehr erreichbar wäre. Roxy stand die schlimmste Angst auf der Welt bevor: *Leere.* Allerdings nur, falls der Lehrer noch am Leben war. Ricky sah drei andere Möglichkeiten: In dieser Nacht am Krebs gestorben. In dieser Nacht von eigener Hand erschossen. Am ehesten aber in dieser Nacht von einem wütenden Mr R umgebracht, nachdem der Killer all seine sorgfältigen Pläne und Vorbereitungen durchkreuzt sah. Drei Möglichkeiten, die für den Lehrer auf dasselbe hinausliefen, für die Lebenden hingegen von ganz unterschiedlicher Tragweite waren.

Ricky zerbrach sich den Kopf bei dem Versuch, für das, was Roxy im Moment durchmachte, eine klinische Einschätzung zu finden. Doch auf Anhieb fiel ihm keine Fallstudie, keine akademische Abhandlung in irgendeinem wissenschaftlichen Journal, kein Vortrag, keine Fachfrage aus seinen Studienjahren – rein gar nichts – ein, was ihrer Situation auch nur annähernd gerecht wurde. Nicht einmal die Dame-Spiele mit Tarik halfen ihm weiter. Roxy, stellte er fest, war für ihn ein völlig neues Phänomen.

Vielleicht war sie wie eine tickende Bombe.

Vielleicht zog sie sich in ihr Schneckenhaus zurück.

Nicht vorherzusagen.

Als er zum dritten Mal zu dem jungen Mädchen hinüberblickte, das still und reglos neben ihm in dem kleinen Leihwagen saß, überkam ihn der sehnliche Wunsch, sie zu beschützen. *Wenn ich auch nur dafür sorgen kann, dass sie diese Nacht überlebt, dann überlebe ich vielleicht auch morgen,* dachte er. Wie er das anstellen sollte, stand allerdings in den Sternen.

Von all diesen Überlegungen schwirrte ihm dermaßen der Kopf, dass er eine Weile brauchte, bis er die Sirene hörte, die wütend hinter ihm jaulte. Kurz darauf traf ihn das ohrenbetäubende Tröten einer Hupe wie ein Schlag. Erschrocken blickte er in den Rückspiegel und sah, wie sich ihm von hinten zwei Löschzüge so rasend schnell näherten, dass sie ihn zu überfahren drohten. Beim nächsten schmetternden Ton sah er, wie Roxy sich plötzlich die Ohren zuhielt und den Mund geöffnet hatte. Vielleicht schrie sie, doch jeder Laut ging in dem Getöse der überholenden Feuerwehr unter. Als er schlingernd zur Seite auswich, brauste bereits der zweite Löschzug mit demselben Lärm und demselben beängstigenden Tempo vorbei. Er trat mit aller Kraft auf die Bremse und wurde so heftig gegen den Sitzgurt gedrückt, dass ihm die Luft wegblieb, während der Wagen mit quietschenden Reifen zum Stehen kam.

Er keuchte, als hätte er nach einem Sprint mit letzter Kraft die Ziellinie erreicht.

Er drehte sich zu Roxy um. »Alles in Ordnung?«

Sie nickte. Im selben Moment näherte sich kreischend die nächste Sirene, dann eine vierte und eine fünfte – eine Kaskade aus schrillem Gejaule, eine alarmierende Notfall-Kakofonie.

Diesmal drehte er sich halb auf seinem Sitz um und sah, wie ein Rettungswagen auf ihrer Spur angeschossen kam, dicht gefolgt von zwei Polizeistreifen. All die roten und blauen Blinklichter schossen Leuchtstreifen in die Dunkelheit, die sie in ihrer rasanten Fahrt wie der erste Windstoß eines hereinbrechenden Gewitters durchteilten. So schnell die Fahrzeuge aufgetaucht waren, so schnell verschwanden sie vor ihnen in der Ferne. Ricky wartete und starrte durch die Heckscheibe, um zu sehen, ob noch weitere Rettungsfahrzeuge folgten, doch hinter ihnen war wieder Ruhe eingekehrt.

»Bis zum Krankenhaus sind es nur noch ein, zwei Meilen«, sagte Roxy, als die Sirenen verklungen waren.

Er schwieg. Etwas kroch ihm den Rücken hoch. Zuerst dachte er an ein Insekt, doch dann merkte er, dass es unsichtbar war. Rauch. Ricky schnupperte. Er kurbelte die Scheibe herunter, und sofort schlug ihm, wenn auch noch schwach, Brandgeruch in die Nase.

»Da brennt es irgendwo«, sagte Roxy.

Ricky nickte, sah noch mal in die Spiegel und kehrte auf die Fahrbahn zurück.

Ein Häuserblock. Zwei. Der Geruch wurde stärker.

In der Ferne konnte er jetzt die Blinklichter in Schaufenstern gespiegelt sehen und ihren Widerschein im leuchtend gelben Himmel. Wie auf Kommando reckten er und Roxy gleichzeitig die Hälse.

»Oh Mann«, sagte sie leise. »Sehen Sie sich das an.« Aus den rotblauen Lichtblitzen erhob sich über den Dächern einiger Gebäude in der Innenstadt eine riesige graubraune Rauchsäule in die tiefschwarze Nacht.

Wieder schwenkte er zum Fahrbahnrand und hielt an.

Eine Sekunde lang erfasste ihn dasselbe unbehagliche Gefühl wie bei einer Turbulenz im Flugzeug. Instinktiv krallte er die Finger ums Lenkrad. Gleichzeitig traf ihn ein Erinnerungsfetzen wie eine Ohrfeige ins Gesicht. Das *Déjà-vu*-Gefühl erfasste ihn mit aller Wucht. Es war, als flüsterte er sich selbst ins Ohr: *Du weißt, was da los ist, nicht wahr?*

»Ich muss mal eben was nachsehen«, sagte er, griff an ihr vorbei, öffnete das Handschuhfach, verstaute den .357 Magnum darin und schloss das Fach mit dem Autoschlüssel ab. »Roxy, du bleibst im Wagen.«

»Ich denk nicht dran«, antwortete sie, schnallte sich ab und sprang von ihrem Sitz.

Auf dem Bürgersteig hasteten sie beide in die Richtung, aus der die Lichter und der Lärm der Rettungsfahrzeuge kamen. Im selben Moment hüllte sie der beißende Geruch von Ruß und Feuer ein. Als sie um die nächste Ecke bogen, bot sich ihnen etwa in der Mitte des Blocks ein Bild des organisierten Chaos: von Männern im Kampf mit einem Brand, der in einem der Gebäude wütete. Wortlos traten Ricky und Roxy hinter eine Traube von Schaulustigen, die sich in einigem Abstand um den größten Löschzug scharte und von einem einzigen Polizisten in Schach gehalten wurde. *»Mein Gott!«*, stöhnte ein Mann, als eine Flammenfontäne in den Himmel schoss. Eine Frau in der Nähe faltete die Hände wie zum Gebet. Vor ihnen arbeiteten Dutzende Feuerwehrleute, einige richteten den Wasserstrahl aus dicken Schläuchen auf die Feuersbrunst, andere trugen weitere, flach aufgerollte Schläuche herbei und schlossen sie an nächstgelegene Hydranten an, wieder andere schnallten sich

Druckluftflaschen an. Laute Rufe gingen hin und her, Anweisungen, Befehle – soweit das Auge reichte, hektisches Getriebe auf dem schimmernden Asphalt. Und aus der Ferne heulten immer noch Sirenen heran. Der Polizist bekam jetzt Unterstützung von einem weiteren Beamten in Uniform. »Zurücktreten, bitte, Herrschaften«, rief er laut. »Hier ist es nicht sicher.« Sein Ton war freundlich, doch angespannt. »Ohne Scheiß«, sagte ein jüngerer Mann mit einer Baseballkappe, unter der ihm das lange, lockige Haar hervorquoll. Ricky und Roxy sahen aus einem geborstenen Fenster im Erdgeschoss Flammen lodern und hörten, wie mit einem lauten klirrenden Knall drei Fenster im zweiten Stock explodierten und die Flammen die Ziegelwand der Fassade hinaufzüngelten. Auch aus dem Dach stiegen Feuer und Rauch auf. Im selben Moment beobachtete Ricky, wie drei rußgeschwärzte Feuerwehrmänner aus der Tür des Gebäudes stürzten und sich zum Schutz vor den Trümmerbrocken, die rings um sie niedergingen, die Helme mit den Händen festhielten, während sie sich in relative Sicherheit brachten. Einer von ihnen winkte jetzt wild und brüllte: »Alle zurück, alle zurück! Sofort!«

Die beiden Polizisten breiteten die Arme aus und drängten die Menschentraube weiter den Block hinunter. Kaum sieben, acht Meter von Ricky und Roxy entfernt prasselten Glassplitter wie ein Kugelhagel aufs Pflaster. Wie eine Viehherde zog sich die Meute zurück. Trotz der Wasserfontänen, die unter Hochdruck das Feuer bekämpften, stand inzwischen das ganze Gebäude in Flammen. Die Feuerwehrmannschaften versuchten mit Wassermassen, die an manchen Stellen wie flüssige, silbrig schimmernde Wände aussahen, zu verhindern, dass der Brand auf angrenzende Gebäude übersprang. Ricky musterte einen Moment lang Roxys Gesicht, das in Orange, Rot und Blau aufflackerte, doch keine Regung zu erkennen gab. Er blickte zum Gebäude zurück. Er prägte sich die ganze Szene ins Gedächtnis ein und konnte immer wieder nur den einen Gedanken fassen: *Das habe ich alles schon einmal erlebt.*

»Wir können gehen«, flüsterte er Roxy zu.

Mit einem fragenden Blick drehte sie sich zu ihm um.

»Ich weiß Bescheid«, sagte er nur. *Was* er wusste, behielt er vorerst für sich.
Sie nickte, als habe sie mit keiner anderen Antwort gerechnet. Sie bahnten sich einen Weg durch die wachsende Menschenmenge. Alle anderen drängten zu dem Spektakel, sie beide schwammen gegen den Strom.
Der Lärm der Männer, die den Brand bekämpften, verebbte, bis Ricky nur noch das leise Quietschen von Roxys Sportschuhen auf dem Pflaster und ihren steten Atem neben sich hörte.
»Weißt du, wessen Gebäude das war?«, fragte er.
Sie schüttelte den Kopf.
»Da drinnen hatte der Anwalt, der diese falschen Papiere für deinen Dad zur Unterschrift vorbereitet hat, seine Kanzlei.« Dabei verschwieg er ihr, woran er, ohne es stichhaltig beweisen zu können, fest glaubte: *In dem brennenden Gebäude befand sich Dr. jur. Augustus Sharpe, Anwalt in einer kleinen Stadt, eingefleischter Junggeselle, übergewichtiger Eigentümer einer brandneuen Flinte, Kaliber 12, die er nicht bedienen konnte, und mit ihm Tatortfotos sowie Polizeiberichte und andere Unterlagen, die ihn als erfolgreichen Strafverteidiger eines Kindermörders auswiesen. Oder besser gesagt: das, was von Dr. Sharpe noch übrig war.*
Doch das musste Roxy nicht wissen.
Mit jedem Schritt auf dem Weg zurück zum Wagen, neben dem schweigsamen Mädchen, sah Ricky immer deutlicher vor Augen, was ihm Virgil, Merlin und Mr R fünf Jahre zuvor angetan hatten. Sie hatten ihm seine Karriere zerstört. Ihn finanziell ruiniert. Anschließend seine Wohnung in New York demoliert – *nach Einschätzung der Behörden ein Rohrbruch, der das Gebäude unter Wasser gesetzt und unbewohnbar gemacht hatte. Ein technischer Defekt.* War es aber nicht, jedenfalls nicht die Folge von Materialermüdung alter Leitungen. Es war ein Defekt, den drei Menschen, überaus versiert in Sabotage, einer davon im Töten, bewusst herbeigeführt hatten. Das Werk von Experten.
Heute Nacht haben sie dasselbe getan.
In einer anderen Stadt. Ein wenig anders in Szene gesetzt.

Mit dem gleichen Ergebnis: Alle Spuren, die sie einmal hinterlassen hatten, waren für immer beseitigt.
Und mich halten sie jetzt für tot.
Aber da irren sie sich.

Der Eingang zum Krankenhaus war eine Oase aus strahlendem Neonlicht in der nächtlichen Dunkelheit. Draußen standen zwei Streifen und ein Rettungswagen. Rings um eine offene Tür waren zwei Rettungssanitäter sowie mehrere uniformierte Polizisten versammelt. Aus einer der Streifen kam laut und hastig eine krächzende, metallische Stimme. Ricky vermutete, dass sie in Verbindung mit dem Großbrand im Zentrum alle auf Anweisungen der Einsatzzentrale warteten.
Auf dem Weg über den Parkplatz und an der Gruppe der Einsatzkräfte vorbei hielt sich Roxy dicht an seiner Seite. Sie schwieg immer noch. Wie Ricky vermutete, hatte sie zu viel Angst, um Fragen zu stellen.
Kurz hinter der automatischen Tür, die sich mit einem leisen Zischen öffnete, befand sich eine Rezeption. Er begab sich unverzüglich dorthin. Eine Frau, die Brille an einer Kette um den Hals und mit einer sorgsam auftoupierten Frisur, die seit fünfzig Jahren aus der Mode war, blickte zu ihnen auf. Sie begrüßte Roxy mit einem Lächeln und wandte sich dann Ricky zu, der ihr bereits seinen Klinikausweis aus Miami hinhielt.
»Wir wollen wissen, ob bei Ihnen heute Abend Lawrence Allison eingeliefert wurde«, sagte er im überzeugendsten Ton eines Arztes in wichtiger Mission.
Die Frau starrte auf den Ausweis.
»Miami?«, fragte sie.
»Ja. Ich wurde zu einem schwierigen Fall hinzugezogen.«
Was für ein *Fall*, hatte sie nicht zu interessieren, doch natürlich würde die Frau automatisch annehmen, dass es sich um einen medizinischen und keinen kriminalistischen Fall handelte.
»Ich seh mal eben nach, Doktor«, sagte sie, drehte sich zu ihrem Computerbildschirm um und tippte etwas ein. Dann griff sie nach

der Brille und hielt sie sich umständlich vor die Nase, bis sie die Aufnahmedaten scharf sah. Dann ließ sie die Brille wieder fallen und tippte erneut. Schließlich stieß sie sich von der Schreibtischkante ab und wandte sich wieder Ricky zu. »Nein, tut mir leid, kein Mr Allison heute Abend.«

»Sie haben auch die Notaufnahme überprüft?«

»Selbstverständlich.«

»Und was ist mit dem Hospiz? Es wurde ein Krankenwagen zu ihm bestellt. Er ist Krebspatient. Im Endstadium. Wurde hier bei Ihnen behandelt …«

Es fiel ihm schwer, in Roxys Gegenwart das Wort *Endstadium* auszusprechen. Andererseits hoffte er, damit die Suche der Rezeptionistin zu beflügeln.

»Ich sehe noch mal nach«, sagte sie.

Erneutes Tippen. Erneutes Wippen und Fuchteln mit der Brille.

»Nein. Tut mir leid. Keine neuen Einträge. Ich sehe hier, wo er bei früheren Gelegenheiten eingeliefert wurde …«

»Können Sie für mich in der Notaufnahme anfragen?«, beharrte Ricky. »Vielleicht ist er ja noch dort, und sie sind nur noch nicht dazu gekommen, seine Daten einzutragen.«

»Natürlich.«

Sie griff nach dem Telefon und tippte ein paar Zahlen in die Tastatur ein. »Hi, Connie«, sagte sie. »Dawn von der Rezeption. Habt ihr heute Abend mit dem Krankenwagen einen Mr Allison reingekriegt? Er ist Krebspatient und wurde möglicherweise ins Hospiz verlegt.«

Sie wartete, hörte sich die Antwort an. Als sie auflegte, schüttelte sie den Kopf. »Leider nein, Doktor. Nicht heute Abend.«

»Gibt es möglicherweise noch eine andere Einrichtung …«

»Nein, in einem Umkreis von etlichen Meilen nicht.«

Ricky beugte sich vor, doch er konnte kaum so leise sprechen, dass es Roxy nicht hörte.

»Falls er, als die Sanitäter kamen, ähm, nicht ansprechbar war. Ich meine, ein Todesfall. Hätten sie ihn da vielleicht direkt zum …«

Sie schüttelte den Kopf. »In dem Fall hätten sie mit Sicherheit sofort die Polizei gerufen, selbst wenn alles für einen natürlichen Tod gesprochen hätte.«

»Auch den Gerichtsmediziner?«

»Bei einem Todesfall ist das Vorschrift. Der Tod muss vor Ort von einem Gerichtsmediziner festgestellt werden.«

»Können Sie dort anrufen?«

»Tut mir leid, aber nachts erreicht man nur den Anrufbeantworter, den der diensthabende Gerichtsmediziner abhört. Und ich bin mir ziemlich sicher, dass heute Nacht jeder, der Dienst hat, mit diesem Brand in der Market Street beschäftigt ist. Soweit ich weiß, sind dort Todesfälle zu beklagen.«

Ricky war am Ende seines Lateins. Er wagte nicht, Roxy anzusehen.

»Okay«, sagte er, »wir fragen später noch mal nach.«

»Tut mir leid, dass ich Ihnen nicht weiterhelfen konnte«, sagte die Frau.

»Da stimmt etwas nicht«, flüsterte Roxy, als denke sie laut nach. Während Ricky sich zum Ausgang wandte, wiederholte sie den Satz und fügte hinzu: »Wo kann er nur sein?« Dabei bebte ihre Stimme so sehr, dass er fürchtete, sie könnte jeden Moment die Fassung verlieren. Er hoffte, sie hielt noch ein wenig länger durch.

Draußen traten sie wieder in den Lichtkegel, der die Nacht in Schach hielt. Dieselben Sanitäter und Polizisten standen immer noch an der offenen Tür des Streifenwagens und hörten die Meldungen der Einsatzzentrale. »Bleib dicht hinter mir, aber sag bitte nichts«, wies Ricky Roxy an. Auch wenn er keine Antwort von ihr bekam, ging er davon aus, dass sie sich daran hielt. Sie war offensichtlich auf Autopilot.

Er ging auf die versammelten Männer zu. Roxy folgte ihm in geringem Abstand.

»Hallo«, rief er in liebenswürdigem Ton. »Ob Sie uns vielleicht bei etwas behilflich sein könnten?«

Die Männer drehten sich zu ihm um.

»Übel, dieses Feuer, was?«, fing Ricky an.

»Wird eine Weile brauchen, es unter Kontrolle zu bringen«, pflichtete einer der Sanitäter bei.

»Verdacht auf Brandstiftung?«
»Wahrscheinlich Versicherungsbetrug. Die Brandinspektoren werden der Sache auf den Grund gehen«, antwortete einer der Polizisten. »Wird nur ein paar Tage dauern.«
»Wir sind hier sozusagen auf Abruf, als Verstärkung. Gilt praktisch für alle«, fügte der Sanitäter hinzu.
Ricky schwieg und schüttelte in einer übertriebenen Geste den Kopf.
»Also, ist mir schrecklich unangenehm, Sie in dieser Situation zu behelligen, aber am frühen Abend wurde ein Krankenwagen zu einem schwer kranken Mann gerufen«, sagte er. »In eine ländliche Gegend, nicht weit von der Grundschule …«
»Ja«, erwiderte der Sanitäter. »Das waren wir. Wir wurden da hingeschickt.« Dabei deutete er auf seinen Partner, der nickte.
»Und … als Sie da ankamen …«
»Seltsam«, sagte der Mann. »Die Haustür stand offen – aber nicht wie nach einem Einbruch oder so …«, sagte er und blickte dabei betont zu den Polizisten hinüber, als wolle er ihnen sagen, so ungewöhnlich der Fall sei, habe es keine äußeren Anzeichen für eine Gesetzeswidrigkeit gegeben. »Jedenfalls … kein Wagen. Niemand im Haus. Wir haben uns überall umgesehen. Keine Menschenseele. Am Ende gingen wir davon aus, dass es entweder falscher Alarm war oder die Zentrale die Adresse falsch verstanden hatte. Kommt schon mal vor. Nicht oft, aber ab und zu schon. Oder aber die Leute wollten dann doch nicht auf den Krankenwagen warten und sind mit dem eigenen Pkw hergefahren. Auch das haben wir schon erlebt. Manchmal machen die Leute dumme Sachen, öfter, als man meinen sollte.«
»Wieso wollen Sie das wissen?«, fragte einer der Polizisten.
»Freund von mir«, erwiderte Ricky. »Aber vielleicht bin ich auch einer Falschmeldung aufgesessen.«
Der Polizist schien noch eine Frage auf den Lippen zu haben, wobei er Roxy mit einem eindringlichen Blick musterte, doch genau in diesem Moment kam die Stimme der Einsatzzentrale mit einem *Befehl für alle Einheiten in der Nähe* über Funk dazwischen. Ricky hörte deutlich, wie die Adresse des *Friendly Shores* durchgegeben wurde.

»Verdammt! Das ist für uns«, sagte der andere Polizist. Er ließ Ricky und Roxy stehen, setzte sich hinters Lenkrad des Streifenwagens und wandte sich noch einmal an die Sanitäter. »Schätze, ihr Jungs werdet drüben in der Market Street gebraucht. Klingt ganz danach, als wollten die dort eure Hilfe in Anspruch nehmen, die Leichen aus dem Haus zu holen.«

»Komm, Roxy«, sagte Ricky leise, trat zurück und brachte sie, mit einem sanften Griff am Arm, wieder zu ihrem geparkten Fahrzeug. Er ließ sie auf dem Beifahrersitz einsteigen. Sie sah ihn an.

»Ich verstehe überhaupt nichts mehr«, sagte sie.

Er hätte ihr antworten können, *du solltest auch nichts verstehen, denn sie hatten nicht geplant, dass du in dieser Nacht noch am Leben bist. Genauso wenig wie ich. In dieser Nacht sollten einige Leute schon tot sein. Bei manchen ging es auch nach Plan. Aber nicht bei dir und mir; was demzufolge uns noch alles bevorsteht, darüber kann ich allenfalls spekulieren.*

Er sah ihr forschend ins Gesicht. Darin war nur eine einzige Frage zu lesen: *Wo ist mein Vater?*

Bis sie darauf eine Antwort hatte, war sie höchstwahrscheinlich wie ein Vulkan, der jeden Moment ausbrechen konnte.

Hatte sie die Antwort, bestand die Gefahr, dass sie völlig zusammenbrach.

Im Kopf stellte er einige blitzartige Gleichungen auf, Wahrscheinlichkeitsrechnungen rund um Mord.

Lawrence Allison, der mich umbringen sollte, wurde jetzt wahrscheinlich eine neue Rolle zugewiesen.

Er dient als Köder.

Und so antwortete er ihr: »Wenn dein Dad eine Wahl hätte, wo wäre er dann wohl hin, bevor er sich ins Krankenhaus bringen lässt?« Das *Wo* war die entscheidende Frage an das Mädchen, der zweite Teil – die Einlieferung ins Krankenhaus –, dazu würde es in dieser Nacht nicht kommen. Was er dem Mädchen ersparte, war seine Vermutung: *Der Mörder hat ihn gekidnappt.*

Und wetten, dass wir beide ihn finden sollen!

Roxy schien einen Moment zu überlegen. »Ich könnte mir denken, wohin«, sagte sie dann, und ihre Stimme klang wieder hoffnungsvoller. »Zwei Möglichkeiten.«

Mir bleibt nichts anderes übrig, dachte er, *als sie an diese beiden Orte zu bringen. Tue ich es nicht, rennt sie mir bei der erstbesten Gelegenheit davon.*

Und an einem der beiden Orte sollen wir sterben.

Die einzig richtige Entscheidung wäre Flucht gewesen.

Doch die einzige Wahl, die ihnen nach seiner Überzeugung blieb, war die zwischen zwei fatalen Möglichkeiten.

31

Roxy dirigierte ihn: *»Nach rechts abbiegen. Nach links. Bis da vorne geradeaus.«* Ricky fragte sie nicht, wohin die Fahrt ging, glaubte aber, es zu wissen, und bekam, als sie nicht mehr weit weg waren und den Eingang sehen konnten, die Bestätigung. Es leuchtete ihm ein.

»Wo ist sie begraben?«, fragte er.

»Am anderen Ende. Wir müssen laufen«, antwortete Roxanne. In ihrer Stimme hörte er ein leichtes Zittern heraus.

»Siehst du irgendwo seinen Wagen?«, fragte Ricky.

Sie schüttelte den Kopf.

Es war eine dämliche Frage. Weit und breit parkte kein einziges Fahrzeug. Geradeaus blickte er auf endlose Reihen grauer Grabsteine und Familiengruften. Engel aus Beton. Kruzifixe und einige wenige Davidsterne schmückten die Gräber. Ein Friedhof um Mitternacht bringt alle möglichen unbehaglichen Empfindungen an die Oberfläche; die tiefe Stille macht nervös, bis man das unheimliche Gefühl bekommt, von den Toten beobachtet zu werden. In dieser Nacht allerdings ängstigten ihn weniger die Toten.

»Was meinst du? Konnte er noch aus eigener Kraft das Bett verlassen?«

»Ich glaube nicht.«

»Wie steht's mit Autofahren? Hätte er, falls er bis zu seinem Wagen gekommen ist, noch selber fahren können?«

»Ich glaube nicht.«

»Oder den Weg zum Grab deiner Mutter zu Fuß zurücklegen?«

Sie schüttelte stumm den Kopf.

Er betrachtete das junge Mädchen. Sie erschien ihm klein.

Wenn sie erst einmal Vollwaise ist, will sie dann überhaupt noch leben? Hat sie dann noch einen Blick für die vor ihr liegenden Jahre, oder sieht sie nur die unerträgliche Gegenwart?

Er konnte es beim besten Willen nicht sagen, was ihn wütend machte. Da hielt er sich nun für einen gebildeten, erwachsenen Mann mit Lebenserfahrung, klarem Verstand und psychologischer Expertise, einen Menschen, der die Beweggründe, Verhaltensweisen, Emotionen und Hoffnungen seiner Mitmenschen verstand, doch in dieser Nacht ließen ihn all diese Fähigkeiten im Stich. Er wusste, er musste Entscheidungen treffen, doch er misstraute jeder Option.

»Also gut«, sagte er. »Sehen wir nach. Geh du voraus.«

Er beugte sich in den Wagen und holte seine Pistole heraus. »Nur für alle Fälle«, erklärte er.

»Nur für alle Fälle«, wiederholte sie und zeigte mit dem Finger in die ungefähre Richtung.

»Aber langsam«, fügte er hinzu. »Und sei wachsam.«

So liefen sie gemeinsam schweigend durch die Reihen der Toten. Ein Dreiviertelmond über ihnen sorgte für das einzige Licht, ein schwacher gelblicher Schimmer, in dem sie selbst wie Gespenster wirkten. Außer der gelegentlichen Brise, welche die nächtliche Hitze durch die Baumkronen trieb, war kein Laut zu hören. Doch selbst vom leisesten Rascheln in den Blättern zuckte Ricky innerlich zusammen und legte die Finger um den Abzug. Er hörte Schritte hinter sich. Er spürte, wie ihm jemand den Blick in den Rücken bohrte. Er roch schon den bitteren Geruch von Karbid nach dem Schuss. Nichts davon geschah, doch dies alles konnte jeden Moment passieren. Immer wieder rief er sich in Erinnerung, dass er vor dem Kind, das eine halbe Schrittlänge vor ihm lief, Stärke demonstrieren musste. Egal, wie schwach er sich fühlte.

Sie kamen an Namen und Daten und vielen Gefühlsbekundungen vorbei: *»Geliebte Frau«* oder *»Liebevoller Vater«*. Auf ihrem einsamen Weg durch die Dunkelheit wirkten solche Worte wie Hohn und der Friedhof so herzlos wie derjenige auf der CD. Jener Friedhof war halb verfallen, dieser hier sorgsam gepflegt. Fragte sich nur, ob es für die Toten einen Unterschied machte.

Ohne Vorwarnung blieb Roxy stehen.

»Hier ist er nicht«, flüsterte sie mit wackeliger Stimme.

Sie zeigte auf ein Grab etwa sieben Meter entfernt. Ricky konnte die Inschrift auf dem kleinen Marmorstein nicht lesen.

Doch etwas anderes fiel ihm ins Auge.

Frische Blumen.

Direkt unter den eingemeißelten Worten hatte jemand einen weißen Strauß abgelegt.

Er sah, wie Roxy wieder gegen das Schluchzen ankämpfte, einen Schritt auf die Grabstätte zuging und ruckartig stehen blieb. Ricky starrte sie an, bevor er sie fragte: »Roxy, wann warst du oder war dein Dad das letzte Mal hier?«

»Vor Monaten«, sagte sie. »Früher waren wir öfter hier, aber als er wieder krank wurde, ging es nicht mehr.«

»Wer außer euch beiden könnte hier noch Blumen ablegen …«

»Niemand.«

Aber jemand hat es getan, stellte Ricky fest. Sein Blick war von dem Strauß wie gebannt, und wieder fühlte er sich unzulänglich. Was hatten diese Blumen zu bedeuten? Auch dazu konnte er nur Vermutungen anstellen.

»Er ist nicht da«, wiederholte Roxy.

Irgendjemand schon, lag es ihm auf der Zunge, doch Ricky verkniff sich die Bemerkung.

»Also«, sagte Roxy leise, »ich weiß noch einen Ort, wo er hingegangen sein könnte.« Ohne ein weiteres Wort machte sie kehrt und lief Richtung Wagen zurück. Ricky folgte ihr schweigend. Auch wenn er sich in tausend Emotionen wie in einem Netz verfangen hatte, war ihm bewusst, dass es das junge Mädchen an seiner Seite umtreiben musste wie im Auge eines Tornados.

Kurz darauf kamen sie an einem Verkehrsschild vorbei: Achtung, Schule! Schritttempo fahren.

Er schaltete augenblicklich die Scheinwerfer aus und hielt am Straßenrand an. Sie waren vielleicht hundert Meter vom Eingang der Schule entfernt, in der Lawrence Allison unterrichtet hatte. Ricky stellte sich vor, wie Vater und Tochter abends zusammen am Küchentisch saßen und er ihr bei den Hausaufgaben zusah. Jede richtige Antwort oder scharfsinnige Bemerkung hatte ihn wahrscheinlich ebenso stolz wie verzweifelt gemacht.

»Und du meinst, er könnte hierhergekommen sein?«, fragte Ricky.

»Er liebt die Schule«, antwortete Roxy.

Präsens, registrierte Ricky.

Sie starrte durch die Dunkelheit auf das Gebäude, das kalt und düster vor ihnen aufragte. Nichts von dem lebhaften Treiben am frühen Morgen, wenn die Schüler in Gruppen zusammenstehen, die Lehrer zum Unterricht eilen, Eltern ihre Kinder absetzen, gelbe Schulbusse Dieselwolken ausspeien und ein neuer Schultag bevorsteht.

»Nachts gibt sie nicht viel her, oder?«, sagte sie.

Bei dem Gebäude handelte es sich um einen klotzigen, grauen Betonziegelbau. An der Eingangsfront stand ein leerer Flaggenmast. An den Fenstern im Erdgeschoss hatten einige Scheiben Risse. Der weitläufige, in die Jahre gekommene Bau hätte als Mausoleum auf den Friedhof gepasst, von dem sie gerade kamen.

Er sagte nichts.

Sie lächelte scheu. »Gibt auch bei Tage nicht viel her«, fügte sie hinzu. »Aber er liebt sie trotzdem.«

Und nach einer kurzen Pause: »Morgens auf der Fahrt zur Schule hatte er immer ein Lächeln auf den Lippen. Er meinte, das Besondere am Lehrerberuf ist, dass man nie weiß, was der Tag einem bringt. Er ist immer für Überraschungen gut.«

Sie schwieg versonnen. Schluckte ein wenig. »Manchmal singt er auf der Fahrt hierher. Er singt schrecklich daneben. Ist ihm aber egal.«

Ricky wartete, bis sie sich wieder gefangen hatte.

»Gehen wir rein und sehen nach?«, fragte Ricky.

Ohne zu zögern, wenn auch mit leichtem Zittern in der Stimme antwortete sie: »Ja.«

Wir tappen direkt in die Falle, war der einzige Gedanke, den er fassen konnte.

»Roxy«, wendete er betont ruhig und sachlich ein, »das könnte sehr gefährlich werden.«

»Ich muss mich mit meinen eigenen Augen überzeugen.«

Wie sehr sie sich selber Mut zuzusprechen versuchte, davon zeugte ihr Blick auf Rickys Revolver. Das Mädchen, so schien es ihm, wurde wie ein Pingpong zwischen Zweifel und Entschlossenheit hin- und hergeworfen.

»Also gut«, erwiderte Ricky widerstrebend. »Aber eins musst du mir versprechen: Folge immer meinem Beispiel. Und tu genau, was ich sage, und zwar sofort.«

»Versprochen«, kam die Antwort viel zu schnell.

Ricky hegte wenig Hoffnung, dass sie sich daran halten würde.

Sie stiegen aus und machten sich auf den Weg zur Schule. Dabei versuchte Ricky, von Schatten zu Schatten zu huschen, und Roxy machte es ihm nach. Das einzige Licht kam von ein paar Neonlaternen auf einem asphaltierten Parkplatz für Lehrer und Verwaltungspersonal hinter einem rostigen, zerbeulten und stellenweise eingerissenen Maschendrahtzaun. Überall sonst hüllte sie stockdüstere Nacht ein.

»Das Auto von deinem Dad …«, fing er an. Sie schien zu begreifen, worauf er hinauswollte.

»Weiß«, antwortete sie. »Und klein. Ein Kleinwagen eben. Er fährt nicht gerne. Seit das mit …« Sie sprach nicht weiter.

Zum zweiten Mal in dieser Nacht bildete er sich ein, die Kugel zu spüren, abgefeuert auf seinen Kopf oder sein Herz, nur zeitversetzt, Bruchteile von Sekunden, bevor es passiert.

Ricky wurde plötzlich bewusst, dass er sich gerade genauso still und heimlich durch die Dunkelheit schlich wie Mr R fünf Jahre zuvor, als Ricky den Mörder in eine ähnliche Falle gelockt hatte. *Damals kam* er *an den Ort, an dem er mich, wie ihm Logik und Instinkt sagen mussten, finden würde. Zu diesem Zweck hatte ich eine deutliche Spur gelegt. Und dann einfach auf ihn gewartet.*

Jetzt drehte der Killer, wie es schien, den Spieß gegen ihn um. Und, während er mit dem jungen Mädchen über das Gelände lief, wusste er, dass ihm keine andere Wahl blieb, als sehenden Auges dem für ihn ausgelegten Köder zu folgen.

Am Rande des Schulgeländes blieb Roxy unter einer riesigen Eiche stehen.

»Ich kann seinen Wagen nirgends entdecken«, stellte sie fest.

Sie wollte weiterlaufen, doch Ricky hielt sie an der Schulter fest. »Einen Moment«, sagte er und suchte die Dunkelheit ab.

Roxy hielt sich an seiner Seite.

Ricky ließ den Blick langsam von rechts nach links schweifen und versuchte dabei, seine Augen wie eine Kamera zu benutzen. *Klick. Halt. Zoom. In die dunklen Winkel spähen. Klick. Halt. Zoom. Schauen, ob sich etwas bewegt. Klick. Halt. Scharfeinstellung.*

Und da war er.

Von ihrer Position am Rande des Schulgeländes aus, dicht an den Baumstamm gedrückt, konnte er in einiger Entfernung schemenhaft den oberen Teil eines Wagens ausmachen. Weiß. Klein. Er war teils vom Zaun, teils vom Gebüsch in der Nähe des Schuleingangs verdeckt. Da Ricky Roxy deutlich überragte, hatte er ihn vor ihr erspäht. Doch statt den Arm zu heben, in die Richtung zu zeigen und siegessicher hinüberzulaufen, sagte er: »Roxy, runter.« Im selben Moment ging auch er in die Hocke, um sich am Fuß des dunklen Baumstamms unsichtbar zu machen.

»Ich kann nichts sehen«, flüsterte sie. »Was ist da?«

»Nicht bewegen«, sagte er.

Roxy gehorchte. Sie duckte sich neben ihn und hielt still. »Ich kann nichts sehen«, wiederholte sie.

Aus dieser Entfernung konnte er nicht ins Wageninnere blicken. Ob Lawrence Allison darin war, lebendig, im Sterben oder tot, konnte er nicht sagen. Damit Roxy nicht doch plötzlich losstürmte, streckte er schützend den Arm vor ihr aus.

»Nicht rühren«, wiederholte er, so ruhig er konnte. »Egal, was passiert, rühr dich nicht vom Fleck!«

»Was ist denn?« Aus ihrer Stimme hörte er die Panik heraus.

»Nur ja nicht aufrichten«, sagte Ricky heiser.

Dann erhob er sich langsam im Schutz des Baums und versuchte, wie ein Mörder zu denken, nachdem ihm siedend heiß bewusst geworden war, *der Mörder denkt so wie ich.*

Die Erkenntnis traf ihn eiskalt.

Und ausgerechnet jetzt sah er Mr R wieder vor sich, wie er, die Waffe in der Hand, in seiner Praxis auf der Behandlungscouch saß und fragte: *»Weiß der Patient am Ende der Behandlung nicht genauso viel wie der Arzt?«*

Ricky kämpfte dagegen an, die Frage, die ihm im Kopf herumschwirrte, selbst zu beantworten. Stattdessen lenkte er seine Gedanken in eine andere Richtung: *Wenn ich jemanden töten wollte, wo würde ich ihm hier wohl auflauern?*

In dem dunklen Winkel unweit der Eingangstür?

Im Auto des Lehrers, auf dem Rücksitz versteckt?

An der Gebäudeecke, mit freier Sicht in alle Richtungen?

Weiß er, dass ich Roxy bei mir habe?

Nein. Zumindest nicht sicher, auch wenn es naheliegt.

Weiß er, dass sie mich hierherbringen würde?

Nein, zumindest nicht sicher, auch wenn es naheliegt.

Würde er mich hier erschießen?

Ja.

Würde er sie hier erschießen?

Ja. Er wird sie nicht am Leben lassen.

Wie auf einer Bühne spielte sich das ganze Szenario vor seinen Augen ab.

Blumen auf einem Grab. Ein vor einer Schule geparkter Wagen.

Er fürchtete sich vor dem Tod.

Er fürchtete die Vorhersagbarkeit.

Das eine verstärkte das andere.

Während Ricky innerlich allen Mut zusammenkratzte, verharrte er noch einen Moment, um ein letztes Mal die Gegend abzusuchen. *Ich weiß, dass du hier irgendwo bist. Wo steckst du?*

Und dann schnappte er nach Luft.

Da!

Am hintersten Ende des Parkplatzes, unter dem Blätterdach einiger Bäume, stand ein großer Wagen. Schwarzes Chassis vor schwarzem Hintergrund in einer schwarzen Nacht. Unsichtbar, hätte sich nicht der Schein einer Lampe am Schulgebäude im Metall der Stoßstange gespiegelt. Die Umrisse des Fahrzeugs traten, kaum hatte er es entdeckt, wie durch eine Nebelwand hervor. Nach der Stoßstange war ein Kotflügel zu erkennen, dann eine Tür, dann das Dach und schließlich der ganze Wagen.

In dem Wagen sitzt ein Fahrer.

Der Fahrer bringt den Tod.

Er versuchte, hinter dem Lenkrad eine Gestalt auszumachen, konn-

te jedoch niemanden erkennen. Was für sich genommen noch nichts hieß. *Vielleicht Virgil. Vielleicht Merlin. Sie mussten zu zweit sein.* Er duckte sich wieder.
»Können Sie was sehen?«
Er wagte nicht einmal, den Arm zu heben und in die Richtung zu zeigen. Doch Roxy folgte einfach seinem Blick. Eine lange Sekunde verging. »Ja«, flüsterte sie schließlich.
»Hier hat niemand was verloren«, fügte sie zögernd hinzu, »um diese Zeit.«
Langsam, ohne Hektik, fasste er Roxy an der Schulter und zog sie tiefer in ihre Deckung zurück. Der glühende Wunsch, ihren Vater wiederzusehen, konnte sie zu einer unbedachten Reaktion verleiten und ihnen beiden den Tod bringen.
»Ich denke, wir müssen hier weg«, flüsterte Ricky. Dass er den weißen Kleinwagen erspäht hatte, behielt er für sich. Wenn sie ihn ebenfalls erspähte, würde sie nichts mehr halten. Er deutete mit dem Kopf auf den schwarzen Wagen. *Schach. Weiße Figuren. Schwarze Figuren. Schachmatt? Nein. Heute Nacht müssen wir auf ein Unentschieden hoffen.*
»Was glauben Sie, wer das ist?«, fragte Roxy ebenso leise.
»Mit Sicherheit kann ich das nicht sagen«, erwiderte er, obwohl er keinen Zweifel hegte. »Ich weiß nur, dass wir nicht länger hierbleiben sollten, um es herauszufinden.«
Sie nickte. Zuerst starrte sie einen Moment lang auf den schwarzen Wagen, dann drehte sie sich zu Ricky um und sah ihm mit einem bohrenden Blick in die Augen. »Aber wo ...«, fing sie an.
Das Ende ihrer Frage ging plötzlich in einem lauten Knall unter. Aus dem Augenwinkel heraus glaubte Ricky, im Innern des weißen Kleinfahrzeugs das Aufblitzen einer abgefeuerten Pistole zu sehen.
In Panik fuhr Roxy zu dem Knall herum.
Sie schnappte nach Luft und schien zu einem Schrei anzusetzen.
Blitzschnell hatte sie Ricky gepackt, mit dem Gesicht an seine Brust gedrückt und ihr die Hand auf den Mund gelegt. »Nicht hinsehen!«, flüsterte er, auch wenn er das Gefühl hatte, sich mit dieser Warnung wie mit einer dröhnenden Sirene zu verraten.

Über die Schulter warf er einen letzten Blick auf die Fassade der Schule.
Es herrschte vollkommene Stille. Friedhofsstille.
»Nichts wie weg«, würgte er heraus. »Jetzt!«
Er sah, wie Roxy zwischen dem Drang, hinüberzupreschen, in die Richtung des Knalls, und dem Rückzug schwankte. Eine entsetzliche Wahl.
»Daddy«, schluchzte sie leise. Etwas Qualvolleres hatte er vielleicht noch nie gehört.
»Schnell!«, drängte er sie. »Wir müssen hier weg. Schnell!«
Wenn wir das hier überleben wollen, fügte er in Gedanken hinzu.
Roxy wandte sich zuerst in die eine, dann in die andere Richtung, als zerrten gewaltige, entgegengesetzte Kräfte an ihr und drohten sie zu zerreißen. Ein unterdrücktes Schluchzen brach aus ihr hervor, ein animalischer Laut. Doch dann ergriff sie zu seinem Staunen seine Hand, und Sekunden später rannten sie beide um ihr Leben.
Wie unter Strom schossen sie davon, auch wenn er bei jedem Schritt ihren schweren Atem und ihr Wimmern hörte.
Sie stürzten in den Wagen, er warf den Motor an und machte eine rasende Kehrtwende, bevor er die Scheinwerfer einzuschalten wagte. Dann gab er Gas.
Er konnte nur einen einzigen Gedanken fassen: *Wir müssen hier so schnell wie möglich weg.*
In dieser Nacht lauerte der Tod in jeder Ecke, rechts und links, über und unter ihnen. Seine Vergangenheit holte ihn und mit ihm das Mädchen ein, um sie – wer weiß – bis in alle Zukunft zu verfolgen.

32

Auf ihrer meilenweiten Fahrt sagte sie nur zwei Dinge: »Es ist vorbei, nicht wahr?« Und dann: »Wieso musste der Mann in dem Motel sterben? Was hatte er irgendjemandem getan?« Die Antworten auf diese Fragen waren für den Augenblick viel zu kompliziert, weshalb Ricky nur mit Schweigen reagierte. Er hätte ihr gerne etwas Tröstliches gesagt und kramte in seinen Erinnerungen, in seiner beruflichen Erfahrung, ohne jedoch die richtigen Worte zu finden. Sie waren schon Stunden unterwegs, als er kurz vor Einbruch der Morgendämmerung unweit von Tallahassee, Florida, ein *Holiday Inn* fand und für *»meine Tochter und mich«* eincheckte, wobei er dafür sorgte, dass Roxy ihn nicht hörte. Wenn der Concierge an der Rezeption mitbekäme, dass sie nicht mit Ricky verwandt war, würde er natürlich die Polizei einschalten, und die Beamten hätten Fragen an ihn, auf die es keine plausiblen Antworten gab. *Ich versuche, die Tochter des Mannes zu retten, der, wenn auch nur widerstrebend, versucht hat, mich umzubringen,* eine solche Erklärung käme bei einem Detective, der wohl eher an Unzucht mit Minderjährigen, weißen Sklavenhandel und Entführung denken würde, sicher nicht allzu gut an.

Das Zimmer verfügte über zwei Doppelbetten. Roxy warf sich auf das in der Nähe der Tür und schlief, nachdem sie, seitlich eingerollt, noch zwei Mal ins Kissen geschluchzt hatte, sofort ein. Die Erschöpfung siegte über die Ungewissheit, der Schlaf über den Schock. Er selbst sank auf das freie Bett, fest davon überzeugt, nach allem, was passiert war, nie im Leben Schlaf zu finden – und wachte erst Stunden später, vom Klopfen des Reinigungspersonals an der Tür wieder auf. Sie hatten die Check-out-Zeit verschlafen.

Jeder gönnte sich hastig eine Dusche, griff zu Zahnbürste und Kamm. Roxy brauchte eine Weile, um ihr feuchtes, gelocktes Haar zu bändigen. Nach einem Imbiss im nächstbesten McDonald's waren sie schon wieder auf der Straße.

Nach Rickys Eindruck war das Mädchen erneut in eine Art Roboter-Zustand zurückgefallen. Wie unter einem katatonischen Schock war sie kaum in der Lage, die simpelsten Alltagsroutinen zu bewältigen. Sie schob ihr Essen von einer Seite zur anderen, steckte sich geistesabwesend ein paar Bissen in den Mund, sprach am Tisch kein einziges Wort, folgte ihm mit schleppendem Gang hinaus, sagte nichts, als sie sich wieder ins Auto setzten, und schwieg weiter beharrlich, als sie auf den Florida Turnpike zurückkehrten und in südlicher Richtung weiterfuhren.

Nach fünfzehnminütiger Fahrt bei durchschnittlich siebzig Meilen die Stunde rückte sie endlich mit einer Frage heraus: »Mein Dad war dort, nicht wahr?«

»Das weiß ich nicht, Roxy«, erwiderte Ricky. Dabei wusste er es sehr wohl.

»Sie haben ihn umgebracht, oder?«

»Ich weiß es nicht.«

Auch das wusste er nur zu gut.

»Das war ein Schuss, dieser Knall, oder?«

»Ja. Wahrscheinlich. Mit hundertprozentiger Sicherheit kann ich es nicht sagen.«

»Es *war* ein Schuss«, sagte sie, eine Feststellung, keine Frage.

Er wollte sie nicht belügen, sie aber auch vor der Wahrheit beschützen. Er konnte nur vermuten, dass Roxy in ihrem Zustand weder das eine noch das andere verkraftete.

Eine Meile lang herrschte Schweigen. Dann: »Werde ich ihn je wiedersehen?«

Er ließ sich mit seiner Antwort Zeit.

Sie schien zu überlegen, bevor sie energisch sagte: »Ja, werde ich. Mit Sicherheit.«

Ihm war klar, dass sie die Wahrheit eigentlich kannte, sie sich nur dagegen sperrte und einer Fantasievorstellung hingab, die weniger wehtat. In ihrer Situation waren Selbsttäuschung und Wahrheit kaum voneinander zu unterscheiden. Nach und nach würde Roxy sich mit dem Tod ihres Vaters konfrontieren müssen, doch vorerst hielt sie sich mit falschen Hoffnungen psychisch über Wasser. Er überlegte sich gut, wie er auf ihre Frage antworten sollte. Dem Pragmatiker in ihm lag auf der Zunge: *Nein, wirst du nicht.* Der Literaturliebhaber und Romantiker in ihm dachte: *Ja, das wirst du – im Himmel. Dort erwartet er dich eines Tages zusammen mit deiner Mutter.* Der Psychiater in ihm sah etwas anderes voraus: *Mit absoluter Sicherheit wirst du ihn sehen, jede Sekunde, die vergeht, in der Erinnerung, im Kopf und mit dem Herzen, egal, wie viele Jahre dir noch bleiben. Und daran musst du dich halten, heute, morgen und in den darauffolgenden Tagen.*

»Roxy«, ging er es behutsam an, »was hat sich dein Dad mehr als alles andere für dich gewünscht?«

Nach kurzem Zögern antwortete sie: »Eine Zukunft«, sagte sie.

»Also«, nahm er das Stichwort auf, »ich denke, von diesem Moment an ...«

Sie unterbach ihn: »Ich schätze, darum muss ich mich jetzt kümmern.«

Er lächelte und nickte. Ricky hoffte, dass sie diese Widerstandskraft verinnerlichen und künftig darauf zurückgreifen konnte, wann immer sie darauf angewiesen war, denn er fürchtete, dass sie in den folgenden Tagen jede Menge davon brauchte. Und dann durchfuhr ihn die unabweisbare Erkenntnis: *Das mörderische Spiel ist noch nicht vorbei.*

Er musste plötzlich daran denken, wie er einmal in einer Zimmerecke eine Falle aus Kunststoff mit einer Klebstoffmasse aufgestellt und am nächsten Morgen darin eine halb tote Maus vorgefunden hatte, die sich qualvoll darin wand. Eine grausame Art zu sterben. Er hatte sich dafür geschämt. Jetzt, so kam es ihm vor, hing er selbst in diesem Kleber fest und das Mädchen auf dem Beifahrersitz mit ihm.

Er warf Roxy einen kurzen Blick zu. Sie saß zusammengesackt da und starrte, wie schon in der Nacht, schweigend durch die Windschutzscheibe, nur nicht länger ins Dunkel, sondern ins grelle Tageslicht, das auf ihrer Fahrt nach Florida durch das Glas hereinflutete.

Ein paar Minuten lang verfiel sie wieder in Schweigen, bevor sie fragte: »Wo fahren wir hin?«

»Nach Miami.«

»Da war ich noch nie.«
»Es wird dir gefallen.«
»Wozu fahren wir dorthin?«
»Da bin ich zu Hause.«
Sie schien zu überlegen.
»Ist das nicht gefährlich?«
»Ja«, sagte er. »Wahrscheinlich.«
»Wenn es bei mir zu Hause nicht sicher ist, wieso dann bei Ihnen?«
»Ist es nicht.«
»Aber trotzdem fahren wir dahin?«
»Ja.«
»Okay.«
Roxy drehte sich nach hinten um und griff nach ihrem Rucksack. Sie zog Hemingways *Wem die Stunde schlägt* heraus, schlug das Buch auf der ersten Seite auf und versank in neuerlichem Schweigen.
Scharfsinniges Kind, dachte er. Dass er im Moment sonst nirgendwo hinkonnte, behielt er für sich. In einem zweiten Schritt beabsichtigte er, erst einmal abzutauchen und dann aus seinem Versteck heraus das Blatt zu wenden. Genau das war ihm schon einmal gelungen. Doch die Worte des Teenagers unterstrichen die Gefahr, dass dieselbe Rechnung nicht unbedingt ein zweites Mal aufging. Welche Heidenangst ihm das bereitete, wollte er sich nicht anmerken lassen.

Wer mitten durch Florida nach Süden reist, fühlt sich wie auf einer Talfahrt. Auf hohe Pinien im Norden folgen im mittleren Flachland die grünen Wiesen mit ihren Pferdekoppeln und als Zwischenstationen eingesprengt die schrill bunten Vergnügungsparks in der Nähe von Orlando. Im weiteren Verlauf der Fahrt erobern endlose Weiten mit wogenden Gräsern und verschlungenen Mangrovenbäumen die Landschaft und markieren die ersten Ausläufer der Everglades. Dabei nimmt die Hitze unerbittlich zu. Die Sonne brennt immer heißer. Die Route wartet mit dem Kontrast zwischen weltbekannten Großstädten und urtümlichen Landstrichen auf; von Achterbahnfahrten zu Alligatoren, die sich gemächlich durch den »River of Grass« treiben lassen. Für jeden Einfall in diese urtümliche Welt rächt sich die

Natur und erobert Zuckerrohrfelder und Reihenhaussiedlungen zurück. In Florida ist man ständigem Wandel unterworfen und lebt mit der allgegenwärtigen Gefahr von Naturkatastrophen – mächtigen Unwettern, die mit tückischen Winden und Starkregen vom Golf von Mexiko aus landeinwärts bis nach Palm Beach, Fort Lauderdale und Miami toben, und Hurrikans, die sich über der Karibik zusammenbrauen und aus der entgegengesetzten Richtung auf den Bundesstaat treffen.

Florida bewegt sich immer am Abgrund zwischen Naturgewalten und Zivilisation, zwischen Sumpf und Beton.

Auf ihrem stetigen Weg nach Süden beobachtete Ricky, wie sich im Lauf des Nachmittags eine jener Gewitterfronten zu einer bedrohlichen Wand aus grauschwarzen Wolken zusammenballte. An dem Abend, an dem Mr R in seiner Praxis erschienen war, hatte sich am Horizont ein ähnliches Unwetter angekündigt.

Von den unzähligen Blitzen, die bedrohlich am Himmel zuckten, schlugen manche ein, während andere einfach weiterzogen.

Die Straße dehnte sich schier endlos, Hunderte von Meilen.

In der Nähe des Flughafens von Orlando machte er halt, um seinen Leihwagen zurückzugeben, und schlug sich mit einem Angestellten herum, der ihm zusätzlich in Rechnung stellen wollte, dass er das Fahrzeug nicht in New Orleans abgeliefert hatte. Kaum war dieser Handel über die Bühne, begab sich Ricky zu einer anderen Firma und lieh sich für das letzte Stück nach Miami einen neuen Wagen. Dabei rechnete er sich nicht allzu große Chancen aus, mit dieser Vorsichtsmaßnahme Mr R, Virgil oder Merlin abzuschütteln, immer vorausgesetzt, sie waren ihm auf den Fersen. Gut möglich, dass sie ihm bereits an der nächsten Ecke auflauerten. In dieser ungewissen Situation hoffte er lediglich, durch den Fahrzeugwechsel ein wenig Zeit zu gewinnen, und vermutete, dass ein gewiefter Krimineller, der seine Spuren verwischen wollte, genauso gehandelt hätte.

An Roxy ging das alles offenbar vorbei. Sie hüllte sich weiterhin in Schweigen. Doch ein forschender Blick in ihr Gesicht ließ keinerlei Zögern erkennen. Sie blickte auch nicht finster drein. Sie schien einfach nur entschlossen, die Dinge geschehen zu lassen und sich in ihr Schicksal zu fügen – für Ricky die beste Gefühlslage, die er sich für sie erhoffen konnte. Als sie beim Autoverleih anstehen mussten, reihten sie sich zwischen Familien ein. Frustrierten Vätern. Müden Müttern. Kindern, die mit Mickymaus-Ohren oder in T-Shirts, auf denen Goofy, Donald Duck oder eine andere Disney-Figur prangte, unbekümmert herumflitzten. Selbst mit ihrem leeren Blick fiel Roxy – ebenso wie Ricky selbst – inmitten der Urlauberschar nicht weiter auf. Er bezweifelte, dass unter den Wartenden irgendjemand anders einen geladenen .357 Magnum-Revolver bei sich trug, andererseits war das hier Florida, da wusste man nie. Vielleicht hatten sie ja alle Knarren dabei. Mom. Dad. Little Joey und Little Suzy.

Zurück auf der Straße, fuhr er so schnell, als wolle er den Donner überholen.

Zwischendurch kam ein halbwegs normaler Wortwechsel zustande, der allerdings sehr schnell die Bahnen des Normalen verließ:

»Roxy, hast du Hunger?«

»Nein.«

»Oder Durst?«

»Nein.«

»Sollen wir mal rausfahren? Musst du auf die Toilette?«

»Nein.«

»Wir haben noch einige Stunden vor uns. Bis wir da sind, kann es Abend werden. Bist du sicher?«

»Ja.«

»Roxy ...«

»Ich denke nach«, sagte sie.

Versuche zu begreifen, trifft es wohl eher, dachte er.

»Wenn sie ihn umgebracht haben ...«, fing sie an und brach mitten im Satz ab. »Wenn die ihn erschossen haben«, fing sie gleich darauf noch einmal an, »dann erschieße ich sie.«

Ricky zögerte einen Moment, bevor er sagte: »Sieh mal, Roxy, du hast gewusst, dass er im Endstadium seiner Krankheit war ... er hatte nicht mehr viel Zeit zu leben. Hat er dir selbst gesagt. Es ging ihm nur noch darum, dich in Sicherheit zu wissen. Sein einziger Wunsch war eine Zukunftsperspektive für dich. Er hat versucht, sie dir zu garantieren. Wie ein letztes Geschenk.«

Er sagte nicht: Du wärst s*o oder so zur Waisen geworden.*

Sie schüttelte den Kopf. »Das ist egal«, antwortete sie. »Selbst wenn sie uns nur einen einzigen Tag, eine einzige Stunde, eine Minute genommen hätten. Es ist nicht fair. Ich bringe sie um. Irgendwann. Ich hab Zeit.«

Mr R, Virgil und Merlin wären ihrer Logik gefolgt, dachte er.

»Rache ist keine Lösung«, entgegnete er.

Banal, die Art von Plattitüde, wie sie jeder Erwachsene schnell zur Hand hat und jeder Teenager ignoriert. Und wer bin ich schon, das zu beurteilen? Vielleicht irre ich mich. Für Mr R, Virgil und Merlin jedenfalls scheint es die einzige Lösung zu sein.

»Woher wollen Sie das wissen?« Sie schnaubte, ihr Ton war plötzlich voller Skepsis und Widerspenstigkeit. Ihre Gegenfrage schien seine eigenen Gedanken zu artikulieren.

Als habe er ihr ohnehin nichts von Wert zu sagen, wartete sie seine Antwort nicht ab, sondern wandte sich abrupt zum Seitenfenster um und starrte zu den Weideflächen hinaus, die an ihr vorüberfegten. In den Händen hielt sie noch das Buch, das ihr Vater ihr ans Herz gelegt hatte. Jedes Wort des Romans würde sie verinnerlichen, als sein Vermächtnis.

Nachdem mindestens fünf Minuten verstrichen waren, drehte sich Roxy wieder zu ihm um. »Ich hätte wissen müssen, dass alles, was sie gesagt haben, nur leere Versprechungen waren«, stellte sie fest.

»Wie hättest du das durchschauen sollen? Diese Leute sind skrupellos und gewieft.«

»Dieser Song«, sagte sie nur.

»Ich kann dir nicht folgen«, antwortete Ricky. Allein schon, dass sie redete, nahm er als ein gutes Zeichen. Und er stellte fest, dass Roxy noch nicht in diese ichbezogene Haltung eines Teenagers verfallen war, bei dem alles nur um die eigene Person zu kreisen schien. Das war bemerkenswert.

»Als ich diesen Song gesungen habe. Auf dem Video, das die Frau machen wollte …«

»Ich komm immer noch nicht mit«, warf Ricky ein.

»Sie hat mir die beiden Fotos in die Hand gedrückt und mir erklärt, was ich tun soll, wenn wir erst da draußen auf dem alten Friedhof sind. Sie stand mit der Kamera hinter mir, während ich sang: *Bye-bye Miss American Pie. Drove my Chevy to the Levee but the Levee was dry.*«

Roxys Stimme klang müde und schwach, die Worte genuschelt und leise, doch der Rhythmus stimmte.

»Mein Dad hat diesen Song geliebt«, sagte sie. »Meine Mom auch. Als ich klein war, haben sie es manchmal im Duett gesungen, um mich zu foppen. Manchmal hab ich mitgesungen. Deshalb kannte ich auch den Text.«

»Ich verstehe immer noch nicht, was du mir sagen willst«, erwiderte Ricky.

»Ich sollte ein Wort in dem Song ändern.«

»Ändern?«

»Ja. ›In dem Song, den du gleich singen sollst‹, sagte sie, ›diese Zeile: *This'll be the day that I die …*‹«

»Ja. Ich weiß …«

»Aber das war falsch.«

»Inwiefern?«

»Sie wollte, dass ich singe: *This'll be the day that* you *die.* Statt *I* sollte ich *you* singen. Habe ich auch gemacht. Als ich sie fragte, warum sie auf dem *you* besteht, sagte sie nur, sie wollte denjenigen, für den das Video gedacht war, auf die Probe stellen, sehen, ob er den Unterschied bemerken würde.«

»Derjenige …«

»Schätze mal, das sind Sie«, sagte Roxy ruhig. »Und? Ist es Ihnen aufgefallen?«

»Nein«, räumte Ricky ein. »Es hätte mir auffallen müssen.«

Sie haben mich verhöhnt, und ich hab es nicht mal gemerkt.

»Ja, wahrscheinlich«, sagte Roxy. »Jedenfalls habe ich da irgendwie gewusst, dass bei der ganzen Sache etwas nicht stimmt. Aber ich habe es für mich behalten.«

Sie verfiel wieder in Schweigen, eine Meile lang, aus der eine zweite und eine dritte wurde. Als sie den Kopf ans Seitenfenster lehnte, nahm Ricky an, dass ihre Unterhaltung damit beendet war. Doch er irrte.

»Wenn die meinen Dad umgebracht haben«, fing sie wieder an, ohne sich umzuwenden, als spreche sie mit der vorüberziehenden Landschaft. Sie stockte. Nach einer Weile wandte sie sich wieder Ricky zu. In ihrem Ton schwang jetzt unverhohlene Wut mit: »Wenn jemand Krebs hat, so wie er, braucht niemand mit Mord nachzuhelfen.«

Ricky nickte.

»Aus welchem Grund sollte ich ihnen das je verzeihen?«

Im Geist sah Ricky Mr R, Virgil und Merlin vor sich. Die drei würden ihm seinen Fehler von einst niemals vergeben. Sie würden nicht ruhen und rasten, bis er tot war. Er wendete diese unabweisbare Tatsache wie ein Bildhauer seine Tonfigur hin und her. Nach einer Weile wurde ihm bewusst, dass Roxy auf eine Reaktion von ihm wartete.

Er legte sich gerade eine möglichst prägnante Antwort in einer einfachen, doch nicht herablassenden Sprache für die Jugendliche zurecht, etwas, das dem Mädchen weiterhelfen würde, als sie mit ihrer nächsten Frage in seine Gedanken platzte: »Können Sie mir beibringen, wie man jemanden umbringt?«

Darauf antwortete er nicht. *Ja. Nein. Vielleicht. Möglicherweise, nachdem ich es mir selber beigebracht habe. Ich hatte gedacht, ich könnte es bereits, aber da bin ich mir nicht mehr so sicher. Das heißt, vielleicht weiß ich einfach noch nicht genug. Ich fürchte, wir werden gemeinsam dazulernen müssen.*

Ricky fuhr an der Zufahrt zum Miami International Airport und auch an den Abzweigungen zu den Leihwagenfirmen vorbei. Zuletzt ließ er den Parkplatz links liegen, auf dem er vor Tagen seinen Wagen abgestellt hatte. Immer noch strengte er sich an, wie ein Krimineller zu denken, und jedes Mal, wenn ihm etwas einfiel, das die Grenze der Legalität überschritt, klopfte er sich innerlich auf die Schulter. In diesem Fall wusste er, dass er den Leihwagen zu jeder beliebigen Zeit zurückgeben konnte, und so wäre es vielleicht nicht

verkehrt, mit einem Fahrzeug heimzukommen, das Mr R, Virgil und Merlin nicht kannten.
Es war kurz vor Mitternacht.
Sein Haus lag an einer schmalen Nebenstraße, durch Banyanbäume, Hecken und hohe Zäune in tiefes Dunkel gehüllt. Es war das krasse Gegenteil zu seinem Domizil in Alabama: eine üppige Tropenwelt, dank dem endlosen Wechsel aus Regen, Sonne, Hitze und Luftfeuchtigkeit von dschungelartigem Wachstum, doch durch Schwadronen von Gärtnern und Rasenpflegern kurz gemäht und gebändigt. In dieser Wohngegend hatten Reichtum und Natur eine stillschweigende Übereinkunft getroffen. Er wusste, er konnte einfach irgendwo im Schutz der Büsche an die Bordsteinkante fahren, ohne dass der Wagen von Weitem zu sehen war. Andererseits wollte er nicht, dass die Nachbarn bei ihrem privaten Wachdienst oder der Polizei anriefen, weil sie ein verdächtiges Paar gesichtet hatten, das nicht weit vom Eingang zu Dr. Starks in einem Wagen saß.
Es hätte ihn nicht gewundert, wenn sein Haus bei ihrer Ankunft in Flammen gestanden hätte.
Oder überschwemmt gewesen wäre.
Oder gesprengt. Oder auf irgendeine andere Weise zerstört, seine Einrichtung über das Gelände verteilt, seine Akten in alle Winde zerstreut, sein Leben zum zweiten Mal bis zur Unkenntlichkeit zerfetzt.
Nichts davon war der Fall.
Das Haus stand einfach nur friedlich da. Einladend beinahe.
Ricky spähte hinüber.
Er wollte nicht über seinen eigenen Zaun springen, um auf sein Grundstück zu gelangen, andererseits aber auch nicht das Tor zur Einfahrt öffnen. An der Seite gab es ein kleines, abgeschlossenes Törchen, das er nur selten benutzte und das an dieselbe Sicherheitsanlage wie das Haupttor gekoppelt war. Eine Stimme in ihm sagte: *Wende und fahre auf dem schnellsten Weg zurück.*
Eine andere Stimme rief ihm ins Gedächtnis: *Die Pistole, mit der Elvis im* Friendly Shores *erschossen wurde. Wetten, die ist irgendwo da drinnen. Solange du sie nicht findest, kannst du dich nicht sicher fühlen.*

Und dann meldete sich eine letzte, irrationale Stimme mit der Forderung zu Wort: *Das hier ist mein Zuhause. Ich habe das Recht heimzukehren. Ich sollte mich hier sicher fühlen können.*
Mitten in diesem Wechselbad der Gefühle wurde er zu allem Überfluss den Rhythmus des Songs in seinem Kopf nicht mehr los. Wie ein Ohrwurm spulte er sich ab:
This will be the night that I die.
Er wurde wütend.
Er wusste, er war emotional ausgelaugt.
Wut und Erschöpfung waren ein gefährlicher Cocktail. Er verleitete zu Waghalsigkeit.
Schließlich war es Roxy, die ihn zur Besinnung brachte.
»Was müssen Sie Ihrer Meinung nach da rausholen?«, fragte sie.
Er wollte ihr antworten, biss sich aber auf die Lippen.
Unterm Strich war nichts aus seinem Leben wirklich unverzichtbar. Kein Foto von seiner toten Frau. Kein Diplom. Kein Buch. Keine Erinnerungsstücke.
Vielmehr ging es vage darum, *wer er war.*
Aus praktischer Sicht war die Waffe – oder ein anderes verräterisches Beweisstück von dem Mord, das die Mörder möglicherweise in seinem Haus hinterlassen hatten, um ihm den Mord in die Schuhe zu schieben – der einzige wirklich *unverzichtbare* Gegenstand.
»Sie haben eine Pistole. Sie haben was zum Anziehen. Was brauchen Sie noch?«
Mehr als irgendetwas sonst wollte er – musste er – einfach in sein eigenes Haus, um sich auf die Sitzungen des nächsten Tages mit seinen Patienten vorzubereiten und sich ein bisschen Normalität und Routine vorzugaukeln. Es war ein Gefühl, als habe er ein Foto von sich vor Augen, das er einfach nur berühren wollte, das jedoch knapp außer Reichweite für ihn hing. Dr. Frederick Starks, Psychoanalytiker.
Er beobachtete Roxy, die den Blick über die nächtliche Straße schweifen ließ.
»Echt feine Gegend hier«, sagte sie. »Das krasse Gegenteil von da,

wo ich herkomme.« Sie überlegte einen Moment und fügte hinzu: »Ist trotzdem, glaube ich, keine so gute Idee, heute Nacht hierzubleiben.«

Sosehr er es hasste, sie hatte recht.

»Bin gleich wieder da«, sagte er. »Warte hier.«

Er nahm seinen Revolver und stieg aus. Ohne sich noch einmal umzuschauen und sich zu vergewissern, dass sie tat, was er sagte, huschte er in den Schutz der nächstbesten Hecke und bewegte sich so geräuschlos, wie er konnte. Als unter seinen Schritten ein welker Palmwedel knisterte, hatte er einen Fluch auf den Lippen, riss sich jedoch zusammen und gab keinen anderen Laut von sich als den seines keuchenden Atems. Mit kleinen, behutsamen Schritten und mit zusammengebissenen Zähnen näherte er sich langsam, aber stetig dem Seitentor. Dabei schrie ihm sein Verstand in die Ohren: *Untersteh dich, durch dieses Tor zu gehen!* Doch die warnende Stimme in seinem Kopf wurde beharrlich überhört. Ein anderer Teil von ihm ging fieberhaft die möglichen Verstecke für die Waffe durch: in meiner Schreibtischschublade? *In meinem Schlafzimmerschrank? Hinter den Putzmitteln in der Küche? Wo würde ein Mörder in meinem Haus ein belastendes Indiz deponieren?*

Zwischen diesen Gedanken hin- und hergerissen, näherte er sich dem Tor.

Es war hinter belaubtem Gezweig versteckt, und mit den Weinranken an einem bogenförmigen Spalier darüber erinnerte es an einen romantischen Rosenbogen. Der Fußpfad darunter war mit blassroten Klinkersteinen gepflastert. Da dieser Seiteneingang so selten benutzt wurde, wusste er nicht, ob das Sicherheitsschloss noch funktionieren würde, wenn er den Code eintippte. Ebenso wenig war vorherzusagen, ob das Tor beim Öffnen laut quietschen und über die Steine ratschen würde. Er brauchte absolute Stille, doch eine Garantie gab es nicht.

Die heiße, schwüle Nachtluft fühlte sich zähflüssig wie Rohöl an.

Was treibst du hier bloß?, stellte ihn erneut die Stimme der Vernunft zur Rede. *Es ist noch nicht zu spät! Geh zurück, bloß weg! Du hast hier nichts verloren!*

Ricky hielt die Waffe zu seiner Selbstverteidigung geradeaus gerichtet.

Oh doch!, antwortete er der warnenden Stimme. *Da drinnen ist etwas, das mich mit einem Mord in Alabama belastet. Ich muss es an mich bringen.*

Er spähte links und rechts in jede dunkle Ecke, reckte den Kopf ein wenig vor, um keinen Laut zu überhören. Doch da war nichts Verdächtiges, bis auf die vertraute Geräuschkulisse der Stadt – eine Sirene, hupender Verkehr auf dem South Dixie Highway und von ferne, von einer Party ein paar Straßen weiter, Salsa- und Reggae-Musik. Diese ganz normale nächtliche Kakofonie und zu allem Überfluss ein viel zu laut eingestellter Fernseher, in dem eine Sportsendung lief, sorgten dafür, dass er außer seinem eigenen gehetzten Atem in der Nähe keine verdächtigen Geräusche ausmachen konnte. Als sei das nicht genug, wurde er im Kopf diesen Ohrwurm nicht los: *Bye-bye Miss American Pie.*

Von diesen Eindrücken und all den widerstreitenden Gefühlen, Abwägungen und Spekulationen war Ricky wie gelähmt.

Schließlich sah er fast zu seiner Verwunderung, wie sich seine linke Hand nach dem Eingangs-Keypad ausstreckte und sein Zeigefinger über der ersten Ziffer schwebte.

Im selben Moment meldete sich in seinem Rücken eine Stimme: »Lassen Sie das besser, Doktor.«

Der Schock durchzuckte ihn wie ein Stromschlag, gefolgt von Wogen der Panik. Ricky wirbelte herum und zielte mit der Waffe in die Richtung der Stimme, unschlüssig, ob er schreien oder blind drauflosschießen sollte.

Aus einem schattigen Winkel, kaum mehr als einen Meter entfernt, trat eine schmale Gestalt: Von oben bis unten schwarz gekleidet war sie, noch dazu mit Kapuze, in der Dunkelheit so gut wie unsichtbar. Die Uniform eines Mörders. Er hörte, wie ihm unwillkürlich ein Stöhnen entfuhr. Ein verzweifelter Laut. *Ich bin so gut wie tot,* dachte er – nicht zum ersten Mal. Er rechnete mit einem Knall aus einer Pistolenmündung, einem überwältigenden Schmerz, bevor es für immer Nacht um ihn wurde.

In seinem Kopf legte sich ein Hebel auf Zeitlupe um.
Sämtliche anderen Geräusche wurden ausgeblendet.
Er hätte schon tot sein müssen; umso fester spannte er den Finger um den Abzug. Neunundneunzig Prozent seiner Angst, die sich in ihm wie ein Gewitter mit Blitz und Donner zusammenbraute, wollten sich in einem rettenden Schuss entladen: *Schieß! Mach schon!*
Das eine Prozent, das noch der Vernunft gehorchte, flüsterte: *Warte. Tu's nicht.*
In der Dunkelheit erkannte er ein vertrautes Gesicht.
Einen Moment lang begriff er rein gar nichts. Er spürte seinen Finger am Abzug und den Druck in seinen Lungen, da er, ohne es zu merken, die Luft anhielt. Er hatte nur einen einzigen Gedanken fassen können – Mr R und mit ihm der unentrinnbare Tod, doch als ihm sein Irrtum dämmerte, wurde ihm beinahe schwindelig.
»Charlie?«
»Hi, Doktor«, erwiderte der junge bipolare Patient. »Nicht schießen«, fügte er hinzu. »Tut mir leid, dass ich Sie erschreckt habe, aber bitte gehen Sie da nicht rein.«
Er zeigte auf das Gartentor.
»Ich hab nämlich vorhin jemanden reingehen gesehen«, fügte er hinzu. »Jedenfalls glaube ich, dass es so war. Sie wissen schon, manchmal fällt es mir schwer, auseinanderzuhalten, was nur in meinem Kopf und was tatsächlich passiert. Aber in dem Fall bin ich mir ziemlich sicher. Und derjenige hatte eine Waffe dabei. Deshalb fürchte ich, wenn Sie jetzt da reingehen, sind Sie gleich tot. Aber das müssen natürlich Sie entscheiden.«

33

Rückzug zum Wagen.

Kein Wort der Erklärung.

Lass den Motor an.

Hau den Rückwärtsgang rein.

Wende und gib Gas.

Hör endlich auf, das zu tun, was sie von dir erwarten.

Ricky versuchte, sich vorerst auf die kleinen Schritte zu konzentrieren, um einen klaren Kopf zu bekommen. Kleine, einfache, eingespielte Dinge, die nicht viel Nachdenken erforderten. Nur so konnte er sich aus der Schockstarre manövrieren und von seinem Zuhause, in dem ihm der Mann mit der Waffe auflauerte, verschwinden. Zuerst schoss er wie eine Rakete die nächtliche Straße entlang. Dann fuhr er im Schneckentempo. Nach einigen Sekunden hatte er sich so weit beruhigt, dass er sich wieder normal benehmen konnte. Einen Block. Zwei. Einen dritten, dann bog er zum Kennedy Park ab, in dem er vor einer gefühlten Ewigkeit joggen gegangen war und in dem ihm Mr R sein Fahrrad gestohlen hatte. *Wie in einem früheren Leben,* dachte er. *Dieses gottverdammte gestohlene Fahrrad, das erste Warnzeichen, dass sein Leben zum zweiten Mal auf den Kopf gestellt werden sollte.*

Charlie hatte es sich auf dem Rücksitz bequem gemacht. Roxy saß wie bisher neben Ricky. Als er Charlie hinter ihr in den Wagen bugsierte, hatte sie darüber kein Wort verloren. Charlie trug eine ausgefranste Jeans, zerlöcherte Sportschuhe und ein schwarzes Kapuzen-Sweatshirt, auf dem vorne auf der Brust in Orange und Grün das Logo der University of Miami prangte. Er wirkte alarmierend dünn. Gesicht und Hände waren dreckverschmiert – der letzte Mensch, von dem er erwartet hätte, dass er ihm das Leben rettete. Ricky warf einen prüfenden Blick auf Roxy. Wenn sie sich nicht einmal darüber wunderte, dass er einen obdachlosen Mann von der Straße auflas, fragte er sich, ob es überhaupt irgendetwas gab, das sie noch in Erstaunen versetzen konnte.

Er holte tief Luft und merkte, wie sich sein Puls auf sechzig Schläge pro Minute normalisierte. Dann der naheliegende Gedanke: *Und was jetzt?*

Charlie strahlte das junge Mädchen mit einem breiten Grinsen an. Ricky konnte es im Rückspiegel sehen.

»Hi«, sagte er. »Ich heiße Charlie. Ich bin bei Dr. Starks in Behandlung. Und du?«

»Roxy«, antwortete sie und drehte sich auf ihrem Sitz um.

»Wie *Roxanne* aus *Cyrano de Bergerac?* Hab das Stück gesehen, als ich an der Highschool war. Der Typ mit der unglaublich großen Nase, den spitzenmäßigen Fechtkünsten und den irre coolen Versen.«

Charlie streckte die Hand aus, und Roxy schüttelte sie.

»Hi, Roxy«, sagte er.

»Hi, Charlie.«

»In dem Stück geht sie am Ende ins Kloster.«

»Habe ich eher nicht vor.«

Er lachte. »Hätte mich auch gewundert. Und? Bist du auch ein bisschen meschugge?«, fragte er lachend.

»Ich glaube nicht«, erwiderte sie.

»Ich meine, bist du auch eine psychiatrische Patientin?«

»Nein«, sagte sie. »Ehrlich gesagt, weiß ich selber nicht so recht, was ich bin.«

»Also, ich bin bipolar, Typ I. Manchmal sehe ich Dinge, die gar nicht da sind«, sagte Charlie. »Oder höre Dinge. Als ob jemand mit mir spricht. Und mich ganz schön rumkommandiert. Manisch, sagen sie dazu. Passiert dir das auch?«

»Nein«, antwortete sie. »Aber ich bin oft traurig. Besonders in letzter Zeit.«

»Oh«, sagte Charlie, »tut mir echt leid. Passiert mir auch hier und da, aber ich kann nie sagen, ob ich dann wirklich traurig bin oder ob es nur von meiner Krankheit kommt.«

Ricky hatte schon eine Bemerkung auf der Zunge, die er sich jedoch verkniff.

»Du siehst aber gar nicht krank aus«, sagte Roxy. »Nicht so wie mein Dad. Er hat Krebs.«
»Und wo ist dein Dad?«
»Weiß ich leider nicht.«
»Vermisst?«
»Könnte man so sagen.«
»Ich fühle mich auch oft ziemlich … verloren. Ist manchmal ganz schön hart.«
Dabei lächelte er wieder.
»Roxy ist ein hübscher Name. Und du klingst, als stammtest du aus dem Süden. Wo kommst du her?«
»Alabama.«
»Wusste ich's doch«, antwortete Charlie und strahlte noch breiter. *»Ich wollt, ich wär im Baumwollland, die alten Zeiten dort sind nicht vergessen, schau in die Ferne, weit weg nach Dixieland …«,* sang er leise den Dixie aller Dixies. »Ich war noch nie in Alabama. Ist es schön dort?«
Roxy erwiderte sein Strahlen mit einem scheuen Lächeln. »Für mich schon. Ich kenne nichts anderes, deshalb kann ich nicht wirklich sagen, ob es da schöner oder weniger schön ist als anderswo. Nur in den letzten Tagen war es weniger schön.«
»Und wieso?«
»Weil Leute gestorben sind. Ich hab einen Toten gesehen.«
»Oh, Mann. Das ist hart. Wie ist der Typ gestorben?«
»Erschossen.«
»Blutige Angelegenheit?«
»Ja.«
Charlie nickte. »Und ich nehme mal an, das erklärt auch zum Teil, wieso du jetzt hier bist?«
Roxy nickte energisch.
Charlie blickte plötzlich nach oben, als denke er angestrengt nach. »Rieche ich streng?«, fragte er.
»Schon, ein bisschen«, antwortete Roxy und verzog das Gesicht, fügte jedoch hinzu: »Ist nicht so schlimm.«
Erst jetzt meldete sich Ricky zu Wort. »Charlie, wann hast du zuletzt …«, fing er an.

»Sie haben mich vor ein paar Tagen aus der Anstalt entlassen, Dr. Starks. Haben mir einige Pillen mitgegeben und gesagt, ich wär jetzt stabil. Dann haben sie mir noch einen Medikamentenplan in die Hand gedrückt und gesagt, ich sollte einen Termin bei Ihnen machen. Ich bin dann nach Hause, aber meine Eltern haben mich auf der Stelle vor die Tür gesetzt. Ich wusste nicht, wo ich sonst hinsoll. Ich hab ans Obdachlosenheim gedacht, aber das macht mir Angst, und es ist wirklich gefährlich. Manche Typen da drinnen würden dich für ein bisschen Kleingeld abmurksen. Also bin ich tagsüber einfach so durch die Stadt gelaufen – gibt schließlich jede Menge interessante Dinge zu sehen, und wenn man so wie ich ist, wird man für andere Leute unsichtbar. Nachts hab ich dann im Gebüsch neben Ihrem Haus gepennt, Doktor. Tut mir leid. Ich weiß, das ist nicht in Ordnung, aber ich wusste mir keinen anderen Rat. Hab nur darauf gewartet, dass Sie zurückkommen. Hatte gehofft, Sie hätten vielleicht ein paar praktische Ratschläge für mich. Ich war gerade im Gebüsch, um mich schlafen zu legen, als ich den Typ mit der Kanone sah. Kann von Glück sagen, dass er mich nicht entdeckt hat. Ich hätte echt nicht gewusst, was ich machen soll. Hab mich einfach nicht gerührt. Wie ein Waschbär im Scheinwerferlicht, war gespannt, ob er vielleicht wieder rauskommt. Und dann tauchen Sie auf einmal auf und sehen genauso knallhart aus wie der andere Typ, der reingegangen ist. Da ist doch was im Gange, oder?«

»Ja«, antwortete Ricky.

»Und das ist nicht besonders erfreulich?«

»Nein, ist es nicht.«

»Dachte ich mir schon, aber man weiß ja nie. Wär ja möglich gewesen, dass ich mir das alles nur einbilde. War mir zwar ziemlich sicher, dass der Typ echt ist, aber nicht hundert Prozent. Sie wissen schon.«

Ricky wusste genau, was Charlie meinte.

»Ist das irgendein Irrer, der Sie umbringen will?«

»Er ist nicht irre, aber umbringen will er mich schon.«

»Mann, das ist krass. Und hat er es auch auf Roxy abgesehen?«

»Möglich. Ich bin mir nicht sicher.«

»Also, das müssen wir verhindern, das steht schon mal fest«, sagte Charlie und lächelte Roxy zu.
»Allerdings«, sagte Ricky. »Hör mal, Charlie, nimmst du auch deine Medikamente?«
»Wenn ich dran denke.«
»Charlie, hast du heute schon dran gedacht?«
Wieder grinste Charlie. »Fällt mir in diesem Moment ein.« Damit griff er in eine Jackentasche und zog ein Tablettendöschen heraus. »Eine Pille am Tag hält die Stimmen in Schach«, sagte er beschwingt, ließ eine Tablette in seine Handfläche fallen und warf sie sich in den Mund.
»Wann hast du zum letzten Mal was gegessen?«
Charlie schüttelte den Kopf. »Gestern, glaube ich. Könnte auch vorgestern gewesen sein.«
»Deine Familie ...«, begann Ricky, doch Charlie schüttelte in einer übertriebenen Geste den Kopf.
»Sie meinten nur, *es langt*. Ist wahrscheinlich schwer für sie, wenn das mit den Stimmen wieder losgeht. Ich wünschte, sie würden verstehen, dass es für mich um einiges schwerer ist.«
Er seufzte leise; zum ersten Mal gingen seine Mundwinkel nach unten, und seine Stimme wackelte ein wenig.
»Schätze, ich bin jetzt so was wie ein Waisenkind«, sagte er kleinlaut.
Bevor Ricky antworten konnte, griff Roxy nach hinten und nahm seine Hand. »Ich auch«, sagte sie. »Vielleicht tun wir uns zusammen.«
Die Bemerkung brachte Charlies Augen zum Leuchten. »Danke, Roxy. Fühl mich schon gleich besser. Viel besser.« Und an Ricky gewandt: »Also, Doktor, was machen wir jetzt?«
Auch Roxy sah ihn von der Seite an. Er las ihr dieselbe Frage vom Gesicht ab.
Ihm kam eine Idee, ein ziemlich abwegiger Gedanke. »Ich denke, ich werde einen Anruf machen«, sagte er.

Er machte seinen Anruf an einem Münzfernsprecher vor einem Minimarkt. Dabei entging ihm nicht, dass ihn ein paar dunkelhäutige

Männer in mittlerem Alter misstrauisch beäugten, was er seltsam fand. Er war hier der seriöse Kunde, diese Männer nicht. Ricky konnte nur vermuten, dass es sich bei der Gang um kleine Drogendealer oder Zuhälter handelte. Münztelefone waren deutlich schwerer zu orten als Handys, wenn auch für die Abwicklung einer Geschäftstätigkeit nicht besonders praktisch. Mehr als ein Laden hatte seins abmontieren lassen, um derlei Kleinkriminalität von seinem Parkplatz fernzuhalten. Ricky verkniff sich einen Blick auf die Uhr und hoffte einfach, dass es noch nicht zu spät war. Er wollte es lieber nicht so genau wissen.

Dritter Klingelton.

»Hier bei Heath.«

»Dr. Starks. Ist Mrs Heath wohl zu sprechen? Ich entschuldige mich, noch so spät zu stören, aber es ist wichtig.«

Zögern am anderen Ende.

»Ich werde nachsehen. Sie liest gerne noch bis spät in die Nacht. Aber möglicherweise hat sie sich auch schon zurückgezogen.«

»Danke.«

Ricky blieb mehrere Minuten lang, wie es ihm schien, am Apparat.

»Ricky?«

»Mrs Heath.«

»Also, das ist ja eine Überraschung, zumal um diese Zeit. Worum geht's?«

Ricky holte tief Luft.

»Sie haben mir einmal Ihre Hilfe angeboten«, fing er an.

»Ja, selbstverständlich. Und mit dem größten Vergnügen.«

»Das hier verletzt jeden Grundsatz und jede Vorschrift über die Beziehung zwischen Arzt und Patient«, fuhr er fort. »Und ich habe das noch nie getan, kein einziges Mal, in meiner gesamten Laufbahn. Wir nennen das Grenzverletzung. Dafür könnte ich sogar rechtlich belangt werden und meine Approbation verlieren.«

»Du liebe Güte. Dann muss es aber etwas Ernstes sein.«

»Das ist es auch.«

Sie lachte leise. »Ich habe über den größten Teil meines Lebens solche Grenzen für mich abgelehnt. Das wissen Sie.«

Statt zu antworten, nickte er, als könne sie ihn sehen.
»Also«, sagte Mrs Heath, »ich gehe mal davon aus, dass Sie Ihr Anliegen oder Problem nicht unbedingt am Telefon besprechen wollen.«
»Das ist richtig.«
»Um diese Zeit kann ich nicht mehr in Ihre Praxis kommen.«
»Was unter den gegebenen Umständen, wie ich glaube, auch gefährlich wäre.«
»Das klingt ja aufregend. In dem Fall sollten Sie hierherkommen.«
Danke, dachte er.
»Mrs Heath, ich bin in Begleitung von zwei jungen Leuten. Die ebenfalls Hilfe brauchen. Wir müssen uns in Sicherheit bringen.«
»Gütiger Himmel«, sagte sie. »Jetzt machen Sie mich aber wirklich neugierig.« Ihr Tonfall wirkte wild entschlossen, sogar eine Spur aufgekratzt. »Das klingt ja ziemlich abenteuerlich. Ich denke, Sie kommen am besten auf dem schnellsten Weg hierher.«
»Danke, wir sind nur wenige Minuten von Ihnen entfernt.«
»Ich sage an der Pforte Bescheid.« Sie schwieg einen Moment und fügte beschwingt hinzu: »Junge Leute. Ich liebe junge Leute. Und ich wette, dass sie Hunger haben.«

Der bewaffnete Wachmann an der Schranke zu dem vornehmen Viertel, in dem Mrs Heath residierte, starrte zum Wagenfenster herein und sah beim Anblick der drei Insassen noch einmal auf seinem Klemmbrett nach, bevor er widerstrebend per Knopfdruck die Schranke hob und sagte: »Zweite Sackgasse rechts, bis zum Ende, am Wasser.«
Ricky fuhr langsam durch dunkle Straßen. Keine Laternen, nur das gedämpfte Licht von Außenleuchten an den Häusern. Beim Anblick der fünf bis zehn Millionen Dollar schweren Domizile, die sie mit den Scheinwerferkegeln streiften, bekamen Roxy und Charlie den Mund nicht mehr zu. Perfekt angelegte, parkähnliche Gärten. Einfahrten aus handverlegten Pflasterziegeln. Schmiedeeiserne Zäune. Zwischen den stattlichen Palmen und Hibiskusbäumen zu beiden Seiten der Straßen erhaschte man hier und da einen Blick auf einen

riesigen Pool. Kleinere Pförtnerhäuschen neben Garagen, in denen vier Autos Platz fanden, dienten als Unterkünfte für das Dienstpersonal. Es war, als tauschten sie eine Welt voller Bedrohungen, Gewalt und Mord, die sie von Alabama quer durch Florida bis zu Rickys Haus getrieben hatte, gegen eine Oase von überwältigendem Reichtum und Luxus. Fast kam es Ricky so vor, als führen sie durch eine Spielzeugwelt, die sich gegen die Wirklichkeit mit Schranken aus Geld abschottete. Als Ricky in Mrs Heaths Einfahrt abbog, sah er die ältere Dame und eine Haushälterin bereits an einer breiten, handgeschnitzten Holztür warten. Ein Mann, in dem Ricky ihren Chauffeur wiedererkannte, stand ein paar Stufen tiefer auf der Eingangstreppe. Im Unterschied zu dem schwarzen Anzug, in dem Ricky ihn sonst nur kannte, trug der Mann jetzt ein legeres Hemd; vermutlich hatte man ihn aus dem Bett geholt. Mrs Heath hingegen strahlte übers ganze Gesicht und winkte ihnen fröhlich entgegen.
Sie stiegen aus. Roxy und Charlie wirkten eingeschüchtert und blieben ein paar Schritte zurück.
Was Mrs Heath nicht entging. »Nein, nein«, sagte sie. »Herein mit euch, ihr seid alle willkommen.«
Sie schüttelte Ricky die Hand, und die Haushälterin führte die Parade in die Eingangsdiele, in der über den Marmorfliesen ein funkelnder Kristallkandelaber hing. Der Chauffeur bildete die Nachhut. Ricky sah ein Wohnzimmer, das auf der einen Seite vom Entree abging, und ein Speisezimmer gegenüber. Mobiliar, das Tausende von Dollar gekostet haben musste. Makellos sauber, kein Stäubchen weit und breit. Über einem Kaminsims hing an einer Wand ein großes modernes Gemälde in kräftigen Farben, mit kühnen Pinselstrichen. Er starrte einen Moment darauf und fragte: »Ist das ein echter Jackson Pollack?«
»Ist es«, antwortete Mrs Heath. »Beeindruckend, nicht wahr?«
»Wow«, brachte Charlie heraus.
»Wer ist Pollack?«, fragte Roxy.
»Schätzchen, das ist der berühmte Avantgarde-Künstler aus New York, bei dem die Leute sagen: *Solche Farbkleckserei en könnte meine Sechsjährige auch.* Kann sie aber nicht«, erwiderte Mrs Heath. »Nie-

mand könnte das.« Sie breitete die Arme aus und sagte: »Ab in die Küche. Consuela hat Sandwiches gemacht.« Dann, an Charlie gerichtet: »Und du, junger Mann, nachdem du gegessen hast, ab unter die Dusche. Und nicht mit Seife sparen. Hast du auf der Straße gelebt?«

Charlie nickte betreten. »Ja, schon. Auf der Straße zu Dr. Starks' Haus.«

Sie lächelte. »Na, dann hast du dir für deine Obdachlosigkeit ja wenigstens ein gepflegtes Viertel rausgesucht.« Und an Roxy gewandt: »Und du, Liebes, wo kommst du her?«

»Alabama«, antwortete Roxy. »Mein Dad hat Krebs.«

»Oje. Das tut mir furchtbar leid für dich. Aber egal, wie krank man ist, Hauptsache, man stirbt nicht, bevor die eigene Zeit wirklich abgelaufen ist.«

Sie traten in eine Küche fast so groß wie Roxys ganzes Haus. Auf einer Arbeitsplatte aus gesprenkeltem, weißem Granit stand eine große Platte Sandwiches, daneben eine antike Silberschale mit Kartoffelchips. Nicht weit davon warteten ordentlich aufgereihte alkoholfreie Getränke sowie Porzellanteller und Leinenservietten.

»Für mehr hat es in der kurzen Zeit nicht gereicht«, sagte Mrs Heath.

Die beiden jungen Leute traten verlegen von einem Bein aufs andere.

»Hier seid ihr in Sicherheit«, redete Mrs Heath ihnen gut zu. »Bedient euch.«

Charlie griff nach einem Teller, nahm ein Sandwich und, nach kurzem Zögern, ein zweites. Roxy folgte seinem Beispiel. Die Haushälterin führte sie zu einem großen Eichentisch, und im nächsten Moment ließen sie es sich beide schmecken.

»Ricky?«, fragte Mrs Heath.

Für seinen Teil kam es Ricky unangemessen vor, in dieser Situation zu essen – doch dann konnte er nicht widerstehen. Er nahm sich ein Sandwich und eine Cola light.

»Nur zu«, ermunterte die Hausherrin ihre späten Gäste. »Und danach gibst du, junger Mann, Consuela deine Sachen. Sie wird etwas für dich auftreiben, das du morgen anziehen kannst, denn ich denke, was du da am Leib trägst, gehört auf den Müll. Vielleicht hat Donald etwas, das ihm passt?« Mit dieser Frage drehte sie sich zu ihrem Chauffeur um, und der nickte.

»Gut. Und dann, Ricky, bevor wir uns ebenfalls zur Ruhe begeben, vielleicht eine kurze Erklärung. Nur das Nötigste bis morgen früh.«

Er hatte gerade einen großen Bissen Schinken und Käse im Mund, und so nickte er nur. Sie sah ihn mit einem durchdringenden Blick an.

»Ist heute Abend jemand gestorben?«, fragte sie.

»Ich glaube nicht«, erwiderte er.

»Gut. Sorgen wir dafür, dass es auch so bleibt.«

»Für morgen kann ich nichts garantieren«, schickte Ricky hinterher.

»Hatte ich mir schon gedacht«, erwiderte sie.

34

Nach den Sandwiches führte Consuela Roxy und Charlie zu den Gästezimmern nach oben, während Donald, der Chauffeur, in der Küche aufräumte. Mrs Heath, ein Tässchen mit schwarzem Espresso in der Hand, führte Ricky in ein holzgetäfeltes Arbeitszimmer. Als sie durch die Flügeltür traten, sagte sie mit einem verschmitzten Lächeln: »Mein Allerheiligstes. Hier lasse ich in Gedanken noch einmal meine wechselvolle Vergangenheit aufleben.« Eine Wand nahmen Regale ein – mit auffällig vielen, in Leder gebundenen Büchern, darunter, an einem Ehrenplatz, eine Ausgabe von Mark Twains *Die Abenteuer des Huckleberry Finn* aus dem Jahr 1885. Sie zeigte darauf. »Ein Geschenk von meinem verstorbenen Mann zum Hochzeitstag. Diamantschmuck war weniger sein Ding.« Ein offener Kamin mit einer großen Pflanzschale mitten auf dem Sims – Blumen statt Feuer – bildete den Blickpunkt auf der anderen Seite des Raums. Eine weitere Wand schmückten Fotos. Über dem Kamin hingen zwei große Porträts: Mrs Heath, vielleicht fünfzig Jahre jünger, in einem verführerischen Abendkleid mit tiefem Ausschnitt, und ihr Mann im strengen dunklen Anzug und mit spitzbübischer Miene wie jemand, der gerade sein Geld gezählt hat und sich überlegt, wie er seine geschäftlichen Rivalen aus dem Rennen schlagen kann. Nach einem kurzen Blick auf ihr Porträt wandte sich Mrs Heath den Fotos zu. Sie zeigte auf eins.

»Ich denke, bevor wir unsere kleine Unterhaltung führen«, sagte sie und trat zur Seite, »sollten Sie sich, wenn ich mit meinen Vermutungen über das, was Sie heute Abend herführt, richtigliege, die hier ansehen.«

Er ging näher an die Fotogalerie heran. Familie. Urlaubsreisen. Schnappschüsse: in Paris, in Rom sowie an Deck eines großen Segelboots in den Keys. Ein schon etwas angebräuntes Foto von einer blutjungen, sehr schönen Mrs Heath und ihrem Mann irgendwo in der afrikanischen Steppe zog ihn besonders an. In kakifarbener Safarikleidung, jeder von ihnen ein Großwildjagdgewehr im Arm, knieten sie neben einem riesigen, mausetoten Kaffernbüffel. Die Augen des Büffels waren so dunkel wie sein Fell. Ihr Mann hielt eins der Hörner mit der freien Hand, Mrs Heath das andere, als höben sie gleich den wuchtigen Kopf vom staubigen Boden. Hinter dem Büffel posierten zwei weiße Männer mit leicht ergrautem Haar und drei Einheimische mit Speeren. Für Safari-Führer war eine solche Szene das klassische Foto vom erfolgreichen Jäger mit dem erlegten Tier.

»Mein verstorbener Mann hatte einen gewissen Hang zu Hemingway«, sagte Mrs Heath. »Er liebte Afrika, und er liebte dieses Bild. Bei Dinnerpartys wies er die Gäste gerne darauf hin, dass ich nicht Mrs Macomber und er nicht Francis aus der berühmten Kurzgeschichte seien, da wir beide noch lebten und der Büffel, der uns angegriffen hatte, nicht. Er erzählte die Geschichte immer als eine unterhaltsame Anekdote, obwohl es, als es passierte, wenig zum Lachen gab.«

Sie lächelte. »Tatsächlich war es mein Schuss, der das Biest zu Fall brachte. Haben Sie gewusst, dass der afrikanische Kaffernbüffel so unbezwingbar ist, dass man ihm eine Big-Game-Kugel ins Herz jagen kann und er immer noch weiterrennt, auch wenn er schon tot ist?«

»Beeindruckend«, erwiderte Ricky, »auch wenn man es sich kaum vorstellen kann.«

»Trifft das nicht auf vieles im Leben zu, Ricky?«

»Ja, vermutlich schon.«

Mrs Heath starrte über den Rand ihrer Kaffeetasse hinweg auf das Foto.

»Schon seltsam. Wie man im Lauf des Lebens seine Einstellung ändert. Damals war Töten noch eine Art Sport. Heute spende ich Geld an den World Wildlife Fund für die Erhaltung aller möglichen Arten. Einschließlich des Kaffernbüffels, auch wenn ich bezweifle, dass die Tiere mehr als andere Arten bedroht sind. Nennen wir es Bußgeld oder auch Blutzoll.« Sie zögerte, dann fügte sie hinzu: »Die Jagdflinte, mit der ich den Burschen damals erlegt habe, befindet sich immer noch in meinem Besitz. Im Gewehrkoffer in einem der Gästezimmer. Seit über fünfzig Jahren. Eine Remington .416 mit Kammerverschluss. Nur ein einziges Mal abgefeuert. Seitdem habe ich nichts mehr geschossen.«

Er nickte. Mrs Heath blickte ein wenig versonnen. »Schon ein mulmiges Gefühl, wenn eine solche fünfhundert Kilo schwere Bestie wutschnaubend auf einen zugerast kommt. Das ist nun Jahrzehnte her, und ich erinnere mich noch ganz genau daran. Als wäre es gestern gewesen, wie man so schön sagt. Da bleibt einem keine Zeit, nachzudenken und zu planen, geschweige denn zu fliehen, schon weil es nichts gibt, wohin man sich flüchten könnte. Also verlässt man sich darauf, dass man mit der Waffe umgehen kann. Auf die Erfahrung und auf ein bisschen Kaltblütigkeit im Angesicht der Gefahr. Man sieht nur noch das Visier am Gewehr und das angreifende Tier. Fühlt sich ein bisschen so an, als käme ein mythisches Ungeheuer aus der Hölle wie ein D-Zug auf einen zugerast. Man hört nichts mehr als den eigenen Herzschlag und das Trampeln der Hufe. Und man spürt nur den Druck des Fingers am Abzug und das Gewicht der Waffe in den Händen. Ich weiß noch, dass ich sehr ruhig war. Schon seltsam, wie man bei einer tödlichen Gefahr plötzlich alles ausblendet außer den Gedanken ans Überleben.«

Während sie sprach, stieg Ricky die Erinnerung an den Moment vor fünf Jahren wieder hoch, als er Mr R im Visier hatte.

Sie drehte sich zu ihm um und bot ihm einen Sessel an. »Ist das, was hier heute Nacht passiert, damit vergleichbar?«

»Mehr oder weniger ja«, erwiderte Ricky.

»Dachte ich mir.«

Ricky wechselte verlegen die Stellung. Er wusste nicht recht, wie viel er sagen konnte. *Eigenartig,* dachte er, *wie sich die Rollen vertauschten.* Normalerweise versuchte der Psychoanalytiker durch Fragen an seinen Patienten, den Ursachen seines Leidens auf den Grund zu kommen. In dieser Nacht war es umgekehrt.

»Eine komplizierte Bedrohungssituation und bereits mehrere Tote«, sagte er, »die letztlich alle auf eine therapeutische Beziehung zu Zeiten meiner beruflichen Anfänge zurückgehen, bei der eine Fehleinschätzung meinerseits in einer Tragödie endete. Seitdem sind die überlebenden Mitglieder einer einzigen Familie – zwei Brüder, eine Schwester – wie besessen davon, mich zu bestrafen, und sie werden erst Ruhe geben, wenn ich tot bin.«

Seine Worte klangen steif, blutleer, stellte er fest, und wurden der dramatischen Gefahr in keiner Weise gerecht.

»Und eine andere Möglichkeit der Sühne kommt für diese Leute nicht infrage?«

»Wie's aussieht, nicht.«

Mrs Heath ließ sich seine Worte durch den Kopf gehen. »Die Sünden der Vergangenheit verfolgen Sie also bis in alle Zukunft?«

»Treffender hätte ich es nicht formulieren können, Mrs Heath.«

»Und, auf die Gefahr hin, etwas bieder und fantasielos zu klingen, die Polizei kann in dem Fall nicht helfen?«

»Nein.«

»Sicher?«

»Ja.«

»Sie werden es am besten wissen. Und Sie haben schon länger mit diesen Leuten zu tun?«

Er dachte zurück: *Herzlichen Glückwunsch zum dreiundfünfzigsten Geburtstag, Herr Doktor. Willkommen am ersten Tag Ihres Todes ...*

»Ja. Es fing vor fünf Jahren an. Sie haben alles darangesetzt, mich zu ruinieren und am Ende zu töten. Doch damals habe ich ihnen ein Schnippchen geschlagen und meine nackte Haut gerettet. Ich dachte, es wäre alles vorbei. Bis ...«

Mrs Heath führte seinen Satz zu Ende: »... Bis es wieder losging. Schon seltsam, nicht wahr, Ricky, wie ein Problem, das man gelöst zu haben glaubt, immer und immer wieder auftauchen kann.«

»*Seltsam* ist vielleicht nicht das richtige Wort«, warf er ein und deutete auf den toten Kaffernbüffel. »Diese Leute sind um einiges gerissener als diese Bestie«, sagte er.

»Aber sie wollen mehr oder weniger dasselbe. Sie niedertrampeln.«

»Sieht so aus.«

»Und ist es ihnen schon gelungen?«

»Bis jetzt noch nicht«, sagte er in einer Anwandlung von Trotz, worüber seine Gastgeberin schmunzeln musste.
»Und Ihr Plan?«, fragte Mrs Heath.
»Ich bin mir noch nicht ganz sicher. Die Dinge überschlagen sich.«
»Wollen Sie Feuer mit Feuer bekämpfen?«
»Das wäre eine Option.«
Sie schien angestrengt nachzudenken.
»Sie wollen mir nicht allzu viel verraten, nicht wahr, Ricky?«
»Nein.« Er schwieg einen Moment und schüttelte den Kopf. »Ich komme mir vor wie jemand, der die Pest überträgt, Mrs Heath. Es wäre unfair, das Leben von Menschen in Gefahr zu bringen, mit denen ich in Berührung komme.«
»Und Menschen, die Sie einweihen, sind in Gefahr?«
Er sah die blutverkrusteten Elvis-Koteletten vor sich.
»Ja. Diese Leute sind gnadenlos. Wenn jemand meinetwegen umkommt ...«
Er sprach nicht weiter. Wahrscheinlich stand ihm das Eingeständnis *Ist schon passiert* ins Gesicht geschrieben, und er begriff: *Ein guter Therapeut ist wie ein Spieler bei einer Pokerrunde mit hohem Einsatz. Er verbirgt seine* Tells *vor den anderen Spielern, um sich zu einem* Pot *durchzubluffen.*
Die alte Dame nahm einen großen Schluck von ihrem Espresso. »Das leuchtet ein. Aber ich kann Sie beruhigen: Donald, mein Chauffeur, verfügt in dieser Hinsicht über einige besondere Fähigkeiten. Davon abgesehen: Müssen Sie diese Entscheidung nicht eher den Menschen überlassen, mit denen Sie in Berührung kommen?«
Wieder nickte er. Das ganze Gespräch, stellte er schmunzelnd fest, verlief unglaublich gepflegt. Gutes Porzellan. Eleganter Raum. Von teurer Kunst und berühmter Literatur umgeben. Über das Thema Mord. »Mag sein. Eine schwierige moralische Frage. Jedenfalls möchte ich Sie und die beiden jungen Leute keinem Risiko aussetzen ...«
»Ich liebe die Gefahr«, entgegnete Mrs Heath mit einem verächtlichen Schnauben. »Gefahr ist aufregend.« Ihm entging nicht, wie sie noch einmal einen verstohlenen Blick auf den Kaffernbüffel warf.
»Ich fürchte, für die Leute, die gegen mich Front machen, ist es kein

Sport.« Er wusste nicht, ob das wirklich zutraf. Tatsächlich hatte er das starke Gefühl, dass es für die drei Geschwister ein Katz-und-Maus-Spiel war; und dass Mr R, Virgil und Merlin für ihr Leben gern ihre Spielchen trieben, hatte er am eigenen Leib erfahren. *Es geht ihnen nicht primär ums Schachmatt,* dachte er, *sie genießen den langsamen Spielaufbau, bei dem sie den Gegner Zug um Zug in die Enge treiben bis zum Triumph am Ende, wenn der König schließlich in der Falle sitzt und sein Schicksal besiegelt ist.*

Astreine Psychopathen.

Er blickte wieder zu Mrs Heath auf.

»Es ist nicht fair von mir, Sie – oder auch Charlie und Roxy – da mit reinzuziehen. Das wäre ganz und gar unethisch von mir. Erst recht für einen Therapeuten. Das ist mein Problem. Und ich will es lösen.« Womit er den Mund ein wenig zu voll nahm, was, wie er nur hoffen konnte, Mrs Heath entging.

Sie nickte. »Vielleicht können Sie mir etwas über die Vorgeschichte dieser Leute erzählen?«

Nicht leicht, dachte er, das richtige Maß zu finden, nicht zu viel, aber auch nicht zu wenig.

»Roxy ist in das Netz der Intrigen geraten, das in meinem Tod enden sollte. Sie haben es sehr clever eingefädelt. Jemand, der nichts zu verlieren hatte, wurde von Mördern, die alles zu verlieren hatten, geködert, um mich zu erledigen.« Von dem Schuss, der ihn um Zentimeter verfehlt hatte, erwähnte er nichts. Falls Roxy damit herausrücken wollte, lag es bei ihr. »Sie hatten es so inszeniert, dass keine Spur zu ihnen führte. Der Lohn, den sie dem gedungenen Mörder für meinen Tod boten, war Roxys Zukunft. Nur dass sie ihn nach Strich und Faden belogen hatten. Das Mädchen sagt die Wahrheit über ihren Vater. Krebs im Endstadium. Ist aber auch gut möglich, dass die Leute, die es auf mich abgesehen haben, ihn bereits erschossen haben.« Nach einer kurzen Pause fügte er hinzu: »Es fällt ihr schwer, seinen Tod zu akzeptieren, auch wenn sie wusste, dass ihm nicht mehr zu helfen war. Mehr als verständlich, besonders, wenn man ihr Alter bedenkt.« Im Geist hörte Ricky wieder diesen Knall, sah das Feuer aus der Mündung und den Lehrer leblos in sich zusammensacken.

»Ich glaube, Mrs Heath«, fuhr er fort, »sie wird morgen früh nochmals alles daransetzen wollen, herauszufinden, was mit ihm passiert ist. Nach meinem Eindruck kämpft sie einerseits mit der Angst vor der Wahrheit und andererseits mit dem Bedürfnis nach Gewissheit. Eine entsetzlich schwierige emotionale Situation. Das kann sie nicht alleine bewältigen.«

»Sie soll jede Hilfe bekommen, die ich ihr geben kann. Hat sie sonst jemanden …«

»Nein«, fiel er ihr ins Wort. »Nicht, dass ich wüsste.«

»Wie traurig. Sie muss sehr tapfer sein.«

»Wenn ich daran denke, was sie erfahren hat und wie sie darauf reagieren wird, mache ich mir Sorgen. Sie hat wahrlich schon genug durchgemacht.«

»Sie scheint ein intelligentes Mädchen zu sein«, sagte Mrs Heath.

»Das kann man wohl sagen. Sie liest übrigens auch Hemingway.«

Die Bemerkung brachte Mrs Heath zum Lachen. »Also, dann ist sie hier ja bestens aufgehoben. Ich werde für sie tun, was ich kann. Und der junge Mann?«

»Charlies Probleme sind ernst, aber nicht unlösbar. Eine bipolare Störung ist nicht leicht zu behandeln. Er ist klug und sensibel. Reflektiert – solange ihn nicht seine Stimmen heimsuchen. Und wie's aussieht, hat er mir heute Abend das Leben gerettet. Höchstwahrscheinlich. Aber er muss seine Medikamente nehmen.«

»Er hat Ihnen das Leben gerettet? Beachtlich. Und im Gegenzug wollen Sie ihn retten?«

»So würde ich das nicht sagen. Ich kann dabei nur helfen. Das Entscheidende sind die Medikamente …«

»Ich denke, auch das lässt sich regeln«, sagte sie und winkte ab.

»Könnten Sie sich ein Weilchen um die beiden kümmern?«, fragte Ricky.

Mrs Heath schien von der Idee fasziniert. »Aber nicht um Sie?«

»Nein. Zu gefährlich.«

»Natürlich. Eine willkommene Abwechslung von der langweiligen Verwandtschaft, diese beiden, ähm, ungewöhnlichen jungen Leute zu Gast zu haben.«

Sie schwieg. »Und was haben Sie vor?«
»Ich hege die Absicht … die Psychoanalyse zu Ende zu bringen«, sagte Ricky kalt. Er sprach langsam und betont, mit kaum verhohlener Wut. Ihm wurde bewusst, dass es für ihn, seit Roxy ihm in ihrem Haus die Tür geöffnet hatte, keine Atempause gegeben hatte, keine Zeit, um die Wut, die in ihm schwelte, zuzulassen. Die Hände um die Armlehnen seines Sessels gekrallt, die Lippen zusammengepresst, unterdrückte er sie einmal nicht, und jetzt, in der sicheren Zuflucht von Mrs Heaths Haus, packte ihn der blanke Zorn. Wie bei einem Einspieler, mit einer schwindelerregenden Abfolge wechselnder Szenen, überstürzten sich die Bilder in seinem Kopf. Dabei verschmolzen die Ereignisse von vor fünf Jahren mit dem Horror der letzten Tage und blendeten jeden Gedanken an die ungewisse Zukunft aus. Er sah *Zimmerman alias Rumpelstilzchen alias Mr R auf seiner Couch, eine nackte Virgil, einen gerissenen Merlin, der ihn an der Nase herumführte. Er sah sein geliebtes Ferienhaus bis auf die Grundfesten abgebrannt. Er sah Mord und Einschusswunden, blutverklebte Koteletten und ein Flammeninferno am Nachthimmel von Alabama. Er sah Verzweiflung; er sah Wassermokassinottern und hörte Roxys Totengesang auf ihn.*
Mrs Heath lächelte.
»Ich glaube, Sie sollten Ihre nächste Entscheidung auf morgen verschieben, Ricky. Nicht nach Mitternacht, nicht im Dunkeln. Entscheidungen, die man um diese Stunde trifft, fallen oft etwas zu dramatisch aus.«
Sie stand auf und begab sich zu einem kleinen, antiken, reich mit Intarsien verzierten Schreibtisch aus der Zeit von Louis XVI. Sie setzte sich auf einen passenden Stuhl, zog eine Schublade auf, holte ein großes Scheckheft heraus und zückte einen Kugelschreiber.
»Ich denke, ich schulde Ihnen etwas für die heutige Sitzung«, sagte sie. »Ich wünschte, alle Probleme ließen sich so einfach wie ein heranstürmender Kaffernbüffel mit einem einzigen gezielten, glücklichen Schuss erledigen. Vielleicht gelingt Ihnen ja dasselbe?«
Sie reichte Ricky einen Scheck. Er warf einen Blick darauf.
»Das ist viel zu viel …«, protestierte er.

»Ich könnte mir denken, dass in den nächsten Tagen einige unerwartete Ausgaben auf Sie zukommen«, erwiderte sie. »Erlauben Sie mir, dazu etwas beizusteuern. Und betrachten Sie es als Anzahlung auf künftige Sitzungen. Die Möglichkeit, mich über meine Familie und das Sterben zu beklagen, möchte ich nur ungern missen.« Mrs Heath wedelte mit der Hand. »Lösen Sie den morgen bei meiner Bank ein.«

Damit Sie tun können, was Sie für richtig halten, hörte Ricky heraus, auch wenn sie es nicht sagte. Er nahm den Scheck und steckte ihn ein.

Sie erhob sich. »Das war seit ... seit vielen, vielen Jahren der interessanteste Abend, an den ich mich entsinnen kann. Aber ich bin alt und brauche ein bisschen Ruhe. Consuela, Donald, alle meine Angestellten machen einen ziemlichen Aufstand, wenn ich nicht meine acht Stunden Schlaf bekomme. Consuela wird Ihnen Ihr Zimmer zeigen.« Sie schwieg und sah sich im Zimmer um. Ihr Blick verweilte, wie Ricky nicht entging, auf den Fotos und den Gemälden, und er wusste, dass ihr jedes davon etwas zu erzählen hatte, so wie gute Geister. »Ich liebe dieses Haus«, sagte Mrs Heath leise. »Auch wenn es eigentlich viel zu groß für mich ist. Jede Menge Zimmer, von denen ich nur wenige tatsächlich benutze. Aber ich wohne jetzt schon so viele Jahre hier, und einen alten Baum verpflanzt man bekanntlich nicht.« Sie drehte sich um und spähte aus einem Fenster in die Nacht. »Außerdem liebe ich es, direkt am Wasser zu wohnen. Es ist so beruhigend, in die Wellen zu blicken. Das Meer ist immer gleich und doch jedes Mal anders.«

Sie lächelte. »Jetzt werde ich ein bisschen sentimental, fürchte ich. Das kommt mit dem Alter. Außerdem ist dieses alte Haus prallvoll mit Erinnerungen. Ich hänge wohl in meiner Vergangenheit fest.« Sie tippte sich mit dem Zeigefinger an die Stirn. »Die kann ich nicht zurücklassen.«

Dann sah sie Ricky eindringlich an. »Sie sehen heute Abend ein bisschen anders aus als sonst, Doktor«, sagte sie. Mit einem amüsierten Lachen. »Ich vermute mal, Sie sind es nicht gewohnt, andere um Hilfe zu bitten.«

»Nein«, räumte er ein. »Das liegt mir nicht.«
»Machen Sie sich nichts draus, Ricky«, lachte sie. »Das Leben kann schon mal überraschende Drehungen und Wendungen nehmen, nicht wahr?«
Er antwortete nicht.
»Jedenfalls ist das alles sehr packend«, sagte Mrs Heath und klatschte in die Hände. »Und ich muss sagen, ich genieße es. In jüngeren Jahren wurden mir schon die ungewöhnlichsten Bitten angetragen, aber bis jetzt hat mich noch niemand dabei um Hilfe gebeten, jemanden umzubringen.«
Sie fasste ihn am Arm und geleitete ihn aus dem Arbeitszimmer.

Trotz seiner Erschöpfung erhoffte sich Ricky wenig Schlaf. Die Bettwäsche war zu seidig glatt, die Matratze zu weich. Er fühlte sich zu sauber, zu sicher und zu entspannt. Zu schön, um wahr zu sein, war das Gefühl, das ihm im Kopf herumspukte und ihm Angst machte, die Seifenblase könnte jeden Moment zerplatzen. Vier Stunden. Vielleicht auch fünf. Kurz nachdem die erste Morgendämmerung durchs Fenster kroch, stand er auf. Sein Zimmer bot einen spektakulären Blick direkt auf die Biscayne Bay. Der morgendliche Wind hatte die See ein wenig aufgewühlt, sodass auf den blauen Kräuseln kleine weiße Schaumkronen tanzten. Mit dem Wasser kannte er sich nicht besonders aus, er wusste nur, dass es gewöhnlich frühmorgens ruhig und glatt war. Er wandte sich ab und ging leise nach unten.
Das Gebot der Höflichkeit hätte es verlangt, dass er wartete. Auf Consuela. Auf Mrs Heath. Auf Roxy und Charlie, egal, auf wen. Was er jedoch nicht tat.
Er fand einen Notizblock und hinterließ eine Nachricht auf dem Küchentisch: *Charlie und Roxy: Ich bin so schnell wie möglich zurück. Vertraut euch Mrs Heath an.*
Ob die erste Behauptung auch nur ein Fünkchen Wahrheit enthielt, war mehr als zweifelhaft, dafür stand die zweite absolut außer Frage. Das Wort *vertraut* unterstrich er zwei Mal, auch wenn er nicht vorhersagen konnte, ob er die beiden in dieser Zuflucht in Sicherheit brachte oder mit ihnen auch Mrs Heath in Gefahr.

Wie ein Einbrecher, der mit der Beute unerkannt verschwinden will, schlich sich Ricky aus dem Haus. In der ersten Morgendämmerung wirkte es noch größer als am Abend. Er hatte seine kleine Reisetasche, seine Waffe und seine falschen Ausweispapiere dabei.

Er war schon halb bei seinem Leihwagen, als ihn jemand rief.

Er wirbelte herum und sah Donald neben dem Garagentor stehen. Er war in Jeans und T-Shirt und hatte einen Eimer mit Seifenlauge in der einen Hand, in der anderen einen Plastikbecher Kaffee. Die pflichtgemäße Autowäsche.

Ricky nickte zum Gruß. »Ich habe etwas zu erledigen.«

Etwas Besseres oder Dümmeres fiel ihm auf die Schnelle nicht ein.

Donald nickte zurück. Er war stämmig und muskulös. Das graue Haar war kurz geschnitten, und erst jetzt bemerkte Ricky eine kleine Narbe über einer Augenbraue.

Der Chauffeur antwortete nicht sofort. Er schien seine Worte sorgsam abzuwägen. »Die Sache ist die, Doktor, wir wissen alle zu schätzen, wie sehr Sie in den letzten Monaten unserer Chefin geholfen haben. Seit sie zu Ihnen kommt, wirkt sie viel glücklicher. Und lebendiger, so wie früher. Was irgendwie auf uns abfärbt.«

»Freut mich zu hören«, antwortete Ricky.

»Aber das hier, Ihr Besuch … fällt aus dem Rahmen.«

»Da kann ich Ihnen nicht widersprechen.«

»Ist sie in Gefahr?«

»Ich hoffe nicht. Deshalb gehe ich lieber.«

Wieder legte der Chauffeur eine Pause ein und überlegte. »Niemand hier möchte, dass sie in ihren letzten Jahren in Schwierigkeiten kommt – und ich meine, egal, in was für Schwierigkeiten, Doktor. Sie ist sehr gut zu uns allen. Unsere Loyalität, Doc, nun ja, die reicht sehr weit.«

Auch Ricky wog seine Antwort ab. Schließlich sagte er: »Ich denke, ich verstehe, was Sie mir sagen wollen.«

»Die Probleme, in denen Sie stecken, verfolgen Sie, nicht wahr? Dicht auf den Fersen?«

»Ja. Stimmt.« Was stark untertrieben war.

»Niemand hier würde es zulassen, dass Mrs Heath etwas zustößt.

Wenn sie abtritt, Doktor, dann zu ihren Bedingungen. Sie verstehen, was ich meine?«

»Ich denke schon.«

»Gut.« Wieder legte der Chauffeur eine Pause ein und musterte Ricky dabei von oben bis unten. »Schwer zu sagen«, nahm er seinen Faden schließlich wieder auf.

»Was ist schwer zu sagen?«

»Ob Sie das Zeug dazu haben, Ihr Problem zu lösen. Wenn ich mir Sie so ansehe, traue ich es Ihnen einen Moment zu, aber dann bin ich mir wieder nicht so sicher. Sagen Sie's mir, Doktor, geht es dabei um ein Problem, das man mit Reden aus der Welt schaffen kann?«

»Nein. Wohl kaum.«

Donald nickte bedächtig. »Und Sie haben die richtige Alternative?«

Ricky wusste augenblicklich, worauf er hinauswollte. »Ja.«

Wieder nickte Donald. »Gut. Aber diese *Alternative,* ist die leicht zu Ihnen zurückzuverfolgen?«

Die Frage erwischte Ricky eiskalt. Er zögerte, nickte und sagte: »Ja. Ich habe sie mit all den ordnungsgemäßen Papieren gekauft ...«

»Manchmal sind die ordnungsgemäßen Papiere die falschen Papiere, Doktor«, erwiderte Donald mit einem trockenen Lachen. »Warten Sie hier«, fügte er hinzu. Damit drehte sich der Chauffeur um und verschwand in der Garage. Ricky wartete. Als Donald zurückkam, hatte er eine mattschwarze Selbstladepistole Kaliber 40 in der rechten Hand.

»Die hier«, sagte er in ruhigem, selbstverständlichem Ton, während er Ricky die Waffe hinhielt. »Kommt aus dem Nichts und wird aller Wahrscheinlichkeit nach ebenso spurlos verschwinden. So gesehen, ist sie überaus wertvoll. Unschätzbar. Nicht weniger als das Gemälde von diesem Pollack über dem Wohnzimmerkamin. Tauschen wir.«

Ricky öffnete seine Tasche und holte den .357er heraus.

»Ah«, sagte der Chauffeur lächelnd. »Eine echte Handkanone. Python Colt.«

»Sie kennen sich mit Waffen aus«, bemerkte Ricky.

»Hab ein bisschen Erfahrung damit«, erwiderte Donald. Er nahm

Rickys .357er und reichte ihm die Selbstladepistole. »Seriennummer abgefeilt. Griff mit schwarzem Isolierband abgeklebt. Mit neun Schuss geladen«, sagte er. »Hoffentlich brauchen Sie nicht alle.«

Durch die stillen Straßen, an den Prachtvillen vorbei ging es an der Sicherheitsschranke hinaus. Kurzer stummer Gruß, der an dem Wachmann der Frühschicht abzuprallen schien. Die erste gleißende Sonne, die seine Windschutzscheibe flutete, blendete ihn für einen Moment. Auf den Straßen waren schon andere Fahrzeuge unterwegs – der Beginn des morgendlichen Pendelverkehrs. Dutzende, Hunderte und schließlich Tausende Menschen brachen zu einem ganz normalen Arbeitstag auf. Anders als er. Der Job, zu dem er sich aufmachte, war Lichtjahre von jeder Normalität entfernt. Als er an diesem Morgen in die Woge hektischer Betriebsamkeit eintauchte, wie sie um diese Zeit in allen Metropolen herrschte, wusste er, dass er mit jeder Meile sein gewohntes Leben hinter sich ließ, ohne zu wissen, ob er jemals wieder der Mensch sein konnte, der er einmal gewesen war. Er bezweifelte es. Schon einmal hatten ihm drei Personen alles genommen, was sein Leben ausmachte. Jetzt würde er es wohl, um ihnen zuvorzukommen, selber aufgeben müssen. Vor fünf Jahren hatten sie ihn für tot gehalten, und er hatte sie mit seiner Auferstehung überrascht. Diesmal hatte er in Alabama sterben sollen. Doch auch beim zweiten Anlauf war er ihnen entkommen. Einmal. Zweimal. Vielleicht sogar dreimal oder wer weiß, wie oft. Sein Vorteil: die Verzweiflung. Ricky war vielleicht kein Gespenst, doch er war fest entschlossen, seine Gegner heimzusuchen.

TEIL III

DER MANN, DER EIGENTLICH TOT SEIN SOLLTE

»I don't need no Doctor,
'Cause I know what's ailing me …
I don't need no Doctor,
For my prescription to be filled …«

Nick Ashford, Valerie Simpson and Jo Armstead:
»I Don't Need No Doctor.«

Blues-Version: Ray Charles, Studioaufnahme von 1966.
Head-Banger-Version: Humble Pie, Live-Aufnahme von 1971.

»Und als der König das gesagt hatte, trat der Freund aller Zauderer dicht hinter den Prinzen und flüsterte: ›Ich bin da!‹«

Frank R. Stockton, The Century Magazine, July 1885.
Der Freund aller Zauderer.
Eine Fortsetzung der Geschichte
Die Lady – oder der Tiger?.

35

Er wusste: *kein Hotel.*

Er wusste: *keine Kreditkarte.*

Er wusste: *kein Handy.*

Er wusste: *Ich muss Zeit gewinnen.*

Er wusste: *Ich muss inkognito sein.*

Er wusste: *Ich kann mich nicht länger verstecken. Aber sie dürfen mich auch nicht ausfindig machen.*

Daraus folgte: *Tarnung.*

Als er sich sämtliche Möglichkeiten vor Augen führte, wie sie ihm auf die Spur kommen und seine Tarnung auffliegen lassen konnten, fühlte sich Ricky von all den lauernden Gefahren fast erdrückt. Zwar war ihm klar, dass er Mr R, Virgil und Merlin nahezu übermenschliche Fähigkeiten zuschrieb, andererseits blieb vollkommen ungewiss, wo die Geschwister an ihre Grenzen kommen würden. An irgendeinem Punkt mit einiger Zuversicht zu sagen, *das übersteigt ihren Horizont,* konnte ein fataler Trugschluss sein. Er war nicht bei der Kripo. Er war kein Privatdetektiv oder Sicherheitsexperte, auch nicht früher einmal bei der Militärstrafverfolgungsbehörde gewesen; er war nicht einmal ein scharfsinniger Leser von Thrillern und Krimis, der wusste, wozu die Guten und die Bösen fähig sind, wenn sie einfach an ihrem Laptop in die Tasten hauen. Er hatte nur eine verschwommene Vorstellung davon, dass die meisten Menschen heutzutage, ohne dass es ihnen bewusst wäre, fast unablässig eine Datenspur hinterlassen. Und so stellte er sich vor, wie Merlin – mit seinem geballten juristischen Wissen und seiner Expertise auf wer weiß wie vielen anderen Gebieten – an einem Hochleistungscomputer saß und Ricky virtuell sozusagen bei jedem Schritt einen Blick über die Schulter warf. *Hat Ricky seinen Leihwagen in Miami zurückgegeben? Ah ja, dachte ich mir's doch. Hat er ein Flugticket zurück nach New York mit einer Kreditkarte gebucht? Klar, da haben wir's. Hat er*

Geld von seinem Privatkonto in Miami abgehoben? Aber ja. Und so hatte er stattdessen Mrs Heaths Scheck eingelöst und bezahlte von jetzt ab nur noch in bar. Er hegte auch keinen Zweifel daran, dass Virgil schon von Berufs wegen in jede Rolle schlüpfen konnte, wenn es darum ging, Informationen über ihn einzuholen. *Hi, ich bin Ärztin. Hi, ich bin Lehrerin. Hi, ich bin Sekretärin. Hi, ich bin Mörderin von Beruf. Sagen Sie, wissen Sie zufällig, wo Dr. Starks steckt?* Und schließlich wusste er nur allzu gut, wie umsichtig und akribisch genau Mr R als alter Hase in seinem Fach plante, wie, wo und wann er jemanden am besten liquidierte. Der Mann war auf seinem Gebiet ein Ass. Bei diesem hochkarätigen Killer konnte, so viel war Ricky klar, alles eine Falle sein. Bei Mr R wusste man nie, woran man war, er blieb unberechenbar, selbst in seinen sorgfältig geplanten Zügen. Mr R war ihm immer auf den Fersen – wie dicht, darüber konnte er nur spekulieren. Indem er sich die Gefahr, die von dem Berufsmörder für ihn ausging, klar vor Augen führte, versuchte er, seine zunehmende Paranoia in den Griff zu bekommen. Mr R war präzise kalkulierend und impulsiv zugleich. Seiner Sache absolut sicher war er immer nur dann, wenn er jeden Aspekt seiner mörderischen Pläne bis in die letzte Einzelheit vorbereitet und in eine Formel gegossen hatte, die außer ihm niemand kannte. Eine Möglichkeit, überlegte Ricky, sein Verständnis von Soziopathen und Serienmördern zu vertiefen und zu begreifen, welche Erfahrungen sie zu solchen Menschen machten, wie sie ihre Taten ausführten und wie sie ihr Handeln vor sich rechtfertigten, bot die umfängliche Literatur – in Aufsätzen, Fallstudien und Büchern – der Bibliothek am New York Psychoanalytic Institute. Mehr als ein akademisches Verständnis von dem Mann, der hinter ihm her war, durfte er sich davon allerdings nicht erhoffen. Während Ricky diese Gedanken wälzte, stand er an einer Straßenecke und musste unwillkürlich lachen. *Verständnis.* »Was für ein idiotisches Wort!«, murmelte er. *Und wenn ich alles wüsste, was es über Psychopathen zu wissen gibt, hieße das noch lange nicht, dass ich sie auch nur annähernd verstehe.* Nichts, was irgendwo geschrieben stand und in irgendeiner Bibliothek in einem Regal verstaubte, konnte ihm sagen, was er hier und jetzt unternehmen sollte.

Vor fünf Jahren, wurde ihm noch einmal bewusst, hatte er mehr Glück als Verstand gehabt.
Es ein zweites Mal darauf anzulegen, hieße, sein Glück über die Maßen zu strapazieren.
Also musste er diesmal auf ein anderes Pferd setzen.
Und während er sich so das Hirn zermarterte, dämmerte ihm, wenn auch noch sehr vage: *Diesmal genügt es nicht, Mr R eine Falle zu stellen und selber den Köder abzugeben. Diesmal muss ich selbst von der Beute zum Jäger werden. Vom Psychoanalytiker zum Psychopathen. Wie damals muss ich abtauchen und aus der Deckung heraus agieren, diesmal allerdings dem Trio dabei empfindlich nahe kommen. Auf Tuchfühlung sozusagen. Ich muss ihnen unter die Haut gehen, und während die Geschwister in Bezug auf mich im Dunkeln tappen, meinerseits immer genau wissen, wo sie sind.*
Das war die einzige Gleichung, von der er sich erhoffte, dass sie aufgehen konnte. Vor fünf Jahren hatte er darauf gesetzt, die Wut des Killers anzustacheln und ihn zu einer Konfrontation zu verleiten. Jetzt musste er Mr R an seiner einzigen Schwachstelle packen.
Die einzige Bindung, die dem Psychopathen etwas bedeutet.
»›Hallo, Virgil, wie geht's, wie steht's?‹
›Wie laufen die Geschäfte, Merlin? Frau und Kinder wohlauf?‹
Diesmal bin ich hinter euch her. Und ich mein's ernst. Keine leeren Drohungen.
Finde sie, bevor ihr Bruder dich findet. Lauere denen auf, die dir aufgelauert haben, und mach keine halben Sachen.
Jag ihnen eine Heidenangst ein.
In der psychoanalytischen Praxis bin ich als Therapeut ein unbeschriebenes Blatt, damit der Patient seine Gefühle auf mich übertragen kann. Die Methode verfängt hier nicht. Umgekehrt wird ein Schuh draus:
Denke wie eine Schauspielerin.
Denke wie ein erfolgsverwöhnter Wallstreet-Anwalt.
Denke wie ein Killer.
Die drei haben sich den Fake Jack ausgedacht.
Überzeuge sie davon, dass du der echte Jack bist.«

Im Zwiegespräch mit sich selbst murmelte er die ganze Zeit leise vor sich hin. Allein schon der Klang seiner eigenen Stimme machte ihm Mut. Er drehte sich um und beobachtete, wie in Manhattans Eighth Avenue die Sonne hinter den Gebäuden versank. Er kam an einem Pärchen im Gothic Style vorbei – gespickt mit Piercings, dazu abgewetztes schwarzes Leder, lila Strähnen im Haar und Tattoos. Sie erinnerten ihn an das Mädchen im Copyshop in Dothan, Alabama, und den Song, über den sie sich unterhalten hatten. Mit einem Mal fiel ihm ein weiterer Vers dazu ein: *»There's a killer on the road ...«* Er schnappte nach Luft und blickte in das frühabendliche Dämmerlicht in der Straßenschlucht. »Das will ich meinen«, murmelte er. In der Straße vor ihm herrschte dichter Verkehr – das übliche Gewimmel von Autos, Stoßstange an Stoßstange, und Fußgängern, die sich auf den Bürgersteigen ihren Weg durchs Gedränge bahnten, Taxis im Slalom von Fahrbahn zu Fahrbahn – die vertraute Hektik von Manhattan. Er befand sich am oberen Ende des West Village.

Auf der anderen Straßenseite entdeckte er zwei Beamte der New Yorker Polizei in ihren blauen Uniformhemden. Der eine sprach in ein Walkie-Talkie, der andere nippte an einem Becher Kaffee. Sie wirkten unbeschwert. Der mit dem Walkie-Talkie lachte sogar. Wie würden die beiden wohl aus der Wäsche gucken, dachte Ricky, wenn sie wüssten, dass der Mann auf dem Bürgersteig gegenüber eine Schusswaffe in der Tasche und Mord im Sinn hat. Er sah ihnen hinterher, bis sie um die Ecke liefen und in einen dort geparkten Streifenwagen stiegen. Er senkte den Kopf und ließ sich vom Strom der Menschenmenge auf dem Bürgersteig treiben, während er sich der Erkenntnis stellte, dass er in Manhattan nie wieder heimisch werden würde. Sein erstes Ziel an diesem Nachmittag war der Ort, mit dem es angefangen hatte.

Die Fassade des 13th Street Repertory Theatre schmückte eine rote Markise, die über die gesamte Breite des Bürgersteigs ragte; in zwei gläsernen Schaukästen wurde für die nächsten Vorstellungen geworben. Direkt an der Tür befand sich der Kartenschalter. Er ging hin, doch er war nicht besetzt. Er ging weiter und stellte fest, dass die Eingangstür nicht abgeschlossen war.

Er ging hinein – seine Augen brauchten einen Moment, um sich an das schummrige Licht zu gewöhnen. Von weiter drinnen hörte er Leute miteinander reden, und er folgte dem Klang der Stimmen.
Zielstrebig lief Ricky weiter Richtung Theatersaal und rechnete damit, hinter der nächsten Ecke Virgil von Angesicht zu Ansicht gegenüberzustehen.
Er musste irgendwo beginnen, wieso also nicht mit ihrer Bühne.
Als er ins spärlich beleuchtete Vestibül trat, näherten sich aus der entgegengesetzten Richtung eilige Schritte; jemand unterhielt sich lebhaft. Er schnappte Gesprächsfetzen auf wie *dritter Akt, Spannungsbogen* und *brauchen die Scheinwerfer etwas weiter auf die Bühne runter,* und bei dem Gedanken, dass Virgil ihm womöglich schon hier im Gang in die Arme lief, zog er instinktiv den Reißverschluss seiner Reisetasche auf, griff hinein und wühlte in seinen Sachen, bis er den Kolben der Pistole in den Fingern hatte. Es war ein halbherziger Kompromiss; er konnte sich immer noch entscheiden, ob er die Waffe zog oder nicht.
Dabei traute er sich nicht wirklich zu, die Frau zu erschießen.
Sie davonkommen zu lassen, war allerdings auch keine Option.
Von plötzlichen Skrupeln geplagt, trat er im selben Moment zurück, als ein Mann und eine Frau, beide etwa Ende zwanzig, um die Ecke kamen und, ins Gespräch vertieft, die Köpfe zusammensteckten.
Als sie ihn sahen, blieben sie abrupt stehen.
Keine Virgil.
Noch mal Glück gehabt, schätze ich mal. Ob dies für Virgil oder ihn selber galt, ließ er offen. Jedenfalls zog Ricky die Hand wieder aus der Tasche.
»Wer sind Sie?«, fragte die junge Frau. Sie trug eine bunte Strickmütze, die wenig ausrichtete, um die wilde Mähne ihrer dunklen Locken zu bändigen.
»Wir haben noch nicht geöffnet«, fügte der junge Mann streng hinzu. »Sie müssen draußen warten.« Er war spindeldürr, von der Größe eines Basketballspielers, und trug einen Zottelbart.
»Ich will nicht zur Vorstellung«, erklärte Ricky. »Ich suche jemanden.«

»Und wen?«
Er überging die Frage.
»Vor Kurzem haben Sie hier *Der Tod und das Mädchen* aufgeführt. Sehr überzeugend. Ich bin auf der Suche nach der Hauptdarstellerin. Sie ist eine alte Freundin …«
Der Mann schüttelte den Kopf.
»Das Stück hatten wir hier nicht im Programm.«
»Doch, natürlich, ist noch gar nicht lange her«, beharrte Ricky.
»Da liegt ein Irrtum vor, tut mir leid.«
So schnell gab Ricky nicht auf. »Ich bin mir wirklich sicher …«
»Nein. Die Rechte zu dem Stück sind teuer. Es ist berühmt. Eher die Liga von Meryl Streep. Das würde auf dem Broadway laufen. Meinetwegen auch off-Broadway. Wir sind hier gerade mal off-off-Broadway.«
Dies sagte er in einem Ton, als müsse jeder, der hier zur Tür hereinspazierte und auch nur die leiseste Ahnung von der Theaterszene in New York hatte und kein völliger Schwachkopf war, den Unterschied verstehen.
»Tja, wenn Sie's sagen«, lenkte Ricky ein. »Ich hätte schwören können, dass es hier gewesen ist. Die Schauspielerin heißt übrigens mit Nachnamen Tyson und …«
Im Geist sah er den roten Schriftzug auf der CD vor Augen, bevor das Bild zur Szene mit der Theaterprobe überging. Zwei Schauspieler auf der Bühne und dann, wie Virgil ihren Text nicht mehr weiß. Eine Stimme: *Töte deinen Bruder!* Der Vorspann war eindeutig gewesen: *13th Street Repertory Company. 16. September.*
Noch eine Lüge.
»Also«, sagte der junge Mann, »ich bin hier seit über zwei Jahren Inspizient, und in meiner Zeit wurde dieses Stück nie aufgeführt. Im Übrigen wäre es mir gewiss nicht entgangen, wenn sich ein paar Schauspieler, die hier nichts zu suchen haben, auf unserer Bühne breitgemacht hätten.«
Dabei deutete er mit dem Kopf zum Ausgang, als verstünde es sich von selbst, dass er Ricky mit seiner sarkastischen Bemerkung hinauskomplimentierte.

»Wie gesagt, ich kann Ihnen nicht helfen. Sie haben hier drinnen nichts verloren. Die Tür hätte verschlossen sein müssen. Ich muss Sie bitten, unverzüglich zu gehen.«

Ricky war wie vor den Kopf geschlagen. Für seine Gutgläubigkeit, die CD für bare Münze zu nehmen, hätte er sich ohrfeigen können. Doch plötzlich schien die junge Frau mit dem wilden Haar zu überlegen. Sie hielt die Hand hoch, um den jungen Mann daran zu hindern, Ricky an die frische Luft zu setzen.

»Warte mal«, sagte sie.

Beide Männer sahen sie gespannt an.

»Nicht hier«, sagte sie. »Aber ich habe eine Aufführung von dem Stück gesehen – *Der Tod und das Mädchen,* richtig? Mit dem Vergewaltiger und Folterer, den die Frau umbringen will, und dem Ehemann, der versucht, sie davon abzuhalten? Aber in einem anderen Theater, vor mindestens einem Jahr. Wann genau das war oder wer da mitgespielt hat, kann ich nicht mehr sagen. Aber auf seine Art war's ganz gut. Lief allerdings nur kurz. An zwei Abenden, nicht mehr, auf die Weise müssen sie keine Tantiemen zahlen und auch keine Darstellergagen. War eher so was wie ein Vorzeigeauftritt, für die Schauspieler, mit dem sie beweisen können, was sie draufhaben, um sich für was Größeres und Besseres zu empfehlen, und natürlich mit der Rolle ihren Lebenslauf aufzumotzen. Machen praktisch alle in der Hoffnung auf einen Anruf von *Law and Order* bei ihrem Agenten.«

Sie grinste. *Endlich mal ein Fünkchen Ehrlichkeit, stellte Ricky mit Genugtuung fest.* »Mache ich auch.«

Der junge Mann, der immer noch zum Ausgang zeigte, ließ die Hand jetzt sinken.

»Und wo war das?«, fragte Ricky. »Wo haben Sie die Aufführung gesehen?«

»In Chinatown«, sagte sie.

Endlich mal ein Quäntchen Glück, dachte er.

Der junge Mann schüttelte den Kopf. »Vergiss es, Jake. Wir sind in Chinatown«, zitierte er mit einem Grinsen, doch jetzt zeigte er erneut mit dem ausgestreckten Finger Richtung Ausgang.

Mit zügigem Schritt lief Ricky auf der Lafayette zum *Access Theater,* als er auf dem Weg einen Wohltätigkeitsladen entdeckte, mit einer bunten Mischung aus Kleidung, Haushaltsartikeln, Kuriositäten und Klimbim, alles auf engstem Raum. Beim Betreten des Geschäfts fiel sein Blick auf ein mit da Vincis Abendmahl bedrucktes Badetuch. Wem gibt es wohl einen Kick, dachte er, sich auf diesem Bild am Strand zu suhlen.

Er lief zu den Ständern mit Secondhand-Kleidung weiter und fand nach kurzem Suchen einen abgewetzten blauen Mantel, völlig unpassend für die warme Witterung und außerdem zwei Nummern zu groß. Bei den Baseballmützen hatte er die Wahl zwischen den Yankees und den Mets. Er nahm die leuchtend blaue der Mets. *Besser zu den liebenswürdigen* Losern *halten als zu den ewigen Gewinnern.* Mit seiner Auswahl ging er zur Theke, wo eine junge Frau seine Einkäufe in eine altmodische Kasse eintippte. Dabei blickte sie ihn nicht an und sagte auch nichts. Er schaute sich unauffällig um und stellte fest, dass es nirgends eine Überwachungskamera gab. Die Verkäuferin nahm seine Barzahlung entgegen und stopfte die Kleidungsstücke in eine dünne Plastiktüte. Sie stellte keine Fragen, er erteilte keine Auskunft.

Im abendlichen Dämmerlicht trat Ricky wieder auf die Straße und setzte, die Mets-Kappe auf dem Kopf, seinen Weg zum Theater fort. Auf der Innenseite des Eingangs stand auf einem Schild: *Zwei Treppen hoch.* Am oberen Ende des engen Treppenhauses befand sich eine Abendkasse, an der er eine Karte löste. Die junge Frau, bei der er bezahlte, machte ihn darauf aufmerksam, dass er seine Schultertasche und die Tüte mit dem Mantel nicht mit in den kleinen Theaterraum nehmen dürfe, und verwies ihn an eine Garderobe, nicht viel größer als ein Kleiderschrank. Dort nahm ihm eine andere junge Frau die Sachen ab und reichte ihm eine Marke. Er drückte ihr einen Zehn-Dollar-Schein in die Hand. Sie sagte höflich, das sei nicht nötig, doch er drängte ihr das Geld auf, und sie wirkte sehr dankbar.

Dass in seiner Tasche eine Pistole steckte, erwähnte er nicht.

Das bescheidene Blackbox-Theater verfügte über ein paar dichte Reihen mit fünfzig Sitzen vor einer kleinen Bühne. Er nahm in der zweiten Reihe Platz und warf einen Blick auf das Programm. An diesem Abend stand eine Komödie auf dem Spielplan, mit dem Titel *Mac und Beth oder Wie bei dem schottischen Stück alles danebengeht.* Ricky begriff sehr schnell, dass es dabei um haarsträubenden Aberglauben und eine wahrhaft tollpatschige Theatertruppe ging, die versuchte, Shakespeare zur Aufführung zu bringen. Sowie sich die letzten Plätze füllten und die Lichter gedimmt wurden, suchte er den Raum nach Virgil ab, konnte sie jedoch nirgends entdecken.

Das Stück war erfrischend komisch. Viel Slapstick. Verkorkste Einsätze, die zu klamaukartigen Szenen hochgespielt wurden. Patzer und unfreiwillige Einblicke auf nackte Haut. Ein Witz nach dem anderen. Zeilen wie: *»Ist das, was ich da sehe, ein Dolch?«*, mit der Gegenfrage: *»Wie jetzt, was für ein Molch?« »Nein, Dolch.« »Ich hatte verstanden, Molch …«*

Tatsächlich musste er mehrmals laut lachen. Beinahe entspannte er sich und vergaß für einen Moment, wozu er an diesem Abend hergekommen war.

Am Ende der Aufführung hatte es fast alle in unterschiedlichen Posen unverdient auf der Bühne dahingerafft, und die Absurdität der Darbietung, eine gelungene Mischung aus Marx Brothers, Saturday Night Live und Monty Python, brachte dem jungen Ensemble tosenden Applaus. Ricky klatschte begeistert mit.

Die Darsteller bekamen mehrere Vorhänge und strahlten unter den Hochrufen des Publikums. Euphorisch rief der Hauptdarsteller, ein schlaksiger junger Mann, der mit liebenswürdig stolpernder Tapsigkeit Mac alias Macbeth gemimt hatte, den Autor und Regisseur zu ihnen auf die Bühne.

Unter noch mehr Hochrufen und Klatschen kam der Autor und Regisseur mit strahlendem Lächeln aus der Kulisse. In dem winzigen Theater herrschte eine intime Nähe. Zwischen dem Verfasser des Stücks und Ricky, der ihm Beifall spendete, lagen kaum zwei Meter. Der Mann war nicht besonders groß und wirkte neben seinem Macbeth wie ein Zwerg. Er mochte Ende vierzig sein, mit ein paar Falten im Gesicht und den ersten grauen Haaren um die Ohren, mit Stirnglatze und Trichterbrust. Man hatte das vage Gefühl, ihn schon einmal irgendwo gesehen zu haben, vielleicht in der einen oder anderen kleinen Nebenrolle bei bedeutsameren Produktionen, vielleicht sogar mit ein, zwei Zeilen Text und somit über dem Statisten, wenn auch nur eine kleine Stufe. Nicht auszuschließen, dass er auch schon hier und da für einen TV-Werbespot engagiert worden war und man sein Gesicht von daher zu kennen glaubte. Er trug das klassische Off-off-Broadway-Outfit – verwaschene Jeans und ein lose sitzendes Hemd, dazu Birkenstocksandalen an den Füßen. Mit erhobener Hand brachte er die Zuschauer im Raum zum Schweigen, um ein paar Worte an sein Publikum zu richten.

»Wir alle hier am *Access Theater* wissen es überaus zu schätzen, dass Sie hergekommen sind und unabhängige Inszenierungen unterstützen«, sagte er. »Ohne Sie könnten wir nichts ausrichten«, fügte er hinzu und schloss in seiner ausgreifenden Armbewegung das ganze Publikum ein. »Hier, auf dieser Bühne, fangen wir an, hier bekommen wir den Auftrieb, den wir für unsere Karriere brauchen. Daher an Sie alle unser tief empfundener Dank.«

Noch mehr Applaus.

Der Stückeschreiber-Regisseur lächelte.

Dann wandte er sich zu seinen Darstellern um.

»Waren sie nicht mordsmäßig gut?«, rief er in die Runde.

Gelächter und weiterer Applaus.

Nur nicht von Ricky. Wie vom Schlag gerührt saß er da.

Er hatte dieses Wort schon einmal gehört. *Mords-mäßig, Mord.* Andere Bedeutung. Anderer Zusammenhang. Dieselbe Aussprache und Betonung. Dieselbe Stimme.

»Es gibt keinen Jack«, hatte der todkranke Lehrer der siebten Klasse in Alabama gesagt, bevor er hilflos den Abzug seiner Waffe betätigte.

Er hatte sich getäuscht.

Und ob!

Er stellte sich ein Gespräch zwischen Virgil und Mr R vor.

»Wo kriegen wir einen Jack her?«

»Ich weiß, wo.«

»Einen Jack, der die Rolle wie ein Profi hinlegt, sodass es Ricky überzeugt; einen, der den Mund hält und nicht allzu viele Fragen stellt.«

»Ich weiß, wo.«

Ricky starrte zur Bühne.

Das zweite Fünkchen Glück.

Ricky applaudierte weiter, bis die Schauspieler mitsamt dem Stückeschreiber-Regisseur nach dem letzten Vorhang in der Kulisse verschwanden und im Zuschauerraum die Lichter angingen.

Tja, Pech gehabt, Freundchen, dachte er, *jetzt bist du zwischen Jäger und Beute geraten.*

36

Ricky hielt einen lauwarmen schwarzen Kaffee in der Hand und beobachtete so unauffällig wie möglich aus einem dunklen Winkel heraus den Eingang eines chinesischen Restaurants. Inmitten der roten Neonreklamen, der Scheinwerfer des vorbeirauschenden Verkehrs mit dem Gestank von Dieselmotoren und dem durchdringenden Hintergrundgeräusch ferner Sirenen war Ricky innerlich die Ruhe selbst. Durch das zur Straße gelegene Fenster behielt er den Regisseur im Auge, der an einem dicht besetzten Tisch zusammen mit Schauspielern Essstäbchen schwang und sich dampfendes pikantes Hühnchen mit Gemüse schmecken ließ. Es war eine lebhafte Runde, die meisten der angehenden Künstler zu jung, um zu begreifen, wie hart ein Leben auf der Bühne sein kann. Doch an diesem Abend würden sie sich von solchen Überlegungen nicht den Appetit verderben lassen. Die lebhafte Gestik und Mimik der ambitionierten Mimen ließen ahnen, wie sie von einer rosigen Zukunft schwärmten und von besseren Rollen in besseren Inszenierungen, von steilen Karrieren träumten. Kein Zweifel, jeder von ihnen war dafür prädestiniert, ein Star zu werden. Er schätzte, dass sie sich die üblichen Eifersüchteleien, etwa wenn jemand aus der Gruppe auch nur einen bescheidenen Aufstieg zu verzeichnen hatte, für diesen Abend verkniffen. Die Dosis Applaus, die sie für ihre Aufführung bekommen hatten, sorgte wahrscheinlich selbst beim eingefleischtesten Narzissten noch bis zum nächsten Morgen für ein High.

Doch Ricky interessierte sich nur für den Regisseur.

Der Mann hieß Dwight Farmer. Auf seiner aufgeblähten Ruhmesliste, wie sie im Programmheft stand, war *Der Tod und das Mädchen* mit keiner Silbe erwähnt.

Durch das Fenster sah er jetzt, wie die Gruppe im Restaurant die Rechnung unter sich aufteilte und den Tisch verließ. Kurz darauf standen sie alle auf dem Bürgersteig. Nach ein paar letzten Umarmungen, Siegesdaumen, Abklatschen und etwas lautem Gelächter machten sie sich einzeln oder paarweise auf den Heimweg. Ricky sah, dass Dwight noch draußen auf der Straße stand; ebenso die junge Schauspielerin, die sich in der Komödie in der Rolle der Lady Macbeth heillos verheddert hatte. Ihre Gesichter waren im weißen Licht, das aus einem rund um die Uhr geöffneten Waschsalon kam, hell erleuchtet. Sie schätzte er auf Anfang zwanzig, mit verwuscheltem dunklem Haar und einem attraktiven Collegegirl-Look. Vermutlich eine Studentin der Theaterwissenschaften, die ihr Glück in der Metropole versuchte und schnell begriff, dass die Dinge dort nicht so glatt wie auf dem Campus liefen, weil Talent und Bildung den Kampf mit gnadenlosem Konkurrenzdruck aufnehmen mussten und weniger zählten als schieres Glück.

Er sah, wie der Regisseur ihre Hand nahm und sich zu ihr vorbeugte. Er war einen halben Kopf kleiner als sie. Sein Blick war lasziv.

Es trat ein Moment der Verlegenheit zwischen den beiden ein. Sie ging auf Abstand.

Der Regisseur versuchte, sie fester an sich zu ziehen und ihr etwas zuzuflüstern.

Sie schüttelte den Kopf und hielt ihn sich noch betonter vom Leib.

Ricky beobachtete, wie Dwight, der Regisseur, etwas draufgängerischer reagierte und in forderndem Ton zu ihr sprach. Rücksichtsloser.

Die Frau blieb bei ihrem *Nein.*

So ging es fünf Minuten hin und her. Sie blieb standhaft bei ihren Zurückweisungen, er, über zwanzig Jahre älter als sie, versuchte es offensichtlich mit jeder Anmache aus seinem Repertoire. Schließlich zog sie die Hände aus seinem Griff und kehrte ihm den Rücken. Sie war unverkennbar wütend. Sie wischte sich eine Träne aus dem Gesicht und lief mit eiligen Schritten davon.

Dwight stand da und sah ihr hinterher.

Das nennt man abgeblitzt, dachte Ricky im Stillen. *An diesem Abend hatten noch so zuckersüße Worte, falsche Versprechungen oder kaum verhohlene Drohungen nicht die erhoffte Wirkung gezeigt. Die Masche*

»Wenn du nur ein kleines bisschen nett zu mir bist, kann ich eine Menge für dich tun ...«, hat wohl nicht gezogen, wie?

Ricky behielt den Regisseur, der das Objekt seiner Begierde für diese Nacht mit finsterer Miene ziehen ließ, fest im Blick. Selbst aus der Ferne war ihm seine Verärgerung deutlich anzusehen. Nicht schwer nachzuvollziehen, wie frustriert der Bursche war. Ricky schmunzelte. *Geht doch nichts über eine etwas dramatische sexuelle Zurückweisung in der Öffentlichkeit, um das alte Ego ein bisschen zurechtzustutzen,* dachte er. *Du bist zu alt für sie. Pech gehabt, Arschloch.*

Und an diesem gekränkten Ego werde ich ihn kitzeln.

Über drei Häuserblocks lief Ricky auf der anderen Straßenseite parallel neben dem Regisseur her und gelangte dabei von Chinatown bis zu den Ausläufern des East Village. Jedes Mal, wenn der Regisseur kurz stehen blieb, zog sich Ricky in einen dunklen Winkel zurück. Er sah, wie Dwight bei Rot die Straße überqueren wollte, dann jedoch merkte, dass er es vor dem entgegenkommenden Verkehr nicht mehr schaffte, und wieder auf den Bürgersteig zurückging. Ricky wartete. Die Ampel sprang auf Grün. Der Regisseur lief los, geradewegs auf Ricky zu. Als Dwight noch etwa drei Meter von seinem Bürgersteig entfernt war, trat Ricky aus dem Dunkel und preschte wie jemand, der versuchte, noch schnell vor dem Ampelwechsel hinüberzukommen, auf die Straße. Mit der Präzision eines Turniertänzers und der schlafwandlerischen Sicherheit des eingefleischten New Yorkers manövrierte er sich kaum einen halben Meter an Dwight vorbei. Dann blieb er abrupt stehen, fuhr herum und rief laut: »Hey, Moment mal, sind Sie nicht Dwight Farmer, der Theaterregisseur?« Dabei setzte er einen leichten Südstaatler-Akzent auf, mit ein paar unbetonten Silben, gedehnten Vokalen und einer behäbigen Satzmelodie. Er wusste nicht, wie genau Dwight ihm am Telefon zugehört hatte oder ob allein schon die blecherne Stimmverzerrung durch das billige Wegwerf-Handy genügt hatte, um ihn unkenntlich zu machen, doch er wollte auf Nummer sicher gehen.

Am Rand des Bürgersteigs blieb Dwight stehen und sah Ricky an.

»Ja«, antwortete er misstrauisch.

»Wusste ich's doch«, fuhr Ricky fort, war, als die Ampel auf Grün sprang, mit wenigen Sätzen drüben und schüttelte dem verdutzten Regisseur übertrieben die Hand. »Ich war heute Abend im *Access.*«

Dwight nickte. »Ja, ich glaube, ich habe Sie da gesehen …«

Was Ricky zu bezweifeln wagte.

»Na ja, ich hab auch mächtig geklatscht«, erwiderte Ricky. »Zweite Reihe. Kaum zu übersehen.«

»Ich hoffe, Sie hatten einen schönen …«, fing Dwight an.

»Fantastischer Abend«, triefte Ricky vor Lobhudelei. »Sehr witzig. Sehr clever inszeniert. Ihr Stück, stimmt's?«

»Stimmt«, bestätigte Dwight.

»Sie verstehen es, virtuos mit Worten zu spielen. Wurde das Stück schon mal besprochen?«

»Soweit ich weiß, will es sich jemand von der *Times* ansehen. Und von *Time Out.*«

Wer's glaubt, dachte Ricky sarkastisch.

»Die werden sicher aus dem Häuschen sein. Fünf Sterne. Zwei Daumen hoch. Hat es jedenfalls verdient. Sollte eigentlich auf dem Broadway spielen.«

»Danke.«

Ohne die Hand des Regisseurs loszulassen, rückte ihm Ricky noch ein Stück auf die Pelle.

»Sagen Sie«, fing er wie jemand, der plötzlich eine brillante Eingebung hat, an, »Sie machen nicht zufällig Voiceovers und Nachstellszenen für Reality-Shows und Dokus beim Fernsehen, oder?«

Leichte Arbeit. Regelmäßige Gagen. Macht sich gut in diesem Programmheft. Kann zu lukrativeren Angeboten weiterführen. Ricky wusste genau, wie der Regisseur reagieren würde.

»Ja, klar«, erwiderte Dwight prompt. »Wie war noch gleich Ihr Name?«

Ricky zögerte keinen Moment. »Alex Franz«, antwortete er und schüttelte Dwight immer noch die Hand. Die Inspiration kam von *Franz Alexander,* dem bekannten Psychoanalytiker, Verfasser von *Kastrationskomplex und Charakter* (1921) sowie Pionier auf dem Gebiet der psychoanalytischen Kriminologie.

»Nett, Sie kennenzulernen, Alex. Und Ihre Firma?«

»Verdammt, ich hab keine Karte dabei. *Bear Productions*«, fuhr er

schamlos fort und klopfte dabei übertrieben auffällig seine Taschen nach der fiktiven Karte ab. »Schauen Sie, ich produziere für eine Reihe von Fernsehgesellschaften und bin immer auf der Suche nach vielseitigen Talenten, Leuten, die ein bisschen schreiben und ein bisschen spielen können, die sich im Aufnahmestudio ebenso wie am Filmset auskennen. Deshalb war ich übrigens heute Abend in der Vorstellung. Auf Talentsuche, als Scout. Zum Beispiel diese junge Frau, die in Ihrem Stück die Lady Macbeth gespielt hat. Wir brauchen eine junge Frau, die wir günstig kriegen können«, sagte er schmunzelnd. »Was meinen Sie? Hat sie's drauf?«
Dwight schwieg einen Moment, als dächte er ernsthaft über die Frage nach, und schüttelte dann den Kopf. »Sie ist ein komödiantisches Naturtalent«, sagte er von oben herab, »aber unerfahren, und wenn es darum geht, in einem Drama echte Gefühle rüberzubringen, hege ich meine Zweifel. Sie muss noch stark an sich arbeiten.«
Du Bastard, dachte Ricky. *Wäre dir ein Leichtes gewesen, ihr eine Chance zu geben. Kein Wunder, dass sie nicht mit dir schlafen will.*
»Aber Sie kennen sich schon mit den Dingen aus, nach denen ich auf der Suche bin?«
»Ja«, antwortete Dwight. »Allerdings übernehme ich bei einer Produktion gerne selbst Verantwortung.«
»Zum Beispiel, indem Sie Ihre Dialoge selber schreiben?«
Dwight nickte lächelnd. *Und ob du das tust,* dachte Ricky.
»Na ja, liegt nahe«, sagte Ricky. »Schließlich haben Sie eine ganze Menge Erfahrung auf dem Buckel und kennen sich aus«, erwiderte er freundlich. »Hören Sie, vielleicht könnten wir uns ja mal treffen? Ich erzähle Ihnen, was ich so mache, und wir schauen, ob das zu Ihren Plänen passt? Bevor ich wieder nach Atlanta zurückdüse?«
Atlanta flog ihn einfach an.
»Klar, wieso nicht.«
»Problem ist nur, dass ich schon morgen Nachmittag zurückmuss. Und am Vormittag habe ich eine Reihe von Terminen bei Showtime und HBO. Da muss ich natürlich hin. Die sind mein Geldhahn.«
Wie selbstverständlich ließ er die Namen der großen Kabelfernsehsender mit ihren dicken Produktions-Budgets einfließen.

»Und Sie sind bestimmt auch ein beschäftigter Mann«, fügte er hinzu. *Wenn du dich hier mit Off-off-Broadway abgibst, wohl eher nicht,* dachte er im Stillen.

Dwight schien zu überlegen.

»Vielleicht wenn ich das nächste Mal hier bin«, sagte Ricky. »Bestimmt im Lauf des nächsten halben Jahrs.«

Die Spitze bereitete ihm ein stilles Vergnügen: *ein halbes Jahr.* Für jemanden, der sich in der Theaterwelt von New York durchschlug, eine halbe Ewigkeit. Er genoss es heimlich, den Mann an der Nase herumzuführen. Und er sah ihm an, dass er ihn am Haken hatte.

»Ich wohne da drüben, nur einen halben Block entfernt«, sagte Dwight. »Vielleicht hätten Sie Lust, kurz mit raufzukommen ...«

»Also, ich möchte Ihnen keine Umstände bereiten«, heuchelte Ricky. »Ist schließlich schon ziemlich spät ...«

»Überhaupt kein Problem. Ich bin sowieso eine Eule«, erwiderte Dwight.

Davon gehe ich aus, dachte Ricky. »Mann, das ist wirklich nett von Ihnen. Sieht ganz nach einem dieser Glückstreffer aus, diesen beruflichen Zufallsbegegnungen, so was wie Lana Turner im Coffeeshop ...«

Die Anspielung auf den alten Filmklassiker brachte ein Lächeln auf Dwights Lippen.

»Also, eine Tasse Kaffee wäre wirklich toll. Hat's schließlich auch bei Lana gebracht, nicht wahr?«, legte sich Ricky weiter ins Zeug. »Dauert auch nur ein paar Minuten, Ihnen einen Eindruck davon zu verschaffen, was wir bei unserer Firma so machen, und dann können Sie sehen, ob das für Sie von Interesse ist.«

»Kommen Sie«, sagte Dwight.

Passiert nicht alle Tage, dachte Ricky, *dass die Maus die Katze zu sich in den Bau einlädt. Wohl, weil er nicht ahnt, dass er die Maus ist.*

Small Talk auf der Straße.

Ricky ließ sich weiter in höchsten Tönen über die abendliche Aufführung aus und erging sich ansonsten in einem banalen Geplänkel. Der Regisseur sonnte sich in den Komplimenten.

Wahrscheinlich hat er schon vergessen, dass er bei seinen sexuellen Avancen nicht zum Zuge gekommen ist. Wenn man sie beim Ehrgeiz kitzelt, vergessen die Menschen schnell ihre frustrierten Begierden. Er folgte Dwight eine Treppe hinauf zu einer Wohnung im ersten Stock. Ricky hatte ein Déjà-vu: Mit der freigelegten Ziegelwand und den Theater-Postern hinter Glas ähnelte diese Wohnung verblüffend der von Virgil. Auf dem Wandschmuck war Dwight, in Farbe, in verschiedenen Rollen zu sehen, stark geschminkt für einen Part als alter Grieche in einem Drama von Sophokles, mit Perücke und ledernem Überrock in einer Komödie von Molière bis zu T-Shirt und Jeans bei Tennessee Williams. Auf einem Wandregal neben einem Foto von Dwight mit Martin Scorsese und Robert De Niro prangte ein Obie Award, eine Trophäe an ein ganzes Ensemble für eine Neuinszenierung von *Pygmalion.* Das Foto sollte natürlich suggerieren: *beste Freunde.* In Wahrheit war es wohl eher bei einer zufälligen Begegnung zu irgendeinem offiziellen Anlass entstanden, an den sich gewiss keiner der beiden Stars erinnern konnte. Die Dekoration diente, wie Ricky vermutete, zweierlei Zweck: Zum einen bestätigte sie das aufgeblähte Selbstwertgefühl des Regisseurs, zum anderen sollte sie auf junge Schauspielerinnen, die er zu dieser Tür hereinführte, um sie von dort in sein Schlafzimmer zu dirigieren, Eindruck schinden.

»Wie wär's mit einem Glas Wein?«, fragte Dwight.

Ricky nahm auf einer Couch Platz.

»Rotwein, falls Sie welchen dahaben. Aber Weißwein tut's auch. Was Sie gerade geöffnet haben«, erwiderte er. Der Regisseur kehrte ihm den Rücken zu. Ricky hatte seine Schultertasche und den Beutel mit den Secondhand-Klamotten auf dem Boden abgestellt. Er griff in die Schultertasche und beförderte die Pistole nach oben, sodass er jederzeit Zugriff darauf hatte.

Dwight kam mit zwei Gläsern Rotwein zurück.

»Also, Alex«, sagte Dwight und setzte sich Ricky gegenüber in einen Sessel. »Dann erzählen Sie mal ein bisschen, was Ihnen so vorschwebt.«

Und Ricky ließ seiner Fantasie freien Lauf.

»Also, im Moment arbeiten wir an einer Serie mit sechs Folgen für einen der großen Kabelfernsehsender. Eingehende Dokumentation zu einem Mordfall, der sich unlängst in einem kleinen Städtchen in den Südstaaten zugetragen hat. Waren Sie schon mal in Mississippi oder Alabama?«

»Nein. Für mich gibt es nur die Ost- und die Westküste und nichts dazwischen. Vor ein paar Jahren hab ich mal ein Stück in New Orleans inszeniert. Bei einem Vorzeigeprojekt hier in New York konnten wir damit leider nicht landen. Aber ich lege locker einen astreinen Südstaaten-Akzent hin«, sagte Dwight. »Beim Studium, am Lee Strasberg Acting Studio ...«, ließ Dwight den Namen der berühmten Schauspielschule einfließen, »... mussten wir jede Figur, egal, aus welchem Landesteil, spielen können. Je nach Bedarf kann ich auch mit einem französischen oder einem Cockney-Akzent dienen oder wie ein Pate rüberkommen.«

Dwight lehnte sich im Sessel zurück. »Ein Mordfall, sagen Sie?«

Er erwartete offenbar keine Antwort, sondern zuckte nur die Achseln, straffte den Rücken, verbannte jede Regung aus seinem Gesicht, bevor er sich zu Ricky vorbeugte und wie ein Chamäleon in die nächste Pose wechselte. *Wie beim Schauspielunterricht.*

»Hey, Luigi, wire müssene Leiche beseitigen, capice?«, sagte er.

Starker italienischer Einschlag, passend für einen Mafia-Film à la *Good Fellas.*

Dann die Variante mit gerollten Rrrs, Grüße aus dem schottischen Hochland.

Schließlich: »Wir sollten uns der Leiche entledigen, will mir scheinen, Roger, meinen Sie nicht auch?«

Englische Upperclass, Polo, Rolls-Royce und *God Save the Queen.*

Ricky lachte. »Nicht schlecht«, sagte er. *Soll er sich so richtig am Köder festbeißen.* »Wir stecken mitten in den Vorbereitungen zu der Produktion, und ich bin noch auf der Suche nach der richtigen Besetzung für ein paar der Hauptrollen. Wer ist Ihr Agent?«

Dwight nannte einen Namen, den Ricky noch nie gehört hatte.

»Ah, kenne ich«, sagte Ricky lässig. »Ich setz mich mit ihm in Verbindung.«

»Was würde diese Produktion …«, fing Dwight an, doch Ricky fiel ihm ins Wort.
»Wir drehen immer gerne einige Szenen vor Ort, bevor wir im Studio weitermachen. Atlanta ist im Filmgeschäft mächtig im Kommen«, behauptete er einfach mal so. Hauptsache, es klang überzeugend. »Zwei, drei Wochen am Set für diese Nachstell-Szenen des Verbrechens und dann noch mal ungefähr eine Woche, um kurz vor Fertigstellung Dialoge und Voiceovers einzufügen. Wir gehen es sehr effizient an. Eher kleine Stammbesetzung – was für die Darsteller gut ist, weil wir auf diese Weise deutlich bessere Gagen zahlen können als bei Seifenopern. Wir versuchen immer, möglichst viel von unserem Budget in die eigentliche Produktion und in die Taschen der Darsteller zu stecken, wissen Sie.«
Dwight nickte.
»Gibt einen riesigen Markt für diese Art von Dokus. Tendenz steigend. Da ist jede Menge Geld zu machen.«
Und wieder nickte Dwight.
Mit der Schuhspitze zog Ricky unauffällig seine Schultertasche näher zu sich heran.
Er sah Dwight ins Gesicht und gab sich Mühe, ihn mit dem prüfenden Blick eines Produzenten anzustarren, der einen Kandidaten für eine Rolle vor sich hat.
»Sagen Sie, haben Sie schon mal einen Mörder gespielt?«
»Einen Mörder?«
»Ja«, bekräftigte Ricky. »Einen richtig fiesen, hartgesottenen, rachsüchtigen, hochgebildeten, durchtriebenen, soziopathischen Killer.«
Dwight nickte und lächelte süffisant.
»Das ist unsere Hauptrolle«, fügte Ricky hinzu. Er trug bewusst dick auf, um den Mann bei seiner Eitelkeit zu packen. »Die bei Weitem beste Rolle der ganzen Serie. Etwa in Ihrem Alter, mit Ihrem Körperbau.«
»Aber sicher«, sagte Dwight, »klingt nach einer interessanten Rolle.«
Ricky schenkte dem Mann sein strahlendstes falsches Grinsen. Schließlich hatte er fast sein ganzes Leben damit zugebracht, Informationen aus Menschen herauszukitzeln. Das hier war nicht viel anders. Und er hatte noch einen Vorteil: die Waffe zu seinen Füßen.

»Können Sie mir ein paar Beispiele von Mördern nennen, die Sie gespielt haben?«, fuhr Ricky fort.
Dwight musste einen Moment überlegen. »Ah«, rückte er dann heraus, »na ja, Othello bei einer Freilichtaufführung auf Cape Cod vor ein paar Jahren. Der Moor war ein echter Mörder. Dann hab ich noch den Clifford in Ira Levins *Die Todesfalle* gespielt. Das war am Berkshire Theater. Ich hab ein paar Kritiken und Standfotos aufgehoben, die wir zu Werbezwecken verwendet haben. Und in drei Folgen von *Law and Order* habe ich einen Mörder gespielt …«
Ricky warf in einer freundlichen Geste den Kopf zurück. Ihm kam wieder in den Sinn, was das Mädchen am *13th Street Repertory* so freimütig gestanden hatte. »Das hat jeder Schauspieler in New York in seinem Lebenslauf«, lachte er, und Dwight fiel ein.
»Können Sie laut sagen«, pflichtete er bei. »Zwei Mal habe ich in billigen Horrorfilmen, Sie wissen schon, solchen Slasher-Streifen, Serienmörder gespielt und einmal bei einer Studentenaufführung an der New York University – der Kommilitone, der es inszeniert hat, bekam dafür von seinem alten Herrn, einem Börsenmakler, zweihundert Riesen auf die Hand und hat sich mächtig ins Zeug gelegt. Kam auch in der Festival-Runde ziemlich gut raus. Außerdem hab ich schon für Hörbücher die Rolle der Mörder gesprochen, Sie wissen schon, Textbearbeitungen, bei denen man die unterschiedlichen Figuren für die Hörer durch Tonfall und so weiter herausarbeiten muss …«
»Genau das, wonach wir suchen«, sagte Ricky und achtete auf jedes Wort. »Jemanden, der authentisch nach einem Mörder klingt, wenn er spricht.« *Genauso wie du bei mir am Telefon.*
Dwight nickte eifrig. »Hab ich alles schon gemacht. Wenn ich eine Rolle übernehme, recherchiere ich erst mal gründlich. Nur so kann man die Figur mit jeder Zeile authentisch rüberbringen.«
»War das in letzter Zeit?«
Dwight zögerte einen Moment. »Was verstehen Sie unter letzter Zeit?«
Ricky begriff, dass er hier am Scheideweg war. Er konnte weiter versuchen, die gewünschten Informationen durch indirekte Fragen aus

Dwight herauszuholen, oder ihm, ob bildlich oder wortwörtlich, die Pistole auf die Brust setzen. *Schleimer. Er wird lügen. Er wird sich herauswinden. Er wird mir nicht sagen, was ich wissen will.*

»Schon mal *Der Tod und das Mädchen* gespielt?«, fragte Ricky in fast beiläufigem Ton.

Der Regisseur war offenbar verblüfft.

»Nein«, platzte er heraus, wo ein *Ja* die richtige Antwort gewesen wäre.

»Ich glaube nicht, dass Sie mir die Wahrheit sagen«, entgegnete Ricky, und mit derselben Ruhe, in der er sprach, griff er in die Tasche zu seinen Füßen. Im Bruchteil einer Sekunde hatte er die Waffe in der rechten Hand und richtete sie auf das Gesicht des Regisseurs. Die Pistole, musste Ricky plötzlich denken, besaß so etwas wie ein Eigenleben. »Und offen gesagt, Dwight …«, fuhr er fort und ließ zusammen mit dem Südstaatler-Singsang die Fassade der Höflichkeit fallen, »bin ich hinter der Wahrheit her.«

Dwight erstarrte.

Und Ricky überkam die blinde Wut.

»Hallo, Jack«, sagte er barsch. »Wir sind uns bis jetzt zwar noch nicht persönlich begegnet, aber wir haben schon telefoniert.«

37

Er beobachtete genau, welche Wirkung seine kalten Worte auf sein Gegenüber hatten.

Dwight zitterten die Hände.

Ihm trat der Schweiß auf die Stirn.

Er spannte die Kinnmuskeln an; seine Körperhaltung war von oben bis unten verkrampft. Die Mundwinkel zuckten.

Hättest dir nie träumen lassen, mir einmal von Angesicht zu Angesicht gegenüberzusitzen, nicht wahr?

Ricky beugte sich zu ihm vor. »Bis heute Abend habe ich erst auf einen einzigen Mann geschossen, Dwight. Wenn Sie nicht Nummer zwei werden wollen, dann tun Sie lieber nichts Unüberlegtes.« Ricky legte eine wirkungsvolle Pause ein, lächelte und verzog dann das Gesicht wie ein Kind, das etwas Bitteres auf der Zunge schmeckt. »Deshalb lügen Sie mich besser nicht an. Hören Sie auf meinen Rat, Dwight.«

Dies alles feuerte er ohne Punkt und Komma auf ihn ab und kam dabei so richtig in Fahrt. Für einen Mann, der es gewohnt war, zuzuhören, war es ein gutes Gefühl, seine aufgestauten Spannungen in diesem Wortschwall abzureagieren. Jedes Mal, wenn er den Regisseur beim Namen nannte, sprach er ihn wie ein Schimpfwort aus. Er wollte Dwight keine Chance geben, den ersten Schock zu verkraften. Vielmehr legte er es darauf an, ihn in heillose Verwirrung, Angst und Verständnislosigkeit zu stürzen. In dieser Verfassung, so hoffte er, würde er ihm alles sagen, um seine Haut zu retten. Alles über sein Engagement bei seiner attraktiven Schauspielerkollegin.

Dwight wäre die erste Station. Durch ihn käme er an Virgil heran. Virgil wiederum würde ihn zu Merlin führen, und Virgil und Merlin zusammen Mr R aus der Deckung locken. Der Regisseur war das schwächste Glied in der Kette. Und wahrscheinlich von den Neben-

figuren in der Inszenierung, die sich die drei Geschwister ausgeheckt hatten, die einzige, die noch am Leben war.
Er konnte nur für ihn hoffen, dass es auch so blieb. Fast war er ein wenig überrascht. Nach der Logik der drei Urheber dieses blutrünstigen Dramas hätte Dwight eigentlich schon tot sein müssen.
Schwein gehabt.
Bis heute Abend jedenfalls.
Er hält mich für denjenigen, den er zu fürchten hat. Da liegt er gründlich daneben.
Ricky setzte ein möglichst widerwärtiges, schiefes Lächeln auf. Ein Haifischgrinsen. Das Grinsen eines Serienmörders, ein Gestapo-Grinsen. Ein teuflisches Grinsen.
»Aber, Dwight, ich werde Sie nicht töten, wenn Sie, sagen wir mal, den Mund aufmachen.«
Innerlich kramte Ricky jede Kino- oder Fernseh-Szene aus seinem Gedächtnis hervor, in der eine Figur die andere aus der Reserve lockt. Dennis Hopper und Christopher Walken: *»Sie sind Sizilianer, was?«* Oder auch Sir Laurence Olivier und Dustin Hoffman: *»Sind sie außer Gefahr?«* Um den Regisseur zusätzlich nervös zu machen, starrte er ihn unverwandt an. *In diesem Moment, Dwight, bist du kurz vor der Panik. Du möchtest an jedem anderen Ort sein, nur nicht hier. Du bist bei dir zu Hause – der letzte Ort, an dem du befürchtet hättest, umgebracht zu werden. Ich kenne mich da aus, Dwight, weil ich schon genau da gesessen habe, wo du jetzt sitzt. Ich weiß, dass ein paar deiner Gedanken gerade mit rasender Geschwindigkeit ablaufen und andere in deinem Kopf zu Eis gefrieren. Und du hast nur den einen glühenden Wunsch, irgendwie die nächsten Minuten zu überleben.* »Die Hände bitte da, wo ich sie sehen kann«, sagte Ricky; dabei fiel er in seinen Südstaatenakzent zurück, um ihn ebenso schnell wieder aufzugeben. Er hoffte, dass er auf genügend Filmskript-Klischees zurückgegriffen hatte, um Dwight genau in die Ecke zu treiben, in der er ihn haben wollte.
»Sie lieben die Bühne, nicht wahr, Dwight?«
Der Regisseur war kaum in der Lage zu nicken. Er brachte kein Wort heraus.

»Nun«, fuhr Ricky fort, »dann sind Sie jetzt auf der Bühne, Dwight. Und sehen Sie zu, dass das hier Ihre beste Darbietung wird. Besser als Ihr Othello im Sommertheater. Denn ich würde sagen, Ihr Leben hängt davon ab.«

Dabei kniff er übertrieben die Augen zusammen und zielte am Lauf seiner Pistole entlang. Er war sich nicht sicher, ob er geladen hatte.

»Ich bin der einzige Kritiker, der hier zählt. Nicht die *New York Times,* nicht *Time Out.*«

Er musste den Regisseur derart überrumpeln, dass er keinen klaren Gedanken fassen und sich nichts zurechtlegen konnte, um die Wahrheit zu umschiffen. Die Bedrohung durch die Waffe in seiner Hand musste überzeugend wirken, so unwahrscheinlich es war, dass Ricky tatsächlich Gebrauch davon machen würde. Die Pistolenmündung. Die Stimme. Der bohrende Blick in die Augen. *Eiskalt.* Körpersprache. *Spannungsgeladen.* Das alles musste stimmig sein und so überzeugend, dass der Mann keine Sekunde lang überlegen und spekulieren konnte: *Er wird mich nicht wirklich erschießen.* Die Wette hätte der Regisseur gewonnen. Ricky begriff, dass eigentlich *er* auf der Bühne agierte und nicht Dwight – doch das würde er sich nicht anmerken lassen.

»Also«, sagte Ricky langsam und so bösartig, wie er nur konnte, »reden wir darüber, einen Mörder zu spielen.«

Nach einer kurzen Pause fügte er hinzu: »Über eine Rolle, die Sie gespielt haben, nur nicht in einem Theater oder in einem Film, sondern im realen Leben.«

Dwight saß da wie eine Statue. Alle Prahlerei, alles hochtrabende Gehabe, die ganze aufgeblasene Selbstinszenierung war von ihm abgefallen und alle Farbe aus seinem Gesicht gewichen.

»Ich brauchte das Geld«, brachte er schließlich stotternd hervor.

»Sicher, was sonst«, erwiderte Ricky beinahe freundlich. Dabei streifte ihn der Gedanke an Lawrence Allison, den engagierten Schullehrer, den auf dem Todesbett nur noch der Gedanke an die Zukunft seiner Tochter quälte. *Er brauchte* wirklich *das Geld, du Arschloch. Du* wolltest *das Geld. Ein gewaltiger Unterschied.*

Ricky wechselte wieder in den eisigen Ton: »Ist mir völlig egal, wie klamm Sie waren. Vielleicht brauchten Sie es ja wirklich dringend, Dwight, was ich Ihnen nicht abnehme, aber egal, geht mir am Arsch vorbei, wenn Sie es genauer wissen wollen. Außerdem ziehen bei mir solche billigen Ausreden grundsätzlich nicht, stecken Sie sich die also sonst wohin.«

»Ich weiß nicht ...«, brachte der Regisseur in weinerlichem Ton heraus.

Ricky lehnte sich noch ein wenig zu ihm vor.

»Und ob Sie wussten, Dwight. Sie wussten ganz genau, worauf Sie sich da einlassen. Es war Ihnen nur egal. Schon vergessen, was ich übers Lügen sagte?«

Dwight zitterte sichtlich.

»Tut mir leid. Tut mir leid ...«

Wahrscheinlich hätte er diese Worte noch ein Dutzend Mal wiederholt, hätte Ricky nicht energisch den Kopf geschüttelt und ihn zum Schweigen gebracht.

»Sparen Sie sich Ihre Entschuldigungen, denn ich weiß, dass Ihnen rein gar nichts leidtut. Das sagen Sie nur, weil Sie in die Mündung einer Pistole blicken. Bis vor fünf Minuten hatten Sie nicht die geringsten Gewissensbisse. Nicht die Spur. Die Leute sagen ständig ›*Tut mir leid*‹. Haben Sie eine Ahnung, wie oft ich die Phrase schon zu hören bekommen habe? Ein paar Mal zu oft. Und in den seltensten Fällen ist es auch so gemeint. Gewöhnlich bedeutet es nur: *Mist, dass ich mich habe erwischen lassen.* Aber deswegen bin ich nicht hier, Dwight. Ich sage Ihnen, was ich wissen will ...«

An diesem Punkt fiel ihm Dwight ins Wort und platzte mit einem Geständnis heraus, von dem er hoffte, dass es ihm Kopf und Kragen retten würde. »Sie behauptete, das sei alles nur ein Streich. Ein ausgeklügelter Streich.«

Ricky verzog genervt das Gesicht. »Kommen Sie, Dwight. Als ob Sie ihr das auch nur eine Sekunde lang abgekauft hätten.« Um die Wirkung seiner Worte zu verstärken, nahm er wieder Ziel. »Den Bären hat sie Ihnen nur aufgebunden, um Ihnen die Entscheidung leichter zu machen. Darin ist sie gut.« *Ein Streich und ein bisschen Geld und eine richtig gute schauspielerische Leistung, die nie jemand außer*

Dwight zu sehen bekommen würde. »Geschenkt. Aber ich habe das Gefühl, dass unsere Unterhaltung nicht so läuft, wie ich mir das vorgestellt habe, Dwight ...«

Noch bevor er ihm näher erläutern konnte, wieso, stieß Dwight hervor: »Sie hat mir genau vorgegeben, was ich sagen soll, bei der Probe, als sie auf der Bühne ›Text!‹ sagte. Ich hab die kleine Videokamera bedient und einfach gerufen, was sie mir sagte ...«

Ricky schwieg. *In* Tod und das Mädchen *gibt es drei Figuren. Nur zwei davon waren in dem Moment auf der Bühne. Als Virgil ›Text!‹ sagte, wirkte es spontan. War es aber nicht. Es war sein Stichwort gewesen. Verdammt. Das hätte ich durchschauen müssen.*

»Sie waren ein sehr überzeugender *Jack*, Dwight.«

»Wir haben geübt. Wir haben geprobt. Ziemlich viel. Abend für Abend ...«

Und vielleicht hat sie sich auch noch anderweitig erkenntlich gezeigt, wie? Du wärst das leichteste Verführungsopfer ihres Lebens, Dwight.

»Sie hat verlangt, dass ich mich richtig in die Rolle einfühle. Sie hat mir Bücher zu lesen gegeben. Sie hat mir Filme gezeigt. Ich habe Drehbücher gelesen. Ich bin völlig darin eingetaucht. *Method Acting*. Sie meinte, ich müsse so gut vorbereitet sein, weil Sie den leisesten falschen Ton heraushören würden.«

»Genau so, wie Sie's lieben, nicht wahr, Dwight?«

Er nickte.

»Und sie hat Sie laufend gelöhnt. Und nicht zu knapp, wette ich.«

Auch dies bestätigte Dwight mit einem stummen Nicken.

Ricky war drauf und dran, nachzuhaken, wie genau die Vorbereitungen abgelaufen seien – was, wie und warum –, da solche Fragen gewöhnlich auch die Vergangenheit ausleuchteten. Auf diesem Terrain war er zu Hause. *Wenn ich weiß, was dem Komplott vorausgegangen ist, lässt es vielleicht Rückschlüsse darüber zu, wie es von hier aus weitergeht.* Das war die klassische Methode des Psychoanalytikers.

»Immer wenn ich mit Ihnen telefoniert habe«, sagte Dwight, »stand sie neben mir. Teilweise hatte sie mir den Text aufgeschrieben. Manchmal sollte ich improvisieren. Ich bin gut im Improvisieren. Machen wir ständig im Schauspielunterricht ...«

Genau der Grund, warum sie dich genommen hat, Dwight, dachte Ricky im Stillen. *Du warst der ideale Kandidat für das Theater, das die drei ausgeheckt hatten. Abgesehen davon, dass sich niemand sonderlich darum geschert hätte, wenn du anschließend plötzlich von der Bildfläche verschwunden wärst.*

»Ziemlich oft hat sie mir sogar das eine oder andere souffliert. Ich hatte Sie auf laut gestellt. Sie hatte Stift und Schreibblock und schrieb, während sie mithörte, etwas auf. Zum Beispiel musste ich sagen: *Sie versuchen, ein Verbrechen aufzuklären, bevor es stattgefunden hat ...* oder auch: *Es gibt alle möglichen Todesarten ...* Ich sollte behaupten, ich würde den Anwalt umbringen ... es sollte alles völlig irre klingen. Ich sollte verrückt und zugleich entschlossen rüberkommen. Sie sollten begreifen, dass ich töten würde, und aus triftigen Gründen. Ich nehme an, ihr Bruder ...«

Während er sprach, dachte Ricky nur: *Verdammt gute Darbietung, Dwight. Ich bin dir auf den Leim gegangen.*

»Hat sie den Namen *Merlin* erwähnt?«

Dwight schüttelte den Kopf. »Wie? Sie hat kein einziges Mal irgendeinen Namen genannt. Sie hat mir immer nur eingetrichtert: ›*Sei ein Mörder, weil ...*‹«

Er brach mitten im Satz ab. Ricky konnte förmlich sehen, wie es dem Regisseur die Kehle zuschnürte, als ihm etwas einfiel, das er nicht sagen wollte. Diese oder eine ähnliche Reaktion hatte er schon Hunderte Male in seiner Praxis gesehen, wenn dem Patienten eine entscheidende Erkenntnis auf der Zunge lag und ihm gleichzeitig bewusst wurde, dass er sie lieber nicht aussprechen wollte, weil ihn das einen Schritt zu nah an eine Klippe geführt hätte und er Angst hatte abzustürzen. Er versuchte dann, sein Gleichgewicht zu wahren. In einer therapeutischen Situation hätte Ricky den Patienten mit behutsamen Fragen dazu gebracht, sich der Erkenntnis zu stellen. Auf den Luxus solcher Feinfühligkeit musste er an diesem Abend verzichten, und so stieß er mit dem Lauf der Pistole in Richtung auf Dwights Stirn.

»Ich höre, *Du-white*«, sagte er.

»Nein, bitte! Bitte!«

»Ich höre.«
»Ich will nicht sterben.«
»Das ist nicht zu übersehen. Ich höre.«
Dwight schloss die Augen. »Sie sagte: ›Seien Sie wie ein Mörder, denn Sie sprechen mit einem Mörder.‹« Er öffnete die Augen. »Bitte«, flehte er erneut. »Sie sind Arzt. Sie sind kein Mörder. Das weiß ich. Sie helfen Leuten, nicht wahr? Sie bringen keine um.«
»Da seien Sie sich mal nicht zu sicher«, erwiderte Ricky. »Wäre immerhin möglich, dass sie die Wahrheit gesagt hat. Vielleicht bin ich ja ein Mörder.«
Er staunte selbst, wie glatt ihm diese halbe Lüge und halbe Wahrheit über die Lippen ging und der Regisseur sie ihm offenbar abnahm. In der Stille, die zwischen ihnen eintrat, spürte er förmlich, wie die *Lüge* die Oberhand gewann und ihm gleich einem Stilett unter die Haut ging. Dann fiel Ricky noch eine zweite Lüge ein, die eher etwas von einem Krummsäbel hatte, und so rückte er noch ein wenig näher an sein Opfer heran, zog dabei jedoch den Pistolenlauf ein wenig von der Stirn seines Gegenübers zurück.
»Dwight, Sie sollten klugerweise bedenken, dass ich hier hin- und hergerissen bin. Ein ziemlich starker Impuls sagt mir: *Erschieße Dwight.* Ein anderer Teil von mir hält dagegen: *Er ist doch nur eine miese kleine Wanze, reine Zeitverschwendung.* Was meinen Sie, Dwight, welche Stimme wird siegen?«
»Bitte«, wimmerte er.
»Würden Sie mich bitte mit Ihrem *Bitte* verschonen, Dwight! Bettelei bringt unter diesen Umständen gar nichts. In die Enge getrieben, Dwight, können ganz normale Menschen schreckliche Dinge tun. Wissen Sie, wie schnell dann die Hemmungen von einem abfallen?«, sagte er, nunmehr wieder in diesem spöttischen Ton. »Ärzte bilden da keine Ausnahme. Das lernt man schon am ersten Tag seiner Facharztausbildung in der Psychiatrie. Verstehen Sie, was ich Ihnen sagen will?«
Der Regisseur nickte.
»In uns allen schlummert eine gewisse Anlage zum Psychopathen. Selbst in mir. Und wir wissen wohl beide, dass Ihnen diese Neigung

ganz und gar nicht fremd ist, denn als sie zu Ihnen kam und sagte: *Seien Sie ein Mörder,* und: *Hier, schon mal ein Vorschuss,* haben Sie sich einfach dieser Neigung in Ihnen überlassen. Und jetzt müssen Sie sich heute Abend die Frage – die einzig wichtige Frage – stellen: Ist das hier eine Situation, in der Dr. Starks *seinem* inneren Psychopathen nachgeben wird? Was meinen Sie, Dwight?«

»Bitte! Ich sage Ihnen … was auch immer Sie …«

Er klang mehr als erbärmlich.

»Gut. Die richtige Antwort. Und jetzt zu Paddington …«

»Sie hat mir ein Video gezeigt, auf dem er zerfetzt wurde. Sie meinte, Sie würden das Gespräch sofort darauf lenken.«

Womit sie richtiglag.

Plötzlich bestürmten Ricky alle möglichen Bilder von den Vorbereitungen der Falle, die sie ihm gestellt hatten. Das zersplitterte Glas auf einem Familienfoto. Paddington. Die geköpfte Schlange. Ein Puzzle, das sich langsam zusammensetzte und Gestalt annahm. Ein Friedhof und Bibelzitate. Eine dick aufgetragene Symbolik, dazu gedacht, einem Mann, der in seinem Beruf ständig mit Symbolen arbeitet, die Schlinge um den Hals zu ziehen. Es war aufwendig. Es war raffiniert. Und all diese übermächtigen Bilder brachten ihn schließlich an das Sterbebett eines Mannes in Alabama, damit auch er dort den Tod fand. Er fasste es kaum, wie virtuos die drei Geschwister mit Ideen und Vorstellungen gespielt hatten, die ihn so fesseln würden, dass er zwischen Fiktion und Wahrheit nicht mehr unterscheiden konnte. *Zeige drei Menschen ein Bild von einem Nagel. Die ersten beiden werden sagen: »Das ist einfach nur ein Nagel.« Der Psychoanalytiker hingegen stellt fest: »Das ist ein Objekt aus Eisen, das vor Jahrtausenden erfunden wurde und dazu dient, zwei Hölzer über einen längeren Zeitraum zusammenzuhalten. Doch für die richtige Verwendung benötigt man einen Hammer und einen Zimmermann, der ihn passgenau einschlägt, sodass er maximalen Halt entfalten kann …«*

Und auf diese Weise haben sie mich ausgetrickst.

»Na schön, Dwight. Und jetzt rate ich Ihnen, sich Ihre Antworten auf meine nächsten Fragen ganz genau zu überlegen. Vergessen Sie nicht, dass möglicherweise Ihr Leben an diesen Antworten hängt.«

Dwight nickte.
»Wo ist sie?«
Dwight war wie aufgelöst. »Ich weiß es nicht, ich weiß es nicht …«
»Keine gute Antwort, *Du-white* …«
»Nein, nein, bitte, sie ist immer hierhergekommen. Ich hab nur eine Handynummer von ihr …«
»Und wo ist diese Nummer?«
»Auf einem Zettel. In der Küche, am Kühlschrank …«
Na, wenn das nicht vorhersehbar war, dachte Ricky.
Wieder durchbohrte er den Regisseur mit einem vernichtenden Blick. Ihm wurde klar, dass er selbst in einer Zwickmühle steckte. Wie jeder miese kleine hinterhältige Mistkerl würde Dwight, kaum dass Ricky gegangen war, Virgil anrufen. Er konnte den Regisseur nicht töten. *Ich bin kein Mörder. Selbst wenn ich mich dazu gezwungen sähe.* Andererseits brauchte er einen Zeitvorsprung.
Einerseits sitze ich in der Klemme, überlegte Ricky, *andererseits ist das hier auch eine Chance.* Alles, was er zu Dwight sagte, würde der Schauspieler-Regisseur brühwarm Virgil hintertragen.
»Sie wollen heute Nacht am Leben bleiben, Dwight?«
Der Regisseur nickte eifrig.
»Dann sagen Sie mir, wo Sie Bindfaden haben, nein, Isolierband. Sehen Sie's mal so, Dwight: Sie helfen mir, Sie zu fesseln, und Sie bleiben am Leben. Ich meine, sehe ich wie jemand aus, der sich erst die Zeit nimmt, Sie zu fesseln, um Sie anschließend zu erschießen?«
Dem Regisseur stand ins Gesicht geschrieben, wie es in seinem Kopf arbeitete und er abzuwägen versuchte, ob Ricky die Wahrheit sagte oder sich den Mord nur leichter machen wollte. Dwight war ein verweichlichter Schöngeist, dem zu Mord nichts anderes einfiel, als Shakespeares Othello oder den Bösen in *Law and Order* zu spielen. Was ihm an diesem Abend widerfuhr, lag gänzlich außerhalb seiner Vorstellungskraft. Als Ricky sah, dass der Regisseur immer noch mit sich kämpfte, half er seiner Entschlusskraft ein wenig nach.
»Wenn Sie es mir nicht verraten, Dwight, lassen Sie mir keine Wahl.« Er beugte sich vor und nahm ein kleines Kissen von der Couch, auf der Dwight saß. Das Kissen hielt er vor den Lauf seiner

Waffe. »Sie glauben ja nicht, Dwight, wie effektiv man den Lärm – zum Beispiel von einem Schuss – mit so einem kleinen Kniff dämpfen kann. Aller Wahrscheinlichkeit nach wird auf diese Weise niemand etwas hören.«

Auch wenn er nicht wusste, ob die Behauptung stimmte, zeigte sie augenblicklich Wirkung. Die kleine Vorführung war ein wenig an Mr Rs Darbietung in Rickys Praxis am ersten Abend des Mordkomplotts gegen ihn angelehnt. Mr R hatte ihn eigens auf den Schalldämpfer aufmerksam gemacht, den er an seiner Neun-Millimeter befestigt hatte – mit derselben psychologischen Wirkung auf Ricky, wie er sie jetzt auf Dwight ausübte.

Der letzte Trumpf.

»Oberste Schublade rechts, neben dem Herd.«

Ricky lächelte.

»Gehen wir, Dwight. Ganz langsam. Sie dürfen hoffen. Sie sind ganz nah dran, diese Nacht zu überleben. Vermasseln Sie es also nicht im letzten Moment.« Tatsächlich, stellte Ricky fest, folgte alles, was er an diesem Abend gesagt hatte, fast haarklein dem Skript von Mr R bei ihrer ersten Begegnung in Miami.

Der Regisseur stand langsam und vorsichtig auf. Mühsam kam er auf die Beine, und mit der freien Hand schubste ihn Ricky Richtung Küche. Dabei richtete er seine Waffe auf den Hinterkopf des Mannes und betete innerlich, dass Dwight sich nicht plötzlich umdrehen würde, denn falls er sich wehrte, traute Ricky sich nicht zu, abzudrücken.

»Da«, sagte Dwight und zeigte auf die Schublade. Darin befand sich eine Rolle silbergraues Isolierband.

»Geht doch, Dwight. Jetzt sind Sie Ihrer Chance, morgen früh die Sonne aufgehen zu sehen, einen großen Schritt näher gekommen. Und nun ins Schlafzimmer.«

Wie ein gut abgerichteter Hund tappte Dwight auf wackeligen Beinen voran.

Neben seinem Bett blieb er stehen.

»So weit, so gut«, lobte ihn Ricky. »Und jetzt ausziehen.«

»Was?«

»Raus aus den Sachen, Dwight. Ganz.«

Der Regisseur zögerte einen Moment, warf einen erneuten Blick auf die Pistolenmündung und zuckte schicksalergeben die Achseln. Dann zog er sich hastig aus. Binnen weniger Sekunden stand er nackt da. Die Demütigung, die er empfand, war mit Händen zu greifen.

»Umdrehen. Arme hinter den Rücken. Füße zusammen.«

Ricky brauchte kaum mehr als eine Minute, um dem Regisseur mit dem Isolierband die Hände zu fesseln; dann folgten die Beine.

Zuletzt schnitt er ein kleineres Stück Band ab und pappte es Dwight über den Mund.

Dem Mann stand erneut die blanke Angst in den Augen.

»Sie werden sich befreien können, Dwight. Es wird eine Weile dauern und ein bisschen Mühe kosten, aber Sie schaffen das schon.«

Ricky lächelte. Er wollte absolut sicherstellen, dass Dwight überlebte und, sobald er sich entfesselt hatte, Virgil anrief. Er wusste, dass der Regisseur nie im Leben die Polizei einschalten würde. Und er wollte sicherstellen, dass Dwight einerseits diese Nacht nicht vergessen, andererseits einige Details für sich behalten würde.

»Machen Sie ihr klar, wie nahe ich ihnen bin«, sagte Ricky im Flüsterton. »Ich sitze ihr und den anderen im Nacken.«

Er setzte noch einen drauf.

»Und, Dwight? Sagen Sie ihr, ich sei genau wie sie. Ich werde nicht ruhen und rasten. Haben Sie das verstanden? Niemals.«

Er war noch nicht ganz fertig. Er ließ den gut verklebten und geknebelten Dwight neben dem Bett stehen. Dann kehrte er in die Küche zurück, wo er, wie Dwight gesagt hatte, Virgils Telefonnummer an der Kühlschranktür fand. Dann kramte er unter dem Spülstein, wo er wie erhofft eine Rolle Müllsäcke fand. An der Küchenwand befand sich ein Festnetztelefon. Ricky riss es heraus und stopfte es in den Sack. Dann kehrte er ins Wohnzimmer zurück und fand dort das Handy des Regisseurs, das ebenfalls in den Müllsack wanderte. Er vermutete, dass sich im Schlafzimmer ein drittes Telefon befand, und kehrte zu Dwight zurück, der so, wie er ihn verlassen hatte, nackt und gefesselt neben dem Bett stand.

»Schätze, ich brauche Ihnen nicht zu sagen, dass Sie stillstehen sol-

len«, sagte Ricky, während er das letzte Telefon entsorgte. Bei dieser Bemerkung musste er sich zusammenreißen, um nicht loszuprusten. In einen zweiten Müllsack stopfte er Dwights Kleider. Anschließend ging er zu einer Kommode und leerte den gesamten Inhalt in den Sack. Zuletzt kam der Kleiderschrank an die Reihe. Er stopfte alle Jeans sowie andere Hosen, den einzigen dunkelblauen Anzug, der an der Stange hing, in den Plastiksack, drückte alles nach unten und zog die Bänder an der Oberseite zu. Er war nicht sicher, ob er auf diese Weise *sämtliche* Kleidungsstücke, die es in der Wohnung gab, konfisziert hatte. Doch er hatte mehr als genug gefunden. Er sah den verwirrten Blick des Regisseurs. *Der Groschen ist noch nicht gefallen,* dachte Ricky. *Was wird er tun, selbst wenn er sich befreit hat? Splitternackt bei seinen Nachbarn an die Tür klopfen? Oder zum nächsten Laden an der Ecke laufen, um zu telefonieren? Wohl kaum.*
Er beugte sich zu Dwight vor und flüsterte ihm ins Ohr: »Und vergessen Sie nicht, ihr zu sagen, dass Sie blankgezogen haben.«
Dieser kleine Scherz bereitete ihm aufrichtiges Vergnügen. Er schätzte, dass Dwight Virgil dieses kleine Detail lieber verschwieg. Doch es verfehlte nicht seine symbolische Wirkung. Sagte er es ihr doch, würde es Virgil ziemlich nervös machen, und sie würde sich fragen, was sich Ricky wohl als Nächstes einfallen ließ.
Dabei war ihm klar, dass er nicht von der Schwester auf den Bruder schließen durfte. Mr R würde darin nur eine spöttische Provokation sehen. Mr R würde es als Hohn empfinden. Das käme Ricky gelegen. Verärgerte Menschen machten Fehler.
Ricky gab Dwight Gelegenheit, seine Worte sacken zu lassen, drehte ihn dann herum und schubste ihn mit dem Gesicht nach unten aufs Bett. Dann hängte er sich die Schultertasche um, nahm die Müllsäcke und verließ die Wohnung, ohne die Tür abzuschließen. Er hatte ein wenig Mühe mit den Kleidersäcken, bevor er sie neben den Mülltonnen und einer Reihe Plastiksäcken, die für die morgendliche Müllabfuhr am Straßenrand standen, ablud. Er ging davon aus, dass Dwight den nötigen Anruf bei Virgil machen würde.
Ihm ist nur nicht klar, dass er damit möglicherweise sein eigenes Todesurteil fällt.

Mr R, wusste Ricky aus eigener Erfahrung, hasste lose Enden, und Dwight flatterte haltlos im Wind.

Die nächtliche Stadt mit ihrem ständigen Wechsel zwischen Licht und Dunkel erschien ihm launisch. Ricky fand ein Abrissgrundstück in einem Häuserblock, auf dem er sich unbeobachtet fühlte, zog den zu großen Secondhand-Mantel aus dem Beutel, verschmierte ihn mit etwas Dreck vom Boden, sodass er, als er ihn sich über die Schultern hängte, augenblicklich schmuddelig und abgetragen wirkte. Er brach sofort in Schweiß aus – doch Schweiß und Körpergeruch waren für die Rolle, die er spielen wollte, unverzichtbar. Er brauchte unbedingt eine Zuflucht, an der er sich sicher fühlen, seine Gedanken ordnen und sich seine nächsten Schritte überlegen konnte. Genau so einen Ort hatte er im Auge.

Er wühlte in seiner Schultertasche, vergrub seine Handfeuerwaffe unter seinen anderen Sachen, holte dafür aber seinen Führerschein aus New Hampshire heraus, mit seinem Foto und dem Alias, das er sich fünf Jahre zuvor erschaffen hatte.

Dabei hegte er keine Zweifel, dass Mr R nach beiden Identitäten suchen würde, der echten als *Dr. Frederick Starks* und der falschen als *Richard Lively.*

Zielstrebig lief Ricky Richtung Norden, und als er in die erstbeste U-Bahn-Station hinabstieg, die er sah, stellte er sich vor, wie ihn der Erdboden verschluckte. In der Station begab er sich mit gesenktem Kopf eilig zum Bahnsteig. Dabei murmelte er zur Übung vor sich hin. In einem unablässigen Redefluss brabbelte er Worte wie *Raketenschiff* und *CIA* und *keiner wird mich jemals lieben* vor sich hin – gerade so viel unzusammenhängendes Zeug und paranoides Gejammer, dass jeder, der ihn hörte, geflissentlich wegsah und einen großen Bogen um ihn machte.

Er musste daran denken, wie Charlie seine Erfahrung beschrieben hatte, wenn er durch die Straßen von Miami wanderte.

Ich bin unsichtbar.

Genau das hatte auch Ricky im Sinn. Er fügte die Phrase: »Danke, Charlie«, in seine Selbstgespräche ein. Das waren die einzigen aufrichtig empfundenen Worte, die er vor sich hin sagte, als er im Waggon nach einer Haltestange griff und wenig später wieder zur Straße herauskam. Auf seinem Weg den Bürgersteig entlang übte er sich in der neuen Rolle eines Schizophrenen und hoffte, dass seine schauspielerischen Fähigkeiten halbwegs überzeugend waren. Er hatte genügend psychisch gestörten Menschen gegenübergesessen, um sich eine leidliche Nachahmung zuzutrauen. *Wenn auch vielleicht keine so raffinierte, überzeugende darstellerische Leistung, wie sie Virgil auf die Bühne brächte,* fügte er in Gedanken hinzu. Doch für den Hausgebrauch würde es wohl reichen. Er zuckte einige Male, bereicherte sein Repertoire um die Worte *die wollen mich umbringen,* eine wahrheitsgemäße Einschätzung seiner Situation, doch für jeden, der zufällig an ihm vorbeikam, das Geplapper eines Verrückten. Und so zog er auf der Sixth Avenue durch Manhattan.

Als er an einer rund um die Uhr geöffneten Drugstorefiliale vorbeikam, legte er in seinen Selbstgesprächen eine Pause ein und kaufte sich ein kleines Döschen Aspirin. Dann öffnete er den Plastikbehälter und leerte ihn in seine Manteltasche. Die Verpackung warf er in den Müll. Der Drugstore verfügte auch über einen Münzfernsprecher. Er schob einige Geldstücke ein und wählte die Nummer des *Access Theater.*

Wie erwartet, schaltete sich die Ansage des Anrufbeantworters ein: »Die Theaterkasse ist geschlossen. Sie hat morgen ab sechzehn Uhr geöffnet. Falls Sie Plätze reservieren wollen, sprechen Sie bitte eine Nachricht auf Band.«

Er hielt sich den Ärmel vor den Mund und sprach mit gedämpfter Stimme. »Jemand sollte sofort zu Dwight, dem Regisseur, in seine Wohnung gehen«, sprach er hastig auf Band. »Dwight ist nicht ganz wohlauf und benötigt wirklich umgehend Hilfe.«

Dann hängte er ein. Am Morgen würde sich irgendjemandem vom Theater ein unvergesslicher Anblick bieten. Ricky trat auf die Straße, nahm seinen Gesprächsfaden wieder auf und schlüpfte erneut in die Rolle, die er für den Rest der Nacht zu spielen gedachte. Dabei wusste er genau, wohin er wollte.

An einen Ort des Rückzugs, um seinen nächsten Schritt zu planen.

Ein Hotel der besonderen Art. Das New Chance House liegt in einem Teil von Midtown Manhattan, der früher einmal als Hell's Kitchen bekannt war. Das Wellnesscenter für schizophrene Obdachlose und manisch-depressive Gäste ist für viele Gestrandete ein Leuchtturm der Hoffnung. Während seiner Berufsjahre in New York war Ricky ein, zwei Mal dort gewesen, zu professionellen und gesellschaftlichen Anlässen. In seiner Praxis in New York hatte es keine Patienten wie Charlie gegeben, die unter schweren psychischen Störungen litten. Vielmehr waren damals Leute zu ihm gekommen, die von Depressionen, Neurosen und allen möglichen Zweifeln heimgesucht wurden, nur nicht über ihren Kontostand. Im Lauf der letzten fünf Jahre hatte er sich jedoch in psychiatrische Krankheitsbilder hineingekniet, die über die Probleme der Reichen weit hinausgingen, und so betrat er, als er lange nach Mitternacht zur Tür hineinging, vertrautes Terrain.

An einer Wand hing Kunst, die von der Hand der Hausgäste stammte. Einige der Bilder waren bizarr, andere boten einen düsteren Einblick in den Albtraum der Geisteskrankheit. Zugleich brachten die Bilder auch eine vage Hoffnung zum Ausdruck. Indem sie hier hingen, schienen sie zu sagen: *So habe ich es früher einmal erlebt, aber heute längst nicht mehr so schlimm. Ich möchte so bleiben, wie ich jetzt bin, und nicht wieder so sein, wie ich einmal war.*

Seitlich vom Eingang befand sich eine Rezeption. Dahinter saßen ein junger Mann und eine Frau um die vierzig, fünfzig. Ricky wusste, dass fast jeder, der im New Chance House arbeitete, früher einmal mehr oder weniger in derselben Verfassung wie jetzt er durch diese Tür gekommen war, und so ging er langsam auf sie zu.

Er erwiderte ihren Blick nur kurz und sah blitzschnell weg. Er starrte zur Decke, als wolle er sich vergewissern, dass der Putz nicht herunterkam, bevor er sich wieder den beiden Mitarbeitern zuwandte.

Er murmelte etwas, griff dann in eine Tasche und reichte dem jungen Mann seinen Ausweis als *Richard Lively*.

»Richard möchte nicht auf der Straße schlafen.« Er sprach von sich in der dritten Person. »Richard hätte gern ein warmes Bett, wo es sicher ist.«

Der junge Mann nickte. Die etwas ältere Frau sah augenblicklich in einem Belegbuch nach.

»Waren Sie schon mal hier?«, fragte der junge Mann.

Ricky ließ sich mit der Antwort Zeit, wandte den Kopf ein wenig zur Seite, als gebe er die Frage an jemand anderen weiter, und schüttelte dann den Kopf.

»Richard ist hier schon mal vorbeigekommen. Richard hat reingeguckt und ist schon mal bis zur Haustür gekommen. Aber das ist das erste Mal, dass er reinkommt.«

»Wir können Ihnen helfen«, antwortete die Frau mit einem überaus freundlichen Lächeln. »Haben Sie Medikamente dabei?«

Ricky tat so, als kramte er umständlich in seinen Taschen, bis er die Hand wieder herauszog und darin einige der losen Aspirintabletten zum Vorschein kamen. Er warf sich eine in den Mund und schluckte sie.

»Richard weiß, dass sie helfen«, sagte er. »Aber manchmal vergisst er sie.«

Nochmals, Charlie, danke!, dachte er im Stillen.

»Erst mal finden wir ein Bett für Sie. Wo Sie sicher sind. Und morgen können Sie dann mit einem unserer Mitarbeiter über einen Plan sprechen.«

Er musste schmunzeln. Wenn die Frau von *Plan* sprach, hatte sie eine Therapie im Sinn. Der *Plan,* der ihm vorschwebte, war entschieden anderer Natur.

»Das würde Richard gefallen«, sagte er.

»Haben Sie gegessen? Haben Sie Hunger?«, fragte der junge Mann.

»Richard hätte sehr gerne etwas zu essen«, erwiderte er.

Der junge Mann stand auf. »Nun, dann kommen Sie mal mit«, sagte er.

Es gibt viele Orte in New York, an denen Mr R nach mir suchen könnte, dachte Ricky, während er dem jungen Mann in dem altehrwürdigen Gebäude nach hinten folgte. *Hier ganz sicher nicht.*

Er war mit seiner Wahl zufrieden. Er wusste, dass er hier für die Nacht und wahrscheinlich auch für einige weitere Nächte sicher aufgehoben war.

Zugleich konnte er nicht leugnen, dass er sich schämte. Von all den Lügen, zu denen er in den letzten Tagen gegriffen hatte, all den falschen Namen, die er angenommen, den Rollen, die er gespielt hatte, war das hier moralisch die bedenklichste.

Daran war jetzt nichts zu ändern, doch er schwor sich, falls er die nächsten Tage überlebte, etwas zu tun, um es den Leuten hier zu danken. Vielleicht genügte es schon, einfach nur Charlie kostenlos zu behandeln. Vielleicht gab es noch andere Möglichkeiten, doch das hatte zu warten. Erst einmal musste er überleben. *Wenn ich überzeugend einen Schizophrenen spielen kann,* dachte er, *bekomme ich dann auch einen psychopathischen Killer hin?*

Als er dem Mitarbeiter des New Chance House zu einer hell erleuchteten Küche folgte, dachte er: *Es ist mir einmal gelungen, jemanden* nicht *zu töten. So habe ich mir fünf Jahre ohne Schuldgefühle erkauft, die sich jetzt als Selbstbetrug erwiesen haben. Ich glaube kaum, dass sich mir diese Chance noch einmal bietet.*

Ich fürchte, an diesem Punkt bleibt mir nur noch die eine Wahl: zu töten oder mich töten zu lassen.

Darauf lief es damals hinaus, und heute ist es nicht anders.

Die Sache klang einfach.

Doch so wie eine von Charlies Stimmen in seinem Kopf sagte ihm etwas, dass es komplizierter werden würde.

38

Wie U-Boote, die als unsichtbare Gefahr in tiefen Gewässern lauern, musste Ricky seine drei Gegner zwingen aufzutauchen. Genau das war ihm fünf Jahre zuvor gelungen und hatte ihn in die Lage versetzt, Mr R auf Augenhöhe zu stellen – an einem Ort seiner Wahl, was ihm einen kleinen, doch deutlichen Vorteil verschafft hatte. Virgil hatte er wahrscheinlich jetzt schon richtig übel mitgespielt. Dafür würde *Du-white* sorgen, sobald er das Isolierband von den Lippen hatte. *Na, Angst, Virgil? Was wird sich Ricky wohl als Zugabe einfallen lassen?* Als Nächsten würde er sich Merlin zur Brust nehmen. Er bot die größte Angriffsfläche.

Mr R hingegen war schwerer zu fassen.

Er geht mir nicht so leicht auf den Leim wie die anderen beiden. Er ist zu sehr auf der Hut.

Andererseits muss er frustriert sein. All seine ausgeklügelten, sorgfältig inszenierten Pläne durch eine zittrige, vom Krebs gezeichnete Hand zunichtegemacht. Beinahe hatte er die Wünsche des Lehrers perfekt eingeschätzt.

Beinahe.

Aber knapp daneben.

Also ist er stinksauer. Psychopathensauer. Und von jetzt an traut er keinem mehr zu, die Sache zu Ende zu bringen, außer sich selbst. Er wird kein Risiko scheuen.

Wie also sähe die Falle aus, in die selbst er tappen würde? Ricky glaubte die Antwort auf diese Frage zu kennen.

Eine Falle, die sich wie ein Abklatsch seiner eigenen ausnimmt.

Obwohl sie in Wirklichkeit etwas ganz anderes ist. Ich kann es nicht noch einmal so wie damals anstellen, aber für ihn muss es so aussehen. Ich muss nach dem gleichen Muster vorgehen, nur mit einem anderen Dreh.

Den ganzen Vormittag hindurch spielte Ricky die Farce seiner Geisteskrankheit weiter, brabbelte vor sich hin, setzte sich kurz mit einem Sozialarbeiter zusammen, bei dem er sein Inkognito von vor fünf Jahren wiederaufleben ließ, bis hin zu einer lebhaften Beschreibung der Hausmeisterstelle, die Richard Lively seinerzeit an der University of New Hampshire angenommen hatte. Im Gespräch mit dem Sozialarbeiter – einem dynamischen, jungen Mann mit taufrischem Psychologie-Abschluss der New York University, der sich ihm mit Verve widmete – sagte er nur: »Richard arbeitet hart. Richard wischt gerne Böden.«

Dabei achtete er darauf, jeden Austausch so kurz wie möglich zu halten. Er war ziemlich zuversichtlich, das Personal der Institution mit seiner Maskerade zu überzeugen. Bei den Mitbewohnern im Haus sah die Sache schon anders aus. Gegen zwölf Uhr spazierte er ziel- und planlos wie Hans Guckindieluft zum Haupteingang hinaus, und sprach in seinem Monolog konsequent von sich in der dritten Person.

Zwei Häuserblocks vom New Chance House entfernt gab er die Rolle als Schizophrener auf – somit auch den leicht gebeugten Gang und die endlos gemurmelten Wahnvorstellungen. Bevor er in der Mittagsglut noch einen Hitzschlag erlitt, schlüpfte er aus seinem Mantel und stopfte ihn in seine Schultertasche, sodass sein Selbstlader unter einer weiteren Kleiderschicht noch tiefer sackte. Er schüttelte die Krankheit ab wie ein Schauspieler eine Figur, wenn der Vorhang fällt.

Nach seiner Spontanheilung lief er nun aufrechten Gangs durch die Straßen von Manhattan zum Busbahnhof Port Authority. Durch das Gedränge von Leuten, die Rollkoffer hinter sich herzogen oder Reisetaschen schleppten, bahnte er sich einen Weg zu den Haltestellen der Busse. Er wusste, dass es unweit der Fahrkartenschalter eine Reihe Schließfächer gab. Er fand ein leeres, schob ein paar Quarter-Münzen in den richtigen Schlitz und schloss seine Tasche ein.

Er steckte den Schlüssel in die Hosentasche, ging zu einem Wartebereich hinüber und sank auf einen harten Plastikstuhl.

Ringsum warteten Menschen, manche ungeduldig, manche schweigsam, manche erwartungsvoll. Von Zeit zu Zeit kündigte eine verfremdete Lautsprecherstimme Abfahrten an, und obwohl die Durchsagen kaum zu verstehen waren, standen Menschen auf und begaben sich zu den entsprechenden Bussen.

Im Gewühl der Reisenden fühlte er sich sicher. Die Anonymität in diesem Kommen und Gehen verschaffte ihm Zeit, nachzudenken. Auf einmal wieder in die Haut von Richard Lively zu schlüpfen, fühlte sich so an, wie eine Tonaufnahme immer wieder abzuspielen, einen vertrauten Song, den man Note für Note, Wort für Wort auswendig kann und der doch irgendwie neu klingt.

Für einen Moment lehnte er sich zurück und war in Versuchung, einfach in einen der Busse einzusteigen, egal, wohin, und dem Menschen, der er war, von seinem Beruf und seinen Plänen für den Rest seines Lebens Ade zu sagen. Sich in eine Art privates Zeugenschutzprogramm zu begeben – ohne das Zutun einer Regierungsbehörde, einfach nur aus Angst. Das Selbstvertrauen, das er aus seiner wirkungsvollen Vorstellung bei Dwight geschöpft hatte, war verflogen.

Und genau in diesem Moment, inmitten all der Menschen, die aus hundert, gar tausend verschiedenen Gründen von A nach B oder C oder sonst wohin fuhren, nahmen in seinem Kopf, wenn auch noch schemenhaft, Ideen Gestalt an.

Wo haben sie ihren schwächsten Punkt?

Ricky lächelte. Wieder beantwortete er seine stumme Frage selbst.

»Da, wo sie sich am stärksten fühlen.«

Er stand auf, bemerkte, dass zumindest eine Person auf sein Selbstgespräch aufmerksam wurde, warf einen raschen Blick auf die digitale Uhr, um zu sehen, ob ihm genügend Zeit blieb, und kehrte zur Straße zurück. Dort begab er sich geradewegs zu derselben Drugstorefiliale, in der er in der Nacht die Aspirintabletten gekauft hatte. Erwartungsgemäß fand er in einem Gang billige Kodak-Einwegkameras in gelber Verpackung – wie man sie manchmal bei Hochzeiten auf den Tischen findet, damit Gäste ein paar leicht verwackelte Schnappschüsse von der Trauungszeremonie, den Tischreden oder dem Tanzabend machen können. Eine Wegwerfkamera gab sechzehn Fotos her. Mehr als genug, vermutete Ricky. Nach dem Verlassen des Ladens begab er sich zügig zum Bahnhof.

Mit dem Metro-North-Zug ist man von der Grand Central Station aus binnen einer Stunde in Greenwich, Connecticut. In diesem Pendlerzug trifft man auf die unterschiedlichsten Leute – reiche Wallstreet-Banker, die gleich zur Bar im Speisewagen durchgehen, Studenten, den Backpack auf dem Rücken, betuchte Mütter aus den Vorstadtvierteln, reichlich beladen mit Einkaufstaschen von der Fifth Avenue, bis zu einfachen Arbeitern auf dem Weg zu ihren eher bescheidenen Domizilen in Bridgeport, die kaum mitbekommen, dass sie durch eine der teuersten, auf ländliche Idylle getrimmten Wohngegenden der Vereinigten Staaten fahren.

Vor fünf Jahren war Ricky schon einmal dort gewesen, damals, um zur Erinnerung an ihre ersten Begegnungen eine Flasche Wein als Geschenk an Merlins Tür zu hinterlassen – eine ganz und gar nicht freundlich gemeinte Geste. Diesmal ging es um mehr.

Er ließ noch einmal alles Revue passieren: *die Luxusvilla im Tudor-Stil aus dem Video.*

Vor allem aber: *der weiße Van mit dem Namen der Schule an der Seite.*

Mark junior.

Er spulte innerlich die CD von vorne bis hinten ab.

Du darfst den Bus nicht verpassen.

Werd ich nicht, beruhigte er sich.

Er stieg aus dem Zug und winkte draußen auf dem Parkplatz neben dem Bahnsteig ein Taxi heran.

»Wo soll's hingehen?«

»The Hearts School, Sie kennen den Weg?«

»Klar, kennt hier jeder.«

Ricky wollte sich gerade auf seinem Sitz zurücklehnen, als ihn der Ton der Bemerkung stutzig machte.

»Jeder hier kennt die Schule?«

»Ich will nichts gesagt haben«, beeilte sich der Fahrer, »ich meine, sie ist bekannt, berühmt. Kinder mit besonderem Förderbedarf, den

die normalen Schulen nicht leisten könnten. Das meinte ich.« *Will nichts gesagt haben.* So redete jemand, der ein unbedachtes Wort am liebsten zurückgenommen hätte.
Besonderer Förderbedarf. Ricky kannte den Euphemismus. Das ganze Spektrum an Autismus-Störungen.
»Jedenfalls, da will ich hin. Mein Patenkind mit einem Besuch überraschen.«
Patenkind, damit der Taxifahrer nicht fürchtete, in einen Sorgerechtsstreit zwischen geschiedenen Eltern zu geraten. Dennoch war nicht zu übersehen, dass der Mann ihn etwas misstrauisch beäugte, auch wenn er die Fahrt trotzdem übernahm.
»Klingt doch nett«, heuchelte er.
Ricky sah auf die Uhr. Bis zum Schulschluss konnte es nicht mehr lang sein, darauf zählte er.
Mit dem Taxi ließ er die kleine Innenstadt mit ihren Luxusgeschäften und Kunstgalerien hinter sich und gelangte schon bald in schmale Alleen, die handzahme Version von dem, was die Reichen unter einer ländlichen Wohngegend verstanden. Eine pflegeleichte Natur. Pferdegehöfte, wenn auch nicht wirklich Gehöfte, sondern Gestüte mit Rassepferden, prächtige Anwesen, die sich wenig Mühe gaben, ihren Reichtum zu verbergen, und die inmitten von weitläufigen Parkanlagen mit kurz gemähten Rasenflächen standen. Riesige Villen mit separaten Pförtnerhäusern, die für sich genommen größer waren als die meisten normalen Einfamilienheime. Überall schmiedeeiserne Zäune und die diskreten Plaketten von Überwachungsdiensten. Auf mehr als einer davon war die Warnung zu lesen: *Bewaffnete Abwehr*. Ricky kam der Gedanke, dass selbst Mrs Heath, mit all ihren kostbaren Schätzen, die in ihrer Residenz in Miami zu bewundern waren, nur einen Blick auf die mondäne Welt von Greenwich werfen und denken würde, dass die rote Linie zur Protzerei hier eindeutig überschritten war.
»Die Schule kommt gleich, rechter Hand«, sagte der Taxifahrer. Er fädelte sich hinter einigen schwarzen Mercedes-Karossen ein und bog auf eine breite Zufahrt ab, die ein weiß gestrichener Holzzaun von der Straße trennte. Das Taxi war absolut deplatziert zwischen

all den Luxusschlitten, ob SUV oder Limousine. Neben einer ganzen Reihe Karossen vertraten sich Chauffeure die Beine, und Ricky machte mindestens einen Bentley aus. Auf einer Seite einer langen, kreisförmigen Zufahrt zum Eingang des Hauptgebäudes registrierte er etwa ein halbes Dutzend blitzblanke weiße Vans. Bei der Schule handelte es sich um einen modernen, zweistöckigen Bau mit reichlich Glas, glänzendem Stahl und holzverkleideten Wänden. Man betrat die Lehranstalt über einen eleganten, großzügigen Vorhof. Der Kontrast zu der heruntergekommenen Schule im ländlichen Alabama, Lawrence Allisons Wirkungsstätte, hätte kaum drastischer ausfallen können.

»Bis ganz ran?«, fragte der Fahrer.

»Nein«, erwiderte Ricky, »halten Sie bitte da vorne, und warten Sie auf mich. Möglicherweise muss ich noch woandershin.«

»Taxameter läuft weiter.«

»Kein Problem.«

Man brauchte sich hier nur einmal umzusehen und wusste, dass *jeder,* der *auch nur entfernt* mit dieser Schule zu tun hatte, über das entsprechende Kleingeld verfügte, um das Taxameter bis in alle Ewigkeit laufen zu lassen.

Der Fahrer parkte in der ersten Lücke, die sich ihm bot, und zog mit seinem Taxi einige Blicke auf sich. Doch genau in diesem Moment fuhren die Wartenden mit den Köpfen herum, denn am Eingang flog die breite gläserne Flügeltür auf, und ein Schwall von Kinderstimmen kam heraus. Autotüren gingen auf, Chauffeure nahmen Haltung an, Eltern – in den meisten Fällen Mütter – unterbrachen ihre Plaudereien und versammelten sich unweit der Tür in einer Traube, um die herausstürmenden Kinder zu empfangen. Die typische Hektik am Ende eines Schultags.

»Gleich wieder da«, sagte Ricky. Er griff nach seiner Einwegkamera und war mit einem Satz draußen.

Ich bin der Mann, den sie für tot halten.

Folglich bist du nicht auf den Gedanken gekommen, irgendetwas an der Alltagsroutine zu ändern, oder, Merlin? Hast du dich für unangreifbar gehalten? Du bist heute Morgen aufgestanden, hast gefrühstückt, bist, so wie an jedem anderen Tag, zur Arbeit gegangen; und deine Kinder sind zur Schule. Deine Frau ist zu ihrem Tennisklub, ihrem Lesezirkel oder ihrem Immobilienmaklerbüro gefahren. Alles hätte ganz normal sein sollen – denn was hattest du schon zu befürchten? Der Mann, dem du den Tod an den Hals gewünscht hast, sollte um diese Zeit irgendwo in der Pampa von Alabama, am Arsch der Welt, als stinkende Leiche herumschwimmen. Also kein Grund, irgendetwas in deinem angenehmen, perfekten kleinen Leben zu ändern, nicht wahr? Deine Frau, deine Kinder haben wahrscheinlich nicht die leiseste Ahnung, dass sie bei einem Mordkomplott eine Rolle spielen.

Nun ja, dachte Ricky, *ich habe mich auch einmal in allem gewaltig getäuscht.*

Und jetzt, Merlin, wird sich zeigen, dass auch du danebenlagst.

Entschlossen lief er los und drängte sich in das Gewimmel des elterlichen Empfangskomitees. Er war sich nicht hundertprozentig sicher, ob er Merlins Sohn erkennen würde. Er versuchte, sich die Gesichtszüge des Jungen von der CD ins Gedächtnis zu rufen – sowohl von dem Foto mit dem zersprungenen Glas als auch aus der Videosequenz, in der Merlins Sohn aus dem Haus gelaufen kam und in den weißen Van der Schule einstieg: Abholstrecke Nr. 4.

Auch daran konnte sich Ricky erinnern. Und so lief er zu den Vans hinüber und sah, dass jeder davon ein Schild im Seitenfenster hatte, mit einer großen, schwarzen Ziffer. Von eins bis sechs. *Praktisch und hilfreich,* dachte er. *Große Zahlen für behinderte Kinder.* Bei der Nummer 4 blieb er stehen. Im Nu strömten jede Menge Kinder an ihm vorbei. Mehr als eines beäugte ihn. Ihm war bewusst, dass Kinder mit Autismus empfindlich auf jede Abweichung von der Routine reagieren. Daher war es wichtig, sich anzupassen und wie die versammelten Eltern und Fahrer auszusehen. Kinder mit Autismus besitzen oft ein einmaliges Gespür dafür, dass irgendetwas in ihrer vertrauten Welt nicht stimmt. Und sie können auf unabsehbare Weise darauf reagieren – mit Schreien, unterschwelligen Ängsten bis hin zu Fixationen wie starrem Blick oder heftigem Gestikulieren.

Hatten ihm schon andere Situationen schauspielerische Fähigkeiten abverlangt, so würde er sich hier noch einmal selbst übertreffen müssen.

Er trat ein Stück zur Seite, hielt die Einwegkamera versteckt in der Hand und suchte jede Gruppe von Kindern ab, die zu den Vans herüberkamen oder in Autos stiegen. Binnen Sekunden hatte er Mark junior ausgespäht.

Das Kind kam hüpfend und rennend zur gewohnten Abholstelle. Der Junge schwang einen leuchtend gelben Backpack in der einen Hand und hielt in der anderen aufgerollte Papierbögen. Er lächelte. *Die Arbeit aus dem heutigen Kunstunterricht,* dachte Ricky, *eine reichhaltige Farbpalette und kühne Entwürfe. Für Eltern, die sich an jeden Hoffnungsschimmer und jedes ermutigende Zeichen bei ihren Kindern klammern, ein Kunstwerk, ebenso kostbar wie jener Pollack im Wohnzimmer von Mrs Heath.*

Ricky setzte die Kamera ans Auge und machte drei Schnappschüsse davon, wie das Kind, ohne ihn zu bemerken, in den Van stieg.

Als er aufsah, stellte er fest, dass ihn ein Erwachsener – offensichtlich ein Lehrer –, der fünfzehn Meter von ihm entfernt stand, entdeckt hatte. Wahrscheinlich achtete auch das Lehrpersonal genauso wie ihre Schutzbefohlenen auf jede Abweichung von der Normalität. Und natürlich war der Pädagoge dazu ausgebildet, schnell und diskret zu reagieren, um Unruhe zu vermeiden. Ricky gab ihm keine Chance, sondern machte kehrt und lief zügig zum wartenden Taxi zurück.

»Haben Sie Ihr Patenkind gefunden?«, fragte der Fahrer.

»Muss wohl schon früher nach Hause gegangen sein«, erwiderte Ricky.

»Und wo soll's jetzt hingehen?«

Ricky sah die Villa im Tudorstil von der CD vor seinem geistigen Auge. Er gab dem Fahrer die Adresse.

»Ziemliche Strecke«, bemerkte der Fahrer.

»Ich hab's nicht eilig«, antwortete Ricky. Er ging davon aus, dass der Van auf der Abholstrecke Nr. 4 unterwegs eine Reihe von Schülern absetzen würde, bevor er bei Merlins Haus eintraf.

Er sah den weißen Mercedes-SUV in dem Moment, als er in die Straße einbog. Auf der CD war der Wagen morgens losgefahren. Hier nun traf er am Nachmittag ein. Es würde wohl keinen großen Unterschied machen.
Molly und ihre Mutter Laura ...
Tra-la-la-la ...
Er beugte sich vor und wies den Fahrer an:
»Halten Sie bitte da drüben.«
Der Mann befolgte seine Anweisung.
»Und jetzt?«, fragte er.
»Warten Sie einfach«, sagte Ricky.
Wie zuvor an der Schule stieg Ricky aus. Auf der anderen Straßenseite, höchstens dreißig Meter entfernt, holten Merlins Frau und Tochter gerade ein paar Pakete aus dem Kofferraum. Wieder hob er die Wegwerfkamera ans Auge und schoss blitzschnell zwei Fotos. Weder die Frau noch das Kind bemerkten ihn. Ricky drehte sich mit dem Rücken zu den beiden, hielt sich die Kamera am ausgestreckten Arm in klassischer Selfie-Pose vors Gesicht und klick, klick. Er war sich nicht ganz sicher, ob er dabei im Hintergrund auch Merlins Familie mit aufs Bild bekam, doch das war nicht so wichtig. Das Foto sollte nur demonstrieren: *Sieh mal, wie nah dir Ricky ist. Was mag er wohl als Nächstes vorhaben?* Und schon saß er wieder im Taxi.
»Gut«, sagte er. »Zum Bahnhof zurück.«
Der Fahrer zögerte.
»Mister, was geht hier eigentlich vor?«
»Gang rein. Fahren Sie los«, sagte Ricky. »Sofort.«
Nach ein, zwei weiteren unschlüssigen Sekunden zuckte der Fahrer die Achseln.
»Mann«, sagte er und schüttelte den Kopf, »kann nur hoffen, Sie wissen, was Sie tun.«
»Ja, keine Sorge«, entgegnete Ricky.
»Sie tun hier irgendwas Illegales, stimmt's, Kumpel?«, fragte der Fahrer eine Spur angriffslustiger.
Ricky senkte den Blick auf die Plakette, die über dem Sitz hing. Darauf standen der Name des Fahrers, das Taxiunternehmen und die

Zulassungsnummer über seinem Foto. Auch davon machte Ricky einen Schnappschuss.

»Nein, nichts Illegales«, erwiderte Ricky und lehnte sich zurück. Er sprach in selbstbewusstem Ton. »Jedenfalls nicht heute.« Der Fahrer sah ihn im Rückspiegel misstrauisch an. »Aber ich habe nichts über gestern gesagt. Und wer weiß, was morgen ist?«, fügte Ricky hinzu. Die Wirkung seiner Worte war dem Fahrer vom Gesicht abzulesen. *Danach hat der Bursche nur noch den einen Wunsch, mich so schnell wie möglich aus seinem Wagen zu kriegen,* dachte er. Und wenn Merlin ihn ausfindig macht, wird er sich an diesen Satz erinnern.

Die restliche Strecke zum Bahnhof legten sie schweigend zurück. Ricky dachte sorgfältig über das angemessene Trinkgeld nach. Nicht so viel, dass sich der Mann am Ende verpflichtet fühlte, den Mund zu halten. Gerade so viel, dass er Merlin, wenn er ihn zur Rede stellte, nur allzu bereitwillig sagte, wer an diesem Nachmittag in seinem Taxi gesessen hatte. Natürlich war nicht auszuschließen, dass ihn diese kurze Begegnung mit Ricky schon auf Mr Rs Abschussliste brachte. Ricky hatte keine Ahnung, für möglich hielt er es durchaus. Wenn nicht sogar für wahrscheinlich.

39

Am Nachmittag fuhr er wieder mit dem Pendlerzug in die Stadt zurück, und nach Zwischenstopps in einem Laden für Büroartikel, in dem er einen wattierten Umschlag und einen großen Marker kaufte, sowie einem Elektronikgeschäft, in dem er sich zwei Wegwerf-Handys besorgte, gelangte er gerade noch rechtzeitig vor Ladenschluss in die Filiale eines Fahrradkurierdienstes.

Er steckte die Kamera in den Umschlag, dazu einen Zettel mit der Nummer des einen Handys. Ein kundenfreundlicher Angestellter in obszön hautnah geschnittenen Bikershorts und ebenso engem Lycra-Bikershirt, das seine drahtigen Muskeln zur Geltung brachte, machte ihn darauf aufmerksam, dass, so kurz vor Einbruch der Dunkelheit, die Auslieferung an Merlins Kanzlei erst am nächsten Morgen erfolgen könne. »Kostet uns einiges extra, abends jemanden loszuschicken. Ist einfach riskanter«, sagte er und deutete dabei auf ein Rennrad ohne Schutzbleche und andere Extras, das hinter ihm an Haken hing, während der Verkehrslärm von draußen seine Warnung unterstrich.

»Kein Problem«, erwiderte Ricky. »Morgen genügt. Ich will niemanden in Gefahr bringen. Solange es nur spätestens bis Mittag eintrifft.«

»Selbstverständlich«, sagte der Angestellte, während er den Brief entgegennahm und die Adresse abglich. »Ist im Lauf des Vormittags da. Sie können sich auf uns verlassen.«

»Tu ich«, sagte Ricky.

Mit der U-Bahn fuhr er zur 23rd Street und tauchte am anderen Ende erst wieder auf Straßenebene auf, als es wirklich dunkel wurde und er sich zwar nicht ganz so unsichtbar fühlte wie Charlie bei seinen einsamen Wanderungen, doch zumindest anonym. Es ist ein eigenartiger Moment in New York, wenn das Tageslicht schwindet und im gleitenden Wechsel in das Lichtermeer der City übergeht. Auf dem-

selben Weg wie einige Tage zuvor traf er schließlich an dem Wohngebäude ein, in dem das erste Treffen mit Virgil und Merlin stattgefunden hatte.
Ricky rechnete kaum damit, Virgil dort anzutreffen. Falls doch, musste er improvisieren. Es war den Versuch wert und der nächste logische Schritt.
Von der gegenüberliegenden Straßenseite aus blickte er zu den Wohnungsfenstern hinauf. Sie waren dunkel, wie die Augen eines Kadavers, so leer wie der Himmel darüber. Als er einigermaßen davon überzeugt war, niemanden vorzufinden, lief er zum Eingang hinüber und die Stufen zur Haustür hinauf. Er ging die Klingeln für die einzelnen Wohnungen durch.
Wo bei seinem ersten Besuch *Tyson* auf einem Namensschild gestanden hatte, steckte jetzt ein unbeschriftetes weißes Papier.
In einem Anflug von Leichtsinn drückte er die Klingel.
Und blieb stehen.
In Erwartung – oder auch nicht – einer Stimme beugte er sich zur Gegensprechanlage vor.
Nichts.
Er wollte sich gerade umdrehen und unverrichteter Dinge gehen, als er durch das Türfenster sah, wie ein attraktives junges Paar drinnen die Treppe herunterkam. Er wartete, bis sie unten waren und öffneten.
»Entschuldigen Sie bitte«, sagte er. »Tut mir leid, Sie zu belästigen. Aber die letzte Adresse, die ich von meiner Cousine – sie heißt Tyson – habe, ist offensichtlich eine Niete. Wie's aussieht, ist sie umgezogen, ohne mir Bescheid zu geben. Jetzt weiß ich nicht so recht, was ich machen soll, aber es geht um so etwas wie einen familiären Notfall – eine alte Tante ist verstorben, kommt nicht unerwartet, ist also keine Tragödie oder so, aber möglicherweise hat sie Tyson in ihrem Testament bedacht, und ich hatte keine Telefonnummer, nur diese Adresse, und ich dachte, ich schau einfach mal nach der Arbeit hier vorbei, um ihr die traurige Nachricht zu übermitteln, die, wie gesagt, vielleicht auch ihr Gutes hat, weil möglicherweise etwas Geld im Spiel ist – unsere Tante, na ja, sie war ziemlich betucht,

aber jetzt sieht es so aus, als wohnte meine Cousine gar nicht mehr hier …«

Das alles kam in gutmütigem Ton aus ihm herausgesprudelt, wobei er sein Garn aufs Geratewohl spann und mit seinen Gedankensprüngen verworren erscheinen musste. Hauptsache: entwaffnend. Er hoffte, die richtigen Stichworte eingeflochten zu haben. *Tod. Geld. Brauche Hilfe.*

Der junge Mann warf der jungen Frau einen vielsagenden Blick zu. New Yorker besitzen die Fähigkeit, in Bruchteilen von Sekunden Misstrauen und Freundlichkeit miteinander zu paaren.

»Ich hab sie höchstens ein, zwei Mal zu Gesicht bekommen«, sagte der Mann. »Ich glaube, es war nur eine kurze Untermiete.«

»Sie ist vor einem Monat eingezogen. Und dann habe ich vor Kurzem gesehen, wie Möbelpacker ein paar Sachen bei ihr rausgeholt haben. Sie ist Schauspielerin, wenn ich mich recht entsinne«, fügte die junge Frau hinzu. »Hat wahrscheinlich irgendwo eine Rolle bekommen.«

Nein, da irrst du. Sie hat schon hier eine Rolle gespielt.

»Da kann man nichts machen, aber danke«, sagte Ricky.

Sackgasse, fügte er im Stillen hinzu. Dann kam ihm plötzlich eine Idee, und er wandte sich noch einmal an die junge Frau.

»Sie haben nicht zufällig den Namen der Umzugsfirma mitbekommen?«, fragte er.

Die Frau lächelte. »Doch, habe ich tatsächlich. Weil wir nämlich mit denselben Leuten vor vier Wochen eingezogen sind, also ziemlich genau um die gleiche Zeit, und die haben die Hälfte unserer Sachen lädiert. Carson's finden Sie drüben an der 15th Street, Ecke Tenth Avenue. Die Jungs fahren diese leuchtend roten Trucks, mit dem Bild von einem Cowboy an der Seite, Sie wissen schon, Kit Carson, der berühmte Reiter des Pony Express …«

»Pony Express, dass ich nicht lache«, sagte der junge Mann. »Außerdem blockieren die Mistkerle immer die Straße, manchmal auch den Bürgersteig, wenn sie gerade mal wieder dabei sind, Fotorahmen und teure Hochzeitsgeschenke zu zerbrechen.« Schließlich zuckte er die Achseln und fügte hinzu: »Vielleicht können die Ihnen ja helfen, auch

wenn wir im Nachhinein auf ihre Hilfe lieber verzichtet hätten. Haben sich ihre zweifelhaften Dienste auch noch teuer bezahlen lassen.«
Das Paar trat an Ricky vorbei aus der Tür und verschwand in der abendlichen Stadt.

Nachdem Ricky ein paar von den am Port Authority deponierten Sachen, im Wesentlichen den fleckigen, zerlumpten Mantel, der so gar nicht zu der schwülen Hitze passte, aus dem Schließfach geholt hatte, verwandelte er sich erneut in *Richard Lively*.
Als er schließlich eine ganze Weile nach Einbruch der Dunkelheit wieder im Chance House eintraf – seiner Rolle gemäß schlurfend und in seine Selbstgespräche vertieft –, war der Empfang mit denselben ehemaligen Patienten besetzt wie beim ersten Mal.
»Richard hat es hier gefallen«, erklärte er glücklich und ein wenig hochtrabend zugleich. Mit einem Lächeln holte er eine weitere Aspirin aus der Manteltasche, hielt sie den beiden Rezeptionisten hin und warf sie dann in derselben Manier wie Charlie auf dem Rücksitz von Rickys Leihwagen in Miami ein.
In dieser Nacht hatte er keine Träume, zumindest keine, an die er sich am Morgen erinnern konnte. Was ihn erstaunte.

Am nächsten Morgen schlüpfte er schon früh wieder aus dem Haus. Wie beim letzten Mal legte er die ersten zwei Häuserblocks als Schizophrener im Schlurfgang zurück und kehrte dann im Eilmarsch zu seinem Schließfach am Busbahnhof zurück. Nachdem er ein frisches Hemd herausgeholt hatte, stopfte er wieder den Mantel in seine Tasche, begab sich anschließend zur Herrentoilette, um sich am Waschbecken frisch zu machen, und kam als ein anderer Mensch, als Leistungsträger der Gesellschaft, wieder heraus. In wenigen Minuten vom Obdachlosen zum respektablen Vertreter des Mittelstands – fast konnte er selbst nicht glauben, wie nahtlos er den Wandel vollzogen hatte.

Der Dispatcher bei *Carson's Quick Move* verkörperte das Klischee des Arbeiters von New York City. Er trug ein leuchtend rotes T-Shirt mit dem Firmenlogo. Im Mundwinkel hing ihm eine Zigarette. Das schwarze Haar war zurückgegelt, die untere Gesichtshälfte verschwand unter dunklen Stoppeln, Stummelfinger und ein Tattoo am muskulösen Unterarm vervollständigten das Bild. Ein Kaffeebecher schien an seiner linken Hand festgewachsen zu sein, mit der rechten schwang er einen Kugelschreiber. Der Mann mochte dreißig, vierzig, fünfzig oder sechzig Jahre alt sein – unmöglich zu sagen. Als Ricky das schmuddelige Büro betrat, blickte er kaum auf.

»Kann ich Ihnen helfen?«

»Ich glaube schon«, sagte Ricky.

Ricky trug einen kleinen Karton in beiden Armen – ein weiterer Einkauf, diesmal in einem Baumarkt. Der Karton war mit Klebeband verschlossen und trug in leuchtend roter Marker-Schrift die Kennzeichnung *»KÜCHENUTENSILIEN«* an der Oberseite.

Der Karton war leer, doch er ließ ihn auf den schmutzigen Boden fallen, als wöge er eine Tonne.

»Ihre Jungs haben vor ein paar Tagen den Auszug einer jungen Dame aus meinem Gebäude vorgenommen. Dabei haben sie einen ihrer Kartons vor der Wohnungstür stehen gelassen«, sagte Ricky.

»Adresse?«, fragte der Einsatzleiter.

Ricky nannte ihm die Anschrift des Gebäudes, in dem er sich mit Virgil getroffen hatte.

Der Einsatzleiter holte einen Loseblattordner, der von Aufträgen überquoll, hervor und blätterte ihn zügig durch.

»Da«, sagte er. »Teilumzug. Mist, waren sowieso nur ein paar Sachen. Die Jungs, *Herrgott noch mal!,* fass es nicht, dass sie da auch noch was stehen gelassen haben …«

»Tja, ist aber leider so.«

»Okay, lassen Sie's einfach da. Danke, Mann. Ich lasse es an die neue Adresse bringen.«

Ricky schüttelte den Kopf.

»Ms Tyson – die Dame hat mir schon öfter mal einen Gefallen getan. Ein Schatz, das Mädel. Wünsche ihr von Herzen, dass sie auf der Bühne mal ganz groß rauskommt. Ich bring es ihr lieber selbst zu ihrer neuen Wohnung. Hab nur nicht die richtige Adresse. Sie hat mir ihre Telefonnummer gegeben …« Ricky las ihm die Nummer vor, die er sich vom Zettel an der Kühlschranktür bei *Duh-white* abgeschrieben hatte. »Aber als ich da angerufen hab, war die ganze Zeit besetzt.«

»Ich darf solche Daten nicht weitergeben«, wandte der Einsatzleiter ein. Ricky beobachtete, wie er dabei die Nummer, die Ricky ihm diktiert hatte, mit der auf dem Auftragsformular abglich und feststellte, dass sie übereinstimmte.

»Klar«, konterte Ricky, »und Ihre Jungs sollten nichts stehen lassen, das, verpackt und verklebt, nach Umzug schreit. Küchensachen. Wie soll sie in ihrer neuen Wohnung kochen? Und jetzt werden Sie ein Taxi bezahlen und einen Ihrer Leute, der die Sachen rüberschafft, und ich wette zehn zu eins, dass sie beim ersten Versuch nicht zu Hause ist, und falls doch, ist sie stinksauer und wird dem nächsten Bekannten, der eine Umzugsfirma braucht, mit Sicherheit von Carson's abraten. Ich dagegen bin ihr wirklich was schuldig, und es macht mir nichts aus. Erspart uns also beiden Zeit und Mühe, richtig?«

»Aber ich darf nun mal …«, wollte er sich gerade wiederholen. Doch dann hielt er mitten im Satz inne und sah sich nachdenklich um. »Ach«, sagte er. »Was soll's?«

Er blätterte noch einmal in seinem Ordner, nahm ein Blatt von seinem Schreibtisch und schrieb die Adresse darauf.

Genau damit hatte Ricky gerechnet. Zu vorhersehbar. Der Einsatzleiter wollte sich nicht von seinem Boss anschnauzen lassen, weil er schlechte Leute einstellte, die Umzugsgut stehen ließen. Die Panne würde auf ihn zurückfallen. Und ganz sicher hatte er keine Lust, den Taxitransport des Kartons aus eigener Tasche zu bezahlen. Es war auf diese Weise deutlich einfacher für ihn, Rickys großzügiges Lieferangebot zu akzeptieren, sich wieder seiner Zigarette und seinem kalten Kaffee zu widmen und sich den Rest der Welt am Arsch vorbeigehen zu lassen.

Genau das tat der Mann, als Ricky sein Büro verließ.

Ricky legte einen Häuserblock zurück und warf dann den leeren, zusammengefalteten Karton in den nächstbesten Abfallkorb an der

Straße. Mit der U-Bahn ging es erneut zu seinem Schließfach. Wie ein Jo-Jo pendelte er zwischen seinen beiden Identitäten hin und her. Dabei kam es, rief er sich ins Gedächtnis, darauf an, innerlich derselbe Mensch zu bleiben. Egal, welche Fassade er aufsetzte, musste er diszipliniert sein und die volle Kontrolle bewahren. Er konnte nur hoffen, dass es ihm gelang.
Sein Leben hing davon ab.
Doch egal, wie er wann äußerlich in Erscheinung trat, wusste er genau, was er Virgil in ihre Wohnung liefern würde: etwas ganz und gar anderes als einen leeren Karton.
Angst. Ungewissheit. Zweifel.
Küchenutensilien. Er schmunzelte. Damit würde er bei den Geschwistern die Angst zum Überschwappen bringen.

Ricky hatte an diesem Tag mehrere Anrufe zu tätigen und achtete sorgsam darauf, dafür *nicht* das Handy zu benutzen, dessen Nummer er Merlin für seinen ersten Anruf geschickt hatte.
Am anderen Ende meldete sich Consuela.
»Hier bei Heath.«
»Consuela, Dr. Starks am Apparat …«
»Ah, Doktor, wir haben uns ja schon solche Sorgen gemacht. Mrs Heath wird überaus erfreut sein, von Ihnen zu hören.«
»Wie geht's denn allen?«
Consuela schwieg einen Moment. Als sie antwortete, klang ihre Stimme ernst: »Ich denke, das sollten Sie von Mrs Heath persönlich erfahren. Eine Minute. Ich hole sie an den Apparat.«
Er hörte, wie Consuela nach Mrs Heath rief.
»Ricky? Bin ich froh, dass Sie am Apparat sind. Ich hatte schon befürchtet, es wäre die Polizei mit der Meldung: *Es gibt schlechte Nachrichten über Dr. Starks.* Ist bei Ihnen alles in Ordnung?«
»So weit ja«, sagte er.
»Wo stecken Sie?«
Er sah sich um. Er war nicht weit von Virgils Wohnung in Greenwich Village. Er hatte seine Obdachlosenkluft abgeholt und durch ein paar zusätzliche Accessoires ergänzt, um seiner Rolle noch größere

Glaubwürdigkeit zu verleihen. Er war im Zwiespalt, wie weit er Mrs Heath einweihen sollte. Dabei entging ihm nicht die Ironie: Der Psychoanalytiker versucht, dem Patienten eine leere Projektionsfläche zu bieten. Auf diese Weise kann der Patient alles und jedes in ihn hineinfantasieren, ein wichtiger Bestandteil bei der Übertragung. Nur dass er sich inzwischen nicht mehr sicher war, ob er noch Analytiker war.

»Ich bin in New York«, sagte er.

»Wann kehren Sie heim?«

»Ich glaube, schon bald.«

Ob das stimmte, stand in den Sternen. Er hasste den Gedanken, Mrs Heath etwas vorzumachen.

»Ich denke, Ricky, Sie werden hier gebraucht.«

Trotz ihres maßvollen Tons hörte er die Dringlichkeit heraus.

»Was ist passiert?«, fragte Ricky.

Bevor sie antwortete, stieß Mrs Heath einen Seufzer aus. »Na ja, es hat einige Mühe gekostet, doch am Ende konnten wir Roxys Vater ausfindig machen …«

In dem Wagen. Vor seiner Schule. Das wusste er bereits.

»Und?«

»Er war …«

Wieder schwieg sie einen Moment, bevor sie weitersprach.

»Nun, er war verstorben. Roxy ist untröstlich.«

»Ihr Vater …«

»Es herrscht einige Unklarheit. Aber was will man von der Polizei in Alabama schon erwarten? Mit seiner Krankheit war er im Endstadium. Das haben wir alle gewusst. Das wusste auch Roxy. Aber ein Wachmann hat seine Leiche in seinem Wagen nicht weit vom Eingang der Schule gefunden, in der er unterrichtet hatte …«

Bei dem Gedanken, dass er das Mädchen ausgetrickst hatte, um ihr den Anblick des ermordeten Vaters zu ersparen, bekam Ricky für einen Moment Gewissensbisse. *Es war die richtige Entscheidung, aber gleichzeitig auch nicht fair,* dachte er. Was wohl auf vieles zutraf, was er in den letzten Tagen getan hatte.

»Können Sie mich ins Bild setzen?«

»Sie sind sich nicht sicher, ob es Selbstmord war oder nicht.«
»Verstehe.« *War es nicht,* hätte Ricky eigentlich hinzufügen müssen, doch er schwieg.
»Sie fanden eine Waffe in der Nähe seiner Hand. Und eine Einschusswunde. War wohl alles voller Blut. Aber es gab keinen Abschiedsbrief. Das muss wohl selbst einen von diesen unterbelichteten Polizisten stutzig gemacht haben. Ich habe mit ihnen gesprochen. Wenigstens ein paar Zeilen an seine Tochter? Hätte doch nahegelegen, aber sie konnten nirgends einen finden und verstanden auch nicht, wieso Roxanne in der Nacht einfach so verschwunden war. Folglich sind sie misstrauisch. Sie hatten versucht, sie aufzutreiben.«
Der unerbittliche Mörder. Der unnachgiebige Lehrer. Im Geist sah er Mr R vor sich, die schallgedämpfte Neun-Millimeter mit einer Hand auf das Gesicht des Mannes gerichtet, in der anderen die automatische Pistole des Lehrers: *»Schreiben Sie, was ich Ihnen sage.«* Mr R wusste natürlich, wie wichtig ein solcher Abschiedsbrief war. Lawrence Allison ebenfalls. Einige wenige Worte, und der Mord an einem sterbenden Mann sähe nach Selbstmord aus. Ricky hörte die Antwort des Lehrers. Mit geschwächter, von der Krankheit ausgezehrter Stimme, aber dennoch unmissverständlich: *»Nein.«* Vielleicht noch mit einem *»Du kannst mich mal«* am Ende. Wäre zumindest schön.
»Roxy, das arme Kind, ist untröstlich. Auch wenn sie auf seinen Tod vorbereitet war, kam es auf diese Weise natürlich als ein Schock. Ist oben in ihrem Zimmer und weint sich die Augen aus. Nein, nicht ganz und gar untröstlich, da muss ich mich korrigieren. Charlie ist wunderbar, so wie er mit ihr redet und einfach nur bei ihr ist. Sie hat auch ein bisschen mit mir gesprochen, was sie, glaube ich, ein wenig aufgemuntert hat. Zusammen konnten Charlie und ich ihr das eine oder andere Lächeln abtrotzen. Aber ich glaube, wenn sie jetzt jemanden ganz besonders in ihrer Nähe braucht, dann sind Sie das, Ricky. Sie sind für das Mädchen wohl so etwas wie das Bindeglied zwischen dem, was passiert ist, und der Zukunft, die vor ihr liegt.«
Eine komplexe emotionale Situation, dachte Ricky. Vielleicht komplexer als alles, was ich je in meiner Praxis behandelt habe.

»Ja, sollte ich wohl«, räumte Ricky ein. »Werde ich auch, sobald …« Er brach mitten im Satz ab. Er wollte nicht aussprechen, was er zu tun hatte. Oder schlimmer noch: worum er andere bitten würde.

»Und noch etwas«, sagte Mrs Heath.

»Ja?«

»Für ihren Vater soll es einen Gedenkgottesdienst geben. Ende dieser Woche, in Alabama. Haben offenbar seine Freunde an der Schule, an der er unterrichtet hat, organisiert. Todesfälle kommen Schulen immer ungelegen. Sie wollen, dass alle ihre Trauer ruck, zuck hinter sich bringen …« Eine eigenwillige Formulierung. »… und alles möglichst schnell wieder in geordneten Bahnen läuft. Ein bisschen *Jesus,* gefolgt von *er war ein wundervoller Mensch und Lehrer* und schließlich *also, Kinder, auf geht's, an die Arbeit, er hätte es so gewollt.* Ich klinge ein bisschen zynisch, oder? Na ja, kommt wohl mit dem Alter. Egal, Roxy möchte auf jeden Fall hin. Sie besteht darauf. Und natürlich werden diese Detectives mit ihr sprechen wollen. Sie war als vermisst gemeldet, aber ich glaube, ich konnte ihnen klarmachen, dass sie nur umgezogen ist.«

Er hörte bei Mrs Heath das Lächeln übers Telefon heraus.

»Bei wichtigtuerischen Bürokraten kann ich ziemlich überzeugend sein«, fügte sie hinzu und demonstrierte in blasiertem Ton, was sie meinte.

Ricky überlegte sich jedes Wort. »Die Polizisten – als sie Ihnen erzählten, Roxy würde vermisst, haben sie dabei erwähnt, wie sie zu dieser Annahme gekommen sind?«

Die Frage schien Mrs Heath ein wenig aus dem Konzept zu bringen.

»Nein«, sagte sie gedehnt. »Sie meinten, weil sie nicht zu Hause war und sie auch sonst niemand gesehen hatte …«

»Sie hegten also keinen anderweitigen Verdacht?«

»Nein. Wie es scheint, nicht.« Es kehrte eine Pause ein.

»Diese Trauerfeier …«, fing Ricky an.

»… in der Kirche. Ein paar Gebete, ein paar fromme Lieder, ein, zwei Ansprachen. Danach die Beisetzung neben seiner Frau. Sie rechnen damit, dass es brechend voll wird, meint der Leiter des Bestattungsinstituts. Der Mann war sehr beliebt, wohl ein ziemlich fähiger Lehrer. Ich kann nachvollziehen, dass es für Roxy sehr wichtig ist, da hinzugehen. Ich denke, sie muss mit eigenen Augen sehen, welche Wertschätzung ihr Vater genossen hat. Es wird ihr helfen, nach vorne zu schauen.«

»Ich stimme Ihnen zu. Nur dass es für sie überaus gefährlich werden könnte.«

Mrs Heath schwieg eine Weile. »Gefährlich. Ja. Sie meinen, emotional?«

»Ja. Nein. Ich meine, lebensgefährlich.«

»Die Leute, mit denen Sie sich herumschlagen ... die bedrohen auch Roxy, meinen Sie?«

»Ja. Sie ist das Bindeglied zu mir. Eine gefährliche Konstellation.«

»Und die sind auch der Grund, wieso das Mädchen hier ist?«

»Ja. Weil sie bei Ihnen sicher ist.«

»Und ich werde dafür sorgen, dass sie es bleibt.«

»Ich weiß. Aber letztlich sind sie hinter mir her. Dabei sind sie nur nicht zimperlich, wenn ihnen zufällig jemand im Weg steht, und Roxy könnte ihnen im Weg stehen.«

Er wusste, wie sehr ihnen Roxy *im Weg stand.* Doch das sagte er nicht.

Nach einer weiteren Pause: »Stehe ich denen auch im Weg?«

»Im Moment wohl eher nicht. In Alabama vielleicht schon.«

Darüber schien Mrs Heath nachzudenken. »Ich denke, Ricky, sie muss hin, selbst wenn es gefährlich ist. Und sei es nur, um sich von ihrem Vater zu verabschieden.«

Diesmal machte er eine längere Pause, bevor er antwortete. »Ja, ich stimme Ihnen zu.«

Und ganz langsam nahm in seinem Kopf ein Plan Gestalt an, vorläufig eher rudimentär, doch die Einzelheiten würden sich noch ergeben.

»Ich werde mitkommen«, sagte Mrs Heath resolut.

Darauf wusste Ricky nichts zu erwidern. Ihm war nur klar, dass er Menschen, an denen ihm lag, keinem unnötigen Risiko aussetzen wollte. Doch er sah keinen Weg, das zu verhindern.

»Fühlen Sie sich dem gewachsen, Mrs Heath? Ich weiß nicht, ob Sie sich das zumuten dürfen.«

Was sie mit einem kurzen, schnaubenden Lachen quittierte. »Seit ich Roxy … und auch Charlie … hier im Haus habe, fühle ich mich so gut wie seit Monaten nicht mehr. Trotz der Probleme, mit denen die beiden zu kämpfen haben, bin ich energiegeladen. Um zehn Jahre jünger, ach, was sage ich, zwanzig.«
»Das höre ich gern, aber …«
Wieder lachte sie. »Ein paar böse Jungs? Mörder? Glauben Sie wirklich, ich hätte mich in meinem Leben nicht schon mit ein paar davon herumgeschlagen? Sollen sie zur Hölle fahren.«
Er liebte ihre positive Haltung, hätte sich gar zu gern eine Scheibe davon abgeschnitten.
Bevor er Zeit fand, etwas einzuwenden, fuhr sie fort: »Und? Können Sie dort dazukommen? Wäre bestimmt gut für Roxy. Für sie gehören wir alle offenbar irgendwie zusammen.«
Womit Roxanne wohl richtiglag.
Wieder zögerte Ricky. »Ja«, sagte er schließlich. »Nachdem ich einige Vorkehrungen getroffen habe.«
Sie prustete leise. »*Vorkehrungen,* ein wundervolles Wort, nicht wahr, Ricky? Ein schillerndes Wort.«
»Stimmt«, erwiderte Ricky. Ihm schwirrte der Kopf. »Da liegen Sie richtig.«
Er unterbrach die Verbindung und steckte das entsprechende Handy in die rechte Tasche. *Rechtes Handy Mrs Heath. Linkes Handy die anderen.* Er schlüpfte in seinen Mantel, zog sich die Mets-Baseballkappe tief in die Stirn, kauerte sich auf dem Bürgersteig mit dem Rücken an eine Ziegelwand und ging im Getriebe der Großstadt unter. Dann stellte er ein Pappschild neben sich auf, mit den hingeschmierten Worten: *Obdachlos. Jede Hilfe willkommen. Gottes Segen.* Unter der Botschaft platzierte er einen Henkelbecher. Er rechnete nicht wirklich damit, dass jemand Kleingeld hineinwarf. Wenn seine Rechnung aufging, brauchte er nicht lange zu warten:
Die morgendliche Lieferung per Fahrradkurier in Merlins Kanzlei.
Der Anwalt würde sich unverzüglich in die nächste Drugstorefiliale begeben, in der er binnen einer Stunde einen Abzug machen lassen konnte.

Dann würde er auf die Schnappschüsse von seiner Familie blicken. Von seinem Haus, seiner Straße.
Und von Ricky. Vielleicht ein wenig verwackelt und unscharf, aber kein Problem. Und dann zum Greifen nahe bei seinem Sohn an der Schule. Zuletzt seine Frau. Seine Tochter. Eine einzige Botschaft: *Ich bin ganz nahe an euch dran.*
Er schätzte Merlin nicht so ein, dass er augenblicklich in Panik geraten würde.
Aber auch nicht weit davon entfernt wäre.
Und er würde seine Schwester anrufen. Die wiederum stünde ganz im Bann der Geschichte, die sie von Dwight zu hören bekommen hatte. Ihr aufgeregter Wortwechsel klingelte ihm förmlich in den Ohren:
Wir müssen reden.
Ja, allerdings.
Nicht am Telefon. Aber sofort.
Schon unterwegs.
Er wusste genau, welchen Eindruck er bei ihnen hinterlassen hatte: *Sie müssen glauben, dass sie mich zum Äußersten getrieben haben, sodass ich jetzt für sie eine ebenso tödliche Gefahr darstelle wie sie umgekehrt für mich. So tödlich wie ihr Killer-Bruder.* In seinem Metier verwendete er grundsätzlich nie das Wort *verrückt*. Doch genau dafür sollten sie ihn halten.
Sie müssen glauben, sie hätten mich so in die Enge getrieben, dass ich nur noch einen Ausweg sehe, nämlich Mord.
Und er war davon überzeugt, dass sie ihren Bruder erst anrufen würden, wenn sie beide zu der Einschätzung gelangten, für sorgfältige Planung bleibe ihnen keine Zeit. Dann und nur dann würden sie sich an ihren Bruder wenden, mit der einen dringlichen Botschaft: *Rette uns!*
Ricky blickte auf.
Wie erwartet sah er Virgil die Eingangstreppe zu ihrem Gebäude hinunterhasten. Selbst aus der Entfernung stand ihr unverkennbar die Sorge, wenn nicht Angst ins Gesicht geschrieben. Sie blickte sich nicht einmal um, sah nicht einmal kurz über die Schulter. Von der

gewieften Großstadtpflanze, die ihm erst kürzlich Anweisungen erteilt hatte, wie er sich einem Verfolger entziehen konnte, war nichts geblieben. *Für die Rolle fehlt dir auf einmal das Selbstbewusstsein, nicht wahr?,* dachte er bissig. Er rappelte sich auf, ließ sein Schild und seinen leeren Henkelbecher stehen und folgte ihr diskret. Jeder Schritt den Bürgersteig der Großstadt entlang war wie ein Takt in einer kunstreich komponierten Symphonie, die ihre Entstehung einer Tragödie vor Jahrzehnten verdankte, als eine tief verstörte Mutter in seiner Praxis Hilfe suchte und er zu jung war, um den Ernst ihrer Lage zu verstehen. Hatte das Stück vor fünf Jahren sein Crescendo erreicht, so steuerte es jetzt auf den Schluss mit Pauken und Trompeten zu.

40

UND NOCH EINMAL SCHLECHTE POESIE, ABER ... REIME MIT EINER KLAREN BOTSCHAFT

In einem Café zwei Häuserblocks von Merlins Kanzlei entfernt saß Ricky mit einem Becher Kaffee am Tisch und wartete. Nachdem er beobachtet hatte, wie Virgil, von Sorge getrieben, in das imposante Gebäude an der Wall Street geeilt war, hatte er hier Stellung bezogen. Vor ihm lag das Handy mit der Nummer, die er Merlin geschickt hatte, auf dem Holztisch bereit. Für jeden Passanten, der einen flüchtigen Blick auf ihn warf, sah er nach einem x-beliebigen Menschen aus, der einen Anruf erwartet. Nachdem er seine Obdachlosenkluft zu seinen Füßen verstaut hatte, ging er, vollkommen unauffällig, in seiner Umgebung auf. Wie ein Mime in der Garderobe, der sich auf seinen bevorstehenden Auftritt im Rampenlicht vorbereitet, merkte Ricky, wie sich sein Puls erhöhte und der Magen zusammenzog, während er im Geist noch einmal durchging, was er am Telefon zu hören bekommen würde. Er schrieb ein paar Stichworte auf eine Papierserviette, strich mehrere wieder durch, fügte neue hinzu und formte sie hinter vorgehaltener Hand mit den Lippen, um seine Darbietung zu proben. Ricky wirkte wie ein Mann, der zwischen zwei Terminen an einem angesagten Treffpunkt junger Börsianer und anderer Besserverdiener in Zweitausend-Dollar-Anzügen einen überteuerten Kaffee trinkt. Er selbst trug keinen Anzug und bildete sich zudem ein, dass jemand, der genauer hinsah, das Wort *Mord* wie ein Nike-Logo eingestickt auf seinem Hemd erkennen konnte. Einer Kellnerin signalisierte er mit einer dezenten Geste den Wunsch nach einer zweiten Tasse Kaffee und wartete weiter. Der Anruf würde kommen. Zehn Minuten. Eine Viertelstunde vielleicht. So sicher wie das Amen in der Kirche.

Er hatte den letzten Schluck seines zweiten Kaffees geleert und fühlte sich – nicht nur vom Koffein – aufgedreht, als endlich das Handy auf der Tischplatte klingelte. Er wartete. Ein Ton. Zwei. Drei. Vier. Fünf.

Er mahnte sich zur Geduld.

Sechs. Sieben.

Er ließ es klingeln. Beim zehnten Mal drückte er die Annahmetaste, ohne jedoch etwas zu sagen. Er ließ das Schweigen für sich sprechen. Nach mehreren *Hallos* von Merlin trennte er die Verbindung.

Dreißig Sekunden. Er wusste, dass es Merlin erneut versuchen würde.

Sein Telefon klingelte.

Einmal. Zweimal. Dreimal.

Er wiederholte dieselben Schritte wie zuvor: *Annahme, Schweigen und Beenden.*

Verstohlen blickte er in die Runde, um festzustellen, ob er beobachtet wurde. Doch alle anderen Gäste in dem Café waren mit sich und ihren eigenen Angelegenheiten beschäftigt. Er überlegte, ob Merlin es ein drittes Mal versuchen würde. Wohl eher nicht. Im Geist sah er Bruder und Schwester vor sich, wie sie, beunruhigt und verwirrt, stumme Blicke tauschten. Er wusste, dass sie fest damit gerechnet hatten, schon nach dem ersten Ton seine Stimme zu hören. Sie hatten sich zurechtgelegt, was sie sagen würden und wie. Schweigen war das Handwerkszeug des Psychoanalytikers. Es konnte auch als Waffe dienen.

Ricky trank seinen Kaffee aus. Er legte die Serviette mit den Stichworten, die er darauf notiert hatte, vor sich auf den Tisch. Dann wählte er Merlins Nummer.

Beim zweiten Klingelton meldete sich der Anwalt. Kein Zeichen der Überraschung, kein Gruß. Kaum verhaltene Wut, übers Telefon entladen: »Hören Sie, Sie Scheißkerl, wenn Sie noch einmal meiner Frau und meinen Kindern zu nahe kommen …«

Genau die Reaktion, mit der er gerechnet hatte. Fast wortwörtlich. Er unterbrach ihn mitten im Satz: »Dann was? Dann bringen Sie mich um? Versuchen Sie das nicht schon seit nunmehr fünf Jahren?«

Abrupte Stille.

»Vergeblich, wenn ich Sie erinnern darf«, sagte Ricky.
Provokativ.
»Interessante Psychodynamik«, fuhr er, nunmehr in intellektuell abgehobener Manier fort. »Haben Sie wirklich geglaubt, Sie könnten Ihr Haus, Ihre Frau und Ihre Kinder als Requisiten benutzen, ohne sie in Gefahr zu bringen? Als seien sie immun? Eine bedenkliche Fehleinschätzung. Sie sollten sich einer Behandlung unterziehen.«
Der Anwalt fand keine Worte, was Ricky bestätigte, dass er den richtigen Nerv getroffen hatte. Und so setzte er munter einen drauf.
»Ich kann mich noch bestens erinnern, dass Sie und Ihre beiden Geschwister, als wir uns vor fünf Jahren zum ersten Mal begegnet sind, eine Vorliebe für schlechte Gedichte hatten …« Jede Zeile der spöttischen Verse, mit denen Mr R und seine Geschwister ihn fünf Jahre zuvor gequält hatten, stand ihm wieder lebhaft vor Augen. Mit einem bitteren Lächeln fuhr er fort: »Also, hören Sie ganz genau zu …«
»Was …?«, stammelte Merlin. Was Ricky ignorierte. Stattdessen rasselte er sehr leise und im rhythmischen Singsang eines Kinderverses die Zeilen herunter:

Heimlich heckt Ricky Pläne aus
Was immer geschieht, er macht sich nichts draus
Zu einem Begräbnis muss er noch geh'n
Das war's dann aber, ihr werdet schon seh'n.

Er sinnt nur auf eins, auf den Tod,
Doch wer von den dreien gerät in Not?
Virgil, Merlin oder Mr R?
Kann ihm letztlich egal sein, wer –
Sagt er's voraus, kann's gelogen sein
Fest steht, Ricky scheut keine Pein.
Ein letzter Gedanke noch über mich:
Ihr habt alles versucht –
Aber Jack bin jetzt ich.

Nur vor der letzten Zeile hatte er eine wirkungsvolle Pause eingelegt. Danach unterbrach er die Verbindung zum dritten Mal.
Er sah die Kellnerin und fing sie ab: »Was schulde ich Ihnen?« Er bezahlte und verließ das Café. Er fühlte sich versucht, unerkannt draußen vor Merlins Kanzleigebäude zu warten, nur um die helle Panik in Virgils Gesicht zu sehen, wenn sie gleich zur Glastür herauskam, doch das wäre ein unnötiges Risiko. Er wollte sich erst wieder zeigen, wenn er so weit war. Er wollte erst reden, wenn er so weit war. Vor allem aber wollte er erst töten, wenn er so weit war.
Und er war realistisch genug, um in der Gleichung eine Größe hinzuzufügen:
Falls ich es kann.
Er hatte schon einmal abgedrückt und *beinahe* einen Mörder umgebracht. Es gab nicht die geringste Gewissheit, dass er ein zweites Mal dazu fähig war. Er traute es sich zu. Sicher aber war er nicht.
Ihm kam eine überraschende Erkenntnis, ein überwältigendes Gefühl. Er hatte keine Angst mehr vor dem Sterben.
Er hatte nur Angst davor zu verlieren.
So zwischen Zuversicht und Zweifel hin- und hergeworfen, ging Ricky seines Weges. Er hatte noch nicht den halben Block zurückgelegt, als plötzlich sein Handy klingelte. Maximal drei Menschen kannten diese Nummer. Er ging davon aus, dass Merlin und Virgil in dem Aufruhr, in den er sie versetzt hatte, Mr R angerufen hatten. *Leb wohl, Handy in der linken Tasche. Du hast deine Schuldigkeit getan.* Er grinste. *Springer schlägt Turm auf Feld 4. Schach. Nicht Schachmatt.* Dieser letzte Zug stand noch aus, doch er hoffte, ihm ein gutes Stück näher gekommen zu sein. Ohne den Anruf anzunehmen, warf er das Handy in den nächstbesten Abfalleimer. Als er weiterlief, hörte er es hinter sich immer noch klingeln.
Seltsamerweise war der erste Gedanke, der ihm danach kam: *Es kommt im Leben immer auf das Timing an.*
Er wusste, dass Virgil Merlins Kanzlei erst verlassen würde, wenn sie beide ein zweites Mal mit ihrem Bruder gesprochen hätten. Denn sie wären auf seine Beschwichtigung angewiesen. Das ließe sich nicht mit wenigen Worten abtun. Sie würden ihn fragen: »Was hat er ge-

sagt?«, und Mr R würde antworten: »Er hat sich nicht gemeldet.« Und die Geschwister würden ihn anflehen: »Du musst etwas unternehmen!« Worauf Mr R nur antworten konnte: »Ich kümmere mich darum …« Und so war Ricky ziemlich optimistisch, gegenüber Virgil einen kleinen Vorsprung herausgeschlagen zu haben.

Er nutzte die Zeit für einen kurzen Drugstorebesuch, um eine Packung einfache weiße Briefumschläge sowie eine Rolle Klarsicht-Klebeband zu kaufen. Wieder draußen auf der Straße, zog er einen Umschlag heraus und warf den Rest weg.

Dann kehrte er zu ihrem Mietshaus zurück.

Wie in fast sämtlichen Wohngebäuden in New York fand sich auch hier im Eingangsflur, direkt hinter der Haustür, eine Reihe von Briefkästen. Er fand den mit der Aufschrift *Tyson*.

Er holte den Briefumschlag hervor und schrieb auf die Außenseite:

Hi, Virgil. Ein Geschenk von Ihrem Bruder, das ich hiermit zurückgeben möchte. Nur als kleine Erinnerung daran, wo wir miteinander stehen.

Dann griff Ricky in seine Tasche. Er hatte die Kugel, die Mr R in seinem Motel-Bett platziert hatte, sorgfältig aufbewahrt. Er steckte sie in den Umschlag und klebte ihn unübersehbar an ihren Briefkasten. Es war eine etwas übertriebene, filmreife Geste – bei Virgils Vorliebe fürs Theatralische, wie er hoffte, entsprechend wirkungsvoll; außerdem genau das, was man von ihrem oder von seinem Jack erwarten würde.

Der Gedanke brachte ihn zum Schmunzeln, als er das Gebäude verließ.

Auf seinem Weg *uptown* machte er noch einmal im New Chance House halt, um den Leuten in bester schizophrener Manier zu danken.

»Richard wohnt gerne bei euch. Richard verabschiedet sich jetzt. Aber Richard bedankt sich.«

Er verbeugte sich und winkte ihnen noch einmal zu.

Er wusste, dass die Mitarbeiter versuchen würden, ihn zum Bleiben zu bewegen, bis es ihm bedeutend besser ging – was sie daran erkennen würden, dass er aufhörte, von sich selbst in der dritten Person zu sprechen. Er gab ihnen keine Gelegenheit, sondern war, trotz der dringlichen Bitten, die er noch auf der Straße hinter sich hörte, wie der Blitz zur Tür hinaus und im Eilmarsch auf dem Weg zum Port Authority und seinem Schließfach. Auf halbem Wege überließ er seinen Obdachlosenmantel und die *New York Mets*-Kappe einem Mann, der so wie Ricky zuvor sein Plätzchen auf dem Bürgersteig eingenommen hatte. Offenbar hatte der Mann besonderen Gefallen an der leuchtend blauen Baseballmütze.

Es war das Mindeste, was er tun konnte.

Im Busbahnhof löste er, nachdem er seine Tasche und seine Pistole geholt und sich frisch gemacht hatte, ein Ticket nach Atlanta und stieg zu der vierzehnstündigen Fahrt in den Bus. Er suchte sich einen Platz ziemlich weit hinten und sah sich unter den anderen Fahrgästen um. Er hatte das Gefühl, nicht ganz hierherzupassen, als trüge er Bildung, Seriosität und beruflichen Status wie Abzeichen deutlich sichtbar an sich. Jemand wie er sah einfach nicht so aus, als würde er freiwillig die Strapazen einer so langen Fahrt in den Süden auf sich nehmen. Wahrscheinlich wirkte Ricky immer noch eher wie jemand, der vom JFK aus in der ersten Klasse flog. Doch er war mit sich zufrieden. Virgil, Merlin und Mr R würden ihn wohl kaum eingequetscht auf einem unbequemen Sitz in einem Reisebus vermuten. Und selbst wenn, hätten sie keine Zeit, ihn aufzuspüren.

Bevor der Bus aus dem Bahnhof fuhr, rief er Mrs Heath an.

»Die Dinge kommen in Gang«, sagte er. »Wir treffen uns in drei Tagen in Alabama. Versuchen Sie, so spät wie möglich zur Trauerfeier zu erscheinen.«

»In Ordnung. Wird gemacht. Aber Sie sagen das nicht von ungefähr?«

»Nein.« Er erklärte sich nicht weiter, sondern dachte nur: *Denn je weniger Zeit sie dort sind, desto weniger Zeit hat Mr R, um Roxy zu finden und zu töten.*

»Sie haben einen Plan?«

»Nimmt gerade Gestalt an.«

Dabei hätte er selbst nicht sagen können, wie weit diese Behauptung der Wahrheit entsprach. Er konnte es nur hoffen. Andererseits hing alles, was er ausgeheckt hatte, davon ab, dass sich Mr R, Virgil und Merlin seinen Erwartungen gemäß verhielten. *Ich kenne sie,* sagte er sich und hoffte, dass er nicht irrte.

Sie schwieg eine Weile. »Okay«, sagte sie schließlich. »In dem Fall würde ich Ihnen raten, ein paar Überstunden einzulegen, aber ich nehme an, das tun Sie bereits.«

»Ja, richtig«, erwiderte er, mit einem Anflug von einem Lächeln. Im Gespräch mit Mrs Heath war er immer herausgefordert, den Knoten sämtlicher Komplikationen zu durchtrennen und etwas auf den Punkt zu bringen. Was er als erfrischend empfand.

»Und konnten Sie ... die *Risiken,* die Sie fürchten, schon reduzieren?«

Was für eine überaus elegante, höfliche Formulierung, dachte Ricky, für die Frage: *Haben Sie schon jemanden umgebracht?*

»Nein, bis jetzt noch nicht. Aber ich bin zuversichtlich, dass ich die Situation schon deutlich zu unseren Gunsten verschoben habe.«

»Wie das? Ricky, das klingt wirklich faszinierend.«

»Indem ich Angst und Zweifel gesät und mich unberechenbar verhalten habe. Eine diffuse Bedrohungslage. Ich halte es für besser, Ihnen keine Einzelheiten zu nennen.«

Mrs Heath schwieg, und Ricky spürte, dass sie seine Auskunft auf sich wirken ließ.

»Das«, sagte Mrs Heath sehr langsam, mit einer Pause hinter jedem Wort, »ist ein äußerst gefährliches Spiel, wie mir scheinen will.« Das *äußerst* kam mit großer Emphase. Er konnte ihr nicht widersprechen.

»Da liegen Sie absolut richtig. Nur dass ich keine anderen Möglichkeiten für mich sehe.«

»Und Sie glauben, dieses Spiel wird in Alabama zum Abschluss kommen?«

»Ich glaube schon. Jedenfalls kann ich mir nicht vorstellen, wie es sich noch länger hinziehen sollte.«

»Das heißt, wenn wir zu diesem Trauergottesdienst gehen, bringen wir uns in Gefahr?«

»Ja.«

Sie legte eine kurze Pause ein. »Für mich persönlich, Ricky«, sagte sie dann, »hat das keine Bedeutung mehr. Ich bin alt, und ich habe gelebt. Ein gutes Leben. Voller Abenteuer. Ich war auf Safari, habe einen vereisten Berg bestiegen. Bin mit dem Fallschirm aus dem Flugzeug gesprungen. In jungen Jahren habe ich das Risiko geliebt. Aber bei diesen beiden jungen Leuten – Roxy und Charlie – bin ich mir nicht so sicher, ob sie auch diese Abenteuerlust in den Genen haben. Wie sehen Sie das?«

»Ich stimme Ihnen zu«, erwiderte Ricky. »Aber ich weiß keine andere Lösung.«

»Ich glaube, ich könnte nicht damit leben, wenn den beiden etwas zustoßen würde. Ich fühle mich für sie verantwortlich.«

»Ich auch«, erwiderte Ricky.

Wieder trat für einen Moment Schweigen ein.

»Nach meiner Erfahrung, Ricky, wird eine Situation zunehmend unberechenbar, wenn sich die Gegenseite in die Enge getrieben fühlt und nur noch wenige Handlungsoptionen für sich sieht.«

An dieser Stelle war er um eine Antwort verlegen. *Bei den meisten Therapien ging es gerade darum, den Patienten Denk- und Handlungsoptionen zu* eröffnen. *Bei Mr R, Virgil und Merlin hingegen lief seine Strategie darauf hinaus, sie einzuengen.*

»Ricky, sind Sie noch manövrierfähig?«, schob Mrs Heath eine Frage hinterher.

»Mrs Heath«, erwiderte Ricky, »die Antwort lautet: Ja. Ich glaube schon.«

Schweigen. Dann: »Wissen Sie, Ricky, ein wildes Tier in die Enge zu treiben, ist immer ein gewagtes Spiel. Es besteht unweigerlich die Gefahr, dass es plötzlich zum Gegenangriff übergeht. Ein frei laufender Wolf ist einfach ein Wolf, der durch die Wälder streunt. Er könnte gefährlich sein oder auch nicht. Ein eingepferchter Wolf dagegen fletscht mit Sicherheit die Zähne, fährt die Klauen aus und kennt nur einen Instinkt: Gegenwehr. Sind Sie sicher, dass Sie sich dieser Konstellation stellen wollen?«

»Mrs Heath«, erwiderte Ricky, und er wählte seine Worte mit Bedacht. »Hier gibt es zwei Parteien, die gleichermaßen in die Enge getrieben sind. Zuerst haben die mich in die Enge getrieben. Und jetzt ich sie. Wir sitzen gleichermaßen in der Falle.«

»Hmm, verstehe«, sagte sie. »Fragt sich nur, Ricky, sind Sie auch ein Wolf? Denn nach allem, was ich von Ihnen weiß, sind es die anderen allemal.«

»Das werde ich wohl herausfinden müssen.«

»Nun, auf Anhieb fällt mir dazu nur eines ein: Es ist entscheidend, dass Sie denen zuvorkommen. Mein verstorbener Mann hat einmal zu mir gesagt, bei den meisten Faustkämpfen hat man nur eine Chance: den ersten Schlag zu landen, und zwar so, dass er sitzt. Weil man es zu einem zweiten Schlag besser nicht kommen lässt. Dann kann man nämlich nur verlieren.«

»Da lag er wohl richtig, Ihr Mann.«

»Er lag bei vielem richtig. Wie gesagt, er liebte seinen Hemingway. Ich wünschte, er wäre noch da.« Sie seufzte. »Also gut, Ricky. In drei Tagen. Die Trauerfeier ist für siebzehn Uhr angesetzt. Wir sehen uns dort.« Zum Schluss gab sie ihm noch ihre Handynummer durch.

»Ich rufe Sie an, wenn ich da bin«, sagte Ricky.

»Gut. Sollten Sie jetzt nicht vielleicht mit Roxy reden? Sie könnte ein paar tröstende Worte vertragen.«

»Nicht jetzt. Tut mir leid. Sie ist ein aufgewecktes Mädchen, und ich will nicht, dass sie mich etwas fragt, das ich vorerst nicht beantworten will. Ich mach's wieder gut, wenn wir uns in Alabama sehen.«

»Na schön, ist vielleicht was dran, auch wenn Sie mich nicht ganz überzeugen. Ich richte es ihr aus. Allerdings werde ich ihr nicht sagen, dass sie möglicherweise in Gefahr ist. Das behalten wir besser für uns, nicht wahr? Und Charlie?«

»Was meinen Sie?«

»Es scheint ihm von Tag zu Tag ein bisschen besser zu gehen. Er nimmt seine Medikamente regelmäßig. Ein reizender junger Mann, in vielerlei Hinsicht. Seine Krankheit ist tragisch, wenn Sie mich fragen. Aber ich denke, da ist viel zu machen, mit der entsprechenden Hilfe. Auch er braucht Sie, Ricky. Er könnte einen Rückfall erleiden, wenn ...«

»Wenn?«

»Wenn er nicht einbezogen wird. Er ist schon jetzt sehr loyal und fürsorglich, das ist deutlich zu spüren.«
Ein weiteres Risiko, dachte Ricky, einerseits erfreulich, andererseits für das, was bevorstand, ein Handicap.
»Dann sollte er mit einbezogen werden.«
»Ganz Ihrer Meinung.«
»Und, Mrs Heath?«
»Ja?«
»Seien Sie auf alles gefasst.«
Er hörte sie lachen. »*Alles,* das nenne ich eine umsichtige Devise, Ricky. Genau dieses Motto, mein lieber Doktor, befolge ich seit Jahren, und das ist wohl nicht zuletzt der Grund, warum es mich immer noch gibt.«
In dem Moment, in dem er die Verbindung trennte, fuhr der Bus los. Mit einem kreischenden, metallischen Geräusch ging er in den Rückwärtsgang, und mit lautem Diesel-Dröhnen manövrierte er aus seiner Rampe.
Während der Fahrt durch den Holland-Tunnel schloss Ricky die Augen und machte sie erst wieder auf, als sie unter dem Hudson River hindurch in New Jersey herauskamen und in zügigerem Tempo Richtung Süden weiterfuhren. Kein einziges Mal warf er einen Blick zurück auf die Stadt, in der er einmal zu Hause gewesen war, und er hatte plötzlich das untrügliche Gefühl, Manhattan nie wiederzusehen. Ihm wurde bewusst, dass er nicht länger versuchte, an diesem früheren Leben festzuhalten, vielleicht sogar nicht einmal an seinem jetzigen Leben. Diese Erkenntnis, stellte er fest, hätte ihm schon viel früher kommen müssen. Jetzt galt es, das Leben zweier anderer, jüngerer Menschen zu beschützen.

41

»UND WELCHEN REIM SOLL ICH MIR DARAUF MACHEN?«

Die Leuchtreklame an der Fassade des *Friendly Shores* warb immer noch mit *kostenlosem HBO-TV-Programm* und *Wifi,* jetzt jedoch unter einer anderen Botschaft: *Geschlossen. Baldige Wiedereröffnung unter neuem Management.*

Es versetzte Ricky einen Stich.

Das alte Management ist tot.

Als er langsam vorbeifuhr, sah er das gelbe Flatterband der Polizei nach wie vor quer über der Glastür zur Lobby, in der Koteletten-Elvis den Tod gefunden hatte. *Sei nicht so naiv,* sagte er sich. *Das Gesetz unbeabsichtigter Folgen, zynischerweise auch als Kollateralschaden bekannt.*

»Hallo, ich bin Dr. Starks.«

»Sehr erfreut, Doktor. Ich bin nur ein Nobody.«

Ein Handschlag, ach ja, tut mir wirklich leid, aber Sie sollten sich darauf gefasst machen, umgebracht zu werden. In Rickys Metier ging man hingebungsvoll emotionalen Kettenreaktionen nach: *Wenn diese Person das und das tut, wird es wie Wellenkräusel das Leben all jener anderen Personen tangieren.* Das äußere Geschehen übte grundsätzlich einen Einfluss auf das Unbewusste aus: manchmal offensichtlich, manchmal nur unterschwellig. Hier lagen Fluch und Segen der Psychoanalyse dicht beieinander. Dasselbe galt für Mord.

Er starrte aus dem Fenster, als rechnete er irgendwo am *Friendly Shores* mit einem verräterischen Hinweis darauf, dass Mr R in der Nähe war.

Die Fahrt von Atlanta in einem Leihwagen hatte ihn noch einmal vier Stunden gekostet. Nach einer Nacht in einem billigen *Motel 6* in der Nähe des riesigen Flughafens von Atlanta hatte er sich von der erschöpfenden Busfahrt einigermaßen erholt. Der Angestellte am Empfangstresen hatte ihm einen Witz erzählt: »Wenn Sie im Süden sterben und in den Himmel kommen, steigen Sie in Atlanta um.« Dennoch war es eine schwierige Nacht gewesen, voller unruhiger, beängstigender Träume und durchwachter Stunden. Einmal hatte er geträumt, auf der Station neun neben Tarik durch den Flur zu laufen, und dabei hatte ihm der junge Mann aufgeregt von seiner Zukunft erzählt. Ohne ein einziges Mal dabei zu stottern. Dafür waren Ricky in dem Traum die Lippen verschlossen gewesen, und sosehr er sich bemühte, hatte er ihn nicht vor der Kugel warnen können, die ihn draußen um die nächste Ecke erwartete. Ein andermal schreckte er aus dem Schlaf hoch und bildete sich ein, Mr R öffnete gerade die Tür zu seinem Motelzimmer.

Heftige Turbulenzen. Er setzte nicht nur sich selbst, sondern mehrere andere Menschen einem Risiko aus, ein Gefühl, das der Anblick des *Friendly Shores* nun noch verstärkte.

Nur dass ihm keine Alternative einfiel.

Fünf Jahre zuvor hatte er Mr R auf ein Terrain gelockt, das er selbst wie seine Westentasche kannte, und sich dadurch in dem mörderischen Spiel gewissermaßen einen Gleichstand, wenn nicht sogar einen leichten Vorteil verschafft. Einer gegen den anderen, wie bei einem Basketballspiel irgendwo in einem x-beliebigen Park. Nur sie beide – nur Ricky und Mr R allein in der Dunkelheit. In jener Nacht hatte sich Mr R von einer Emotion verleiten lassen, die Ricky als *verhaltene Wut* bezeichnen würde, von Impulsen, die aus der Tiefe seines Unterbewusstseins kamen, von Ricky gezielt provoziert. Mit jedem Schritt war er tief sitzenden Erinnerungen gefolgt und dem Unrechtsgefühl, das sich für immer bei ihm eingebrannt hatte.

Ein zweites Mal würde der Killer diesen Fehler nicht begehen.

Mr R hatte fünf Jahre Zeit gehabt, um seine Emotionen zu zügeln.

Diesmal, davon war Ricky überzeugt, *wird er so ruhig und beherrscht sein wie bei unserer ersten Wiederbegegnung in meiner Praxis auf der Couch; so ruhig wie auf dem Washington Square beim Ziehen der Schachfiguren. Eins. Zwei. Drei: Narrenmatt.*

Auf dem Beifahrersitz neben ihm lag seine Schultertasche mit der nicht registrierten Selbstladepistole ohne Seriennummer, die ihm Donald, der Chauffeur, im Tausch gegen seinen .357er gegeben hatte. Ricky hatte durchgeladen und entsichert. Er brauchte nur noch zu zielen und abzudrücken.

Ihm kam plötzlich ein Gedanke:

Der Psychopath ist nur deshalb in so abnormem Maße frei von emotionalen Hemmungen, weil er in den entscheidenden Sekunden ganz im Hier und Jetzt lebt. Die Zukunft zählt dann nicht. Die Vergangenheit existiert nicht mehr. Er hat sich ganz und gar dem Augenblick verschrieben.

Das war die Lehrbuch-Analyse.

Auf einen *Psychopathen traf dies nicht zu: nämlich Mr R.*

So führte Ricky sein Zwiegespräch fort und schob in seinen Kalkulationen wie ein Mathematiker an einem altmodischen Abakus die Kügelchen hin und her.

Was hat er noch gesagt?

Glücklich bis ans Ende ihrer Tage.

Ricky spielte soundso viele verschiedene Szenarien durch. Dabei fühlte er sich auf seltsame Weise an seine Facharztausbildung erinnert, bei der er als junger unerfahrener, frischgebackener Arzt einem Patienten gegenübersaß und auf jede Nuance in der Satzmelodie, jede sprachliche Wendung, jedes Zucken eines Augenlids oder Zittern des Kinns, auf Stimmlage und Körpersprache geachtet hatte – immer auf der Suche nach den Puzzleteilen für eine Diagnose –, um der Person am Ende ein Etikett anzuheften. »Das hier ist dasselbe«, sagte er laut, wie um sich selbst von etwas zu überzeugen, das er eigentlich besser wusste. »Er ist kein Rätsel für mich.«

Er konnte nur hoffen, dass er sich nicht täuschte.

Während er in gemächlichem Tempo fuhr, spähte er unablässig links und rechts in Straßen, beäugte jeden Passanten auf dem Bürgersteig, in der Erwartung, Mr R irgendwo in der Menge ausfindig zu machen. Er vermutete stark, dass der Mörder sich gleichfalls irgendwo in Dothan aufhielt und mehr oder weniger dasselbe tat wie er. Ricky wünschte, er hätte es mit einer größeren Stadt zu tun.

Bis zum Beginn des Trauergottesdienstes blieben ihm noch drei Stunden. Er wusste, dass Roxy, Mrs Heath und Charlie zum selben Bestimmungsort und zum selben Termin unterwegs und somit schon irgendwo in der Nähe waren.

Der Gedanke, die Welt mit den Augen des Mörders zu sehen, erschreckte ihn aufs Neue. Doch ebenso beunruhigend war die Möglichkeit, dazu am Ende nicht fähig zu sein. Beide Empfindungen, obwohl himmelweit verschieden, hatten ihre Berechtigung.

Er fuhr ins Zentrum der kleinen Stadt und im Schritttempo an den verkohlten Überresten der Anwaltskanzlei vorbei. In einer Woge des Zynismus dachte er: *dumm gelaufen, Herr Anwalt. Du hattest keinen blassen Schimmer, auf wen du dich da einlässt, bis es verdammt noch mal zu spät war.* In den wenigen Tagen seit dem Brand hatte man die Trümmer weitgehend geräumt. Doch am Nachbargebäude erinnerten breite, schwarze Streifen an die Tragödie, und an dem zerstörten Gebäude ragten verbogene Stahlstreben aus dem verrußten Beton. Auf einer Seite stand ein ramponierter gelber Bulldozer und stieß Dieselabgase aus, auf der anderen war ein leuchtend roter Container auf der Straße schon randvoll mit Geröll und Trümmern gefüllt. Ricky kam ein zweiter, erbarmungslos zynischer Gedanke: *Haben sie deine sterblichen Überreste in diese Müllkippe geworfen?* Ein Arbeitstrupp in Schutzhelmen richtete gerade einen Maschendrahtzaun rings um die Abrissstelle auf. Ein *Betreten Verboten*-Schild war bereits an Ort und Stelle.

Der Trupp war emsig bei der Arbeit. Jede Menge Hämmern und Schaufeln.

Hier ist er nicht zu finden.

Ricky fuhr weiter.

Er kam am Eingang zu dem Krankenhaus vorbei, in das in der schicksalsträchtigen Nacht Roxys Vater hätte eingeliefert werden sollen, und ging in Gedanken noch einmal durch, welche Wege er selbst in jener Nacht, für die sein Tod beschlossen worden war, zurückgelegt hatte.

Irgendwo auf dieser Route wird er auf mich warten.

Sein nächster Halt war die Schule.

Wie beim letzten Mal hielt er in einigem Abstand an.
Und genau wie in der Nacht, die er überlebt hatte, suchte Ricky zunächst die Gegend ab, als könne Mr R hinter jedem Baum oder Strauch auf ihn lauern oder hinter dem nächsten geparkten Auto oder hinter der nächsten Häuserecke. Es war helllichter Tag – kaum dunkle Ecken, in die sich der Mörder verdrücken konnte, was Ricky nicht davon abhielt, trotzdem jeden Winkel zu überprüfen, wie ein Wissenschaftler, der auf der Suche nach einem Bakterium durch ein Mikroskop auf den Objektträger starrt.
Vor der Schule herrschte Ruhe – drinnen, hinter den Türen der Klassenzimmer um diese Zeit dagegen emsige, geräuschvolle Aktivität.
Hier auch nicht. Jedenfalls nicht um diese Zeit. Nicht der richtige Ort.
Ein letzter Blick ringsum. Jede Menge Autos und Menschen im strahlenden Sonnenschein. *Kein Ort zum Töten.*
Ricky legte den Gang ein und fuhr los – zur Stadt hinaus aufs Land.
Bis zu dem sumpfigen Gelände, dem Fundort von Julias Leiche, war es eine Viertelstunde mit dem Auto. Unter dem hohen, wolkenlos blauen Himmel an diesem frühherbstlichen, heißen Tag wirkte die Umgebung drückend schwül und harmlos heiter zugleich. Es war, als treibe die Natur ihren Spott mit ihm. Es war ein Tag, an dem man sich den Schweiß von der Stirn wischte, etwas Kaltes und Erfrischendes trank, über die für die Jahreszeit untypische Hitze klagte und über Politik und Sport plauderte. *Mord,* dachte Ricky, *gehört in die Dunkelheit.*
Er bog auf den Parkplatz ein und hielt an. Wie beim letzten Mal war er leer. Misstrauisch sah er sich um.
Das *ist ein Ort zum Töten.*
Er war allein. Er holte seine Waffe aus der Schultertasche und stieg aus.
Er blickte den Trampelpfad, der zum Wasser führte, entlang – als habe man im Gestrüpp und Unterholz eine schmale Schneise geschlagen, einladend und unheilvoll zugleich. Er horchte auf Geräusche – eine zuklappende Wagentür, einen kreischenden Vogel, das Rascheln eines kleinen Tiers, das sich durchs Gras und trockene Ge-

zweig in Sicherheit bringt, irgendein Zeichen dafür, dass dies Zeit und Ort für einen weiteren Mord waren.

Den Selbstlader fest in der Hand, schlängelte er sich den Pfad entlang, allein oder auch nicht, mit jedem Schritt tiefer in die Ungewissheit. Er hielt nach einer Stelle Ausschau, die sich Mr R als Hinterhalt anbieten würde. Und nach einer Stelle, an der er selbst seinem Gegner auflauern konnte.

Die Gefahr, dass beides zusammenfallen könnte, zerrte an seinen Nerven.

Nach einer Weile waren seine Schuhe schlammverschmiert. Über ihm drangen einzelne Sonnenstrahlen durch das Blätterdach. Die Welt um ihn her schien zwischen Licht und Dunkelheit zu flackern. Schon nach hundert Metern trat ihm vor Hitze und Nervosität der Schweiß unter die Achseln, ins Gesicht und in den Nacken.

Die Waffe griffbereit an der Seite, lief er im Eilschritt zu der Stelle, an welcher der Boyscout seine Angelrute ausgeworfen, Julia entdeckt und damit die Ereignisse in Gang gesetzt hatte, die nun zum Abschluss kommen würden.

Das hier ist der Stelle ziemlich ähnlich, überlegte Ricky, *an der ich damals unweit der verkohlten Überreste meines Ferienhauses Mr R aufgelauert habe. Wenn ich versuche, ihn hierherzulocken, schlägt eine solche Szenerie bei ihm die richtigen Saiten an. Natürlich im Dunkeln. Allein.*

Ricky sah sich um.

Ein Kinderspiel, mich hier zu verstecken.

Er müsste diesen Trampelpfad entlangkommen, er hätte gar keine andere Wahl. Wenn er versuchen würde, sich querfeldein durchs Gebüsch zu schlagen, würde er zu viel Lärm verursachen. Er böte mir eine gute Zielscheibe. Diesmal werde ich nicht zögern.

Kopfschuss.

Brustschuss.

Todesschuss.

Doppelschuss.

Er schüttelte den Kopf.

»Du liegst völlig daneben, Idiot!«

Seine Stimme brach das Schweigen, das über der Sumpflandschaft brütete.
Mr R wird sofort durchschauen, was du ausgeheckt hast: den Versuch, nach dem alten Muster zu verfahren, mit dem du schon einmal erfolgreich warst. Vor fünf Jahren hat es ihn um ein Haar erwischt. Ein zweites Mal fällt er nicht darauf herein. Keine Chance. Die Narben und schlecht verheilten Wunden in seinem Körper werden ihm eine Warnung sein.
Auf dem psychologischen Schachbrett war dies ein vollkommen vorhersehbarer Zug, nur dass Ricky nicht abschätzen konnte, ob Mr R ihn zwar durchschauen, die Herausforderung aber trotzdem annehmen oder vielleicht die Gelegenheit nutzen würde, Ricky auszutricksen und sich auf diese Weise an ihm zu rächen. Er blieb stehen und lehnte sich mit dem Rücken an einen Baum. Das Ganze stimmte von vorne bis hinten nicht. Mr R tanzte einfach nicht nach derselben Melodie wie vor Jahren Jimmy Conway, als er den Leichnam der kleinen Julia auf diesem Weg zum sumpfigen Gewässer hinüberschleppte.
Er blickte von seiner Uhr auf das schwarze Wasser, in das der nichts ahnende Junge seinen Köder nach einem fetten Barsch ausgeworfen hatte.
Der Beginn des Trauergottesdienstes rückte heran. Er musste an Roxy denken. Er sah sie wieder vor Augen, wie sie in der Nacht, in der sie aus Alabama geflohen waren, neben ihm im Wagen gesessen hatte.
Er holte tief Luft, wischte sich mit dem Arm über die Stirn ...
... und erstarrte.
Der Boyscout wusste, wo er den Fisch zu suchen hatte. Mr R kann sich bei mir keineswegs so sicher sein.
Nur eins ist ziemlich vorhersehbar.
Die Erkenntnis traf Ricky wie ein Stromschlag. Heiß und kalt zugleich. Wie vom Donner gerührt stand er da.
Und stieß in Gedanken einen Schwall von Flüchen aus.
Ein zufälliger Passant hätte ihn für einen Irren halten müssen: Eben noch hatte er am Rand des trüben Gewässers gestanden und sich

bedächtig umgeschaut, und eine Sekunde später war er in heller Panik. Ricky machte auf der Stelle kehrt und hastete den Pfad zurück. Von null auf hundert, in einem einzigen Schritt. Er ging in Laufschritt über und sprintete das letzte Stück zu seinem Wagen zurück. Mit angespannten Muskeln und keuchendem Atem rannte er über trockenen Boden oder schlitterte durch feuchten Morast und kämpfte gegen die Sekunden an. Und gegen die unbarmherzige Hitze. Die Waffe in seiner Hand wurde zum Zentnergewicht, doch die blanke Angst trieb ihn zur Eile an. Die Strecke, auf der Jimmy, der Drugstore-Mann, sein Opfer getragen hatte, schien sich endlos in die Länge zu ziehen und den Parkplatz mit seinem Auto in immer weitere Ferne zu rücken.

Eine Minute. Zwei. Sechs. Neun. Er verlor jedes Zeitgefühl, während er blindlings weiterrannte.

Als der schmale Weg endlich auf den Parkplatz mündete, stürzte er die letzten Meter zu seinem Wagen, warf sich hinters Lenkrad, stieß gleichzeitig den Schlüssel in den Anlasser und grapschte mit der anderen Hand nach seiner Schultertasche. Er warf die Waffe auf den Sitz, um in seinen Sachen nach dem verbliebenen Wegwerf-Handy zu wühlen.

Der Schweiß lief ihm übers Gesicht und brannte ihm in den Augen. Er tippte Mrs Heaths Nummer ein – *ja nicht vertippen!* Er schickte ein Stoßgebet zum Himmel, dass es in dieser abgelegenen Gegend Empfang gab und dass sie ranging.

Ein Klingelton. Zwei. Drei.

Dann eine Stimme:

»Ja? Ricky?«

»Wo sind Sie gerade, Mrs Heath?«

Er hatte fast geschrien.

»Ricky, alles in Ordnung? Sie klingen …«

Er holte tief Luft, atmete die flimmernde Hitze ein.

»Wo sind Sie jetzt gerade?«

»Also, wir sind auf dem Weg zu Roxannes Haus …«

»Nein! Halten Sie sofort an!«

»… sie wollte ein paar Sachen von dort holen. Und ein Kleid, das ihr

Vater besonders an ihr mochte, sie will es zur Trauerfeier tragen. Was ist los?«

Natürlich wollte sie noch mal in ihr Elternhaus. Es ist das einzige Zuhause, das sie je gekannt hat. Es muss sie magisch dort hingezogen haben. Und ich bin nicht der Einzige, der das begreift.

Er versuchte, sich zu beruhigen.

»Wer sitzt am Steuer?«

»Donald natürlich. Und Charlie ist auch hier bei uns ...«

»Dann sagen Sie Donald, er soll auf der Stelle anhalten. Sofort ...«

»Aber, Ricky ...«

»Sofort!«

Ricky hörte, wie Mrs Heath nach kurzem Zögern mit fester Stimme sagte: »Donald, das ist Dr. Starks. Er will, dass wir sofort hier anhalten ... ja, genau. Auf der Stelle. Fahren Sie einfach hier ran.«

Wieder kurzes Schweigen.

»Also, Ricky, wir haben angehalten. Was geht da vor?«

Er atmete noch einmal tief durch. Sosehr er sich um einen ruhigen, sachlichen Ton bemühte, sprudelten die Worte aus ihm heraus. »Fragen Sie Roxy, wie weit es noch bis zu ihrem Elternhaus ist.«

Wieder hörte er gedämpft Mrs Heaths Stimme. »Roxanne, Liebes, Dr. Starks will wissen, wie weit es noch bis zu dir nach Hause ist.«

Er konnte das Mädchen hören:

»Ungefähr fünf Blocks von hier.« Sie nannte die Straße und die nächste Kreuzung.

Fünf Blocks. Vielleicht weit genug entfernt.

»Warten Sie dort«, sagte er prompt. »Ich bin in fünf Minuten da.«

Darüber, wer nach seiner Befürchtung fünf Häuserblocks weiter in Roxys Elternhaus lauerte, verlor er kein Wort, doch sein Tonfall ließ daran wohl keinen Zweifel. Ricky warf den Gang ein und trat mit Macht aufs Gaspedal. Die Reifen drehten durch und warfen Dreck und Schotter auf, als er mit ausbrechendem Heck vom Parkplatz raste.

Dabei verfolgte ihn ein einziger Gedanke – was Mr R gesagt hatte, nachdem er Ricky das erste gestellte Jack-Video gezeigt hatte, auf dem, unter Virgils Regie, der Anwalt von den Geschwistern die Hauptrolle gespielt hatte. Ricky hatte ihn gefragt:

»Und welchen Reim soll ich mir darauf machen?«

Und Mr R hatte erwidert: »Tod. Es geht um den kurz bevorstehenden Tod.«

Er fuhr schnell.

In halsbrecherischem Tempo.

42

DIE LETZTEN ZÜGE AUF DEM SCHACHBRETT

Als Ricky eintraf, entdeckte er ihren Wagen schon von Weitem unter einem schattigen Baum. Als Einziger war Donald, der Chauffeur, ausgestiegen und achtete, an den Kühler gelehnt, mit wachsamem Blick auf jedes vorbeikommende Fahrzeug. Um für das Trio im Wagen die Klimaanlage in Gang zu halten, ließ er den Motor laufen, während Donald, ungeachtet der Hitze, seine Coolness bewahrte. Als Ricky vor dem parkenden Fahrzeug an den Bordstein schwenkte, nickte Donald ihm zu.

Ricky stieg aus, und nach einem kurzen, musternden Blick fragte ihn Donald nur: »Gefahr im Verzug?«

»Ja. Vielleicht. Ich bin mir nicht sicher.«

»Vorsicht ist besser als Nachsicht, ja?«

»Genau.«

Mit dieser Auskunft schien sich der Chauffeur zufriedenzugeben.

Mrs Heath ließ auf ihrer Seite die Scheibe herunter. »Was ist los, Ricky?«

Ricky suchte nach den richtigen Worten. Er sah, wie Roxy und Charlie auf dem Rücksitz die Hälse nach vorne reckten, um seine Antwort zu hören. Charlie sah gewaschen und gepflegt aus und trug eine blaue Krawatte zum weißen Hemd. Roxy hatte ihr wildes Haar gebändigt. Beide wirkten angespannt – aus ihren Blicken sprach, wenn nicht Angst, so doch mindestens ein diffuses Unbehagen, als sei ihre Welt in Schieflage geraten, und sie fragten sich nur, in welche Richtung sie sich neigte.

Ricky wandte sich an Mrs Heath. »Ich bin mir nur nicht sicher, was Roxy in ihrem Haus erwartet. Vielleicht ist da ja niemand. Gut möglich. Aber es könnte auch anders sein, und wir sollten kein Risiko eingehen.«

Er überlegte sich jedes Wort, um die anderen nicht mit der Panik anzustecken, die ihn im Sumpf überwältigt hatte.
Er wusste nur, dass Roxys Elternhaus für den Killer ein perfektes Versteck bot. Nicht schwer, dort einzubrechen. Ein angenehmer Ort zum Warten. Abgedunkelt, kühl. Perfekt, um die Eingangsseite geduldig im Auge zu behalten. Er musste an den Schalldämpfer von Mr Rs Waffe denken. Der Mörder brauchte nur ein, zwei Mal abzudrücken und hatte kaum zu befürchten, dass selbst die neugierigsten Nachbarn etwas hörten. *Puff. Puff. Das war's.* Und er bliebe ziemlich sicher unsichtbar. Für den unwahrscheinlichen Fall, dass Roxy den Anschlag überlebte, beantwortete sich die Frage, ob sie zur Polizei gehen würde, von selbst. Natürlich nicht, denn sonst hätte sie es schon in der Nacht getan, in der Ricky dem Schuss knapp entgangen war. Der Killer wusste so gut wie er: *Roxy ist ein Kind, allein und auf sich gestellt.* Aber wäre sie auch an diesem Nachmittag allein? Nein. Der Killer konnte ziemlich sicher sein, wer an ihrer Seite wäre: seine zweite Zielperson. Unterm Strich musste Ricky davon ausgehen, dass Mr R im Haus des toten Lehrers mit dem Erscheinen von zwei Personen rechnete, mit Ricky und Roxy.
Die sprichwörtlichen zwei Fliegen mit einer Klappe, resümierte er.
Und wenn er die Dinge mit Mr Rs Augen sah, so wurde ihm klar: *Sollten wir beide wider Erwarten doch nicht auftauchen ... nun, macht nichts. Dann eben weiter zum nächsten Schauplatz.*
Mrs Heath schien sich seine Worte durch den Kopf gehen zu lassen. Sie drehte sich zu den beiden jungen Leuten um und sagte: »Hört zu, wartet ihr beide bitte hier drinnen, während ich mich einen Moment mit Dr. Starks unterhalte.«
Charlie nickte stumm. Er schien etwas von seinem sonstigen Galgenhumor, insbesondere über seine Krankheit, abgelegt zu haben; die strenge Gefasstheit, die er jetzt an den Tag legte, war Ricky an seinem bipolaren Patienten neu. Das Lithium zeigte Wirkung. Offenbar lag Roxy etwas auf der Zunge – sie hatte den Mund halb geöffnet –, dann überlegte sie es sich jedoch wohl anders, und sie nickte ebenfalls. Dabei sah ihr Ricky deutlich an, wie sie gegen eine Flut von Emotionen ankämpfte, und er dachte: *Was für eine beeindruckende*

junge Frau. Rebellisch und unerschrocken, solange sie sehen kann, womit sie es zu tun hat. Angst hat sie nur vor dem, was sie nicht zu fassen bekommt. Er sah sie eindringlich an und begriff plötzlich, was sie in Wahrheit hierherzog: *nicht irgendein Kleid, das sie holen will. Das Kleid ist nur ein Vorwand. Sie will einfach nur noch einmal nach Hause, die Luft ihres früheren Lebens atmen, als es noch unbeschwerter war. Sie möchte sich erinnern. Sie braucht das, um die schwierigen Stunden, die vor ihr liegen, zu überstehen.*

Mrs Heath stieg aus und wies Donald an: »Würden Sie bitte dafür sorgen, dass die beiden jungen Leute im Wagen bleiben, und sie im Auge behalten, Donald?«

Die Antwort des Chauffeurs kam prompt: »Selbstverständlich, Ma'am.«

Mrs Heath hakte sich bei Ricky unter. »Laufen wir einfach ein paar Schritte, Doktor«, sagte sie.

Und so gingen sie langsam und bedächtig wie zu einem Sonntagsspaziergang los. Ricky ließ den Blick über die grünen Wiesen und hohen Pinien schweifen, die friedliche Landschaft, in welche die schmale zweispurige Straße, auf der sie im Schatten von Magnolienbäumen und Trauerweiden liefen, eingebettet war. Mrs Heaths Blick fiel auf ein einstöckiges Haus im Ranch-Stil. Ricky sah, wie sie Maß nahm.

»Roxys Elternhaus ist ...?« Sie brauchte den Satz nicht zu Ende zu führen.

»Diesem hier ziemlich ähnlich, Mrs Heath.«

»Und auch so isoliert?«

»Mehr oder weniger so wie diese Häuser hier. Ein gutes Stück von der Straße zurückgesetzt, die nächsten Nachbarn mindestens fünfundzwanzig Meter weit entfernt.«

»Und Sie glauben ...«

»Glauben ist vielleicht das falsche Wort. Ich versuche lediglich, vorausschauend zu sein. Und ihr Haus ist ein geeigneter Ort, um jemandem aufzulauern. Ich an seiner Stelle würde mich möglicherweise dafür entscheiden. Ruhig. Versteckt. Killer-Logik, Mrs Heath.«

Sie drehte sich halb um und warf einen kurzen Blick auf den Wagen, in dem Roxy und Charlie unter Donalds Aufsicht warteten. Sie überlegte und antwortete dann: »Ja. Das ist nachvollziehbar.« Sie holte tief Luft. »Ricky, glauben Sie, dass heute jemand sterben wird?«

»Ich weiß es nicht, Mrs Heath. Es wäre möglich.«

»Aber dann sollte es die richtige Person sein, nicht wahr?«

Er weigerte sich, diese Frage zu beantworten, und sei es nur mit einem Nicken. Er blickte ihr nur ins Gesicht und sah in ihren Augen, in ihren faltigen Zügen jede Menge weiterer Fragen. Er wusste, dass sie liebend gerne alle gestellt hätte, aber darauf verzichten würde. Stattdessen verzog Mrs Heath plötzlich den Mund zu einem schiefen Grinsen.

»Sie sind der seltsamste Psychoanalytiker, Dr. Starks, mit dem ich je das Vergnügen hatte.«

»Soll ich das als Kompliment verstehen, Mrs Heath?«

Sie schmunzelte. »Ich schätze, wir haben einiges miteinander durchgemacht …«, sagte sie und fügte nach kurzem Zögern hinzu: »Ich jedenfalls. Die letzten Tage haben so viel Spannung in mein siebenundachtzigstes Lebensjahr gebracht, wie es sich wohl kaum jemand in diesem Alter träumen lässt, meinen Sie nicht? Daher die Frage, Ricky, was steht uns Ihrer Meinung nach noch bevor?«

Um die Ecke. Bis zum Ende der Straße. In den Abend hinein. Die Nacht hindurch bis in den Morgen. Den nächsten Tag. Den übernächsten Tag. Hierhin. Dorthin. Irgendwohin. Er wusste es nicht und wollte auch nicht raten.

»Also«, sagte Mrs Heath, während sie über die grünen Wiesen blickte, »jetzt geht es also erst einmal …«

»Zum Trauergottesdienst. Wo wir alle jemandem, wie es sich gehört, die letzte Ehre erweisen.«

Der Kirchturm funkelte, wenige Minuten vor Beginn der Feier, in den letzten Sonnenstrahlen des Tages, das Gemäuer der Baptistenkirche strahlte in himmlischem Weiß. Kaum bog er in eine freie Parklücke ein, sah Ricky, wie zahlreich die Menschen in die Kirche strömten, ein Querschnitt durch die Bevölkerung und alle Altersgruppen, vom Säugling auf dem Arm über Scharen von Schulkindern bis zu ihren

Eltern und Großeltern. Männer in Anzug und Krawatte, Frauen in bunten Baumwollkleidern, junge Leute in Jeans, jedoch zum Hemd mit unbehaglich zugeknöpftem Kragen. Auf dem Parkplatz vor der Kirche standen die Fahrzeuge dicht an dicht, darunter am hinteren Ende auch zwei gelbe Schulbusse, die, wie er vermutete, ganze Klassen herübergekarrt hatten. Er entdeckte die Direktorin, Mrs Dandridge, die neben der weit geöffneten Flügeltür aus dunkler Eiche mit dem Pfarrer zusammenstand. Direkt dahinter erspähte er Mr Willoughby, den Bestattungsunternehmer, der die Programmzettel ausgab. Alle drei hießen die Besucherscharen willkommen. *Mrs Dandridge hatte ihm erzählt, der Lehrer sei außerordentlich beliebt gewesen. Offensichtlich war das nicht übertrieben gewesen.* Er beobachtete, wie die Direktorin mehrere Erwachsene umarmte und sich zu den Schulkindern hinunterbeugte. Es gab viele herzliche Begegnungen vor der Kirchentür, wo die Menschen zusammenströmten und einander begrüßten. Er sah eine Mischung aus Lächeln und verhaltenen Tränen. Und er beobachtete, wie die beiden Detectives – Smith und Jones – an den Trauergästen vorbei in die Kirche drängten.

Donald parkte den anderen Wagen in einer Lücke nicht weit von Rickys. Als Roxy, Charlie und Mrs Heath ausstiegen, entging Ricky nicht, dass Charlie dem Mädchen einen Arm um die Schulter gelegt hatte. Wenn er sich nicht täuschte, fing Roxy zu zittern an.

Das hier wird hart für dich, sagte er im Stillen zu ihr. Bis jetzt musste der Tod ihres Vaters für sie etwas Surreales haben. Zwar hatte sie im Prinzip begriffen, dass es passiert war, sich deshalb aber noch lange nicht mit dem unwiederbringlichen Verlust konfrontiert. Diese Trauerfeier ließ ihr keine Wahl.

Die Gruppe blickte ihm schweigend entgegen. Er senkte die Stimme. »Geht ihr schon mal rein«, sagte er. »Ich komme in ein, zwei Minuten nach.«

»Sollen wir Ihnen einen Platz frei halten?«, fragte Charlie.

Er schüttelte den Kopf. »Nein. Ich finde eine Stelle, von der aus ich einen guten Überblick habe.« Und an Donald gewandt: »Sie werden sicher auch die Augen offen halten ...«

Donald hob die Hand. »Ich weiß, was ich zu tun habe«, sagte der

Chauffeur. Dabei klopfte er sich das Jackett ab, wohl die dezente Botschaft, dass er darunter eine Pistole im Schulterhalfter trug.
Ricky wusste nicht, womit sie zu rechnen hatten.
Er blickte nach rechts und links über die dicht gefüllten Bänke und bezweifelte, dass selbst ein kaltblütiger Killer wie Mr R das Risiko eingehen würde, in einer brechend vollen Kirche während eines Gottesdienstes das Feuer zu eröffnen. Dass er kommen würde, daran zweifelte er dagegen nicht. Er würde sein Risiko kalkulieren: *gering.* Er würde seine Möglichkeiten abschätzen, strategisches Terrain zurückzugewinnen: *groß.* Ricky sah Mrs Heath und Roxy und Charlie in ihrem Gefolge, mit Donald in Habtachtstellung als Nachhut ein paar Schritte hinter ihnen, zum Eingang streben. Ihm kam der seltsame Gedanke: *Wenn wir einen Sitz frei halten sollten, dann für den Mörder.* Er beobachtete, wie Mrs Dandridge Roxy entdeckte, mit wenigen Schritten bei ihr war und sie in einer innigen Umarmung fast erdrückte. In diesem unbeobachteten Moment steckte Ricky den Selbstlader in die Innentasche seiner Anzugjacke. Er war für eine Trauerfeier nicht wirklich passend gekleidet. Seine Sportschuhe waren immer noch von dem Sumpfpfad verkrustet. Seine Jeans war verschossen und gehörte dringend in die Wäsche. Mit schmutzigen Händen strich er sich über die schweißnasse Stirn. Der Pastor und Mrs Dandridge geleiteten Roxy und die anderen in die Kirche. Was sie zu ihr sagten, konnte er nur raten – das Übliche über ihren Verlust, verbunden mit dem Rat, jetzt stark zu sein und nach vorne zu blicken. Er bezweifelte, dass sie irgendetwas davon mitbekam.
Statt ihnen nach drinnen zu folgen, machte sich Ricky zwischen zwei Pick-ups auf dem Parkplatz unsichtbar. Dort verharrte er eine Minute lang und suchte den nicht nachlassenden Menschenstrom nach dem Mörder ab. *Du musst ihn sehen, bevor er dich entdeckt,* schärfte er sich ein, *du musst handeln, bevor er handeln kann.*
Jetzt begann die Kirchenglocke zu läuten. Er fühlte sich an einen alten Schwarz-Weiß-Film erinnert. Charles Laughton in *Der Glöckner von Notre-Dame.* Er sah den verkrüppelten Glockenläuter vor sich, wie er sich hinabschwingt, um seine geliebte Esmeralda aus der Henkersschlinge zu retten, jene Frau, die für ihn auf ewig unerreich-

bar war. Als er, die Schönheit in den Armen, die Stufen zur Kathedrale hinaufsteigt, ruft der Bucklige mit gequälter Stimme: »Asyl! Asyl!«
Aber Esmeralda wird nicht gerettet. Sie wird verraten und findet am Ende den Tod, rief er sich ins Gedächtnis.
Er wird kommen, so sicher wie das Amen in der Kirche.
Die Stimme der Vernunft riet ihm, seinem Widersacher ein Unentschieden anzubieten. Genauso wie vor fünf Jahren. Er hatte, wie er fand, umfänglich bewiesen, dass er ein ebenbürtiger Gegner, eine ebenso ernste Bedrohung für die Geschwister war wie umgekehrt, dass ein solches Angebot für sie eine echte Alternative sein musste.
Ein Patt. Jeder ist dem anderen ausgeliefert. Es gibt weder Gewinner noch Verlierer. Niemand stirbt. Das Leben geht weiter. Jeder zieht seines Weges. Und kann es einen besseren Ort geben, um eine solche Übereinkunft zu treffen, als eine Kirche, einen öffentlichen Ort, an dem sich beide Seiten sicher fühlen dürfen? Dies war das Einzige, was er noch anzubieten hatte.
Doch er bezweifelte, dass sich der Mörder darauf einlassen würde.
Er war sich nicht einmal sicher, ob er selbst damit leben konnte.
Ricky starrte zu den letzten Besuchern hinüber, die in die Kirche eilten. Der Gottesdienst würde gleich beginnen. Jeder Schritt vom Geläut der Glocke skandiert, trat er aus seinem Versteck und näherte sich der Treppe, während er unentwegt links und rechts nach dem Mörder Ausschau hielt und ihn Zweifel quälten, ob er in den letzten Tagen und in den letzten Jahren vielleicht einer gewaltigen Täuschung aufgesessen war. Er hatte immer geglaubt, es gehe um ein mörderisches Spiel, mit Mr R, Virgil und Merlin als Gegner. Doch, wie ihm jetzt dämmerte, ging diese Einschätzung an der Wahrheit vorbei. In Wahrheit war es ein Spiel gegen den Tod. Und wer daraus letztlich immer als Sieger hervorging, lag auf der Hand.

43

PREDIGER 3, 1–8

Rickys Augen brauchten einen Moment, um sich in der Kirche an die Dunkelheit zu gewöhnen. In der frühabendlichen Sonne leuchtete ein Buntglasfenster – der heilige Christophorus, der das Christkind durch den Fluss trägt – und tauchte das Innere der Kirche in rotes, blaues und goldenes Licht. Zwar schmückte den Heiligen ein Glorienschein, doch sein Gesicht war von der Anstrengung gequält. In der Legende nahm das Gewicht des Kindes mit jedem Schritt zu, doch der Heilige brachte es trotzdem sicher ans andere Ufer. Den Altarraum schmückte ein großes goldenes Kruzifix. Ricky sah, wie Mr Willoughby soeben Roxy, Mrs Heath, Donald und Charlie den Mittelgang entlang zu Plätzen in der vordersten Kirchenbank geleitete, und auch Mrs Dandridge blieb in ihrer Nähe. In die übrigen Bänke zwängten sich Schulkinder und ihre Familien. Unter dem Kruzifix hatte sich ein Chor in langen weißen Roben mit scharlachrotem Besatz eingefunden. An der Seite hielt sich eine kleine Band – eine Elektrogitarre, ein Kontrabass und ein Schlagzeug – bereit, Jugendliche, für den feierlichen Anlass ordentlich frisiert, in gestärktem weißem Hemd zu schwarzer Krawatte, wohl Klassenkameraden von Roxy, die sich vielleicht samstagabends in Punk-Rocker verwandelten oder auch in Cowboystiefeln und -hüten Countrymusik spielten – eine Stufe über der Garagen-Band. Zwar war weit und breit kein Organist zu sehen, doch während sich die Bänke weiter füllten, spielte feierliche Musik. Er erkannte ein Lied von Martin Luther wieder – *Eine feste Burg ist unser Gott* –, das in einer Baptistenkirche eigentlich fehl am Platze war. Doch in seiner Welt klafften so viele Widersprüche, dass es beinahe schon wieder passte: Statt auf das Erscheinen eines Pfarrers wartete er auf einen Mörder. Er hatte kein Gebetbuch in der Tasche, sondern eine Handfeuerwaffe. Der Mann, der nicht verdient hatte zu sterben, würde zur letzten Ruhe gebettet, während der Mann, der dem Tod knapp entronnen war, geduldig einem Killer auflauerte.

Er schlüpfte auf eine fast leere Bank ganz hinten, in der Nähe der Tür. Die Orgelmusik verklang, der Prediger erhob sich von einem Stuhl aus prächtig geschnitztem Holz und begab sich zu einem Podium, das mit einem zweiten Kruzifix geschmückt war sowie mit einem großen Foto von Lawrence Allison – einer Aufnahme von dem Lehrer vor einer Wandtafel, ein Stück Kreide in der Hand. Der Prediger hatte dunkelblondes Haar, war drahtig dünn und trug eine Buddy-Holly-Brille mit schwarzem Rahmen; sein dunkler Anzug flatterte bei jeder Bewegung, als herrsche in der Kirche eine steife Brise. Der Prediger nickte Roxy zu und streckte die Hand mit der Bibel in ihre Richtung, eine Einladung, sich zu erheben. Roxy blieb sitzen.

Der Prediger sah zur Decke, als erhoffe er sich von dort Inspiration, bevor er den funkelnden Blick auf die Gemeinde richtete. Seine schmächtige Gestalt machte er mit einer tragenden Stimme wett: »Und Jesus sagte: ›In meines Vaters Haus sind viele Wohnungen‹ ...« Er legte eine wirkungsvolle Pause ein. »... Und glauben wir nicht alle hier im Innersten unseres Herzens, dass darunter auch ein Klassenzimmer ist, mit Stühlen für die Schüler, in dem gewiss unser lieber Freund Lawrence vor ihnen steht und die heilige Tageslosung an einer himmlischen Wandtafel geschrieben ist ...« – während er dies sagte, zeigte er auf das Foto –, »... um jeden Einzelnen von uns in der Nachfolge Christi zu unterweisen?«

Nachfolge Christi hallte wie Donner durch die Kirche.

Durch die Reihen ging zustimmendes Gemurmel.

Ricky allerdings hörte in diesem Moment eine andere Botschaft: »Hallo, Doktor«, flüsterte Mr R. »Ich bin hinter Ihnen.«

Ricky erstarrte auf seinem Platz. Seine rechte Hand zuckte, als wolle sie reflexhaft nach seiner Waffe greifen. Es kostete ihn einige Willenskraft stillzuhalten. Die Angst zog ihm den Magen zusammen.

»Vor fünf Jahren«, fuhr Mr R leise fort, »waren Sie in meinem Rücken. Und das hat mich beinahe das Leben gekostet. Heute bin ich in Ihrem Rücken.«

Ricky atmete langsam ein und versuchte, sein rasendes Herzklopfen zu beruhigen. »Ich habe hier mit Ihnen gerechnet«, antwortete Ricky.

Mr R lachte leise. »Klar. Aber sicher. Ich hatte schon früher damit gerechnet, wir könnten uns ein wenig unterhalten … aber Sie kamen nicht. Clever von Ihnen, Doktor.«

In Roxys Haus. Er antwortete nicht. In diesem Moment rückte die Kirche, in der er saß, in weite Ferne, und die Erinnerung holte ihn ein. Er kauerte wieder unter einer Plane, draußen vor seinem niedergebrannten Ferienhaus auf Cape Cod, und beobachtete, wie sich Mr R anschlich. In dieser Szene hatte er selbst eine Waffe in der Hand; er zielte und wartete nur darauf, dass ihm der Mörder den Rücken zukehrte. Und er durchlebte noch einmal das Wechselbad der Gefühle. Bis ihn die Stimme des Predigers wieder ins Hier und Jetzt zurückholte.

»Denn unser innig geliebter Lawrence Allison ist gewiss in den Himmel aufgestiegen, wo Jesus – vergessen wir nicht, liebe Freunde, dass auch unser Heiland ein Lehrer war! – seine Hand ergriffen und ihm erklärt hat, all sein irdisches Leid habe nun ein Ende!«, brach es so inbrünstig aus dem Prediger heraus, dass er vor Freude übers ganze Gesicht strahlte.

»Ist es jetzt Zeit zum Sterben, Ricky?«, fragte Mr R hinter ihm.

Ricky schüttelte den Kopf.

Falls ich doch sterben muss, hätte ich kaum einen besseren Ort dafür finden können, verglichen etwa mit dem Friedhof, auf dem die kleine Julia ermordet wurde, oder dem Sumpf, in dem sie dann wie Abfall entsorgt wurde. Oder dem Friendly Shores *oder hinter dem Lenkrad eines Wagens, wo es Lawrence Allison erwischt hat. Ob der letzte Anblick, der dem Lehrer vergönnt war, das heruntergekommene Schulgebäude war, das er so sehr liebte? Und ganz gewiss möchte ich nicht wie Augustus Sharpe in einem von Flammen eingeschlossenen Büro ersticken. Ein schlimmes Ende für einen vielleicht nicht ganz sauberen, aber eher harmlosen Burschen. Viel schlimmer, als er es verdient hat. Falls es so weit ist,* überlegte Ricky weiter, *ist diese Kirche hier, an diesem Tag, in den nächsten Minuten nicht das Schlechteste, was mir passieren kann.*

Um ein Vielfaches besser jedenfalls als die dunkle Straße, in der Tarik verblutet ist. Der Gedanke an sein unabwendbares Ende rief ihm das Bild seiner verstorbenen Frau ins Gedächtnis – in jungen Jahren, sie waren leidenschaftlich ineinander verliebt und voller Zukunftsoptimismus. Ihm wurde bewusst, dass er schon seit vielen Tagen nicht mehr an sie gedacht hatte, sie sich zumindest nicht intensiv aus der Zeit vor ihrer todbringenden Krankheit ins Gedächtnis gerufen hatte. Zwar hoffte er, dass sie nicht in diesem Moment die Hand nach ihm ausstreckte, war sich jedoch dessen bewusst, dass die Möglichkeit bestand.

Ganz langsam glitt er mit der Hand unter sein Jackett, um den Kolben seiner Waffe in die Finger zu bekommen. Die Pistole drückte ihm wie ein Schwergewicht gegen die Brust. »Das lassen Sie besser sein«, sagte Mr R. »Wäre doch schade, wenn ich Sie töten müsste, bevor wir Gelegenheit zum Reden hatten?«

Ricky ließ die Hand sinken.

»Also, Ricky, glauben Sie, dass Sie in den Himmel kommen, so wie all die braven Leute hier?«

Ricky schüttelte den Kopf.

»Richtig. Für uns beide ist wohl eher ein Plätzchen an diesem anderen, weniger komfortablen Ort reserviert«, flüsterte Mr R versonnen. »Schnuppern Sie mal, Doktor. Man kann schon fast Rauch und Schwefel riechen.« Mit jedem Wort schien der Killer zu unterstreichen, dass Mord für ihn nur ein böser Jungenstreich war und der Tod nur Spott und Hohn verdiente.

Ihm kam wieder in den Sinn, was Mrs Heath zu ihm gesagt hatte: *»Wenn man im Tod nicht einen großen, kosmischen Jux sieht …«*

»Da wären wir also, Doktor. Zur Hölle ist es nicht mehr weit.«

Fast konnte er den Atem des Mörders im Nacken spüren.

Vom Podium aus brüllte der Prediger sich weiter in Ekstase: »Denn Bildung, Erziehung, das, was uns die Schule und unser Glaube lehrt, das hat Bestand, das stirbt nie, diese Lektionen begleiten uns vom irdischen ins ewige Leben«, rief er der Gemeinde zu. Trotz ihrer Höhenflüge konnte seine Stimme in der letzten Bank nicht die Einflüsterungen des Mannes hinter Ricky übertönen.

Ricky widerstand dem Drang, sich umzudrehen und dem Killer ins Gesicht zu sehen. Stattdessen hielt er den Blick unverwandt nach vorne gerichtet.
»Sie werden mich nicht hier drinnen erschießen«, erwiderte er leise.
»Sind Sie sich da so sicher?«
Bin ich, allerdings. Mord ist für dich mit Heimlichkeit verbunden. Mit Dunkel und Abgeschiedenheit. Nicht in aller Öffentlichkeit, am helllichten Tage und vor aller Augen, niemals.
Ricky spähte zur Seite und sah, wie sich die beiden Detectives, deutlich weiter vorne, so platziert hatten, dass sie sowohl Roxy als auch Ricky im Blickfeld hatten. Ricky nickte wie zur Antwort auf Mr Rs Frage und sah, dass die beiden Gesetzeshüter keine Anstrengung machten zu verbergen, wer sie waren. Wie auf dem Parkplatz am Rand des Sumpfs, auf dem sie Ricky konfrontiert hatten, blitzten auch jetzt ihre Dienstmarken weithin sichtbar an ihren Gürteln, und ihre eng sitzenden Jacketts beulten sich über ihren Dienstpistolen aus. Smith und Jones spähten zwischen ihm und Roxy hin und her. In ihren unversöhnlichen Blicken las er die Frage: *Wo haben Sie gesteckt?*
»Die beiden habe ich auch schon gesehen«, sagte Mr R hinter ihm.
»Was meinen Sie? Können die Sie beschützen?«
Ricky schüttelte kaum merklich den Kopf.
»Nun, dann sind wir uns in dem Punkt ja wenigstens einig«, antwortete Mr R.
»Oh, wir sind uns in vielem einig«, griff Ricky die Worte des Killers auf und versuchte, den Spieß umzudrehen. Er sprach in eisigem Ton. Geradeheraus. Auch wenn er nach vorne blickte, schleuderte er jedes Wort dem Mann, der ihm im Nacken saß, ins Gesicht.
Mr R kicherte leise. »Als da wäre?«, fragte er.
»Sterben. Töten. Und wie leicht das alles ist«, konterte Ricky. »Das habe ich von Ihnen und Ihren Geschwistern gelernt.«
In einer einladenden Geste breitete der Prediger die Arme aus. »Beten wir nun alle die Worte, die uns unser Herr gelehrt hat«, sagte er laut genug, um sich noch in den hintersten Reihen Gehör zu verschaffen, und legte im gleitenden Übergang los: »Vater unser, der du bist im Himmel …«

»Was denken Sie? Ob Beten Ihnen hilft?«, fragte Mr R in das allgemeine Gemurmel hinein.

Ricky rührte sich nicht. Auf diese Frage gab er keine Antwort.

»Sie sollten es vielleicht mal versuchen. Man weiß ja nie, Doktor. Vielleicht werden Ihre Gebete ja doch erhört.«

»... Dein Reich komme. Dein Wille geschehe ...«

»*Ein* Gebet wurde bereits erhört«, sagte Ricky sehr leise, indem er gleichzeitig versuchte, jedes Wort mit der gleichen unendlichen Wut aufzuladen, die, wie er sehr wohl wusste, der Mörder in seinem Rücken empfand.

»Da bin ich aber neugierig.«

»Sie sind hier. In diesem Moment. Und so kann ich Ihnen Folgendes sagen: Wenn dieser Gottesdienst endet, gibt es nur noch eine von zwei Möglichkeiten.«

Die Gemeinde murmelte weiter.

»... Wie im Himmel, so auf Erden ...«

»Zwei?«

»Ja«, bekräftigte Ricky. »Sie sind dann tot, oder ich bin dann tot, oder wir beide sind dann tot. Das ist die eine Möglichkeit. Ein Schusswechsel hier und jetzt. Nicht gerade die Schießerei am O. K. Corral, aber alles kann man nicht haben. Die andere Möglichkeit besteht darin, dass die Trauerfeier zu Ende geht, wir beide uns nach draußen begeben und *simsalabim!* verschwinden. Wie vom Erdboden verschluckt. Und Sie und ich werden von da an jede Minute, die vergeht, damit rechnen müssen, ermordet zu werden. Denn Sie werden immer noch danach lechzen, mich tot zu sehen. Für den Rest Ihres Lebens. Das habe ich jetzt begriffen. Aber genauso gut kann es sein, dass ich Sie zur Strecke bringen will, um endlich Ruhe vor Ihnen zu bekommen. Das haben Sie wohl inzwischen verstanden. Gut möglich, nicht sicher, aber gut möglich, dass ich so wie Sie groß geworden bin.«

»... unser täglich Brot gib uns heute ...«

Ricky zischte: »Sie haben selbst zu mir gesagt: *Falls Ihrer Schwester oder Ihrem Bruder oder einem seiner Kinder oder seiner Frau etwas zustößt ...*«

»... Und vergib uns unsere Schuld ...«

»Unentschieden«, sagte Ricky. »Ich bedrohe Sie. Sie bedrohen mich. Es gibt für uns beide keine andere Möglichkeit, nicht nur lebendig hier herauszukommen, sondern auch noch ein Leben vor uns zu haben.«

Auf den letzten Teil des Satzes legte er besonderes Gewicht. Es war der beste Bluff, den er aus dem Ärmel ziehen konnte.

»... Dein ist das Reich und die Kraft und die Herrlichkeit, in Ewigkeit.«

»Amen«, stimmte Ricky laut in den Chor der Gemeinde ein, der die Kirche erfüllte.

Mr R musste sich in diesem Moment zu ihm vorgebeugt haben, denn Ricky spürte seine Lippen dicht hinter dem Ohr. »Sie möchten die Zeit zurückdrehen, Doktor, Sie wollen, dass alles wieder so ist, wie es einmal war. Aber in Wirklichkeit waren Sie nie so, wie Sie sich das eingeredet haben. Haben die letzten Tage das nicht hinlänglich bewiesen? Für jemanden, der sich zugutehält, nach Wahrheiten zu suchen, haben Sie sich ein ganz schönes Lügengebäude zurechtgezimmert, Ricky.«

Er spürte, wie Mr R grinste.

Das ist der Moment, in dem er mich töten wird, dachte Ricky. *Oder auch nicht. Er kämpft mit sich. Er fragt sich, ob es ihm wirklich egal ist, dass sie sich in einer Kirche, mitten unter Menschen befinden. Er überlegt, ob es ihm wirklich nichts ausmacht, dass nur wenige Meter entfernt zwei Polizisten mit der Hand an der Waffe sitzen.*

Der Selbstlader, Kaliber vierzig, schrie danach, ihn in Gebrauch zu nehmen. Ricky schob die Hand millimeterweise vor.

Er wägt ab. Stellt Gleichungen auf, addiert, subtrahiert, dividiert und multipliziert. Unterm Strich kennt er nur eine Lösung: Tod. Er ist sich nur noch nicht sicher, ob dies der richtige Moment dafür ist.

Der Psychopath hegt Zweifel. Nicht hinsichtlich seiner Absicht, sondern in Bezug auf Zeit und Ort des Geschehens.

Auf der Empore, an der Vorderseite der Kirche sagte der Prediger: »Danke, meine Freunde. Das war schön, so wie immer. Und jetzt hören wir ein Lied, das unser Bruder Lawrence mehr als jedes andere geliebt hat ...«

Ricky bekam das Gefühl, die Kirche glühe. Er rechnete jeden Moment mit den ersten Flammen. Dabei fühlte es sich so an, als sei er selbst bereits ins Feuer getreten. Er hätte gern gewusst, ob dem Mörder ähnliche Gedanken kamen.
Der Prediger war jetzt mit wenigen Schritten vor dem Chor. Ricky sah, dass die Sänger die Schultern strafften. Die kleine Rockband wartete auf das Zeichen des Predigers, der kurz in ihre Richtung nickte. Der Gitarrist legte die Finger um das Griffbrett und schlug, nach einem tiefen Atemzug, eine Akkordfolge an. Eine kurze musikalische Introduktion, und beim ersten Auftakt stimmte der Chor seine Coverversion eines bekannten Songs an. Welche Ironie, musste Ricky denken: *The Byrds* hatte er auf seinem iPod, den er daheim in Miami zum Joggen benutzte.
To everything ... turn, turn, turn ...
There is a season ... turn, turn, turn ...
And a time to every purpose under Heaven
A time to be born
A time to die
A time to kill ...
Alles hat seine Zeit ... jedes Vorhaben unter dem Himmel, geboren zu werden, zu sterben, zu töten.
»Die Schlusszeile gefällt mir besonders gut«, sagte Mr R. »Den Rest können wir uns schenken.«
Die Stimmen des Chors hallten durch den hohen Raum, doch das zischende Gewisper von Mr R übertönte die Gitarrenriffs und den Kontrabass, das Schlagzeug und den Song.
»Wir sind wieder am Ausgangspunkt«, sagte Mr R.
Ricky war wie erstarrt. Wenn Mr R das Unentschieden, das er ihm anbot, nicht akzeptierte, blieb ihm nichts anderes übrig, als so schnell wie möglich die Waffe zu ziehen und – zum Teufel mit den Polizisten, der Gemeinde, dem Prediger, den Gebeten und der Musik – zu versuchen, dem Killer mit einem Schuss zuvorzukommen.
»Wissen Sie, Doktor, ich habe unsere Situation in den letzten Tagen gründlich analysiert. Dazu haben Sie mich gezwungen, indem Sie meiner Familie dumm gekommen sind ...«

Mr R lachte kurz auf.
Ricky rührte sich nicht.
»Bei unserer ersten Begegnung vor fünf Jahren habe ich Sie vor eine Wahl gestellt, Doktor: Entweder Sie nehmen sich das Leben, oder ein Unschuldiger wird sterben. Schon seltsam, aber wir sind jetzt in derselben Situation: und ich mache Ihnen dasselbe Angebot. Derselbe Plan …« Die Stimme des Killers schnitt wie eine rostige Rasierklinge durch seine Gedanken. »… mit einer Abweichung: nicht mehr *ein Unschuldiger*. Diesmal wissen wir beide, welche unschuldige Person es treffen wird. Nicht mehr einen Unbekannten. Keinen Fremden. Diesmal erwischt es die wehrlose junge Dame, die sich gerade in der ersten Reihe die Augen ausheult. Unser kleines Waisenkind Roxanne. Jetzt ist sie das Bauernopfer. Wollen Sie, dass sie am Leben bleibt? Können Sie ihr heute das Leben retten? Oder auch morgen? Oder nächste Woche oder nächsten Monat, nächstes Jahr? Ich habe Zeit, Doktor. Sie haben nur die Ungewissheit. Ich kann unerbittlich sein …«
Was Ricky aus eigener Erfahrung wusste.
»Also, das ist der Deal, Doktor. Wollen Sie ihr das Leben ermöglichen, das sich ihr Daddy für sie erträumt hat, nur dass ihm der Mumm fehlte, es zu Ende zu bringen?«
Ricky platzte ihm mitten ins Wort. Seine Antwort im gleichen Flüsterton stand dem Killer an Unversöhnlichkeit in nichts nach. »Das war alles glatt gelogen. Sie hätten sich niemals an Ihren Teil der Abmachung gehalten.«
Mr R schnaubte verächtlich. »Woher wollen Sie das wissen, Doktor? Reine Spekulation. Vielleicht hätten wir die Kleine in die Familie aufgenommen und in jeder Hinsicht für sie gesorgt, heute, morgen, auf Jahre. Schließlich steht sie mit ihrem Schicksal meiner Schwester, meinem Bruder und mir viel näher als Ihnen. Wir wurden einmal zu Waisenkindern gemacht. Wir wissen, wie unfair sich das anfühlt. Und ihr passiert gerade das Gleiche. Vielleicht wären wir die perfekte Familie gewesen, um ihr zu helfen, und hätten ihr alles gegeben, was wir versprochen haben.«
Ricky schwirrte der Kopf. Alles, was der Killer sagte, war durchaus möglich, aber höchst unwahrscheinlich.

»So, Doktor, Sie kennen jetzt Ihre Wahl. Sie haben sich vor fünf Jahren um den wohlverdienten Tod gedrückt. Wollen Sie, dass sie am Leben bleibt? Dann bezahlen Sie jetzt denselben Preis.«
Der Killer schwieg, bevor er hinzufügte: »Wessen Leben ist mehr wert?«
Auf diese Frage blieb Ricky ihm die Antwort schuldig. Er brachte sie nicht über die Lippen.
»Also …«, zischte ihm Mr R nachdrücklich ins Ohr. *Wenn eine Schlange sprechen könnte,* dachte Ricky, *würde es genau so klingen.*
»… Unser kleines Spiel endet hier, Doktor. Stehen Sie auf. Gehen Sie zu Ihrem Wagen. Kein Abschiednehmen. Nicht einmal mit einem Winken. Fahren Sie zu diesem Sumpf raus; Sie wissen schon, da, wo die Leiche dieses anderen kleinen Mädchens gefunden wurde. Aber wenn Sie dort ankommen, Doktor, wissen Sie, was Sie zu tun haben: Erschießen Sie sich. Ertränken Sie sich. Schneiden Sie sich die Pulsadern auf. Verfüttern Sie sich an die Alligatoren. Wie es Ihnen am liebsten ist. Sie haben die Wahl. Und dann können alle leben bis ans Ende ihrer Tage. Opfern Sie sich, und wir können alle wieder zur Normalität zurückkehren. Und die reizende kleine Roxy da vorne wird verschont. Das würde genau das Unentschieden, den Ausgleich bringen, an dem Ihnen doch so viel zu liegen scheint.«
Ricky hatte einen staubtrockenen Mund.
Er glaubte dem Mörder nicht. *Ich sterbe. Sie bleibt am Leben. Mr R wird sie verschonen? Niemals. Sie weiß viel zu viel.*
Er lügt.
Aber beschwören kann ich es nicht.
Die Entscheidung, die ihm abverlangt wurde, war erdrückend.
»Wenn Sie nicht tun, was ich Ihnen sage, nun, dann sehen Sie's mal so: *Wer von uns ist hier der Einfallsreiche in Sachen Mord?*« Er schwieg einen Moment und fügte in beiläufigerem, fast freundlichem Ton hinzu: »*Tod à la carte,* Doktor. Was bestellen wir wohl für das arme kleine Waisenkind?«
Eine weitere Drehung der Schraube, fürchtete Ricky, hielt er nicht aus. Er zitterte am ganzen Körper. Er wollte etwas Kluges entgegnen, brachte jedoch kein Wort heraus.

Das war's.
Greif zur Waffe.
Auf Leben und Tod. Töten oder getötet werden.
»Sie erinnern sich an das Puzzlebild auf diesen Videos?«, fragte Mr R unvermittelt.
Die Frage kam wie aus heiterem Himmel. Sie verblüffte Ricky. Die CDs mit *Jack the Paddington Ripper* waren für ihn, wie alles, was seitdem geschehen war, nur noch wie Fantasiegebilde. In Wahrheit hatte es die ganze Zeit nur eine Realität gegeben, und die war höchst einfach: Vor fünf Jahren war er nicht, wie er sich weisgemacht hatte, aus einem über die Maßen perfiden Spiel als Sieger hervorgegangen, er war nicht der Mann, der damals den Killer verwundet hatte. In Wahrheit war er schon seit jener Nacht so gut wie tot.
»Setzen Sie die hier zusammen, bevor Sie sterben.« Bei diesen Worten ließ Mr R eine Plastiktüte über die Rückenlehne der Kirchenbank fallen. Sie landete auf dem Sitz neben Ricky.
Ricky starrte auf die dreizehn Holzteile, die in der Plastiktüte durcheinanderflogen und kein erkennbares Bild ergaben. Es war eine Antwort, schon klar, aber nichts, was einen Zusammenhang ergab.
Die Band und der Chor hatten inzwischen Fahrt aufgenommen. Als sich der letzte Vers dem Ende näherte, erfüllten die Kirche freudige Klänge: Gesang, Gitarre und die rhythmische Untermalung des Schlagzeugs. Dabei blickte der Chor nach oben und über die Köpfe hinweg, als warte er auf himmlischen Segen; die Band war von ihrem Rock 'n' Roll wie elektrisiert, der Prediger trommelte mit den Fingern auf dem Einband seiner Bibel den Takt und sang – den Kopf zurückgeworfen – laut mit.

A time to gain, a time to loose ...
A time to rend, a time to sew
A time for love ...
A time for hate ...

Zeit zu gewinnen, zu verlieren, zu zerreißen, zu flicken ... zu lieben ... zu hassen ...

Ricky spähte zu Roxy hinüber.
Sie hat es verdient zu leben.
Die Tochter des Lehrers saß zwischen Mrs Heath und Charlie. Doch der junge bipolare Patient schaute nicht nach vorne, zum Prediger, zum Chor oder zur Band, sondern fixierte mit bohrendem Blick Ricky und den Mann hinter ihm.
In Charlies Gesicht las er eine Mischung aus Überraschung, Verwirrung und Erkenntnis. Seine Züge verdüsterten sich wie eine Wolke, die sich vor die Sonne schiebt. Im nächsten Moment beobachtete Ricky, wie sich Charlie über Roxy hinweg zu Mrs Heath hinüberlehnte, hastig etwas zu ihr sagte und dabei wild mit den Händen gestikulierte.
»Sie müssen verstehen«, flüsterte Mr R Ricky jetzt in verlockendem Ton ins Ohr und sprach dabei sehr langsam, damit seine Worte nicht in den triumphalen letzten Klängen des Gesangs und der Musik untergingen, »Sie hatten nie eine Wahl. Es gab immer nur den einen Ausgang, der jetzt vor Ihnen liegt. Das haben Sie sicher endlich begriffen? Alles, was Sie getan haben, alles, was Sie versucht haben, all Ihre Tricksereien, all Ihre Drohungen und Manipulationen, mit denen Sie sich so clever vorkamen, das alles war von keinerlei Bedeutung. Sie hätten sich vor fünf Jahren umbringen oder es später wenigstens Mr Allison überlassen sollen. Sie haben im Leben versagt, Doktor, und das Sterben vermasselt. Ihre letzte Chance. Die allerletzte. Bringen Sie's hinter sich, und lassen Sie andere leben. Ziemlich einfach, bei Lichte betrachtet.«
Ricky überlegte: *Im Grunde hast du gewusst, dass es einmal dazu kommen würde. Du hast es von Anfang an gewusst.* Und dann wieder: *Ich habe keine Angst zu sterben, aber ich muss ihn mitnehmen. Irgendwie. Das ist das Mindeste, was ich tun kann.* Seine Finger krochen zum Kolben seiner Waffe. Das Isolierband, das um den Griff gewickelt war, fühlte sich wie Eis an und seine Handfläche glitschig verschwitzt. Er versuchte, sich plastisch vor Augen zu führen, wie er die Pistole herauszog, auf seinem Sitz herumfuhr und einen Schuss abfeuerte.
Einfach.

Unmöglich.
Plötzlich spülte eine Woge der Erschöpfung über ihn hinweg wie über einen Schiffbrüchigen, der sich an ein sinkendes Boot klammert und plötzlich begreift, dass er vergeblich gegen die Wellen und die Strömung und das eisige Wasser ankämpft, das ihn in die Tiefe zieht …
… und dann loslässt.
Wie zum Abschied blickte er noch einmal zu Roxy, Charlie und Mrs Heath nach vorn.
Die alte Frau war aufgestanden. Er sah, wie sie sich zu den beiden jungen Leuten hinunterbeugte und etwas sagte.
Die Band spielte zum finalen Crescendo auf und hämmerte zum Ende des Songs die letzten Akkorde heraus; die Stöcke des Drummers prasselten auf die Felle, und die Gitarrenakkorde barsten vor Energie. Der Klang verharrte einen Moment über Rickys Kopf, schlang sich um seinen Körper und bohrte sich ihm ins Herz – bis die Musik verhallte, ein Echo der letzten vom Chor gesungenen Worte:
I swear, it's not too late …
In der Kirche trat Stille ein.
Der Prediger, der immer noch vor dem Chor und der Band stand, sah irritiert zu Mrs Heath hinüber, sagte jedoch: »Und jetzt werden wir von Lawrence' enger Weggefährtin und Kollegin …«
In einer anderen Bank erhob sich Mrs Dandridge und begab sich, einen Stoß Blätter in der Hand, zum Podium. Ihre Trauerrede. Doch Ricky hatte nur Augen für Mrs Heath.
Sie kam den Mittelgang entlang geradewegs auf ihn zu. Mit entschlossenem, stetigem Schritt. Nicht schnell, aber auch nicht zögerlich. Würdevoll, fast majestätisch, wie eine Königinwitwe, die siebenundachtzig Jahre lang ihr Reich gütig und weise regiert hatte.
Als sie auf Rickys Höhe war, blieb Mrs Heath abrupt stehen.
Zuerst sah sie ihn an, und ihre blauen Augen blitzten, wie sie es wohl vor fünfzig oder sechzig Jahren getan hatten. Dann ging ihr Blick an ihm vorbei. Ricky folgte ihrem Blick und drehte sich im Sitzen langsam um. Mrs Heath starrte Mr R ins Gesicht, den Ricky jetzt zum

ersten Mal anzusehen wagte. Der Killer erwiderte ihren Blick mit amüsierter Miene.

»Wer sind Sie, Ma'am?«, fragte er.

Mrs Heath antwortete nicht, sondern wandte sich erneut an Ricky.

»Ist das Ihr Kaffernbüffel?«, fragte sie.

»Was?«, fragte Mr R.

»Ja«, antwortete Ricky.

»Dachte ich mir«, sagte Mrs Heath.

Sie hatte eine große, teure Designerhandtasche über dem Arm. Ohne zu zögern, griff sie hinein.

Als sie die Hand herauszog, hielt sie darin Rickys .357 Magnum.

Ohne ein weiteres Wort feuerte sie einen einzigen Schuss Mr R direkt ins ungläubige Gesicht.

EPILOG

WAS DANACH GESCHAH

Zuerst:
Für den Bruchteil einer Sekunde herrschten Schockstarre und Stille, während der Schuss in der Kirche widerhallte.
Dann:
Chaos.
Schreie.
Rufe.
Tumult.
Panik.
Ricky rührte sich nicht, fiel jedoch, als habe ihn eine gewaltige Druckwelle erfasst, gegen die Rücklehne der Bank. Für einen winzigen Moment glaubte er sogar, der Schuss habe ihn getroffen, doch das Gefühl legte sich rasch. Mrs Heath stand stocksteif da, ohne sich zu rühren, den Colt Python immer noch in der ausgestreckten Hand. Ringsum warfen sich Kirchgänger zu Boden und suchten hinter den Bänken Schutz. Einige Eltern schirmten mit ihrem Körper ihre Kinder ab. Quer durch die Kirche waren wirre Rufe, Schluchzen und Schreien zu hören, die normalen menschlichen Schreckensreaktionen. Unterdessen stand der Prediger wie angewurzelt an seinem Platz und starrte fassungslos geradeaus, während sich die jugendliche Band niederkauerte und der Drummer hinter seiner Basstrommel in Deckung ging, wobei er krachend seine Snare umstieß. Schreiend duckten sich die Chorsänger hinter die beiden Tische mit den Kruzifixen. Einige Menschen fingen zu beten an. Ricky nahm in der Bank hinter ihm in Augenschein, was Mrs Heath angerichtet hatte. Mr R hatte der Schuss zurückgeschleudert. Das braune Holz der Bänke ringsum war von Blut und Gehirnmasse bespritzt und glänzte in leuchtendem Rot und schmierigem Grau. Die untere Hälfte seines

Gesichts war weggesprengt, seine schwarzen Augen schienen immer noch nicht zu begreifen, wie es sein konnte, dass er so unerwartet, auf diese Weise, in dieser Sekunde, an diesem Ort und von dieser Hand starb. Ricky hörte die schrillen Rufe von Smith und Jones: »Auf den Boden! Alle auf den Boden! Polizei!«, und: »Keine Bewegung!« Er sah, wie Donald, der Chauffeur, mit entsetzter Miene den Mittelgang entlanggerannt kam und dabei mit der Hand unter sein Jackett griff, um die eigene Waffe aus dem Schulterhalfter zu ziehen. Mit der freien Hand fuchtelte er über dem Kopf, um die Detectives auf sich aufmerksam zu machen, und brüllte: »Nicht schießen! Nicht schießen!«

Als das Echo des Schusses verhallt war, drehte sich Mrs Heath zu Ricky um. »Tja«, sagte sie langsam, doch in äußerst angespanntem Ton, »das war's wohl.«

Er brachte kein Wort heraus.

»Ich glaube, ich muss mich setzen«, fügte sie hinzu.

Ricky griff nach ihrem Arm und geleitete sie zu dem Sitz hinter ihm. Mit aschfahlem Gesicht sackte sie, als hätten sie die Jahre plötzlich eingeholt, erschöpft auf die Bank. Als Donald sie erreichte, drehte sie sich zu ihrem Chauffeur um und drückte ihm höflich den Revolver in die Hand. »Hier, Donald«, sagte sie gefasst. »Ich glaube, der Doktor und ich haben keine Verwendung mehr dafür.« Donald nahm die Waffe, warf einen eindringlichen Blick auf Mr R, als wolle er absolut sichergehen, dass der Mörder auch wirklich tot war, fuhr dann blitzschnell herum und stellte sich schützend zwischen seine Chefin und die beiden Polizisten, die geduckt und schussbereit verharrten. Zum Zeichen, dass er sich ergab, hob er die Hände. Obwohl er nunmehr in jeder Hand eine Waffe hielt, sagte er laut: »Nicht schießen! Nicht schießen!«

In dem allgemeinen Tumult griff Ricky in sein Jackett und zog schnell und unauffällig den Selbstlader heraus. Er bückte sich und legte die Waffe zu seinen Füßen auf den Boden. Dann stieß er sie mit dem rechten Fuß so nach hinten, dass sie von seinem Sitz wegrutschte und, wie er hoffte, irgendwo in der Nähe von Mr Rs Leiche landete. Dann stopfte er sich das handgefertigte Puzzle in dem Plastiktütchen in eine leere Tasche. Er staunte selbst darüber, wie ruhig er war.

Er legte Mrs Heath einen Arm um die Schulter und spürte, wie sie ein wenig zitterte. »Danke, Ricky«, sagte sie. »Wissen Sie, mir ist ein bisschen kalt.« Er warf einen verstohlenen Blick zur Vorderseite der Kirche. Dort standen Charlie und Roxy reglos neben der vordersten Bank und wirkten beide weder überrascht noch ängstlich.

»War das der richtige Mann?«, fragte Mrs Heath. »Das kann ich nämlich nur hoffen.«

»Ja. Aber wie sind Sie darauf gekommen?«, fragte Ricky.

Mrs Heath lächelte.

»Nach allem, was Sie mir gesagt hatten, wusste ich, dass er hier sein würde. Und dann hat ihn Charlie wiedererkannt. Vermutlich von der Nacht, als er ihn draußen vor Ihrem Haus gesehen hat. So was hat er jedenfalls gesagt.«

Rickys Blick wanderte zu dem bipolaren Patienten zurück, der die Faust hochreckte und in ein Siegeslächeln ausbrach, bevor er den Arm um Roxy legte. Ricky sah, wie Charlie dem jungen Mädchen etwas zuflüsterte, auch wenn er nicht wusste, was. Hätte er von den Lippen lesen können, hätte er vermutlich etwas gehört wie: *»Jetzt kann uns allen nichts mehr passieren.«* Wie weit das stimmte, wusste Ricky nicht mit absoluter Sicherheit zu sagen.

Donald, der Einzige, der offenbar noch klar denken konnte, drehte sich halb zu Mrs Heath um. »Wenn diese Polizisten Ihnen Handschellen anlegen«, sagte er leise, »dann sagen Sie bitte nichts. Kein Wort. Beantworten Sie keine Fragen, schon gar nicht *wie* und *warum,* oder *wer* das ist oder sonst irgendwas. Nennen Sie denen nicht einmal Ihren Namen. Sagen Sie nur, *ich möchte bitte einen Anwalt.* Und warten Sie dann, bis er eintrifft. Haben Sie verstanden, Mrs Heath?«

Sie antwortete nicht.

»Ma'am! Hören Sie mich? Kein Wort zu irgendjemandem!« Er erhob ein wenig die Stimme.

Endlich nickte sie. »Ja. In Ordnung, Donald. Verstanden. Ich werde nicht das Geringste sagen. Danke.« Und dann legte sich für einen Moment eine unheimliche Stille über die Kirche.

Eine Sekunde. Zwei. Zwanzig. Dreißig. Das Gotteshaus war, so schien

es, aus der Zeit gefallen. Wie lange das Schweigen währte, konnte Ricky unmöglich sagen, doch dann plötzlich sprangen die Leute, wie aus der Schockstarre erwacht – Männer, Frauen, Kinder –, von ihren Bänken, und als ob ein Damm mit einem Mal nachgäbe, drängte die Trauergemeinde fluchtartig zur Tür. In die eiligen Schritte mischten sich Rufe – *Komm schon, komm schon! Nichts wie raus! Schnell!* –, und im Nu herrschte wilder Aufruhr. Ricky hörte in dem allgemeinen Tumult die energische Stimme von Mrs Dandridge – einmal Schuldirektorin, immer Schuldirektorin – mit der Mahnung: »Geordnet! Geordnet! Nicht rennen!« Dennoch suchte jeder, so schnell er konnte, das Weite, bis am Ende von den lebenden Personen nur noch Ricky, Mrs Heath und Donald, der mit erhobenen Händen immer noch zum Schutz seiner Chefin in der Schusslinie stand, Roxy und Charlie sowie die beiden Polizisten übrig blieben, die kurioserweise nicht so recht zu wissen schienen, was als Nächstes zu geschehen hatte.
Selbst der Prediger war davongerannt.

WIE ES WEITERGING …

Der Raum war eng wie ein schlecht sitzender Anzug. Graue Betonziegelwände, das einzige Mobiliar ein nüchterner Metalltisch mit zwei Stühlen, das einzige Licht von einer grellen Deckenleuchte; der Spiegel an einer Wand war, wie er wusste, von der anderen Seite aus Glas, durch das er von außen beobachtet werden konnte. Eine solche Vorrichtung hatten sie auch in der Psychiatrie-Station. Sämtliche Patienten wussten das, was ihre Paranoia allenfalls verstärkte. An einer Wand war unter der Decke eine Kamera montiert, in einem Winkel, der ihn an jeder Stelle des Raums erfassen konnte. Und natürlich hatten sie irgendwo ein Tonaufnahmegerät installiert. Vermutlich waren diese Wände schon Zeugen aller erdenklichen Gesetzesverstöße geworden, von geringfügigen Vergehen bis hin zu schweren Verbrechen, von Vermüllung bis zu Mord.
Bereits in der Kirche hatten ihn Smith und Jones, nachdem Mrs Heath geschossen hatte, mit Fragen gelöchert, keine davon in freund-

licher Absicht: *»Was zum Teufel hat ein Dokumentarfilmer hier bei uns verloren?«* Oder: *»Was haben Sie damit zu tun?«*, vor allem aber: *»Wieso hat die alte Dame den Mann erschossen, mit dem Sie gerade geredet hatten?«*

Er hatte sich Donalds Rat an Mrs Heath selbst zu Herzen genommen.

Er sagte nichts. Er hielt den Mund, was sich vom Lügen nicht allzu sehr unterschied. Er beantwortete keine einzige Frage. Dabei wurde ihm bewusst, dass er die Kunst, angesichts hitziger Emotionen Schweigen zu bewahren, schon früh in seiner psychoanalytischen Laufbahn gelernt hatte, was ihm jetzt sehr zupasskam. Offensichtlich entnervt, hatten sich Smith und Jones schnell auf die anderen Zeugen verlegt, allerdings zuerst dafür gesorgt, dass Ricky von uniformierten Kollegen ins Präsidium gefahren wurde. Einer von ihnen – Ricky konnte nicht mehr sagen, welcher – hatte eine kaum verhohlene Drohung vom Stapel gelassen: »Du wirst schon noch den Mund aufmachen, Freundchen«, wobei die Botschaft eher in seinem Ton als in den Worten lag, doch er hatte ihn einfach ignoriert und nur den Kopf geschüttelt. Auch wenn er im Unterschied zu Mrs Heath nicht in Handschellen abgeführt worden war, hatten sie ihn recht unsanft auf den Rücksitz eines Streifenwagens verfrachtet und dann in diesen Raum gebracht, in dem er nun wartete.

Ricky übte sich in Geduld.

Auch wenn er wusste, dass jede seiner Regungen von draußen beobachtet wurde, zog er seinen Stuhl dicht an den Tisch heran und holte den Plastikbeutel mit den geschnitzten Holzpuzzleteilen heraus.

Dreizehn an der Zahl.

Keine Herausforderung. Ein Kinderspiel.

Er fügte eins ans andere, bis das Bild zu erkennen war:

Ein typischer Urlaubsschnappschuss von einem stattlichen, hochgewachsenen, weißhaarigen Mann, der vor einem schimmernden See stand, mit einer Bergkette in der Ferne. Am blauen Himmel über ihm weiße Wolken. Neben ihm drei andere, kleinere Personen.

Er wusste genau, wen er vor sich hatte.

Die Menschen, die es auf seinen Tod abgesehen hatten.

Hallo, Doktor, dachte er im Stillen. *Damals warst du noch jünger, und ich habe dich für meinen Freund und Mentor gehalten. Hattest du dich damals schon entschieden, deinen bösartigen Instinkten zu folgen? Schätze schon.*

Hallo, Mr R. Auch wenn du auf diesem Foto noch ein Kind bist, sieht man dir trotzdem schon den späteren Killer an.

Hallo, Merlin, schon damals den verschlagenen Ausdruck im Gesicht.

Hallo, Virgil, du warst also schon immer eine Schönheit.

Ricky starrte ihnen allen nacheinander in die Augen.

Zwei der Personen auf dem Bild – sein alter Mentor und Adoptivvater der drei Waisenkinder und nunmehr auch Mr R – waren tot. Die anderen beiden waren jetzt in New York und warteten zweifellos bange auf Nachricht von ihrem Bruder. Und waren noch mehr verwaist als hier auf diesem Bild.

Ihm stand sein Versagen vor Augen, der Stein, der alles ins Rollen gebracht hatte. In der Psychiatrie geht es immer darum, Teile eines Puzzles zusammenzufügen, um das große Ganze zu erkennen. Doch er riss sich von diesem Gedanken los; das beengte Verhörzimmer im Polizeipräsidium war dafür nicht der Ort.

Ricky warf einen letzten Blick auf das Bild, dann schüttete er die Puzzleteile wieder in den Beutel und steckte alles in die Tasche.

Wenig später traten Smith und Jones ein.

»Also, Doktor, wollen Sie uns jetzt vielleicht erzählen, was sich da heute abgespielt hat?«

Er schüttelte den Kopf.

»Tut mir leid, Detectives, ich glaube nicht, dass ich Ihnen da eine große Hilfe sein kann. Mrs Heath ist bei mir Patientin, und so unterliege ich der Verschwiegenheitspflicht zwischen Arzt und Patient. Solange sie mich nicht davon entbindet, und zwar persönlich und in schriftlicher Form, was ich sehr zu bezweifeln wage, kann ich Ihnen nur sehr begrenzt Auskunft geben.«

Smith warf sich auf den Stuhl Ricky gegenüber, während sich Jones direkt hinter Ricky an die Wand lehnte, so dicht in seinem Rücken, dass er es rascheln hörte, wenn der Detective die Stellung wechselte. Er vermutete, dass dies zur normalen Vorgehensweise gehörte, zur

Verunsicherung des Delinquenten. *Ihr wollt mich nervös machen, weil nervöse Menschen reden.* Smith würde ihm Fragen stellen, bis sich Jones plötzlich von hinten über ihn lehnen und ihm wütend etwas ins Ohr brüllen würde. Eine Spielart des alten *good Cop-, bad Cop-Tricks,* der so oft funktionierte, mit dem sie sich bei ihm allerdings die Zähne ausbeißen würden.

Smith beugte sich vor.

»Ich glaube nicht, dass der Tote ein Patient von Ihnen war, oder?«

Ricky überlegte einen Moment. *Er ist zu mir in die Praxis gekommen und hat mich um Hilfe gebeten. Aber er war kein Patient.*

»Nein.«

»Erzählen Sie mir von ihm.«

»Ich fürchte, das kann ich nicht. Ich kannte ihn im Grunde gar nicht.«

Es gab Geheimnisse, die man besser nicht lüftete. Dem hätte jeder Kollege, den er je gekannt hatte, widersprochen. Nur dass es in diesem Fall trotzdem stimmte.

»Dann verraten Sie uns doch einfach mal, worüber Sie beide sich unterhalten haben. Was hat er gesagt? Jedenfalls haben Sie wohl kaum übers Wetter geplaudert oder über die Trauerfeier oder darüber, wer wohl beim Super-Bowl am Samstag gewinnt …«

»Er hat mir gesagt, noch heute würde jemand sterben.«

»Nun, damit lag er ja offensichtlich richtig, aber er ging sicher nicht davon aus, dass er selber dran glauben würde.«

»Ich denke, da haben Sie recht, Detective.«

»Was hat er noch gesagt?«

»Keine Ahnung. Es war schwer, mich auf das zu konzentrieren, was er sagte, während der Chor sang, die Band spielte, die Leute beteten und der Prediger predigte. Eine Menge Ablenkung, Detective.«

»Klar, doch. Da sitzt ein bis unter die Zähne bewaffneter Typ direkt hinter Ihnen und sagt Ihnen, es würde jemanden erwischen, aber Sie hatten Mühe, sich auf ihn zu konzentrieren?«

»Tut mir leid«, sagte Ricky mit einem Achselzucken. Sein Bedauern hielt sich in äußerst bescheidenen Grenzen.

Smith schien frustriert.

»Ach, kommen Sie, Doktor, helfen Sie uns. Dieser Fall ist auch so schon vertrackt genug. Wie aus heiterem Himmel schießt eine reiche alte Dame einem Kerl, den sie, wie ich höre, noch nie im Leben gesehen hat, mitten in die gottverdammte Visage. Und zwar mitten in einem Trauergottesdienst für einen anderen Mann, den sie genauso wenig kannte, verflucht noch mal. Wie zum Teufel erklärt man sich einen solchen Mord? Und Sie scheinen in der ganzen Kirche der Einzige zu sein, der wusste, wer das Opfer war. Also, Doktor, sagen Sie uns, wer der Bursche war!«

»Ich glaube, er war ein Mörder. Aber ich bin kein Fachmann in forensischer Psychiatrie.«

»Ah, wer hätte das gedacht, danke, Doc, aber das haben wir schon selber rausbekommen. Er war im Besitz einiger Waffen, darunter eine Neun-Millimeter mit Schalldämpfer und ein Selbstlader, Kaliber vierzig, der auf dem Boden lag, wo er ihm wahrscheinlich aus der Hand gefallen ist, dafür hatte der Bursche keinerlei Ausweispapiere dabei. Und keine der beiden Waffen ist registriert. Und bei der Durchsuchung seines Wagens haben wir Führerscheine, Kreditkarten, sogar ein paar Pässe gefunden – alle auf unterschiedliche Namen ausgestellt, mit Adressen quer durchs ganze Land –, wie's aussieht, keiner davon echt. Wir haben sie zwar noch nicht alle überprüft, wir arbeiten noch dran, aber im Moment wissen wir nicht einmal, wie der Typ in Wahrheit heißt. Wir haben sogar seine Fingerabdrücke durch die Datenbank gejagt und eine Niete gezogen.«

Ricky dachte nur im Stillen: *Mr R war ein Meister darin, seine Identität zu verbergen. Sie werden nie rausbekommen, wer er in Wirklichkeit war.*

»Also, Doc, wir haben eine Leiche, können sie aber nicht identifizieren. Wir haben die untypischste Mörderin, die man sich denken kann, ohne jedes erkennbare Motiv. Und einzig und allein bei Ihnen, Doc, laufen die Fäden zusammen. Also helfen Sie uns. Wieso hat er mit Ihnen geredet?«

»Ich glaube, er hatte ein Problem, und er wusste, dass ich Psychoanalytiker bin.«

Natürlich würde diese blasierte Antwort die beiden Detectives auf die Palme bringen, was ganz in Rickys Absicht lag. Tatsächlich schlug Smith mit der Faust auf den Tisch, und Jones beugte sich, wie vorausgesehen, über Ricky und schrie ihm ins Ohr: »Verdammt! Entweder Sie reden endlich mit uns, oder wir buchten Sie ein!«

Ricky ließ sich nicht aus der Ruhe bringen. Er hatte im Lauf seiner beruflichen Praxis schon genügend Wutausbrüche erlebt, um sich von den Drohungen eines Polizisten nicht einschüchtern zu lassen.

»Mit welcher Begründung?«

»Behinderung polizeilicher Ermittlungen und dreister Arschloch-Allüren!« Etwas Spucke von Jones' Lippen landete in Rickys Gesicht.

»In dem Fall werde ich einen Anwalt brauchen«, erklärte Ricky. Er legte eine wirkungsvolle Pause ein. »Brauche ich einen Anwalt, Detectives?«

Auf diese Frage trat in dem kleinen Raum Stille ein. Beiden Polizisten war klar, dass *Anwalt* so viel wie *Schweigen* bedeutete.

»Und? Brauche ich einen?«

Smith fasste sich wieder, hielt beschwichtigend die Hand hoch und gab seinem Partner Zeichen zurückzutreten. Genau damit hatte Ricky gerechnet. Erneut beugte sich Smith zu ihm vor und bemühte sich diesmal um einen freundlicheren Ton. »Hören Sie, Doc, dieser Fall ist für uns absolut frustrierend. Wir sind auf Ihre Hilfe angewiesen, wollen Sie uns nicht helfen? Ich meine, wieso in aller Welt erschießt eine so liebenswürdige alte Dame einen Mann, noch dazu mitten in einem Gottesdienst, dem sie noch nie im Leben begegnet ist?«

Ricky schwieg, als dächte er nach.

»Ich weiß, dass Sie es wissen«, fuhr Smith fort. »Dr. Starks ...«, er versuchte es in einem förmlicheren Ton, »damit können Sie dem alten Mädel nur helfen. Sie machen es ihr bedeutend leichter. Und auch sich selbst. Sie wollen doch sicher heute Abend nach Hause, oder?«

Diese Lüge war leicht zu durchschauen. Polizisten-Einmaleins: *Verrate uns etwas, was uns erstens unseren Job erleichtert, uns zweitens – ganz im Gegensatz zu dem, was wir behaupten – hilft, Mrs Heath hinter Schloss und Riegel zu bringen, und dich drittens selber belastet, sodass wir nach Hause gehen können und nicht du, denn du kommst in Untersuchungshaft.*

Ricky lächelte, schüttelte jedoch den Kopf.

»Geriatrische Psychiatrie ist ein komplexes Fachgebiet«, sagte er in gewichtigem Ton, wie ein Professor bei der Vorlesung vor gelangweilten Studenten, »und immer noch weitgehend unverstanden, selbst von Fachleuten wie mir. Aber so viel kann ich Ihnen sagen: In sehr hohem Alter kann es zu seltsamen und ganz und gar verwirrenden Formen von Demenz kommen, bei denen Patienten es sich selber nicht erklären können, warum sie etwas tun. Es ist, als würde ihnen eine Erinnerung irgendwo aus der Vergangenheit plötzlich wieder ins Bewusstsein steigen und sie zu einer unvorhersehbaren Handlungsweise motivieren. Ein solcher Zustand wird oft noch durch bestimmte Medikamente verstärkt, die älteren Menschen gemeinhin gegen Depressionen, Unruhezustände oder Schmerzen verschrieben werden. Wenn diese Verschreibungen nicht sorgsam abgestimmt und dosiert werden, nun, dann kann es schon einmal zu dramatischen Vorfällen kommen, für die diese Menschen nicht voll zur Verantwortung zu ziehen sind.«

Smith lehnte sich weiterhin über den Tisch. »Sie wollen damit sagen, die alte Dame war verrückt?«

»Nein. Nicht notwendigerweise, keineswegs. Und ich weise nochmals darauf hin, dass ich keine Aussagen über meine Patientin mache. Ich versuche hier lediglich, Ihnen ein paar grundsätzliche Informationen an die Hand zu geben, die Ihnen vielleicht bei Ihren Ermittlungen helfen können.« Ricky lächelte. »Ich versuche, kooperativ zu sein, Detectives. Aber aufgrund beruflicher Vorschriften sind mir enge Grenzen gesetzt.«

Mit anderen Worten, Smith und Jones, ist das alles, was ich euch da gerade erzähle, erstunken und erlogen.

»Sicher doch«, sagte Jones in seinem Rücken. »Sie wissen schon, wem die Waffe gehörte, diejenige, mit der das alte Mädel den Kerl erschossen hat, von dem wir nicht einmal den Namen wissen? Die war auf Sie registriert.«

Ricky überlegte blitzschnell. »Ja«, sagte er. »Selbstverständlich. Mrs

Heath ist ein älterer Mensch, der sehr abgeschieden wohnt. Sie hegte in Bezug auf ihre Situation gewisse Ängste – damit sage ich Ihnen nichts, was Sie nicht bereits wissen, Detective. Deshalb habe ich ihr die Waffe geliehen. Miami, Sie wissen schon. Kann allemal ein Ort zum Fürchten sein.« Er hoffte, dass ihm der Ruf der Stadt einige Glaubwürdigkeit verlieh.
»Geliehen? Klar, doch«, erwiderte Smith sarkastisch. »Leihen Sie allen Ihren Patienten Handfeuerwaffen?«
Ricky setzte ein besorgtes Gesicht auf. *Virgil,* dachte er in diesem Moment, *würde diese Rolle überzeugend spielen.*
»Ich habe nicht kommen sehen, dass sich ihre Ängste verschlimmern, Detectives, aber solche Entwicklungen sind unmöglich vorherzusagen. *Fugue*-Zustände nennen wir das«, fuhr Ricky fort. »Gut möglich, dass wir es hier mit so etwas zu tun haben. Aber ich weiß viel zu wenig, um darüber irgendwelche verlässlichen Aussagen zu machen ...« *Ich bin auf einem guten Weg, die beiden Jungs hier in den Wahnsinn zu treiben,* dachte Ricky. *Sie sind es nicht gewohnt, sich belehren zu lassen.* »Wie gesagt, nur ganz allgemein gesprochen, kommt es in solchen Fällen zu einer Ablösung von der Realität, und es können Dinge geschehen, deren sich der Patient gar nicht richtig bewusst ist. Vielleicht kann ich von Glück sagen, dass Mrs Heath nicht auf mich geschossen hat. Oder vielleicht auf den Prediger. Oder irgendeinen wildfremden Menschen, der in der Nähe saß. Nur dass sie ja vielleicht tatsächlich einen Wildfremden erschossen hat.«
Beide Polizisten schwiegen einen Moment, wie Ricky vermutete, um einerseits zu verdauen, was er ihnen da auftischte, und andererseits ihre blanke Wut in den Griff zu bekommen. *Sie sind es gewohnt, das Sagen zu haben. Aber hier läuft es anders, und das wird auch so bleiben.*
Nach ein paar Sekunden fügte Ricky hinzu: »Vielleicht stellen Sie es sich folgendermaßen vor: Es ist möglicherweise wie bei einem Mann, der zu tief ins Glas geschaut hat und spätnachts viel zu schnell mit alten, abgefahrenen Reifen eine verlassene Landstraße irgendwo in Alabama entlangrast. Und nehmen wir einfach mal rein hypothetisch an, dieser Mann sei kurz zuvor mit einem Mord davon-

gekommen. Und er drückt wirklich auf die Tube. Ich meine, halsbrecherisch, er steht auf dem Gaspedal, weil er sich einbildet, er würde verfolgt. Und jetzt fragt sich, ist da wirklich jemand, oder bildet er sich das nur ein? Und nehmen wir weiter an, unser Mann verliert die Kontrolle über sein Fahrzeug, ist das dann ein Unfall, ausgelöst durch eine Halluzination? Natürlich könnte ihm, rein theoretisch, auch tatsächlich jemand an der Stoßstange geklebt haben. Aber hat der andere Wagen unseren armen besoffenen Mann deswegen bewusst verfolgt? Vielleicht war da jemand einfach nur nach einem langen, anstrengenden Arbeitstag auf dem Heimweg. Ist das dann Totschlag? Aus psychologischer Sicht sind immer viele komplexe Faktoren in Betracht zu ziehen, wenn es darum geht, richtig einzuordnen, was Menschen unter Stress oder aus Schuldgefühlen oder aus Wut ... was auch immer ... tun ...«

Er sah zuerst Smith ins Gesicht und blickte sich zu Jones um.

»Stimmen Sie mir da zu, Detectives?«

Er konnte sich darauf verlassen, dass keiner der beiden die geringste Neigung verspürte, über Jimmy Conway, über Julia, das ermordete Babysitter-Mädchen, oder sonst irgendetwas zu sprechen, das diesen Fall aus der Vergangenheit mit dem Moment in Verbindung brachte, in dem Ricky in diesem Verhörzimmer saß. In Wahrheit lieferte der Kuddelmuddel, den er den beiden servierte, nichts, was aus psychiatrischer Sicht irgendwie Sinn ergab – für die beiden Polizisten allerdings umso mehr. Außerdem würde es den Detectives gar nicht gefallen, wenn an diesem Abend Julias Name laut ausgesprochen und auf Band festgehalten würde.

Sie sind nur an Verbindungen interessiert, die ihnen zupasskommen. Sonst nichts.

Ihm entging nicht, wie die beiden Polizisten vielsagende Blicke tauschten.

»Sie wollen uns nicht helfen, oder, Doc?«, sagte Smith. Die Frage, besonders in diesem resignierten Ton, überraschte Ricky. Sie sah einem Polizisten kein bisschen ähnlich.

»Ich habe Ihnen geholfen, Detective«, sagte er. »Ich denke, mehr, als Sie auch nur ahnen.«

Sie hatten nicht begriffen, dass Mrs Heath nicht nur dem Leben von Mr R ein Ende gesetzt, sondern auch unter das Verbrechen der beiden Polizisten einen Schlussstrich gezogen hatte.
»Na schön«, sagte Jones wütend in seinem Rücken. Ricky drehte sich halb zu ihm um. Ihn flog gerade noch eine Idee an: ein weiterer Querschuss, der ihnen das Leben noch schwerer machen würde.
»Ist Ihnen eigentlich schon mal in den Sinn gekommen, dass dieser Bursche, der jetzt tot ist, drauf und dran war, das Feuer zu eröffnen und in dieser Kirche wahllos in die Menge zu ballern? Wie Sie selbst sagten, hatte er ein ganzes Waffenarsenal dabei. Es wäre also sehr gut möglich, dass Mrs Heath, ungeachtet dessen, was in ihr vorging, bei diesem Trauergottesdienst vielen Menschen das Leben gerettet hat. Möglicherweise ist also sie hier die wahre Heldin.«
Die beiden Polizisten schwiegen.
Ricky überlegte blitzschnell und versuchte zu ergründen, was in diesem Moment in den Köpfen der beiden Polizisten vor sich ging. *Amoklauf an der Virginia Tech, zweiunddreißig Tote; Salt Lake City, fünf Tote in einem Einkaufszentrum; Lancaster, Pennsylvania, eine Kirche der Amischen, fünf kleine Mädchen durch Kopfschuss tödlich getroffen; Capitol Hill in Seattle, weitere sieben Menschen durch Schüsse niedergemäht; und das war nur das letzte Jahr; das wird,* schätzte Ricky, *ihnen zu denken geben und eine schlaflose Nacht bereiten.*
»Sie werden seelenruhig zusehen, wie wir bei unseren Ermittlungen nach der Identität und den Absichten des Opfers endlos im Dunkeln stochern, nicht wahr, Doktor?«
Ricky musste unwillkürlich daran denken, wie er seinerzeit bei diesem Todesspiel mit demselben Dilemma konfrontiert gewesen war: *Raten Sie, wie ich heiße!*
Vor fünf Jahren hatte der Killer ihm ein Ultimatum von fünfzehn Tagen gestellt.
Das sehen Sie richtig, Detectives. Raten Sie seinen Namen. Viel Glück!
»Als er plötzlich hinter mir saß, hat er sich mir nur mit einem Namen vorgestellt. Ich glaube, es war ein Alias«, log Ricky.
Die Detectives sahen ihn misstrauisch an.
»Er nannte sich Rumpelstilzchen«, führte Ricky leise aus. »Aber ich

schätze, das war nicht sein richtiger Name, denn es ist eine Märchenfigur, die Stroh zu Gold spinnt. Das war also wahrscheinlich erfunden.«

Leb wohl, Zimmerman.

Leb wohl, Rumpelstilzchen.

Und leb wohl, Mr R.

Er ignorierte die Kraftausdrücke, welche die beiden Detectives vom Stapel ließen, bevor sie zur Tür hinausmarschierten und sie hinter sich verriegelten. Er vermutete, dass die beiden Polizisten ihn noch vier, fünf Stunden lang schmoren lassen würden, bevor sie ihn wohl oder übel auf freien Fuß setzen mussten, da irgendwelche Straftaten, die Ricky möglicherweise begangen hatte oder auch nicht, so wenig greifbar waren wie der Nebel kurz vor Sonnenaufgang.

EINE KURZE KAUTIONSVERHANDLUNG VOR GERICHT EINE WOCHE DANACH …

Der Richter blickte von seiner Bank auf die kleine Versammlung herunter und machte aus seinem Verdruss keinen Hehl. Der Mann war klein, ein wenig übergewichtig, kahlköpfig, mit einer großen Brille, und seine Ohren hatten einen anderen Rotton angenommen als seine Wangen. Er starrte auf zwei junge Staatsanwälte eine Reihe vor Smith und Jones. Alle vier zappelten nervös auf ihren Plätzen.

»Nur dass ich Sie recht verstehe«, sagte der Richter kalt, »Sie fordern, dass eine siebenundachtzigjährige Frau nicht auf Kaution freigelassen wird, dabei sind Sie sich nicht einmal sicher, ob es hier um einen Mordprozess geht, da Sie das Opfer noch nicht identifizieren konnten, geschweige denn etwas zum Motiv für diese Straftat sagen können. Sie wollen also ohne triftigen Grund, dass die Angeklagte hier im Gefängnis sitzt?«

Einer der Staatsanwälte erhob sich. »Euer Ehren, diese Frau hat vor Dutzenden Zeugen einen Mann niedergeschossen …«

»Einen Mann, der meines Wissens immerhin bis an die Zähne bewaffnet war …«

»Ja, aber …«

»Einen Mann, der allem Anschein nach böswillige Absichten hegte. Nur dass Sie mir nicht sagen können, welche.«

»Euer Ehren …«

»Und Sie glauben, bei der Frau besteht Fluchtgefahr?«

»Sie ist wohlhabend, Herr Richter, und …«

»Und falls Sie es vergessen haben, Herr Staatsanwalt, siebenundachtzig«, fiel ihm der Richter ins Wort und winkte ab.

»Glauben Sie, dass die Angeklagte hier in Alabama bei irgendeinem Menschen eine Gefahr für Leib und Leben darstellt?«

»Euer Ehren, ich kann nicht vorhersagen, wozu sie noch fähig ist.«

Der Richter schnaubte und schüttelte den Kopf.

Vor Ricky saßen zwei schick gekleidete Strafverteidiger; das Gesicht des einen war ihm aus dem Fernsehen auf Anhieb vertraut. Mrs Heath saß schweigend zwischen ihnen und hörte mit gefalteten Händen aufmerksam zu. Sie trug einen orangefarbenen Overall mit einer schwarzen Nummer an der Vorderseite. Ihr Silberhaar war hübsch frisiert, und sie sah, ungeachtet des weniger kleidsamen Outfits und auch sonst, recht aufgeräumt aus. Ricky wusste, dass die beiden Anwälte augenblicklich eine Kautionsverhandlung beantragt hatten. Dabei war ihre Tat an sich unstrittig – immerhin gab es dafür Dutzende Zeugen; wenn es allerdings darum ging, ihre Mordtat einzuordnen, herrschte allgemeine Ratlosigkeit. Ebendiese Ratlosigkeit war dem Richter von der finsteren Miene abzulesen.

Roxy saß links neben Ricky. Charlie und Donald, der Chauffeur – der die Geistesgegenwart besessen hatte, binnen weniger Minuten nach dem Schuss Anwälte zu kontaktieren –, nahmen die Plätze rechts von ihm ein. Er beobachtete, wie sich Roxy angespannt vorbeugte. Vor Nervosität rieb sie sich alle paar Sekunden die Hände.

Der stehende Staatsanwalt trat unentwegt von einem Bein aufs andere, als würde ihm der Boden zu heiß unter den Füßen. Sein Kollege lehnte sich zu Smith und Jones hinüber und flüsterte ihnen etwas zu.

»Eine Frau mit einem nachweislichen Herzleiden, das wir in unserer Haftanstalt nicht angemessen behandeln können?«

Auch wenn es als Frage formuliert war, erwartete der Richter offenbar keine Antwort.

»Ich weiß nicht, über welche therapeutischen Möglichkeiten das Gefängnispersonal verfügt«, hielt der Staatsanwalt lahm dagegen.

»Woher auch«, blaffte der Richter. »Ich habe genug gehört.«

Er wandte sich an den Tisch der Verteidigung.

Einer der Anwälte stand auf.

»Euer Ehren, wir sind selbstverständlich bereit, uns auf eine größere Barkaution zu verständigen, um sicherzustellen, dass unsere Mandantin zu künftigen Verhandlungen erscheint. Wir ersuchen das hohe Gericht jedoch, ihr in der Zwischenzeit die Rückkehr an ihren Wohnsitz in Florida zu bewilligen.«

Der stehende Staatsanwalt fiel ihm ins Wort.

»Wir erheben Einspruch, Euer Ehren ...«

Der Richter strafte ihn mit einem vernichtenden Blick.

»Natürlich tun Sie das. Sie können nur dummerweise nicht sagen, warum«, bügelte er ihn ab. »Ihr Einspruch wurde vermerkt. Gehen Sie vors Berufungsgericht, wenn Sie mögen. Vielleicht ziehen die es ja vor, eine alte Dame hinter Gitter zu bringen, während Sie herauszufinden versuchen, was auch immer Sie herauszufinden versuchen.«

Er wandte sich Mrs Heath zu.

»Ma'am, wenn ich Sie auf Kaution freilasse, will ich mehr als Ihr Bargeld. Ich will, dass Sie mir persönlich Ihr Wort geben, zur Stelle zu sein, wenn Sie hier benötigt werden. Und ich möchte, dass Sie Ihren Reisepass hier hinterlegen.«

Einer der Anwälte gab Mrs Heath einen Wink. Sie erhob sich und stand kerzengerade wie ein Wachsoldat.

»Selbstverständlich, Euer Ehren«, sagte sie. »Sie haben mein Wort. Mir gefällt Alabama. Ich komme gerne jederzeit her. Und ich plane auch keine Auslandsreisen.«

Der Richter musste sich ein Schmunzeln verkneifen.

»Möglicherweise wird Ihnen der Bundesstaat in Bälde verleidet«, sagte er steif. Dann klopfte er laut vernehmlich mit seinem Hammer. »Die Kaution wird auf eine Million Dollar festgesetzt«, sagte er und blickte erwartungsvoll zu den Strafverteidigern hinüber.

»Danke, Euer Ehren«, sagten sie im Chor. »Wir werden den Betrag umgehend hinterlegen«, fügte der eine hinzu.

Ricky musterte den Richter mit einem eindringlichen Blick. *Er will nicht der Richter sein, der eine liebenswürdige alte Dame ins Gefängnis bringt und damit auf seine Kappe nimmt, dass sich ihr Herzleiden verschlimmert. Schlechte Presse – erst recht, wenn Mrs Heath durch ihr mutiges, geistesgegenwärtiges Eingreifen an jenem Tag vielleicht vielen Menschen das Leben gerettet hat. Ich weiß zwar, dass es nur einer, möglicherweise zwei Menschen waren, aber das bleibt mein süßes Geheimnis.*

Kaum verließ der Richter die Bank, um sich ins Richterzimmer zu begeben, drehte sich Mrs Heath zu Ricky und den anderen um. »Also, wie's aussieht«, sagte sie, »darf ich nach Hause. Wir können alle nach Hause.«

»Wie fühlen Sie sich, Mrs Heath?«, fragte Ricky leise.

»Sie meinen, nachdem ich auf Treu und Glauben zur Mörderin geworden bin? Eigentlich ganz gut, danke. Es ist ein ziemlich seltsames Gefühl.«

Sie lächelte in die kleine Runde. »Wisst ihr«, sagte sie, »ich habe im Knast ein paar interessante Freundschaften geschlossen. Eine reizende junge Frau. Ist angeklagt, ihren Ex-Ehemann erschossen zu haben. Sie hat mir mit der Frisur geholfen. Recht gut gelungen, finde ich.«

Sie legte eine Pause ein und stellte dann klar: »Eigentlich hat sie den Mann wohl nur verletzt; obschon ihn der Schuss an einer höchst empfindlichen Stelle getroffen hat.«

Ricky nickte.

»Doktor, ich denke, ich werde am Donnerstag zur gewohnten Zeit zu meiner nächsten Sitzung in Ihrer Praxis sein«, sagte sie. »Jede Menge Gesprächsbedarf. Und Sie setzen bitte ein paar Sitzungen für Roxanne und für Charlie an, ja? Auch sie haben viel zu bereden.«

»Selbstverständlich«, versprach Ricky.

Sie warf einen Blick auf die zwei jungen Leute. Sie wirkten beide erleichtert. »Ich denke, wir werden die interessanteste Familie im ganzen Viertel«, sagte sie. »Einmalig auf jeden Fall.«

Sie sah zu ihren beiden Strafverteidigern hinüber, von denen einer bereits mit der Justizangestellten über die Kautionshinterlegung sprach, und wandte sich wieder Ricky zu. »Die beiden versichern mir, sie könnten das Verfahren endlos verzögern, sodass mir genügend Zeit mit Charlie und Roxanne bleibt«, sagte sie. »Und dann, wer weiß, bevor es tatsächlich irgendwann so weit ist, wenn ich zum Prozess wieder herkommen muss und danach im Gefängnis lande – denn, wie wir beide wissen, bin ich eindeutig schuldig –, gibt vielleicht dieses alte, nutzlose Herz endgültig auf.«
»Ich weiß nicht, Mrs Heath«, antwortete Ricky. »Ich denke, Sie sind stärker, als Sie glauben.«
Sie schüttelte den Kopf, doch ihre Augen blitzten. »Vergessen Sie nicht, ich bin ziemlich gut darin, den Leuten etwas vorzumachen, nicht wahr, Ricky?«
»Ich glaube nicht, dass Sie irgendjemandem etwas vormachen, Mrs Heath«, sagte er.
»Aber Ricky! Da wäre ich enttäuscht«, konterte Mrs Heath. »Ich halte mir etwas darauf zugute, dass ich immer noch so rätselhaft sein kann wie früher.«
»Ja, das ganz bestimmt«, bescheinigte er ihr.
»Passen Sie auf unsere beiden jungen Leute auf«, sagte sie. »Mir scheint, sie haben beide noch einen steinigen Weg vor sich.«
Ricky nickte. Wie hätte er ihr da widersprechen können.
In diesem Moment trat eine kräftige schwarze Frau, die sich bis jetzt im Hintergrund gehalten hatte, vor und berührte Mrs Heath am Arm. »Wir müssen wieder ins Gefängnis zurück, Ma'am«, sagte sie leise und in nicht unfreundlichem Ton. »Aber ich glaube, Sie sind bald wieder draußen.«
»Ja, das glaube ich auch«, erwiderte Mrs Heath. »Ich freue mich drauf. Wie schön, mein Leben zurückzubekommen.«
Dasselbe gilt für mich, dachte Ricky dankbar.

EIN KURZES GESPRÄCH UND EINE INTERESSANTE WAHL …

Der erste Anruf an diesem Tag galt Virgil.

»Sie wissen, wer dran ist?«, meldete er sich.

»Natürlich«, erwiderte sie. Ihre Stimme klang dünn.

»Der Mann, der jetzt tot sein sollte«, setzte Ricky nach.

Virgil reagierte nicht.

»Gehen Sie in die Kanzlei Ihres Bruders«, sagte Ricky. »Eine halbe Stunde. Ich melde mich dort, wenn Sie mich beide hören können.«

Ohne eine Antwort abzuwarten, kappte er die Verbindung.

Er sah auf die Armbanduhr.

Vor einer Minute hatte ihn Dwight alias Jack angerufen, eine Minute vor der verabredeten Zeit. Es hatte Ricky ein wenig aus dem Konzept gebracht. Diesmal war er selber Jack, und er wartete die dreißig Minuten ab. Als sie um waren, wartete er weiter. Fünf Minuten. Zehn. Fünfzehn. *Na? Schon nervös?,* dachte er. Als die verstrichenen Minuten auf eine ungleiche Zahl fielen – siebzehn –, wählte er die Nummer des Anwalts.

»Wir sind beide da«, sagte Merlin.

In ausdruckslosem Ton. Förmlich, um seine Gefühle zu verbergen.

»In Trauer?«, fragte Ricky.

»Das geht Sie nichts an«, erwiderte Merlin.

»Und ob«, protestierte Ricky. »Sie verstehen schon, was passieren könnte, falls Sie irgendjemand mit Ihrem Bruder in Verbindung bringt. Daher – keine Beerdigung. Keine Trauerfeier. Nicht einmal ein Grabstein oder eine Todesanzeige in der Zeitung. Keine Gelegenheit, sich in den schwarzen Anzug oder das schwarze Kleid zu werfen und weiße Lilien auf irgendeine letzte Ruhestätte zu legen. In dem Moment, wo Sie in irgendeiner Weise mit ihm in Verbindung gebracht würden, na ja, dann bekämen Sie nicht einfach nur einen kleinen Anruf so wie jetzt. Dann würde es bei Ihnen an der Tür klopfen, und Sie müssten sich ein paar sehr heikle Fragen anhören. Oder halten Sie sämtliche Polizisten in Alabama für Trottel? Das wäre eine verhängnisvolle Fehleinschätzung, Herr Anwalt, denn das sind sie nicht. Und ich bin mir ganz sicher, dass es weder Ihnen noch Ihrer Schwester auch nur eine Minute lang in einem dortigen Gefängnis gefallen würde.«

Er legte eine wirkungsvolle Pause ein.

»Also, Virgil, was glauben Sie? Ob Sie sich bei so einer Befragung mit Ihrer Schauspielkunst herauswinden könnten?«

Sie antwortete nicht. Wahrscheinlich hätte die Antwort *ja* gelautet. Doch die Vermutung behielt er für sich. Er wagte kaum, sie zu *denken.*

»Und, Virgil, Sie wissen, wer Sie ganz leicht mit all diesen Dingen in Verbindung bringen kann?«

Der Mann mit den blutigen Elvis-Koteletten.

Brandstiftung. Der ermordete Anwalt.

Der Tod des geliebten Vaters und hoch geschätzten Lehrers. »Ich bringe sie um, wenn sie uns auch nur eine Minute genommen haben ...« Das hatte Roxy zu ihm gesagt.

Nun ja, das ist gar nichts gegen all das, was sie wirklich getan haben, dachte Ricky.

Er schwieg einen Moment, bevor er hinzufügte: »Und wenn ich ›Dinge‹ sage, wissen wir alle, dass die richtige Bezeichnung *Kapitalverbrechen* wäre.«

Er wartete, dass Merlin darauf etwas sagte.

»Ja. So, wie es aussieht, haben Sie uns in der Hand.«

»Richtig«, sagte Ricky und fügte in eisigem Ton hinzu: »Und diesmal bin ich nicht allein, nicht wahr?«

»Nein«, bestätigte Virgil. Selbst dieses kurze Wort kam gequält heraus.

»Die Person, an die Sie sich normalerweise wenden würden, um dieses – sagen wir mal, *Dilemma,* okay? –, um dieses Dilemma für Sie zu lösen, na ja, die Person ist nicht mehr da, nicht wahr?«

Die Bemerkung war brutal, das wusste er. Aber sie tat ihm gut.

»Hören Sie auf, Fragen zu stellen, auf die Sie die Antwort selber wissen, Doktor«, sagte Merlin.

Ricky hörte Virgils schweren Atem am anderen Ende.

»Sie haben ihn geliebt, oder? Obwohl Sie wussten, wer er war und womit er sein Geld verdiente und was ihn dazu antrieb, haben Sie ihn trotzdem geliebt, richtig?«

»Das wissen Sie doch«, würgte Virgil heraus.

»Nochmals, Doktor.« Auch Merlins Stimme klang zum Zerreißen angespannt. »Zum letzten Mal: Hören Sie auf, Fragen zu stellen, zu denen die Antworten auf der Hand liegen.«

Sie sind in einer äußerst prekären Lage. Sie können ihrem Bruder nicht die letzte Ehre erweisen, egal, wie sehr sie ihn geliebt haben. Die letzte Demütigung, wenn man einen Killer liebt: Sie müssen darauf hoffen, dass er seine Anonymität mit in den Tod genommen hat. Nur wenn er noch im Tod dafür garantiert, dass keine Spur zu ihnen führt, sind sie sicher, so wie er im Leben für ihre Sicherheit gesorgt hat. Ganz und gar angemessen.

»Ich vermute mal, es wäre Ihnen lieber, wenn ich das, was ich weiß, für mich behalte.«

»Natürlich«, erwiderte Virgil viel zu schnell.

»Merlin?«

»Ja«, fauchte Merlin in Todesverachtung.

Patt, dachte Ricky. Nicht zum ersten Mal. Wahrscheinlich auch nicht zum letzten Mal.

»Mir scheint«, fuhr Ricky fort und legte, so langsam und betont, wie er sprach, in jedes Wort das ganze Gewicht all dessen, was fünf Jahre zuvor und was jetzt passiert war und was vielleicht noch in Zukunft passieren mochte. »Mir scheint, dass Sie beide eine Entscheidung treffen müssen. Es ist eine bewusste Entscheidung, die nur wenige im Leben treffen können und treffen müssen, was für Sie ein besonderer Glücksfall ist, aber auch ein besonderer Fluch. Entscheiden Sie sich dafür, ein normales Leben zu führen – die Geborgenheit einer Familie, eine erfolgreiche Juristenkarriere für Sie, Merlin, und ein Leben für die Kunst und den Ruhm auf der Bühne oder sogar im Film in Ihrem Fall, Virgil –, oder aber Sie beide kommen zu dem Schluss, dass dies alles und die Annehmlichkeiten, die damit verbunden sind, letztlich von keinem Wert für Sie sind, und Sie entscheiden sich lieber dafür, ein Mörderpaar zu sein?«

Merlin und Virgil schwiegen.

»Verschafft Ihnen der Tod Befriedigung oder das Leben?«
Keine Antwort.
»Knifflige Wahl, vor der Sie da stehen«, sagte Ricky. »Wie gesagt, nur sehr wenigen Menschen ist es vergönnt, sich bewusst gegen ein Leben als Psychopath zu entscheiden.«
Diesmal schlug ihm gut eine halbe Minute lang Schweigen entgegen.
»Leben Sie wohl, Doktor«, sagte Merlin schließlich zugeknöpft. »Ich hoffe, wir sehen uns nie wieder.«
In einem Gerichtssaal, draußen vor seinem Haus oder vor der Schule seines Sohnes, gegenüber ihrer Wohnung am Washington Square, im Publikum im Theater. Nein, er glaubte nicht, jemals wieder einen dieser Orte aufzusuchen.
»*Nie* ist ein Wort, das wir in meinem Metier nur selten in den Mund nehmen«, sagte Ricky.
Damit kappte er die Verbindung.
Einen Moment lang saß er einfach nur da. Ricky begriff, dass er sich freiwillig auf schwankenden Untergrund, auf ungewisses Terrain begeben hatte, wo ihn mit jedem Atemzug Zweifel beschleichen würden. Dasselbe galt gewiss auch für die verbliebenen zwei Mitglieder der Familie, die einmal seinen Tod beschlossen hatten. Nur dass er in einer Welt schwieriger Fragen zu Hause war, sie dagegen wohl eher nicht. Zweifel waren für den Psychoanalytiker wie der Ton für den Töpfer. Zum ersten Mal seit langer Zeit fühlte er sich frei und unbeschwert – ganz ähnlich wie nach Turbulenzen, wenn das Flugzeug auf zwölftausend Metern Höhe wieder ruhig dahinglitt.
So oder so, sagte sich Ricky, da waren andere Waisenkinder, die wirklich auf seine Hilfe angewiesen waren.

Zwei gescheiterte Ermittler
und eine grausame Erkenntnis

John Katzenbach

Die Grausamen

Thriller

Ein nobler Vorort an der US-Ostküste: Unzählige Male schon ist die dreizehnjährige Tessa diesen Weg gelaufen. Von ihrer besten Freundin nach Hause. Doch in dieser Herbstnacht kommt sie dort nicht an, verschwindet spurlos. Die Stadt ist schockiert, Angst breitet sich aus, Tessas Familie zerbricht – der Fall wird nie aufgeklärt.
20 Jahre später werden zwei abgehalfterte Ermittler darauf angesetzt. Gabriel ist Alkoholiker, eine Familientragödie verfolgt ihn. Marta, eine ehemalige Drogenfahnderin, hat versehentlich ihren Partner erschossen. Als die beiden auf eine bislang unentdeckte Spur stoßen, merken sie schnell: Wer nachforscht, spielt mit seinem Leben.

»Katzenbach ist einer der fesselndsten Autoren, die die Krimibranche derzeit zu bieten hat.« Hannoversche Allgemeine Zeitung

DROEMER